D1726970

FAY WELDON

Herzenswünsche

FAY WELDON

Herzens-wünsche

ROMAN

Bechtermünz Verlag

Die Originalausgabe erschien unter dem Titel
„The Hearts and Lives of Men"
im Verlag Heinemann, London 1987.

Aus dem Englischen
von Sabine Hedinger

Genehmigte Lizenzausgabe
für Weltbild Verlag GmbH, Augsburg 2000
Copyright der Originalausgabe © 1987 by Fay Weldon
Copyright der deutschen Ausgabe © by
Verlag Antje Kunstmann GmbH, München
Umschlaggestaltung: feedback grafikdesign, München
Umschlagmotiv: ZEFA, Düsseldorf
Gesamtherstellung: Clausen & Bosse, Leck
Printed in Germany
ISBN 3-8289-0259-6

Anfänge

Leser, ich erzähle Ihnen die Geschichte von Clifford, Helen und der kleinen Nell. Helen und Clifford wollten alles für Nell, und sie wollten es so sehr, daß ihre Tochter in großer Gefahr war, am Ende gar nichts zu haben, nicht mal das Leben. Wenn Sie für sich viel verlangen, dann ist es nur natürlich, das gleiche für die eigenen Kinder zu wollen. Leider läßt sich beides nicht immer vereinbaren.

Liebe auf den ersten Blick – diese alte Geschichte! Helen und Clifford sahen sich auf einer Party, damals, in den sechziger Jahren; irgendwas in der Luft zwischen ihnen vibrierte, und das war – nicht abzusehen, was daraus werden würde! – Nells Anfang. Geist wurde zu Fleisch, Fleisch aus ihrem Fleisch, Liebe aus ihrer Liebe; dem Glück, nicht etwa dem jungen Paar, war zu verdanken, daß am Ende alles doch gut ausging. Na bitte! Jetzt wissen Sie schon, daß diese Geschichte ein Happy-End haben wird. Schließlich ist Weihnachten. Warum auch nicht?

Doch zurück in die Sechziger – was für eine Zeit das war! Als alle alles wollten und dachten, sie könnten es kriegen, ja, und hätten sogar ein *Recht* darauf. Ehe *und* Freiheit. Sex ohne Babies. Revolution ohne Armut. Karrieren ohne Selbstsucht. Kunst ohne Anstrengung. Wissen ohne Auswendiglernen. Mit anderen Worten: Mahlzeit ohne Abwasch. »Why don't we do it in the road?« schrien sie. Ja, warum eigentlich nicht?

Als Beatlessongs in der Luft lagen und man, wenn man an sich herunterschaute, feststellte, daß man eine geblümte Plastiktragetasche in der Hand hatte, nicht die schlichte braune, und daß die Schuhe an den Füßen plötzlich grün oder rosa waren, nicht braun oder schwarz, wie es unsere Vorfahren Jahrhunderte lang gewöhnt waren. Als ein Mädchen morgens eine Pille nahm, um für all die ungefährlichen sexuellen Abenteuer, die der Tag bringen mochte, bereit zu sein, ein junger Mann sich noch eine Zigarette ansteckte, ohne an Krebs zu denken, und ein Mädchen mit ins Bett nahm, ohne sich vor Schlimmerem zu fürchten. Als die Sahne dick ins *boef en daube* floß und niemand von fett-/eiweißarmer Diät gehört hatte, und auch keiner daran dachte, verhungernde Babies im Fernsehen zu zeigen, und man den Kuchen hatte und auch essen konnte.

Diese Jahre, als die Welt aus dem Ernst ins Vergnügen taumelte, waren wirklich sehr amüsant für Clifford und Helen, aber letztlich nicht für die kleine Nell. Eigentlich sollten weise und tatkräftige Engel am Bettchen eines Neugeborenen stehen, ganz besonders dann, wenn letzteres zufällig in glänzenden, psychedelisch gemusterten Satin gehüllt ist statt in vernünftige weiße, kochfeste, bügelbare Baumwolle. Ja, ich bezweifle sogar, daß überhaupt Engel da waren, um Bitten entgegenzunehmen – sie waren weit weg, in anderen Teilen der Welt: schockiert schwebten sie über Vietnam und Biafra oder den Golan-Höhen –, selbst wenn Clifford und Helen daran gedacht hätten, Einladungen zu verschicken; hatten sie aber nicht.

Menschen wie Clifford und Helen lieben und produzieren Chaos, und zwar in jedem Jahrzehnt, in jedem Jahrhundert, in jedem Winkel der Welt, und die Kinder von Liebenden – egal wo, egal wann – könnten genauso gut Waisen sein, trotz all der Zuwendung, die sie bekommen.

Die sechziger Jahre! In der ersten Hälfte des sechsten Jahrzehnts des zwanzigsten Jahrhunderts wurde Nell geboren. Auf der Party bei Leonardo's, wo Nells Schicksal seinen Anfang nahm, wo Clifford Helen zum ersten Mal sah, am anderen Ende eines überfüllten Raumes, gab es Kaviar und geräucherten Lachs.

Leonardo's ist, wie Sie vielleicht wissen, eine Kunstgalerie wie Sotheby's und Christie's: sie kauft und verkauft die Kunstschätze dieser Welt; sie weiß, was auf dem Kunstmarkt los ist und wieviel ein Rembrandt oder Peter Blake kosten darf: sie kann einen Chippendale-Stuhl vom Stuhl eines besonders geschickten Florentiner Möchtegern-Chippendale unterscheiden. Doch im Gegensatz zu Sotheby's und Christie's hat Leonardo's eigene große Ausstellungsräume, und immer wieder findet dort eine bedeutende Kunstschau statt – teils zu eigenem Nutzen, teils im Interesse der Allgemeinheit. Dafür streicht Leonardo's aber auch einen schönen Batzen an staatlichen Subventionen ein (einige sagen zuviel; andere nicht genug; aber so ist das nun einmal). Wenn Sie London kennen, kennen Sie sicher auch Leonardo's; diesen Buckingham Palast im Miniaturformat an der Ecke Grosvenor Square und Elliton Place. Mittlerweile gibt es Zweigstellen in allen Weltstädten: in den sechziger Jahren stand Leonardo's noch allein auf weiter Flur, und mit dieser speziellen Party wurde die Eröffnung ihrer ersten wirklich bedeutenden Kunstschau gefeiert – einer Ausstellung von Werken Hieronymus Boschs, die aus privaten und öffentlichen Sammlungen auf der ganzen Welt stammten. Das Projekt hatte furchtbar viel gekostet, und Sir Larry Patt, dessen brillanter junger Assistent Clifford Wexford hieß, sorgte sich, ob es auch ein Erfolg werden würde.

Das hätte er nicht nötig gehabt. Es waren die sechziger Jahre. Man versuchte irgend etwas Neues; es funktionierte.

Champagnercocktails gab es, toupierte Haare (obwohl einige wenige Hochfrisuren noch immer die Kronleuchter zum Schwanken brachten) und erstaunlich kurze Röcke; und bei den avantgardistischen Herren Rüschenhemden und lange

Haare. An den Wänden krümmten sich die gequälten Kreaturen des Meisters: in der Hölle wie im Geschlechtsakt. Darunter verlustierten sich die Vornehmen, die Berühmten, die Begabten und die Schönen: Klatschkolumnisten machten sich Notizen. Kunst-Brunst! Es war eine herrliche Party, kann ich Ihnen sagen. Der Steuerzahler zahlte, und niemand reklamierte die Rechnung. Ich war auch da, mit meinem ersten Mann.

Clifford war fünfunddreißig, als er Helen begegnete, und bereits einer der Vornehmen und Berühmten, ganz zu schweigen von Talent, Schönheit und Klatsch-Würdigkeit. Es wurde, fand er, allmählich Zeit für ihn, sein Junggesellendasein zu beenden. Er sah sich nach einer Ehefrau um. Oder zumindest fand er, in seiner Karriere sei es nun an der Zeit, Dinnerpartys zu geben und einflußreiche Leute zu beeindrucken. Dafür braucht ein Mann eine Ehefrau. Ein Butler mag ja ganz schick sein, aber eine Ehefrau bedeutet Solidarität. Ja, er brauchte eine Ehefrau. Er dachte, er könnte vielleicht Angie nehmen, die südafrikanische Erbin. Er hatte schon angefangen, dem armen Mädchen den Hof zu machen, wenn auch nicht sehr konsequent. Er kam zur Party – eigentlich ja zu seiner Party – mit Angie am Arm und ging mit Helen. Keine Art, sich zu benehmen!

Helen war zweiundzwanzig, als sie Clifford begegnete. Noch heute, mit Ende vierzig, ist sie eine tolle Frau und sehr wohl in der Lage, das Leben und die Herzen der Männer in Unruhe zu versetzen. (Obwohl ich glaube und hoffe, daß sie gelernt hat, sich in dieser Hinsicht etwas zurückzuhalten.) Aber damals! Sie hätten sie damals sehen sollen.

»Wer ist das?« fragte Clifford Angie, als er Helen sah, am anderen Ende des überfüllten Raumes. Arme Angie!

Nun entsprach Helen keineswegs dem Schönheitsideal der sechziger Jahre (rundes Puppengesicht mit glühenden Carmen-Augen; Sie erinnern sich vielleicht); dennoch war sie eine Traumfrau von einem Meter siebzig, (U.K.-) Kleidergröße zehn, mit einem Haufen dicker brauner Locken, die sie viel zu farblos fand und als ihr großes Unglück im Leben ansah und in den folgenden Jahren bleichte, tönte und sonstwie malträtierte, bis Henna auf den Markt kam und dieses Problem löste. Ihre Augen waren strahlend und intelligent: Sie sah sanft aus, zart, provozierend und souverän in einem; sie war ihre eigene Herrin: sie bemühte sich genauso wenig wie Clifford, gut anzukommen: sie kam einfach gut an. Sie konnte nichts dafür. Sie beschimpfte nie das Personal, schnauzte nie den Friseur an – obwohl sie zu der Zeit, von der ich spreche, auch kaum Gelegenheit dazu hatte. Sie war arm und lebte bescheiden; sie kam schon zurecht.

»Das?« sagte Angie. »Niemand besonderes, würde ich sagen. Ganz egal, wer sie ist, von Mode hat sie jedenfalls keine Ahnung.«

Helen trug ein recht dünnes, recht schlichtes, recht gründlich gewaschenes Baumwollkleid, nicht ganz rosa, nicht ganz weiß, mit einem Stich ins Verschwommene, Uneindeutige, Sonnengebleichte, das seiner Zeit um fünf Jahre voraus war. Unter dem zarten Gewebe wirkten ihre Brüste bloß, klein und schutzlos. Sie hatte eine klassische Figur: Schwanenhals, langer Rücken, schmale Taille.

Angie dagegen, die Millionärin – Angie trug ein Kleid aus steifem Goldlamé mit einer großen roten Satinschleife auf dem Rücken und einem lächerlich tiefen Ausschnitt über einem praktisch nicht vorhandenen Busen. Sie sah aus wie ein Knallbonbon ohne etwas drin. Drei verschiedene Damenschneider hatten weinend an dem Kleid gesessen, und alle drei hatten ihren Job verloren, aber nichts auf der Welt konnte aus diesem Kleid noch einen Erfolg machen.

Arme Angie! Angie liebte Clifford. Angies Vater besaß sechs Goldminen, und sie dachte, dafür müßte Clifford sie lieben. Aber was hatte sie letztlich zu bieten, außer ihrem scharfen Verstand und fünf Millionen Dollar und ihren zweiunddreißig Jahren und der Tatsache, daß sie noch unverheiratet war? Sie hatte einen dürren kleinen Körper und fahle Haut (gute Haut läßt selbst ein reizloses Mädchen attraktiv erscheinen, aber Angie hatte keine gute Haut: ich fürchte, ihr fehlte ganz einfach ein inneres Leuchten) und keine Mutter und einen Vater, der ihr alles gab, was sie haben wollte, außer Zuneigung, und davon war Angie gierig und taktlos und unzufrieden geworden. Und Angie wußte das alles und konnte nichts dagegen tun. Clifford hingegen wußte, daß es *praktisch* wäre, Angie zu heiraten. Das hatten auch schon ziemlich viele Männer vor ihm gewußt, und Clifford war ein praktischer Mann: aber aus irgendeinem Grund *wollte* er Angie nicht heiraten, genauso wenig wie die Männer vor ihm. Die wenigen, die ihr einen Antrag machten – denn jede reiche junge Frau hat auch Verehrer –, wurden von Angie verachtet und verschmäht. Jeder, der mich lieben kann, folgerte Angies Unterbewußtsein, ist meiner Liebe nicht wert. Sie war, wie Sie sehen können, emotional in einer ausgesprochenen Zwickmühle. Nun wollte sie Clifford, und je mehr er sie nicht wollte, desto mehr wollte sie ihn.

»Angie«, sagte Clifford, »ich muß ganz genau wissen, wer sie ist«, und denken Sie nur, Angie ging tatsächlich los, um das herauszufinden! Hätte sie Clifford statt dessen geohrfeigt, wäre die ganze Geschichte nicht passiert. Doch ihre Nachsicht mit seinem schlechten Benehmen war die kleine Eichel, die einmal zur großen Eiche heranwachsen sollte. Aber ach! Die Welt ist voll von hätt-ich-doch und hätt-ich-bloß-nicht, wenn-doch-nur, wenn-doch-nicht! Wo soll das alles enden?

Vielleicht sollte ich Ihnen auch einmal Clifford beschreiben. Er ist noch immer in der Londoner Szene anzutreffen: von Zeit zu Zeit werden Sie sein Foto in der ART WORLD und dem CONNAISSEUR sehen, wenn auch leider nicht mehr so häufig wie früher, denn letztlich nutzt sich jedes Drama, jeder Skandal mit den Jahren ab. Aber aus alter Gewohnheit fällt der Blick des Betrachters immer noch zuerst auf sein Foto, und was Clifford zu Themen wie »Kunst, wohin?« oder »Post-Surrealismus, woher?« zu sagen hat, ist nach wie vor interessant, wenn auch nicht mehr ausgesprochen provokativ. Er ist ein großer, sportlicher Mann mit einer Stupsnase und kräftigen Kieferknochen und breitem Gesicht und offenem Lächeln (aber lächelt er uns an oder aus?); seine Augen sind so strahlend blau wie die von Harold Wilson (und die sind wirklich sehr blau: ich hab sie selbst gesehen: ich *weiß*, was ich sage). Er hat breite Schultern und schmale Hüften und dicke glatte Haare, die damals richtig weißblond waren. Obwohl er mittlerweile sicher auf die sechzig zugeht, hat er immer noch volles Haar. Seine Feinde (und er hat immer noch viele) sagen gerne im Spaß, er habe ein Porträt von sich auf dem Dachboden stehen, das mit jedem Tag kahler und fetter würde. Clifford war und ist immer noch energisch, lebhaft, unterhaltsam, charmant und skrupellos. Natürlich wollte Angie Clifford heiraten. Wer hätte ihr das übel nehmen wollen?

Clifford Wexfords unaufhaltsamer Aufstieg in der Welt der Kunst glich nicht dem Flug des Meteoren (denn Meteore kommen wohl eher auf die Erde herunter), sondern dem der Rakete – einer »Polaris«, die kraftvoll und zielgerichtet aus dem Meer aufsteigt. Oder lassen Sie es mich anders ausdrücken – Clifford Wexford summte um seinen Boß Sir Larry Patt herum wie eine Biene, die wild entschlossen ist, an den Honigtopf zu kommen. Die Bosch-Ausstellung stammte aus Cliffords Ideenküche. Wurde sie ein Erfolg, konnte Clifford den ganzen Verdienst beanspruchen: wurde sie jedoch ein Mißerfolg, mußten Leonardo's und Sir Larry Patt die Schuld und den finanziellen Verlust tragen. Nach dieser Methode ging Clifford vor, damals wie heute. Im Gegensatz zu den Männern von Sir Larrys Generation begriff er, welche Macht Public Relation hat: daß Glanz und Gloria, Klatsch und Tratsch vielleicht sogar mehr zählen als wahre Werte: daß man Geld ausgeben muß, wenn man Geld verdienen will – daß es keine Rolle spielt, wie gut ein Gemälde oder Standbild tatsächlich ist – wenn niemand *weiß*, daß es gut ist, kann es genauso gut schlecht sein. Erbarmungslos trieb Clifford Leonardo's aus den Anfängen des Jahrhunderts in die Zukunft und dem Jahr 2000 entgegen – er war der Schlüssel zur Erfolgsstory, zum »Aufsteiger der Woche«, dem Platz, den Leonardo's die nächsten fünfundzwanzig Jahre hindurch behaupten würde, und das wurde Sir Larry am Eröffnungsabend der Bosch-Ausstellung klar, und es gefiel ihm überhaupt nicht.

Und Angie machte sich auf den Rückweg: unter Boschs armseligen Kreaturen, zur Hölle verdammt, und mitten durch die Massen von eleganten, geschwätzigen Menschen, die ihre staatlich subventionierten Champagner-Cocktails hinunterkippten (Zuckerstückchen, Orangensaft, Champagner, Brandy), und sagte zu Clifford: »Sie heißt Helen. Die Tochter von irgend so 'nem Bilderrahmenmacher.«

Angie hoffte, damit wäre das erledigt. Bilderrahmenmacher waren bestimmt die Stiefelknechte der Kunstszene und kaum einen Gedanken wert. Was für Clifford bei der Ehe zählte, dachte Angie, war weniger das Aussehen eines Mädchens als ihre familiären und finanziellen Verhältnisse. Aber damit tat sie ihm unrecht. Clifford suchte, wie jeder andere auch, wahre Liebe. Tatsächlich bemühte er sich sogar, Angie zu lieben, aber ohne jeden Erfolg. Er konnte ihre Affektiertheit und ihren Snobismus nicht komisch finden. Er dachte, es würde ihn doch vieles stören, wenn er ihr Ehemann wäre. Sie würde das Personal beschimpfen und kindische Gehässigkeiten über die Frauen verbreiten, die er nun einmal gut fand, und ihm langatmige Szenen wegen diesem, jenem oder sonst etwas machen.

»Mit ›irgend so 'nem Bilderrahmenmacher‹«, sagte Clifford, »meinst du vermutlich John Lally. Der Mann ist ein Genie. Er hat in meinem Auftrag alle Bilder für diese Ausstellung aufgehängt.« Und da begriff die arme Angie, daß sie in ihrer Unwissenheit wieder einmal das Falsche gesagt hatte. Bilderrahmenmacher waren also doch zu bewundern und zu achten. Was Angie den Umgang mit Clifford manchmal so schwer machte, war sein *willkürlicher* Umgang mit Lob und Tadel: Erfolg gestand Angie nur denen zu, die reich und/oder schön und/oder berühmt waren, Clifford hingegen auch den unmöglichsten Leuten – verarmten, ja selbst verkrüppelten Dichtern, ältlichen Schriftstellern mit Bartstoppeln am Kinn und zittrigen Händen oder Künstlerinnen in scheußlichen Kaftanen – alles Leute, die Angie nie zum Essen einladen würde, selbst wenn jeden Tag Sonntag wäre.

»Ja, was ist denn an denen so besonderes?« fragte sie ihn oft.

»Die Zukunft wird es erweisen«, antwortete er nur, »nicht die Gegenwart.« Woher *wußte* er das? Er schien so sicher zu sein.

Wenn Angie Clifford einen Gefallen tun wollte, dann mußte sie erst denken, bevor sie etwas sagte. Er konnte jede Spontaneität im Keim ersticken. Das wußte sie; und doch wollte sie ihn: für immer und ewig: für Frühstück, Mittagessen, Tee und Abendbrot. Das ist Liebe! Arme Angie! Sie war nicht nett, aber wir können sie bedauern, so wie wir jede Frau bedauern können, die in einen Mann verliebt ist, der sie nicht liebt, aber doch überlegt, ob er sie nun heiraten soll oder nicht, und sich ordentlich Zeit dafür läßt und sie in der Zwischenzeit herzlos im Viereck springen läßt.

»Ach was!«, sagte Clifford. »Sie ist also John Lallys Tochter!«, und zu Angies Bestürzung und Erstaunen ließ er sie einfach stehen und ging dahin, wo Helen stand.

John Lally bekam davon nichts mit, und das war auch gut so. Er stand an der Weinbar, innerlich aufgewühlt: wilde Haare, wilde, tiefliegende Augen voller Argwohn, ein wutverzerrter Mund – und dieser Mann war nun dazu ausersehen, in den kommenden zwanzig Jahren zum führenden Maler des Landes zu werden, obwohl das zu dieser Zeit niemand wußte (außer Clifford). Ich hatte allerdings auch so eine Ahnung. Ich besitze eine kleine Lally-Tuschzeichnung von einer Eule, die einen Igel frißt. Ich habe sie für zehn Schilling Sixpence gekauft – viel zu teuer. Jetzt ist sie elfhundert (englische) Pfund wert, Tendenz steigend.

Helen sah Clifford in die Augen und merkte, daß er sie anstarrte. Wenn ihn etwas reizte, leuchteten seine Augen noch blauer als sonst, und was ihn reizte, das ließ er sich nicht entgehen – eine Tut-ench-Amun-Maske etwa oder eine lang verschollene Holztafel von Elgin Marble, die er für Leonardo's erwarb. Jetzt waren sie wirklich tiefblau.

»Wie blau seine Augen sind«, dachte Helen. »Als wären sie gemalt – «, und dann hörte sie irgendwie ganz auf zu denken. Sie war erschrocken. Sie stand wehrlos (so empfand sie es jedenfalls) und allein zwischen schwatzenden, eleganten Leuten, die eigentlich alle älter waren als sie und im Gegensatz zu ihr genau wußten, was sie zu denken, zu fühlen und zu tun hatten; und als sie hochblickte, in diese ach so blauen Augen, da war es vielleicht ihre Zukunft, die sie sah und vor der sie erschrak.

Vielleicht sah sie aber auch Nells Zukunft. Liebe auf den ersten Blick, das gibt es ja wirklich, sogar bei den unmöglichsten Leuten. Meiner Meinung nach spielten Clifford und Helen nur Nebenrollen in Nells Drama; auch wenn sie (wie wir alle) natürlich dachten, sie wären die Hauptpersonen. Wie schon gesagt: ich glaube, daß Nell in dem Moment zu existieren begann, als Helen und Clifford einfach dastanden und einander anschauten und Helen verängstigt und Clifford entschlossen war und beide ihr Schicksal kannten. Das da lautete, einander zu lieben und zu hassen bis an ihr Lebensende. Die spätere Vereinigung im Fleische war vielleicht ein überwältigendes Erlebnis, aber eigentlich doch unerheblich. Nell entstand durch Liebe: doch der Wechsel von der nichtstofflichen zur stofflichen Existenz kann nur zufällig, absichtlich und unabsichtlich zugleich sein: was da im Verborgenen geschieht, das nennen wir Sex, und als Helen und Clifford einander anschauten, wußten sie von dem geplanten Wunder nur soviel, daß sie ins Bett und einander in die Arme fallen mußten, je früher, desto besser. Ja, so ergeht es den Glücklichen.

Aber natürlich ist das Leben nicht ganz so einfach, nicht einmal für Clifford, der das Glück hatte, sehr genau zu wissen, was er wollte, und es meistens auch bekam. Zuerst mußten nämlich die Götter der *politesse* und des Anstands versöhnlich gestimmt werden.

»Ich habe erfahren, daß Sie John Lallys Tochter sind«, sagte er. »Wissen Sie denn, wer ich bin?«

»Nein«, sagte sie. Aber Leser, sie wußte es doch. Und wie sie es wußte. Sie log. Sie hatte oft genug Clifford Wexfords Foto in den Zeitungen gesehen. Sie kannte ihn auch aus dem Fernsehen: die Hoffnung der britischen Kunstszene, wie einige meinten; oder ein trauriges Beispiel für ihren Niedergang, wie andere behaupteten. Darüber hinaus hatte sie ihren Vater schon von Kindheit an über Clifford Wexford, seinen Arbeitgeber und Mentor, fluchen hören. (Einige fanden, John Lallys Haß auf Clifford Wexford grenze schon an Verfolgungswahn; andere waren der Meinung, unter den gegebenen Umständen seien solche Gefühle ganz natürlich.) Helen sagte »nein«, weil Cliffords Eitelkeit sie ärgerte, obwohl er toll aussah. Sie sagte »nein«, weil es ihr leider Gottes leicht fiel zu lügen, wann immer es ihr paßte. Sie sagte »nein«, weil ihre Angst verschwunden war und sie eine emotionale *frisson* zwischen ihnen aufbauen wollte – zwischen seiner Verwirrung und ihrem Ärger –, und weil sein Interesse an ihr sie in Hochstimmung versetzte, und weil Hochstimmung einen unvorsichtig macht. Doch aus Loyalität zu ihrem Vater sagte sie nicht »nein«, das nun nicht.

»Ich werde Ihnen ganz genau erzählen, wer ich bin, wenn

wir gleich zusammen essen gehen«, sagte er. Denn Helen beeindruckte ihn so sehr, daß er ihr diesen Vorschlag machte, obwohl er am gleichen Abend mit Sir Larry Patt und seiner Frau Rowena und anderen wichtigen, einflußreichen und internationalen Gästen zum Essen verabredet war.

»Essen gehen!« sagte sie, offenbar erstaunt. »Sie und ich?«

»Falls Sie das Essen nicht überspringen wollen«, sagte Clifford und lächelte dabei so charmant und verständnisvoll, daß diese Anspielung fast unterging.

»Essen gehen, das wäre nett«, sagte Helen und tat so, als wäre die Anspielung tatsächlich untergegangen. »Lassen Sie mich nur meiner Mutter Bescheid sagen.«

»Aber Mädchen!« sagte Clifford vorwurfsvoll.

»Wenn es geht, versuche ich, meiner Mutter jede Aufregung zu ersparen«, sagte Helen. »Das Leben ist sowieso schon aufregend genug für sie.«

Und so ging Helen in aller Unschuld – na ja, fast in aller Unschuld – zu ihrer Mutter Evelyn, die sie nach alter Gewohnheit beim Vornamen nannte. (Die Lallys waren eine künstlerische, eine unkonventionelle Familie.)

»Evelyn«, sagte sie. »Du wirst es nicht glauben! Clifford Wexford will mit mir essen gehen.«

»Geh nicht mit«, sagte Evelyn nervös. »Bitte geh nicht mit! Stell dir vor, das kriegt dein Vater raus!«

»Da mußt du eben lügen«, sagte Helen.

Im Haus der Lallys, dem Applecore Cottage in Gloucestershire, wurde ziemlich viel gelogen. Es mußte sein. John Lally geriet schon bei Kleinigkeiten in schreckliche Wut, und solche Kleinigkeiten gab es ständig. Seine Frau und Tochter versuchten, ihn in Ruhe und Frieden zu lassen, selbst wenn das hieß, die Wahrheit über die Welt mit ihren Ereignissen etwas zu verdrehen. Mit anderen Worten, sie logen.

Evelyn blinzelte, was sie häufig tat, so als wäre ihr die ganze Welt zuviel. Sie war eine gutaussehende Frau – wie hätte sie sonst auch Helens Mutter sein können? –, aber die gemeinsamen Jahre mit John Lally hatten sie verbraucht, fertiggemacht. Jetzt blinzelte sie, weil Clifford Wexford nicht das Schicksal war, das sie für ihre junge Tochter im Auge hatte; außerdem wußte sie, daß Clifford zum Dinner im Savoy erwartet wurde, wieso wollte er also mit ihrer Tochter ausgehen? Sie wußte nur zu gut Bescheid über das Dinner im Savoy. John Lally hatte sich nämlich bei drei verschiedenen Gelegenheiten geweigert, an einem solchen Essen teilzunehmen, weil Clifford mit von der Partie war, und bis zur vierten Einladung gewartet, bevor er ja sagte, und dadurch seiner Frau überhaupt keine Zeit gelassen, das neue Kleid zu nähen, das sie für einen so außergewöhnlichen Anlaß unbedingt gebraucht hätte. Dinner im Savoy! Und deshalb trug sie das blaue gerippte Baumwollkleid, das sie seit zwölf Jahren zu besonderen Anlässen trug, und mußte sich damit zufriedengeben, hübsch auszusehen, aber unmodisch, eben kein bißchen schick. Und wie sehr sie sich danach sehnte, nur einmal schick auszusehen.

Helen faßte das Blinzeln ihrer Mutter als Zustimmung auf – das tat sie übrigens schon seit ihrer frühesten Kindheit. Aber natürlich bedeutete dieses Blinzeln nichts dergleichen. Wenn überhaupt, dann war es – wie jeder Selbstmordversuch – ein Hilferuf: einmal befreit zu sein von der Last einer Entscheidung, die den Zorn ihres Mannes heraufbeschwören würde.

»Clifford holt schon meinen Mantel«, sagte Helen. »Ich muß jetzt auch gehen.«

»Clifford Wexford«, sagte Evelyn mit matter Stimme, »holt schon deinen Mantel – «

Was Clifford tatsächlich auch tat. Helen ging hinterher, ließ ihre Mutter das Donnerwetter allein durchstehen.

Nun besaß Angie einen weißen Nerz (was sonst?), den Clifford früher am Abend freundlicherweise bewundert hatte, und der hing in der Garderobe neben, ja sogar in Tuchfühlung mit

Helens dünnem braunen Stoffmantel. Clifford ging direkt auf letzteren zu und packte ihn beim Kragen.

»Das ist Ihrer«, sagte er zu Helen.

»Woher wußten Sie das?«

»Weil Sie Aschenputtel sind«, bemerkte er. »Und das ist ein Lumpen.«

»Ich will kein Wort gegen meinen Mantel hören«, sagte Helen bestimmt. »Ich mag den Stoff: ich mag das Gewebe: ich mag ausgebleichte Farben lieber als kräftige. Ich wasche ihn mit der Hand, in ganz heißem Wasser. Ich lasse ihn extra in der Sonne trocknen. Er ist genau so, wie ich ihn haben will.«

Diese Rede konnte Helen auswendig. Es war die Rede, die sie ihrer Mutter mindestens einmal pro Woche hielt, denn mindestens einmal pro Woche drohte Evelyn, den Mantel wegzuwerfen. Clifford war von diesem Auftritt beeindruckt. Angies Nerz, der steif am Bügel hing, der aus den Häuten von armen toten Tieren gefertigt war, schien auf einmal grauenhaft und protzig zugleich. Und als er Helen ansah – eher eingewickelt als angezogen, aber entzückend – (vergessen Sie nicht, das war noch zu der Zeit, bevor das Alte, das Ausgebleichte, das Schäbige und insgesamt Schlampige in Mode kam), da war er sofort *einverstanden* und machte nie mehr eine kritische Bemerkung über die Kleidung, die Helen zu tragen oder nicht zu tragen beliebte.

Denn Helen wußte, was sie tat, wenn es um Kleidung ging, und Cliffords Gabe, seine große Gabe (und das ist nicht sarkastisch gemeint) war es, zwischen dem Wahren und dem Falschen, dem Echten und dem Unechten, dem Großartigen und dem Protzigen unterscheiden zu können und dazu auch zu stehen. Deshalb war er trotz seiner Jugend Larry Patts Assistent und erreichte schon bald darauf sein Ziel, Direktor von Leonardo's zu werden. Gutes von Schlechtem zu unterscheiden – um nichts anderes geht es eigentlich in der Kunst (wenn wir sie mangels besserer Worte einfach so nennen wollen), und ein beträchtlicher Teil der Reichtümer dieser Erde wird eben diesem Zweck geopfert. Staaten, die keine Religion haben, behelfen sich mit Kunst, schaffen so nicht nur Ordnung, sondern Schönheit und Symmetrie über dem Chaos …

Man kommt sich näher

Nun gut. Clifford führte Helen zum Essen aus: in den *Garden,* ein orientalisch angehauchtes Restaurant, das in den Sechzigern große Mode war und das direkt am alten Covent Garden lag. Hier wurden zum Lamm Aprikosen, zum Kalbfleisch Birnen und zum Rinderbraten Pflaumen gereicht. Clifford dachte, daß Helen einen unentwickelten Geschmackssinn und einen Hang zum Süßen habe, und glaubte deshalb, das sei etwas für sie. Womit er auch nicht ganz unrecht hatte.

Sie aß ihr Lamm mit Aprikosen, während Cliffords Augen auf ihr ruhten. Sie hatte kleine, hübsche, gerade Zähne. Er beobachtete sie gespannt.

»Wie finden Sie das Lamm?«, fragte er.

In seinen Augen schimmerte es warm, weil er sich so sehr wünschte, sie würde ihm eine gute Antwort geben, aber auch kalt, weil er wußte, daß es Tests geben muß, da die Liebe das Urteilsvermögen ja völlig ruinieren kann und sich zudem oft genug als vorübergehende Erscheinung erweist.

»Ich nehme an«, sagte Helen liebenswürdig, »daß es in Nepal, oder wo dieses Gericht sonst hingehört, wirklich gut schmeckt.«

Diese Antwort, fand er, war nicht zu übertreffen. Sie zeugte von Güte, Urteilsfähigkeit und Wissen, alles in einem.

»Clifford«, bemerkte Helen, und sie sprach so leise und sanft, daß er sich vorbeugen mußte, um sie zu hören, und um ihren Hals hing ein Goldkettchen und daran ein kleines Medaillon, das auf der bläulichen Blässe ihrer Haut ruhte und ihn entzückte, »dies hier ist keine Prüfung. Es ist eine Einladung zum Dinner, und niemand muß irgend jemanden beeindrucken.«

Er war verlegen: er war sich nicht sicher, ob er dieses Gefühl mochte.

»Eigentlich sollte ich im Savoy sein, bei unseren Ehrengästen«, sagte er, um sie wissen zu lassen, was er ihretwegen geopfert hatte.

»Ich glaube nicht, daß mein Vater mir das heute abend verzeihen wird«, sagte sie, um ihn wissen zu lassen, daß sie sich in ähnlicher Lage befand. »Auf Sie ist er nicht gerade gut zu sprechen. Obwohl er natürlich nicht über mein Leben bestimmen kann«, fügte sie hinzu. Eigentlich fürchtete sie sich überhaupt nicht vor ihrem Vater: als John Lallys Tochter hatte sie viele Vorteile, Evelyn dagegen als seine Frau nur die Nachteile. Helen konnte seine Tobsuchtsanfälle schon längst nicht mehr ernst nehmen, im Gegensatz zu Evelyn, die sehr darunter litt und sich bedroht fühlte. Und wenn ihr Ehemann wieder einmal losfluchte – über das verlogene Noch-nie-ging's-uns-so-gut-Geschwätz der Politiker, die Dummheit der Wähler, das Banausentum der Kunstsammler und so weiter –, dann fühlte sie sich dafür irgendwie auch noch verantwortlich.

»Als Sie sagten, Sie würden mich nicht kennen, haben Sie gelogen. Warum?« fragte Clifford, aber Helen lachte nur. Ihr nicht ganz rosa, nicht ganz weißes Kleid leuchtete im Kerzenlicht: das wußte sie natürlich. Ganz unvorteilhaft unter den grellen Lichtern in der Galerie: äußerst vorteilhaft hier im Restaurant. Aus diesem Grund hatte sie es ja auch angezogen. Ihre Brustwarzen zeichneten sich darunter diskret ab, und das in einer Zeit, wo Brustwarzen sich *nie* abzeichneten. Sie schämte sich nicht für ihren Körper. Warum auch? Er war schön.

»Lüg mich nie an«, sagte er.

»Nein, nie«, sagte sie, aber sie log und wußte das auch.

Kurz darauf gingen sie zu ihm nach Hause in die Goodge Street: No. 5, Coffee Place. Es war ein schmales Haus, eingezwängt zwischen zwei Läden, aber zentral, sehr zentral. Er konnte zu Fuß zur Arbeit gehen. Die Räume waren weiß gestrichen: das Mobiliar schlicht und funktional. Die Bilder ihres Vaters hingen überall an den Wänden.

»In ein paar Jahren werden die eine Million oder mehr wert sein«, sagte er. »Bist du nicht stolz?«

»Warum? Weil sie eines Tages viel wert sein werden oder weil er ein guter Maler ist?«, fragte sie. »Und ›stolz‹? Das ist das falsche Wort. Genauso gut könnte ich auf Sonne oder Mond stolz sein.« Sie war ihres Vaters Tochter, stellte Clifford fest, und er mochte sie nur umso mehr dafür. Sie konnte über alles streiten, aber ohne es je schlecht zu machen. Mädchen wie Angie zeichneten sich dadurch aus, daß sie um sich herum alles verhöhnten und verachteten. Aber die hatten es wiederum auch nötig.

Er zeigte ihr das Schlafzimmer, im Dachgeschoß, unter den Balken. Das Bett war ein großes Viereck auf dem Fußboden: Schaumgummi (ganz neu zu der Zeit). Eine Felldecke lag darüber. Auch hier hingen Lallys. Bilder, in denen Satyre Nymphen umarmten und Medusen junge Adonisse. »Nicht die glücklichste Schaffensperiode meines Vaters.«

Lieber Leser, ich muß Ihnen leider sagen, daß Clifford und Helen an diesem Abend miteinander ins Bett gingen, was Mitte der sechziger Jahre nicht gerade üblich war. Man wahrte immer noch gewisse Formen, und zögern galt als schicklich und vernünftig. Wenn ein Mädchen einem Mann zu schnell nachgab, würde er sie nicht verachten? Natürlich würde er das, das wußte jeder. Nun ist es ja so, daß eine Frau, die mit einem

Mann gleich ins Bett geht, dafür abgelehnt werden kann und wird – sie hat alles gegeben, aber auch gewollt, heißt es. Das verletzt und demoralisiert. Aber was da eigentlich geschieht, ist doch wohl folgendes: die Beziehung durchläuft ihre verschiedenen Stadien vom Anfang bis zum Ende in ein paar Stunden und bummelt nicht monate- oder gar jahrelang hindurch, und es ist der Mann, nicht die Frau, der es als erster weiß.

»Ich ruf dich morgen an«, sagt er. Aber das wird er nicht tun. Es ist eben vorbei, nicht wahr? Doch hin und wieder, nur hin und wieder, haben die Sterne recht: die Beziehung hält, dauert. Und genau das ist es, was zwischen Clifford und Helen geschah. Es kam Helen ganz einfach nicht in den Sinn, daß Clifford sie verachten könnte, wenn sie so schnell ja sagte; es kam Clifford nicht in den Sinn, schlecht von ihr zu denken, weil sie es tat. Der Mond schien durch die Dachfenster: die Felldecke unter ihren nackten Körpern war rauh und seidig zugleich. Liebe Leser, diese Nacht ist dreiundzwanzig Jahre her, aber weder Clifford noch Helen haben sie je vergessen.

Konsequenzen

Jetzt. Cliffords und Helens übereilter Aufbruch hatte für großen Wirbel gesorgt. Als spürten die Gäste die Bedeutung dieses Ereignisses: verstanden, daß deswegen das Leben vieler Menschen in seinem Fluß gestört werden würde. Sicher, es gab in dieser Nacht auch andere bemerkenswerte Begegnungen, die in die Lebensgeschichte etlicher Gäste eingingen – da kam es zu Partnertausch, Liebeserklärungen, Haßausbrüchen, Handgreiflichkeiten, Zerwürfnissen und Versöhnungen, da wurden Skandale erregt, Jobs ergattert, Karrieren verspielt und sogar ein Baby gezeugt – in der Garderobe, unter Angies Nerz, aber das Ereignis mit den weitreichendsten Folgen war doch die Sache zwischen Clifford und Helen. Es war eine sehr gute Party. Nur wenige sind so: die meisten nicht. Als würde eben manchmal das Schicksal erfahren, daß irgendwo eine Party stattfindet, und höchstpersönlich vorbeikommen. Aber all die anderen Ereignisse sollen uns hier nicht weiter interessieren, abgesehen vielleicht von der Tatsache, daß am Ende des Abends Angie ohne Begleiter dastand. Arme Angie!

»Wo ist Clifford?« fragte da unvorsichtigerweise der junge Harry Blast, der Kunstkommentator vom Fernsehen. Ich wünschte, ich könnte sagen, daß er sich mit den Jahren mehr Taktgefühl zulegte, aber das wäre gelogen.

»Er ist gegangen«, sagte Angie barsch.

»Mit wem denn?«

»Mit einem Mädchen.«

»Welchem Mädchen?«

»Mit der einen, die so 'ne Art Nachthemd anhatte«, sagte Angie. Sie dachte, Harry Blast würde ihr sicher anbieten, sie nach Hause zu begleiten, aber da täuschte sie sich.

»Ach, die«, war alles, was Harry sagte. Er hatte ein rundliches, unschuldiges, rosa Gesicht, eine scheußlich lange Nase und einen brandneuen Magistertitel aus Oxford. »Das kann ich ihm nicht verübeln.« (Worauf Angie sich im Herzen gelobte, er würde es in seinem Beruf nicht weit bringen, wenn sie das auf irgendeine Weise verhindern konnte. Tatsächlich bekam sie dazu keine Gelegenheit. Manche Leute sind eben unaufhaltsam; kraft ihrer geistigen Beschränktheit, würde ich meinen. Erst kürzlich erschien Harry Blast, dank eines kosmetischen Eingriffs, mit neugeformter Nase in einer bedeutenden Fernsehsendung namens »Mätzchen und Mäzene – Neues aus der Kunstwelt.«)

Angie stakste von dannen, blieb an einem Türgriff hängen und zerriß ihre rote Satinschleife, was ihr den Abgang einigermaßen verdarb. Sie riß die Schleife ganz ab und dabei den Stoff ein und vernichtete Material in Höhe von hunderteinundzwanzig Pfund und Schneiderlohn in Höhe von dreiunddreißig Pfund (Preise von 1965), aber was kümmerte das Angie? Sie bekam fünfundzwanzigtausend Pfund Taschengeld im Jahr, dazu die Einnahmen aus ihrem Kapital – Aktien, Wertpapiere und so weiter –, ganz zu schweigen von ihren Anteilen bei Leonardo's und dem, was sie nach dem Tod ihres Vaters zu erwarten hatte. Sechs Goldminen, inklusive Arbeiter, nur um damit zu spielen! Aber was nützte das Angie, wenn doch alles, was sie wollte, Clifford war? Ihr Leben war für sie eine Tragödie, und sie fragte sich, wer schuld daran hatte. Sie verdonnerte einen Portier dazu, Sir Larry Patts feines Büro aufzuschließen, damit sie ihren Vater in Südafrika anrufen konnte.

Und so geschah es, daß selbst Sam Wellbrook auf der anderen Seite der Erde durch Cliffords und Helens Verhalten in Mitleidenschaft gezogen wurde. Das Weinen seiner Tochter reiste unter den Meeren hindurch und über die Kontinente hinweg. (Das war vor den Tagen der Satellitenübertragung: aber eine Träne ist eine Träne, selbst wenn sie durch die schwerfälligen Geräte eines veralteten Fernmeldesystems verzerrt wird.)

»Du hast mein Leben ruiniert!«, weinte Angie. »Niemand will mich. Niemand liebt mich. Daddy, was ist nur mit mir los?«

Sam Wellbrook saß unter einer mächtigen Sonne in einem üppigen subtropischen Garten; er war reich, er war mächtig: er hatte Frauen jeder Rasse, jeder Farbe in seinem Bett: er wäre glücklich, wenn er bloß keine Tochter hätte, dachte er. Vaterschaft kann etwas ganz Schreckliches sein, selbst für einen Millionär.

»Money can't buy me love«, wie die Beatles sangen, genau zu der Zeit, von der wir sprechen. Sie hatten nur teilweise recht. Männer scheinen ja welche kaufen zu können: Frauen nicht. Wie unfair die Welt doch ist!

»Das ist alles deine Schuld!«, fuhr sie fort, wie nicht anders zu erwarten war, bevor er ihr sagen konnte, was mit ihr los war. Daß sie nicht geliebt wurde, weil sie nicht liebenswert war, und daß dies nicht an ihm lag: sie war schon so geboren worden.

»Also, was gibt's sonst noch an Neuigkeiten«, sagte er mit jammernder Stimme, und Toby, der schwarze Butler, füllte seinen Gin-Tonic auf.

»Ich werd dir sagen, was es an Neuigkeiten gibt«, fuhr Angie ihn an, riß sich aber sofort zusammen, was sie immer dann konnte, wenn Geld auf dem Spiel stand. »Mit Leonardo's geht es rasant bergab, und wir müssen unser Geld da rausziehen, solange wir noch können.«

»Wer hat dich denn so aufgeregt?«

»Es ist nichts Persönliches. Nur ist Sir Larry Patt ein tatteriger alter Narr und Clifford Wexford ein Schwindler, der einen Boule nicht von einem Braque unterscheiden kann und – «

»Einen was – ?«

»Ach, sei still, Dad, und überlaß mir das Kunst-Gewerbe. Du bist ein Banause und ein Spießer. Die Sache ist die: sie haben für diese Show Millionen verpulvert. Niemand wird aufkreuzen, um einen Haufen von Seelen in der Hölle schmoren zu sehen; alte Meister sind *out*, moderne sind *in*. Wenn Leonardo's weiterlaufen soll, muß es sich in der zeitgenössischen Kunst umtun, aber wer in diesem Metier hat dafür den Schneid oder das Urteilsvermögen?«

»Clifford Wexford«, erwiderte Sam Wellbrook. Er verfügte über ein gutes Informationsnetz. Er investierte sein Geld nicht unklug.

»Du wirst tun, was ich dir sage«, schrie seine Tochter. »Willst du dich ruinieren?«

Sie machte sich keine Gedanken über die Kosten des Telefongesprächs. Es war das Telefon von Leonardo's. Sie hatte nicht die Absicht, dafür zu bezahlen. Und damit wollen wir uns fürs erste von Angie verabschieden, nicht ohne zu erwähnen, daß Angie sich weigerte, bei dem Mädchen an der Garderobe zu bezahlen, und zwar mit der Begründung, daß ihr Nerz schlampig aufgehängt worden war und Druckstellen an den Schultern hatte. Niemand außer Angie konnte diese Druckstellen sehen. Sie war nicht nur reich, sie hatte auch vor, reich zu bleiben.

Sir Larry Patt war äußerst verärgert über Cliffords Verhalten; es brachte ihn geradezu aus der Fassung, als er entdecken mußte, daß sein Assistent nicht im Savoy erschien, um ihm dabei zu helfen, die VIPs aus dem In- und Ausland angemessen zu bewirten. »Arroganter junger Schnösel«, sagte Sir Larry Patt zu Mark Chivers vom Arts Council. Sie waren zusammen zur Schule gegangen.

»Sieht aus, als würden wir eine gute Presse bekommen«, sagte Chivers, der pfiffige kleine graue Augen hatte, ein runzliges, hutzliges Gesicht und einen erstaunlich dicht gewachsenen Spitzbart, »was wir den Champagnercocktails ebenso zu verdanken haben wie Hieronymus Bosch, also glaube ich, wir müssen ihm verzeihen. Clifford Wexford weiß, wie man in der neuen Welt zurechtkommt. Wir nicht, Larry. Wir sind Gentlemen. Er nicht. Wir brauchen ihn.«

Larry Patt hatte das rosa Puttengesicht eines Mannes, der Zeit seines Lebens um das öffentliche Wohl bemüht ist, welches sich glücklicherweise mit seinem eigenen deckt.

»Ich glaube, du hast recht«, seufzte er. »Ich wünschte, es wäre nicht so.«

Auch Lady Rowena war enttäuscht. Sie hatte sich schon darauf gefreut, beim Dinner von Zeit zu Zeit einen Blick aus Cliffords blauen Augen zu erhaschen. Rowena war fünfzehn Jahre jünger als ihr Ehemann und hatte einen ebenso niedlichen Ausdruck im Gesicht, wenngleich ihres weit weniger verrunzelt war als seines, und sittsame braune Augen. Rowena hatte einen Magister in Kunstgeschichte und schrieb Bücher über die unterschiedlichen Baustile des byzantinischen Doms, und während Sir Larry sie sicher – in der Bibliothek des British Museum beim Arbeiten – aufgehoben wähnte, war sie reichlich oft mit einem seiner Kollegen im Bett. Wie so viele aus seiner Generation glaubte Sir Larry, Sex würde sich nur nachts abspielen, und hatte keine Befürchtungen bezüglich der Nachmittage. Das Leben ist kurz, dachte Lady Rowena, das dunkle, winzig kleine, pfiffige Ding mit der Wespentaille, und Sir Larry war goldig, aber langweilig. Es freute sie kein bißchen mehr als Angie, als sie Clifford mit Helen weggehen sah. Ihre Affäre mit Clifford war seit vollen fünf Jahren vorbei, aber egal: keine Frau in den mittleren Jahren sieht es gerne, wenn ein Mädchen Anfang Zwanzig eine so leichte Eroberung macht: es ist wirklich unfair, daß Jugend und Aussehen anscheinend mehr zählen als Witz, Stil, Intelligenz und Erfahrung. Clifford konnte Angie ruhig begleiten, wohin er wollte. In seinem Herzen gab es ganz sicher kein anderes Motiv als Geld, dachte Rowena – und wer würde den Reiz des Geldes nicht verstehen? –, aber Helen, die Tochter des Bilderrahmenmachers! Es war zu schade. Rowena hob ihre braunen Augen zu dem stämmigen Herrn Bouser, der mehr über Hieronymus Bosch wußte als sonst jemand auf der Welt – abgesehen von Clifford Wexford, der ihm nun dicht auf den Fersen war –, und sagte:

»Herr Bouser, ich hoffe, Sie werden beim Essen neben mir sitzen. Ich bin so gespannt darauf, mehr von Ihnen zu erfahren!« und Herrn Bousers Frau, die das zufällig mitanhörte, war ziemlich perplex und keineswegs erfreut. Ich sage Ihnen, das war vielleicht eine Party!

Aber wer sich am meisten von allen aufregte, war John Lally, Helens Vater.

»Du dummes Stück, warum hast du sie nicht zurückgehalten?«, herrschte er seine Frau an. John Lally hatte einen Grützbeutel oben am Kopf, an der Stelle, wo sein Haar sich lichtete, und er traute niemandem. Er hatte kurze Wurstfinger, und er malte feinfühlige, erlesene Bilder zu ausgesprochen unpopulären Themen – den heiligen Petrus an der Himmelspforte (niemand kauft je Petrusse. Muß irgend etwas mit den baumelnden Schlüsseln zu tun haben – das Gefühl, ganz unerwartet ausgesperrt zu werden, von einem Oberkellner etwa, nur weil man in der falschen Garderobe erschienen ist. Zu spät, um noch umzukehren und die Sache zu korrigieren!), verwelkende Blumen, Füchse mit blutenden Gänsen im Maul; wenn es einen Gegenstand gab, den sich niemand an die Wand hängen wollte – John Lally malte ihn. Er gehörte, wie Clifford

Wexford wußte, zu den besten, wenngleich damals auch zu den unverkäuflichsten Malern im Lande. Clifford kaufte Lallys, sehr billig, für seine Privatsammlung, und beschäftigte unterdessen den sich mühselig durchschlagenden Künstler mit der Herstellung von Rahmen für die Bilder, die ungerahmt bei Leonardo's ankamen, und zapfte ihm boshafterweise umsonst die Ideen ab, wie man eine Ausstellung am besten arrangierte. (Letzteres ist schon eine Kunst an sich, obwohl das selten so gesehen wird.) Aus diesen und anderen Gründen, die mit dem Wesen und Einfluß von Kunstverwaltern im allgemeinen und Kunsthändlern im besonderen zu tun haben (wofür Clifford Wexford ein besonders gutes Beispiel war), verabscheute und verachtete und versorgte (wenn auch gegen seinen Willen) John Lally den Mann, der nun einen dünnen braunen Mantel um die weißen Schultern seiner jungen Tochter gelegt und sie entführt hatte.

Evelyn war ebenfalls betroffen. Tatsächlich war sie, wie immer, diejenige, die am meisten litt. Sie entgegnete ihm nicht etwa: »Weil unsere Tochter frei, über einundzwanzig und keine Unschuld vom Lande mehr ist« oder: »Weil sie ihn sympathisch fand« oder sogar »Warum sollte sie nicht?« Nein. Mit den Jahren hatte sie immer mehr John Lallys Sicht der Dinge übernommen, ob es nun darum ging, wie die Welt beschaffen war, oder darum, wer zu den Guten und wer zu den Schlechten gehörte. Sie hatte tatsächlich die (in jedem Fall schlechte) Angewohnheit, die Welt durch die Augen ihres Mannes zu sehen.

»Tut mir leid«, war alles, was sie sagte. Aber sie hatte ja auch die Angewohnheit, für alles und jedes die Schuld zu übernehmen. Sie entschuldigte sich sogar für das Wetter. »Tut mir leid, daß es regnet«, hatte man sie schon zu Gästen sagen hören. So etwas kann das Leben mit einem Genie bei einer Frau anrichten. Evelyn ist mittlerweile tot: ich glaube nicht, daß sie ihr Leben voll ausgekostet hat. Sie hätte John Lally öfter die Stirn bieten sollen. Er hätte es akzeptiert, ja er wäre sogar glücklicher gewesen. Wenn Männer wie Kinder sind – manche Frauen behaupten das ja –, dann wohl ganz besonders in der Hinsicht, daß sie glücklich sind, wenn sie sich gut benehmen müssen, wie die kleinen Gäste bei einer Geburtstagsparty, die ganz strikt durchorganisiert ist. Evelyn hätte mehr Mut haben sollen. Sie hätte länger gelebt.

»Das sollte dir auch leid tun«, sagte John Lally und fügte hinzu: »Das verdammte Gör hat's doch bloß getan, um mich zu ärgern«, und auch er stapfte hinaus in die Nacht und ließ seine Frau allein zurück, die nun jede Menge peinliche Erklärungen abgeben und ohne Begleitung zum Dinner im Savoy gehen mußte. Das war, fand John Lally, nicht mehr, als seine Frau auch verdiente; schließlich hatte sie ihn ganz schrecklich enttäuscht. Er dachte, wieviel glücklicher er jetzt wohl sein würde, wenn er nur eine andere Frau geheiratet hätte. John Lally fing in dieser Nacht mit einem neuen Gemälde an: es stellte nicht den Raub der Sabinerinnen dar, sondern die räuberischen Sabinerinnen. Sie waren es, die hilflose römische Soldaten überfielen. So albern und unangenehm wie an diesem Abend war John Lally nicht immer, im Gegenteil, er bekam nur ab und zu seine »Launen« (wie seine Frau es nannte), und das war nun eine. Er ärgerte sich über das, was er als Treulosigkeit seiner Tochter ansah. Natürlich hatte er auch eine ganze Menge Champagner getrunken. Nun, Alkohol gilt immer als Entschuldigung für schlechtes Benehmen. Ich würde Ihnen zu gerne berichten, daß Evelyn an diesem Abend gut ankam, bei Adam Adam von der Sunday Times beispielsweise, aber das geschah leider nicht. Ihr inneres Augenmerk galt so ausschließlich ihrem Ehemann, ihre Gefühle waren so sehr von ihm in Anspruch genommen, daß die Außenwelt sie kaum als eigenständige Person auffassen konnte. Das einzige Heilmittel gegen einen Mann ist ein anderer Mann, das stimmt schon, aber wie soll dieser Mann unter gewissen Umständen je gefunden werden, wenn der erste immer noch Herz und Seele mit Beschlag belegt? Evelyn machte sich ohne Begleitung auf den Heimweg. Das ist eben das Los von nicht besonders gut gekleideten, eher stillen Ehefrauen, die zu gesellschaftlichen Ereignissen allein erscheinen.

Der Morgen danach

Als für Helen der erste Morgen anbrach und die Sonne es war, nicht mehr der Mond, die auf das zerwühlte Bett herabschien, und Clifford zur Arbeit gehen mußte, da kam es ihr ziemlich unsinnig vor, überhaupt das Bett zu verlassen, außer vielleicht, um eine Tasse Kaffee für sich und ihn zu machen und ein Bad zu nehmen und jemanden anzurufen oder so, weil es so offensichtlich war, wo sie auch die nächste Nacht verbringen würde. In Cliffords Bett.

An diesem ersten Morgen tat es Clifford direkt weh, Helen zu verlassen. Als er in die kalte, klare Morgenluft hinaustrat, da keuchte er – nicht etwa, weil sich seine Lungen im Schock zusammenzogen, sondern aus dem Bewußtsein heraus, daß er Helens Körper nicht mehr berühren, spüren, umfangen konnte. Er bekam richtige Herzschmerzen, aber aus einem so guten Grund, daß er gar keine Notiz davon nahm und pfeifend und lächelnd ins Büro marschierte. Sekretärinnen blickten einander an. Es schien unwahrscheinlich, daß dahinter Angie steckte. Clifford rief Helen an, sobald er konnte.

»Wie geht es dir?«, fragte er. »Was tust du? Genau.«

»Also«, sagte sie. »Ich bin auf, und ich hab mein Kleid gewaschen und es zum Trocknen ans Fenster gehängt, und ich hab die Katze gefüttert. Ich denke, sie könnte Flöhe haben: das arme kleine Ding kratzt sich dauernd. Ich werd ihr ein Flohhalsband besorgen, ja?«

»Tu, was du willst«, sagte er, »mir ist alles recht«, und war erstaunt, sich selbst so reden zu hören. Aber es stimmte. Irgendwie hatte Helen ihm – zumindest zeitweilig – die Fähigkeit genommen, den Dingen kritisch gegenüberzustehen. Er vertraute ihr seinen Körper, sein Leben, seine Katze an, nachdem er sie gerade vierzehn Stunden kannte. Er hoffte, seine Arbeit würde dadurch nicht beeinträchtigt. Er wandte seine Aufmerksamkeit den Zeitungen zu. Leonardo's noch mehr als kümmerliche Public Relations-Abteilung – genauer gesagt Clifford, in den paar Stunden pro Woche, die er dafür abknapsen konnte – hatte sensationell gut abgeschnitten. Die Party, die Ausstellung, nahm auf den Innenseiten viele Zeilen, sogar ganze Spalten ein.

Jeden Moment konnte sich nun das bislang Beispiellose (denn schließlich waren dies ja die sechziger Jahre) ereignen: lange Schlangen vor Leonardo's, bis hinunter zum Picadilly. Die Börsenspekulanten (Verzeihung, die Öffentlichkeit) würde darauf warten, in die Hieronymus Bosch-Ausstellung eingelassen zu werden, um zu sehen, was Clifford als die Zukunftsvision dieses großartigen Mannes bezeichnet hatte. Die Tatsache, daß es sich dabei um traumhafte Visionen von Boschs eigener Gegenwart und nicht der Zukunft dieser Welt handelte und Clifford das wußte, bereitete ihm einige Skrupel, aber nicht viele. Besser, die Öffentlichkeit fand Bilder interessant; besser ein großzügiger, intelligenter, reizvoller halb-phantastischer Stil als der langweilige, penible, wirklichkeitsnahe Pointillismus. Es kann ja nicht so schlecht sein, um der Kunst willen die Wahrheit ein wenig zu beugen.

In dieser ersten Nacht, liebe Leser, wurde Nell empfangen. Das schwört jedenfalls Helen. Sie sagt, sie habe es gefühlt. Es war, sagte sie, als hätten Sonne und Mond sich plötzlich vereinigt, in ihr.

In der zweiten Nacht schafften Clifford und Helen es, ihre Umarmung lange genug zu unterbrechen, um sich gegenseitig einen Abriß ihrer Lebensgeschichte zu geben. Clifford sprach, wie er noch nie mit jemandem gesprochen hatte, vom Trauma seiner Kindheit, als er aufs Land geschickt worden war, um Hitlers Bomben zu entgehen, und dort ganz verloren war, allein und verängstigt, während seine Eltern sich eher um die Weltlage kümmerten als um seine. Helen nahm Clifford mit auf eine kurze und nicht ganz akkurate – da abgekürzte – Tour ihrer verflossenen Lieben. Er unterband ihre Bekenntnisse durch Küsse, und zwar relativ bald.

»Dein Leben beginnt jetzt«, sagte er. »Nichts, was vorher passiert ist, zählt. Nur dies.«

Und so, liebe Leser, geschah es, daß Clifford und Helen sich trafen und Nell in der Weißglut brennender, unendlicher Leidenschaft empfangen wurde. Ich möchte hier von der Bezeichnung »Liebe« abrücken – dafür war es ein zu wildes Gefühl, ein viel zu sensibles Barometer, dessen Nadel zwischen »Regen« und »beständig« schwankte und kaum einmal hübsch senkrecht auf »wechselhaft« stehenblieb, in der Mitte, was ein Barometer eigentlich tun sollte, um sich alle Möglichkeiten offenzuhalten. Aber Liebe ist wiederum das einzige Wort, das wir haben. Es wird also genügen müssen.

In der dritten Nacht gab es ein riesiges Gepolter an der Wohnungstür, und ein Fuß krachte hindurch, und das Holz splitterte: und das Schloß brach auf, und da stand John Lally voller Hoffnung, seine Tochter Helen und seinen Mentor und Feind Clifford Wexford zu erwischen, wie sagt man so schön? *in flagranti.*

Familienbeziehungen

Clifford und Helen schliefen glücklicherweise in aller Unschuld, als John Lally bei ihnen hereinplatzte. Sie lagen erschöpft auf einem zerwühlten Bett, ein haariges Bein hier, ein glattes dort, ihr Kopf auf seiner Brust, ziemlich ungemütlich in den Augen des Außenstehenden; für Liebende, das heißt wahre Liebende, jedoch total gemütlich, nur eben nicht für solche, die wissen, daß sie schon bald aufstehen und sich davonschleichen müssen, bevor die peinliche Zeit des Frühstücks anbricht. Wahre Liebende schlafen tief in dem Wissen, daß nichts aufhören muß, wenn sie erwachen, sondern daß es einfach weitergeht. Diese Überzeugung durchzieht ihren Schlaf: sie lächeln im Schlummer. Das Geräusch von splitterndem Holz ging in ihre Träume ein und wurde dort umgewandelt, in Helens Fall zum Rascheln eines flaumigen Kükens, das in ihrer Hand aus einem Ei schlüpfte, und in Cliffords Fall zum Fahrgeräusch seiner Ski, mit denen er meisterhaft und fehlerfrei verschneite Berghänge hinunterjagte. Der Anblick seiner schlafenden, lächelnden Tochter, seines lächelnden, schlafenden Feindes, der ihm seinen letzten Schatz gestohlen hatte, schürte John Lallys Wut nur noch mehr. Er brüllte. Clifford runzelte die Stirn im Schlaf; unter ihm gähnten Abgründe. Helen drehte sich zur Seite und erwachte. Das süße Piepsen des neugeborenen Kükens hatte sich in ein Heulen verwandelt. Sie setzte sich auf. Sie sah ihren Vater und zog das Bettuch über ihre Brust. Blaue Flecke hatten sich noch nicht gebildet.

»Woher wußtest du, daß ich hier bin?«, fragte sie: es war die Frage des geborenen Verschwörers, der keine Schuldgefühle verspürt, dessen Pläne jedoch schiefgegangen sind. John Lally ließ sich nicht dazu herab, ihr zu antworten, aber ich werd's Ihnen erzählen.

Durch eins dieser Mißgeschicke, die das Los von Liebenden begleiten, war Cliffords und Helens gemeinsamer Aufbruch von der Bosch-Party das Thema einer kleinen Notiz in einer Klatschkolumne geworden, und daran hatte sich ein gewisser Harry Stephens festgehakt – ein *habitué* des Appletree Pubs in Lower Appleby. Dieser Harry nun hatte einen Cousin bei Sotheby's, wo Helen halbtags an der Restaurierung von altem Steingut arbeitete, und hatte weitere Nachforschungen betrieben, und so war selbst ins tiefste Gloucestershire die Kunde gedrungen, daß Helen Lally in Clifford Wexfords Haus verschwunden und seither nicht wieder herausgekommen war.

»Sie haben ja vielleicht 'ne Tochter!«, sagte Harry Stephens. John Lally war in der Nachbarschaft nicht beliebt. Lower Appleby mochte ihm sein exzentrisches Gehabe verzeihen, seine Schulden, seinen verwahrlosten Obstgarten, nicht aber, daß er, ein Fremder, Apfelmost im Pub trank, statt der üblichen »Kurzen«, und auch nicht, wie er seine Frau behandelte. Ansonsten wäre das Thema Helen Lally gar nicht erst aufgebracht, sondern taktvoll ignoriert worden. So kam es jedenfalls, daß John Lally seinen Apfelmost austrank, in seinen zerbeulten Volkswagen stieg – Höchstgeschwindigkeit fünfundzwanzig Meilen pro Stunde – und sich auf die Reise nach London machte, durch die Nacht, durchs Morgengrauen, weniger um seine Tochter zu retten als vielmehr, um Clifford Wexford ein für allemal als den Schurken zu entlarven, der er war.

»Hure!«, schrie John Lally nun und zerrte Helen aus dem Bett, weil sie gerade am nächsten war.

»Also wirklich, Dad«, sagte sie, schlüpfte unter seinem Griff durch und kam auf die Füße, zog ihr Hemdchen gerade und meinte dann, an die Adresse des erwachenden, verblüfften Clifford gerichtet: »Tut mir leid, es ist mein Vater.« Sie hatte die Angewohnheit ihrer Mutter angenommen, sich für alles und jedes zu entschuldigen, und würde sie auch nie mehr loswerden. Mit dem einen Unterschied: wenn ihre Mutter diesen Satz anbrachte, dann in der kläglichen Hoffnung, Sturzbäche an Beschimpfungen von sich abzulenken – bei Helen dagegen war es so etwas wie ein gelangweilter Vorwurf an die Adresse der Schicksalsgöttinnen, vorgetragen mit einem sarkastischen Heben der zarten Augenbrauen. Clifford setzte sich auf, verblüfft.

John Lally blickte sich um, betrachtete die Schlafzimmerwände, die Gemälde, die das Ergebnis von circa fünf Jahren seines Lebens und seiner Arbeit darstellten: eine verfaulte Feige an einem Zweig, ein Regenbogen, entstellt durch eine Kröte im Vordergrund, eine Wäscheleine in einem Höhleneingang – ich weiß, das hört sich alles nach ganz schrecklichen Bildern an, aber, liebe Leser, so ist es keineswegs: diese Gemälde hängen heute in den berühmtesten Galerien der Welt, und niemand schreckt zurück, wenn er an ihnen vorbeigeht: die Farben sind so kräftig, ausdrucksvoll und nuanciert – es ist, als wären da verschiedene Wirklichkeiten übereinandergeschichtet –, und dann seine Tochter, die halb am Lachen, halb am Weinen war, die verlegen, aufgeregt und wütend war, alles zur selben Zeit: und Cliffords kräftigen nackten Körper mit dem Flaum von hellen, fast weißen Haaren, auf seinen gebräunten Armen und Beinen (Clifford und Angie waren erst kürzlich in Urlaub gewesen, in Brasilien, wo sie im Palast eines Kunstsammlers gewohnt hatten: einer Stätte von Marmorböden und blattgoldbeschichteten Wasserhähnen und so weiter und Tintorettos an den Wänden und heißer, knallend heißer Sonne) und noch einmal das zerwühlte, warme Bett.

Es war zweifellos die Reinheit des Herzens und die schiere Selbstgerechtigkeit, die John Lally da die Kraft von zehn Männern verlieh. Er packte Clifford Wexford – junger Schnösel oder Hoffnung der Kunstwelt, je nach persönlichem Standpunkt – an einem nackten Arm und an einem bloßen Bein und hob ihn hoch in die Luft, so mühelos, als wäre der jüngere Mann eine Stoffpuppe. Helen kreischte. Die Puppe erwachte gerade rechtzeitig zum Leben, um mit dem freien Bein voll zwischen John Lallys Beine zu treten und ihn genau da zu erwischen, wo's am meisten wehtat. John Lally kreischte nun seinerseits; die Katze – die eine warme, aber unruhige Nacht am Fußende des Schaumstoffbettes verbracht hatte – räumte endlich ihren Platz und stolzierte von dannen, gerade rechtzeitig, denn Clifford Wexford purzelte genau auf die Stelle, wo sie nur eine Sekunde vorher zusammengerollt gelegen hatte; John Lally hatte ihn einfach losgelassen. Clifford war genauso schnell auf wie unten, klemmte einen jungen und elastischen Fuß hinter John Lallys steifen Fußknöchel und riß ihn zu sich hin, so daß der Vater seiner Geliebten vornüber auf den Boden fiel, sich das Gesicht aufschlug und Nasenbluten bekam. Clifford, breitschultrig, sehnig, jung, stand stolz und nackt über seinem besiegten Widersacher. (Er schämte sich seines Körpers genauso wenig wie Helen. Doch ebenso wie Helen sich vor ihrem Vater in angezogenem Zustand wohler fühlte, hätte Clifford sich, wenn seine Mutter anwesend gewesen wäre, zweifellos schleunigst zumindest die Unterhose übergezogen.)

»Dein Vater ist wirklich ein lästiger Zeitgenosse«, sagte Clifford zu Helen. John Lally lag vornüber auf dem Kelim, mit offenen, brennenden Augen. Es war ein in matten Orange- und gedämpften Rottönen gestreifter Teppich; Farben und Muster, die später in einem seiner bekanntesten Gemälde erscheinen sollten – *Die Auspeitschung der Hl. Ida*. (Maler, wie auch

Schriftsteller, haben das Talent, die bedrückendsten und schlimmsten Ereignisse künstlerisch wertvoll zu verarbeiten.) Teppiche wie dieser eine, der so lässig über Cliffords spiegelblanken Holzfußboden geworfen lag, sind heutzutage selten und kosten bei Liberty's ein paar tausend Pfund. Damals konnte man sie für einen Fünfer oder so bei jedem Trödler kaufen. Clifford, mit seinem wissenden Blick für die Zukunft, hatte es natürlich schon geschafft, etwa ein Dutzend ganz besonders feiner Exemplare zu ergattern.

John Lally war sich nicht sicher, was eigentlich schlimmer war: der Schmerz oder die Demütigung. Als ersterer nachließ, wurde letztere immer stärker. Seine Augen tränten, seine Nase blutete, sein Unterleib tat weh. Seine Finger kribbelten. Er hatte achtundzwanzig Jahre lang wie ein Besessener gemalt – bislang, soweit er das sehen konnte, ohne jeden kommerziellen oder praktischen Nutzen. Die Leinwände stapelten sich in seinem Atelier, in seiner Garage. Der einzige Mensch, der ihren künstlerischen Wert zu erkennen schien, war Clifford Wexford. Schlimmer noch, der Künstler mußte sich eingestehen, daß dieser blonde junge Schnösel von einem Mann mit seiner großkotzigen Lebenseinstellung, seinem lockeren Umgang mit Frauen, Geld und Gesellschaft ganz genau wußte, wie man ein künstlerisches Talent förderte: mit einem ermutigenden Wort hier, einer moralischen Ohrfeige dort: er brauchte nur eine Augenbraue zu heben, wenn er bei einem seiner regelmäßigen Besuche die aufgestapelten Leinwände in Lallys Dachkammer, Garage, Gartenhütte durchsah. »Ja, das ist interessant. Nein, nein, der Ansatz ist gut, aber es ist doch noch nicht so ganz gelungen, oder? – Ah, ja – «, und der junge Wexford suchte sich dann die besten aus – der Maler wußte, daß es seine besten Arbeiten waren, und erwartete, daß die Welt diese am ehesten verschmähen würde: mittlerweile hoffte er sogar, daß die Welt sie verschmähen würde, denn umso eher konnte er dann auch die Welt verschmähen und verachten – und brachte sie fort. Und ein Fünfer oder so wechselte von einer Hand in die andere – gerade genug, um Farbe und Pinsel zu ersetzen, kaum aber genug, um das Küchenregal wieder aufzufüllen, aber das war Evelyns Problem – und dann wurden sie schnell fortgeschafft, und gelegentlich kam ihm dann ein Scheck von Leonardo's mit der Post zu, unerwartet und unerbeten. John Lally war hin- und hergerissen, er war in inneren Konflikten: er wütete, er brannte: er blutete: soviele Leidenschaften, dachte John Lally – Gesicht nach unten, blutend und weinend, alles in den Kelim – könnten vielleicht sogar körperlichen Schaden bei mir anrichten – das heißt, meine Malerhand lähmen. Er riß sich zusammen. Er hörte auf zu zappeln und zu stöhnen und lag ganz still da.

»Jetzt, wo Sie aufgehört haben, einen Narren aus sich zu machen«, sagte Clifford, »sollten Sie besser aufstehen und rausgehen, bevor ich die Geduld verliere und Sie tottrample.«

John Lally lag weiterhin still da. Clifford stieß mit dem Fuß lässig an seinen darniederliegenden Leib.

»Nicht«, sagte Helen.

»Ich tu, was ich will«, sagte Clifford. »Schau bloß, was er mit meiner Tür gemacht hat!» Und er zog seinen Fuß zurück, als wolle er ihm gleich noch einen saftigen Tritt verpassen. Er war wütend, und das nicht bloß wegen seiner zersplitterten Holztür oder weil jemand in seine Privatsphäre eingedrungen war oder Helen beschimpft hatte, sondern weil er in diesem Moment erkannte, daß er John Lally tatsächlich beneidete, daß er eifersüchtig auf diesen Mann war, der malen konnte wie ein Engel. Und malen zu können wie ein Engel war das einzige auf der Welt, was Clifford Wexford wollte. Und weil Clifford das nicht konnte, schien ihm alles andere uninteressant – Geld, Ehrgeiz, das Streben nach Status – bloßer Ersatz, zweite Wahl. Er wollte John Lally tottrampeln, er wollte es wirklich.

»Bitte nicht«, sagte Helen. »Er spinnt ein bißchen. Er kann sich nicht helfen.«

John Lally blickte hoch zu seiner Tochter und kam zu dem Schluß, daß er sie kein bißchen leiden konnte. Sie war ein dummes Gör, herablassend, verwöhnt von Evelyn, verdorben von der Welt; sie war ein hübsches Lärvchen, ohne jede Begabung, verwöhnt. Er rappelte sich mit Mühe auf.

»Dummes Gör«, sagte er, »als ob es mich interessieren würde, in wessen Bett du warst.« Er war gerade rechtzeitig aufgestanden. Clifford verpaßte ihm den Tritt und verfehlte ihn.

»Mach doch, was du willst«, sagte John Lally zu Helen. »Bloß komm weder mir noch deiner Mutter je wieder in die Nähe.«

Und so, liebe Leser, geschah es, daß Helen und Clifford sich trafen und Helen ihre Familie aufgab – wegen Clifford.

Helen zweifelte nicht daran, daß sie und Clifford schon bald heiraten würden. Sie waren füreinander bestimmt. Sie waren die beiden Hälften eines Ganzen. Sie wußten es einfach, schon allein daher, weil sich ihre Gliedmaßen auf eine Weise ineinander zu fügen schienen, als fänden sie endlich ihr richtiges Zuhause. Ja, so kann einen die Liebe auf den ersten Blick erwischen. Ob es gut oder schlecht ausgeht – was passiert, passiert eben.

Rückblick

Clifford war stolz und glücklich, Helen entdeckt zu haben, genau wie sie zufrieden und dankbar war, ihn gefunden zu haben. Er blickte mit Erstaunen auf sein Leben vor Helen zurück: seine gelegentlichen sexuellen Kontakte, seine für alle erotischen Begegnungen typische Haltung des Ruf-mich-nicht-an, Ich-ruf-dich-an (was er natürlich selten tat, da seine Aufmerksamkeit und sein Interesse nie voll in Anspruch genommen wurden), das etwas schicklichere, aber dennoch erfolglose voreheliche Geplänkel mit einer langen Reihe von mehr oder weniger geeigneten jungen Damen, die regelmäßigen und letztlich faden Ausflüge mit der falschen Person zu den richtigen Restaurants und Clubs. Wie hatte er sich mit all dem nur abfinden können? Warum? Leider muß ich sagen, daß Clifford, rückblickend, gar nicht bedachte, wie vielen Frauen er emotional oder sozial oder sowohl als auch wehgetan hatte: er erinnerte sich nur an seine eigene Trostlosigkeit und Langeweile.

Und was Helen betraf, es war, als hätte sie ihr Leben bisher in Dunkelheit verbracht. Ach, aber jetzt! Ganz unerwartet war die Sonne gekommen, erleuchtete nun ihre Tage, schickte ihr restliches warmes Licht durch ihre Nächte. Helens Augen strahlten; sie wurde abwechselnd rot und blaß: sie schüttelte den Kopf, und ihre braunen Locken wirbelten umher, als wären selbst sie mit zusätzlicher Lebenskraft übergossen. Dann und wann ging sie auch zu ihrer winzigen Werkstatt bei Sotheby's, kehrte von dort aus aber nie in ihre eigene kleine Wohnung zurück, sondern immer zu Cliffords Heim und Bett. Sie wurde stundenweise bezahlt und schlecht, aber das Zwanglose, Lockere ihres Jobs sagte ihr zu. Sie sang, während sie arbeitete; ihre Spezialität war das Zusammenkleben von frühem Steingut. (Die meisten Restaurateure interessieren sich eher für die harten scharfen Kanten und Farben der Keramik. Helen hatte mehr für die schwierige, raffinierte, weiche, bröselige Zartheit von frühen ländlichen Krügen und Bechern übrig.) Sie vergaß Freunde und Freier: sie überließ es ihrer Mitbewohnerin, die Miete zu zahlen und Fragen zu beantworten. Sie vermochte nicht länger zu glauben, daß Geld eine Rolle spielte oder ein guter Ruf oder das unbegrenzte Wohlwollen von Freunden. Sie war verliebt. Sie waren alle beide verliebt. Clifford war reich. Clifford würde sie beschützen. Was kümmerten sie die Einzelheiten. Was kümmerte sie der Zorn ihres Vaters, der Kummer ihrer Mutter: die hochgezogenen Augenbrauen ihrer Arbeitgeber, wenn sie die Stunden zusammenzählten, die sie jede Woche arbeitete, und gegen die Kosten der Werkstatt aufrechneten, die ihr zur Verfügung stand. Clifford war alles an Familie, an Freunden, was sie je brauchen würde: er war das Dach über ihrem Kopf, das Hemd auf ihrem Leib, die Sonne an ihrem Himmel.

Aber die Liebe kann nun einmal nicht alles heilen. Manchmal sehe ich sie nur als eine Art Salbe an, mit der sich die Leute ihre verwundeten Egos einreiben. Doch wahre Heilung muß von innen kommen, und das ist ein langwieriger, mühevoller Prozeß zu größerer Einsicht in sich selbst: da heißt es die Zähne zusammenbeißen und Langeweile und Ärgernisse ertragen und den Milchmann anlächeln und die Miete zahlen und den Kindern das Gesicht abwischen und sich die eigene Verletztheit oder Erschöpfung oder Ungeduld nicht anmerken lassen – aber das war überhaupt nichts für Helen, liebe Leser. Sie war jung, sie war schön, sie glaubte, sie könnte alles haben. Sie wußte es sogar. Sie ließ sich von der Liebe im Sturm erobern und verschlingen – und sie tat nichts, als ihre hübschen weißen Hände gen Himmel zu recken und zu sagen: »Ich kann nichts dafür! Dies hier ist stärker als ich!«

Ein Messer im Rücken

Am Morgen seiner Begegnung mit John Lally kam Clifford mit einer blaugeschlagenen Hand und ziemlich schlechter Laune zu Leonardo's.

Sein erster Termin an diesem Tag war ein Treffen mit Harry Blast, dem ungalanten jungen Fernsehinterviewer, dem es gelungen war, am Abend der Bosch-Party Angie Wellbrook nicht nach Hause zu begleiten. Es war Harrys erstes Interview: es sollte als Schlußbeitrag zu einem Programm namens »Monitor« ausgestrahlt werden. Harry war nervös und verwundbar. Clifford wußte das.

Das Interview wurde in Sir Larry Patts prächtigem holzgetäfelten Büro mit Blick auf die Themse durchgeführt. Die BBC-Kameras waren groß und unhandlich. Der Fußboden war ein einziges Kabelgewirr. Sir Larry Patt war genauso nervös wie Harry Blast. Clifford war zu erhitzt von Helens Bett und seinem Sieg über den armen, am Boden zerstörten Klotz von einem Künstler, um auch nur im geringsten seiner selbst unsicher zu sein. Auch für ihn war es das erste Mal vor den Kameras, aber das hätte keiner gemerkt. Genau genommen war es dieses Interview, das Clifford ins Rampenlicht beförderte: So wurde er zum Star der Kunstszene. Clifford Wexford sagt dies, Wex sagt jenes – man berief sich auf den großen CW und war im Geschäft, vorausgesetzt, man hatte den Mut aufgebracht, sich an ihn zu wenden, und damit riskiert, ganz langsam fertiggemacht oder ganz schnell nach oben gehievt zu werden, entweder – oder, das wußte man nie: ein kurzer Blick aus den strahlend blauen Augen, und danach bestimmte sich, ob man für okay und würdig befunden wurde, bis zum Ende angehört zu werden, oder ob man den kleinen Lichtern dieser Welt zugeordnet und fortgeschickt wurde. Er hatte die besonders ebenmäßigen Gesichtszüge, die Fernsehkameras so lieben – und die schnelle Auffassungsgabe, um Gewäsch und falsches Getue sofort unterbinden zu können, wenngleich er selbst davon nicht völlig frei war – ganz im Gegenteil.

»Also dann«, sagte Harry Blast, der Interviewer, mit schonungsloser Offenheit, als die Kameras sich endlich vom Anblick der Holztäfelung (Jakob I), der County Hall auf der anderen Seite des Flusses und dem Gainsborough an der Wand über dem breiten Kamin (georgianisch) losrissen, um zur Sache zu kommen, denn er hatte seine Frage offenbar schon vorformuliert: »Es wurde behauptet, daß der Arts Council – womit natürlich der arme Steuerzahler gemeint ist – einen eher zu großen Anteil an den Kosten der Bosch-Ausstellung aufbringen mußte, während Leonardo's etwas zuviel vom Profit beansprucht hat. Was sagen Sie dazu, Mr. Wexford?«

»Sie meinen wohl, *Sie* behaupten das«, sagte Clifford. »Warum rücken Sie nicht damit raus? Leonardo's schröpft den Steuerzahler ...«

»Also – «, sagte Harry Blast ganz nervös, und seine große Nase wurde röter und röter, wie immer, wenn er unter Streß stand. Nur gut, daß es mit dem Farbfernsehen noch nicht soweit war, sonst wäre seine Karriere vielleicht nie in die Gänge gekommen. Streß gehört eben mit zum Leben eines jeden Medien-Menschen!

»Und wie wollen wir uns darüber ein Urteil bilden?«, fragte Clifford. »Wie können wir auf dem Felde der Kunst eigentlich messen, wo der Profit liegt? Wenn Leonardo's eine Öffentlichkeit, die sich nach Kunst sehnt, mit Kunst versorgt, wozu die Regierung nicht imstande war, dann haben wir ja vielleicht keine Belohnung, aber doch wohl etwas Unterstützung verdient. Sie haben gesehen, wie die Menschen vor Leonardo's Schlange standen, die ganze Straße runter. Ich hoffe, Sie haben sich die Mühe gemacht, Ihre Kameras auch darauf zu richten. Ich sage Ihnen, die Menschen in diesem Lande mußten schon viel zu lange ohne Schönheit auskommen.«

Und wie der Zufall es wollte, hatte Harry Blast natürlich versäumt, die Schlangen vor Leonardo's zu filmen. Clifford wußte das.

»Was nun die Höhe der Subventionen des Arts Council an den Gesamtaufwendungen ausmacht, so stehen diese beiden Summen, glaube ich, in einem angemessenen Verhältnis zueinander. Nicht wahr, Sir Larry? Er ist der Herrscher über unsere Finanzen.«

Und die Kameras schwenkten, auf Cliffords Geheiß, hinüber zu Sir Larry Patt, der dies natürlich nicht zu sagen wußte ohne nachzuschauen, und Entsprechendes vor sich hinmurmelte, anstatt seine Unwissenheit laut und deutlich zu bekunden, was ihm besser angestanden hätte. Sir Larry besaß überhaupt keine Fernseh-Ausstrahlung: sein Gesicht war zu alt, und die Spuren einer gewissen Verweichlichung standen zu deutlich darin geschrieben, in Form von Hängebacken und einem selbstgefälligen Zug um den Mund. Auch er hatte an diesem Morgen schon Ärger gehabt. Er war durch einen sehr zeitigen Anruf von Madame Bouser aus Amsterdam geweckt worden.

»Was für ein Land ist England eigentlich?«, hatte sie zu wissen begehrt. »Haben Sie sich schon so weit von der Zivilisation entfernt, daß ein Ehemann direkt vor der Nase seiner Frau verführt werden kann und der Ehemann der Frau, die so etwas tut, überhaupt keine Notiz davon nimmt?«

»Madame«, sagte Sir Larry Patt. »Ich habe keine Ahnung,

wovon Sie sprechen.« Und das stimmte sogar. Ihm, der seine Frau ganz unattraktiv fand, wäre es nie in den Sinn gekommen, daß sie für andere Männer attraktiv sein könnte. Sir Larry gehörte zu einer Klasse und Generation, die Frauen voller Mißtrauen begegneten; er hatte eine geheiratet, die so jungenhaft wie möglich war (Clifford hatte dies Rowena gegenüber einmal angedeutet und sie damit zum Weinen gebracht). Er war kein Mann ohne Phantasie – nur einer, dem bei Gefühlsaufwallungen unbehaglich zumute war, der sich sein Entzücken für die Kunst aufhob statt für die Liebe; für Gemälde statt für Sex. Und das war für ihn eigentlich schon Grund genug, sich selbst auf die Schulter zu klopfen – schließlich kam er aus einer Familie, die sich sogar noch etwas einbildete auf ihr Banausentum; genügend Selbstbehauptung hatte er ja wohl bewiesen. Er wußte, daß er gute Gründe hatte, eingebildet zu sein. Zum Glück war der Apparat plötzlich verstummt, tot, als wäre er aus Madame Bousers Hand gerissen worden. Es überraschte ihn nicht. Sie war hysterisch. Frauen waren oft so. Er ging in Rowenas Schlafzimmer und fand sie friedlich schlummernd, auf der flachen Brust, und ließ sie weiterschlafen, weil er nicht wollte, daß auch sie hysterisch wurde. Er fühlte sich nicht in Hochform. Harry Blast wurde sich der Tatsache bewußt, daß Sir Larry zur Vergangenheit gehörte. Er mußte ja zur Vergangenheit gehören, weil Clifford zur Zukunft gehörte und das Fernsehen an Gegensätze glaubte. Gut, schlecht, alt, neu, links, rechts, komisch, tragisch, Patt auf dem Weg nach draußen, Wexford auf dem Weg nach innen. Und so war das Interview der Anfang vom Sturz Sir Larry Patts; der Gipfel eines langen sanften Abhangs, und es war Clifford, der ihn an diesem Tag absichtlich hinunterschubste. Sir Larry bemerkte es nicht einmal. Clifford blickte in eine Zukunft und sah, daß sie die Möglichkeit einer Dynastie in sich barg. Um Helen zu seiner Königin machen zu können, würde er König werden müssen. Das hieß, er mußte über Leonardo's herrschen, und Leonardo's selbst mußte wachsen und sich wandeln, mußte zu einem dieser weitverzweigten Komplexe der Macht werden, die immer charakteristischer für die moderne Welt wurden. Er würde mit Manipulationen, mit Winkelzügen daran gehen müssen, und einem Verhalten, wie es Könige und Eroberer schon immer an den Tag gelegt haben: Treue verlangen und Loyalität herauskitzeln, niemanden zu nahe an sich heranlassen, einen Protegé gegen den anderen ausspielen, die Macht über Leben und Tod für sich behalten und nutzen (oder ihre moderne Variante, das Heuern und Feuern), den einen unerwartet fördern, den anderen unerwartet fallenlassen, mit einem Lächeln Großzügigkeit ausdrücken, mit einem Stirnrunzeln Härte. Er würde König Wexford von Leonardo's werden. Er, der Taugenichts, der verängstigte, strebsame, ruhelose Sohn eines mächtigen Vaters, würde nicht länger der Außenseiter sein, würde nicht länger der Mond sein, der um die Sonne kreist, sondern selbst die Sonne werden. Für Helen würde er die Welt auf den Kopf stellen.

Er ächzte und räkelte sich; wie mächtig er sich fühlte! Harry Blasts Kameras fingen das Ächzen und Räkeln zu einem Bild ein, das dann das Rennen machte und Standbild bei der Sendung und dann Dauerbrenner bei allen Bildredakteuren wurde, wenn wieder einmal eine Story über die Machenschaften in der Kunstwelt lief. Dieses Bild hatte etwas an sich: ich möchte sagen, es vermittelte etwas von der besonderen Stimmung einer Machtübernahme: von dem angeblich ja so wichtigen Augenblick, wenn der Erzbischof tatsächlich die Krone aufs Haupt des neuen Monarchen setzt – das wurde von Harry Blasts Kameras eingefangen, ganz zufällig.

Mutter und Tochter

Und während Clifford Wexford über seine Zukunft nachdachte und plante, festlegte und sogar moralisch rechtfertigte, was bislang nur vager beruflicher Ehrgeiz gewesen war, saß die Frau seiner Träume, Helen Lally, Kräutertee trinkend zusammen mit ihrer Mutter im »Cranks«, dem neuen Reformkostrestaurant in der Carnaby Street. »Cranks« war das Ur-Modell für eine Million solcher Läden, die im Verlauf der nächsten fünfundzwanzig Jahre überall auf der Welt aus dem Boden schießen sollten. Vollwertkost und Kräutertee = seelisch-geistige und körperliche Gesundheit. Zu der Zeit war diese Idee ganz neu, und Evelyn nippte mit ziemlichem Mißtrauen an ihrem Schwarzwurz-Tee. (Schwarzwurz wird heutzutage nicht mehr innerlich angewandt, aus Furcht, daß sie krebserregend sein könnte, sondern nur noch äußerlich, also hatte Evelyn vielleicht doch den richtigen Instinkt.)

»Das beruhigt deine Nerven, Mutter«, sagte Helen voller Hoffnung. Evelyn hatte ganz offensichtlich etwas Ruhe nötig. Ihre Augen waren rotgerändert und geschwollen. Sie sah unscheinbar, verzweifelt und alt aus: keine gute Kombination. Nach seiner Rückkehr vom Coffee Place No. 5 hatte John Lally seiner Frau noch einmal deutlich erklärt, daß ihre Tochter Helen in Applecore Cottage nicht länger willkommen war, daß die einzig mögliche Erklärung für das Verhalten des Mädchens nur die sein konnte, daß sie nicht von ihm war, und hatte sich in der Garage eingeschlossen. Dort drinnen malte er nun wahrscheinlich wie ein Wahnsinniger. Evelyn stellte von Zeit zu Zeit Essen und Trinken aufs Fensterbrett: das Essen nahm er immer weg – da wurde das Fenster schnell hochgezogen, dann wieder heruntergeknallt –, aber die Getränke ließ er recht ostentativ stehen. In der Garage lagerte Wein aus eigener Herstellung, und damit hatte er vermutlich alles, was er brauchte. Dunkler Zorn schien unter der Garagentür hervorzuquellen. »Es ist nicht fair«, sagte Evelyn zu ihrer Tochter, als wäre sie das Kind und nicht die Mutter. »Es ist einfach nicht fair!«

War es ja auch nicht. Sie hatte soviel für ihren Mann getan, ihm ihr ganzes Leben gewidmet, um dann so behandelt zu werden!

»Ich versuche, deinetwegen, mir nicht anmerken zu lassen, wie sehr ich mich aufrege«, sagte sie, »aber du bist jetzt ein erwachsenes Mädchen, und ich denke, so ist halt das Leben.«

»Nur wenn du es so sein läßt«, sagte Helen aus der Sicherheit ihrer neu gefundenen Liebe heraus und weil sie ihrerseits vorhatte, glücklich und zufrieden zu sein, bis an ihr Lebensende.

»Wärst du doch bloß ein bißchen taktvoller gewesen«, sagte ihre Mutter und äußerte damit zum erstenmal überhaupt etwas, was einem Tadel nahekam. »Du hast ja keine Ahnung, wie man mit deinem Vater umgehen muß.«

»Na ja«, sagte Helen, »tut mir leid. Ich denke, das alles ist meine Schuld. Aber er schließt sich doch immer wieder mal ein. Normalerweise ist es der Dachboden: jetzt ist es die Garage. Ich weiß nicht, warum du dich so aufregst. Es ist nichts Ungewöhnliches. Wenn du dich nicht so aufregen würdest, käme er vielleicht gar nicht auf die Idee.«

Sie bemühte sich, ernsthaft zu sein, aber für ihre Mutter hörte sie sich nur frivol an. Sie konnte es nicht ändern. Sie liebte Clifford Wexford. Was sollte es also, wenn ihr Vater sich zu Tode ärgerte und ihre Mutter sich einem voreiligen Ende entgegengrämte; sie, Helen, liebte Clifford Wexford, und Jugend, Energie, Zukunft, gesunder Menschenverstand und gute Laune waren auf ihrer Seite, und damit hatte sich's.

Evelyn hatte sich schon bald beruhigt und bewunderte dann auch den rustikalen Stil des Restaurants mit den ungewöhnlich gebeizten Kiefernmöbeln und war sich mit ihrer Tochter einig, daß es schon seit fünfundzwanzig Jahren so lief. Sie ging davon aus, daß es noch eine ganze Weile so weiterlaufen würde. Helen hatte ganz recht. Es gab keinen Grund zur Sorge, und sie hatte nichts weiter zu tun, als sich zusammenzureißen. »Lieber Gott«, sagte Evelyn und riß sich zusammen, »dein Haar sieht *wirklich* entzückend aus. So lockig!«

Und Helen, die es sich leisten konnte, lieb zu sein, war lieb und versuchte nicht sofort, das Haar an ihren Ohren glatt zu streichen, sondern schüttelte den Kopf, so daß es ganz bauschig wurde, genau wie ihre Mutter das mochte. Helen trug das Haar gern ganz glatt und gerade herunter, lange bevor es in Mode kam. Die Liebe schien zumindest in dieser Hinsicht auf Evelyns Seite zu sein, und die machte das Haar ihrer Tochter dick und lockig.

»Ich bin verliebt«, sagte Helen. »Daran liegt's, glaube ich.«

Evelyn sah sie verwundert an. Wie hatte das Leben in Applecore Cottage nur solche Naivität hervorbringen können? »Also«, sagte sie dann, »tu jetzt bloß nichts Überstürztes, nur weil das Leben zuhause so schrecklich war.«

»Ach Mum, ganz so schrecklich war es ja auch nicht«, protestierte Helen, obwohl es das manchmal doch gewesen war. Applecore Cottage hatte etwas Malerisches, Bezauberndes, aber die häufigen düsteren Launen ihres Vaters zogen tatsächlich wie ein giftiges Gas durch jeden Türspalt, durch jede Ritze, und es änderte nichts, wenn er sich einschloß, seiner Familie zuliebe (um sie vor ihm zu schützen), aber auch sich selbst zuliebe (um sich vor ihrer weiblichen Spießigkeit und der ganzen Niedertracht zu schützen), und allzuoft waren die Augen ihrer Mutter rotgerändert gewesen und hatten dadurch selbst den Glanz der Kupferpfannen getrübt, die so hübsch aufgereiht in der Küche hingen und das Licht von den vergitterten Fenstern zurückwarfen; zu solchen Zeiten hatte sie sich danach gesehnt, so sehr gesehnt, fortgehen zu können. Doch zu anderen Zeiten waren sie einander nahe gewesen, hatten Gedanken, Gefühle, Wünsche miteinander geteilt; die zwei Frauen hatten schon Lallys Genie gegenüber große Loyalität bewiesen und deshalb willig Elend und Armut ertragen, hatten verstanden, daß dieses Künstler-Temperament für ihn genauso schwer auszuhalten war wie für sie. Aber dann war Helen gegangen – fort zur Kunstakademie und zu einem geheimnisvollen Leben in London, und was Evelyn nun allein auf sich nehmen mußte, war die volle, die ungeteilte Kraft nicht etwa seiner Aufmerksamkeit, denn davon bekam sie nur wenig, sondern seiner kreisenden, wütenden Energie, und sie begriff allmählich, daß er zwar überleben würde und seine Gemälde auch, aber sie, Evelyn, vielleicht nicht. Sie fühlte sich sehr viel älter und erschöpfter als normal gewesen wäre. Und etwas anderes begriff sie nur zu gut: würde John Lally sich je zwischen seiner Kunst und ihr entscheiden müssen, würde er sich zweifellos für seine Kunst entscheiden. Wenn er sie liebte, erzählte sie Helen einmal in einem untypischen Ausbruch von Wut, dann etwa so, wie ein Mann mit einem Holzbein dieses Holzbein liebt: es geht nicht ohne, aber er würde viel drum geben, es loszuwerden.

Jetzt lächelte sie Helen zärtlich an und tätschelte die kleine, feste, weiße Hand ihrer Tochter mit ihrer großen schlaffen Hand und sagte: »Wie nett von dir, das zu sagen.«

»Du hast immer dein möglichstes getan«, sagte Helen, und dann, in einem Anfall von Panik: »Warum redest du, als müßten wir uns verabschieden?«

»Weil es so ist, mehr oder weniger«, sagte Evelyn, »wenn du mit Clifford Wexford zusammen bist.«

»Er hätte bei uns nicht so reinplatzen sollen. Tut mir leid, daß Clifford ihn geschlagen hat, aber dazu ist er auch provoziert worden.«

»Es geht alles viel tiefer«, sagte Evelyn.

»Er wird drüber wegkommen«, sagte Helen.

»Nein«, sagte ihre Mutter. »Du mußt dich schon entscheiden.« Und da schoß es Helen durch den Kopf, was sie eigentlich mit einem Vater wollte, wenn sie doch Clifford als Liebhaber hatte.

»Warum gehst du nicht einfach weg von daheim, Mum«, sagte sie, »und läßt Dad mit seinem Genie allein weitermachen? Siehst du denn nicht, wie absurd das Ganze ist? Mit einem Mann zu leben, der sich einschließt und dem man das Essen auf dem Fensterbrett einer Garage servieren muß.«

»Aber Schatz«, sagte Evelyn, »er malt doch!«, und Helen wußte, daß es keinen Zweck hatte, und eigentlich meinte sie es ja auch nicht ernst. Es ist eine Sache, den eigenen Eltern eine Trennung zu empfehlen – denn das tun viele –, aber etwas ganz Anderes, Schlimmes, wenn sie tatsächlich nach dieser Empfehlung handeln.

»Wahrscheinlich ist es am besten«, sagte Evelyn zu ihrer eigenen Tochter, »wenn du dich einfach mal 'ne Weile nicht blicken läßt«, und Helen war so froh wie nie, daß sie Clifford hatte, denn ein Gefühl, so schmerzhaft und schrecklich, kam in ihr auf und mußte niedergerungen werden. Einen Moment lang sah es so aus, als würde ihre eigene Mutter sie im Stich lassen. Das war natürlich Unsinn. Sie teilten sich einen neumodischen Weizenvollkornkeks mit Honig, der Evelyn ganz gut schmeckte, und sie teilten sich die Rechnung, und als sie wieder draußen waren, lächelten sie und küßten einander und gingen getrennte Wege, Evelyn von nun an ohne Kind, Helen von nun an ohne Mutter.

In Schutzhaft

Lieber Gott«, sagte Clifford, als Helen ihm an diesem Abend von der Unterhaltung berichtete, »was immer du tust, ermutige deine Mutter bloß nicht, von zuhause wegzugehen!«

Sie holten sich das Abendessen ins Bett, versuchten, die schwarzen Laken nicht mit Taramasalata zu bekleckern, einer Paste aus Dorschrogen, Zitronensaft und Sahne, die Clifford selbst schaumig gerührt hatte, was viel billiger war, als sie fertig angemacht zu kaufen. Nicht einmal aus Liebe gab Clifford die Angewohnheit zu sparen auf – manche nannten es auch Geiz, aber warum sollte man nicht den netteren Ausdruck verwenden? Clifford wollte unbedingt gut leben, aber es machte ihm auch Spaß, keinen Penny mehr dafür auszugeben als unbedingt notwendig.

»Warum denn nicht, Clifford?«

Manchmal verstand Helen Clifford nicht, genau wie Angie ihn manchmal nicht verstand, aber Helen hatte eine rasche Auffassungsgabe und die Intelligenz, um mit Fragen nachzuhaken. Und im Gegensatz zu Angie war sie nicht stur und lernte schnell. Wie hübsch sie an diesem Abend doch aussah; entzückend! Zarte weiche Arme und rundliche nackte Schultern, ihr cremefarbenes, seidenes Unterkleid bedeckte nur knapp die schwellenden Brüste – vorsichtig knabberte sie mit ihren kleinen geraden Zähnen an einem Vollkornkeks und achtete gleichzeitig darauf, nichts von der Taramasalata zu verschütten, die Clifford vielleicht eine Spur zu flüssig gemacht hatte.

»Weil deine Mutter deinen Vater inspiriert«, sagte Clifford, »und obwohl das hart für deine Mutter ist – der Kunst müssen eben Opfer gebracht werden. Kunst ist wichtiger als der Einzelne: sogar wichtiger als der Maler, der sie schafft: dein Vater wäre der erste, der das zugeben würde, obwohl er so ein Scheusal ist. Außerdem braucht ein Maler seine ›Gestalt‹ – die besondere Kombination von Umständen, die es ihm ermöglicht, seine ihm eigene Vision des Universums bildhaft darzustellen. Die ›Gestalt‹ deines Vaters schließt ja nun leider Applecore Cottage, deine Mutter, den Streit mit den Nachbarn, seine Paranoia im Hinblick auf die Kunstszene im allgemeinen und auf mich im speziellen mit ein. Bisher hat sie auch dich mit eingeschlossen. Du bist ihm nun entrissen worden. Das ist schon Erschütterung genug. Es hat ihn in die Garage getrieben: mit etwas Glück werden wir eine Stiländerung sehen, wenn er wieder herauskommt. Hoffen wir nur, daß der neue Lally sich leichter verkaufen läßt als der alte.«

Vorsichtig nahm er Helen den Keks ab, legte ihn zur Seite und küßte ihren salzigen Mund.

»Ich nehme an«, sagte Helen, »du hast mich nicht hierher zu dir geholt, nur damit sich die Bilder meines Vaters leichter verkaufen lassen?«, und er lachte, aber davor war ein leichtes Zögern, fast als würde er sich diese Frage selbst stellen. Wirklich erfolgreiche Leute handeln oft instinktiv nach dem eigenen Vorteil: sie brauchen nicht zu intrigieren, nicht zu manipulieren. Sie folgen bloß ihrer Nase, und das Leben selbst verneigt sich vor ihnen. Clifford liebte Helen. Natürlich liebte er sie. Trotzdem, John Lallys Tochter! Teil einer »Gestalt«, die eine Erschütterung brauchte, einen drastischen Eingriff – aber schon bald vergaßen sie die ganze Angelegenheit, und Clifford vergaß auch zu erwähnen, daß Angie Wellbrooks Vater ihn im Laufe der Woche aus Johannesburg angerufen hatte.

»Ich dachte mir, ich sollte Sie warnen«, dröhnte die traurige, mächtige Stimme. »Meine Tochter ist auf dem Kriegspfad.«

»Weswegen?« Clifford war ruhig und gelassen.

»Weiß der Himmel. Sie mag die alten Meister nicht. Sie sagt, die Zukunft gehört den Modernen. Sie sagt, Leonardo's wirft Geld zum Fenster raus. Was haben Sie getan? Sie versetzt? Nein, sagen Sie's mir nicht. Ich will's gar nicht wissen. Vergessen Sie nur eins nicht: ich bin zwar der Großaktionär, aber in Großbritannien hat sie für mich Handlungsvollmacht, da kann man sie nicht kontrollieren. Sie ist ein kluges Mädchen, aber auch ein Quälgeist.«

Clifford dankte ihm und versprach, ihm die ausgezeichneten Kritiken über die Bosch-Ausstellung und die Presseberichte über den schier unglaublichen Publikumsandrang zuzuschicken, und versicherte ihm, daß sein Geld gut angelegt sei und daß der Förderung und Unterstützung zeitgenössischer Künstler mittlerweile bei Leonardo's Priorität eingeräumt würde – mit anderen Worten, daß Angie die Sache ganz falsch sah.

Dann rief er Angie an und lud sie zum Mittagessen ein. Auch davon vergaß er, Helen zu erzählen. Aber er hatte sie ermattet auf dem Bett zurückgelassen, so von Sinnen, daß er ganz genau wußte, sie würde sich gerade eben erst davon erholt haben, wenn er am Abend zurückkam.

Angie und Clifford gingen zu Claridges. Miniröcke kamen gerade erst in Mode. Angie erschien in einem beigen Hosenanzug aus feinem, geschmeidigen Wildleder und verlangte, zu Cliffords Tisch geführt zu werden. Sie hatte den Morgen im Schönheitssalon verbracht, aber das Mädchen, das ihr falsche Wimpern angeklebt hatte, war mit der Hand ausgerutscht, und nun war eins von Angies Augen gerötet, also mußte sie eine Brille mit dunklen Gläsern tragen, und sie wußte, daß

Clifford das nur auf der Skipiste gut fand, ansonsten aber verabscheute. Deshalb war sie ärgerlich.

»Entschuldigen Sie vielmals«, sagte der Oberkellner hastig, »aber die Regeln des Hauses gestatten es uns leider nicht, Damen in Hosen ins Grand Restaurant zu lassen.«

»Ach wirklich?«, fragte Angie gefährlich, noch ärgerlicher.

»Wenn ich mir erlauben darf, Sie in die Luncheon Bar zu führen – «

»Nein«, sagte Angie, »aber Sie *dürfen* die Hose nehmen.«

Und im selben Moment machte sie sie auf, schlüpfte heraus, reichte sie dem Oberkellner, ging in den Speisesaal, im Minirock, und setzte sich zu Clifford an den Tisch. Wie schade, dachte Clifford, daß Angie keine schöneren Beine hatte. Sie verdarben fast den Auftritt. Trotzdem war er beeindruckt. So ging es vielen Gästen. Angie erhielt Beifall, als sie sich hinsetzte.

»Ich weiß, ich bin ein Schwein«, sagte Clifford bei der Vorspeise (Wachteleier), »ich weiß, ich laß dich im Stich, ich weiß, ich bin ein Schurke und ein Lump, aber Tatsache ist, ich hab mich verliebt.« Und er strahlte sie mit seinen blauen Augen an und sah, daß sie ihre hinter einer dunklen Brille verborgen hatte und nahm ihr die auf der Stelle ab.

»Dein eines Auge ist ganz rot«, bemerkte er. »Ziemlich scheußlich!« Und irgend etwas an dieser Geste, dieser Berührung, dieser Bemerkung ließ sie glauben, daß er zwar in jemand anderen verliebt sein mochte, sie beide aber noch lange nicht miteinander fertig waren. Und da hatte sie recht.

»Und was wird aus uns?«, fragte sie, bedeckte mit einer Hand das mißlungene Auge und kratzte mit der anderen die kalorienreiche Mayonnaise von ihrem Ei. Er dachte, wenn schon, war sie höchstens zu mager. In seinem Bett hatte sie sich ganz bedeckt gehalten, mit schwarzen Laken und aus gutem Grund. (Magerkeit war seinerzeit nicht so sehr in Mode wie heute. Es galt als unvorteilhaft, wenn sich die Rippen unter der Haut abzeichneten.) Helen, die sich in ihrem Körper wohl fühlte, konnte sich freudig und ungezwungen entblößen, in jeder Position. Doch Angies Zurückhaltung hatte auch ihren Reiz.

»Freunde«, sagte er.

»Du meinst«, sagte sie, »du willst nicht, daß mein Vater seine Millionen bei Leonardo's rauszieht.«

»Wie gut du mich kennst«, sagte er und lachte und sah sie mit seinen strahlenden, wissenden Augen direkt an, und diesmal schob er ihr die Hand vom Auge weg, und ihr Herz überschlug sich, aber was nutzte das?

»Das werden irgendwann auch meine Millionen sein«, sagte Angie. »Und von uns mal ganz abgesehen, ich seh sie nicht gerne bei Leonardo's. Kunst ist ein ausgesprochenes Risikogeschäft.«

»Jetzt nicht mehr«, sagte Clifford Wexford, »weil ich jetzt die Verantwortung trage.«

»Aber Clifford, du trägst sie nicht.«

»Noch nicht, aber bald«, sagte Clifford.

Sie glaubte ihm. Eine Menge Fotografen und Reporter drängelten sich mittlerweile an der Tür von Claridges. Es hatte sich herumgesprochen. Sie wollten einen Blick auf Angies Beine erhaschen oder, falls das nicht gelang, auf den immer noch fassungslosen König der Kellner: das Personal versperrte ihnen den Weg. Der ganze Wirbel beeindruckte Clifford. Publicity beeindruckte ihn immer.

Angie war auch nicht unzufrieden. Ach was, dachte sie, Clifford wird Helen bald genug verschlissen haben. Helen kann die Presse nicht einsetzen, so wie ich das kann. Helen, die Tochter des Bilderrahmenmachers. Ein hübsches Gesicht, sonst nichts! Ohne einen Penny, ohne Macht, ohne jeden gesellschaftlichen Status, es sei denn von Cliffords Gnaden. Er wird sich bald langweilen. Angie beschloß, Clifford zu verzeihen und sich damit zufriedenzugeben, Helen zu hassen.

Sollte sie etwas Verletzendes über ihre Rivalin sagen, etwas, das hängen bleiben würde? Nein. Dazu war Clifford zu schlau. Das würde er durchschauen. Nein, sie würde anders vorgehen.

»Sie ist ein süßes, hübsches Mädchen«, sagte sie, »und genau das, was du brauchst. Obwohl du ihr in punkto Kleidung ein bißchen auf die Sprünge helfen mußt. Sie sollte wirklich nicht so ärmlich in der Gegend rumlaufen. Aber ich gebe auf. Ich gebe nach. Ich will deine Freundin sein und die von Helen. Und die Kritiken zur Bosch-Ausstellung waren wirklich eindrucksvoll, Clifford. Vielleicht hatte ich ja unrecht. Ich werde Dad anrufen und ihn beruhigen.«

Clifford stand auf, ging um den Tisch herum zu Angies Stuhl, hob ihr fades Gesicht mit dem schlechten Teint und dem entzündeten Auge hoch und küßte sie fest auf die Lippen. Es war ihre Belohnung. Es war nicht genug, aber immerhin etwas. Sie würde einfordern, was ihr zustand, was man ihr versprochen hatte, wenn die Zeit dafür reif war. Es eilt ja nicht, dachte sie. Sie würde warten, jahrzehntelang, wenn es sein mußte.

Während Angie mit Clifford zu Mittag aß, telefonierte Evelyn mit Helen.

»Ach Mum«, sagte Helen dankbar, »ich glaubte schon, du hättest mich abgeschrieben.«

»Nun, ich dachte, es ist besser, du weißt, wie sehr sich dein Vater aufgeregt hat«, sagte ihre Mutter. »Er hat die Garage verlassen, und jetzt ist er oben auf dem Dachboden und zerschneidet seine alten Leinwände mit der Gartenschere. *Fuchs sowie Hühnerstücke* ist in Fetzen. Er hat einen Teil von *Gestrandeter Wal mit Geiern* die Treppe runtergeworfen. Es wird ihn so aufregen, wenn er sich beruhigt und dann entdeckt, was er getan hat. An dem Walbild hat er zwei Jahre gearbeitet, Helen, weißt du noch? Das war in der Zeit, als du dich aufs Abitur vorbereitet hast.«

»Ich denke, du solltest rüber gehen, Mum, und warten, bis er sich wieder beruhigt hat.«

»Drüben haben sie mich allmählich auch schon satt.«

»Aber das stimmt doch nicht, Mum.«

»Es ist so wichtig für deinen Vater, daß er sich nicht aufregt.«

»Mum, siehst du das denn nicht? Ich bin nur die Entschuldigung für seine Aufregung, nicht der Grund.«

»Nein, Helen, tut mir leid, aber so kann ich es nicht sehen.«

Um viertel nach drei rief Helen weinend bei Leonardo's an und hinterließ die Nachricht, Clifford solle sich dringend zuhause melden. Aber er kam erst um fünf Uhr wieder ins Büro. Wie er sich die Zeit zwischen zwei und fünf vertrieben hatte, Leser, möchte ich nicht im Detail darlegen. Er hatte nicht vorgehabt, es dazu kommen zu lassen. Nur noch kurz: Angie hielt sich fürs Einkaufen in der Bond Street der Bequemlichkeit halber eine Suite im Claridges; ihr Haus in Belgravia schien ihr zu weit vom Zentrum des Geschehens und ihre dortigen Aktivitäten nicht geschützt vor den neugierigen Blicken des Butlers und sonstigen Personals – und außerdem ist es doch meistens die günstige Gelegenheit, die einen in Versuchung führt, sich dem außerehelichen oder sonstwie verbotenen Geschlechtsverkehr hinzugeben. Und Clifford hatte das Gefühl, er müßte etwas wiedergutmachen; zu seiner Ehrenrettung muß gesagt werden, daß ihn die Journalistenmeute, die hinter ihnen her war, weitaus stärker amüsierte und beeindruckte als die Millionen ihres Vaters. Außerdem war die Liebe zu Helen so neu, daß dieses Gefühl noch gar keine Zeit gehabt hatte, auf eine eingefleischte Gewohnheit einzuwirken – nämlich die, seinem Vergnügen nachzugehen, wann und wo es sich passenderweise ergab.

Wie dem auch sei, es wurde jedenfalls halb sechs, und Clifford reagierte augenblicklich und konsequent weniger auf Helens Tränen als vielmehr auf ihren Bericht über das Verhalten ihres Vaters. *Fuchs sowie Hühnerstücke* war eine unbedeutendere, eine schwächere Arbeit, aber *Gestrandeter Wal mit Geiern* behandelte zwar ein unangenehmes Thema – verwesendes Fleisch, an glitzerndem Gestade hingestreckt, auf einer Leinwand, die fast überirdisch wirkte –, war aber ein ausgezeichnetes, ein bedeutendes Kunstwerk, und Clifford konnte nicht dulden, daß es attackiert wurde. Seine Rechtsanwälte waren innerhalb von einer Stunde bei Richter Percibar – dem redegewandten Percibar, einem lebenslangen Freund von Otto Wexford, Cliffords Vater –, und es erging eine einstweilige Verfügung, die John Lally untersagte, das zu beschädigen, was – wie sich zeigte – Leonardo's Eigentum war. Und von einer so seriösen juristischen Regelung profitierte letztendlich ja auch der Künstler, so behaupteten sie jedenfalls. Am nächsten Morgen erschienen dann auch die Polizei und ein Lieferwagen vor Lallys Haus, und sieben von John Lallys Leinwänden samt der Fetzen von *Fuchs sowie Hühnerstücke*, die man aus dem Garten gerettet hatte, wurden in Leonardo's Tresorräume überführt und folgendermaßen katalogisiert:

(1) Gestrandeter Wal mit Geiern – beschädigt
(2) Schildkrötenmassaker – in gutem Zustand
(3) Petrus mit Krüppel am Himmelstor – Kratzer
(4) Die Augen-Weide – Flecken (Kaffee?)
(5) Kätzchen mit Hand – Flecken (Vogeldreck?)
(5) Todesblumenstück – in gutem Zustand
(7) Knochenlandschaft – aufgeschlitzt
(8) Fuchs sowie Hühnerstücke – Überreste

Der Abtransport fand statt, während John Lally die Folgen von Schock, Überarbeitung, schlechter Laune und selbstgemachtem Wein ausschlief. Evelyn versuchte ihn zu wecken, als das Team von Leonardo's die enge steile Treppe zum Dachboden hochtrampelte und die breiten Leinwände mit einiger

Mühe hinunterbugsierte, aber er war nicht wachzukriegen. Sie hinterließ eine Nachricht und ging zu den Nachbarn.

Leser, wenn Sie einen Amateurmaler kennen oder vielleicht selbst krakeln und klecksen, werden Sie verstehen, wie sehr jeder, der den Namen Maler verdient, es haßt, sich von seinen Bildern zu trennen, ganz genauso, wie eine Mutter es haßt, sich von ihren Kindern zu trennen. Das bringt den Maler in eine schreckliche Zwickmühle. Verkauft er nicht, dann hat er nichts zu essen und malt sich darüber hinaus auch noch um Haus und Hof: allein das riesige, simple, praktische Platzproblem: wo sollen die Bilder aufbewahrt werden? Verkauft er aber und schafft so Raum, dann ist es, als würde man ihm bei lebendigem Leib ein Stück Fleisch herausreißen. Und es geht an die Nieren: wohin, in was für ein Haus, kommt das Werk? Ist es dort sicher? Wurde es gekauft, weil es gut war, oder nur, weil es gut zur Tapete paßte? Nicht daß sich John Lally deswegen große Sorgen machte. Ob sich ein Lally irgendwo *harmonisch einfügte*, diese Frage stellte eigentlich nie jemand. Er war, was man einen Galerie-Maler nennt: Lallys eigneten sich gut dazu, an großen kahlen Wänden zur Schau gestellt und respektvoll betrachtet zu werden, im Museum, wo jeder kleine Aufschrei aus Entsetzen, Ehrfurcht oder Mißfallen schnell von der warmen, sanft zirkulierenden, muffigen Mausoleumsluft aufgesogen werden kann. (Und welches Los, wütete John Lally, ist das für ein Gemälde? *Kätzchen mit Hand* – die Finger mit Klauen, die Pfote mit Nägeln – war für eine Weile in die Luft verfrachtet worden, zwischen zwei Kiefern im Garten von Applecore Cottage, damit die Vögel es leichter bewundern konnten – der Wurm Mensch ließ es ja an der angemessenen Begeisterungsfähigkeit fehlen.) Und was die kleinen privaten Galerien betrifft, die nun einmal von Gaunern betrieben werden, die von Kunst keine Ahnung haben und bis zu fünfzig Prozent Rabatt nehmen: das sind die Arschlöcher der Kunstszene. Geht zu irgendeiner Vernissage und schaut sie euch an, die Schwindler und Heuchler, wie sie glotzen und den Mund aufreißen und ihre Schecks vor möglichst viel Publikum ausstellen. Alles in allem hielt John Lally mehr davon, seine Bilder einfach an Freunde zu geben. Dann konnte er zumindest kontrollieren, an wessen Wand sie hingen. Freunde? Was für Freunde? Denn so schnell, wie er sie mit seinem gelegentlich aufblühenden Charme gewann, vertrieb er sie auch wieder mit seiner Paranoia und seinen Launen. Es gab nur wenige, die einigermaßen als Lally-Empfänger qualifiziert waren. Deshalb hatte John Lally – den die Unlösbarkeit dieses Problems dazu brachte, zurückzustecken (so sah er es jedenfalls) – auch eingewilligt, eine solche juristische Klausel von Leonardo's zu akzeptieren. Und Leonardo's (das heißt Clifford Wexford) hatte ihm so manchen Gefallen getan: ein paar Leinwände aus den Händen genommen; die eingestürzte Garage wieder aufbauen lassen, gegen Feuchtigkeit isoliert und mit einer Klimaanlage ausgestattet, so daß die anderen Gemälde dort sicher gestapelt und gelagert werden konnten. Man hatte Fenster ins Dach eingebaut, um seinen Arbeitsplatz besser auszuleuchten: mit gutem natürlichem Nordlicht. Wenn John Lally lieber in der Garage malen wollte und auf dem Dachboden zwischenlagern, war damit auch kein größerer Schaden angerichtet. Aber wenn John Lally mit der Gartenschere auf seine Leinwände losging, mußte Leonardo's dazwischentreten und einfordern, was sich dank Wexfords Kleingedrucktem als Leonardo's Eigentum erwies.

Und John Lally hatte Clifford in gewisser Weise vertraut, auch wenn er ihn haßte und verachtete, weil Clifford trotz allem angemessen auf seine Arbeit reagierte, und er hatte sicher geglaubt, daß Clifford bei allem, was auch geschehen mochte, zumindest eines nie tun würde, was einige Sammler taten: die Gemälde irgendwo in einen Banktresor schaffen, zur sicheren Verwahrung. Für den Maler hieß das nichts anderes als ihn blind und taub machen.

Und genau das hatte Clifford nun getan. Und nicht – davon war John Lally überzeugt, als er aus seiner Betäubung erwachte und feststellte, daß die Bilder weg waren – nicht, um bloß die Leinwände zu retten – sie hatten schon vorher so manchen Sturz überlebt, und selbst als er *Fuchs sowie Hühnerstücke* zerfetzte, arbeitete er im Geist an einer neuen, verbesserten Version –, sondern um sich zu rächen. John Lally, der verarmte Künstler, hatte Clifford Wexfords Schlafzimmertür zerbrochen und zersplittert, hatte ihn überfallen – nein, es war nicht vergessen, geschweige denn vergeben! Nein. Dies war der Grund, warum acht seiner wichtigsten Bilder nun in Leonardo's Tresor eingeschlossen wurden, während Clifford lächelte und ganz lässig sagte: »Es ist zu John Lallys eigenem Besten«, und seine reine Tochter noch einmal auf den schwarzen Teufelslaken flachlegte. Es war des Künstlers Strafe.

Fünfzehn Tage dauerte es, bis Evelyn wagte, nach Applecore Cottage zurückzuschleichen und wieder abzuwaschen und zusammenzukehren, und drei Monate, bevor in das Leben so etwas wie Normalität einkehrte. John Lally arbeitete dann weiter an den »Räuberischen Sabinerinnen«, wo er die Frauen als unersättliche Harpyen darstellte. Eine alberne Idee, aber gut ausgeführt: er malte es an die Wand vom Hühnerstall – weil es auf die Weise wohl kaum in Leonardo's Tresorräumen landen konnte. Eher würden Wind und Regen das Gemälde ganz und gar verwittern lassen.

Nells Erbe

Sechs Wochen war es nun schon her, seit die kleine Nell sich in Helens Schoß eingenistet hatte. Vom Großvater mütterlicherseits hatte sie das künstlerische Talent geerbt, nicht aber – und das werden Sie mit Erleichterung hören – sein Temperament oder seine Neurosen: sie hatte ganz und gar das liebe, freundliche Wesen ihrer Großmutter mütterlicherseits, aber nicht deren ausgeprägten Hang zum Masochismus, der so oft damit einhergeht. Von ihrem Vater hatte sie die Energie und den Verstand, aber nicht seine – sagen wir Hinterhältigkeit. Das gute Aussehen ihrer Mutter war in ihr angelegt, aber anders als bei ihrer Mutter würden Lügen unter ihrer Würde sein. Das war natürlich ein reiner Glückstreffer: und nicht nur Glück für Nell, sondern auch für uns – für all die von uns, die ihr im späteren Leben begegnen sollten. Aber unsere Nell zeichnete sich noch durch eine andere Qualität aus – die Eigenschaft, Unglück, ja selbst Gefahr und ausgesprochen widerliche Leute anzuziehen. Vielleicht stand das in ihren Sternen: eine Anfälligkeit für Abenteuer, ererbt von Cliffords Vater Otto (auch sein früheres Leben war sehr risikoreich verlaufen), oder wie meine eigene Mutter steif und fest behaupten würde: wo Engel sind, da sind auch böse Geister. Das Böse umkreist das Gute, wie um es in Bann zu halten: das Gute als die machtvolle, treibende, aktive – das Böse als die störende, hemmende Kraft. Was es damit auf sich hat, muß jeder selbst entscheiden, wenn er Nells Geschichte liest. Es ist eine Weihnachtsgeschichte, und Weihnachten ist die Zeit, um an das Gute zu glauben: daran, daß das Gute über das Böse siegt.

Nun zu Helen: sie hatte den Verdacht, Nell oder irgendein anderes Wesen könnte entstanden sein, und zwar deshalb, weil sie unter einem leichten Schwindelgefühl litt, das sie immer dann befiel, wenn sie zu schnell aufstand, und weil ihre Brüste so groß und empfindlich waren, daß sie ihr Vorhandensein kaum noch ignorieren konnte – was die meisten Frauen meistens können, außer wenn sie schwanger sind. Diese Symptome, redete sie sich ein, könnten ja auf die Liebe zurückzuführen sein und sonst gar nichts. Tatsache war, daß Helen nicht schwanger sein wollte. Noch nicht. Es gab viel zu viel zu tun, zu sehen, zu entdecken, zu bedenken auf dieser Welt, die so urplötzlich Clifford mit einschloß.

Und wie konnte sie, Helen, die selbst gerade erst richtig angekommen war, noch jemand anderen mit in die Welt bringen? Und wie konnte Clifford sie lieben, wenn sie schwanger war; das heißt kotzend, aufgedunsen, weinerlich – so wie ihre Mutter während ihrer letzten, unglücklichen Schwangerschaft vor erst fünf Jahren. Sie hatte eine Fehlgeburt gehabt, entsetzlich und verdammt spät in der Schwangerschaft, und Helen war entsetzlich bekümmert und verdammt erleichtert gewesen, als es passierte, und verwirrt von den eigenen widersprüchlichen Gefühlen. Und John Lally hatte dagesessen und ihrer Mutter die Hand gehalten, mit einer Zärtlichkeit, die sie noch nie an ihm erlebt hatte, und sie hatte gemerkt, daß sie eifersüchtig war – und genau da den Plan gefaßt, nach dem Abitur Applecore Cottage zu verlassen und auf die Kunstakademie zu gehen, nur weg, nichts wie weg –

Kurz und gut, es lief darauf hinaus, daß Helen jetzt nur die Vergangenheit vergessen und Clifford lieben und sich auf eine glanzvolle Zukunft einstellen und *nicht* schwanger sein wollte.

Weil Clifford ihr einen Heiratsantrag gemacht hatte. Hatte er das eigentlich? Oder nur irgendwie gesagt, irgendwann mitten in einer ihrer aufregenden, verzauberten Nächte, seidig und klebrig, samtig-schwarz und Lampen-licht: »Ich muß meinen Eltern davon erzählen. Die werden irgendeine Art Hochzeitsfeier wollen, die sind so«, und derart beiläufig war die Sache geregelt worden. Da die Eltern der Braut ganz offensichtlich nicht in der Lage waren, überhaupt irgend etwas zu arrangieren, würden das die Eltern des Bräutigams übernehmen. Außerdem betrug das Einkommen der Letztgenannten etwa das Hundertfache des der Erstgenannten.

»Vielleicht sollten wir einfach in aller Stille heiraten«, sagte Helen zu Ottos Frau Cynthia, als das Wann und Wie der Hochzeit besprochen wurde. Clifford hatte sie zu seinen Eltern nach Sussex mitgenommen, um sie vorzustellen und gleich zu verkünden, daß sie heiraten würden, alles an einem Tag. *Spontan* – typisch Clifford! Das Haus seiner Eltern war im georgianischen Stil erbaut und stand inmitten von zwölf Acres Land, also knapp 49.000 Quadratmetern. Leser, es ist der Dannemore Court. Seine Gartenanlagen können einmal im Jahr besichtigt werden. Vielleicht kennen Sie den Landsitz – er ist berühmt für seine Azaleen.

»Warum denn eine stille Hochzeit?«, fragte Cynthia. »Es gibt nichts, weswegen man sich schämen müßte, oder doch?« Cynthia war sechzig, sah aus wie vierzig und benahm sich wie dreißig. Sie war klein, dunkel, elegant, lebhaft und un-englisch, trotz Tweed.

»Oh nein«, sagte Helen, obwohl sie in der Nacht zweimal aufgestanden und aufs Klo gegangen war, und damals, bevor die Pille allgemein verbreitet war, kannte jede junge Frau die Symptome einer Schwangerschaft nur allzugut. Und schwanger und unverheiratet zu sein war in den meisten Kreisen immer noch etwas, weswegen man sich schämte.

»Dann laßt uns aber auch richtig groß feiern, wie es sich bei so einem Ereignis gehört«, sagte Cynthia, »und wer dafür bezahlt – pfff! Die ganze Etikette ist doch so verstaubt und langweilig, nicht wahr?«

Das war im großen Salon, nach dem Mittagessen. Cynthia arrangierte Frühlingsblumen in einer Vase: sie waren frisch aus dem Garten und von erstaunlicher Vielfalt. Helen schien es, als sei sie mehr um das Wohlergehen der Blumen besorgt als um das ihres Sohnes.

Aber später sagte Cynthia dann zu Clifford: »Liebling, weißt du auch, was du tust? Du warst noch nie verheiratet, und sie ist so jung, und alles kommt so plötzlich.«

»Ich weiß, was ich tue«, sagte Clifford, dankbar für ihre Anteilnahme. Die zeigte sich nur selten. Seine Mutter war immer beschäftigt, kümmerte sich um die Bedürfnisse seines Vaters oder um Blumensträuße oder führte geheimnisvolle Telefongespräche, machte sich fein und eilte aus dem Haus. Sein Vater lächelte nur liebevoll hinterher; was seine Frau freute, freute ihn. Für Clifford schien es keinen Raum zu geben, weder als Kind noch jetzt als Erwachsener, nicht zwischen ihnen. Sie machten ihm keinen Platz. Sie drückten ihn hinaus.

»Nach meinen Erfahrungen mit Männern«, erwiderte Cynthia (und Clifford dachte traurig, ja, die sind wohl ganz beträchtlich), »bedeutet es, wenn ein Mann sagt, er weiß, was er tut, daß er's nicht weiß.«

»Sie ist John Lallys Tochter«, sagte Clifford. »Er ist einer der größten Maler, die dieses Land hervorgebracht hat. Wenn nicht sogar der größte.«

»Tja, ich hab noch nie etwas von ihm gehört«, sagte Cynthia, die einen kleineren Manet und eine nette Sammlung von Constable-Skizzen an der Wand hatte. Otto Wexford war Direktor der *Destillers Company*, die Zeiten der Wexfordschen Armut waren längst vergangen.

»Wirst du aber«, sagte Clifford. »Eines Tages. Wenn ich irgendwas damit zu tun habe.«

»Liebling«, sagte Cynthia, »Maler sind groß, weil sie eine große Begabung haben, und nicht, weil du oder Leonardo's sie dazu gemacht haben. Du bist nicht Gott.«

Clifford hob die Augenbrauen und sagte: »Nein? Ich habe vor, Leonardo's zu leiten, und in der Kunstszene macht mich das zu einem Gott.«

»Also«, sagte Cynthia, »ich werde das Gefühl nicht los, daß jemand wie Angie Wellbrook, die ein paar Goldminen hinter sich hat – «

»Sechs – «, sagte Clifford.

» – nun, sagen wir, weniger überraschend gewesen wäre. Nicht daß deine Helen nicht ganz süß wäre.«

Man einigte sich darauf, daß sie am Tage der Sommersonnenwende getraut werden würden, in der Dorfkirche (normannisch, mit überdachtem Friedhofstor); anschließend sollte in einem großen Zelt auf dem Rasen der Empfang stattfinden, für jedermann, so als gehörten Wexfords zum Landadel.

Was natürlich nicht der Fall war. Otto Wexford, Bauunternehmer, war mit seiner jüdischen Frau Cynthia und dem gemeinsamen kleinen Sohn 1941 von Dänemark nach London geflohen. Als der Krieg zuende war, den Cynthia in einer Munitionsfabrik zugebracht hatte, mit Kopftuch wie alle anderen, während Clifford, evakuiert in Somerset, geradezu verwilderte – war Otto Major beim Nachrichtendienst und ein Mann mit vielen einflußreichen Freunden. Ob er den Geheimdienst nun tatsächlich quittiert hatte oder nicht, wurde seiner Familie nie klar. Wie dem auch sei – er hatte jedenfalls in der Nachkriegsgesellschaft flott Karriere gemacht und war jetzt ein Mann mit Reichtum, Einfluß, Macht und Weitblick; er hielt sich einen Rolls Royce und Pferde in den Stallungen seines georgianischen Landhauses, und seine Frau nahm an Parforce-Jagden teil und hatte Affären mit den adligen Nachbarn. Und trotzdem gehörten sie nie ganz dazu. Vielleicht lag es nur daran, daß ihre Augen zu sehr glänzten: sie waren zu lebhaft: sie lasen Romane: sie machten überraschende Bemerkungen. Zur Teezeit traf man vielleicht den Stallknecht im Salon an, plaudernd, ganz unverfroren. Doch niemand schlug die Einladung zur Hochzeit aus. Man mochte die Wexfords, aber mit Vorbehalten: der junge Clifford Wexford hatte bereits einen Namen: er war leider etwas großspurig, aber unterhaltsam, und es würde reichlich Champagner geben und gutes Essen, wenn auch un-englisches.

»Mutter«, sagte Clifford zu Cynthia an diesem Sonntagmorgen, »was sagt eigentlich Vater dazu, daß ich Helen heirate?« Denn Otto hatte nur sehr wenig gesagt. Clifford erwartete seine Billigung oder Mißbilligung, aber da kam nichts. Otto war freundlich, höflich und bemüht, aber eher so, als sei Clifford das Kind enger Freunde und nicht sein eigener und einziger Sohn.

»Warum sollte er etwas sagen? Du bist alt genug, um selbst zu wissen, was du willst.«

»Findet er sie attraktiv?« Das war die falsche Frage. Er wußte nicht recht, warum er so etwas überhaupt gefragt hatte. Nur wenn es um seinen Vater ging, war Clifford derartig verlegen.

»Liebling, mit der Frage bist du bei mir an der falschen Adresse«, war alles, was sie ihm antwortete, und er spürte, daß er auch sie verletzt hatte. Obwohl sie den ganzen Tag über wirklich fröhlich und kokett und charmant war, weiß Gott: Otto ging jagen, Cynthia blieb extra wegen Helen zu Hause.

»Dieses Haus ist wie ein Bühnenbild«, beschwerte sich Clifford an diesem Sonntagabend bei Helen. Sie wollten erst am Montagmorgen abreisen. Sie waren in getrennten Schlafzimmern untergebracht worden, aber auf demselben Flur, also hatte Clifford sich natürlich, wie nicht anders zu erwarten war, auf den Weg zu Helens Zimmer gemacht.

»Es ist nicht echt. Es ist kein Zuhause. Es ist bloß Tarnung. Weißt du eigentlich, daß mein Vater ein Spion ist?«

»Das hast du mir gesagt«, aber Helen konnte es nur schwer glauben.

»Nun, was hältst du von ihm? Findest du ihn attraktiv?«

»Er ist dein Vater. Etwas anderes kann ich nicht in ihm sehen. Er ist alt.«

»Na gut. Findet er dich attraktiv?«

»Woher soll ich das denn wissen?«

»Frauen wissen sowas immer.«

»Nein, wissen sie nicht.«

Darüber stritten sie, und dann kehrte Clifford in sein eigenes Zimmer zurück, ohne mit ihr zu schlafen. Er hatte sowieso keine Lust, den diesbezüglichen Erwartungen seiner Mutter zu entsprechen, die sie zwar in getrennten Zimmern untergebracht hatte, aber nahe beieinander. Sie hatte ihn beleidigt, und Helen hatte ihn geärgert.

Aber früh am Morgen schlich Helen in sein Zimmer: sie lachte und neckte ihn und war ganz beeindruckt von seiner schlechten Laune, wie eigentlich immer in jenen ersten Hoch-Zeiten ihrer Beziehung – und er vergaß, daß er wütend war. Er dachte, von Helen würde er all das bekommen, was seine Eltern ihm vorenthalten hatten: Wärme und Geborgenheit, die Sicherheit, daß niemand hinter seinem Rücken über ihn redete, sich gegen ihn verschwor. Er würde dafür sorgen, daß seine eigenen Kinder genügend Platz hatten: auch zwischen ihm und Helen. Währenddessen unterhielten sich Cynthia und Otto nah beieinander in ihrem weiß bezogenen Bett im Elternschlafzimmer.

»Du solltest dich mehr für ihn interessieren«, sagte Cynthia. »Er spürt deinen Mangel an Interesse.«

»Ich wünschte, er würde aufhören zu zappeln: er zappelt immer«, sagte Otto, der sich langsam, gelassen und kraftvoll durchs Leben bewegte.

»Er ist schon so auf die Welt gekommen«, sagte Cynthia. Genauso, als wolle er gegen das Plötzliche und Fremdartige des Ganzen protestieren. Auf den Tag neun Monate nach der ersten Begegnung zwischen seinen Eltern. Seine Mutter gerade erst siebzehn, wilde, verstoßene Tochter einer wohlhabenden Bankiersfamilie; sein Vater zwanzig und schon mit einem eigenen kleinen Bauunternehmen. Otto hatte auf einer Leiter gestanden und Glasscheiben in einem Wintergarten eingesetzt, und er hatte auf Cynthia hinuntergeschaut, die zu ihm heraufschaute, und das war's dann schon gewesen: keiner von beiden hatte das Baby erwartet und auch nicht die unerbittliche Rache von Cynthias Familie: sie schnappten Otto die Verträge unter der Nase weg, verdammten sie zu Armut und ständigen Umzügen: aber auch wenn ihnen klargewesen wäre, was auf sie zukommen würde – an ihrem Verhalten hätte es nichts geändert. Und niemand rechnete mit der überwältigenden Rache der deutschen Besatzung, der Deportation und Ermordung der Juden: Cynthias Familie schaffte es noch nach Amerika; Cynthia und Otto gingen in den Untergrund, schlossen sich dem Widerstand an, Clifford wurde derweil von einem zum anderen weitergereicht: schließlich waren alle drei nach England verschifft worden, weil Otto dort der Sache besser dienen konnte. Die Angewohnheit, alles mögliche geheimzuhalten, sollten alle beide nie mehr ablegen. Cynthias Liebesaffären hatten nur damit zu tun: Otto wußte und ertrug es. Das war für ihn keine Kränkung: bloß die leidenschaftliche Sucht nach Intrigen. Er holte sich seine »Dosis« beim MI 5; aber wo kam sie auf ihre Kosten?

»Ich wünschte, er würde sich eine solidere Stellung suchen«, sagte Otto. »Ein Bilderhändler! Kunst bringt nichts ein.«

»Er hat eine schwere Kindheit gehabt«, sagte Cynthia. »Er muß sich immer beweisen, daß er überleben kann, und um zu überleben, muß er intrigieren. Das hat er von uns: es ist genau das, was wir gemacht haben, du und ich, und er hat es uns abgeguckt.«

»Aber er ist ein Kind des Friedens«, sagte Otto. »Und wir

waren die Kinder des Krieges. Woran liegt es nur, daß die Produkte des Friedens immer so schäbig sind?«

»Schäbig!«

»Er hat kein moralisches Anliegen, keine politischen Prinzipien; er ist zerfressen von Eigennutz.«

»Oh je«, sagte Cynthia, aber sie fing keinen Streit an. »Naja«, sagte sie, »ich hoffe bloß, mit der wird er glücklich. Findest du sie eigentlich attraktiv?«

»Ich sehe, was er in ihr sieht«, sagte Otto vorsichtig. »Aber sie wird ihm das Leben schwer machen.«

»Sie ist weich und natürlich, nicht wie ich. Sie wird sich gut als Mutter machen. Ich freue mich schon auf Enkelkinder. Mit der nächsten Generation tun wir uns vielleicht leichter.«

»Wir haben lange genug gewartet«, sagte Otto.

»Ich hoffe bloß, daß er seßhaft wird.«

»Er ist zu zappelig, um seßhaft zu werden«, sagte Otto gelassen, und dann schliefen sie beide ein.

Helen weinte ein bißchen, als sie zu Cliffords Haus, Cliffords Bett zurückkehrte.

»Was ist denn los?«, fragte er.

»Ich wünschte nur, meine Eltern würden zu meiner Hochzeit kommen«, sagte sie, »das ist alles.« Aber innerlich war sie froh. Ihr Vater würde nur eine Szene machen: ihre Mutter in dem blaugerippten Baumwollkleid erscheinen, mit rotgeränderten Augen, Spuren vom Streit der Nacht davor. Nein. Besser gar nicht dran denken. Wenn ihr neuerdings bloß nicht immer morgens übel wäre. Dafür konnte es zwar immer noch gute Gründe geben – die ganze Umstellung, die wilden Liebesnächte, die vielen Mahlzeiten außer Haus; wo sie doch so gewöhnt war an die einfache Studentenkost oder den bei Lallys üblichen Eintopf mit Bohnen und Speck und (wenn man Glück hatte) Apfelmost –, aber diese Gründe wurden langsam immer unwahrscheinlicher. Damals gab es keine schnellen Schwangerschaftstests: keine Abtreibungen, einfach so, per

Absaugmethode. Für ersteres eine Kröte, der dein Urin eingespritzt wurde und die Eier legte und achtundvierzig Stunden später starb, *wenn* du schwanger warst, oder Eier legte und überlebte, wenn nicht, und für letzteres eine illegale Operation, bei der du schon wie die Kröte Glück haben mußtest, um sie zu überleben, oder sehr viel Geld.

Aber natürlich konnte dein Zyklus schon allein durch die Angst so durcheinander gebracht werden, daß du dich nicht mehr ausgekannt hast. Ach Leser, was für Zeiten! Aber wenigstens war damals die Strafe für unerlaubten Sex ein neues Leben und nicht wie heute eventuell ein widerlicher und erniedrigender Tod.

Nach einem weiteren Monat mußte Helen sich eingestehen, daß sie wirklich und wahrhaftig schwanger war und daß sie es nicht sein wollte und daß sie es Clifford nicht wissen lassen wollte, geschweige denn seine Eltern, und daß der Gang zu den Ärzten (zwei waren nötig) für eine legale Abtreibung ihr mehr Lügen abverlangen würde darüber, wie schädlich die Schwangerschaft für ihre körperliche und seelische Gesundheit sei, als sie – seelisch und körperlich gesund wie sie war – ertragen konnte, und daß sie es ihren Freunden nicht erzählen konnte, weil sie kein Vertrauen haben konnte, daß die es nicht weitertratschten, und daß ihr Vater sie umbringen würde, sollte er es je erfahren, und ihre Mutter sich einfach umbringen würde – und Helens Gedanken drehten sich immer wieder im Kreis, und es gab niemanden, an den sie sich wenden, den sie um Hilfe und Rat bitten konnte, bis ihr Angie einfiel.

Ja, Leser, vielleicht denken Sie jetzt, Helen hat auch nichts anderes verdient: eine Frau um Hilfe zu bitten, die nur Gehässigkeit für sie übrig hatte, ganz gleich wie gut – und sie konnte so etwas *sehr* gut – Angie dies bislang getarnt hatte: kleine Einladungen zum Abendessen für das gutaussehende junge Paar, nette Plaudereien mit Helen am Telefon, Empfehlungen für einen Frisör und so weiter – aber ich möchte Sie bitten, Helen diese anfängliche Ablehnung ihres frisch empfangenen Kindes, unserer geliebten Nell, nicht allzu übel zu nehmen.

Helen war jung, und dies war ihr erstes Kind. Im Gegensatz zu Frauen, die bereits Mütter sind, hatte sie keine Ahnung, was sie wegwerfen wollte, daß sie das Kind mit dem Bad ausschütten würde. Eine kinderlose Frau kann einen Schwangerschaftsabbruch leichter ins Auge fassen als Frauen, die schon Kinder haben. Also haben Sie bitte Nachsicht mit Helen, Leser. Vergeben Sie ihr. Sie wird sich eines Besseren besinnen, mit der Zeit, das kann ich versprechen.

Rat und Tat von Angie

Eines Morgens erhob sich Helen aus den schneeweißen Laken, hielt sich den blassen, glatten Bauch, in dem es gewaltig rumorte, und rief Angie an.

»Angie«, sagte sie. »Bitte komm vorbei. Ich muß mit jemandem reden.«

Angie kam vorbei. Sie ging die Stufen hoch und in das Schlafzimmer, in dem sie vier denkwürdige, wenn auch eigentlich eher unbefriedigende Nächte mit Clifford verbracht hatte, in den ganzen elf Monaten, die sie zusammen gewesen waren: naja, nicht so richtig zusammen, aber mit der Aussicht auf ein Zusammensein, irgendwann, so hatte sie jedenfalls geglaubt.

»Also, was ist los?«, fragte Angie und bemerkte (denn Helen fühlte sich so krank, daß sie nicht einmal ihr braunes seidenes Nachthemdchen richtig zugeknöpft hatte), daß Helens weiße üppige Brüste üppiger als je zuvor waren, fast schon zu üppig, und empfand plötzlich beinahe so etwas wie Stolz auf die geschmackvolle Zurückhaltung ihrer eigenen und war ganz zuversichtlich, daß sie diese Sache nur richtig anpacken mußte, und Clifford würde schließlich doch ihr gehören.

Helen antwortete nicht. Helen warf sich auf den Bettüberzug aus Fell und lag zerknittert und zerzaust da, aber immer noch schön, und weinte, statt etwas zu sagen.

»Es kann nur eines sein«, sagte Angie. »Du bist schwanger.

Du willst es nicht sein. Und du traust dich nicht, es Clifford zu erzählen.«

Helen versuchte gar nicht, es abzustreiten. Angie hatte rote Hot pants an, und Helen war nicht mal in der Stimmung, Angie für die Traute zu bewundern, mit solchen Beinen so etwas anzuziehen. Aber schon bald formten sich Worte aus den Tränen.

»Ich kann kein Baby haben«, weinte Helen. »Jetzt nicht. Ich bin zu jung. Ich wüßte nicht, was ich damit machen sollte.«

»Was jeder vernünftige Mensch mit Babys macht«, sagte Angie. »Man gibt sie einem Kindermädchen.«

Und in der Welt, in der Angie verkehrte, machten Mütter das natürlich so. Doch obgleich Helen erst zweiundzwanzig war und (wie wir sehen konnten) so egoistisch und verantwortungslos wie jedes andere hübsche eigensinnige Mädchen in ihrem Alter, wußte sie doch wenigstens in dieser Hinsicht besser Bescheid als Angie. Sie wußte, daß es keine einfache Sache sein würde, ein Baby abzugeben. Ein Baby zieht Liebe aus seiner Mutter wie Lametta aus einer Wundertüte, und die Notwendigkeit dieser Liebe kann das Leben der Mutter ganz und gar verändern, sie so verzweifelt, unbeherrscht und impulsiv werden lassen wie ein wildes Tier.

»Bitte, hilf mir, Angie«, sagte Helen. »Ich kann das Baby nicht haben. Bloß weiß ich nicht, wohin ich gehen soll, und außerdem kostet eine Abtreibung Geld, und ich hab keins.«

Hatte sie auch nicht, das arme Mädchen. Clifford gehörte nicht zu den Männern, die einer Frau ein Konto einrichten, ohne nach Belegen für jeden einzelnen Penny zu fragen, selbst wenn es sich bei dieser Frau um die rechtmäßige Verlobte handelt. Clifford mochte in den besten Restaurants essen, wo es nützlich war, gesehen zu werden, und er mochte zwischen den feinsten, teuersten Baumwollaken schlafen, weil er es gern komfortabel hatte, aber er führte sehr sorgfältig Buch über seine Ausgaben. Und diese Aktion mußte ohne Cliffords Wissen vor sich gehen. In was für einer Zwickmühle Helen war! Denken Sie bloß an die Zeiten damals. Vor noch nicht mal zwanzig Jahren war ein schwangeres Mädchen, unverheiratet, völlig auf sich angewiesen: es gab noch keine Einrichtungen für Schwangerschaftsberatung; keine finanzielle Unterstützung vom Staat; nichts als Ärger, ganz gleich, wohin sie sich auch wandte. Helens beste Freundin Lily hatte sich mit siebzehn einer scheinbar erfolgreichen Abtreibung unterzogen, war aber nach zwei Tagen auf dem schnellsten Wege ins Krankenhaus geschafft worden, mit Blutvergiftung. Sie schwebte etwa sechs Stunden lang zwischen Leben und Tod, und Helen saß auf der einen Seite ihres Bettes, und ein Polizist saß auf der anderen Seite, und der wartete nur darauf, Lily wegen des illegalen Abbruchs einer Schwangerschaft anklagen zu können. Lily starb und entging so der Bestrafung. Wahrscheinlich zwei Jahre Knast, sagte der Polizist, und das verdiene sie auch. »Denken Sie an das arme Baby!«, hatte er gesagt. Arme kleine Lily, das war alles, was Helen denken konnte. Und was für eine Angst hatte sie jetzt selbst! Angst davor, das Baby zu bekommen, Angst davor, es nicht zu bekommen.

Angie überlegte schnell. Sie trug modische Hot pants, hatte aber (wie wir wissen) nicht gerade die tollsten Beine der Welt. Sie waren um die Knie herum dicklich und über den Fußknöcheln faltig; und was ihr Gesicht betraf, naja, das dicke Makeup, das damals getragen wurde, war ganz unvorteilhaft für sie, und durch die heiße südafrikanische Sonne war ihre Haut ledrig und irgendwie graustichig, und sie hatte eine dicke fleischige Nase. Nur ihre Augen waren groß, grün und schön. Helen, die auf dem Bett lag, zusammengerollt, schluchzend, unglücklich, weich, blaß, weiblich, die an ihrem braunen Seidennachthemd riß (das plötzlich zu klein geworden war) und versuchte, sich damit anständig zu bedecken – und die insgesamt einfach zu schön war, löste in Angie den starken Wunsch nach Rache aus. Es ist wirklich nicht fair, daß einige Frauen nur Glück mit ihrem Aussehen haben und andere nicht. Da werden Sie mir wohl zustimmen.

»Liebste Helen«, sagte Angie. »Natürlich helfe ich dir! Ich kenne da eine Adresse. Eine ausgezeichnete Klinik. Einfach jede geht da hin. Sehr sicher, sehr ruhig, sehr diskret. Die ›de Waldo‹-Klinik. Ich leih dir das Geld. Es muß eben sein. Clifford würde dich nicht schwanger bei seiner Hochzeit wollen. Jeder würde glauben, er hätte dich nur geheiratet, weil er mußte! Und es wird doch eine weiße Hochzeit werden, nicht wahr, und da schaut einfach jeder der Braut auf die Taille.«

Einfach jeder, einfach jeder! Genug, um jeden zu ängstigen.

Angie reservierte noch am selben Nachmittag ein Zimmer für Helen in der »de Waldo«-Klinik. Helen hatte das Pech – nicht ganz unerwartet für Angie –, in die Obhut eines gewissen Dr. Runcorn zu geraten, eines kleinen, feisten Arztes Mitte fünfzig mit einer Spiegelglasbrille, durch die er Helens allerintimste Körperteile anstierte, während seine Wurstfinger besonders langsam (so kam es jedenfalls Helen vor) über ihren wehrlosen Busen und Körper strichen. Was konnte das arme Mädchen schon dagegen tun? Nichts. Denn dadurch, daß sie sich der »de Waldo«-Klinik überantwortet hatte, hatte sie anscheinend auch Würde, Privatsphäre und Ehre abgetreten: sie glaubte, sie hätte kein Recht, Dr. Runcorns Hand wegzuschieben. Sie verdiene nichts anderes als diesen schäbigen Übergriff. War sie nicht gerade dabei, Cliffords Baby umzubringen, ohne sein Wissen? War sie nicht außerhalb der Legalität? Von welcher Ecke sie es auch betrachtete, sie sah nur Schuld und Dr. Runcorns wäßrig glitzernde Augen.

»Wir wollen den kleinen Eindringling doch nicht länger da drin lassen als unbedingt sein muß«, sagte Dr. Runcorn mit seiner nasalen asthmatischen Stimme. »Morgen um zehn Uhr werden wir Sie wieder in den Normalzustand versetzen! Eine Schande für so ein hübsches Mädchen wie Sie, auch nur einen einzigen Tag Ihrer Jugend zu vergeuden.«

Der kleine Eindringling! Nun, besonders daneben lag er mit diesem Ausdruck nicht. Denn genauso fühlte sich Nell für Helen ja an. Aber trotzdem verursachte ihr das Wort Magenkrämpfe. Sie sagte nichts. Sie wußte, daß sie auf Dr. Runcorns Wohlwollen angewiesen war, genau wie auf seine Gier. Egal wieviel Geld er verlangte, seine Klinik war immer voll. Wenn er dich schon morgen drannahm, statt erst in vier Wochen, hattest du ganz einfach Glück. Zum ersten Mal in ihrem Leben verstand Helen wirklich, was Not ist, zum ersten Mal litt sie wirklich und hielt den Mund.

»Wenn Sie das nächste Mal auf eine Party gehen«, sagte Dr. Runcorn, »denken Sie an mich und stellen Sie nichts an. Sie sind ein ganz unartiges Mädchen gewesen. Sie werden heute abend schön in der Klinik bleiben, damit wir Sie im Auge behalten können.«

Eine ganz schreckliche Nacht war das. Niemals würde Helen sie vergessen. Die dicken, gelblichen Teppiche, das hellgrüne Waschbecken, die Fernseh- und Radiokopfhörer konnten auch nicht darüber wegtäuschen, wo sie war. Genauso wenig wie Rosen, die an Schlachthofmauern hochranken! Und sie mußte Clifford anrufen und noch mehr lügen.

Es war sechs Uhr: Clifford war bei Leonardo's und verhandelte mit einer Delegation aus den Uffizien über den Ankauf eines Gemäldes, das von einem unbekannten Meister aus der Florentiner Schule stammte. Clifford hatte die kühne Idee, das Gemälde könnte ein Botticelli sein: darauf setzte er und bot eine ziemlich hohe Summe, um es zu erwerben, aber nicht zuviel, damit sie nicht zu genau auf das schauten, was sie da verkauften. Auch den Italienern, so selbstverständlich wie sie an Überfluß von Kulturgut gewöhnt sind, entgeht manchmal etwas Wunderschönes und Außergewöhnliches direkt vor ihrer Nase. Cliffords blaue Augen waren blauer als je zuvor: er warf seinen dicken hellen Haarschopf zurück, so daß er schimmerte – er hatte sich die Haare lang wachsen lassen, wie es Mode unter den weltgewandten jungen Männern war, und war fünfunddreißig nicht immer noch jung? Er trug Jeans und ein Freizeithemd. Die Italiener, beleibt und Mitte fünfzig, stellten ihre kulturellen und weltlichen Errungenschaften in Form von konventionellen Anzügen, goldenen Ringen und Manschettenknöpfen aus Rubin zur Schau. Aber sie waren im Nachteil. Sie waren verwirrt. Clifford wollte sie auch verwirren. Was hatte dieser junge Mann, der so sehr in die Gegenwart gehörte, innerhalb dieser massiven, ziemlich alten marmornen Portale zu suchen? Das brachte das Urteilsvermögen der Italiener aus dem Gleichgewicht. Warum stöberte ausgerechnet Clifford Wexford in der Vergangenheit herum? Was beabsichtigte er damit? Wußte er mehr als sie oder weniger? Bot er zuviel: forderten sie zu wenig? Wo waren sie? Vielleicht war das Leben ja gar nicht so ernsthaft und schwierig? Vielleicht gingen die Extra-Gewinne ja an die Leichtsinnigen? Das Telefon klingelte. Clifford nahm den Hörer ab. Die Männer aus den Uffizien rückten dicht zusammen und berieten sich; sie erkannten eine Gnadenfrist, wenn sich eine bot.

»Liebling«, sagte Helen mit munterer Stimme, »ich weiß, du haßt es, im Büro gestört zu werden, aber ich werd nicht am Coffee Place sein, wenn du heut abend zurückkommst. Meine Mutter hat angerufen und gesagt, daß ich mich zu Hause wieder blicken lassen kann. Also werde ich ein paar Tage in Applecore Cottage bleiben. Sie sagt, sie kommt vielleicht sogar zur Hochzeit!«

»Nimm Knoblauch mit und ein Kruzifix«, sagte Clifford. »Und halt dir deinen Vater vom Leibe!«

Helen lachte fröhlich und sagte: »Sei nicht so ein Dummkopf!« und legte auf. Die Männer aus den Uffizien erhöhten den Preis um volle tausend Pfund. Clifford stöhnte.

Das Telefon klingelte erneut. Diesmal war es Angie. Da ja einige Millionen ihres Vaters bei Leonardo's investiert waren, stellte die Telefonzentrale ihren Anruf durch. Dieses Privileg war Helen, Angie und Cliffords Börsenmakler vorbehalten. Letzterer spielte ein riskantes Spiel, bei dem es um Augenblicksentscheidungen ging, und er spielte es sehr gut, brauchte aber manchmal ein schnelles Ja oder Nein.

»Clifford«, sagte Angie, »ich bin's, und ich möchte morgen mit dir frühstücken.«

»Frühstücken, Angie! In letzter Zeit«, sagte er und versuchte, die Uffizis mit seinem Lächeln in Hypnose zu versetzen, in der Hoffnung, Angie würde schnell aus der Leitung verschwinden, »frühstücke ich immer mit Helen. Das weißt du doch.«

»Morgen früh aber nicht«, sagte Angie, »weil sie nämlich nicht da sein wird.«

»Woher weißt denn du das?« Er spürte Gefahr. »Sie ist ihre Mutter besuchen gefahren. Oder etwa nicht?«

»Nein, das ist sie nicht«, sagte Angie kategorisch und wollte keine näheren Angaben machen, und Clifford willigte ein, sich am nächsten Morgen um acht Uhr mit ihr zum Frühstück am Coffee Place zu treffen. Die frühe Uhrzeit schreckte sie nicht, wie er gehofft hatte. Er war für ein Treffen im Claridges gewesen, aber sie sagte, vielleicht müsse er ein bißchen brüllen und schreien, also wäre es bei ihm zu Hause wohl günstiger. Dann legte sie auf. Die Männer vom Uffizien-Palast erhöhten den Preis um weitere fünfhundert Pfund und ließen nicht mit sich feilschen, und mittlerweile hatte Clifford die Nerven verloren. Er schätzte, daß ihn die zwei Telefonanrufe tausendfünfhundert Pfund gekostet hatten. Als die Italiener gegangen waren, lächelnd, führte Clifford, nicht lächelnd, ein schnelles Telefongespräch mit Johnny, dem Stallknecht und Chauffeur seines Vaters – einem Mann, der mit Otto im Krieg gewesen war, und immer noch den OO-Dienstgrad führte –, und bat ihn, das Haus der Lallys aufzusuchen und Nachforschungen anzustellen. Johnny meldete sich um Mitternacht zurück. Helen war nicht im Haus. Da war nur eine Frau mittleren

Alters, die in den Abwasch hineinweinte, und ein Mann in der Garage, der etwas malte, das aussah wie eine riesige Wespe, die ein nacktes Mädchen stach.

Rettung!

Clifford verbrachte eine ebenso schlechte Nacht wie Helen; eine, die er nie vergessen sollte. In dem brodelnden Hexenkessel der Qualen, die wir Eifersucht nennen, fällt – Tropfen für Tropfen – jede erlittene Demütigung, jede durchlebte Unsicherheit, jeder gefürchtete und erfahrene Verlust; dazu kommen die Gefühle von Zweifel und Sinnlosigkeit, die Vorahnungen von Verfall, Tod, Endgültigkeit: und ganz oben drauf schwimmt, wie Schaum auf dem Bier, das Wissen, daß alles vergeblich ist: insbesondere die Hoffnung darauf, daß auch wir irgendwann, irgendwie, wirkliche Liebe und Vertrauen geben und empfangen können. Platsch! in Cliffords Kessel fiel die Angst, daß er immer nur bewundert und beneidet, nie aber richtig gemocht worden war, nicht einmal von seinen Eltern. Platsch! das Wissen, daß er nie der Mann sein würde, der sein Vater war: daß seine Mutter ihn als eine Art Kuriosum ansah. Platsch! die Erinnerung an ein Callgirl, das ihn ausgelacht, ihn mehr verachtet hatte, als er sie verachtete, und platsch! und nochmal platsch!, andere Gelegenheiten, bei denen er impotent gewesen war und sehr betreten; ganz zu schweigen von der Schule, wo er zappelig, schmächtig, mager, klein gewesen war, und die anderen immer größer – er fing erst an zu wachsen als er sechzehn war –, und den hundert alltäglichen Demütigungen in der Kindheit.

Armer Clifford; zäher und zugleich empfindlicher als gut für ihn war! Und diese Zutaten brodelten und kochten und verklumpten sich zu einem großen festen Brocken Elend, verziert mit der schaurigen Überzeugung, daß Helen in den Armen eines anderen lag und er schlaflos in dem gemeinsamen Bett; daß sich Helens Lippen auf den suchenden Mund eines Jüngeren, Hitzigeren, Liebevolleren und doch Männlicheren preßten – nein, Clifford sollte diese Nacht nie vergessen; und leider sollte er auch Helen nie wieder richtig trauen, so gewaltig war der Ärger, den Angie da zusammengebraut hatte.

Um acht Uhr klingelte es an der Tür. Unrasiert, verstört, betäubt von seinen eigenen Phantasien, so aufgewühlt von einer Frau, wie er das nie für möglich gehalten hätte, öffnete Clifford Angie die Tür. »Was weißt du?« fragte er. »Wo ist sie? Wo ist Helen?«

Und immer noch wollte Angie es ihm nicht sagen. Sie ging die Treppe hinauf und zog sich die Kleider aus und legte sich aufs Bett und bedeckte sich ziemlich schnell mit einem Laken und wartete.

»Um der alten Zeiten willen«, sagte sie. »Und den Millionen meines Vaters zuliebe. Er wird etwas Trost brauchen – für den Botticelli, falls es einer ist. Ich sag dir ja immer wieder, in der modernen Kunst liegt das Geld, nicht in den alten Meistern.«

»Es liegt in beiden.«

Nun, was Angie sagte, war überzeugend. Und für Clifford war sie vertrautes Terrain, und er war unglaublich erschüttert, und außerdem war Angie *da*. (Ich denke, wir müssen ihm wieder einmal verzeihen.) Clifford legte sich zu ihr aufs Bett, versuchte sich vorzumachen, Helen läge unter ihm, und es gelang ihm beinahe, und dann, Helen läge auf ihm, und es mißlang ihm völlig. In dem Moment, als es vorbei war, wußte er auch schon, daß er es bereute. Männer scheinen solche Dinge noch viel leichter bereuen zu können als Frauen.

»Wo ist Helen?« fragte er, sobald er dazu in der Lage war.

»Sie ist in der ›de Waldo‹-Klinik«, sagte Angie, »und läßt gerade eine Abtreibung machen. Die Operation ist für heute morgen zehn Uhr angesetzt.«

Zu diesem Zeitpunkt war es acht Uhr fünfundvierzig. Clifford zog sich an, so schnell er konnte.

»Aber warum hat sie's mir denn nicht gesagt?«, fragte er. »Das Dummerchen.«

»Clifford«, hörte er Angies Stimme träge aus dem Bett, »ich kann mir nur vorstellen: weil es nicht dein Kind ist.«

Das bremste ihn. Wenn du deine eine wahre Liebe betrogen hast, was Clifford gerade getan hatte, dann bist du um so eher bereit zu glauben, daß du selbst betrogen wirst. Das wußte Angie.

»Du bist so vertrauensselig, Clifford«, setzte Angie nach, in Richtung Cliffords Rücken, und das war ihr Schaden, denn Clifford bekam Angie ganz flüchtig im großen Wandspiegel zu sehen (goldgefaßt, auf Quecksilberbasis, dreihundert Jahre alt), in den bestimmt schon tausend Frauen geschaut hatten, und darin spiegelte sie sich nun auf ganz seltsame Weise: als wäre sie wirklich die boshafteste Frau, die je dort hineingeschaut hatte. Angies Augen glitzerten, aber vor Gehässigkeit, wie Clifford plötzlich erkannte, und es dämmerte ihm – zu spät, um seine Ehre zu retten, aber zumindest noch rechtzeitig, um Nell zu retten –, was Angie im Schilde führte. Er band sich die Krawatte und war fertig.

Clifford sagte kein weiteres Wort zu Angie: er ließ sie auf der Felldecke liegen, auf dem Bett, wo sie kein Recht hatte zu sein – schließlich war das Helens Platz –, und erreichte die »de Waldo«-Klinik um neun Uhr fünfzehn, zum Glück war er früh genug dran, denn das Personal in der Aufnahme stellte sich quer, und die Operation war um eine halbe Stunde vorverlegt worden. Ich habe das unangenehme Gefühl, daß Dr. Runcorn es gar nicht erwarten konnte, Hand an Helens Baby zu legen und es schon innen zu vernichten. Abtreibungen sind manchmal notwendig, manchmal nicht, immer traurig. Sie sind für Frauen, was der Krieg für Männer ist – ein Lebend-Opfer für eine Sache, die gerecht ist oder auch nicht, das muß der Betrachter selbst entscheiden. Es sind schwere Entscheidungen, die einem da abverlangt werden: daß einer sterben muß, damit ein anderer in Anstand und Ehren und Komfort leben kann. Frauen haben keine Anführer, natürlich nicht: bei einer Frau muß das Gewissen der General sein: da gibt es keine mitreißenden Lieder, die die Aufgabe des Tötens erleichtern sollen, keine Siegesmärsche und Medaillen, die hinterher herumgereicht werden, nur ein Gefühl von Verlust. Und ebenso wie es im Krieg Unholde, Vampire, Schieber und Grabräuber gibt, aber auch tapfere und edle Männer, so gibt es in Abtreibungskliniken böse genauso wie gute Menschen, und Dr. Runcorn war einer von den bösen.

Clifford schob eine jamaikanische Krankenschwester und zwei schottische Stationspfleger zur Seite; alle drei hatten die schlechte Bezahlung im staatlichen Gesundheitswesen satt und waren deshalb in eine Privatklinik gegangen, das hatten sie jedenfalls ihren Freunden erzählt, und da keiner von ihnen Clifford sagen wollte, wo Helen war, rannte er durch die glänzenden, hellen Klinikflure, riß im Vorbeigehen die Türen auf; er kam auch ohne Hilfe zurecht. Unglückliche Frauen, die in gestärkten Bettjäckchen mit Rüschen aufrecht im Bett saßen, schauten verblüfft zu ihm auf, hofften plötzlich, da käme endlich ihr Retter, der Ritter in schimmernder Rüstung, der eine, der kommen mußte, damit alles seine Erklärung fand, sich zum Besseren wandte, gut ausging. Aber das war er natürlich nicht: er war der Retter für Helen, nicht für die anderen.

Clifford fand Helen auf einer Liege im OP-Bereich, weiß gewandet, mit einem Turban um den Kopf; eine Krankenschwester beugte sich über sie. Helen war bewußtlos, konnte jeden Moment in den OP gerollt werden. Clifford rangelte mit der Krankenschwester um die Herrschaft über die Liege.

»Diese Frau wird sofort auf Station zurückgebracht«, sagte er, »oder, bei Gott, ich hol die Polizei!« Und gemeinerweise klemmte er dann ihre Finger in den Steuermechanismus der Liege. Die Krankenschwester schrie. Helen rührte sich nicht. Dr. Runcorn tauchte auf, um zu sehen, was los war.

»Mit Blut an den Händen ertappt!«, sagte Clifford bitter; und das war Dr. Runcorn in der Tat. Er hatte gerade Zwillinge um die Ecke gebracht, aus einer ziemlich weit fortgeschrittenen Schwangerschaft, eine sehr unsaubere Angelegenheit. Aber Dr. Runcorn brüstete sich ja mit seinen Leistungen bei Zwillingen – aus seiner Klinik kam keiner der häufigen Fälle, bei denen ein Zwilling abgetrieben, der andere dringeblieben und weitergewachsen war, unbemerkt von allen außer einer bis zum errechneten Entbindungstermin verwirrten Mutter. Nein, wenn da noch ein Zwilling war, Dr. Runcorn würde ihn ausräumen.

»Bei dieser jungen Dame wird gleich eine Unterleibsuntersuchung durchgeführt«, sagte er, »zu der sie selbst ihre Einwilligung gegeben hat. Und da Sie nicht mit ihr verheiratet sind, haben Sie keinerlei juristische Handhabe in dieser Sache.«

Daraufhin gab ihm Clifford einfach eine Ohrfeige, und zwar zu Recht. Manchmal scheint Gewalt eben auch berechtigt zu sein. Clifford sollte in seinem Leben drei Männer schlagen. Der erste war Helens Vater, der versuchte, ihm Helen zu entreißen, der zweite Dr. Runcorn, der soeben versuchte, ihm Helens Baby wegzunehmen, und zum dritten sind wir noch nicht vorgedrungen, aber auch der hatte etwas mit Helen zu tun. Das ist die Wirkung, die manche Frauen auf manche Männer haben.

Dr. Runcorn fiel hin und erhob sich mit blutender Nase. Leider muß ich sagen, daß sein Personal ihm nicht beistand. Man konnte ihn nicht leiden.

»Also gut«, sagte er erschöpft, »ich werde einen privaten Krankenwagen rufen, aber auf Ihre Verantwortung.«

Und als sich die Türen des Krankenwagens schlossen, bemerkte er zu Clifford: »Mit der hier verschwenden Sie Ihre Zeit. Diese Mädchen sind doch bloß Schlampen. Was ich mache, das mache ich nicht um des Geldes willen. Ich mache es, um den Babys eine schreckliche Zukunft zu ersparen und um die menschliche Rasse vor genetischer Verunreinigung zu schützen.«

Dr. Runcorns aufgedunsenes Gesicht war nach Cliffords Ohrfeige noch stärker aufgedunsen, und seine Finger waren wie rote Gartenschnecken; er schien sich ganz plötzlich Cliffords Billigung zu wünschen; das wünschen sich die Besiegten von den Siegern oft; aber so etwas stand natürlich nicht an. Clifford verachtete Dr. Runcorn für seine Scheinheiligkeit bloß noch tiefer, und ein bißchen von dieser Verachtung färbte leider auf Helen ab, als wäre – vom Zweck ihres Besuchs in der »de Waldo«-Klinik einmal ganz abgesehen – das bloße Betreten dieses fürchterlichen und vulgären Ortes genug gewesen, um sie zu beflecken, und zwar auf Dauer.

Die Sanitäter aus dem Krankenwagen trugen die noch immer bewußtlose Helen die Treppe des Hauses in der Goodge Street hoch, legten sie aufs Bett, empfahlen Clifford, einen Arzt zu rufen, und gingen. (Die »de Waldo«-Klinik sollte später eine Rechnung schicken, die zu bezahlen Clifford sich aber weigerte.) Clifford setzte sich neben Helen und betrachtete sie und wartete ab und dachte nach. Er rief keinen Arzt an. Er schätzte, sie würde bald wieder zu sich kommen. Sie atmete leicht. Die Betäubung war in Schlaf übergegangen. Ihre Stirn war feucht und ihr hübsches Haar war kraus und verklebt, und dunkle Locken umrahmten ihr Gesicht. Feine blaue Äderchen traten an ihren weißen Schläfen hervor: dicke Augenwimpern säumten bleiche, durchsichtige Wangen: ihre Augenbrauen beschrieben einen zierlichen und doch selbstbewußten Bogen. Die meisten Gesichter müssen von Leben erfüllt sein, um schön zu werden: Helens war selbst in der

Unbeweglichkeit makellos und kam damit der Perfektheit eines Gemäldes so nahe, wie es Clifford sonst nie mehr erleben würde. Seine Wut, seine Empörung verschwanden. Dieses außergewöhnliche Geschöpf war die Mutter seines Kindes. Clifford wußte, daß Angies Anspielungen absurd waren, schon aufgrund der Intensität der Gefühle, die in ihm hochstiegen, als er daran dachte, wie knapp sein Kind entkommen war. Dies war der erste Rettungsakt gewesen. Clifford zweifelte nicht daran, daß weitere folgen würden. Er wußte, er traute Helen Betrug zu, Torheiten, Mangel an Urteilsvermögen und – was am allerschlimmsten war – Mangel an Geschmack. Sein Kind so früh fast schon in den Fängen des ekligen Dr. Runcorn! Und mit den Jahren würden diese Eigenschaften in Helen deutlicher zutage treten. Das Baby mußte beschützt werden. »Ich paß auf dich auf«, sagte er laut. »Mach dir keine Sorgen.« Lächerlich sentimental! Doch ich glaube, er meinte Nell, nicht Helen.

Clifford hätte an diesem Nachmittag eigentlich bei Leonardo's sein müssen. Die Hieronymus Bosch-Ausstellung sollte um weitere drei Monate verlängert werden. Es gab eine ganze Menge zu tun, wenn die größtmögliche Publicity für die Galerie und der größtmögliche Vorteil für ihn selbst herausgeschlagen werden sollte. Aber noch immer wich Clifford nicht von Helens Seite. Er ließ seine Finger über ihre Stirn gleiten. Er hatte sie gewollt, von dem Moment an, als er sie zum erstenmal gesehen hatte: damit niemand anders sie haben konnte und weil sie John Lallys Tochter war und weil ihm das letztendlich mehr Türen öffnen würde als Angies Millionen – aber bis zu den Qualen der letzten Nacht hatte er nicht gewußt, wie sehr er sie liebte, und daß er sich durch diese Liebe in große Gefahr begab. Denn welche Frau war je treu? Seine Mutter Cynthia hatte seinen Vater Otto ein halbes Dutzend mal pro Jahr betrogen, und das regelmäßig. Warum sollte Helen, warum sollte irgendeine Frau anders sein? Aber jetzt gab es das

Kind – darauf konzentrierte Clifford alles Sehnen und Streben seines Herzens, alles Vertrauen auf das Gute im Menschen, und überging damit mehr oder weniger die arme Helen, die versucht hatte, sowohl Clifford als auch sich selbst zu retten.

Helen rührte sich und erwachte und lächelte, als sie Clifford sah. Er lächelte zurück.

»Es ist alles gut«, sagte er. »Du hast das Baby noch. Aber warum hast du mir nichts erzählt?«

»Ich hatte Angst«, sagte sie einfach. Und dann fügte sie etwas hinzu, womit sie sich ganz seiner Fürsorge auslieferte: »Du wirst dich einfach um alles kümmern müssen. Ich glaube nicht, daß ich mich dafür eigne.«

Clifford, der einfach an alles und an dicker werdende Taillen dachte, rief bei seinen Eltern an und sagte, es gäbe nun doch keine kirchliche Trauung. Er würde lieber die Caxton Hall nehmen.

»Aber das ist nur ein besseres Standesamt«, beschwerte sich Cynthia.

»Jeder, der jemand ist, läßt sich dort trauen«, sagte er. »Und dies ist eine moderne Ehe. Gott braucht nicht dabei zu sein.«

»Und auch nicht sein Stellvertreter auf Erden«, sagte Cynthia.

Clifford lachte und stritt es nicht ab. Aber zumindest hatte er »jeder« gesagt und nicht »einfach jeder«.

Der Sprung in die Zukunft

Die Hochzeit von Clifford Wexford mit Helen Lally fand 1965 am Tage der Sommersonnenwende statt. Helen trug ein cremefarbenes, glattglänzendes Satinkleid, mit belgischer Spitze besetzt, und jeder sagte, sie hätte Mannequin werden sollen, sie sah so zart aus. (Dabei war Helen alles in allem mit Anfang zwanzig zu kräftig, um etwas in der Art machen zu können. Erst später, als sie durch Ärger, Liebe und allgemein chaotische Lebensumstände schmaler geworden war, konnte sie auf diese Weise ihren Lebensunterhalt verdienen.) Clifford und Helen waren ein aufsehenerregendes Paar; seine Löwenmähne glänzte, und ihr braunes Haar ringelte sich, und jeder, der jemand war, kam zur Hochzeit, das heißt jeder außer dem Brautvater John Lally. Die Brautmutter Evelyn saß im Hintergrund und trug dasselbe blaugerippte Kleid, das sie schon auf der Party getragen hatte, wo Clifford und Helen sich zum erstenmal sahen und verliebten. Sie hatte sich ihrem Ehemann widersetzt, um an der Feier teilzunehmen. Das bedeutete eine Woche Nichtsprechen, vielleicht auch mehr. Es kümmerte sie nicht.

Simon Harvey, der New Yorker Schriftsteller, war Cliffords Trauzeuge. Clifford war schon lange Jahre mit ihm befreundet: er hatte ihn in einem Pub kennengelernt, ihm seine erste Schreibmaschine geliehen. Nun mußte er ihm den Flugpreis nach Europa leihen, aber ein Freund ist ein Freund, und obwohl Clifford viele Bekannte hatte, hatte er nur wenige Freunde. Simon schrieb lustige Romane über homosexuelle Themen, zu früh, um damit bekannt zu werden. (Die schwule Bewegung steckte noch in den Kinderschuhen: homosexuell zu sein war eine todernste, im Flüsterton behandelte Angelegenheit.) Natürlich würde er schon bald Millionär werden.

»Was hältst du von ihr?« fragte Clifford.

»Wenn du schon eine Frau heiraten mußt«, sagte Simon, »dann hättest du's nicht besser treffen können.« Und er verlor auch nicht den Ring, und er hielt eine gefühlvolle Ansprache: die war das Geld für sein Flugticket wert, das er nie zurückzahlen würde, wie Clifford wußte.

Helens Onkel Phil, Evelyns Bruder, führte die Braut ins Standesamt. Er war Autoverkäufer; in den mittleren Jahren, rotgesichtig und laut, aber alle jüngeren Männer, die sie kannte, waren zur einen oder anderen Zeit ihre Liebhaber gewesen oder fast ihre Liebhaber, was ihr noch weniger passend schien – obwohl keiner von denen etwas gesagt und Clifford nichts erfahren hätte. Sie wollte ihre Ehe nicht mit Lügen beginnen. Eigenartigerweise schien Clifford sich nicht an Onkel Phillip zu stören, er sagte nur, es sei nützlich, jemanden aus der Autobranche in der Verwandtschaft zu haben, und wickelte sofort ein Geschäft mit ihm ab – seinen MG gegen einen Mercedes, jetzt, wo er bald ein verheirateter Mann sein würde. Und als der Tag dann gekommen war, war Helen sehr froh, ihren Onkel Phillip dabei zu haben – wo doch die Wexfordsche Seite so gut bestückt war mit Familie und Freunden, und die Lallysche so schlecht. Helen hatte genügend Freunde, aber wie viele hübsche Mädchen spürte auch sie, daß sie mit Männern besser auskam als mit Frauen, und es machte ihr etwas aus, wenn sie merkte, daß Frauen sie nicht mochten.

Niemand (der jemand war) außer Clifford wußte, daß Helen am Tag ihrer Hochzeit schon über drei Monate schwanger war – oh, und Angie natürlich, aber die hatte keine Einladung bekommen und war nach Johannesburg zurückgekehrt, um sich die Wunden zu lecken. (Obwohl Angie vorhatte, Clifford letztendlich doch zu kriegen und keine noch so große Anzahl von »Jas« und »Ich will's« egal für wen sie auf Dauer entmutigen würde.) Es war in vielerlei Hinsicht ein wunderschöner Tag. Beim Empfang kam Sir Larry Patt auf Clifford zu und sagte:

»Clifford, ich gebe auf. Sie sind die neue Welt. Ich bin die alte. Ich trete zurück. Sie werden leitender Direktor von Leonardo's. Das hat der Vorstand gestern beschlossen. Sie sind viel zu jung, und das habe ich denen auch gesagt, aber sie waren nicht meiner Meinung. Nun sind Sie also dran, mein Junge.«

Cliffords Glück war vollkommen. Nie wieder würde es einen Tag wie diesen geben! Helens kleine weiße Hand schlüpfte in seine und drückte sie fest, doch er erwiderte den Druck nicht, sondern sagte: »Wie geht's dem Baby?«, und sie sagte: »Psst!« und hatte keine Ahnung, daß er sie nicht mehr bedingungslos akzeptierte, sondern beurteilte, und diesen Händedruck kindisch und ordinär fand.

Lady Rowena, im grauen Jackenkleid, weißer Rüschenbluse und Krawatte sah jungenhaft aus und klapperte mit ihren falschen Wimpern (die trug damals einfach jede) zu einem von Cynthia Wexfords Cousins aus Minneapolis hinüber und bändelte blitzschnell mit ihm an, direkt vor der Nase seiner Ehefrau. Cynthia bekam das genau mit und seufzte. Sie hätte diese Cousins nie zu sich einladen sollen: sie hätte an ihren Prinzipien festhalten sollen: kein Kontakt mit der Familie, die sie in ihrer Jugend so beleidigt, so schlecht behandelt hatte. Schlimm genug, daß bei ihnen sowas im Blut lag. Einen Tag hatte ihr Vater sie herzlich geliebt, am nächsten total zurückgewiesen. Sie hatte geholfen, die Familie aus Dänemark herauszuholen: hatte dafür Folter, ja sogar ihr Leben riskiert: er hatte ihr kühl gedankt, sie aber nicht angelächelt. Er konnte nicht vergeben. Sie versuchte, nicht an ihn zu denken. Clifford sah aus wie ihr Vater: hatte sie mit Kinderaugen angestarrt, so blau wie die seines Großvaters. Darin lag das Problem. Sie hoffte, daß er glücklich werden würde, daß Helen für ihn tun würde, was sie nicht konnte, nämlich ihn lieben. Aber vielleicht war ihm das nie aufgefallen. Sie hatte sich immer so benommen, als würde sie ihn lieben, zumindest glaubte sie das.

Otto und Cynthia fuhren in ihrem Rolls Royce nach Hause zurück. Johnny saß am Steuer. Er hatte einen geladenen Revolver im Handschuhfach liegen, wie in alten Zeiten. Otto kam Cynthia etwas bedrückt vor.

»Was ist los?«, fragte sie. »Wenn überhaupt jemand Clifford glücklich machen kann, dann ist es Helen, da bin ich mir ganz sicher. Du weißt doch, als Baby war er nie richtig zufrieden. Sie ist für ihre Aufgabe wie geschaffen.«

»Das einzige, was mir Sorgen macht«, sagte Otto düster, »ist, wie er sich noch steigern will. Chef von Leonardo's in seinem Alter! Es wird ihm zu Kopf steigen.«

»Zu spät«, sagte Cynthia. »Er glaubt schon jetzt, er wäre Gott.«

Clifford und Helen verbrachten die Nacht im Ritz, wo es die besten und weichsten und hübschesten Doppelbetten von ganz London gibt.

»Was haben deine Eltern uns zur Hochzeit geschenkt?« fragte Clifford, und Helen wünschte, er hätte nicht gefragt. Er schien in einer komischen Verfassung zu sein, hochgestimmt, aber irgendwie auch nervös.

»Einen Toaster«, sagte sie.

»Hast du nicht gedacht, dein Vater würde uns eins von seinen Bildern schenken«, sagte Clifford. Da Clifford bereits ein Dutzend kleiner Lallys bei sich an der Wand hatte, alle für ein Butterbrot gekauft, und acht bedeutende Gemälde in Leonardo's Tresor, wo niemand sie sehen konnte, hatte Helen das ganz und gar nicht gedacht. Aber sie war zweiundzwanzig und ein Niemand, und Clifford war fünfunddreißig und ein ziemlicher Jemand, also sagte sie nichts. Seit der Episode in der »de Waldo«-Klinik konnte sie ihn nicht mehr so auslachen und becircen und ihm damit seine schlechte Laune austreiben, ihn bezaubern. Im Grunde nahm sie ihn nun ernster, als ihm (und ihr) guttat. Sie hatte unrecht gehabt: sie war ebensosehr die Tochter ihrer Mutter wie die ihres Vaters, und das zeigte sich deutlich.

Außerdem gab es andere Dinge, um die sie sich Sorgen machen mußte. Sie lag im Bett und machte sich Sorgen. Clifford hatte ein Haus in Primrose Hill gekauft, im damals unmodernen Londoner Nordwesten, nahe dem Zoo, als ihr neues Zuhause. Er hatte Coffee Place für zweitausendfünfhundert Pfund verkauft und das Haus am Chalcot Square für sechstausend Pfund erworben und damit gerechnet, daß es schon bald eine ganze Menge mehr wert sein würde. (Und er hatte recht gehabt. Eben dieses Haus wechselte kürzlich für eine halbe Million Pfund den Besitzer.) Clifford hatte Helen nicht als Miteigentümerin eingesetzt. Er sah nicht ein, warum er so etwas tun sollte. Es waren schließlich die sechziger Jahre, und eines Mannes Eigentum war eines Mannes Eigentum, und eines Mannes Frau hatte sich darum zu kümmern und dankbar zu sein für dieses Privileg. Konnte sie das Haus richtig führen? Sie war so jung. Sie wußte, daß sie unordentlich war. Sie hatte ihre Arbeit bei Sotheby's aufgegeben und damit angefangen, zu Cordon Bleu-Kochkursen zu gehen, aber trotzdem! Clifford hatte gesagt – und sie sah ein, daß er recht hatte –, sie würde all ihre Zeit und Energie dafür brauchen, das Haus zu führen und seine Freunde und Kollegen zu bewirten, die – wie er betonte – mit der Zeit immer großartiger und berühmter werden würden. Würde sie genügend Zeit, genügend Energie haben, jetzt wo das Baby unterwegs war? Und wann sollte sie den Leuten von dem Baby erzählen? Peinlich. Und trotzdem war sie voller Hoffnung, wie es sich für eine junge Frau in der

Hochzeitsnacht gehört. Sie hoffte zum Beispiel, daß Cliffords Freunde, Kollegen und Kunden sie nicht für ein untüchtiges, dummes Mädchen halten würden. Sie hoffte, daß auch Clifford sie nicht dafür halten würde. Sie hoffte, daß sie fähig sein würde, mit einem Kind umzugehen: sie hoffte, daß sie sich nicht nach ihrer Freiheit und nach ihren Freunden sehnen oder ihre Mutter und ihren Vater zu sehr vermissen würde; sie hoffte im Grunde, daß sie das Richtige getan hatte. Doch hatte sie überhaupt die Wahl gehabt? Du lernst jemanden kennen, und das war's dann.

Clifford küßte sie, und sein Mund war heiß und schwer, und er umarmte sie, und seine Arme waren sehnig und stark. Es war ein langer Tag gewesen: ein Hochzeitstag: hundert Hände waren geschüttelt, hundert gute Wünsche entgegengenommen worden: wenn sie sich fürchtete, dann nur, weil sie müde war. Aber wie seltsam, daß mit der körperlichen Bestätigung der Liebe eine Unruhe Schritt hielt wie ein kleiner Bruder, der unbedingt ernst genommen werden will: und Angst vor der Zukunft, das Gefühl, das Leben sei wie die Wellen, die zum Ufer strömen, für immer zerfallen, bevor sie noch ganz angelangt sind, und schlimmer noch: je höher der Wellenkamm ist, desto tiefer muß das Wellental sein, so daß selbst das Glück etwas ist, das man fürchten muß.

Mitten in der Nacht klingelte das hübsche goldlackierte Telefon auf dem Nachttisch. Helen griff nach dem Hörer. Clifford schlief immer fest: nie lange, aber tief: seinen blonden Schopf ins Kissen gedrückt, seine Hand unter die Wange geschoben, wie ein Kind. Selbst als sie den Hörer abnahm – schnell, damit er nicht gestört wurde –, dachte Helen, wie schön es doch war, etwas so Persönliches über einen so bedeutenden Mann zu wissen. Der Anruf kam aus Johannesburg, von Angie. Sie fragte, wie die Hochzeit gewesen sei und entschuldigte sich für ihr Fernbleiben.

»Aber du warst nicht einmal *eingeladen*«, hätte Helen gern

gesagt, doch sie sagte es nicht. Ob Angie mit Clifford sprechen könne, fragte Angie, und ihm dazu gratulieren, daß er zum leitenden Direktor von Leonardo's ernannt worden war? Schließlich hätte das ja ihr Vater arrangiert.

»Es ist zwei Uhr morgens, Angie«, sagte Helen so vorwurfsvoll, wie sie sich überhaupt traute. »Clifford schläft.«

»Und er schläft so fest!«, sagte Angie. »Das weiß ich nur zu gut. Versuch mal, ihm in den Hintern zu kneifen. Das wirkt normalerweise. Hat er sich die Hand unter die Wange geschoben, wie ein Kind? Ach, nur der Gedanke daran ... Du Glückliche!«

»Woher weißt du das?«, fragte Helen.

»Woher es so viele von uns wissen, meine Liebe.«

»Wann?« fragte Helen frostig. »Wo?«

»Wer, ich? Lang, lang ist's her, meine Liebe, für Clifford. Zumindest ein paar Monate. Nicht mehr seit deiner Abtreibungsnacht in der Klinik. Das war am Coffee Place. Doch vorher natürlich viele Male, an vielen Orten. Aber das weißt du ja alles. Weck ihn doch auf. Sei kein eifersüchtiges Gänschen. Wenn ich nicht eifersüchtig bin, und ich bin's nicht, warum solltest du's dann sein?«

Helen legte den Hörer auf und weinte, aber still und leise, so daß Clifford nichts hörte und nicht wach wurde. Dann hängte sie ganz praktisch das Telefon ab, so daß Angie nicht nochmal anrufen konnte. Mit Empörung und Kummer würde sie nicht weit kommen; das wußte sie. Sie mußte sich beruhigen, so schnell es ging, und damit anfangen, irgendwie ein neues Bild von sich und Clifford und ihrer Ehe aufzubauen.

Die ersten Tage

Es war schon eindrucksvoll, wie schnell Helen um die Taille dicker wurde, als erst die Hochzeit vorbei war: zwei Tage später, und das Hochzeitskleid ließ sich nicht mehr zumachen: eine Woche, und sie konnte es sich nicht über die Brust streifen, ohne daß die Nähte zu platzen drohten.

»Ganz außergewöhnlich«, sagte Clifford, der sie immer wieder bat, das Kleid anzuziehen, als wolle er den Fortschritt ihrer Schwangerschaft nach Augenmaß berechnen. »Du denkst wohl, jetzt kannst du's dir gemütlich machen. Kannst du aber nicht. Es gibt eine Menge zu tun.«

Und das stimmte tatsächlich. Das Haus in Primrose Hill, eine ehemalige Pension, mußte in ein Wohnhaus verwandelt werden, das eines Wexford würdig war und seiner jungen neuen Frau und der Freunde, die er dort empfangen wollte; und da Clifford immer beschäftigt war, würde Helen sich darum kümmern müssen. Und das tat sie auch. Er nahm Anteil an ihrer Schwangerschaft, gestattete ihr aber nicht, krank zu sein. Wenn sie sich morgens würgend übers Waschbecken beugte, klatschte er gleich in die Hände und sagte: »Schluß«, und wie durch ein Wunder war dann auch Schluß. Sie mußte nicht Rücksprache mit ihm halten, wenn sie Tapeten, Farbe oder Möbel aussuchte – er verlangte nur, daß die Wände so blieben, daß man Bilder daran hängen konnte, und die Möbel antik, nicht neu, da neue keinen Wiederverkaufswert hatten. Er schien zu billigen, was sie tat: oder zumindest äußerte er nichts Gegenteiliges. An den Wochenenden spielte er Tennis, und sie schaute zu und bewunderte ihn und klatschte Beifall. Er mochte ihren Beifall. Aber er hatte Beifall überhaupt gern. Das verstand sie.

»Du bist nicht sehr *sportiv*«, beklagte er sich – Angie und andere waren das wohl, vermutete sie.

An der Oberfläche lief alles gut. Die Tage waren sonnig und lebhaft, das Baby strampelte; die Nächte mühevoller und weniger stürmisch, aber beruhigend. Schon bald erschienen die ersten Besucher aus Cliffords Bekanntenkreis bei ihnen, zunächst zögernd, als sie aber seine neue junge Frau nicht so albern fanden, wie sie gefürchtet hatten, kamen sie öfter und wurden Freunde: dann kamen ihre Freunde, sahen sich um, gingen wieder, fanden sie irgendwie für sich verloren. Wie hätten sie – jung, arm, leicht bohemien, ohne Ehrgeiz – sich wohl und entspannt fühlen können bei einem Clifford Wexford, dem Menschlichkeit allein keine ausreichende Empfehlung war? Wie schaffte sie das eigentlich? Sie sah ein, daß sie mehr Wexford-Ehefrau sein mußte und weniger Applecore Cottage-Tochter. Sie lernte, ohne das Geplauder und die Nähe ihrer Freunde auszukommen: ohne die tröstliche Wärme ihrer Anteilnahme: wenn sie gingen, hielt Helen sie nicht zurück. Es waren nette Leute, sie wären gekommen, Clifford hin oder her. Leser, die Wahrheit ist, sie wurde schwer und plump und schleppte sich nur noch dahin – wie das bei Frauen in vorgerückter Schwangerschaft so ist –, und das Baby drückte auf den Ischiasnerv, aber sie biß die Zähne zusammen und setzte ein freundliches Lächeln auf: trotz aller Müdigkeit und aller Beschwerden, Clifford zuliebe. Sie würde alles für Clifford tun. Er würde nie wieder eine andere Frau ansehen. Und gleichzeitig wußte sie, daß es zwecklos war. Sie hatte ihn verloren: wie und wieso, darüber war sie sich nicht klar.

Zeiten des Glücks

Am ersten Weihnachtsfeiertag 1965 wurde Nell im Middlesex Hospital geboren. Nun ist Weihnachten keine gute Zeit, um ein Kind zu bekommen. Die Krankenschwestern trinken zuviel Sherry und verbringen die ganze Zeit mit dem Absingen von Weihnachtsliedern; die jungen Ärzte küssen sie unter dem Mistelzweig; ältere Chirurgen verkleiden sich als Weihnachtsmänner. Helen brachte Nell völlig unbemerkt zur Welt, auf einer Privatstation, wo sie allein lag. Hätte sie ganz normal Zweiter Klasse gelegen, wäre zumindest eine der anderen Patientinnen dagewesen, um ihr zu helfen: so aber brannte nur ein rotes Licht im Schwesternzimmer, stundenlang, ohne daß jemand es merkte. Die Anwesenheit der Väter bei der Geburt ihrer Kinder war noch nicht in Mode gekommen, und Clifford hätte sich ohnehin schon beim bloßen Gedanken daran geschüttelt. Zufälligerweise waren er und Helen zu einem Heiligabend-Dinner eingeladen worden, und zwar von dem berühmten Maler David Firkin, der mit dem Gedanken spielte, von der Beaux Arts Gallery zu Leonardo's zu wechseln, und Clifford mochte diese Einladung nicht ablehnen. Sie schien ihm wichtig. Im Taxi, auf dem Weg zum Firkin-Atelier, hatte Helen zum erstenmal leichte Schmerzen. Natürlich wollte sie keine Last sein.

»Ich glaube nicht, daß es irgend etwas ist«, sagte sie. »Wahrscheinlich nur ein verdorbener Magen. Weißt du was, du setzt mich beim Krankenhaus ab, und die sehen sich die Sache mal an und schicken mich wieder heim, und ich komm mit 'nem Taxi nach zu David.«

Clifford nahm Helen beim Wort und setzte sie beim Krankenhaus ab und ging allein zum Dinner. Helen kam nicht nach.

»Selbst wenn die Wehen eingesetzt hätten«, sagte David Firkin, »was ich bezweifle, braucht ein Baby ewig, wenn es das erste ist, also gibt es keinen Grund zur Sorge. Es ist ein ganz natürlicher Vorgang. Seien Sie jetzt also kein Frosch und rufen Sie nicht dauernd im Krankenhaus an.« David Firkin haßte Kinder und war stolz darauf. Helen war ein hübsches, gesundes Mädchen, das sagten alle Gäste: kein Grund zur Sorge: und niemand begann an den Fingern zurückzurechnen, wieviele Monate seit der Hochzeit vergangen waren – oder zumindest sah Clifford niemanden dabei.

Nun war Helen tatsächlich ein hübsches, gesundes Mädchen, wenn auch verängstigt, und Nell war ein hübsches, gesundes Baby und kam heil an, wenn auch auf eigene Faust, morgens um drei Uhr zehn. Nells Sonne hatte das Sternbild des Schützen verlassen und war gerade in den Steinbock eingetreten, was sie zu einem lebendigen und auch erfolgreichen Menschen machte; sie hatte den aufsteigenden Mond im Wassermann, und das machte sie herzlich, charmant, großzügig und anständig; eine starke Venus stand mitten am Himmel in ihrem eigenen Haus (Waage), und daher hatte sie vielerlei Sehnsüchte und die Fähigkeit, Liebe zu geben und zu empfangen. Aber Merkur stand zu nahe am Mars, und Neptun stand in Opposition zu beiden, und ihre Sonne in Opposition zu ihrem Mond, und daher hatte Nell ihr ganzes Leben lang einen Hang zum Seltsamen und zu großem Unglück, abwechselnd mit großem Glück. Ein mächtiger Saturn in Konjunktion zur Sonne und ebenfalls in Opposition zum zwölften Haus ließ darauf schließen, daß sich in ihrem Leben Gefängnisse und Anstalten vor ihr auftürmen würden – zu gewissen Zeiten würde sie die Welt nur durch Gitterstäbe betrachten können. Zumindest ist das eine Möglichkeit, die ganze Sache zu sehen. Und sie ist ausreichend. Welche besseren Erklärungen für die Ereignisse, die vom Schicksal verursacht werden und nicht von unserem Handeln, könnten wir auch finden?

Eine Krankenschwester kam kleinlaut herbeigeeilt, als sie Nells ersten Schrei hörte, und als das Baby, gewaschen und gewickelt, in Helens Arm gelegt wurde, verliebte sich Helen: nicht so, wie sie sich in Clifford verliebt hatte: eine Mischung aus erotischer Erregung und klarem Verstand, sondern kraftvoll, gleichbleibend, beständig. Als Clifford sich von Brandy und Keksen (Harrods feinstes Weihnachtsgebäck) losriß, die nach Tisch gereicht wurden, und an ihr Bett kam, um vier Uhr morgens, da zeigte sie ihm das Baby fast ängstlich, beugte sich über das Bettchen, zog die Decke von dem kleinen Gesicht. Sie wußte noch immer nicht genau, was Clifford gefiel oder mißfiel, was er gutheißen oder ablehnen würde. Sie war ihm gegenüber schüchtern geworden: fast schon furchtsam. Sie wußte nicht, was los war. Sie hoffte, mit Nells Geburt würde alles besser werden. Wie Ihnen aufgefallen sein wird, dachte sie nicht an ihre eigenen Schmerzen und nahm es Clifford auch nicht übel, daß er sie in einem solchen Moment im Stich gelassen hatte, sondern nur, wie sie es ihm recht machen konnte. In den ersten paar Monaten ihrer Ehe war sie, meine ich, ihrer Mutter ähnlicher als zu irgendeiner anderen Zeit ihres Lebens.

»Ein Mädchen!«, sagte er, und einen Moment lang dachte Helen, das sei ein Ausdruck des Mißfallens, aber er schaute seine Tochter an und lächelte und sagte: »Nicht die Stirn runzeln, meine Süße: es wird ja alles gut«, und Helen hätte schwören können, daß das Baby sofort aufhörte, die Stirn zu runzeln und zurücklächelte, obwohl die Krankenschwester sagte, das sei unmöglich: Babys lächelten erst nach sechs Wochen. (Alle Krankenschwestern sagen das, und alle Mütter wissen es besser.)

Er hob das Baby hoch.

»Vorsichtig«, sagte Helen, aber das war nicht nötig. Clifford hatte Erfahrung im Umgang mit äußerst wertvollen Gegenständen. Und sofort spürte er, überraschend und heftig, sowohl den Schmerz als auch die Freude der Vaterschaft – den Stich im Herzen, Ausdruck des Beschützerinstinkts; das warme beruhigende Leuchten, Ausdruck des Wissens um die Unsterblichkeit, der Dankbarkeit für ein Privileg, der Erkenntnis, daß es nicht nur ein Kind ist, das man in seinen Armen hält, sondern die ganze Zukunft der Welt, wie sie durch dich wirkt. Mehr noch, er empfand geradezu absurde Dankbarkeit Helen gegenüber dafür, daß sie das Baby bekommen, dieses Gefühl möglich gemacht hatte. Zum erstenmal, seit er sie aus der »de Waldo«-Klinik gerettet hatte, küßte er sie ohne Groll, nur mit Liebe. Er hatte ihr wirklich vergeben, und diese Vergebung ließ sie strahlen.

»Alles werde gut«, sie schloß die Augen und zitierte etwas, das sie einmal gelesen hatte, nur was genau, wußte sie nicht mehr, » – und alles wird gut, und alles Mögliche wird gut«, und Clifford stellte sie nicht bloß, fragte sie nicht nach der Quelle des Zitats. Und eine Zeitlang war es auch gut. Sogar sehr gut.

Beinah ein Jahr lang lebte Nell in einem Kokon aus Glück, den ihre Eltern geschaffen hatten. Leonardo's florierte unter Clifford Wexfords Leitung – ein interessanter Rembrandt wurde erworben, ein paar langweilige holländische Meister verkauft, der mutmaßliche Botticelli als solcher ausgezeichnet und aufgehängt, zum Erstaunen der Uffizien, und in der neueren zeitgenössischen Abteilung schnellten die Preise für einen David Firkin auf fünfstellige Summen hoch, der nun nicht mehr als zwei Bilder pro Jahr malen durfte, um sich nicht den eigenen Markt zu verderben. Helen verlor mehr als sechs Kilo und betete abwechselnd Clifford und das Baby Nell an. Es ist sogar angenehmer (wenn auch schwieriger) zu lieben, als geliebt zu werden. Wenn beides zugleich geschieht, was läßt sich Schöneres denken?

Eine Welle von Ärger

Leser, eine Ehe, die zu rasch zusammengefügt wird, kann sich auch rasch wieder auftrennen, wie ein selbstgestrickter Pullover: wenn du nur einen Faden durchschneidest und daran ziehst und weiterziehst, löst er sich in nichts auf: in nichts als einen Haufen gekräuselter Reste. Oder anders gesagt: du denkst, du würdest in einem Palast wohnen, aber in Wirklichkeit ist es bloß ein Kartenhaus. Stoße eine Karte an, und der ganze Haufen gerät ins Wanken und fällt um und löst sich in Nichts auf. Als Nell zehn Monate alt war, krachte die Wexfordsche Ehe ein und die Fetzen flogen dem armen Kind um die Ohren. Bum, bum, bum – ein häßliches Ereignis nach dem anderen krachte aufeinander, schneller, als Sie es sich vorstellen können.

Folgendes geschah:

Die Conrans gaben am fünften November, dem Guy Fawkes Day, eine Party. Wissen Sie noch? Terence, der Gründer von Habitat? Und Shirley, die man aus *Superwoman* und *Lace* kennt? Jeder, der jemand war, kam zu dieser Party, und das schloß die Wexfords mit ein.

Helen ließ Nell beim Kindermädchen: das Kind sollte nicht vom Geknalle und Geknattere erschreckt werden. Sie traf vor Clifford ein, der direkt von Leonardo's kommen wollte. Sie trug einen bestickten Ledermantel und Stiefel mit vielen Troddeln und sah schlank, verletzlich, sehr hübsch und zart aus und irgendwie erstaunt und leicht verblüfft, wie junge Frauen, die erst seit kurzem mit aktiven Männern verheiratet sind, ja oft aussehen: das heißt sehr attraktiv für andere Männer, was dazu führt, daß die sich benehmen wie Hirsche in der Brunftzeit, mit total ineinander verkeilten Geweihen und dem Willen: »Ich nehme mir, was dir gehört, bei Gott und dem Gesetz der Wildnis, ich nehm' es mir!« Wenn sie ihren alten blauen Dufflecoat getragen hätte, wäre es vielleicht nicht passiert.

Clifford kam später, als Helen erwartet hatte. Sie war ein bißchen gekränkt. Leonardo's beanspruchte zuviel von seiner Zeit und Aufmerksamkeit. Die Würstchen knackten und die heißen Kartoffeln zischten in der Glut; Raketen knatterten und Lichterfontänen schossen himmelwärts, und kleine Erstaunens- und Entzückensschreie zogen auf leichten Winden über die Gärten von Camden Town und mit ihnen der Rauch des offenen Feuers. Ziemlich viel Rum war in dem heißen Grog. Wäre weniger drin gewesen, wäre alles vielleicht nicht passiert.

Helen blickte durch einen Rauchschleier und sah Clifford kommen. Sie vergab ihm: sie begann zu lächeln. Aber wer war das an seiner Seite? Angie? Helen verging das Lächeln. Das konnte nicht sein. Nach allem, was man in letzter Zeit gehört hatte, war Angie in Südafrika. Und doch, es war niemand anders als sie. In Pelzmantel, Pelzhut, hohen Lederstiefeln, Minirock, der einen Streifen bestrumpften Oberschenkels entblößte, wie es damals Mode war; Angie grinste Helen an, während sie ganz besonders liebevoll Cliffords Hand drückte. Helen blinzelte, und Angie war fort. Noch schlimmer. Was hatte sie zu verstecken? Was war das für eine geheime Absprache? Helen hatte Angies Anruf in der Hochzeitsnacht für sich behalten: hatte sich Schmerzen und Verletztsein verkniffen, das Ganze vergessen, verdrängt. Zumindest hatte sie das geglaubt. Hätte sie's wirklich vergessen und nicht nur verdrängt, wäre alles vielleicht nicht passiert.

Clifford nahm Helens Arm, ganz der treu ergebene Ehemann. Helen schüttelte ihn gereizt ab – was eine Frau mit einem Mann, der auf sich hält, nie tun sollte. Aber sie hatte vier heiße Grogs getrunken, während sie auf Clifford wartete, und war weniger nüchtern, als sie glaubte. Wenn sie ihm doch nur ihren Arm gelassen hätte. Aber nein!

»Das war Angie, du bist mit Angie gekommen, du hast dich mit Angie getroffen.«

»War sie auch, bin ich auch, hab ich auch«, sagte Clifford kühl.

»Ich dachte, sie wäre in Südafrika.«

»Sie ist rübergekommen, um mir zu helfen, die zeitgenössische Abteilung aufzubauen. Wenn du dich überhaupt für Leonardo's interessieren würdest, dann wüßtest du das.«

Wie unfair! Täglich ging Helen in einen Kunstgeschichtekurs, um sich weiterzubilden, führte mit ihren dreiundzwanzig Jahren ein Haus mit Personal, empfing Gäste und kümmerte sich auch noch um ein Kleinkind. Und dann wurde sie von ihrem Ehemann wegen Leonardo's vernachlässigt. Was wollte er eigentlich noch? Helen gab Clifford eine Ohrfeige (hätte sie das doch nicht getan), und Angie trat aus dem Rauch des offenen Feuers hervor und lächelte Helen noch einmal an, ein kleines triumphierendes Lächeln, das Clifford nicht sah. (Ich will nicht behaupten, sie hätte sich auch anders verhalten können. Nein, keinesfalls!)

»Du bist ja total verrückt«, sagte Clifford zu Helen, »und krankhaft eifersüchtig«, und auf der Stelle verließ er die Party, mit Angie. (Oh – oh – oh!) Ja, er war verärgert. Kein Mann läßt sich gern in aller Öffentlichkeit grundlos ohrfeigen und der Untreue bezichtigen. Und momentan gab es wirklich keinen Grund. Angie wartete ab: ihr Kontakt zu Clifford beschränkte sich neuerdings ganz auf die gemeinsame Arbeit an Leonardo's Zeitgenössischer Abteilung.

Clifford hatte schon fast vergessen, daß da je etwas anderes gewesen war – hätte er Angie denn sonst mit zu der Party gebracht? (Ach, hätte er's doch nicht getan! Es ehrt Clifford, daß er, genau wie Helen und ganz anders als Angie, dazu imstande war, moralische Entscheidungen zu treffen.)

Clifford brachte Angie zurück zu ihrem Haus in Belgravia und fuhr direkt heim nach Primrose Hill, hörte sich Musik an und wartete auf Helens Rückkehr. Er beschloß, ihr zu verzeihen.

Er wartete bis zum Morgen, und immer noch war sie nicht da. Dann rief sie an und sagte, sie sei in Applecore Cottage: ihre Mutter sei krank. Sie legte schnell auf. So etwas hatte Clifford schon einmal gehört – er schickte Johnny los, um die Sache zu überprüfen. Natürlich war Helen nicht in Applecore Cottage. Wie hätte sie dort auch sein sollen? Ihr Vater hielt nach wie vor das Hausverbot aufrecht. So eine dumme Lüge! Damit machte Helen alles nur noch schlimmer.

Und wo war Helen in der vergangenen Nacht gewesen? Na gut, ich will es Ihnen sagen. Nachdem Clifford die Party mit Angie am Arm verlassen hatte, ging auch Helen, viele heiße Grogs später, am Arm eines gewissen Laurence Durrance, Drehbuchautor und Ehemann der kleinen Anne-Marie Durrance, Nachbar und enger Freund. (Als sie sich zu dieser Handlung entschlossen hatte, gab es kein Zurück mehr. Kein Wenn-doch-nur. Plumps! fiel das Kartenhaus zusammen.)

Anne-Marie, ein Persönchen von 1,48 m und 38 kg *jolie-laide*-Energie blieb zurück, weinend und jammernd, und erzählte *jedem* ganz aufgeregt, daß Helen Wexford und ihr Mann zusammen weggegangen waren. Aber damit nicht genug, gleich am nächsten Morgen rang sie ihm ein Geständnis ab. (Ich nahm sie mit in mein Büro. Aufs Sofa. Sehr unbequem. Du weißt ja, die ganzen Bücher und Papiere. Ich war schrecklich betrunken. Da muß jemand noch mehr Rum in den Grog gekippt haben. Sie schien so durcheinander zu sein. So durcheinander! *Anne-Marie.* Was soll man da machen? Tut mir leid, tut mir leid, tut mir leid.) Und nachdem sie sich das alles angehört hatte und bevor Helen wieder auftauchte (tatsächlich hatte sie bei einer Freundin übernachtet und versucht, wieder Fassung zu gewinnen: so groß waren ihre Schuldgefühle), marschierte Anne-Marie los und erzählte Clifford, wo Helen die Nacht zuvor gewesen war – mit vielen unnötigen und unwahren Ausschmückungen.

Als Helen dann wirklich zurückkam, war Clifford überhaupt nicht mehr bereit, ihr zu verzeihen. Schon hatte Johnny die Türschlösser ausgewechselt. Helen stand auf der Treppe vor der Haustür, im scharfen Novemberwind: ihr Ehemann und ihr Baby auf der anderen Seite einer verschlossenen Tür, im Warmen.

»Laß mich rein, laß mich rein«, weinte Helen, aber er tat es nicht. Selbst als Nell ein teilnahmsvolles Geheul anstimmte, blieb sein Herz hart. Eine untreue Frau war nicht seine Frau. Sie war für ihn schlimmer als ein Fremdling: sie war ein Feind. Also mußte Helen zu einem Anwalt gehen, Clifford hatte seinen schon konsultiert – er verschwendete keine Zeit. Kaum hatte Anne-Marie ihre Geschichte zuende erzählt, da war er bereits am Telefon – und was für einen mächtigen und teuren Anwalt! Nicht genug damit: nun beschloß auch noch Anne-Marie, die Gelegenheit zu nutzen und sich von Laurence scheiden und Helen vorladen zu lassen, und bis Weihnachten war nicht eine, nein zwei Ehen waren zerstört. Und der Kokon aus Wärme und Liebe, in dem Nell lebte, war aufgeribbelt, schneller als das Auge sehen oder der Verstand begreifen konnte, so kam es Helen vor, und haßerfüllte, verzweifelte und böse Worte standen in der Luft über Nells Köpfchen, und wenn sie lächelte, lächelte niemand zurück, und Clifford reichte die Scheidung ein, ließ Laurence vorladen und erhob Anspruch auf das Sorgerecht für ihre kleine Tochter.

Vielleicht wissen Sie nicht mehr, was eine Vorladung bei einem Scheidungsprozeß bedeutete. Damals, als die Institution

Ehe noch fester und beständiger war als heute, schienen äußere Einflüsse vonnöten zu sein, um ein Ehepaar auseinander zu bringen. Interne Probleme allein führten längst nicht zur »unheilbaren Zerrüttung« einer Ehe. Nein, jemand anders mußte dazukommen und aktiv werden, in den meisten Fällen sexuell aktiv. Dieser Jemand war bekannt als »die dritte Partei«. Bettlaken wurden nach Beweisen untersucht, Privatdetektive angeheuert, um durchs Schlüsselloch zu fotografieren, und die dritte Partei vom geschädigten Ehepartner vorgeladen und sein (ihr) Name in die Zeitung gebracht. Das war alles ganz schrecklich, und selbst wenn es gar keinen wirklich Geschädigten gab, sondern zwei Eheleute sich einfach nur trennen wollten, mußte die ganze Bettlaken- und Schlüsselloch-Prozedur durchgemacht werden. Aber jedes Ding hat seine zwei Seiten: ein ganz neues Gewerbe entstand: Mädchen, die in Strandhotels wohnten und für die erforderlichen Beweise sorgten und gutes Geld damit machten, oft leicht verdientes Geld, indem sie die ganze Nacht aufblieben und Kaffee tranken und erst dann zur Sache kamen, wenn das Licht, das durchs Schlüsselloch schien, plötzlich ausging.

Und in diesem speziellen Fall gab es noch eine gute Seite: Helen schloß mehr oder weniger Frieden mit ihrem Vater – jeder Feind von Clifford war sein Freund, das galt sogar für seine Tochter (seine *angebliche* Tochter: denn als sein eigen Fleisch und Blut erkannte er sie dennoch nicht an; dieser Trost blieb Evelyn verwehrt) – und durfte nach Applecore Cottage zurückkehren, in das kleine Hinterzimmer, um sich die Schmach und Angst von der Seele zu weinen, und wie immer saß auf dem Zweig des Apfelbaumes vor ihrem Fenster das Rotkehlchen mit seiner roten Brust, legte den Kopf auf die Seite und piepste und zwitscherte zu ihrem Kummer und versprach auch wieder bessere Zeiten.

Lügen, alles Lügen

Es gibt Babys, um die keiner kämpfen will. Sind sie unscheinbar oder dumm oder armselig oder transusig, dann erlaubt man es den geschiedenen und untreuen Müttern, sie zu behalten und sich die ganzen Jahre über mit ihnen abzuplagen. Aber was für ein bezauberndes Geschöpf war Nell! Alle wollten sie haben: beide Eltern, alle vier Großeltern. Nell hatte rosige Haut und ein strahlendes Lächeln und weinte fast nie, und wenn sie weinte, dann ließ sie sich schnell beruhigen. Sie war mit Freude und Ausdauer an der Arbeit (und niemand hat schwerer zu arbeiten als ein Baby): lernte greifen, zupacken, sitzen, krabbeln, stehen, die ersten paar Worte sprechen. Sie war mutig, begabt und temperamentvoll – ein Preis, um den sich der Kampf lohnte, nicht etwa eine Last, die die Mühe nicht lohnte. Und wie sie alle um Nell kämpften!

»Sie eignet sich nicht zur Mutter«, sagte Clifford zu Van Erson, seinem sommersprossigen, gerissenen Anwalt. »Sie hat versucht, das Kind abzutreiben. Sie hat es nie gewollt!«

»Er will sich nur an mir rächen«, sagte Helen weinend zu Edwin Druse, ihrem sanften Hippie-Rechtsbeistand. »Bitte, tun Sie etwas, damit er das sein läßt. Ich liebe ihn doch so sehr. Nur diese eine blödsinnige Sache, die alberne Party, ich hatte zuviel getrunken, ich wollte mich an ihm rächen, wegen

Angie. Ich kann es nicht ertragen, nun auch noch Nell zu verlieren. Ich kann nicht. Bitte, helfen Sie mir!«

Edwin Druse streckte eine sanfte Hand aus, um seine aufgewühlte Klientin zu trösten. Er dachte, sie sei zu jung, um mit all dem fertig zu werden. Er dachte, Clifford sei wirklich ein sehr unangenehmer Mensch. Sie brauchte jemanden, der für sie sorgte. Er dachte, er selbst, Edwin Druse, sei vielleicht am besten für diese Aufgabe geeignet. Er konnte sie vielleicht zu einer vegetarischen Lebensweise bekehren, und sie würde nicht mehr in Verzweiflung versinken. Er dachte sogar, sie könnten beide eigentlich sehr gut miteinander zurechtkommen, wenn nur Clifford und die kleine Nell aus dem Weg wären. Vielleicht war Edwin Druse unter diesen Umständen nicht gerade der beste juristische Beistand, den Helen hätte finden können. Aber so war es nun mal.

Und dazu kommt noch, daß Clifford Nell wollte und gewöhnlich auch kriegte, was er wollte, und Sie werden mir zustimmen, daß er im Kampf um das Sorgerecht alle Trümpfe in der Hand hatte. Geld, Macht, gerissene Anwälte, verletzte Ehre – und seine Eltern Otto und Cynthia im Kreuz, die ihm mit einer Extra-Zugabe von alldem den Rücken stärkten.

»Ein freundliches Wesen allein ist eben nicht genug«, sagte Cynthia über Helen. »Etwas Verstand und Taktgefühl muß auch noch vorhanden sein.«

»Ein Mann kann sich von seiner Frau vieles gefallen lassen«, sagte Otto, »aber nicht, daß sie in aller Öffentlichkeit einen Narren aus ihm macht.«

Und Helen konnte nichts als Schönheit und Hilflosigkeit und Mutterliebe und Edwin Druses Gewissenhaftigkeit in die Waagschale werfen. Und das war nicht genug.

Clifford ließ sich wegen Ehebruchs von Helen scheiden, und sie hatte keine Möglichkeit, diese Tatsache zu leugnen: darüber hinaus trat auch noch Anne-Marie in den Zeugenstand und sagte aus, was sie schon bei ihrer eigenen Scheidung gesagt hatte: »... und ich kam unerwartet nach Hause und fand meinen Mann Laurence im Bett mit Helen. Ja, es war das Ehebett. Ja, die beiden waren nackt.« Lügen, alles Lügen! Helen versuchte es nicht einmal mit der Gegenklage, daß Clifford seinerseits Ehebruch mit Angie Wellbrook begangen hatte – sie wollte ihn nicht in aller Öffentlichkeit verleumden, und Edwin Druse versuchte nicht, sie zu einem solchen Vorgehen zu bewegen. Helen war ja bereit zu glauben, daß sie Clifford durch eigene Schuld verloren hatte. Selbst wenn sie ihn haßte, liebte sie ihn: und bei ihm verhielt es sich genauso. Doch sein Stolz war verletzt: er würde ihr nicht verzeihen, und sie würde ihn nicht noch mehr verletzen. Und so verließ er den Gerichtssaal als die schuldlose Partei, und sie bekam die Schuld, und es stand alles in den Zeitungen, eine ganze Woche lang. Leider muß ich sagen, daß Clifford Wexford eigentlich nie was gegen Publicity hatte. Er dachte, es könnte gut fürs Geschäft sein, und so war es auch.

Angies Vater rief aus Johannesburg an und brüllte durch die Leitung: »Wie schön, daß Sie diese nichtsnutzige Frau los sind. Das wird Angie unheimlich freuen!« Allerdings! Das und der verblüffende Erfolg von David Firkins Bildern, die nun an den schicksten Wänden im Lande hingen.

»Siehst du«, sagte Angie. »Der ganze Alte-Meister-Schrott ist *out, out, out.*«

Einen Monat später, bei den Verhandlungen um das Sorgerecht, bereute Helen dann doch, daß sie nicht härter gekämpft hatte. Clifford brachte die verschiedensten Dinge zur Sprache, um ihre Unfähigkeit als Mutter zu belegen; nicht nur ihren anfänglichen Versuch, Nell abzutreiben, was sie erwartet hatte, sondern auch, daß ihr Vater geisteskrank sei – einen Mann, der seine eigenen Bilder mit der Gartenschere zerschnitten hatte, konnte man wohl kaum als geistig gesund bezeichnen –, was sie vielleicht geerbt hatte, und Helens Hang zu schweren sittlichen Verfehlungen. Außerdem war sie ja praktisch Alkoholikerin – hatte sie nicht versucht, ihr sündiges Treiben mit dem Beklagten Durrance damit zu rechtfertigen, daß sie zuviel getrunken hatte? Nein, Nells Mutter war eine eitle, haltlose, hoffnungslose Verbrecherin. Außerdem hatte Helen kein Geld: Clifford hatte welches. Wie gedachte sie denn, ein Kind zu unterhalten? Hatte sie nicht ihre dürftige Halbtagsstelle aus nichtigem Anlaß aufgegeben? Arbeiten? Helen? Sie machen wohl Witze!

Wohin das arme Mädchen sich auch wandte, Clifford trat ihr entgegen, anklagend und so überzeugend, daß sie ihm beinahe selbst glaubte. Und was konnte sie gegen ihn vorbringen? Daß er Nell nur wollte, um sie zu bestrafen? Daß er die kleine Nell nur an ein Kindermädchen weiterreichen würde: daß er zuviel zu tun hatte, um dem Kind ein ordentlicher Vater zu sein: daß es ihr, Helen, das Herz brechen würde, wenn man ihr das Baby wegnahm? Edwin Druse dagegen konnte nicht überzeugen. Und so war Helen in den Augen der Öffentlichkeit ein zweites Mal gebrandmarkt, als betrunkene Schlampe, und damit hatte es sich dann. Clifford erhielt das Sorgerecht.

»Vormundschaft und Sorgerecht«, sagte der Richter. Clifford schaute über den Gerichtssaal hinweg Helen an, und zum ersten Mal, seit der Prozeß begonnen hatte, trafen sich ihre Blicke.

»Clifford!«, flüsterte sie, so wie eine Frau vielleicht auf dem Totenbett den Namen ihres Mannes flüstert, und er hörte sie, trotz des Stimmengewirrs um ihn herum, und antwortete ihr im Herzen. Wut und Zorn legten sich, und er wünschte, er könnte das Rad der Zeit zurückdrehen und er, Helen und Nell wären wieder zusammen. Vor dem Gerichtssaal wartete er auf Helen. Er wollte bloß mit ihr reden, sie berühren. Sie war genug gestraft worden. Aber Angie kam vor Helen heraus – im allerknappsten Mini-Lederrock, aber niemand schaute auf ihre Beine, nur auf ihre Brosche aus Gold und Diamanten, die mindestens eine Viertelmillion Pfund Sterling wert war – und hakte sich bei ihm unter und sagte: »Na, das ist doch ein hervorragendes Ergebnis! Du hast das Baby und bist Helen los. Laurence war ja nicht der einzige, weißt du«, und bei Clifford ging der schwache Moment vorbei.

Was passierte mit Laurence, werden Sie wissen wollen? Seine Frau Anne-Marie vergab ihm – obwohl sie Helen nie vergab –, und ein paar Jahre später heirateten die beiden zum zweiten Mal. Einige Leute sind eben unerträglich leichtsinnig. Aber durch die eine unbedachte Handlung hatte Helen Ehemann, Heim und Liebhaber verloren – was häufiger vorkommt, als man glauben mag –, ganz zu schweigen von dem Kind und dem Freund und dem guten Ruf. Und als Baby Nell die ersten Schritte machte, war keine Mutter da, um ihr zuzuschauen.

Nach der Scheidung

Armer Clifford! Leser, solches Mitgefühl Clifford gegenüber, der Helen so grausam und ekelhaft behandelt hat, mag Sie überraschen. Ja, Helen hatte eine Dummheit gemacht, aber sie war auch erst dreiundzwanzig, und Clifford interessierte sich schon nach einem Monat mehr für Leonardo's als für sie, und wie wir wissen, hatte er sie auf Angie eifersüchtig gemacht, und Laurence war so brünett und lustig wie Clifford blond und ernst war, und Laurence führte sie in Versuchung, und sie hatte es nicht geschafft, der Versuchung zu widerstehen, ein einziges Mal, aber ganz im Vertrauen: die Episode auf seiner Bürocouch hätte sich leicht zu etwas Größerem, Üppigerem auswachsen können, wenn nichts dazwischen gekommen wäre, wenn Anne-Marie nicht wütend auf die Beziehung eingedroschen hätte. Manch ein Ehemann hätte seiner Frau einen solchen Fehltritt verziehen, hätte sich etwa einen Monat lang geärgert und gegrämt und dann das Ganze vergessen und weitergelebt wie vorher. Clifford nicht. Armer Clifford, sage ich deshalb, weil er *nicht* vergeben, geschweige denn vergessen konnte.

Armer Clifford: denn selbst als er Helen haßte, sehnte er sich nach ihrer Gegenwart und hatte statt dessen Angie um sich mit ihren Miniröcken, trotz ihrer unschönen Beine, und unmodernen Broschen, nur weil sie Millionen Pfund wert waren, und deren weißer Nerzmantel eher protzig wirkte als warm und apart. Und die es nicht dulden mochte, wenn Clifford sich auf seine legitimen Rechte als frisch Geschiedener besinnen und ein wenig unter den Schönen des Landes umsehen wollte (und an intelligenten, schönen und charmanten Frauen, die nur darauf lauerten, sich Clifford zu schnappen, gab es keinen Mangel), und gleich ihren Vater in Johannesburg anrief (wobei sie nie ihr eigenes Telefon benutzte) und ihn bearbeitete, seine Investitionen aus dem unbeständigen Kunstmarkt herauszuziehen und in ein sicheres Unternehmen wie die *Destillers' Company* oder *Armalite Inc.* zu stecken. Also: armer Clifford! Er war nicht glücklich.

Und die arme Nell, die sich an neue Gesichter und ein neues Leben gewöhnen mußte, denn nun hatte sie ein prächtiges, elegantes Kinderzimmer mit einem wirklich netten Kindermädchen und Großeltern, die vernarrt in sie waren – aber wo war ihre Mutter? In der ersten Zeit zitterte ihre kleine Oberlippe öfters mal ein bißchen, aber selbst ein Baby kann stolz und tapfer sein; sie bemühte sich, zu lächeln und ihre Rolle zu spielen, und keiner war da, der verstanden hätte, was ihr fehlte. Die Feinheiten der kindlichen Psyche wurden damals noch nicht so intensiv bedacht und diskutiert wie heute.

»Lassen Sie sie liegen«, sagte Cynthia zum Kindermädchen, wenn Nell nachts weinte, was selten genug vorkam. »Sie soll sich ruhig ausweinen. Das wird sie sich bald abgewöhnen.« Schließlich hatte sie Clifford, wie es damals so üblich war, nach dieser Methode aufgezogen: und natürlich hatte Clifford nie gelernt, Kummer oder Angst zuzulassen, doch ob ihm das überhaupt gut getan hätte, ist eine andere Frage. Glücklicherweise war das Kindermädchen nach Dr. Spocks Methode ausgebildet worden und nahm Cynthias Ratschläge nicht zur Kenntnis.

»Sobald ich es schaffe«, sagte Clifford zu seiner Mutter, »hole ich sie zu mir nach Hause.« Aber natürlich hatte er viel zu tun. Aus Wochen wurden Monate.

Und Helen, die ärmste von allen! In den Monaten nach der Scheidung lebte sie bei ihren Eltern, und das war nicht einfach. John Lally war noch hagerer geworden: das kam von seiner allumfassenden Wut und ewigen Besserwisserei, und er neigte noch mehr dazu, Helens Mutter für all das die Schuld zu geben, was schiefgegangen war, was schiefging und was demnächst schiefgehen würde. Evelyns Augen waren jeden Morgen rot und verquollen, und Helen wußte, daß sie daran schuld hatte. Sie konnte ihn durch die Wand hindurch hören.

»Warum hast du sie bloß nicht von der Heirat abgehalten, du dummes Stück? Meine Enkelin in den Händen von diesem Gauner, diesem Schurken, und du hast sie ihm ja praktisch auf dem Silbertablett überreicht! Hast du denn einen solchen Haß auf deine eigene Tochter? Oder auf mich? Oder war es Eifersucht, weil sie jung ist und noch alles vor sich hat und du alt und erledigt bist?«

Es war schon komisch: zwar stritt er ab, daß Helen seine Tochter war, doch Nell betrachtete er als seine rechtmäßige Enkelin. Aber wissen Sie, während sich Frau und Tochter unter seinem Dach grämten, malte John Lally, inspiriert von nichts anderem als schlechter Laune, in drei Monaten ebenso viele großartige Bilder: eins von einer überfließenden Regentonne, in der eine tote Katze schwimmt, eins von einem Drachen, der sich in einem abgestorbenen Baum verheddert hat, und eins von einem mit diversen Abfällen verstopften Gully. Alle drei hängen mittlerweile im Metropolitan Museum of Modern Art. Laut Vertrag gehörten sie Leonardo's, aber John Lally hatte nicht vor, sie denen zu lassen. Nein. Niemals. Er versteckte sie im Keller, und es war reines Glück, daß sie nicht in der Feuchtigkeit vermoderten oder von Ratten zernagt wurden. Lieber der eigene Keller, wütete John Lally, als Leonardo's Tresorräume, wo Clifford Wexford – zu allem anderen noch diese Schande! – bereits acht seiner bedeutendsten Gemälde gelagert hatte.

Helen weinte jeden Tag ein bißchen weniger und war nach drei Monaten bereit, sich wieder der Welt zu stellen. Man hatte ihr im Rahmen ihrer Besuchsrechte zugestanden, ihr Kind an einem Nachmittag im Monat zu sehen, bei Anwesenheit einer dritten Partei. Clifford hatte Angie als diese dritte Partei benannt, und Helen fand keinen triftigen Grund dagegen, und Edwin Druse fand auch keinen. (Sollten Sie je in eine Scheidung verwickelt sein, Leser, dann sorgen Sie dafür, daß Ihr Anwalt nicht in Sie verliebt ist.)

Besuchszeit

Ein Besuchs-Nachmittag verlief folgendermaßen: Nells Großmutter Cynthia brachte das Kind mit dem Zug zur Waterloo Station, wo Angie, ein Aushilfs-Kindermädchen ihrer Wahl (jedesmal ein neues Gesicht) und ein Rolls Royce mit Chauffeur auf sie warteten. Das Aushilfs-Kindermädchen hielt Nell im Arm, da es Angie nervös machte, ein so lebhaftes und schweres Kleinkind zu tragen. Außerdem bestand die Gefahr, daß es einen naß machte. Dann begab sich die Gruppe zu einem Hotelzimmer im Claridges, wo Helen schon wartete, ängstlich, da sie sich dort mittlerweile fehl am Platze fühlte. Als Cliffords Frau hatte sie überall hingehen können, ganz lässig, egal wie vornehm es da zuging. Als Cliffords Exfrau schien es ihr, als würden die Kellner und Portiers sich über sie mokieren und ihr hinterherstarren. Angie konnte Helens Gefühle sehr gut verstehen; deshalb hatte sie sich ja gerade für das Claridges entschieden. Außerdem verband sie angenehme Erinnerungen mit diesem Hotel.

Das Kindermädchen legte Nell in Helens Arme, und Nell lächelte und summte und piepste und gab mit ihren drei oder vier Wörtern an – ihr typisches Verhalten, wenn sie ein freundliches Gesicht sah. Sie konnte ihre Mutter nicht mehr von anderen Leuten unterscheiden: jetzt war es ihre Großmutter, nach der sie in Not die Arme ausstreckte. Damit mußte Helen sich abfinden.

»Du bist aber dünn geworden, Helen«, sagte Angie beim vierten dieser Treffen. (Cynthia hatte geheimnisvoll und bezaubernd schön ausgesehen; sie wollte einen Einkaufsbummel machen, das hatte sie jedenfalls gesagt.) Angie bemerkte voller Freude, daß Helens Busen, einst so groß und fest, kleiner geworden war. Sie dachte, an dem jämmerlichen, schüchternen Geschöpf, das aus Helen geworden war, würde Clifford wohl kein Interesse mehr haben.

»Clifford hat immer gesagt, ich wäre zu mollig«, sagte Helen. »Wie geht's ihm?«

»Sehr gut«, sagte Angie. »Wir gehen heute abend essen, ins *Mirabelle*, mit den Durrances.« Ach, die Durrances! Anne-Marie und Laurence, schon wieder auf Freiersfüßen, einst Cliffords und Helens beste Freunde. Laurence, mit dem Helen gesündigt hatte, war verziehen worden, weil Helen letztlich so wenig zählte. Angie stocherte zu gern in offenen Wunden herum. Aber diesmal war sie zu weit gegangen. Helen starrte Angie an, und ihre Augen blitzten vor Zorn. Noch nie im Leben war sie so zornig gewesen.

»Meine arme kleine Nell«, sagte sie zu ihrem Kind, »wie schwach und dumm ich doch gewesen bin. Ich habe dich verraten!«

Sie übergab das Baby dem Kindermädchen und ging auf Angie zu und schlug ihr einmal, zweimal, dreimal auf dieselbe Backe. Angie kreischte. Das Kindermädchen rannte aus dem Zimmer, und Nell auf ihrem Arm lachte vor Freude über das Gehopse.

»Du bist nicht meine Freundin und warst es auch nie«, sagte Helen zu Angie. »Für das, was du Clifford und mir angetan hast, wirst du zur Hölle fahren.«

»Du bist nur ein Nichts«, sagte Angie haßerfüllt. »Die Tochter eines Bilderrahmenmachers. Und Clifford weiß das. Er wird mich heiraten.«

Angie begab sich schnurstracks zu Clifford und teilte ihm

mit, Helen sei gewalttätig geworden, und überredete ihn, noch einmal vor Gericht zu gehen, um die Treffen zwischen Mutter und Kind weiter einzuschränken. Angie konnte es nicht ausstehen, daß sich Clifford nach jedem Besuchstag scheinbar ganz beiläufig danach erkundigte, welchen Eindruck Helen gemacht hatte.

»Sie sah sehr gewöhnlich aus«, antwortete Angie darauf. »Und zerfressen von Selbstmitleid. Furchtbar langweilig!» Oder so ähnlich, und dann sah Clifford sie an und sagte nichts und lächelte bloß, aber nicht besonders freundlich. Das machte Angie nervös. Und diesmal stieß sie bei Clifford auf erheblichen Widerstand.

»Ach halt den Mund und laß mich in Ruhe«, sagte er als erstes.

Und da sah Angie sich gezwungen, ihm eine Mitteilung zu machen (das hätte ins Auge gehen können, denn Clifford reagierte manchmal ganz anders als erwartet): Helen habe eine Affäre mit ihrem Anwalt Edwin Druse. Es funktionierte. (Helen hatte natürlich nichts mit ihm, aber Edwin Druse behauptete etwas anderes. Manche Männer sind so – denen geht manchmal die Phantasie durch.) Clifford war natürlich aufgefallen, wie ungeschickt Druse Helens Fall vertreten hatte, und so war Angies Behauptung zwar ein Schock für ihn, schien aber nur allzu plausibel. Damit ließe sich vieles erklären. Und so ging er noch einmal vor Gericht.

Wieder flatterten den Lallys Vorladungen ins Haus.

»Ich hab's dir doch gesagt«, meinte John Lally. »Ich hab's erwartet.«

Und Helen brachte schließlich den Mut auf zu antworten: »Solche Sachen passieren nur, weil du sie erwartest!« Und schließlich nahm sie auch die zweihundert Pfund (Evelyns persönliches Flucht-Geld, unter Mühen im Laufe der Jahre erspart) von ihrer Mutter an und zahlte sie als Kaution für eine Wohnung am Earl's Court ein. Sechster Stock. Kein Fahrstuhl. Na und? Sie würde einen Job kriegen. Sie würde ihr Baby wiederkriegen.

Helen erschien in Edwin Druses Büro, wütend, nicht weinend. Er ahnte, daß er sie vielleicht verlieren würde. Er umarmte sie. Sie riß sich los. Er machte unbeirrt weiter. Er versuchte nicht direkt, sie zu vergewaltigen, aber es konnte so ausgelegt werden. Wenn er Vegetarier war, dann vielleicht aus der Hoffnung heraus, seine beängstigende Aggressivität unterdrücken zu können, die sich hinter einem Bart und einem lockeren, coolen Auftreten verbarg. Aber, Leser, das klappte leider nicht. Rotes Fleisch ist eben doch nicht an allem schuld. Helen riß sich los und suchte sich einen anderen Anwalt.

Sie marschierte in die Büroräume eines Kollegen von Van Erson namens Cuthbert Way, der einmal bei ihr und Clifford zum Dinner gewesen war (Frischei-Mayonnaise, Kalbfleisch in Zitrone, *tarte aux pommes*), und verlangte seinen juristischen Beistand. Er würde sie unentgeltlich vertreten müssen, sagte sie, im Namen ausgleichender Gerechtigkeit. Er war beeindruckt; ihre Aufgeregtheit machte ihm Vergnügen. Wie Druse den Fall Wexford verpatzt hatte, das war im gesamten Anwaltsverein debattiert und kommentiert worden. Helens blitzende Augen, ihre vor Empörung geröteten Wangen, machten Way so schwach, wie ihr verheulter Masochismus Druse schwach gemacht hatte. Er sagte, er würde ihr das Honorar selbstverständlich gern stunden.

Und als Clifford wieder vor Gericht ging, sah er sich nicht Edwin Druse gegenüber, sondern Cuthbert Way, der wütend und unerbittlich war und dem Richter erzählte, Helen habe nun ihr eigenes Heim, wo sie das Baby unterbringen könne, und behauptete, Clifford läge gar nichts am Wohl des Kindes, er wolle nur seine Rache, und Angies moralische Grundsätze seien bedenklich, und Cliffords übrigens auch – war er nicht auf dieser einen schicken Party gewesen, wo man LSD geschluckt hatte? –, und insgesamt so vernünftig und rücksichtslos mit Clifford umging, wie Clifford mit Helen umgegangen war, und es funktionierte, und als sie den Gerichtssaal verließen, lag Nell in Helens Armen. (Der Richter hatte verlangt, das Kind in einer nichtöffentlichen Sitzung zu sehen, nur in Gegenwart beider Eltern. Nell krähte vor Entzücken und hopste ihrer Mutter in die Arme. Na ja, sie kannte Clifford eben kaum. Wäre das Kindermädchen da gewesen, wäre sie wahrscheinlich zum Kindermädchen gesprungen, aber es war nicht da, und Richter denken nun einmal nicht an sowas.)

»Vormundschaft an den Vater«, sagte der Richter. »Sorgerecht an die Mutter.«

»Vermutlich ist Cuthbert Way dein derzeitiger Liebhaber«, zischte Clifford. »Wie man sieht, bist du das Anwaltstreppchen schon hochgeklettert. Aber lieber sterb ich, als daß du damit davonkommst.«

»Dann stirb«, sagte sie.

Tauziehen

Tauziehen um ein Baby – und alles aus Liebe! So landete die kleine Nell erst hier, dann da, und volle drei Jahre lang ging es hin und her. Erst das großartige, hygienische Kinderzimmer im Haus ihrer Großeltern väterlicherseits in Sussex; dann das weniger große, ehrlich gesagt etwas unhygienische, unbürgerliche Haus der Großeltern mütterlicherseits am Wochenende und die Wohnung im sechsten Stock am Earl's Court unter der Woche: dann das mittlerweile öde, aber elegante Stadthaus ihres Vaters in Primrose Hill; dann das Haus in Muswell Hill, das ihre Mutter schon bald mit ihrem neuen Ehemann Simon Cornbrook bezog.

Ich will Ihnen erzählen, wie Helen Simon Cornbrook kennenlernte und heiratete; ein wirklich anständiger Mann, wenn auch ein bißchen langweilig, was bei wirklich anständigen Männern ja gar nicht so selten ist. Er war außerordentlich klug und hatte seinen akademischen Grad in Oxford erlangt (Philosophie, Politik und Ökonomie), und er schrieb wichtige Artikel über weit entfernte Orte für das neue SUNDAY TIMES-Farbmagazin. Manchmal, nach Absprache auf höchster Ebene, schrieb er auch Leitartikel für die TIMES. (Damals teilten sich die beiden Zeitungen ihre Geschäftsräume im Printing House Square.) Er war einssiebzig groß, mit netten, strahlenden Augen in einem runden, eulenartigen Gesicht, und er hatte schon mit Ende dreißig nur noch wenig Haare (als würde die Wucht der Gedankenströme in seinem Schädel es ihnen fast unmöglich machen, an den Wurzeln hängen zu bleiben). Er war tatsächlich ganz anders als Clifford, und das machte ihn vielleicht gerade reizvoll für Helen. Das und seine Freundlichkeit, seine Offenheit, seine Rücksichtnahme, sein Einkommen und sein hingebungsvolles Interesse an ihrem körperlichen und seelischen Wohl. Sie liebte ihn nicht. Sie versuchte, ihn zu lieben, und war fast selbst davon überzeugt, aber Leser: sie liebte ihn nicht. Sie brauchte einen Mann, der für sie und Nell sorgte und sie vor Clifford und seiner neuen Armee von Rechtsanwälten schützte (Clifford hatte Van Erson entlassen, weil der es sich geleistet hatte, überrumpelt zu werden). Und Simon – der liebte Helen einfach, aber ich denke, irgendwo in seinem Herzen glaubte er auch, sie würde ihm dankbar sein und deshalb würde es mit ihnen klappen. Schließlich nahm er ja eine Frau mit einer düsteren Vergangenheit und einem bereits fertigen Baby zu sich. Allerdings hätte er nicht im Traum daran gedacht, diese Gedanken auch auszusprechen! Und natürlich war Helen dankbar. Wieso auch nicht? Sie wußte sehr wohl, was sie an ihm hatte, an ihrem klugen, lieben neuen Ehemann, der zwar Journalist und daher etwas Aufregendes war, aber nie lange im *El Vino's* hockte und trank, der ihr nie auch nur einen Augenblick lang Grund zur Eifersucht gab, der ein aufmerksamer Liebhaber war und sie bei einer Party dann nach Hause brachte, wenn sie sagte, daß sie gehen wollte. (Auf einer Party mit Clifford hatte sie immer ausgeharrt, ohne etwas verlauten zu lassen, selbst wenn sie halbtot war vor Müdigkeit oder Langeweile, bis *er* zum Gehen bereit war.) Und auf den Partys, zu denen sie mit Simon ging, traf sie sowieso viel normalere, angenehmere, weniger nervige und weniger mäkelige Leute. Sie waren nicht so schick, aber viel amüsanter.

Leser, ich möchte die Cornbrooksche Ehe nicht schlecht machen. Sie war ganz gut, wie Ehen eben sind. Und was für ein Glück für Helen, daß sie ihn gefunden hatte: er befreite sie davon, mit einem kleinen Kind am Earl's Court sechs Treppen hochzusteigen, nachdem sie den Tag über bei »Brush Antiques« Möbel gestrichen hatte, dann durch ganz London gefahren war, um Nell aus der Kinderkrippe abzuholen, um schließlich erschöpft zum Earl's Court zurückzukehren – ach, der Preis für Mutterliebe ist manchmal sehr hoch, und die Ehe scheint sehr bequem, sehr verlockend.

Simon Cornbrook, Junggeselle, hatte sich ein neues Haus in Muswell Hill gekauft. Er kam in die Bond Street, um nach praktischen antiken Möbeln zu suchen. (So etwas gab es damals noch.) Bill Brush nahm ihn mit in seinen hinteren Arbeitsraum, um ihm den großen grünen Schrank mit den roten Blumen zu zeigen, an dem Helen zufällig gerade arbeitete. Sie hockte auf dem Boden und schaute hoch zu Simon, und sie hatte einen weißen Farbklecks auf der Wange, und da war's um ihn geschehen, wenn auch nicht ganz um sie. Helen konnte nichts daran ändern: sie hatte soviel Macht über das Leben und die Herzen der Männer, und so wenig über ihr eigenes Herz, ihr eigenes Leben!

Schon nach einem Monat waren sie verheiratet, und Helen wurde Miteigentümerin des Hauses in Muswell Hill, und Evelyn bekam ihre zweihundert Pfund zurück. Ich finde, Simon war großzügig, aufmerksam und rücksichsvoll.

»Muswell Hill!«, lautete Cliffords Kommentar. »Helen in Muswell Hill! Die muß ja wirklich Torschlußpanik gehabt haben. Cornbrook, was für ein armer Teufel! Und doch, ein Mann, der sich in Muswell Hill niederläßt, verdient nichts Besseres.«

Nun ist Muswell Hill, falls Sie es nicht wissen sollten, eine der besseren Wohngegenden, im Norden Londons, Hanglage, mit viel Grün und einem herrlichen Blick auf die Stadt. Aber es ist eine ausgesprochene Familiengegend, mit Eltern- und Lehrervereinen und weit vom Schuß für jemanden, der die neuen Trends hautnah erleben will. Was nun weder Helen noch Simon wollten. Und schon *daß* sie es nicht wollten, machte Clifford nervös.

Also zog Clifford wieder vor Gericht und behauptete, Simon sei ein zügelloser Alkoholiker, aber der Antrag wurde abgewiesen. (Simon war, befand das Gericht, nur ein Journalist wie jeder andere.) Und Nell blieb bei ihrer Mutter und lächelte sie alle an, jeden einzelnen, und vor allem ihre Mutter, und Angie kaum, die sonntags regelmäßig bei Clifford zu Mittag aß, aber nur ganz selten aufgefordert wurde, über Nacht zu bleiben, und das auch nur, um sie bei Laune zu halten, fürchtete sie. (Zu Recht.) Arme Angie – ja, Leser, selbst Angie verdient Mitleid: es ist etwas Schreckliches, zu lieben und nicht wiedergeliebt zu werden! Sie war gekränkt, aber sie wartete ab. Eines Tages würde Clifford schon merken, was Sache war, und sie heiraten.

Laut gerichtlicher Anordnung bekam Clifford Nell nun jedes dritte Wochenende. Das Kind wurde am Samstagnachmittag bis vor seine Haustür gebracht und dort am Sonntagabend wieder abgeholt.

»Seltsam«, sagte Clifford zu Angie, bei einer der Gelegenheiten, als er Nell hatte und Angie bei ihm übernachtete, »nur wenn du da bist, wacht Nell auf und schreit.« Doch das stimmte nicht. Es war vielmehr so, daß er weniger schlief, wenn Angie da war, und so das arme Kind eher schreien hörte. Das sagte sie ihm auch, aber er glaubte es nicht.

In dieser Nacht trug Angie anstelle eines Nachthemdes ein beiges Ballkleid (Modell Zandra Rhodes), verziert mit ganz hellen Schmetterlingen aus Gaze, aber im Bett sah es ziemlich albern aus und stand ihr überhaupt nicht. Und Clifford dachte unwillkürlich, Helen hätte es sich leisten können, so etwas zu tragen, und darin wie ein Traumwesen ausgesehen. Neuerdings bemühte er sich, überhaupt nicht an Helen zu denken: da alle angenehmen Erinnerungen augenblicklich in Visionen übergingen: wie Helen in Laurence Durrance' Armen lag oder Edwin Druses oder Cuthbert Ways oder, noch viel schlimmer, sie, im beigen Satinhemd (aus irgendeinem Grund gehörte das zu seiner Vorstellung) in Simon Cornbrooks Armen. (Wenn überhaupt, trug Helen im Bett höchstens eins von Simons Oberhemden, aber das wußte Clifford natürlich nicht.)

»Du solltest ein Kindermädchen engagieren«, sagte Angie. »Die hätte dann die Pflicht, nachts für das Kind dazusein. Es ist doch lächerlich zu glauben, daß ein so vielbeschäftigter und bedeutender Mann wie du ohne Kindermädchen auskommen könnte.«

»Für ein bis zwei Wochenenden im Monat«, sagte Clifford, »rentiert sich das nicht.«

Aber er zeigte Entgegenkommen und ließ ein Au-pair-Mädchen einstellen, und wie es das Glück wollte (Glück für Clifford jedenfalls), entpuppte sie sich als Tochter eines italienischen Grafen mit einem abgeschlossenen Studium in Kunstgeschichte, langen, welligen, dunklen Haaren und einem freundlichen Wesen. Angie hatte keine Ahnung, was sich zwischen den beiden tat, befürchtete aber das Schlimmste und sorgte dafür, daß das Mädchen abgeschoben wurde. (In den sechziger Jahren ließ sich so etwas leicht bewerkstelligen – wenn eine junge Ausländerin in einem englischen Heim den Familienfrieden störte, dann wurde ihr oft ganz plötzlich das Visum entzogen. Und Angie, reich und geschickt, wußte immer, wem sie was ins Ohr flüstern mußte.) Aber das ist eine andere Geschichte, Leser, und die Details aus Cliffords Liebesleben brauchen uns hier wirklich nicht so sehr zu interessieren. Lassen Sie mich nur noch erwähnen, daß er es doch immer wieder schaffte, Angies wachsamem Auge zu entgehen.

Und auch Simon Cornbrook interessiert uns eigentlich nur insofern, als er der Mann war, der bei Familienausflügen nach Hampstead Heath die rechte Hand der kleinen Nell hielt, während Helen die linke hielt.

»Engelchen fliiieg«, riefen sie und schwangen Nell in die Luft, atemlos und aufgeregt. Simon brachte Nell an jedem dritten Wochenende bis vor Cliffords Haustür und holte sie dort auch wieder ab. Unter seinen liebevollen, quasi väterlichen Augen lernte Nell nicht nur laufen und sprechen, sondern auch rennen, hüpfen, springen und ein paar Wörter lesen und schreiben, noch bevor sie drei war. Sie hatte einen schmalen, zierlichen Körper, große, strahlend-blaue Augen und die dicken, blonden Haare ihres Vaters – obwohl seine glatt waren und Nells wellig und lockig wie die ihrer Mutter. (Es gehören halt zwei dazu, um ein Kind zu machen. Kein Wunder also, daß es so oft Krach darum gibt!) Aber Nell war glücklich und zufrieden. Na ja, fast – vielleicht war das häusliche Leben in Muswell Hill – viel Platz, viel Ruhe – doch ein bißchen langweilig (für Nell? Na, doch wohl eher für Helen). Helen mußte kein »gastliches Haus« im Wexfordschen Sinne mehr führen, aber es kamen interessante Leute zum Essen, und Küche und Wohnzimmer waren in einem, so daß alle herumsaßen und Wein tranken und ihr beim Kochen zuschauten, und sie merkte, daß sie überhaupt nicht nervös war. Simon mußte von Zeit zu Zeit ins Ausland reisen, und er fehlte ihr – jedenfalls ein bißchen –, und das war beruhigend. Also lebte sie eine Zeitlang ganz friedlich und sagte sich, daß dieses Muswell Hill-Hausfrauendasein ihrem wahren Selbst entspräche. Das Leben und gewisse Menschen hatten ihr einmal übel mitgespielt und große Angst eingejagt. Doch allmählich ging es ihr wieder besser. Und Nell gewöhnte sich ganz gut an die Wochenendbesuche bei ihrem Vater im Drei-Wochen-Turnus. Im Haus ihrer Mutter konnte sie so wild sein, wie sie wollte, aber sie lernte schnell, daß sie im Haus ihres Vaters vorsichtiger sein mußte: zu leicht ging dort irgend etwas Kostbares kaputt. Die Milch, die sie in Primrose Hill verschüttete, ergoß sich über ein altmodisches, besticktes Tischtuch, und auch wenn niemand direkt ärgerlich wurde, gab es doch ein Riesentheater, bis das

Tischtuch abgenommen und ein neues aufgelegt war. In Muswell Hill wurde ihr bloß ein Schwamm gegeben – oder sie holte ihn sich selbst – und der hölzerne Küchentisch abgewischt.

Und so lebten sie ganz fröhlich weiter: und Simon fand, es sei an der Zeit, daß Helen ein Baby bekam, aber Helen schob es irgendwie immer wieder auf. Die Pille (damals, als sie neu auf dem Markt war, eine sehr hohe Tagesdosis Östrogen) hatte fast über Nacht einen grundlegenden Wandel in der Sexualpolitik bewirkt. Jetzt konnten Frauen selbst über ihre Fruchtbarkeit bestimmen. Früher hatte das zu den Aufgaben des Mannes gehört: nun bekam die Frau diese Verantwortung und dieses Recht. Und Helen, die Simons Wünsche kannte und weichherzig und gutmütig war, starrte jeden Morgen die Pille an und dachte, vielleicht sollte sie sie nicht mehr nehmen, aber jeden Morgen tat sie's doch. Bis sie eines Morgens aus einem besonders intensiven Traum von Clifford erwachte – Leser, sie träumte immer noch von ihm: daß sie mit ihm im Bett lag und er ihr eine Liebeserklärung machte und sie unheimlich glücklich war – und davon solche Schuldgefühle bekam, daß sie die Pille in die Packung zurücklegte und dann die ganze Packung in den Papierkorb warf. Wenn sie erst ein Kind von Simon hatte, würden die Träume vielleicht nicht wiederkommen. Sie würde zur Ruhe kommen. Einen Monat später war sie schwanger.

Angie überbrachte Clifford die Nachricht von Helens Schwangerschaft an einem Sonntagmorgen. Sonnenlicht strömte durch die Flügeltüren, fing sich in den Fenstern der Nachbarhäuser (erst kürzlich noch baufällig, mittlerweile frisch verputzt und für teures Geld an feine Leute verkauft) und fiel auf eins von John Lallys Gemälden von einer offenbar sterbenden Eule, die eine ziemlich lebendige Maus verschlingt, und ließ selbst das noch fröhlich erscheinen. Clifford trug einen weißen Morgenmantel aus Frottee und trank sehr schwarzen, sehr guten Kaffee aus einem sehr geschmackvollen

Steingutbecher: sein strohblondes Haar war dicht, und noch nie hatte Angie ihn so attraktiv gefunden.

»Hallo«, sagte sie und marschierte ganz lässig herein, mit einem Riesenstrauß roter Rosen im Arm, »die hat mir jemand geschenkt, und ich kann den oder die Betreffende nicht ausstehen, und da dachte ich, vielleicht hättest du sie ja gern. Wo ist Anita?« (Anita war das italienische Au-pair-Mädchen.)

»Weg«, sagte er barsch. »Irgend so ein Idiot vom Innenministerium hat ihr das Visum entzogen.«

»Du weißt ja, daß Helen schwanger ist«, sagte sie ganz nebenbei, während sie die Rosen auf verschiedene Blumenvasen verteilte. (Sie hatte die Rosen erst am vergangenen Nachmittag in Harrod's Blumenabteilung abgeholt: sechs Dutzend, auf Vorbestellung.) Und wieder lag Angie daneben: sie hatte geglaubt, Clifford würde erkennen, daß er Helen nun für immer verloren hatte, und sich ihr, Angie, zuwenden.

Aber er sagte nur: »Verdammt! Jetzt wird sie Nell vernachlässigen. Angie, bist du so nett und gehst bitte? Und wo hast du die Rosen her? Von Harrod's?«

Angie ging weinend, aber diesmal kümmerte es Clifford nicht. Sollte sie doch ihren Vater anrufen, sollte der doch so viele Millionen aus Leonardo's herausziehen, wie er wollte, sollte er doch verlangen, daß die ganze Abteilung für alte Meister geschlossen wurde: Clifford hatte jetzt ganz andere Sorgen.

Am Monatsende stand fest, daß er eine Filiale von Leonardo's in der Schweiz aufbauen würde. In der Schweiz gibt es viel Geld, und die, denen es gehört, haben einen Nachholbedarf in Kunst und – gut für Leonardo's – wissen das auch. Clifford kaufte sich ein Haus an einem See, am Fuß eines Berges. Er vermietete das Haus in Primrose Hill zu einem unverschämt hohen Betrag – das konnte er, weil die Gegend plötzlich und unerklärlicherweise in Mode gekommen war. Natürlich! Er hatte es ja kommen sehen.

Dann nahm er über Johnny Kontakt zu einem Erich Blotton auf, der sich auf das Kidnappen von Kindern spezialisiert hatte.

»Ich hoffe, Sie wissen, was Sie tun«, sagte Johnny, was für ihn unüblich war.

»Ich weiß, was ich tue«, sagte Clifford, und leider glaubte Johnny Hamilton ihm und hielt den Mund. Na ja, er hatte eben »seine Urteilskraft verloren« – eine Formulierung seines Dienststellenleiters anläßlich einer Einsatzbesprechung im Jahre 1944. Der MI 5 hatte sich für sehr schlau gehalten und Lysergsäure angewendet, um die Erinnerung seines Agenten an ein Verhör durch türkische Geheimdienstkreise aufzufrischen. Aber durch diese Methode war nur noch mehr von seinen Erinnerungen ausgelöscht worden und, viel schlimmer noch, in seinem Gehirn schien irgend etwas geplatzt zu sein. Doch er mochte Tiere und war in vielem noch genauso geschickt wie früher. Nun arbeitete er ganz zufrieden in den Wexfordschen Stallungen, kümmerte sich um Cynthias Pferde und Ottos Hunde – ein großer, graublonder Mann mit watschelndem Gang, der einst der Stolz der alliierten Nachrichtendienste gewesen war, dem man heute jedoch genau sagen mußte, was er zu tun hatte, bevor er es tun konnte; so verwirrend erschien ihm die Welt. Nur Clifford wußte, was Johnny noch alles konnte, und machte gelegentlich davon Gebrauch. Ich sage nicht »guten Gebrauch« – obwohl ich behaupte, daß einem alles, was man je gelernt und getan hat, bei der Arbeit nutzen kann, selbst das Spionieren fürs Vaterland oder das Aufwärmen von alten Kontakten zu miesen Verbrechern. Ab und zu flackerte bei Johnny aber auch gesunder Menschenverstand auf: und wäre Clifford nicht der einzige gewesen, mit dem er überhaupt noch etwas Aufregendes erleben konnte, dann hätte er vielleicht viel mehr und viel lauter protestiert. So jedoch arrangierte er ein Treffen zwischen Erich Blotton und Clifford und ging zu seinen Pferden zurück.

Die Katastrophe bahnt sich an

Leser, mit oder ohne Scheidung, eine Ehe ist nie vorbei, wenn jemals Liebe im Spiel war, wenn es ein Kind dieser Liebe gibt. Helen träumte auch weiter von Clifford. Und bei Clifford (wenn ich das einmal etwas salopp ausdrücken darf) brannten die Sicherungen durch. Die Rechte an Helens Herz, Seele und Erotik hatte er ja abgetreten, aber an der Gebärmutter, die Nell getragen hatte, behielt er nach wie vor ein großes Interesse. Nun war ein anderer in dieses Territorium eingedrungen und hatte damit seine, Cliffords, Ehre angegriffen. Einen anderen Grund kann ich mir für sein Verhalten nicht vorstellen. Eine Entschuldigung dafür gibt es jedoch nicht.

»Sie sollen Nell für mich klauen«, sagte Clifford zu Erich Blotton, dem Rechtsanwalt-Kidnapper. Von Zeit zu Zeit erschien Blottons Name in der Presse: gerügt von Kollegen, verurteilt von Richtern. Er suchte die Wahrheit im Wein, nicht im Gerichtssaal: er hatte kein richtiges Anwaltsbüro: seine Klienten traf er vor der Sperrstunde im Pub, danach im Club. Doch Clifford ließ ihn in sein neues Büro bei Leonardo's kommen. Es war aber auch ein zu hübsches Büro, mit der hohen georgianischen Decke, den eichenholzgetäfelten Wänden und dem riesigen Schreibtisch. Und die Bilder an den Wänden – ach ja! Da hing mindestens eine Million herum, und das bei den damaligen Preisen. Clifford empfing ihn, Beine auf dem Schreibtisch, in Jeans, weißem Hemd und Turnschuhen (zehn Jahre bevor das in Mode kam). Er sah ganz lässig aus, eben wie immer.

»Klauen? Ganz so würde ich es doch nicht ausdrücken wollen«, protestierte Mr. Blotton, ein dünner, kleiner, anscheinend introvertierter Mann, ordentlich gekleidet und mit Mörderaugen. Das heißt, seine Augen waren gütig und eisig und hellwach in einem. »Sagen Sie nicht klauen. Zurückholen wäre ein besseres Wort.« Er rauchte neunzig Zigaretten am Tag. Seine Finger waren gelb verfärbt, seine Zähne ebenso: seine Kleidung war voller Schuppen und roch nach Tabak.

Mit seinen langen Fingern (die Angie so liebte und Helen so gut in Erinnerung hatte) trommelte Clifford auf den Tisch, redete über Geld und bot Botton halb soviel an, wie der sich erhofft hatte. Clifford war nicht großzügig, selbst in solchen Dingen nicht.

»Ich fliege am Freitag in die Schweiz«, sagte Clifford. »Binnen einer Woche möchte ich das Kind in meinem Haus haben. Bevor die Mutter darauf kommt, was ich vorhaben könnte.«

Die *Mutter*! Nicht Helen, nicht Nells Mutter, nicht einmal »meine Ex-Frau«, sondern *die Mutter*. Ja, da waren die Sicherungen durchgebrannt.

Und tatsächlich: hätte Helen regelmäßig die Klatschspalten gelesen und erfahren, daß Clifford für volle achtzehn Monate in die Schweiz gehen wollte, hätte sie die kleine Nell am folgenden Dienstag nicht so leichten Herzens in den Kindergarten gebracht. Aber sie las die Klatschspalten nicht mehr. Sie wollte nicht. Es machte sie nervös, wenn sie auf seinen Namen stieß. Und er war immer wieder in der Zeitung, wurde mal hier, mal da gesichtet, wo es gerade schick war.

»Die Mutter vernachlässigt das Kind, ja?«, fragte Blotton Clifford. Er drückte eine Zigarette aus und steckte sich eine neue an. Damals galt der Tabak noch keineswegs als giftiges

Kraut. Selbst Ärzte empfahlen Tabak als leichtes Aufputschmittel und mildes Antiseptikum. Die Forschung begann erst damit, die Gefahren des Rauchens aufzuzeigen, doch ihre Statistiken wurden von Rauchern und Zigarettenherstellern gleichermaßen vehement geleugnet. Niemand wollte es glauben, also glaubte es auch niemand. Bis auf ein paar Leute.

Blotton wollte Helen für schlecht halten. Er klaute Kinder gern mit möglichst reinem Gewissen. Wir alle brauchen eine Rechtfertigung für die verbotenen Freuden: Ladendiebstahl, weil die Läden zuviel Profit machen; den Arbeitgeber betrügen, weil er uns unterbezahlt; den Partner im Stich lassen, weil er uns nicht genug liebt. Alles Ausreden! Blotton war da auch nicht anders als jeder andere, bis auf einen Punkt: wie er seinen Lebensunterhalt verdiente, dafür gab es eindeutig keine Entschuldigung.

Trotzdem versuchte er, eine zu finden. Clifford (das muß man ihm lassen) spielte Blottons Spiel jedoch nicht mit. Er ließ sich nicht zu einer Antwort herab, sondern bot Blotton gleich zehn Prozent weniger, als er ursprünglich veranschlagt hatte. Ganz klar, er konnte den Mann nicht leiden.

»Zwanzig Prozent mehr«, schaffte er dennoch zu sagen, »wenn sie bei ihrer Ankunft lächelt.« Damit wollte Clifford seiner Tochter die Flugreise so leicht wie möglich machen: Blotton würde Nell zu essen geben, sich um sie kümmern, sie trösten, ihr aber kein Härchen krümmen.

Leser, Clifford liebte Nell wirklich – auf seine Art. Er verdiente sie bloß nicht. Helen dagegen (trotz all ihrer Schwächen und jugendlichen Verantwortungslosigkeit) liebte Nell *und* verdiente sie. Die Autorin will damit nicht behaupten, daß Frauen immer bessere Eltern sind als Männer. In manchen Fällen trifft das Gegenteil zu. Und manchmal, Leser, glaube ich sogar, daß einem liebenden Elternteil gar nichts anderes übrig bleibt, als dem lieblosen Elternteil das Kind zu klauen. Doch oft steckt soviel Kummer dahinter, spielt soviel Wut, Angst,

Neid und Instinktlosigkeit eine Rolle, daß sich kaum sagen läßt, was unser eigentliches Motiv ist. Handeln wir aus Liebe, wie wir glauben, oder aus Gehässigkeit? Nur eines wissen wir sicher: daß Männer wie Blotton Kröten sind. Und selbst das ist noch eine Beleidigung für Kröten, für die manch einer ja was übrig hat.

Flugreise! sagte ich. Flugreise! Leser, läuft Ihnen dabei kein Schauer über den Rücken? Mir schon. Die Katastrophe, so fürchten wir doch, ist schon im Anflug. Die meisten von uns können sich nie so recht daran gewöhnen, durch die Luft zu fliegen, statt ganz vernünftig über den Boden zu kriechen, und je mehr Phantasie einer hat, desto genauer malt er sich den Ablauf der Katastrophe schon vorher aus. Und obwohl unsere Angst uns nicht vom Fliegen abhält und wir die Statistik kennen und uns sagen, in der Luft sei die Sicherheit viel größer als auf jedem Zebrastreifen, atmen selbst erfahrene Fluggäste erleichtert auf, wenn die Maschine wieder sicher auf dem Boden landet. Und manche Bilder haben sich uns allen unauslöschlich ins Gedächtnis gebrannt! Das furchtbar verwüstete Waldstück, Schauplatz der großen Pariser Flugzeug-Katastrophe, damals im Jahre '74 – Leser, auch von mir saß da eine gute Freundin drin –, überall verstreut die grausigen Trümmer: Kleidungsstücke, Leichenteile – ein Schuh, der einfach so im Vordergrund lag. Ich bin mir sicher: es war der Schuh meiner Freundin – groß, schmal, mit einer Schnalle; nicht besonders günstig für ihre Füße, aber ganz ihr Stil: und nun alles, was von ihr übrig war. Oder die Raumfähre – ein Feuerball, genauso unauslöschlich ins innere Auge gebrannt, von erstaunlicher Schönheit, doch ohne Symmetrie, als wäre in Sekundenbruchteilen eine neue Kunstform entstanden –

Nun gut! Es kam, wie es kommen mußte; und an einem Dienstagmorgen um elf Uhr fünfundfünfzig holte Johnny Nell vom Kindergarten ab. Er fuhr den Rolls Royce, ein Auto, das Sicherheit verkörperte.

»Ich wußte nicht, daß heute der Vater dran ist«, bemerkte Miss Pickford, die gar nichts von Scheidung hielt. Ihr gutes Recht! Aber damals kam es viel seltener zur Scheidung als heute, wo jede dritte Ehe so endet. Und obgleich Miss Pickford Helen erwartet hatte, ließ sie Nell in den Rolls Royce einsteigen. Wieso auch nicht? Sie kannte Johnny; er holte Nell von Zeit zu Zeit ab. Wie einfach das ging! Leicht verdientes Geld für Mr. Blotton.

Die kleine Nell kletterte auf den Rücksitz – weich und geräumig war es im Auto ihres Vaters, das mochte sie sehr. Der Volvo ihres Stiefvaters war leichter und heller, und den mochte sie auch, aber Papas Auto war aufregender. Nell mochte fast alles: es entsprach ihrem Wesen viel mehr, sich zu freuen als herumzunörgeln. Doch Mr. Blotton, der zusammengekauert neben ihr in der Ecke saß, den mochte sie von Anfang an nicht.

»Wer bist du?«, fragte sie. Sie mochte seine Augen nicht; gütig und eisig und hellwach in einem.

»Ein Freund von deinem Vater.«

Sie schüttelte ungläubig den Kopf, und ab da mochte er sie auch nicht. Er mochte ihre leuchtenden, scharfen Augen nicht und auch nicht, was in ihnen geschrieben stand.

»Wohin fahren wir?« fragte sie, als der Rolls Royce auf die Straße nach Heathrow bog.

»Zu deinem Daddy. Er hat ein hübsches neues Haus mit einem Schwimmbad und einem Pony, und da darfst du jetzt auch wohnen.«

Das war nicht in Ordnung; sie wußte es. »Mummy wartet aber auf mich, und wer gibt Tuffin was zu fressen?« Tuffin war ihre Katze.

»Mummy wird sich schon umgewöhnen.«

Ich glaube, er mochte den Gedanken an weinende Frauen und Kinder, die wach und stumm in fremden Betten liegen.

Nell wußte, daß sie in Gefahr war, aber sie wußte nicht

genau inwiefern. Sie suchte in ihrer Tasche nach ihrem Smaragdanhänger. Genauer gesagt, nach dem Smaragdanhänger von ihrer Mutter. Nur ein winziger Smaragd, herzförmig, in Gold gefaßt, an einem dünnen Goldkettchen. Sie nahm ihn in die Hand und fühlte sich getröstet, aber auch schuldbewußt. Es war sehr schlimm, daß sie ihn überhaupt bei sich hatte, und das wußte sie.

»Morgen ist Schatztag«, hatte Miss Pickford den Kindern verkündet. »Da bringt ihr alle eure Schätze mit, und wir schauen sie uns an und erzählen uns was darüber.«

Nell hatte Helen gefragt, was ein Schatz ist, und Helen hatte den Smaragdanhänger hervorgeholt. Clifford hatte ihn ihr ein paar Tage nach ihrer Hochzeit gegeben. Ursprünglich einmal hatte er Cynthias Mutter Sonia gehört, Nells Urgroßmutter. Clifford hatte ihn unlängst zurückgefordert, hatte durch seine Anwälte erklären lassen, der Anhänger sei ein Familienerbstück, und da Helen nicht länger zur Familie gehöre, habe sie auch kein Anrecht darauf. Aber Helen hatte sich geweigert, ihn zurückzugeben, und dies eine Mal hatte er eine Sache nicht forciert. Vielleicht mußte auch er daran denken, in welchem Geist er ihn weitergegeben hatte: war Nell nicht im selben Geist empfangen worden, im Geist der Liebe? Jedenfalls hatte Nell nun das Ding in ihrer Tasche. Sie hatte es aus dem Schmuckkästchen ihrer Mutter genommen, um es in der Schule vorzuzeigen; sie hatte gewußt, sie würde darauf aufpassen, und geglaubt, sie könnte es einfach wieder zurücklegen, und niemand würde es merken. Ihr schönster, Helens größter Schatz, Cliffords Geschenk. Als es dann soweit war, hatte sie den Anhänger nicht vorgezeigt; sie wußte auch nicht genau warum.

»Und wo ist *dein* Schatz?« hatte Miss Pickford gefragt, und Nell hatte bloß den Kopf geschüttelt und gelächelt. »Also nächstes Mal, meine Liebe«, sagte Miss Pickford. »Macht ja nichts.«

Noch nie, so schien es, hatte jemand etwas Böses oder Unfreundliches zu Nell gesagt. Ihre Eltern hatten sich gestritten und einander angefaucht, aber gottlob nie in ihrer Gegenwart. Der Glaube daran, daß die Welt gut war, sollte Nell helfen, die kommenden Jahre zu überstehen.

Während Nell und Mr. Blotton Richtung Heathrow fuhren, während Helen weinte und um Hilfe rief – sie war zum Kindergarten gekommen, um Nell abzuholen, aber das Kind war fort –, wurde ZOE 05 gewartet, und ein technischer Kontrolleur, der zu spät dran war, unterließ es, das Heck des Flugzeugs auf Materialermüdung hin zu überprüfen, weil er sich sagte, eine solche Kontrolle sei ohnehin blödsinnig; schließlich war das Flugzeug noch ganz neu. Und so unterließ er es auch, den Riß zu notieren, der unter einer der Höhenflossen verlief: nicht nur durch eine komplizierte Diagnose feststellbar, sondern deutlich zu sehen. Er zeichnete den Prüfbogen ab, und ZOE 05 rollte aus ihrem Hangar, in Startposition am Flugsteig 45, Richtung Genf. Und Nell, noch keine vier Jahre alt, folgte Erich Blotton in die Abflughalle.

»Können wir vorn sitzen?«, fragte Nell, als sie an Bord ging. »Daddy sitzt immer vorn.«

»Nein, können wir nicht«, sagte Mr. Blotton verärgert und zog sie immer weiter den Gang entlang, nach hinten. Nun hatte Erich Blotton darauf bestanden, mit Nell von Heathrow nach Genf Erster Klasse zu fliegen, und dafür viel Bargeld haben wollen. Clifford hatte ihm, wenn auch zögernd, die geforderte Summe ausbezahlt. Er hatte gewußt, daß Erich Blotton natürlich Economy Class buchen und das restliche Geld einstecken würde. Und weil er rauchte – wie man sofort an den gelben Fingerspitzen und dem trockenen Husten erkennen konnte und weil ihn das Mädchen am Check-in-Schalter nicht gemocht und ihm absichtlich einen Platz in der Nichtraucherabteilung gegeben hatte –, verließ er den für ihn reservierten Platz und setzte sich mit Nell ganz hinten ins Flugzeug, wo die Luft dick und schlecht ist und die Passagiere jedes Vibrieren spüren können, jedes Flattern, das die Maschine mitmachen muß, und es auch noch selbst aushalten. Erich Blotton, ein Mann ohne große Vorstellungskraft, kam damit besser klar als die meisten Passagiere, und wie alle starken Raucher wäre er sowieso lieber gestorben (buchstäblich), als aufs Rauchen zu verzichten.

Nell hatte ziemlich viel Angst, aber das zeigte sie nicht. Heutzutage würde ein kleines Mädchen in Begleitung nur eines Mannes (noch dazu eines so fiesen) nicht nur Aufmerksamkeit, sondern Argwohn erregen. Was Verzögerungen bei der Paßkontrolle oder beim Einsteigen nach sich ziehen würde: einen Anruf bei Eltern oder Polizei. Aber das waren noch harmlosere Zeiten. Niemand stellte Fragen. Nell hatte ihren eigenen Paß – wofür man damals nur eine Unterschrift brauchte: die des Vaters, nicht die der Mutter. (Vielleicht fragen Sie sich, warum Clifford Nell nicht einfach selbst vom Kindergarten abholte, statt das alles einem Erich Blotton zu überlassen? Leider kann ich darauf nur antworten, daß Clifford den ganzen Nervenkitzel doch ziemlich genoß: und außerdem war er vielbeschäftigt und daran gewöhnt, alles mögliche zu delegieren.) Und Nell lächelte, wie es ihre Art war. Hätte Nell das nicht getan, sondern gewimmert oder geweint oder hartnäckig geschwiegen, wäre vielleicht jemand offiziell eingeschritten. Aber es war nun einmal so, daß Nell Mr. Blotton ganz und gar nicht mochte, mit seinem Anzug, der in Tabak getränkt zu sein schien, aber entschlossen war, brav zu sein und es sich nicht anmerken zu lassen.

»Selbst wenn du einen Menschen gar nicht magst«, hatte Helen ihr gesagt, »sei brav und versuch, es dir nicht anmerken zu lassen.«

Helens einzige Sorge war, Nell könnte so werden wie ihr Vater und ihre Antipathien zu deutlich zeigen. Arrogantes Benehmen, bei einem Mann gerade noch akzeptabel, machte sich bei einer Frau ganz schlecht – glaubte jedenfalls Helen. Denken Sie bitte daran, diese Ereignisse trugen sich Ende der sechziger Jahre zu, und die neue feministische Doktrin, daß alles, was für einen Mann zutrifft, auch für eine Frau zutrifft und umgekehrt, begann sich erst allmählich bis nach Muswell Hill zu verbreiten, wo Simon und Helen und die kleine Nell lebten. Besser: wo von diesem Tage an nur noch Simon und Helen leben sollten.

An diesem Tag gab es viele Luftturbulenzen. Am Flugzeugheck zeigte sich, wie wir wissen, bereits eine gewisse Materialermüdung: außerdem hatte es (was nie gemeldet worden war) einmal einen heftigen Schlag abbekommen, als es zu seinem Jungfernflug aus dem Hangar rollte. Als ZOE 05 startete, breiteten sich um den einen schlimmen Riß, den der technische Kontrolleur übersehen hatte, lauter winzige Haarrisse netzförmig aus und verringerten damit die Stabilität noch mehr. Ein ruhiger und friedlicher Flug über den Kanal – und das Flugzeug wäre bestimmt noch nach Genf gekommen, und dort hätte man dann aller Wahrscheinlichkeit nach den Schaden entdeckt – mittlerweile war er unübersehbar – und die Maschine aus dem Verkehr gezogen. Wenn nicht, dann hätte eben der nächste Flug von ZOE 05 mit einer Katastrophe geendet, oder der übernächste. Aber es war kein ruhiger Flug, und kurz vor der französischen Küste, nach einem plötzlichen, heftigen Schlag von unten gegen das Heck, gefolgt von einem plötzlichen Absacken, zwar nur um zwanzig Fuß, dafür aber von starken Vibrationen begleitet, brach das Dach am Heck fein säuberlich ab. Eine Weile blieb es noch dran, bis der Heckboden ebenfalls durchbrach. Dann verabschiedete sich das Heck vom restlichen Flugzeug. So etwas Verrücktes kann tatsächlich passieren; gottlob passiert es nicht oft. Währenddessen raste das Flugzeug im Sturzflug auf den Küstenstreifen zu. Durch den plötzlichen Druckabfall gab der Boden des Flugzeugrumpfes nach und riß das Leitwerk los. (Natürlich werden solche Flugzeuge heute nicht mehr gebaut: die Konstrukteure der ZOE 05 hatten sich so etwas einfach nicht vorstellen können: die menschliche Gattung lernt, gerade wenn es um die Entwicklung neuer Technologien geht, doch nur aus ihren Fehlern.) Das Flugzeug stürzte also ab und brach dabei in Stücke. Ganze Sitze samt angeschnallten Passagieren wurden mit großer Wucht aus dem berstenden Flugzeug geschleudert, in alle Himmelsrichtungen. Ich hoffe, niemand hat allzusehr leiden müssen. Ich glaube nicht. Der menschliche Geist ist ja in der Lage, sich bei jeder allzu jähen, krassen Veränderung sofort in einen Alarmzustand zu versetzen, der keine Schmerzen, keine Angst kennt. Und in einem solchen Fall bleibt nicht einmal mehr Zeit für das darauffolgende, qualvolle Stadium, das von Schmerz und Panik beherrscht wird und erst mit dem Tod endet. Zumindest sagen das die Fachleute. Ich hoffe, sie haben recht: ich hoffe es wirklich.

Mit dem Heck dagegen passierte folgendes: es segelte abwärts, sogar recht anmutig, und der Wind blies hindurch, und aus irgendwelchen aerodynamischen Gründen riß es nicht weiter auseinander, sondern blieb stabil, legte sich nur erst etwas zur rechten, dann zur linken Seite, als wäre es ein Fallschirm, und zwei Sitze waren darin, und auf ihnen saßen nebeneinander Nell und Mr. Blotton, und die Meeresluft blies den Zigarettenrauch fort, und die Sonne schien, und gar nicht weit unter ihnen brachen sich weiße Wellen vor einer sanft geschwungenen Küste. Das war alles sehr hübsch; es war natürlich die ungewöhnlichste Reise, die Nell je mitgemacht hat – eine Reise, die sie nie vergessen sollte. Sie hatte Angst, was ganz normal war, aber sie hielt den Smaragdanhänger umklammert, den sie noch immer in ihrer Tasche hatte, und sie wußte, daß alles gut werden würde. Na ja, sie war auch noch keine vier Jahre alt.

Das Heck sank weiter, in gemächlichem Tempo, auf eine Untiefe zu. Kein Mensch war in der Nähe. Alles andere, was von ZOE 05 übriggeblieben war, versank bereits eine Viertelmeile weiter im Wasser, in Schlamm und Sand. Mr. Blotton und Nell waren zwar im Schock, aber außer Lebensgefahr. Und schon ziemlich bald öffnete Mr. Blotton seinen Sicherheitsgurt und prüfte, wie tief das Wasser war, und stellte fest, es ging ihm nur bis zum Knie. Daraufhin trug er Nell zum Strand und lud sie dort ab. Und prompt setzte sie sich hin.

»Na los«, sagte er, »jetzt wird nicht getrödelt!« und zog sie wieder auf die Beine und trug und schob sie wechselweise bis zur Uferstraße, und von dort aus machten sie sich auf den Weg zur nächsten Ortschaft.

Erich Blotton war ein Opportunist, ganz zweifellos. ZOE 05 war erst vor fünfzehn Minuten von den Radarschirmen verschwunden und die Suche nach ihren Überresten erst vor acht Minuten angelaufen, da stand er schon in der Bank des kleinen Küstenortes Lauzerk-sur-Manche und wechselte Schweizer Franken in Französische Francs, und die kleine Nell stand neben ihm. Nell war eher benommen als verschreckt; noch nie hatte sie mit ihren kleinen Beinchen so weit und so schnell gehen müssen. Mr. Blotton hinkte leicht (vom Gehen in nassen Schuhen bekommt man schnell üble Blasen) und hatte immer noch nasse Hosen, aber ansonsten sah er aus wie irgendein Vertreter auf Reisen und gewiß nicht wie ein Überlebender des Flugzeugabsturzes, der 173 Menschen das Leben gekostet hatte. Und Nell, die sah aus wie ein kleines Mädchen, das geplantscht hatte, wo es nicht plantschen sollte, und sich ins Wasser gehockt hatte und tüchtig ausgeschimpft worden war.

Ein paar Minuten später heulten schon die Sirenen, und sämtliche Rettungswagen, die sich an diesem Teil der Küste auftreiben ließen, waren auf dem Weg zum Schauplatz des Flugzeugabsturzes, und Zeitungsreporter, Film- und Fernseh- und Radioteams, erst aus Paris und dann von überallher auf der Welt – und wer sollte sich da an den leicht humpelnden, schlecht gelaunten Mann in Begleitung eines sehr kleinen

Mädchens erinnern, der an diesem Nachmittag in der Bank Geld gewechselt hatte.

»Beeil dich«, zischte Mr. Blotton das kleine Mädchen an und zerrte sie hinter sich her zum Bus nach Paris, der auf dem Parkplatz stand, abfahrbereit. Er hatte seine Zigaretten verloren.

»Ich komm ja«, sagte sie mit ihrer kleinen Stimme, und das wäre jedem ans Herz gegangen, nur nicht Mr. Blotton.

Leser, die Sache war die: bevor Erich Blotton an Bord von ZOE 05 gegangen war, hatte er bei einem dieser Schalter in der Abflughalle haltgemacht (damals gab es die überall; mittlerweile scheinen sie von der Bildfläche verschwunden zu sein – vielleicht sind sie aber auch nur dezenter plaziert), an denen man eine Flugversicherung abschließen kann. Für fünf Pfund konnten Sie Ihr Leben auf zwei Millionen Pfund versichern lassen, zusätzlich zu Ihren Ansprüchen (das heißt denen Ihrer Hinterbliebenen) gegenüber der Fluggesellschaft. Zwei Millionen Pfund! Mr. Blotton hatte eine solche Versicherung abgeschlossen, zugunsten seiner Frau Ellen, und ihr die Quittung in einem extra dafür bereitgestellten Umschlag zugeschickt, direkt bevor er das Flugzeug bestieg. Er war ein nervöser Reisender: zu Recht, wie wir gesehen haben. Man kann sich in diesem Leben nicht darauf verlassen, immer Glück zu haben (auch wenn die Chancen eine Million zu eins stehen: daß man sanft zur Erde niederschwebt und nicht kopfüber hinabstürzt).

Mr. Blotton dachte schnell. Noch als er blinzelnd im Heck des zerbrochenen Flugzeugs saß, während es tiefer und tiefer im Watt versank, stand sein Aktionsplan fest. Er würde für tot erklärt werden. Ausgezeichnet! Er würde sich also verstecken – und das paßte ihm sogar sehr gut, denn ein oder zwei Prozesse hatten bereits eine unangenehme Wendung genommen –, bis Ellen das Versicherungsgeld abkassiert hatte. Dann würde er nach ihr schicken; sie würde ihm vergeben und kommen: er würde sie nach Südamerika mitnehmen, wo das Auge des Gesetzes kurzsichtig ist, und von da an würden sie glücklich und in Freuden leben und ordentlich auf den Putz hauen. Nun entsprach es eigentlich nicht Mrs. Blottons Wesen, groß auf den Putz zu hauen – sie war konsequent gegen Tabak, Alkohol und Ausländer. Doch vielleicht würde das heiße Klima, das viele Geld sie toleranter stimmen? Erich Blotton liebte seine Frau und wollte, daß sie sein Gewerbe guthieß, aber das tat sie nur widerwillig. Die Blottonsche Ehe war kinderlos; zumindest konnte die Frau verstehen, was den Mann motivierte, nämlich: »Wenn ich keine eigenen Kinder haben kann, dann klau ich eben deine!« Es gehört zu den Pflichten einer liebenden und loyalen Ehefrau, die Tätigkeit ihres Mannes stets in allerbestem Licht zu sehen, und sie gab sich allergrößte Mühe.

»Was soll ich bloß mit dir machen!«, fragte Mr. Blotton Nell, als die beiden im Bus Richtung Paris saßen. Die Existenz dieses Kindes war sein einziges Problem: das einzige Hindernis für seine Pläne. Fast vier ist alt genug, um mit wichtigen Informationen herauszuplatzen; aber leider nicht alt genug, um sich zum Schweigen verdonnern oder bestechen zu lassen. Ein schwieriges Alter, in vielerlei Hinsicht.

»Ich muß mal«, das war alles, was sie sagte, und erst dann, nach einem Tag, an dem sie gekidnappt worden war und einen Flugzeugabsturz überlebt hatte, begann sie zu weinen. Erich Blotton hätte ihr am liebsten nicht nur den Mund zugehalten, sondern seine Hand gleich dortgelassen, ihr gleich ganz die Luft abgedrückt. Nur konnte er so etwas wohl kaum in einem öffentlichen Verkehrsmittel tun. Trotzdem war es gar keine schlechte Idee: wie leicht konnte er das Kind in ein französisches Hotel mitnehmen, sich dort unter falschem Namen eintragen (Mr. Blotton trug drei verschiedene Pässe mit sich herum), sie im Schlaf ersticken, dann den Paß vernichten und in Paris untertauchen! Das Kind würde nicht leiden. Sie würde gar nichts mitbekommen. Was wäre denn auch aus ihr geworden, hätte sie weitergelebt? Mr. Blotton ging es mit Kindern ähnlich wie Dr. Runcorn mit seinen Ungeborenen: er fand, daß es für manche wirklich besser war, überhaupt nicht zu existieren. Nun, ein Tierarzt denkt über Tiere auch nicht viel anders, und niemand macht ihm das zum Vorwurf. Wenn es leiden muß, dann mach seinem Leben ein Ende! Wir brauchen alle ein bißchen Frieden; verschont uns bitte mit den Leiden anderer Lebewesen!

»*La pauvre petite!*«, sagte die hochelegante französische Dame auf dem Sitz hinter ihnen und beugte sich vor; sie sah aus wie die Chefin einer multinationalen Firmengruppe und nicht wie eine Hausfrau aus der Provinz auf dem Weg nach Paris. Aber so sind eben die Franzosen! »*Tu veux faire pipi?*«

Nell hörte auf zu weinen und lächelte und nickte, denn sie verstand zwar die Worte nicht, aber doch den Tonfall, und ihr Lächeln bezauberte die französische Dame so sehr, daß sie den Fahrer dazu brachte, auf einen Parkplatz *aux toilettes* zu fahren, und ging mit ihr mit, während Mr. Blotton zähneknirschend hockenblieb. Doch was konnte er schon machen?

»Meine Mummy wartet auf mich«, sagte Nell zu der Dame. »Ich will nach Hause. Wir sind in einem Flugzeug geflogen, aber es ist vom Himmel runtergefallen.«

Doch trotz all ihrer Eleganz sprach die französische Dame kein Englisch und brachte sie bloß zu ihrem Sitzplatz neben Mr. Blotton zurück, und der Fahrer brummelte vor sich hin, und der Omnibus fuhr weiter und hatte zwei Minuten fünf Sekunden Verspätung, was in Frankreich wirklich sehr schlimm ist. Aber wer wußte, ob nicht noch jemand zugehört hatte?

»Wohin fahren wir?« Nell zerrte an Mr. Blottons Ärmel. »Bitte, können wir nach Hause?«

»Scher dich zum Teufel!«, sagte Mr. Blotton.

»Zu gefährlich, sie jetzt umzubringen«, dachte Mr. Blotton.

»Wir sind aufgefallen.« Und außerdem, wo blieb da der Profit? Ein toter Körper, selbst ein kleiner, bedeutet nur Ärger, nur zusätzliche Kosten. (Heutzutage ließe er sich natürlich stückweise verkaufen, auf dem Schwarzmarkt für Ersatzteilchirurgie, aber vergessen Sie nicht, das war vor zwanzig Jahren, bevor menschliche Ersatzteile in Mode kamen: Pech für Mr. Blotton, Glück für Nell!)

Und so verfiel auch Erich Blotton auf eine andere Lösung. Er würde sich die kleine Nell auf die bestmögliche und profitabelste Weise vom Halse schaffen.

Zum Teufel!

Die folgende Nacht verbrachte Nell im algerischen Viertel von Paris, wo Mr. Blotton Freunde hatte, in dem trostlosesten Raum, in den sie je geraten war: die Tapete löste sich schon von der Wand, und kleine blinde Insekten kamen aus allen möglichen Ritzen. Es gab nur eine Decke auf dem Bett und kein Laken. Trotzdem schlief sie fest; eine heiße, pfeffrige Suppe hatte ihren Hunger gestillt. Mr. Blotton brachte sie ins Bett, aber er war fort, als sie aufwachte. Einerseits fühlte sie sich erleichtert, andererseits aber einsam. Sie wachte nur einmal auf und weinte ein bißchen und rief nach ihrer Mutter, doch schon kurze Zeit später kam eine junge schwarzhaarige Frau herein und tröstete sie und redete in einer Sprache auf sie ein, die Nell nicht verstand. Aber sie machte einen freundlichen Eindruck, und Nell hatte keine Angst.

Maria – so hieß sie nämlich – wühlte Nells Manteltaschen durch und fand eine Einladung vom Kindergarten zu einem Ausflug ins Theater und zerknüllte sie.

»Nein, nicht«, sagte Nell. »Da wird Miss Pickford bestimmt böse.« Aber die Frau ließ sich nicht beirren.

Dann fand die schwarzhaarige Frau den Smaragdanhänger. Nell hatte schon gar nicht mehr daran gedacht.

»Den darfst du nicht wegwerfen«, sagte Nell. »Der gehört meiner Mummy.«

Die dunkle Frau setzte sich hin und schaute erst den Anhänger an und dann Nell, und Tränen traten in ihre Augen und liefen über die glatten Wangen. Sie ging weg, kam aber bald wieder mit einer Brosche, wie Kinder sie tragen: ein dicker Teddybär aus Blech an einer großen Anstecknadel. Nell sah zu, wie Maria den Kopf des Teddybären aufschraubte, den kleinen Smaragd an seinem dünnen Goldkettchen hineinfallen ließ, den Kopf wieder festschraubte und die Brosche an Nells Mantel steckte.

»*Ça va*«, sagte sie. »*Ça va bien.*«

In so einem Teddybär hatte schon manches nichtsahnende Kind Drogen durch den Zoll geschmuggelt! Die Nahtstelle am Hals war schwer zu finden (außer man wußte, wo man suchen mußte).

»Pauvre«, sagte Maria. *»Pauvre petite«*, und dann kullerte noch eine Träne. Wieviele Verbrecher, wieviele Huren, lassen sich vom Unglück eines Kindes erweichen – vielleicht, weil sie sich mit den Augen des Kindes sehen? Und doch: hätte Maria den Anhänger genommen und verkauft, hätte sie sich ihre Freiheit vom Bordell erkaufen können, in dem sie arbeitete (und in dem sich jetzt auch Nell befand), um ein anständiges Leben zu führen. Andererseits wollte Maria insgeheim vielleicht gar kein anständiges Leben führen, sondern war zufrieden mit dem, was sie jetzt hatte. Immerhin wissen wir eines sicher: daß sie gut zu Nell war. Nell schlief wieder ein und schlief fest – das war mehr, als man von ihrer Mutter oder von irgendeinem Angehörigen der ZOE 05-Opfer sagen konnte. Auch Maria schlief nicht; schließlich war die Nacht ihr Arbeitstag. Aber sie schaffte viel an in dieser Nacht und dachte vielleicht, das sei Gottes Lohn für ihre Freundlichkeit.

Mr. Blotton schlief besonders tief – wie jeder, dessen Organismus einen schweren Schock erlitten hat: einen schwarzen, tiefen, traumlosen Schlaf. Nur weil er ein Verbrecher ist, heißt das noch lange nicht, daß dramatische Ereignisse folgenlos an ihm abprallen. In Wirklichkeit hatte ihn alles so mitgenommen, daß ihm erst am nächsten Morgen allmählich dämmerte, was für eine Flugreise vom Himmel zur Hölle er da eigentlich mitgemacht hatte. Und als er sich dann von seinem schmutzigen Lager erhob und das verdreckte Hemd vom Vortag anzog und sich mit der Rasierklinge, die Maria sonst für ihre Beine benutzte, vor dem halbblinden Spiegel über die Bartstoppeln fuhr, da fragte er sie:

»Warum bin ich gerettet worden und die anderen nicht?«, aber Maria wußte nicht, wovon er redete. Woher denn auch? Doch für Mr. Blotton hatte da Gott seine Hand mit im Spiel gehabt, und vielleicht stimmte das ja auch, nur war es meines Erachtens dann Nell, die gerettet werden sollte, und nicht Erich Blotton, der nur zufällig daneben saß. Man darf es Mr. Blotton allerdings nicht verübeln, daß er nicht so dachte – am selben Tag noch faßte er aus tiefer Dankbarkeit zwei Entschlüsse: erstens würde er das Rauchen aufgeben; zweitens würde er Nell nicht, wie geplant, an einen Freund (einen *Freund!*) verkaufen, der einen Kinderprostitutionsring in ganz Europa betrieb, sondern zu einem niedrigeren Preis an einen Bekannten, der eine Agentur für illegale Adoptionen betrieb. Er ließ Nell in Marias Obhut zurück und begab sich zu diesem Mann. »Weiblich, weiß, gesund und hübsch«, mehr brauchte Mr. Blotton gar nicht zu sagen, da war Nell schon verkauft, unbesehen; an ein kinderloses Paar, das in einem Château außerhalb von Cherbourg lebte und auf legalem Wege nicht adoptieren konnte. Und der Bekannte nahm zehn Prozent Provision, und Erich Blotton erhielt einhunderttausend Franc – genug, um gut versorgt zu sein, während er abtauchte und abwartete, bis ZARA, die Fluggesellschaft, die Versicherungssumme ausbezahlt hatte.

»So oder so«, sagte Erich Blotton zu Maria, »könnte man sagen, daß ich auf die Füße gefallen bin«, und er lachte schallend, was er sonst eigentlich nie tat.

Und als die Nacht hereinbrach, war Nell schon nicht mehr im Bordell, sondern in ihrem neuen Zuhause, in ihrem eigenen Turmzimmer, und was machte es schon, daß die Äste von den großen Bäumen an die vergitterten Fenster schlugen und die Wände aus uraltem, unverputztem Stein bestanden und überall kleine Spinnen an seidigen Fäden hüpften und tanzten, wenn ein Mann und eine Frau, ihr neuer Vater, ihre neue Mutter, sie liebevoll und einträchtig ins Bett brachten.

Unbestimmte Verspätung

Mittlerweile war Clifford zum Flughafen Genf gefahren, um Erich Blotton und seine Tochter abzuholen. Er kam etwas verspätet an und entdeckte sogleich zu seinem Ärger die unheilvollen Worte UNBESTIMMTE VERSPÄTUNG hinter Flug ZOE 05 aus London auf der großen Ankunftstafel. Clifford hatte eigentlich seine Sekretärin Fanny schicken wollen, um Nell abzuholen – Fanny mit dem schwanenweißen Hals, dem durchgeistigten Gesicht und dem Magister in Kunstgeschichte, immer zu Diensten! Clifford haßte es, rumzutrödeln (und das auch noch auf einem Flughafen!), nichts besonders Nützliches oder Amüsantes zu tun zu haben, und das in Gesellschaft stinknormaler Leute. Aber Fanny hatte ihm mit ihrer sanften Stimme klipp und klar gesagt, Clifford selbst müsse hinfahren – je früher Nell ein vertrautes Gesicht sieht, desto besser.

»Es kommt ja nicht so oft vor, daß ein kleines Mädchen von einem völlig Fremden aus dem Kindergarten gestohlen wird«, sagte Fanny belehrend. »Sie könnte sogar einen seelischen Schock davongetragen haben.«

Fanny war Cliffords derzeitige Geliebte, was Sie sicher nicht überrascht – schließlich brauchte Clifford ein weibliches Wesen, das am Arbeitsplatz wohnte und sich um Nell kümmerte, sobald das Kind hergeschafft war. Er würde mit dem Aufbau von Leonardo's Genf und den damit verbundenen gesellschaftlichen Pflichten als Gast und Gastgeber mehr zu tun haben als je zuvor: er konnte absehen, daß er nicht viel Zeit für ein Kind haben würde. Das überraschte auch Fanny nicht. Sie war kein Dummkopf, obwohl sie so sanft und lieb aussah.

»Aber du liebst mich nicht, Clifford«, sagte Fanny; das war etwa eine Woche, bevor Nell ankommen sollte, und Clifford hatte gerade den Kopf aus den Kissen (reine Gänsedaunen) gehoben und sie gebeten, mit ihm zusammenzuleben. Fanny war wieder einmal nicht über Nacht, aber für ein paar Nachtstunden bei ihm geblieben (Clifford hatte die Angewohnheit, sie um zwei Uhr morgens mit dem Taxi nach Hause zu schicken), als er ihr diesen Antrag machte (wenn wir ihn einmal so nennen wollen). Sie waren im Schlafzimmer von Cliffords neuem Haus direkt vor den Toren von Genf. Der Architekt war weltberühmt: das Haus bestand nur aus Kurven, Winkeln, Stahl und Glas. (Leonardo's übernahm die Rechnung.) Es stand am Fuß eines Berges, mit Blick über den See, und es war hochgerüstet wie eine Festung. Eine bunte Mischung aus Fernbedienungsreglern für Küchenmaschinen, Klimaanlagen, Badezimmer, Dunstabzüge, Scheinwerfer, Schiebefenster, Glasdächer etc. und den Schaltern für eine Unzahl von selbsttätigen Sicherheitsvorrichtungen, die Clifford einfach haben mußte. Seine Versicherungen bestanden darauf. Man muß ihm zugute halten, daß er lieber etwas schlichter gewohnt hätte, aber wenn man im Lande der Reichen lebt, gehört es zum guten Ton, sich auch nach ihren Gebräuchen zu richten. Außerdem hatte er einige der Hauptwerke seines Ex-Schwiegervaters John Lally endlich aus den Lagern geholt; jetzt erst konnte er diese Leinwände richtig hängen, die Lallys also neben einen Peter Blake, einen Tilson, einen Auerbach und ein paar herrliche Rembrandt-Radierungen. Das mußte alles geschützt werden. Solch illustre

Gesellschaft konnte den Wert der Lallys nur steigern. Seine Frau hatte sich als Niete erwiesen, aber sein Schwiegervater sorgte schon jetzt für Cliffords Altersversorgung.

Auch über seinem Bett hatte Clifford ein Lally-Bild hängen: von einer toten Ente und einem Jäger mit Wahnsinn in den Augen. Es erinnerte ihn, wie er auf Nachfrage erzählte, an das eine Mal, als sein Ex-Schwiegervater bei ihm hereingeplatzt war und ihn mit Helen im Bett erwischt hatte. Ja, so manche traumatische Szene wird irgendwann zur Anekdote. Es ist eine viel praktizierte Form der Therapie für diejenigen unter uns, die gerne reden (ich will mich da gar nicht ausnehmen). Clifford sprach voller Bitterkeit über die Scheidung, obwohl jeder (der jemand war) wußte, daß er selbst das Verfahren in Gang gebracht hatte, ohne sich durch Helens Tränen und offenkundige Reue auch nur im geringsten umstimmen zu lassen. Es gibt doch nichts Irrationaleres als einen betrogenen Mann: insbesondere, wenn er an Betrug gewöhnt ist! Und nun sagte Clifford unter der toten Ente zu Fanny:

»Ich liebe dich, wie ich jede andere lieben würde; mehr ist nicht drin. Hätte ich die Wahl zwischen einem Francis Bacon und dir, würde ich, glaub ich, den Bacon nehmen! Aber es muß jemand das Haus führen, wenn Nell kommt; deshalb mein Vorschlag, daß du zu mir ziehst. Wir werden sicher gut miteinander auskommen.«

»Nell soll bleiben, wo sie ist«, sagte Fanny energisch, »zu Hause bei ihrer Mutter.« Sie hatte keine Angst vor Clifford und überhörte seine herzlosen Bemerkungen mehr oder weniger (das mußte sie wohl, wenn sie dennoch bleiben wollte). »Mit drei Jahren braucht ein Kind eine Mutter, nicht einen Vater.«

»Ihre Mutter ist labil, faul, alkoholsüchtig und eine Schlampe«, sagte Clifford. Man merkte ihm an, daß er sie nicht mochte, aber auch, daß er sie immer noch liebte. Fanny seufzte. Nicht was er sagte, machte sie immer so nervös, sondern wie er es sagte.

»Eine Mutter ist eine Mutter«, sagte sie, stieg aus dem Bett und zog sich an. Sie hatte wunderschöne lange schlanke Beine, schlanker und länger als die von Helen. Wenn es bei Helen eine Schwachstelle gab, dann waren das ihre Beine – die waren ausgesprochen stämmig, jetzt, wo sie stramm auf die Dreißig zuging. Sie trug oft Hosen. Damals, als die neue Freiheit begann und Frauen alles trugen, was ihnen gefiel, je alberner, je glitzernder und schillernder, desto besser, da betonte Fanny ihre langen Beine durch Miniröcke und Hot pants. Ja, einmal erschien sie mit letzteren im Büro, und Clifford erklärte ihr, das ginge nicht, die guten Bürger des Kantons würden solche Kleidersitten nicht gutheißen, und an diesem Tag begann ihre Affäre. Clifford hatte es sich nicht zur Gewohnheit gemacht, mit seinen Sekretärinnen zu schlafen: ganz im Gegenteil. Aber sie war einfach da, und er war in einem fremden Land, und sie hatte einen Magister in den Schönen Künsten und ein gutes Auge für Bilder, und mit ihr konnte er sich wenigstens anständig unterhalten, und das war mehr, als er von den Erbinnen des Genfer Jet Set sagen konnte. Cliffords Begabung, Kunst mit Geschäft zu verbinden, hatte sie allerdings nicht, natürlich nicht.

»Bei dir ist wirklich eine Sicherung durchgebrannt, Clifford«, sagte Fanny. »Ein Kind zu stehlen ist etwas sehr Schlimmes.«

»Zunächst einmal kann man nichts stehlen, was einem sowieso gehört«, erklärte er. »Genauso wie ich einen verfaulenden Leonardo aus einer feuchten Kirche retten würde, ohne vorher extra um Erlaubnis zu bitten, rette ich dieses Kind vor seiner Mutter. Eigentlich meinst du doch nur, Fanny, daß du eifersüchtig und besitzergreifend bist und mich nicht mit Nell teilen willst.«

Wie so mancher Mann glaubte auch Clifford, daß er für das Leben aller Frauen um ihn herum zentrale Bedeutung hatte und daß diese Frauen vielleicht emotionales Urteilsvermögen besaßen, aber kein moralisches. Und leider muß ich sagen, daß Fanny einlenkte, wie zu seiner Bestätigung. Sie lachte fröhlich und sagte: »Da wirst du wohl recht haben, Clifford.« Denn Fanny war sich darüber im klaren, daß ihr Zusammenleben mit Clifford von Nells Anwesenheit abhing. Und es gefiel ihr schon besser, in Numéro Douze, Avenue des Pins zu wohnen, mit der sagenhaften Aussicht und dem riesigen Parkettfußboden und dem beheizten Swimming-Pool, in dem sich die eisbedeckten Alpen spiegelten, und dem Personal, als in der kleinen Wohnung über einem Feinkostladen in der Genfer Innenstadt, denn etwas Besseres konnte sie sich bei ihrem Gehalt nicht leisten. Leonardo's zahlte zwar hohe Summen an seinen Vorsitzenden und seine Direktoren und seine Investoren, schien aber zu glauben, seine gewöhnlichen Angestellten – das heißt die Frauen – müßten dankbar sein, trotz geringer Bezahlung bei Leonardo's arbeiten zu dürfen. (Doch so ist es ja überall für uns Frauen, besonders im Verlagswesen und in der Kunstszene und der Sozialarbeit, für Lehrerinnen und Krankenschwestern – wie viele von Ihnen sicher aus eigener, bitterer Erfahrung wissen.) Und Fanny wußte sehr wohl, daß es viele genauso schöne, genauso talentierte Mädchen wie sie gab, die alle darauf scharf waren, ihren Job als persönliche Assistentin des großen, des berühmten, des bezaubernden Genies Clifford Wexford zu übernehmen, und sogar für noch weniger Geld. Und wenn du dich erstmal auf ein Techtelmechtel mit deinem Boß eingelassen hast, sagte sie sich, dann tust du lieber, was er von dir verlangt, weil er deine Arbeit (ob tippen, sortieren, ablegen oder sonstwas) nicht mehr nüchtern sieht, sondern vielleicht mit deiner Person verwechselt, und du plötzlich auf der Straße sitzt. Fanny, das muß ich leider sagen, schnitt nicht gut ab: eine glatte Eins in Selbsterhaltung, eine schwache Drei in Charakterstärke. Kein gutes Reifezeugnis. Nein. Fanny nahm das Angebot an, zog bei Clifford ein und versuchte fortan nicht mehr, ihn davon abzuhalten, den schrecklichen Erich Blotton loszuschicken und Nell zu kidnappen. Doch auch ein Wort zu ihrer Verteidigung: Bewunderung für Cliffords Wesen, Achtung für seinen geschäftlichen und persönlichen Umgang mit anderen, das lag ihr alles fern – aber Bewunderung und Achtung sind gar nicht nötig, wenn es um Liebe geht. Fanny liebte Clifford und damit basta. Ganz nebenbei war Clifford auch ein wundervoller Liebhaber. Zärtlich, kraftvoll, nicht von Zweifeln geplagt. Hatte ich das eigentlich schon erwähnt? Und natürlich sehr gutaussehend. Sein blasses, ernstes Gesicht war seit dem ganzen Ärger mit Helen schmal geworden, er hatte etwas Hungriges im Blick. Ich sage Ihnen, zu der Zeit sah er toll aus, sowas von fotogen! Kein Wunder, daß ihn die Klatschkolumnisten liebten.

Doch zumindest bestand Fanny darauf, daß Clifford selbst Nell am Flughafen abholte. Und als Clifford die schrecklichen Worte UNBESTIMMTE VERSPÄTUNG las und verstand, ging er auf ein Glas Wein (er trank nur selten Alkohol) in die »V.I.P.-Lounge«: er hatte überall nützliche Freunde sitzen, auch in Flughäfen. Und so beobachtete er die Ankunftstafel von einem behaglichen Sessel aus, aber ihm war trotzdem recht unbehaglich zumute. Nein. Ich will Ihnen die Wahrheit sagen: er konnte vor Aufregung kaum atmen, ließ sich aber nichts anmerken. Kurz darauf wechselte UNBESTIMMTE VERSPÄTUNG zu BITTE KOMMEN SIE ZUM ZARA-SCHALTER. Die Worte nahmen drei Zeilen auf der Ankunftstafel ein und verdrängten die übrigen Fluginformationen. Das Wörtchen BITTE war natürlich überflüssig und aus diesem Grund noch unheimlicher.

Clifford blickte auf die Menschenmenge, die sich um den ZARA-Schalter drängte, und wußte, das Schlimmste war eingetreten. Er ging gar nicht erst hin. Er marschierte zurück in die »V.I.P.-Lounge« und rief Fanny an. Fanny kam sofort.

Und Fanny blieb es dann auch überlassen, Helen anzurufen und ihr zu sagen, was geschehen war.

Kidnapping

Nun war Helen, wie Sie sich denken können, bereits in ziemlicher Aufregung. Nachmittags um Viertel nach drei war sie bei Miss Pickfords Kindergarten angekommen, aber dort wartete keine Nell.

»Der Chauffeur ihres Vaters ist gekommen und hat sie abgeholt«, sagte Miss Pickford, »in einem Rolls Royce«, als ließe sich damit alles entschuldigen und erklären.

Damals, Ende der sechziger Jahre, ging es ja noch ziemlich harmlos zu; unsittliche Belästigung und sexueller Mißbrauch von Kindern kamen weitaus seltener vor als heutzutage, und Fernsehen und Zeitungen brachten noch nicht ständig herzerschütternde Beispiele für diese Gefahren, und so dachte Helen auch nicht einen Moment lang, ein sogenannter böser Onkel könne Nell mitgenommen haben. Sie wußte sofort, daß Clifford hinter dieser Untat steckte: daß Nell zumindest physisch in Sicherheit war. Sie rief Simon an (bei der Sunday Times) und ihren Rechtsanwalt und machte Miss Pickford tüchtig Vorwürfe, und erst dann setzte sie sich hin und fing an zu weinen.

»Wie kann der bloß sowas tun?«, fragte sie ihre Mutter, Freunde, Bekannte, alle Leute, mit denen sie an diesem Spätnachmittag telefonierte. »Wie kann der bloß so gemein sein? Arme kleine Nell! Nun, dafür wird sie ihn noch einmal hassen, das ist der einzige Trost dabei. Ich will Nell sofort wiederhaben, und ich will, daß Clifford ins Gefängnis kommt!«

Simon, der sofort nach Hause geeilt war, um seiner besorgten Frau beizustehen, sagte ganz ruhig, es hätte wenig Sinn, Nells Vater ins Gefängnis zu bringen. Nell würde das sicher nicht wollen. Und Cuthbert Way, der Rechtsanwalt, kam sofort, ließ alle anderen Fälle im Stich – Helen war im vierten Monat ihrer Schwangerschaft umwerfend schön – und meinte, wenn Clifford, wie er annahm, Nell in die Schweiz gebracht hatte, würde es schwierig werden, Nell überhaupt wieder zu bekommen, und fast unmöglich, Clifford ins Gefängnis zu bringen. Und damit sorgte er für helle Aufregung.

Clifford und die Schweiz! Das war Helen ganz neu. Sie las keine Klatschkolumnen: sie war zu sehr damit beschäftigt gewesen, das Haus in Muswell Hill hübsch und gemütlich herzurichten und Nell an den Kindergarten zu gewöhnen und mit Cliffords Anwälten über Besuchsrechte zu streiten und sich zu fragen, ob sie schwanger war oder nicht, und das zu kaufen, was man damals »Sperrmüll« nannte und heute »viktorianisch« oder sogar »halb-antik« nennt; und deshalb, wie sie sich und allen anderen an diesem Abend sagte, hatte sie keine Zeit gehabt, sich die Klatschkolumnen anzusehen und herauszufinden, was alle anderen offenbar wußten – daß Clifford Wexford zum Direktor von Leonardo's Genf ernannt worden war, daß er sich für eine Riesensumme ein neues, modernes Haus direkt am See hatte bauen lassen, zweifellos komplett mit Kinderzimmer.

Doch den eigentlichen Grund hatte Helen nicht genannt: wie wir wissen, las sie keine Klatschkolumnen, weil es ihr immer noch weh tat, über Cliffords neueste *inammorata* zu lesen. Sie war nicht direkt eifersüchtig – schließlich war sie glücklich verheiratet, mit Simon – sie konnte es bloß nicht ertragen. Es tat ihr weh. Simon wußte natürlich, daß Helen Clifford immer noch liebte, doch offenbar wollten beide nicht daran rühren. Was hätte das auch gebracht, außer noch mehr Kummer.

Cuthbert Way, der Rechtsanwalt, sagte, er würde natürlich die internationalen Gerichte anrufen, aber das konnte sich lange hinziehen. Helen hörte auf zu weinen und sich zu empören: sie wurde leichenblaß: sie konnte kaum sprechen. Sie spürte keinen Zorn mehr – nur entsetzliche Angst, die Angst einer Mutter, und sie wußte, daß soeben etwas Furchtbares geschah. (Und tatsächlich bekam ZOE 05 in diesem Moment den Schlag ab, der aus den feinen Rissen erst große Risse und dann tödliche Trümmer machte.) Doch natürlich hatte Nells Entführung Helen in Angst und Sorge versetzt; ihr mütterliches, instinktives Wissen wurde darunter begraben.

Dann kam der Anruf von Fanny: er schaffte, was vorher keiner geschafft hatte: er holte Helen aus ihrer Trance.

»Wer? Fanny wer?« (Hand über dem Hörer) »Hört mal alle her, das ist die Neue von Clifford! Der ist jetzt wohl auf Sekretärinnenniveau abgesackt. Daß sie es überhaupt wagt, hier anzurufen! Dieses Luder!«

Und dann die Nachricht. Ersparen Sie mir Einzelheiten. Es ist zu schrecklich. *Wir* wissen, daß Nell noch am Leben ist. Helen weiß es nicht. Ich kann in diesem Moment nicht bei ihr sein, ich könnte es nicht ertragen. Aber ich glaube, daß Helen von nun an ruhiger und freundlicher durchs Leben ging und seltener die Beherrschung verlor. Außer natürlich bei Clifford, der Ursache ihres Leids.

Anständig leben

Über den Tod eines Kindes kann man nicht scherzen oder lachen. Es ist ein Ereignis, von dem sich die Eltern nie erholen: das Leben ist nicht mehr dasselbe und sollte es auch nicht sein, denn nun schließt es ein unnatürliches Ereignis mit ein. Wir rechnen nicht damit, unsere Kinder zu überleben, und würden es uns nicht wünschen. Doch andererseits muß das Leben weitergehen, und wenn auch nur denen zuliebe, die noch um uns sind: ja, es ist sogar unsere Pflicht, das Leben wieder genießen zu lernen. Denn wir bedauern die zu früh Gestorbenen doch deshalb, weil sie nun keine Gelegenheit mehr haben, ihr Leben zu genießen. Wenn wir ihrem Tod und unserem Kummer den angemessenen Respekt erweisen wollen, dann müssen wir das Leben genießen, das uns vergönnt ist, ihnen nicht mehr, und künftig anständig leben, ohne Zank und Streit.

Aber ach, ein anständiges Leben paßte leider so gar nicht zu Clifford und Helen! Nun war Nell ja nicht wirklich tot – sie lag vielmehr im weichen (vielleicht etwas wurmstichigen) Bett und schlief, keine hundert Meilen von der Flugzeugabsturzstelle entfernt –, doch wäre zu wünschen gewesen, daß der gemeinsame Kummer über die vermeintliche Tragödie Clifford und Helen einander näher gebracht und nicht noch weiter auseinandergetrieben hätte: in Bitterkeit und Haß.

»Es tut mir leid«, hätte Clifford sagen können. »Wenn ich mich anders verhalten hätte, wäre das hier nicht geschehen. Nell wäre noch am Leben.«

»Wenn ich dir nicht untreu gewesen wäre«, hätte Helen sagen können, »wären wir immer noch zusammen, du und ich und Nell.« Aber nein. Sie war aus London gekommen (mit ZARA), er aus Paris (mit Chauffeur), und nun standen sie in den tristen Dünen und schauten einander an und fingen an zu streiten. Beide waren in ihrer Trauer schon jenseits der Tränen – aber streiten konnten sie offenbar immer noch. Im Hintergrund arbeiteten Rettungsmannschaften mit Kränen, Zugmaschinen, Tauchern; die Krankenwagen standen nutzlos daneben. Und die Flut wich der Ebbe und gab, Stück für Stück, die grausigen Überreste der Katastrophe frei.

»Nicht ein einziger Überlebender«, sagte Clifford zu Helen. »Hättest du nur ein bißchen Einsicht gezeigt, hätte sie mit Schiff und Bahn kommen können. Sie wäre gar nicht erst ins Flugzeug gestiegen. Zur Hölle mit dir! Ich hoffe, das wird dir das Leben zur Hölle machen!«

»Du hast sie gestohlen«, sagte Helen ganz ruhig. »Und deshalb ist Nell jetzt tot. Und die Hölle – da kommst du doch her! Du hast mich durch die Hölle gejagt, und nun hast du Nell auf dem Gewissen.«

Sie schrie nicht, und sie schlug ihn nicht; die Schwangerschaft hatte sie vielleicht ein wenig betäubt. Ich will es hoffen. Für kurze Zeit hat nämlich auch Helen an Nells Tod geglaubt, und das, sagte sie später, war die schlimmste und deprimierendste Zeit ihres Lebens – aber selbst da wußte sie, daß sie dem Ungeborenen zuliebe die Tragödie nicht in vollem Ausmaß an sich heranlassen durfte. Wie hätte sie sonst weiterleben können? Sie wäre ganz einfach vor Kummer gestorben.

»Geh doch zurück zu deinen Mätressen und deinem Geld«, sagte sie. »Dir macht es doch gar nichts aus, daß Nell tot ist. Alles Krokodilstränen.«

»Geh du doch zurück auf den Strich und zu deinem Reporter-Zwerg«, sagte er. »Mit tut bloß das Baby leid. Das wirst du sicher auch noch ermorden.« Mit »Reporter-Zwerg« meinte er natürlich Simon, der zwar einer der bedeutendsten politischen Journalisten seiner Zeit, aber kein besonders großer Mann war, Helen mit ihren einsachtundsechzig war genauso groß wie ihr neuer Ehemann.

Und so gingen sie auseinander: Clifford zu seinem Rolls Royce mit Chauffeur; Helen hinunter zum Strand, um allein zu sein und zu trauern. Clifford hatte sich geweigert, das Zelt zu betreten, in dem man die Identifizierungen vornahm.

»Ich hab kein Interesse daran, sie in Stücken zu sehen«, sagte er. »Nell ist tot und damit basta.«

Wozu er gekommen war, wußte er nicht, sondern nur, daß in diesen ersten Tagen lähmender Trauer jede Tätigkeit besser war als Untätigkeit.

Simon hatte zu Helen gesagt: »Du gehst da nicht rein. Laß mich das machen«, und – während sie am Strand saß – unter den Überresten der Katastrophe nach Spuren des vermißten Kindes gesucht. Die Obrigkeit legt Wert darauf, daß Leichen sortiert, mit Namen versehen, den Angehörigen übergeben und – formal korrekt – beseitigt werden. Wir alle müssen früher oder später registriert, erfaßt und abgezählt, kurz: ad acta gelegt werden; sonst würde die unkontrollierte Vermehrung der Menschheit uns noch zur Verzweiflung bringen. Und dann sind da auch noch die Versicherungen.

Rätsel

Arthur Hockney kam aus Nigeria (mit Zwischenstationen in Harvard und New York). Er war sehr groß, sehr kräftig gebaut und herrlich schwarz. Als hochkarätiger Versicherungsdetektiv für die Trans-Continental Brokers bereiste er die ganze Welt. Wenn ein Schiff im Chinesischen Meer sank, kreuzte Arthur Hockney auf, um herauszufinden warum. Wenn ein Präsidentenpalast in Zentralafrika abbrannte, klärte er an Ort und Stelle, ob schäbiger Betrug oder wirklicher Schaden vorlag. Wo er hinkam, machten Leute für ihn die Tür oder den Mund auf. So groß und stark und schlau war er, so geschickt beim Ermitteln und Enttarnen von Gaunern und Ganoven überall auf der Welt, daß es nur die Guten und Unschuldigen mit ihm aufnehmen konnten. Die Trans-Continental Brokers bezahlten ihn gut, sehr gut.

Er hatte ein paarmal mit Clifford, Helen und Simon gesprochen. Er hatte das Heckstück ein paar hundert Meter weiter, in seichtem Wasser, an einem Kran hängen sehen: sich mehr auf die feinen Haarrisse (Materialermüdung) konzentriert als auf die Bruchstellen (vom Aufprall im Wasser): die zwei intakten Sitze samt geöffneten Sicherheitsgurten bemerkt. Vielleicht waren die beiden Plätze einfach unbesetzt geblieben? Aber warum war der Aschenbecher dann voll bis zum Überquellen? Warum lag unter dem anderen der abgerissene Deckel einer Bonbonschachtel? Schlampige Reinigung seitens der ZARA oder Indiz dafür, daß dort jemand gesessen hatte? Wäre Mr. Erich Blottons Leiche bereits identifiziert worden, wäre ihm wohler zumute gewesen – auf diesen Mann konzentrierte Arthur sich, weil der als einziger Passagier eine zusätzliche Flugversicherung abgeschlossen hatte und weil er dessen Charakter und Gewerbe kannte. Doch Blotton war bisher nicht identifiziert worden, und so mußte Arthur die Ankunft der armen Mrs. Blotton abwarten, um ganz sicher zu gehen. Und wo war der Leichnam der kleinen Nell Wexford? Draußen im Meer? Möglich. Aber der Mann und das Kind hatten Plätze in der Nichtraucher-Abteilung gebucht; die Leichen ihrer Flugnachbarn waren sämtlich mehr oder weniger intakt geborgen worden. Ja, auch hier mußte er abwarten. Der Vater des Kindes hatte sich geweigert, das Identifizierungszelt zu betreten. Verständlich – wenn man bedachte, wie das Kind überhaupt an Bord gelangt war. Und bei allem gebotenen Feingefühl und der ganzen diskreten Plastikverkleidung – eine solche Identifizierung konnte nur traumatisch sein. Trotzdem wollten die meisten Eltern lieber sehen und *wissen,* als das Unglaubliche zu glauben, indirekt, nur vom Hörensagen. Jetzt war der Stiefvater des Kindes drin – seine Frau hatte er ferngehalten, vielleicht zu Recht, vielleicht auch nicht. Die Beweisstücke unserer Sterblichkeit – Leichenteile, Reste von Habseligkeiten, der ganze Abfall, der übrigbleibt, wenn die Seele entschwunden ist, das alles wirkt beim näheren Hinsehen gar nicht mehr so grausig: es wird vielmehr zum Beweis für das Wunder des Lebens, für den Wert jedes einzelnen Lebens. (Jedenfalls war Arthur Hockney zu dieser Überzeugung gekommen. Die brauchte er wohl auch in einem Beruf, der genausoviel mit toten wie mit lebenden Menschen zu tun hatte.) Ach, es geschahen seltsame Dinge! Leichen verschwanden einfach. Arthur Hockney konnte nicht ausschließen, daß das Kind von einem entflogenen Goldadler gepackt und zu einem Schweizer Berggipfel getragen worden war, und genauso wenig, daß ein riesiger Tintenfisch Blottons Leiche aufs offene Meer hinausgeschleppt hatte. Nur weil etwas unwahrscheinlich war, hieß das noch lange nicht, daß es nicht passieren konnte. Daß die einfachste und einleuchtendste Erklärung auch die richtige war – nein, damit konnte man Arthur Hockney nicht kommen! Aus diesem Grunde war er ja auch der höchstbezahlte und erfolgreichste Detektiv der TRANS-CONTINENTAL. Wegen einer Eigenschaft, die er manchmal beinahe wegwerfend als seinen sechsten Sinn bezeichnete. Er *wußte* einfach manchmal etwas, das er nicht wissen konnte. Es war ihm nicht unbedingt recht, aber es war da. In allen Begebenheiten steckt ein Muster, das anscheinend nur er erkennen konnte und sonst niemand.

Arthur ging dahin, wo Helen saß, still und traurig, an diesem düsteren Tag, an diesem düsteren Ort. Sie drehte ihm das Gesicht zu. Er dachte, sie sei die schönste und zugleich traurigste Frau, die er je gesehen hatte. Weiter wollte er in Gedanken nicht gehen. Sie war unglücklich, schwanger, eine verheiratete Frau: außer Reichweite. Doch er wußte, daß er sie wiedersehen würde, und nicht nur einmal: daß sie ein Teil seines Lebens werden würde. Auch darüber versuchte er nicht nachzudenken.

»Bisher ist sie noch nicht gefunden worden, oder?«, sagte sie, und die Heiterkeit in ihrer Stimme überraschte ihn.

»Nein.«

»Also, Mr. Hockney, man wird sie hier auch nicht finden. Nell ist nicht tot.« Der düstere Schmerz der Erstarrung schien plötzlich von ihr zu weichen. Vielleicht schöpfte sie neue Kraft aus ihm: vielleicht konnte sie für einen Moment durch seine klaren Augen die Wahrheit sehen, sich für einen Moment seine Gabe zunutze machen, in die Zukunft zu sehen, und daraus Kraft schöpfen. Jetzt lächelte sie sogar. Ein kalter Abendwind war plötzlich aufgekommen; er wirbelte trockenen Sand über den feuchten Strand, schuf wunderschöne zeitlose Muster. »Sie werden jetzt sicher denken, ich sei verrückt«, sagte sie. »Denn wie sollte das überhaupt jemand überlebt haben?« Und sie deutete auf die zerfetzten Trümmer von ZOE 05, die immer noch über den Strand verstreut waren.

Kaum vorstellbar, daß der Strand je wieder ein Spielplatz für Kinder mit Eimern und Schäufelchen werden würde – aber natürlich war er es irgendwann wieder. An der Absturzstelle von ZOE 05 liegt heute der Großcampingplatz »Canvas Beach Safari«. Ich persönlich finde, es ist ein ganz trostloser Ort: das Unglück scheint durch jede Zeltplane zu dringen und selbst den sonnigsten Tag mit Melancholie zu beschweren, und das Meer scheint zu seufzen und zu flüstern, und wenn der Wind auffrischt, wird daraus ein Klagelied – aber bitte! Nordfrankreich sollte sich eben nicht wie die Côte d'Azur gebärden; es hat nun einmal nicht das richtige Klima für einen Campingurlaub. Vielleicht liegt's ja nur daran!

»Manche Leute überleben die erstaunlichsten Dinge«, sagte er vorsichtig. »Eine Stewardess ist einmal aus zwanzigtausend Fuß Höhe gestürzt, aus einem Flugzeug, und in einer Schneeverwehung gelandet. Sie ist der lebende Beweis für ihre Geschichte.«

»Ihr Vater glaubt, sie wäre tot«, sagte Helen. »Aber das sieht ihm ähnlich. Simon übrigens auch. Alle außer mir. Also muß ich wohl verrückt sein.«

Er fragte sie, ob ihre Tochter »Püppchen-Bonbons« gemocht hatte.

»Nicht ›gemocht‹«, sagte Helen wütend. »Ob sie die Dinger mag? Nein. So dumm ist sie nicht«, und dann fing sie an zu weinen, und er entschuldigte sich. Er wußte, daß solche Details für die Hinterbliebenen besonders schmerzlich sind – all die kleinen, alltäglichen, scheinbar unwichtigen Dinge, die Vorlieben und Abneigungen der Verstorbenen, die in der Rückschau erst die ganze Person ausmachen, auch wenn sie zu

Lebzeiten nie groß beachtet wurden. Aber er hatte fragen müssen, auch wenn die Antwort Nells Überleben noch unwahrscheinlicher machte.

Mr. Blotton hatte im Flughafen noch schnell ein paar Süßigkeiten gekauft, um Nell während des Fluges ruhigzustellen (als wäre sie ein wildes Tier, das man beim Transport ruhigstellen mußte!), und natürlich hatte er instinktiv genau die Bonbons ausgesucht, die Nell am ekligsten fand. (»*Püppchen-Bonbons?* Ich bin doch kein Püppchen!«) Und dann, weil sie das Gesicht verzog, hatte Mr. Blotton alles selber aufgegessen, jedes einzelne Bonbon, nur um es ihr heimzuzahlen. Was für ein widerlicher Mann er doch war! Je mehr ich über ihn nachdenke, desto widerlicher wird er mir.

Helen hörte auf zu weinen und sagte: »Ich weiß nicht mal, was ich glaube.« Ihre Zuversicht schwand. Er spürte, daß er kein Recht hatte, ihr neue zu geben. Persönliche Überzeugung – was war das schon für ein Beweis? Sie begann zu zittern; er half ihr in den Mantel, schaffte sie fort aus der Kälte, dem Wind: zu seinem Wagen. Dann ging er zurück zu den Toten, die ihm noch keine Ruhe ließen, denen er noch keine Ruhe lassen konnte. Man sagte ihm, Mrs. Blotton sei eingetroffen. Er sprach mit ihr. Sie war eine unattraktive, seriöse Frau Anfang vierzig. Sie hatte rotblonde Wimpern und stechende blaue Augen. Sie mochte keine Schwarzen, das merkte er gleich, nicht einmal einen Schwarzen wie ihn, der so ähnlich aussah wie Harry Belafonte in *Rate mal, wer zum Essen kommt.* Mit wirklich gutem Aussehen, einem eleganten Anzug und überzeugendem und kultiviertem Auftreten ließen sich normalerweise selbst die hartnäckigsten rassistischen Vorurteile überwinden. Aber er wußte, es gab immer auch ein paar Frauen vom Typ Ellen Blotton, bleiche, verklemmte Nordländerinnen, die nie über ihre Vorurteile hinwegkommen würden. Ach was, sie versuchten es noch nicht einmal: Schwarze Hautfarbe war für sie gleichbedeutend mit beängstigender, zügelloser Sexualität. Wenn sie bloß gewußt hätten, wie behutsam, wie zurückhaltend er in der Sexualität war, wie verwundbar, wie abhängig von wahrer Liebe, und wie sehr er sich nach dieser kostbaren, befreienden Energie sehnte – aber das hier war das Haus des Todes, nicht des Lebens, und ihr jämmerlicher Rassismus wohl kaum sein Problem.

Was sie im Zelt sah, schien Mrs. Blotton eher wütend als traurig zu machen. Sie humpelte. Sie trug neue Schuhe. Billiges hartes Leder, Ausverkaufsware – keine Schuhe, wie eine Frau sie sich kaufen würde, die gerade illegal zwei Millionen Dollar gemacht hat: die würde das Geld entweder mit vollen Händen ausgeben, sich nicht mehr beherrschen können, oder lange Zeit gar nicht – aus Schuldgefühlen, aber auch aus Gründen der Vernunft. Nein. Sie hatte keine Ahnung, sagte sie – und er glaubte ihr –, warum ihr Mann nach Genf geflogen sein könnte: sie hatte nichts davon gewußt, bis dieser komische Versicherungsschein in ihrem Briefkasten gelandet war, am Tag nach dem Absturz, und sie Erichs Handschrift auf dem Umschlag erkannt hatte. Nein, so genau hatte sie sich ihn nicht angesehen, sie war nur bis zur Flugnummer gekommen. Sie hatte durchs Fernsehen von dem Absturz erfahren und noch bei sich gedacht, daß jeder, der mit ZARA flog, auch nichts Besseres verdient hatte; die Flugnummer war ihr im Gedächtnis geblieben. Und Erich war unerwartet nicht nach Hause gekommen. Also hatte sie beim Flughafen angerufen. Und ihre schlimmste Befürchtung hatte sich bewahrheitet. Ihr Mann war mit ZOE 05 geflogen. Er war tot. Natürlich war er tot. Warum mußte sie diese grausigen Formalitäten über sich ergehen lassen? Und wer sind Sie überhaupt, daß Sie mir all diese Fragen stellen? Nicht ganz »geh doch zurück in den Urwald«, aber fast.

»Es gibt Leute, die überleben sogar einen Flugzeugabsturz«, sagte er.

»Ach, was wissen denn Sie?«, fragte sie wütend. Und sie

deutete auf eine Männerhand, die halb aus der Plastikhülle heraushing, mit der ihr abgerissenes Ende dezent bedeckt war. Sowas machten die Franzosen immer sehr ordentlich.

»Das ist seine«, sagte sie. »Das ist die von Erich.«

Arthur sah sich die Chiffre auf dem Identifizierungsschildchen an. Die Hand war bereits einem anderen Passagier zugeordnet worden, allerdings vorläufig. Und doch stammte sie aus dem vorderen Teil, wahrscheinlich Reihe fünf, wo laut Buchung auch Blotton und das Kind gesessen hatten.

»Sind Sie sicher?«, fragte er.

»Würde ich sowas sagen, wenn ich mir nicht sicher wäre?« Doch, ja, dachte er, wenn zwei Millionen Pfund auf dem Spiel stünden – obwohl er nicht glaubte, daß sie überhaupt abschätzen konnte, um welche Summe es ging – oder ganz einfach um da wegzukommen, um wieder heimzukommen, um weinen zu können. Selbst die Ellen Blottons dieser Welt haben das Recht zu weinen.

»Sagen Sie mir«, fragte er, »ist Ihr Mann ein starker Raucher?«

»Der? Bestimmt nicht. Ich dulde keine Zigaretten in meinem Haus.«

An ihren Händen waren keine Spuren von Nikotin zu sehen. Sie hatte erstaunlich weiße, kleine, zierliche Hände für eine so nüchterne, rotblonde, unattraktive Person. Auch in ihrem Fall war es das eine Detail, das den Ausschlag gab: sie brach zusammen und weinte und wurde aus dem Zelt gebracht. Die Hand wurde neu beschildert: als Erich Blottons Hand. Alles paßte: Alter, Geschlecht, Rasse, keine Nikotinverfärbungen. Warum hatte er immer noch Zweifel?

Er ging auf Simon Cornbrook zu, der am Eingang stand, völlig erledigt.

»Sie haben genug getan«, sagte Arthur. »Wenn Sie bis jetzt noch nichts gefunden haben, dann finden Sie auch nichts mehr. Kommen Sie hier raus.«

»Ich glaube, die Leiche ist ins Meer rausgetragen worden«, sagte Simon, »immerhin, das Körpergewicht – und nur weil die anderen –«

»Ganz recht«, sagte Arthur. »Und sie wird auch wieder auftauchen, das nehme ich doch an.«

»Ich wünschte, es wäre irgendwas dagewesen«, sagte Simon. »Meinetwegen bloß ein Schuh, ein Haarband. Meine Frau wird einfach nicht glauben, daß Nell tot ist, sie wird's nicht glauben, das weiß ich.«

Er fuhr die Cornbrooks zurück nach Paris und zum Flughafen. Er reichte einen Bericht ein; darin stand, beim Absturz der ZOE 05 hätten sich keine Verdachtsmomente auf Versicherungsbetrug ergeben. Ein Stück Pappe mit der Aufschrift »Püppchen-Bonbons«, ein voller Aschenbecher und zwei fehlende Leichen reichten nicht aus, um andere Schlüsse zuzulassen. Alles was er hatte, war eine Überzeugung, die er einfach nicht loswerden konnte und die Helen ihm irgendwie aus der Nase gezogen hatte. Als er sich in der Abflughalle von ihnen verabschiedete und ging, hörte er Helen sagen: »Sie ist nicht tot. Wenn sie tot wäre, würde ich es spüren«, und Simon antworten: »Aber Schatz, finde dich mit den Tatsachen ab, uns allen zuliebe!«, und er gab sich dafür die Schuld.

Als Arthur Hockney eine Woche später in seinem Hotel eine Nachricht von Helen vorfand – er nahm gerade an einer (von FORTUNE organisierten) Konferenz über Steuerflucht teil –, war er nicht überrascht. Er hatte es so kommen sehen. Sie würde sich gern noch einmal mit ihm treffen, ließ sie ihm ausrichten, vielleicht zum Lunch? Er schrieb ihr zurück, ein paar Zeilen, an eine Postfachadresse, worum sie gebeten hatte, und ließ einen Tisch reservieren. Er dachte sich, daß sie dieses Treffen vor ihrem Mann ganz gern verheimlichen würde. Darüber hinaus wollte er nicht spekulieren.

Arthur war bereits im Restaurant, als sie kam. Er stand auf, um sie zu begrüßen. Viele Gäste drehten sich um, starrten. Er ließ die Tische, die Stühle klein und zerbrechlich aussehen und die strohumwickelten Chiantiflaschen, die zur Dekoration an den Wänden baumelten, direkt albern. Helen trug dunkelblau; sie versuchte, unauffällig zu wirken, aber das Gegenteil war der Fall.

»Arthur«, sagte sie schnell, munter. Sie war nervös. »Ich darf Sie doch Arthur nennen, ja? und Sie müssen Helen zu mir sagen. Fremde Männer anrufen, heimliche Treffen ausmachen – das muß ja komisch wirken! Aber die Sache ist die, ich will Simon nicht beunruhigen: er würde wütend werden – naja, nicht direkt wütend, eher nervös – die Sache ist bloß die: ich *weiß*, Nell lebt, ich *weiß*, es geht ihr gut, nur vermißt sie mich natürlich, und ich will sie finden. Ich engagiere Sie. Sie arbeiten doch freiberuflich, nicht wahr? Ich zahle, was Sie wollen. Bloß darf es mein Mann nicht erfahren.« Ach ja, die alten Gewohnheiten aus Applecore Cottage-Zeiten, immer noch so lebendig!

»Helen«, sagte er und fand den Klang neuartig, seltsam und wunderbar, »sowas kann ich nicht machen. Das wäre verantwortungslos.«

»Aber wieso denn nicht? Das verstehe ich nicht.« Sie hatte sich eine Crêpe mit Pilzen bestellt, aber nichts davon angerührt. Er verschlang ein Porterhouse-Steak mit Pommes frites. Die Königinmutter soll einmal auf die Frage, welchen Rat sie für Personen des öffentlichen Lebens geben würde, geantwortet haben: »Ich würde sagen: Wenn Sie an einer Toilette vorbeikommen, benutzen Sie sie«, und Arthur Hockney, den die Arbeit schon in den Dschungel, auf Berggipfel und in die trostlosesten und ärmsten Gegenden der Welt verschlagen hatte, der empfand dasselbe bei einem vollen Teller. Man konnte nie wissen, wann man wieder dazu Gelegenheit hat. Er nahm sich Zeit für seine Antwort.

»Weil ich Ihnen damit Hoffnung machen würde, und dann wäre ich schlimmer als ein Scharlatan, der für teures Geld ein

Wundermittel gegen Krebs anbietet; oder ein Medium, das aus dem Grab zu einer Witwe spricht und sich dafür noch bezahlen läßt.«

»Das wäre überhaupt nicht dasselbe.« Sie war selbst noch ein Kind. »Bitte!«

»Gegen jeden gesunden Menschenverstand, gegen meinen eigenen Bericht an die ZARA? Wie sollte das gehen?«

»Wenn Sie zu mir zurückkommen und mir sagen, daß sie tot ist, dann will ich es glauben, dann will ich es akzeptieren.«

»Oder auch nicht«, sagte er. Von vorneherein hätte er ihr keine Hoffnung machen, nie von Stewardessen erzählen dürfen, die einen Sturz aus 20.000 Fuß überlebt haben. Er fühlte sich schuldig.

»Die Sache ist die: Das Wort ›tot‹ und das Wort ›Nell‹ passen einfach nicht zusammen«, sagte sie, und nun standen Tränen in ihren Augen. Der Anblick erleichterte ihn. »Vielleicht hat Simon recht: ich bin ein bißchen verrückt geworden, und ich brauche einen Psychiater. Aber ich muß Bescheid wissen. Ich muß überzeugt sein. Können Sie das nicht verstehen? Mit der Hoffnung zu leben ist schlimmer, als sie aufzugeben. Ich sehe Simon trauern und bin nicht fähig, selbst zu trauern – und könnte mich dafür hassen. Vielleicht liegt es nur an dem Baby, nur daran, daß ich schwanger bin? Daß ich den Tod nicht akzeptieren kann, weil ich so voller Leben bin? Vielleicht ist das der ganze Grund.«

»Ich werd mir den Fall nochmal ansehen«, sagte er. »Ich werd die Ermittlungen nochmal aufnehmen«, und wußte kaum, warum er sich dazu bereit erklärte: doch nur, weil Helen ihn darum gebeten hatte, und sie war so schrecklich durcheinander: nicht fähig, unglücklich zu sein – und das ist etwas ganz Seltenes.

Keine Nachrichten sind gute Nachrichten

Zurück zu Nell: die war so fröhlich und wohlgemut, wie ein Kind nur sein kann, das gut behandelt und versorgt wird, wenn auch in einem fremden Land und von Leuten, die eine fremde Sprache sprechen. Sie vermißte ihre Mutter, ihre Kindergartentante, ihren Stiefvater und ihren Vater (in dieser Reihenfolge), schien aber alle schon bald vergessen zu haben; wie das bei Kindern so ist. Andere Leute nahmen ihre Stelle ein. Und wenn Nell beim Spielen im Garten des Châteaus oder beim Abendessen auf der Terrasse etwas gedankenverloren wirkte, dann blickten ihre neuen Eltern, der Marquis und die Milady de Troite einander an und hofften, bald würde sie alles vergessen haben und vollkommen glücklich sein. Nell war ihr kleines Juwel, ihre *petite ange:* sie liebten das Kind.

Es tat ihnen um keinen einzigen Franc leid, den sie für Nell bezahlt hatten. Die de Troites waren (aus Gründen, auf die wir später noch kommen werden) nicht in der Lage, ein Kind formal und legal zu adoptieren. Und in dieser Phase wachsender Unfruchtbarkeit (zumindest in der westlichen Welt) wurden geeignete Kinder ohnehin knapp; bestimmte Kinder werden eben lieber genommen als andere: wie bei Hunden zählt die richtige Rasse, das richtige Naturell. Auf dem Schwarzmarkt kann man alles verkaufen, alles. Und Nell – nun, die war eine kleine Schönheit mit ihren blauen Augen, dem breiten Lächeln, dem feinen, perfekt geformten Gesicht, den dicken blonden Haaren und der Gabe, lieben und verzeihen zu können und aus allem das Beste zu machen. Sie war den Preis zehnmal wert.

In nicht mehr als einem Monat hatte Nell französisch gelernt; sie vergaß ihre Muttersprache, da es niemanden gab, mit dem sie englisch sprechen konnte. Sie erinnerte sich an manches, aber wie an einen Traum: daß sie früher einmal, in diesem Traumleben, eine andere Mutter gehabt hatte und daß ihr Name Nell gewesen war, nicht Brigitte: aber der Traum schwand dahin. Nur ab und zu blitzte ein Funken Erinnerung auf, beunruhigend: wo war Tuffin, ihre Katze? Hatte es nicht mal eine Tuffin gegeben, klein und grau? Und wo war Clifford, ihr Daddy, mit seinen dicken blonden Haaren? Papa Milord hatte fast gar keine Haare! (Was ich Ihnen über die de Troites erzählen muß, Leser, ist folgendes: Papa Milord war zweiundachtzig und Mama Milady vierundsiebzig. Aus diesem Grund hatten sie Probleme mit dem Adoptieren!) Aber die Erinnerungen blitzten nur auf und waren gleich wieder weg.

»*Tu vas bien, ma petite?*«, fragte Milady oft. Sie hatte einen runzligen Hals und eine dicke Schicht sehr hellen Lippenstift auf dem Mund, aber sie schenkte Nell ihr Lächeln und ihre Liebe.

»*Tres bien, Maman!*« Nell hüpfte und tanzte herum: ein süßer kleiner Wirbelwind. Sie aßen in der Küche, weil die Eßzimmerdecke nicht dicht war und der Wind hindurchpfiff; es gab Brot, das Marthe selbst gebacken hatte, und Gemüsesuppen und Tomatensalat mit frischem Basilikum und massenweise *bœuf en daube* – die Zähne der de Troites vertrugen nichts Festes oder Hartes mehr –, und das alles war Nells kleinem Körper sehr bekömmlich. Was die sehr Alten und die sehr Jungen brauchen ist oft dasselbe! Sie weinte nicht und stritt sich nicht: warum hätte sie auch weinen sollen, mit wem sich streiten? Keiner im Haus, so schien es, wurde wichtiger genommen als sie. Einem Außenstehenden wäre wohl aufgefallen, daß das kleine Mädchen stiller und artiger war als ein normales Kind, aber Außenstehende kamen nicht vorbei: sie waren nicht gern gesehen, zweifellos deshalb, weil sie ihre Beobachtungen vielleicht weitergeben und die Behörden auffordern würden, sich auch einmal anzusehen, was sie gesehen hatten. Ein Kind, zwar offensichtlich fröhlich und munter, aber in vollkommen unangemessener Umgebung.

Auf dem Regal in einem der Turmzimmer, Nells eigenem Zimmer, auf das sie sehr stolz war – mit seinen sechs Fenstern ringsherum, an die bei Sturm die Äste schlugen, und den hübschen, wenn auch abgenutzten Möbeln, die schon Milady als Kind gehabt hatte –, lag ein billiger Teddybär aus Blech an einer Anstecknadel. Das war ihr Schatz. Ihr Zauberschatz. Nell wußte, daß er sich irgendwie aufmachen ließ, aber sie versuchte es nie: wenn sie einmal aufgeregt war oder sich fürchtete – was selten genug vorkam –, dann ging sie hoch und nahm den Blechteddy in die Hand und schüttelte ihn und hörte es drinnen klappern und fühlte sich gleich wieder wohl. Milady merkte bald, wie sehr sie an dem Teddy hing, und gab ihr ein Silberkettchen, damit sie ihn um den Hals tragen konnte.

Es gibt gewisse Dinge, ganz gewöhnliche Gegenstände, die aber im menschlichen Leben eine Schlüsselrolle spielen, und zu denen gehörte dieses kleine Schmuckstück. Wir wissen, daß Cliffords Großmutter es seiner Mutter gegeben hatte. Generationen hindurch war es im Besitz seiner Familie gewesen, war bewundert und geliebt worden. Wie leicht hätte es verlorengehen, verkauft werden können – aber irgendwie hatte es die Zeiten überdauert. Und nun schöpfte Nell Trost daraus, während sie abwartete, was als nächstes passieren würde.

Wieder daheim

Nell bekam einen kleinen Halbbruder, Edward, der am Tage seiner Geburt sieben (englische) Pfund und fünf Unzen auf die Waage brachte (Kilogramm kamen erst später in Mode, auch für Babies!), und Simon war bei der Geburt dabei. Er war ein gewissenhafter und moderner Vater. Während der Wehen hielt er Helens Hand, und es war eine leichte Geburt, anders als bei Nell. Das neue Baby schrie und brüllte, so laut es konnte, und es strampelte mächtig und hatte die auffallende Angewohnheit, immer dann in hohem Bogen zu pissen und dabei alle seine sauberen Anziehsachen zu durchnässen, wenn es gerade gewickelt wurde. Es brachte Helen zum Lachen, und darüber freute sich Simon, obwohl Edwards Benehmen doch eigentlich mehr Anlaß zu finsteren Mienen bot als zu fröhlichem Gelächter. In letzter Zeit hatte sie nicht viel gelacht: so still und traurig war es im Haus gewesen, ohne Nell, und doch, dachte Simon, hatte er mehr um Nell getrauert als Helen, war sein Schmerz über diesen Verlust intensiver gewesen – und dabei war Nell nicht einmal sein eigenes Kind. Das beunruhigte ihn; da konnte etwas nicht stimmen: er hatte Angst, seine Frau würde sich noch immer an den Glauben klammern, irgendwie hätte Nell den Absturz überlebt. Warum hatte er damals im Identifikationszelt nicht einfach so getan, als hätte er Spuren von Nell gefunden?

Der wahre Nutzen einer Beerdigung samt Leiche (auch wenn es nicht die ganze Leiche ist) liegt darin, daß sie den Trauernden hilft, den Tod als Tatsache zu akzeptieren. Ein Gedenkgottesdienst – wie man ihn für Nell abgehalten hatte, an einem Sonntagnachmittag – war doch nicht dasselbe. Und wenn Simon es sich recht überlegte, dann hatte Helen daran nicht einmal teilgenommen. Auf dem Weg zur Kirche wäre sie fast ohnmächtig geworden, das hatte sie jedenfalls gesagt, und war umgekehrt. Er hatte nicht versucht, sie noch umzustimmen – immerhin war sie hochschwanger; der Gottesdienst würde sie womöglich zu sehr aufregen. Er hätte doch darauf bestehen sollen, dachte er jetzt. Damals hatte er wohl geglaubt, sie wolle Clifford nicht begegnen, aber der war nicht einmal erschienen. Er sei im Ausland, sagten die Großeltern Wexford, in fast entschuldigendem Ton. Doch zumindest sie waren gekommen, genauso wie John Lally und Helens Mutter Evelyn. Was für eine Sippe hatte er sich bloß mit Helen angeheiratet, dachte Simon manchmal! Er selbst stammte aus einer achtbaren Vorstadtfamilie: seine Eltern waren liebe und gute Menschen, wenn auch (wie er zugeben mußte) leider nicht die Allerschlausten: sein eigener Kampf um Unabhängigkeit war nur von dauernden Erklärungen begleitet gewesen; die windige Kunst der Diplomatie hatte er nie erlernen müssen. Wenn Helen nicht offen zu ihm war, wenn sie ihm auswich, wenn sie ihm irgendwie etwas *vormachte*, dann brauchte er sich nur ihre Familie anzusehen, um ihr Verhalten zu verstehen.

Verstehen konnte er sie zwar, aber weh tat es ihm trotzdem. Jetzt wollte er Helen ganz und gar, viel mehr als damals bei ihrer Heirat. Er wollte ihr ganzes Herz, ihre ganze Aufmerksamkeit. Sie sollte sich nicht mehr an den Glauben klammern, Nell sei noch am Leben. Nell gehörte zur Vergangenheit, zu einer Ehe, die längst tot war. Manchmal, wenn Helen mit dem Baby spielte, flüsterte sie ihm etwas ins Ohr und lächelte. Und das Baby lächelte zurück, und Simon glaubte, sie murmeln zu hören: »Du hast eine Schwester, mein kleiner Edward, und eines Tages kommt sie wieder nach Hause zurück.« Das war natürlich reinste Paranoia, konnte ja nichts anderes sein. Aber warum lächelte sie ihn nicht so an? Ach, Leser: indem sie Nell im Herzen lebendig hielt, hielt Helen auch Clifford im Herzen lebendig; so war's doch! Sie konnte von Clifford genausowenig lassen wie von Nell.

So ist es eben manchmal mit der ersten Ehe. Ganz gleich, wie qualvoll sie sein mag, solange sie währt, ganz gleich, wie unerfreulich sich die Scheidung gestaltet, mit der sie ihr vorzeitiges Ende nimmt: diese Ehe scheint die eine, die einzig wahre zu sein. Was hinterher kommt, kann hundertmal besiegelt sein durch Hochzeitsschwüre, hundertmal abgesegnet durch Freunde und Verwandte: es kommt einem trotzdem vor wie ein Abklatsch: wie zweite Wahl. Und so verhielt es sich auch mit der Ehe von Helen und Clifford; deshalb seufzte und lächelte Helen so oft im Schlaf, deshalb beobachtete Simon sie so genau; aus demselben Grund hatte Clifford nicht wieder geheiratet und gab Helen noch immer die Schuld für alles, was falsch gelaufen war, von Nells Tod bis zu seiner eigenen Unfähigkeit zu lieben.

Der kleine Edward wußte von alldem natürlich nichts. Jeden Morgen machte er die Augen auf, sah die Welt an und wußte, daß sie gut war, und brüllte und strahlte und zeigte, was in ihm steckte, so gut er konnte: indem er alles durchnäßte, was in seine Nähe kam. Er fand die Ehe seiner Eltern einfach prima.

Gedanken von weither

Leser, das wird Sie vielleicht interessieren: am Tage des Gedenkgottesdienstes für Nell jagte die kleine Brigitte allen ihren Mitbewohnern einen Schrecken ein, indem sie über Bauchschmerzen klagte und so bleich war, daß sie gleich ins Bett gebracht wurde und dort bleiben mußte. Milady verbrannte Federn über ihrem Kopf und zauberte mit Schafblut herum – das sie literweise in ihrer neuen Tiefkühltruhe aufbewahrte –, was ihr anscheinend half. Und am Tage von Edwards Geburt hopste Nell ganz übermütig herum in dem prächtigen staubigen absonderlichen Haus und umarmte ihr Kindermädchen (einundachtzig Jahre alt) besonders fest, weil sie irgendwoher wußte, daß dies ein besonderer Tag war.

»*Qu'as tu? Qu'as tu?*«, fragte Marthe verdutzt.

»*Sais pas, sais pas*«, sang Brigitte, aber sie wußte es. Die Welt war gut.

Ja, wenn Sie das Arthur Hockney erzählt hätten, hätte der nachsichtig gelächelt und gesagt: unmöglich, woher hätte Nell das *wissen* sollen. Aber er hätte mit gespaltener Zunge gesprochen: er wußte nur zu gut, daß solche Dinge passierten: daß Gefühle *übertragen* werden, wie Schallwellen. Daß Menschen eine Aura haben – daß man einen Bösewicht erkennen kann, sobald er das Zimmer betritt: daß andere, wenige, hereinkommen wie eine frische Brise und man atmet auf (und wie man sich immer freut, sie zu sehen!): daß man beim Kartenspiel manchmal schon weiß, wie das eigene Blatt aussehen wird, noch bevor man es in der Hand hat. Daß Erwartungen erfüllt werden, so oder so: wenn man Gutes erwartet, passiert es auch; aber wenn man erwartet, daß die Decke einstürzt, dann stürzt sie ein. Und genau dafür – für seinen »siebten Sinn« – war er in seinem Beruf so hoch angesehen; deshalb bezahlte ihn die TRANS-CONTINENTAL auch weiterhin so gut und sagte nichts, wenn er sich von Zeit zu Zeit einfach freinahm, so wie jetzt für Helen. Lieber wäre ihm gewesen, man hätte ihn für seine Leistung anerkannt, als für seinen siebten Sinn! Ihnen nicht auch?

Hypothesen

Arthur Hockney stand in knöcheltiefem Wasser: am Strand, an der Stelle, wo das Heck der ZOE 05 gelandet war. Er hielt eine Gezeiten-Tabelle in der Hand. Er marschierte Richtung Küstenstraße und von dort aus nach Lauzark-sur-Manche und stellte sich vor, er hätte ein dreijähriges Kind dabei. Er erreichte die Ortschaft. Er erkundigte sich bei der Bank: es gab vage Erinnerungen an einen Mann mit einem Kind, der Schweizer Franken in Französische Francs getauscht hatte, aber niemand sah sich imstande, genaue Zeitangaben zu machen; vielleicht ein paar Tage vor dem Flugzeugunglück, vielleicht ein paar Tage später. Die dramatischen Ereignisse dieses einen Tages – Unfallwagen, Fernsehteams, Nachrichtenagenturen – hatten alles, was nicht ungewöhnlich war, aus dem Gedächtnis verdrängt. Er nahm den Bus nach Paris, aber da war es dasselbe – niemand wußte etwas über einen englischen Mann und ein kleines blondes englisches Mädchen zu erzählen. Er erkundigte sich in Cafés und Hotels um den Busbahnhof; er setzte sich über gewisse Kanäle mit der Unterwelt in Verbindung, aber auch von dort kam kein einziger Hinweis. Die Spur – wenn es je eine Spur gegeben hatte – war kalt. Er dachte, vielleicht wäre es besser für Nell, nicht mehr am Leben zu sein. Er wußte sehr wohl, welches Schicksal ein verlassenes Kind in falscher Gesellschaft zu erwarten hatte. Mädchenhandel kommt auch heute noch vor; alle Spielarten des Bösen kommen auf dieser Welt vor: sie sind nicht verschwunden, nur weil die Zeitungen sie vergessen haben. Seine Klientin machte nur den Unterschied zwischen tot und lebendig: und lebendig hieß für sie lebendig und guter Dinge. Er konnte und wollte sie nicht eines Besseren belehren.

Er reiste nach England zurück, untersuchte Blottons geschäftliche Verbindungen, Kontaktpersonen. Mrs. Blotton schlug ihm die Tür vor der Nase zu. Aber was er herausfand, ließ nicht auf ihre mögliche Mittäterschaft bei einem Versicherungsbetrug schließen, sondern nur auf ihren jämmerlichen Charakter. Die örtliche Polizei versprach, den Blottonschen Haushalt im Auge zu behalten. Früher oder später, sagte ihm sein Instinkt, würde Erich Blotton von den Toten auferstehen, um an die zwei Millionen Pfund seiner Frau ranzukommen. Er schlug der ZARA vor, die Akten wieder zu öffnen und – die tatsächliche Überweisung der Gelder so weit wie (legal) möglich hinauszuzögern. Es würde ohnehin Verzögerungen geben. Waren sie denn nicht vollauf damit beschäftigt, sämtliche Ansprüche von Angehörigen der Opfer gerichtlich klären zu lassen, und zwar in umgekehrter alphabetischer Reihenfolge, wie das bei ihnen nun einmal Usus war? Es würde noch lange dauern, bis sie bei Blotton angekommen waren, selbst wenn sie sich alle Mühe gaben.

Aber in bezug auf Nell gab es anscheinend nichts mehr, was er noch tun konnte. Er traf sich mit Helen, ganz diskret, in einem Café, und sagte ihr, sie solle den Rat und Beistand ihrer Angehörigen annehmen, die sie liebten, und akzeptieren, daß Nell tot war, aber sie schien nicht auf ihn hören zu können, sondern nur auf die innere Stimme, die ständig wiederholte: »Sie lebt.« Er nahm ihren Scheck nicht an. Der Betrag war ohnehin sehr niedrig. Sie hatte ihn sich vom Haushaltsgeld abgespart. Sie hatte ja keine Ahnung, wie teuer er war. Er sagte es ihr auch nicht.

Er hätte sie gern umarmt, nur um ihr Schutz zu geben. Sie schien sich selbst so sehr im Wege zu stehen. Oder bedeutete sein Wunsch, sie in den Arm zu nehmen, noch etwas ganz anderes? Vermutlich ja, aber was spielte das schon für eine Rolle?

Sie trank ihren Kaffee aus und machte sich fertig zum Gehen. Und dann legte sie ihm ganz kurz eine weiße Hand auf seine schwarze Wange und sagte: »Danke. Ich bin froh, daß es auf dieser Welt Männer wie Sie gibt.«

»Und wie bin ich Ihrer Meinung nach?«

»Mutig«, sagte sie. »Mutig, verantwortungsvoll und gütig.«

Damit meinte sie natürlich: nicht wie mein Vater, nicht wie Clifford, und leider muß ich sagen, daß Simon als Mann für sie gar nicht richtig zählte.

Zwiegespräche

Leser, ich möchte Ihnen ein paar Gespräche wiedergeben. Das erste findet statt zwischen Clifford Wexford und Fanny, seiner Sekretärin/Mätresse. Der Schauplatz ist Cliffords Haus bei Genf: entworfen von einem hervorragenden Architekten, elegant, luxuriös mit seinem muschelförmigen Swimming-Pool, in dem sich der blaue Himmel und die schneebedeckten Berge spiegeln, seinen Bildern an den hellen holzgetäfelten Wänden (die Bilder werden immer wieder ausgewechselt: heute ist es ein Pferdekopf – eine ziemlich wertvolle Zeichnung von Frink –, ein toter Hund – eine Skizze von John Lally –, drei Landschaften von John Piper und eine wirklich sehr wertvolle Radierung von Rembrandt) und den hellen Ledersesseln (nur ein Hauch von *macho*) und Glastischen.

»Clifford«, sagte Fanny scharf, »du kannst Helen nicht die Schuld an Nells Tod geben. Du hast sie doch kidnappen lassen. Nur deshalb war sie überhaupt in dem Flugzeug. Wenn hier einer Schuld hat, dann du!«

Fanny hat die Nase voll, und zu Recht. Erstens hat Clifford sie wohl nur deshalb gebeten, bei ihm einzuziehen, weil er Nell zu sich holen wollte. Seit jenem furchtbaren Tag des Flugzeugunglücks ist sie dageblieben, um Clifford in seinem Kummer und Schmerz beizustehen, was schon schwer genug war. Sie hat ihn gedeckt, bei Leonardo's, weil seine Depressionen zeitweilig so schlimm wurden, daß er zuviel trank und nicht in der Lage war, Entscheidungen zu treffen. Aber Entscheidungen müssen nun mal fallen. In knapp fünf Monaten soll Leonardo's schon die neue Genfer Galerie eröffnen, ausschließlich für moderne Kunst. Und am Eröffnungstag müssen die Modernen an der Wand hängen, so oder so. Manche Gemälde müssen regelrecht aus den Künstlerateliers entwendet werden, andere aus den Häusern, wo sie gelandet sind – mit besoffenem Kopf weggeschenkt oder ungeachtet bestehender Verträge verkauft –, und allein schon die Versicherungsprämien sind problematisch hoch: aber zum größten Teil geht es um künstlerische Entscheidungen, die zu treffen sind: soll es dieses Gemälde sein oder jenes? Und genau solche Entscheidungen traf Fanny in Cliffords Namen. Sie hat ihre Sache sehr gut gemacht, und nun, wo er wieder nüchtern ist, wieder der alte ist, will er nicht, daß ihr Name mit im Katalog steht. Sie ist stinksauer. Da kann er sie nachts noch so zärtlich in die Arme nehmen, noch so schöntun, das läßt sie sich von ihm einfach nicht gefallen!

»Du bist ein selbstsüchtiger, gieriger und eingebildeter Egoist!« schreit Fanny – sie, die sonst doch so sanft, so gefügig ist. »Du liebst mich nicht mehr!«

»Das hab ich nie getan«, sagt er. »Ich glaube, wir haben genug voneinander. Vielleicht wäre es besser, du packst jetzt deine Koffer und gehst.«

Ende des Gesprächs: Ende der Affäre. Sowas hatte sie eigentlich nicht erwartet. Sie dachte, er würde ihr nachkommen. Tat er aber nicht. Gleich am nächsten Tag erschien ein Foto von ihm in einer Genfer Morgenzeitung: Clifford Wexford in einem bekannten Nachtclub, händchenhaltend mit Trudi Barefoot, der jungen Filmschauspielerin, die gerade einen Romanbestseller geschrieben hatte. Und nun fiel Fanny auch wieder ein, daß diese Trudi letzte Woche ein- oder zweimal angerufen hatte.

Ein anderes Gespräch. Fanny sitzt an ihrem Schreibtisch im Vorzimmer von Cliffords Büro, in Leonardos' neuem, kühlem, marmornen Stadthaus, und versucht, gegen Demütigung und Kummer anzukämpfen. Clifford kommt herein. Sie glaubt, er will sich vielleicht entschuldigen.

»Bist du immer noch da?« fragt er. »Ich dachte, du hast gesagt, daß du gehen wolltest?«

Und so hat sie ihren Job verloren und ihren Liebhaber dazu und etwas, von dem sie jetzt glaubt, es sei Liebe gewesen.

Ihre Nachfolgerin, jünger als sie und hübscher im herkömmlichen Sinne, mit einem noch blendenderen Diplom in Kunstgeschichte, und auch noch vom Courtauld-Institut, und mit der Bereitschaft, für noch weniger Geld zu arbeiten, kommt gerade, als Fanny geht. (Sie muß sich selbst entlassen – Heuern und Feuern gehört zu ihrem Job.) Das neue Mädchen heißt Carol.

»Sind die Aussichten so gut, wie die Leute sagen?« fragt Carol?

»Sagen wir mal, sie sind berauschend«, sagt Fanny.

»Kann ich selbst auch künstlerische Entscheidungen treffen?« fragt Carol.

»Ich würde sagen, die Gelegenheit dazu ergibt sich«, sagt Fanny und beobachtet dabei vier Arbeiter, die einen besonders wertvollen Jackson Pollack hereinschleppen, den sie selbst in Cliffords Namen ausgesucht hat. »Aber die Mühe würde ich mir sparen.«

Ende des Gesprächs. Und Fanny kehrt zurück nach Surrey, zu ihren Eltern. Sie war Cliffords Rat gefolgt und hatte ihre kleine Wohnung über dem Feinkostladen in der Genfer Innenstadt gekündigt, auf dem Höhepunkt ihrer – ja was eigentlich? Liebesaffäre? Das wohl nicht! – amourösen Geschäftsbeziehung. Das alles tat schrecklich weh. Aber Mädchen, die in der Kunstszene was werden wollen, haben es unheimlich schwer: da ist zwar Geld und Liebe und ein aufregendes Leben, aber nur für die ganz oben; und ganz oben, da sind Männer. (Wo eigentlich nicht, außer vielleicht bei den Go-Go-Girls?)

Ein anderes Gespräch, in einem anderen Land.

»Du liebst mich nicht«, sagt Simon Cornbrook zu Helen, etwa zu der Zeit, als Fanny ihren Job verliert. Er ist bleich: in seinen strahlenden Augen hinter der Eulenbrille steht die Verzweiflung. Er ist kein großer Mann, auch kein besonders gutaussehender, aber er ist intelligent, gescheit, gutherzig, und wie jeder normale Ehemann will auch er die Liebe und Aufmerksamkeit seiner Frau. Helen schaut ihn überrascht an. Gerade ist sie dabei, Edward zu stillen. Sie konzentriert ihre Aufmerksamkeit voll auf das Baby und – so kommt es jedenfalls Simon vor – auf Nell, für die sie noch immer Gefühle hegt wie für ein lebendes Kind, und er fühlt sich ausgeschlossen.

»Aber ich liebe dich doch!«, sagt sie überrascht. »Simon, natürlich liebe ich dich. Du bist Edwards Vater!« Das war nun keine besonders taktvolle Äußerung, aber genau das, was sie meinte.

»Und Clifford ist Nells Vater, oder was?«

Helen seufzt. »Clifford lebt in einem anderen Land«, sagt sie, »und außerdem sind wir geschieden. Worum geht's denn wirklich, Simon?«

Wir wissen ganz genau, worum es geht: Daß sie Simon geheiratet hat, weil er ihr Wärme, Trost und Sicherheit geben konnte, als sie abgewrackt und ausgebrannt war, frisch geschieden von Clifford, und dachte, das sei alles, was sie je wieder von einem Mann wolle, und das weiß Simon auch; und jetzt ist es auf einmal nicht mehr genug. Er will auch erotisch eine Antwort, er will einen Platz in ihrem Herzen: er will umsorgt werden, aber sie sorgt sich nur um das Baby Edward und die tote Nell und den verlorenen Clifford. Nicht um Simon. Beide wissen das. Es läßt sich nicht mehr verhehlen: die Frage hätte er sich schenken können. Helen beugt sich tiefer über

Edward und summt ihm leise was vor, will ihrem Mann nicht in die Augen sehen. Er packt sie am Kinn und gibt ihr eine Ohrfeige. Es ist keine feste Ohrfeige: eher so, als versuche er, sie wieder zu Bewußtsein zu bringen; aber so geht das natürlich nicht; es ist unverzeihlich. Er hat eine Frau geschlagen, seine Frau, die Mutter seines kleinen Kindes, die ihn nicht gekränkt, nicht provoziert hat: die nur dasaß und ihn fragte, was denn wäre.

Simon stammelt Worte der Entschuldigung und geht ins Büro zurück und trifft dort eine junge, brillante, aufstrebende Kollegin namens Agnes R. Lich, die erst seit kurzem für seine Zeitung arbeitet, und nach einer Sitzung im *El Vino's* – »Simon, was tust *du* denn hier? Du kommst doch sonst nie hierher?« – geht er mit zu Agnes (nein, Leser, mit diesem Namen ist sie natürlich nicht auf die Welt gekommen, aber er macht sich doch gut unter einem Korrespondentenbericht, oder?) – Agnes R. Lich (Ehr-lich. Kapiert?), und ob Simon nun einen erotischen Reiz auf sie ausübte oder nicht oder ob sie ihm nur etwas vorspielte, werden wir nie erfahren, denn Agnes sagt nichts. So oder so: sie wußte, daß Simon ihr nützlich werden würde. Und Simon – der wußte, daß er bei Agnes eine Antwort kriegte, die bei Helen einfach schon vergeben war. Agnes R. Lich! R. Lich! Mich fröstelt, Leser!

Aufgewärmtes

Aber bei allem Schmerz, Kummer und Chaos – finden Sie nicht auch, daß die Probleme der Erwachsenen fast schon banal sind, verglichen mit denen eines Kindes? Wäre Helen nur eine Idee weniger dämlich und stur gewesen und Clifford ein bißchen weniger intolerant, dann hätten sie sich nie getrennt und Nell wäre in Frieden groß geworden, um dann den für sie vorgesehenen Platz in der Welt einzunehmen. Doch wo sind sie alle statt dessen gelandet?

Helen fragt sich, wie sie auf Simons Affäre (die Schlagzeilen in den Revolverblättern macht) mit der exaltierten Agnes reagieren soll, und stellt fest, daß sie fast nichts empfindet. Es ist, als wären mit Nells Verschwinden auch eine ganze Reihe von Gefühlen verschwunden. Sie hat nur Augen für ihren kleinen Sohn Edward – aber sie kann selbst ihn nur mit Vorsicht lieben, aus Angst, er könnte ihr auch noch weggenommen werden.

Clifford rief sie aus Genf an – eines Abends, als sie allein war und ganz fröhlich herumwerkelte und döste und las und an ihre Mutter schrieb und sich mal kurz fragte, aber wirklich nur kurz, wo Simon wohl steckte.

»Helen?« sagte Clifford, und die Stimme – charmant, rauh, mit diesem gewissen Unterton, so vertraut, so lange nicht gehört – ließ sie schlagartig wach werden, hellhörig, geistesgegenwärtig: das war gut so, doch was gleichzeitig wach wurde, war der Kummer und Schmerz. Kein Wunder, daß Helen so viele Tage einfach verdöste!

»Alles in Ordnung, Helen? Was man so in der Zeitung liest, über den Zwerg –«

»Clifford«, sagte Helen ganz locker, »die denken sich sowas doch aus, das müßtest du eigentlich am besten wissen. Mit Simon und mir ist alles in Ordnung. Und wie geht's dir und Trudi Barefoot?«

»Warum kannst du nicht einmal die Wahrheit sagen?«, fragte er. »Warum mußt du immer lügen?«, und bevor sie überhaupt richtig angefangen hatten, gab es schon wieder Krach. Aber so ging es ja immer. Er offerierte Mitgefühl: sie ließ ihn abblitzen, aus Stolz: sie war eifersüchtig, er war wütend, sie war gekränkt: so ging das immer im Kreis herum, und auch noch in falscher Richtung.

Und Clifford hatte recht: zu der Zeit log sie viel: es gab so wesentliche, unangenehme Wahrheiten über sie selbst, denen sie sich nicht zu stellen wagte, daß die kleinen Wahrheiten schon mal über Bord fallen konnten. Wäre sie mit Clifford zusammengeblieben und hätten beide sich ihren Schwächen gestellt und sich bemüht, sich zu ändern, dann wäre sie jetzt nicht so verlogen, nicht so glatt, nicht so unzulänglich und nicht so leicht zu betrügen. Und Clifford wäre nicht so grausam, nicht so berechnend, nicht so rachsüchtig gegen das weibliche Geschlecht: nicht so sehr um sein Image bemüht. Er würde seine Partnerinnen weniger oft wechseln und statt dessen sich selbst ändern.

Männer sind so romantisch, finden Sie nicht? Sie suchen nach der perfekten Partnerin, wo sie doch eigentlich nach der perfekten Liebe suchen müßten. Sie suchen nach Fehlern bei der Geliebten (und finden natürlich auch welche. Wer ist schon perfekt? Sie sind's bestimmt nicht!), und dabei liegt der Fehler doch bei ihnen selbst: in ihrer Unfähigkeit, perfekt zu lieben. Clifford hatte immer noch die Angewohnheit, mit einer Checkliste auf die Suche nach der Frau zu gehen, die wirklich und wahrhaftig und auf Dauer zu ihm paßte. Schön mußte sie schon sein, hochgebildet, intelligent, mit einem großen Busen und schlanken Beinen; sie sollte viele Fremdsprachen beherrschen, Ski fahren, Tennis spielen, eine perfekte Gastgeberin und ausgezeichnete Köchin und dazu belesen sein – und so weiter und so fort. Und doch war Helen die Frau, die seiner Vorstellung von perfekter Liebe am nächsten gekommen war –, und Helen hätte auf der Checkliste ziemlich schlecht abgeschnitten. Armer Clifford: da suchte er nun Trost in Ruhm und Reichtum; und dabei weiß doch jeder, daß man da bestimmt keinen findet.

Und die kleine Nell, nun Brigitte genannt, Opfer der Fehler ihrer Eltern – bedenken Sie einmal ihre mißliche Lage! Sie war fünf: es wurde Zeit, daß sie in die Schule kam. Milord und Milady waren in einer richtigen Zwickmühle. Sie hatten das Château kaum verlassen, seit Nell zu ihnen gekommen war, weil sie nicht wußten, wie sie Nells Vorhandensein plausibel erklären sollten.

»Ich werd einfach sagen, daß sie meine Tochter ist«, sagte Milady, als Nell gerade angekommen war. Sie betrachtete ihr altes Gesicht in dem gesprungenen Spiegel und erblickte – wie immer – ein junges Mädchen darin. »Wo liegt da ein Problem, *mon ami*?«

Milord konnte einfach nicht so grausam sein und ihr erklären, wo das Problem lag: in der Weigerung seiner Frau, alt zu werden. Sie hätten Nell ohne weiteres als ihre Enkelin ausgeben können; Fragen wären sicher kaum gestellt worden: sie hätte zur Schule gehen können; über fehlende Papiere und Dokumente hätte man sicherlich hinweggesehen. Aber davon wollte Milady nichts hören. Brigitte sollte ihr Kind sein; sie war nicht alt genug für eine Großmutter – wie jedermann sehen konnte. Also blieb Milord nichts weiter übrig, als Brigitte zu Hause zu lassen, bei einer ältlichen, getreuen, verschwiegenen Hausangestellten, und zu hoffen, das Problem würde sich irgendwie von selbst erledigen. Was natürlich nicht geschah. Die kleine Brigitte wurde größer und sehnte sich nach Spielgefährten und Geselligkeit und Freundschaften und danach, alles zu lernen, was man in der Welt lernen konnte. Und trotz ihrer Verschrobenheit machten sich Milord und Milady Sorgen um Brigitte. Sie wollten ein glückliches, ein ganz normales Kind – so wie sie selbst einst gewesen waren, vor vielen Jahren, bevor Zeit und Senilität ihr böses Werk begonnen hatten. Manche Menschen werden in Frieden alt, ohne zu klagen – Milord und Milady wehrten sich dagegen mit aller Kraft, und die kleine Brigitte (die unerklärlicherweise manchmal zwar still und traurig war, aber meistens doch fröhlich in ihrem Reich herumtollte) war ihre stärkste Waffe.

Schwarze Magie war die andere, wie ich Ihnen leider sagen muß. Milady versuchte sich dann und wann auf diesem Gebiet (recht dilettantisch allerdings), und Milord half ihr, wenn er Lust dazu hatte. Immer wieder kamen solche Gerüchte den Dörflern zu Ohren und sorgten dafür, daß sich noch weniger Leute in die Nähe des Châteaus verirrten – es war aber auch ein gruseliger Ort, weiß Gott: mit dem hohen Turm, halb verborgen hinter mächtigen Bäumen, die hin und her zu schwanken schienen, selbst wenn gar kein Wind ging. Nell sah das natürlich anders: das Château war ihr Zuhause, und wir alle, insbesondere die Kinder, halten unser Zuhause für einen Hort der Sicherheit. Ein Pentagramm hier und da, manchmal vielleicht auch intensiver Weihrauchgeruch in der Luft – was soll ein fünfjähriges Kind davon schon groß halten? Das denkt doch höchstens, sowas gibt's in jeder Familie.

Die Dorfbewohner übten Nachsicht mit Milord und Milady. Sie waren Realisten: sie glaubten nicht an Magie, ob schwarz oder weiß, nicht richtig jedenfalls. Nur die Jugendlichen wurden gern hysterisch und behaupteten, sie wären verhext worden. Laßt sie ruhig rumexperimentieren, sagten sich die Dörfler, die beiden Alten können doch wohl kaum sich oder anderen Schaden zufügen. Laßt sie ruhig weitermachen. Hätten sie gewußt, daß sich ein Kind im Château befand, wäre vielleicht jemand eingeschritten. Aber sie wußten es nicht; natürlich nicht. Und Weihnachten kam und ging vorbei, und niemand wußte, daß es Nells Geburtstag war. Die de Troites feierten sowieso keine Geburtstage. Darüber hinaus versuchten sie, Weihnachten gar nicht zur Kenntnis zu nehmen. Sie glaubten, jedes festliche Begehen der Feiertage wäre vielleicht eine Beleidigung für ihren Herrn und Meister, den Teufel.

Stellen Sie sich also das Weihnachtsfrühstück bei den de Troites vor. Milord und Milady versuchten, aus dem 25. Dezember einen Tag wie jeden anderen zu machen. Um neun Uhr morgens humpelten sie nach alter Gewohnheit die Treppe hinunter; sie achteten darauf, sich nicht die gichtigen Finger im zerbrochenen Geländer einzuklemmen, sich nicht einen Fuß auf einer morschen Diele zu verknicken. Sie kamen in die große, hohe Küche, wo glückliche Mäuse über die Dachbalken trippelten und schwarze Käfer über die staubigen Fußbodenfliesen flitzten – Marthe hatte schon schlechte Augen. Nicht, daß sie nicht kehrte; sie konnte die Böden einfach nicht mehr so gut sehen –, und fanden Marthe, wie gewohnt, beim Kaffeekochen (in dem hohen angeschlagenen Emailletopf) und Nell, ganz ungewohnt, beim Toastmachen; vor dem großen Feuer, das den ganzen Winter über im Herd brannte – jeden Tag zogen und zerrten die vier ein paar große Scheiter von dem riesigen Holzstoß, den John-Pierre, der Holzfäller, im vergangenen Herbst aufgeschichtet hatte. (John-Pierre war seit dem Krieg geistig weggetreten, aber er hatte immer noch kräftige Muskeln. Wenn man Marthe ins Dorf hinunterschickte, um ihn zu holen, wurde Nell in einen anderen Teil des Châteaus verfrachtet. Das war wirklich nicht schwierig. In seinen Glanzzeiten hatte das Château eine zwanzigköpfige Familie beherbergt, dazu vierzig Bedienstete, die alle Hände voll zu tun gehabt hatten mit diversen extravaganten Ausbauarbeiten – neue Seitenflügel, Scheunen, Ställe. Aber das sind Dinge, die uns hier nicht weiter beschäftigen sollen. Schließlich müssen wir mit unserer eigenen Geschichte vorankommen.)

»Was macht die Kleine da?«, fragte Mylady Marthe. (Ich übersetze jetzt natürlich für Sie.)

»Sie macht Toast«, sagte Marthe.

»Was für eine seltsame Beschäftigung«, sagte Milord.

Nun ist das Toastmachen natürlich eine englische und keine französische Tradition, wenn vielleicht auch nur deshalb, weil man in den verschiedenen Ländern so unterschiedliches Brot backt. Helen hatte als Kind in Applecore Cottage Toast gemacht, hatte vor dem Feuer des kleinen Holzöfchens gehockt und das Brot auf eine lange Röstgabel mit gebogenen Zinken und einem Löwenkopf als Griff gespießt. Und nur einmal, ein paar Tage bevor Nell an Bord von ZOE 05 ging, hatte sie für ihre kleine Tochter Toast gemacht, hatte die Tür des großen Kohleherds in der Küche geöffnet und zum Aufspießen die Tranchiergabel genommen und sich dabei die Finger verbrannt.

»Ich mache Toast«, sagte Nell, »weil heute Weihnachten ist.« Sie hatte zum Aufspießen der Brotstückchen einen langen, am Ende gegabelten Stock genommen.

»Woher weiß die Kleine, daß Weihnachten ist?« Die de Troites redeten ihre kleine Brigitte selten direkt an.

»Die Kirchenglocken läuten, und es ist Winter«, sagte Nell. »Also glaube ich, daß Weihnachten ist. An Weihnachten machen die Leute nette Sachen, und Toast ist nett. Oder?«, fügte sie hinzu, verunsichert, denn Milord und Milady machten einen ausgesprochen pikierten Eindruck. Aus wäßrigen Augen sprühte Feuer; gichtige Finger trommelten auf den Küchentisch.

»Ich hab nichts gesagt«, sagte Marthe. »Das wird sie wohl in einem Buch gelesen haben.«

»Aber wer hat der Kleinen das Lesen beigebracht?«

»Das hat sie sich selber beigebracht«, sagte Marthe. Tatsächlich hatte Nell auf dem Dachboden ein paar Bücher gefunden – aus den Glanzzeiten des Châteaus, feucht zwar, von Mäusen benagt, aber immer noch lesbar – und damit die Grundzüge des Lesens erlernt. Und obwohl sie wußte, daß sie den Grund und Boden des Châteaus nicht verlassen durfte und nicht im Traum daran gedacht hätte, unfolgsam zu sein, saß sie doch manchmal auf einem Baum, dessen Äste bis über den Feldweg reichten. Dieser Feldweg führte hinunter ins Dorf, und von ihrem Versteck aus konnte sie die seltsamen, riesigen, kräftigen Leute der Außenwelt kommen und gehen sehen und machte sich allmählich einen Reim darauf.

Milord und Milady seufzten und murrten, aßen dann aber doch von dem Toast, der außen verkohlt und innen kalt und feucht und insgesamt gar nicht gelungen war, mit Massen von Butter und Marthes selbstgemachter Aprikosenmarmelade oben drauf, und alles ohne ein Wort der Klage. Und das ist natürlich das schönste Geschenk, das man einem Kind machen kann – es für seine Bemühungen zu loben, auch wenn man für ein solches Lob Opfer bringen muß. Nell umarmte sie alle – Milord, Milady und Marthe –, und ihr dunkler Herr und Meister hielt sich auf Distanz.

Simon verbrachte den Weihnachtstag mit Helen: sie versuchten, Edward zuliebe, zu kitten, was zu kitten war. Simon erklärte Helen, nur ihre Kälte habe ihn in Agnes' Arme getrieben; Helen brauche nur ein Wort zu sagen und er würde sie nie wiedersehen; Helen sagte: »Welches Wort?«, und er war zu wütend, um »Liebe« zu sagen. Und so verstrich dieser Moment, ohne daß es zu einer Versöhnung kam. Helen wollte über Nell sprechen, darüber, daß der Weihnachtstag ihr Geburtstag war, aber sie wußte, daß Simon den Namen Nell nicht hören wollte, und das machte ihr zu schaffen. Und obgleich sie sich froh und munter unterhielten, während sie ihren Truthahn aßen, unterm Weihnachtsbaum, und später noch mit Freunden auf einen Drink ausgingen und alle übereinstimmend fanden, diese Revolverblätter seien wirklich der letzte Dreck, und im Grunde würde man sie nur aufwerten, wenn man Anzeige erstatte – sozusagen ihren Lügen auch noch Glaubwürdigkeit verleihen –, hatte sich doch nichts zum Besseren gewendet. Kummer und Groll, nach wie vor unausgesprochen, nagten als dumpfer Schmerz an Helens Herz; für Simon dagegen war es der rasende Schmerz der Enttäuschung. Eine Scheidung kam nicht in Frage. Was hätte das auch schon gelöst? Man mußte an Edward denken. Helen hatte das Gefühl, wie im Video zu leben, in dem jemand die Pausentaste gedrückt und sie an einer besonders schlimmen Stelle einfach hat stehenlassen. Es war ein furchtbares Gefühl. Edward entwickelte sich und sie nicht. Doch sie sandte Arthur Hockney eine Weihnachtskarte von einem ganz hübschen, silbern umrahmten Weihnachtsbaum und bekam eine zurück: vom Empire State Building im Schnee, darauf King Kong mit einem Adventskranz auf dem Kopf. Sie konnte die Karte nicht auf den Kaminsims stellen, weil Simon sie dort entdeckt und sofort gewußt hätte, daß sie noch immer Kontakt zu ihm hielt.

Keine Nachrichten, sagte sie sich, sind gute Nachrichten. Aber natürlich war ihr klar, daß sie Nell wohl kaum wiedererkennen würde: soviel Zeit war vergangen seit ihrer Trennung – oder besser gesagt, seit ihr Nell entrissen worden war. Jede Nacht betete Helen, Gott möge sich ihrer Tochter annehmen, ganz gleich, wo sie jetzt sein mochte, doch hätte man Helen gefragt, ob sie an Gott glaubte, dann hätte sie nur vorsichtig erwidert: »Ich weiß nicht, was Sie mit ›Gott‹ meinen. Wenn Sie das Gefühl meinen: ›Es gibt mehr zwischen Himmel und Erde ...‹, dann würde ich Ihre Frage mit Ja beantworten. Aber das wäre auch alles.«

Längst nicht genug, würde manch einer sagen, um einen

eifersüchtigen und anspruchsvollen Gott zufriedenzustellen. Nach dessen Bild auch Simon geschaffen worden war, trotz seiner gutmütigen Tour.

Feuer

Aber Leser, ein ruhiges Leben war Nell einfach nicht bestimmt. Statt dessen lief es immer wieder nach folgendem Schema ab: das Schicksal bescherte ihr eine kleine, wohltuende Atempause, wirbelte sie dann hoch in die Luft und setzte sie auf einem ganz anderen, nicht unbedingt bequemeren Weg ab. Glück und Pech waren ihr dicht auf den Fersen und kamen ihr zwischen die Füße.

Solange wir klein sind, passiert etwas mit uns; wir lassen nicht etwas passieren. Wir sind noch nicht in der Lage, unser Schicksal zu steuern. Ereignisse brechen über uns herein. Und Leser, trotz aller Anstrengungen sieht's für uns am Ende wieder genauso aus wie am Anfang: ob wir lieben und geliebt werden oder in der Liebe versagen: ob wir einmal extrem reich und einmal extrem arm sind oder über ein stetiges, zuverlässiges Einkommen verfügen: ob wir ein Leben lang Geld ausgegeben oder ein Leben lang sparen. (Mach zehn Pennies Schulden, wenn du zehn bist – dann hast du mit zwanzig hundert Pfund Schulden und mit dreißig tausend Pfund. Du wirst leicht Kredit kriegen und ebenso leicht Magenschmerzen.) Ob wir im Leben von Unfällen, von Katastrophen heimgesucht werden oder fast ungeschoren davonkommen. Auf manche von uns hat's der Blitz abgesehen: also sollten wir bei Gewitter lieber nicht Golf spielen: andere dagegen können ungestraft den ganzen Platz abschreiten. Wenn wir wissen wollen, was uns das Schicksal noch bringt, brauchen wir nur zurückzuschauen in unsere Kindheit, denn mit dem Älterwerden scheinen sich die Ereignisse immer mehr zu zerfasern; das Muster zerfließt: es ist fast zu vertraut, um noch sichtbar zu sein – mit einer Ausnahme: da gibt es dieses Gefühl: der Gummi reißt und der Rock rutscht einem in die Kniekehlen – das ist schlecht –, aber zum Glück passiert es irgendwo, wo's niemand sieht – und das ist wiederum gut –, und sowas ist doch *schon mal* passiert: wie gut ich dieses Gefühl kenne – ach ja, Sie haben recht, es ist schon mal passiert! Ganz recht! Und es wird auch in Zukunft passieren, noch viele Male, bis wir tot sind. Herr Richtig wird noch einmal am Horizont erscheinen und sich als Herr Falsch entpuppen: Frau Falsch wird Ihren Toast anbrennen lassen, und wenn Sie sie daraufhin gegen Frau Richtig austauschen, wird Frau Richtig dasselbe tun: Ihren Toast anbrennen lassen. Es ist eben Ihr Schicksal, verbrannten Toast serviert zu kriegen.

Wir können uns gute Eigenschaften aneignen durch Üben. Keine Frage! Mut kann man lernen, selbst die Allerängstlichsten, wenn man sich wirklich Mühe gibt, mutig zu sein; gute Laune, wenn man schlechter Laune nicht nachgibt; die Fähigkeit, anderleuts Gesicht zu retten, indem man einfach das eigene verliert; Geduld, indem man sich vor dem Schicksal verneigt; die Fähigkeit, Verantwortung zu tragen und sie nicht anderen in die Schuhe zu schieben, und den Toast abzukratzen und sich den Stolz zu verkneifen und Frau Falsch um Verzeihung zu bitten und großzügig zu sein, nicht schäbig, wenn's um ihre Unterhaltszahlungen geht. Aber das Schicksal, das allem zugrundeliegende Schicksals-Muster: der Grundton (so könnte man sagen) bleibt gleich. Also mühen Sie sich nicht zu sehr. Akzeptieren Sie Ihr Schicksal, nehmen Sie die Karten, wie sie kommen, und machen Sie das Beste aus Ihrem Blatt. Etwas anderes können Sie sowieso nicht tun.

Schieben Sie's auf die Sterne, wenn Ihnen das lieber ist. Vielleicht auf den Mars, weil der bei Nell in zu enger Konjunktion mit ihrer Geburtssonne steht. Oder suchen Sie die Erklärung in einem früheren Leben, wenn Ihnen das besser gefällt. Sie muß ja wirklich etwas sehr Gutes und etwas sehr Schlechtes getan haben. Schieben Sie's auf die Gene: auf die explosive Mischung aus Cliffords und Helens Blut. Oder Sie betrachten einfach die Situation und sagen sich: naja, wenn sie bei solchen Spinnern wie den de Troites landet, dann muß ja was passieren!

Ganz recht. Was passierte, war folgendes:

Die Marquise – in ihrem verzweifelten Bemühen, Jugend und Schönheit wiederzuerlangen (nicht einfach aus Eitelkeit, sondern vielmehr, um für Nell eine geeignete Mutter abzugeben) – organisierte eine Schwarze Messe, in der Pentagramme, Feuer, Fledermausblut (weitaus schwieriger, an sowas ranzukommen als an Schafsblut, wie Sie sich denken können!) und Schwarzwurz eine Rolle spielen sollten. Der Marquis seufzte, kostümierte sich aber wie vorgeschrieben in Schwarz und Silber, und Marthe stöhnte: »Nicht schon wieder!«, erklärte sich aber bereit, das Weihrauchgefäß zu schwingen, in dem auf glühenden Kohlestückchen geheimnisvolle aromatische Kräuter schwelten. (Alle drei zusammen kamen auf weit mehr als zweihundert Jahre; ich glaube, man kann Menschen, die alles mögliche ausprobieren, um ihre verlorene Jugend wiederzugewinnen, nicht deswegen *verurteilen*; Dummheit kann man ihnen allerdings zum Vorwurf machen!) Die Zeremonie sollte Schlag Mitternacht in der großen Halle des Châteaus beginnen.

Die kleine Nell lag friedlich schlafend in ihrem Bett im Turmzimmer; sie ahnte ja nichts Böses. Draußen schrien Eulen, und der Wind ächzte, und schwarze Gewitterwolken schienen sich zusammenzuballen und über den Türmen des Châteaus zu kreisen, obwohl ich denke, obwohl ich hoffe, daß dies mehr auf atmosphärische Bedingungen zurückzuführen war als auf die wirkliche und leibhaftige Anrufung des Teufels.

Doch es war, das muß ich sagen, eine besonders gespenstische Nacht. Nicht einmal Steven Spielbergs Team hätte da mithalten können. Um Mitternacht schüttelten die Bäume ihre Kronen wie wild, als wünschten sie sich sehnlichst, entwurzelt zu sein und fort, egal wo, bloß nicht mehr hier, und die Katzen des Châteaus versteckten sich unter jedem uralten wurmstichigen spinnwebverhangenen Möbelstück, das sie nur finden konnten, und ihre gelben Teufelsaugen waren überall.

Nell schlief. Sie konnte immer schlafen. Wohl dem, der ein gutes Herz hat! Ihr Köpfchen sank aufs Kissen, ihre Augen fielen zu, ihr Atem ging ruhig und gleichmäßig bis zum nächsten Morgen; dann rührte sie sich, seufzte und schoß hoch, hellwach, aufgeregt, erwartungsvoll: so erwachen nur die sehr Jungen und die sehr Glücklichen. Und warum hätte sie nicht glücklich sein sollen? Es war ja niemand da, der ihr klargemacht hätte, wie häßlich und sonderbar – ganz zu schweigen von uralt – ihre vermeintlichen Eltern waren, niemand, der bei dem ganzen Staub und Schmutz die Nase gerümpft, die Augenbrauen hochgezogen hätte. Nell nahm Milord und Milady und das Château so, wie sie eben waren, und da sie ein fröhliches und gutmütiges Wesen hatte, war ihr das alles auch recht.

»War glücklich gewesen« muß ich sagen, denn Nells Aufenthalt in dem Château sollte in eben dieser Nacht ein jähes und schreckliches Ende nehmen.

Aus dem kleinen runden Zimmer oben im Westturm – Nell schlief im Ostturm – ließen die Bewohner des Châteaus in stürmischen Nächten einen Drachen steigen: er war an einem langen, elastischen Drahtseil befestigt. Am unteren Ende dieser komischen Konstruktion befand sich ein etwa sechzig Zentimeter großes Wachsmodell der Marquise, in einem Bett aus Stroh. Irgendwann, so sah jedenfalls der Plan vor, würde ein Blitz in den Drachen fahren und mit ihm würden neues Leben, Energie, Jugend und so weiter in die Marquise fahren.

(Hätte das funktioniert, hätte sie bestimmt dasselbe für ihren Mann getan: auch sein wächsernes Ebenbild wäre dort abgelegt worden. Sie war nicht unfair. Sie liebte ihren Mann. Leser, über solche Dinge schreibe ich nicht gern – da wird mir selbst, wie Kinder sagen, ganz gruselig.) Lassen Sie uns also schnell weitermachen, obgleich ich doch noch kurz erwähnen will, daß Benjamin Franklin, der viktorianische Philosoph und Wissenschaftler, genau so einen Drachen steigen ließ und es tatsächlich schaffte, Elektrizität hindurchzuleiten, allerdings mit unangenehmen Auswirkungen für seine eigene Person, denn er selbst befand sich am anderen Ende des Drahtseils; nun, er *konnte* es ja nicht besser wissen, oder? (Hinterher schon. Ein bißchen lernt die menschliche Gattung immer dazu: ein bißchen.)

Eine halbe Stunde nach Mitternacht, als die Anrufungen und Beschwörungen und Kniefälle in vollem Gange waren, fuhr der Blitz durch das Drahtseil, brachte im Nu das Modell der Marquise zum Schmelzen und entfachte ein Feuer im Stroh. Niemand bemerkte etwas. Natürlich nicht. Weder die Marquise, noch der Marquis, noch Marthe. Sie waren zu sehr gefesselt vom Feuer der Jugend und Leidenschaft, das der Teufel in ihrem zerbrechlichen morschen Gebein und Gerippe entfachen sollte – oder sogar entfachte? Ich kann nicht umhin zu denken, daß der Teufel in dieser Nacht ganz in der Nähe war: daß er mit seinen scheußlichen lederartigen Schwingen dicht an Nells schlafendem Köpfchen vorbeiflatterte. Das Feuer im Westturm griff um sich: wie eine Unzahl kleiner brennender Insekten, die zuerst das Stroh auffraßen und dann über die Bodendielen ausschwärmten und durch die Ritzen in den Raum darunter, wo sie fraßen, was sie konnten, und dabei größer und kräftiger wurden und immer mehr wollten! Zisch! Ach, das Château war wie trockener Zunder!

Und in einem anderen Land, hundert Meilen entfernt, zuckte Nells Mutter im Schlaf und seufzte: und Nells Vater erwachte in einem anderen Bett und streckte die Hand trostsuchend nach seiner Partnerin Elise aus; er, der doch so selten Trost oder Sicherheit oder irgendwelche Hilfe zu brauchen schien. Ich sage Ihnen, es war eine seltsame Nacht.

Nell schlief im Ostturm. Das Feuer brach im Westturm aus, um dann – geschürt von starken Winden (und den Schwingen des Teufels, wenn Sie den Dorfbewohnern Glauben schenken wollen, und wer will behaupten, die hätten unrecht? Wenn man den Teufel anruft, geschieht irgend etwas Schlimmes, da kann man ganz sicher sein, und nichts Gutes kommt dabei raus, ganz gleich wie stark und klug und kaltblütig man zu sein glaubt!) – auf die untere Etage überzugreifen; und mitten in der Schwarzen Messe stand eine zuckende Flammenwand vor der großen Halle. Die Marquise, verrückt bis zum letzten Atemzug, wich nicht davor zurück, sondern ging darauf zu; sie glaubte, das lodernde Flammenmeer sei eine Art Jungbrunnen; sie könnte hindurchschreiten und auf der anderen Seite wieder hervortreten: unsterblich und von solch überirdischer Schönheit, daß sie alle Männer für immer an sich binden würde und so weiter: und außerdem würde Nells Einschulung kommentarlos über die Bühne gehen. Natürlich kam die Marquise nicht mehr aus den Flammen heraus, sondern wurde von ihnen verzehrt, mit Haut und Haar. Der Marquis, der seine Frau so liebte, wie sie war, und dem es gar nichts ausmachte, daß sie ihre Jugend und Schönheit verloren hatte, rannte ihr nach, um sie an ihrem irrsinnigen Vorhaben zu hindern, stolperte aber über seine Hexenmeistergewänder und stürzte: und die kleinen brennenden teuflischen Insekten fielen in Scharen über die fülligen Falten von staubigem Stoff her, und so kam auch er ums Leben. Ich glaube, keiner der beiden mußte sehr leiden: ich glaube, die Kraft ihrer Gefühle bewahrte sie vor allzu großen Schmerzen, vor Todesängsten. Sie war so überzeugt von ihrer Auferstehung: er so entschlossen, sie zu retten! Wie ich schon sagte: sie waren keine schlechten

Menschen: sie wollten ihren Lebensabend bloß nicht in Ruhe und Frieden beschließen, das war alles – und sie bekamen ihren Willen, und er verzehrte sie.

Marthe jedoch, die dritte im teuflischen Bunde bei dieser katastrophalen Schwarzen Messe, sah das Feuer und gab Fersengeld; blitzschnell rannte sie zur Tür hinaus. Sie war eine beleibte Frau, Anfang achtzig, konnte sich aber im Notfall ziemlich schnell bewegen. Und das war mit Sicherheit ein Notfall. Die Holzstufen der Wendeltreppe, die zu Nells Zimmer hochführte, schwelten schon, als Marthe hinaufstapfte, um das Kind zu retten: aus allen Dachgiebeln schlugen riesige Flammen empor, als wollten sie den Himmel versengen, und der Wind heulte und tobte.

Als Nell erwachte, hing sie wie ein Bündel über Marthes Schulter, die gerade die Treppe hinunter hastete: Nell wurde durch und durch geschüttelt, und wohin sie auch blickte, war Feuer, und Marthes arme bloße Füße (die Marquise – Gott hab sie selig – hatte darauf bestanden, daß alle Teilnehmer an der Schwarzen Messe barfuß waren) mußten auf glühende Asche treten, und im Rennen kreischte sie: »*Le diable! Le diable!*«, und das erschreckte Nell mehr als alles andere. Niemand stellt sich gern vor, der Teufel sei ihm auf den Fersen! Aber genau davon war Marthe überzeugt. Kein Wunder: sie hatte Schuld auf sich geladen. Ihr Herr und ihre Herrin waren bestraft und umgebracht worden. Sie würde die nächste sein.

Marthe stürzte auf den kleinen 2 CV zu, der im Hof geparkt war, und obwohl es mindestens vierzig Jahre her war, seit sie (aus verschiedenen Gründen, mit deren Erörterung wir uns hier nicht aufhalten wollen) das letzte Mal am Steuer eines Autos gesessen hatte, schob sie Nell auf den Rücksitz, sprang auf den Fahrersitz, brachte den Wagen zum Laufen (unter anderen Umständen hätte das Knirschen der Gangschaltung genug Gesprächsstoff für mehrere Tage geliefert!) und brauste hinaus aus dem Inferno. Sie steuerte auf die Hauptstraße zu, aber nicht zum Dorf hin, sondern in entgegengesetzte Richtung. Sie wollte keine Hilfe holen; sie versuchte bloß, möglichst viel Abstand zu dem Château zu gewinnen. Aber so leicht entkommt man dem Teufel natürlich nicht!

Sie werden sich gewiß erinnern, Leser, daß die de Troites Nells Existenz die ganze Zeit über geheimgehalten hatten; sie war nicht ihr rechtmäßiges Kind, sondern illegal adoptiert, auf dem Schwarzmarkt: und während andere heimliche Adoptiveltern sich einfach als Tanten und Onkel ausgeben können oder als Großeltern oder für ein paar Jahre verschwinden und mit angeblich eigenem Nachwuchs zurückkehren, hatten die de Troites keine solche Umsicht an den Tag gelegt. Ein paar Dorfbewohner hatten einmal flüchtig ein Kind gesehen, ihre Beobachtungen aber für sich behalten. Ein so bezauberndes kleines Mädchen, so feingliedrig, so zart, mit solch großen betörenden Augen konnte nämlich sehr wohl eine Art Phantom sein – verschwunden, bevor man es noch richtig erkannt hatte: ein Jammer, so ein Wesen zu verscheuchen. Außerdem wissen Sie ja, wie die Leute vom Lande sind – sie bleiben für sich und meinen, je weniger Worte einer verliert, desto besser für alle.

Die verkohlten Leichen der de Troites wurden in den Trümmern des Châteaus gefunden. Marthe war spurlos verschwunden, aber ihr Schlafzimmer, soviel wußte man, hatte sich im Westturm befunden (wo das Feuer ausgebrochen war), und der Turm war vollständig eingestürzt. Niemand zweifelte daran, daß ihre armen alten Knochen irgendwo dazwischen lagen: aber sie hatte keine Familienangehörigen und nur wenige Freunde: niemand sah nach. Auf dem Grabstein der de Troites (»Hier ruhen…«) erschien sie mit vollem Namen als »treue *servante*«, und somit war dem Anstand Genüge getan. Und was die kleine Nell betraf – niemand suchte nach ihren Überresten, weil eigentlich niemand wußte, ob sie sich dort je aufgehalten hatte. Sie war für immer aus der Gegend verschwunden.

Wiedergutmachung

Etwa zur gleichen Zeit, zwei Jahre und ein paar Monate, nachdem ZOE 05 abgestürzt und zerschellt war, nachdem schließlich sämtliche Versicherungsgelder und Entschädigungsleistungen ausbezahlt worden waren, einschließlich der zwei Millionen Pfund an Mrs. Blotton zusätzlich zu den generell gewährten Leistungen für den Verlust ihres Mannes (wegen erwiesener Fahrlässigkeit seitens der ZARA) passierte etwas Merkwürdiges. Die ZARA nahm den Anruf einer Dame entgegen, die ein Modehaus in Paris führte. Sie sagte, sie sähe es als ihre Pflicht an, eine Meldung zu machen. Sie sei allerdings so sehr mit dem Aufbau ihrer neuen Boutique beschäftigt gewesen, daß sie bislang keine Zeit gefunden hätte, sich mit der ZARA in Verbindung zu setzen. Vielleicht hatte es ja auch gar nichts zu bedeuten. Arthur Hockney wurde eingeschaltet; der kam sofort aus New York angeflogen, um diese Madame Ravisseur zu interviewen, die sich als eine äußerst charmante und elegante Dame mittleren Alters herausstellte. Allerdings war sie in verschiedener Hinsicht etwas langsam. Er stand gute fünf Minuten an ihrer Haustür, bevor sie ihm endlich aufmachte. (Das paßte genau zu ihr.) Madame Ravisseur ihrerseits, Aug in Aug mit einem so vornehmen und gutaussehenden schwarzen Amerikaner, war hocherfreut über die prompte Reaktion der ZARA und erzählte offen und sehr ausführlich und auf Englisch (das hatte sie erst kürzlich gelernt): sie habe, sagte sie, das Küstenstädtchen Lauzerk-sur-Manche an dem Tag für immer verlassen, als ZOE 05 abgestürzt war. Nach vielen Jahren hätte sie endlich ihren ganzen Mut zusammengenommen und ihre kleine *charcuterie* verkauft, ihren Mann verlassen und sich – wenn auch spät im Leben – in die weite Welt aufgemacht, um dort ihr Glück zu suchen. Lieber spät als nie. Das war ihr Motto. Etwa anderthalb Stunden nach dem Unfall war sie in den Bus nach Paris gestiegen – ja, wegen der vielen entgegenkommenden Rettungsfahrzeuge hatte der Bus sogar Verspätung gehabt. An der ersten Haltestelle sei dann ein sehr seltsames Paar eingestiegen, sagte sie – ein häßlicher, übellauniger Mann, der zuviel rauchte, und ein entzückendes kleines Mädchen mit lockigen blonden Haaren, großen Augen und einem kirschroten Mündchen. Nun kannte Madame Ravisseur ihr stilles kleines Dorf sehr genau, und diese Fremden schienen einfach vom Himmel gefallen zu sein. Woher waren sie gekommen? Das Kind hatte etwas verstört gewirkt, wollte irgendwann *faire pipi*; sie, Madame, hatte den Bus anhalten lassen und dem kleinen Mädchen geholfen und dabei festgestellt, daß ihre Schuhe klatschnaß waren und scheuerten, »*la pauvre petite*«, und ihre Strümpfe voller Sand. Dann war ihr auch aufgefallen, daß die Hosen des Mannes feucht waren und an den Waden klebten – so, als wäre er in flachem Wasser gewesen. Madame wäre es einfach nicht aus dem Kopf gegangen, daß der Mann und das Kind wirklich vom Himmel gefallen waren, daß sie irgend etwas mit dem Flugzeugabsturz zu tun hatten – doch inwiefern oder warum, das konnte sie auch nicht sagen.

»Sie haben ihn als einen Raucher beschrieben«, sagte Arthur. »Sind Sie da sicher?«

»Zwei Päckchen Gauloises nonstop, und das reichte anscheinend immer noch nicht! Oh ja, der Mann war ein Raucher. Aber er war bestimmt nicht der Vater des kleinen

Mädchens – dafür hustete sie zu sehr, wenn er in ihre Nähe kam. Sein eigenes Kind wäre daran gewöhnt gewesen. Und als er aus dem Bus stieg – das war in der Rue Victor Hugo, da ging er direkt in den nächsten *tabac.* Ich hab's genau gesehen.«

»Sie hätten Detektivin werden sollen«, bemerkte Arthur Hockney. Er mochte ihr sehr französisches Aussehen: ihre langsamen, selbstsicheren Bewegungen. Sie kochte ihm einen Kaffee und brauchte dafür eine halbe Stunde, aber als er fertig war, schmeckte er vorzüglich.

»Sie haben sich eine ganze Menge Zeit gelassen, um diese Informationen weiterzugeben«, erlaubte er sich zu sagen.

»Die Zeit vergeht so schnell, wenn man viel zu tun hat«, sagte sie – was keine besonders präzise Antwort war. Doch tatsächlich schien ihre innere Uhr mit einer völlig anderen Geschwindigkeit zu laufen als die anderer Leute.

Leser, ich muß Ihnen sagen, daß Arthur Hockney eine lange, träge, äußerst lustvolle Nacht mit Madame Ravisseur verbrachte. Aber schließlich hatte Helen nur Augen für ihr Baby (fand jedenfalls Simon), und unerwiderte Liebe ist beschwerlich und schmerzvoll und braucht auch mal eine Unterbrechung; und ja, Arthur Hockney war tatsächlich in Helen verliebt. Beim Anblick ihrer Weihnachtskarte, die sich mit seiner gekreuzt hatte, war ihm die Luft weggeblieben und die Erkenntnis gekommen. Verliebt in eine geistesabwesende, blasse, unglückliche Engländerin! Es war ziemlich sinnlos, aber so war es nun mal. Er gedachte, das Ganze auf sich beruhen zu lassen: damit umzugehen wie mit einem Schmerz im gebrochenen Bein, einem körperlichen Leiden, das bald vorübergehen würde: es auszuhalten und zu warten, bis es mangels Aufmerksamkeit eingegangen war, verschwunden. Aber in der Zwischenzeit wurde er durch dieses Gefühl empfänglicher für andere Frauen, war leichter zu beeindrukken; ja, lebendiger – und das irritierte ihn.

Der *tabac* in der Rue Victor Hugo wies Arthur Hockney

den Weg zu einem bestimmten Café: hier wechselten ein paar Scheine den Besitzer, was Arthur zu einer professionellen Besichtigungstour durch verschiedene Bordelle im Algerischen Viertel verhalf: in diesen Etablissements, das hatte ihm jedenfalls sein Kontaktmann gesagt, wurde Menschenhandel betrieben. Sie dienten als internationale Verrechnungsstelle für den Verkauf von Männern, Frauen und Kinder als Haus- oder Sexsklaven und für den neuen, wachsenden, weniger gefährlichen, aber äußerst profitablen Schwarzmarkt für illegale Adoptionen. Gekidnappte oder »offiziell verwaiste« Kinder wurden aus der Dritten Welt eingeschmuggelt und von Händler zu Händler weiterverkauft, wobei sie immer höhere Preise erzielten, bis sie schließlich an der Börse landeten. Die beiden Märkte – Sklaverei und Adoption – werden im Prinzip fein säuberlich auseinandergehalten, doch hin und wieder kommt es zu Überschneidungen. Wann immer Arthur Hockney an die kleine Nell gedacht hatte, war dies seine größte Sorge gewesen. Er war ganz besonders erleichtert, als ihn seine Spur diesmal zu einer gewissen Maria führte, der einzigen Angestellten eines dieser übel beleumundeten Häuser, die trotz der zahllosen personellen Umschichtungen (ganz zu schweigen von den Todesfällen) seit dem Absturz von ZOE 05 hier noch immer ihren Dienst verrichtete.

Maria saß da und seufzte und wickelte sich das lange dunkle Haar um den Finger. Sie hatte etwas sehr Kindliches, fand er.

»Ich bin eine anständige Frau«, sagte sie. »Ich mach das hier nur für ein Weilchen, bis ich eine ordentliche Arbeit gefunden habe.«

»Natürlich«, sagte er.

»Und ich tu meinen Kunden einen Gefallen«, sagte sie, »und erspare ihren Frauen viel Kummer.«

»Ich weiß«, sagte er leise.

»Vielleicht können Sie das verstehen. Ich hab ein zu gutes Herz, das ist mein größtes Problem. Um das kleine englische

Mädchen hab ich mich viel gekümmert. Ich hab aufgepaßt, daß sie nichts zu sehen kriegte, was sie nicht sehen sollte.«

»Ich danke Ihnen, im Namen ihrer Eltern.«

»Ach, sie hatte Eltern? Normalerweise sind die Eltern doch tot. Und was soll aus den Kindern werden, wenn sich keiner um sie kümmert?«

»Ja, was!«

»Das kleine englische Mädchen hatte Glück. Manche treffen's nicht so gut, besonders manche Kinder nicht. Sie kam zu neuen Eltern nach Cherbourg.«

»Cherbourg? Sind Sie sicher?«

»Nein. Mir kam der Name bloß gerade in den Sinn. Cherbourg ist eine hübsche Stadt. Ich war selbst mal dort, als kleines Mädchen, mit meiner Mama.«

»Bitte, versuchen Sie sich zu erinnern. Es ist wichtig.«

»Cherbourg. Ich bin überzeugt davon.«

»Und der Name ihrer neuen Eltern?«

»Wie sollte ich mich an sowas erinnern? Sie müssen verstehen, mein Leben ist sehr aufregend. Ich lerne so viele Leute kennen.«

»Bitte, versuchen Sie's.«

»Ich weiß noch, daß ich dachte; die hat aber großes Glück! Ja, sie kam zu einem Milord und einer Milady. So ein Glück hätte ich mal haben müssen! Ich bin nämlich auch adoptiert. Alle haben gelacht.«

»Warum haben sie gelacht?«

»Vielleicht weil Milord und Milady so komisch waren. Allmählich werde ich ganz müde. Wollen wir nicht mal auf mein Zimmer gehen?«

»Noch nicht.«

Nein, an dem Mann, der das Kind mitgebracht hatte, war nichts besonderes gewesen. Nein, sie konnte sich nicht erinnern, ob er geraucht hatte. Naja, es war auch lange her. Viele Männer hatten seither das Bett mit ihr geteilt, wie sollte sie sich ausgerechnet an diesen einen erinnern! Aber an das Kind erinnerte sie sich. Besonders wie sich alles gewendet hat. Komisch, auch bei ihr hatte sich seither alles zum Guten gewendet.

»Inwiefern gut gewendet?«, fragte Arthur. Er hatte die Zeit mit dem Mädchen kaufen müssen. Sie hatte ein breites Gesicht und kräftige Arme, starke Körperbehaarung und einen intensiven, gar nicht unangenehmen Geruch. Sie war dabei, sich mit einer Pinzette Haare an den Beinen auszuzupfen. Sie gehörte zu den Frauen, die ihre Zeit immer gut nutzen. Sie hätte sechs Kinder haben und auf einem Bauernhof leben sollen, dachte Arthur. (Ja, wissen Männer eigentlich nicht, wie anstrengend und langweilig das Hausfrauenleben sein kann?)

Das kleine Mädchen hatte einen Edelstein an einer Kette, sagte Maria. Ganz offensichtlich kam sie aus einem guten Elternhaus; das sah man ihr an, wie man einem Kätzchen die Herkunft ansieht: sie war heiß und innig geliebt worden; sie gehörte nicht zum Abschaum der Menschheit, der hier normalerweise auftauchte: schon ganz grau im Gesicht, mit verkniffenen Augen vor lauter Not und Leid. Allein der Gedanke brachte sie zum Weinen: *la pauvre petite!* Statt dem Mädchen also den Smaragd abzunehmen, wie das jeder vernünftige Mensch getan hätte, brachte sie ihn gut unter und gab ihn der Kleinen zurück und riet ihr, schön darauf aufzupassen. Wer weiß – vielleicht würde er das Kind eines Tages zu seiner richtigen Familie zurückführen? Die Wirklichkeit ist oft phantastischer als jeder Film.

»Gut untergebracht? Was soll das heißen?«

Maria erzählte Arthur von dem billigen Teddy aus Blech mit dem abschraubbaren Kopf, in den sie den Anhänger gesteckt hatte.

»Davon habe ich schon gehört«, sagte Arthur. »Jeder Zollbeamte kennt diese Dinger mittlerweile.«

Sie war mit dem linken Bein fertig. Sie streckte es aus und

bewunderte seine Glattheit, machte sich an ihr rechtes. Es waren gute, kräftige Beine. Sie sagte, am Tag darauf sei ihr Zuhälter ermordet worden; zu ihrem Glück: er war brutal und widerlich. Nun hatte sie einen, der sich wirklich sehr um sie kümmerte. (Sie hörte sich an, dachte er, wie eine Schauspielerin, die über ihren Agenten redet.) Wenn Arthur mehr wollte als reden, dann war sie dazu gern bereit. Er würde nichts extra bezahlen müssen. Nur zu reden kam ihr immer vor wie Nepp, aber es war erstaunlich, wieviele Männer nur das wollten. Arthur lehnte ihr Angebot dankend ab. Er gab ihr hundert Francs extra, damit ihre gute Tat zumindest in diesem Leben belohnt wurde. Wie es ihr im nächsten Leben ergehen würde – nun, da war er nicht so sicher.

Bewegte Zeiten

Arthur flog nach Genf und vereinbarte ein Treffen mit Clifford. Er glaubte nicht, daß die Unterredung einfach werden würde: war sie auch nicht. Sie trafen sich in Leonardo's Genfer Büro mit Blick über den See: ein spektakulärer Blick, wie ihn nur wenige Plätze in Europa zu bieten haben, und ein nicht minder spektakulärer Grundstückspreis. Clifford hatte noch mehr um die Ohren als zuvor und keine Lust, seine Zeit an jemanden zu vergeuden, der kein Millionär war: von einem schwarzen Versicherungsdetektiv hatte er keinen Profit zu erwarten, höchstens schlimme Erinnerungen. Erst unlängst hatte ZARA die vierzigtausend Pfund für Nells Leben ausbezahlt; zur einen Hälfte an ihn, zur anderen an Helen. Helen hatte ihren Anteil einer wohltätigen Organisation gespendet; schön blöd! Sie fühlte sich schuldig – das mußte der Grund sein. Hätte sie sich mit den Besuchsregelungen nicht so angestellt, dann hätte er das Kind auch nicht insgeheim ausfliegen lassen müssen, und Nell wäre noch am Leben. Helens Schuld! Wie die Scheidung, wie sein Unglück, wie überhaupt alles! Seit er Helen für so vieles die Schuld zuschob, kam er mit seiner Mutter sehr gut aus. Eine Weile hatte er seine ganze Unzufriedenheit an Cynthia ausgelassen, aber diese Zeiten waren längst vorbei: jetzt war er ein regelmäßiger Wochenendgast in Wexington Hall, seinem Elternhaus in Sussex. Leonardo's trug die Kosten für diese regelmäßigen Flüge. Da gab es ein Mädchen am Check-in-Schalter der Swissair, das ihm immer den bestmöglichen Sitzplatz freihielt, darauf konnte er sich verlassen. Er hatte eine kurze Affäre mit einer Kollegin von ihr gehabt – schmerzhaft für sie, da sie sich verliebte –, die Sache aber halbwegs in den Griff gekriegt: sie machte sich weiterhin Hoffnungen, statt ihn zu hassen. Vom Mädchen am Check-in-Schalter gehaßt zu werden, ist ganz schlecht, vor allem, wenn sie für die Fluggesellschaft arbeitet, mit der man am häufigsten fliegt. Die haben überall ihre Freunde.

»Es ist sehr schön, dich hier zu haben, mein Lieber«, sagte Cynthia. »Aber ist das nicht furchtbar teuer? Das viele Hin und Her!«

»Leonardo's zahlt«, sagte Clifford.

»Wissen das die Herren von Leonardo's auch?«, fragte Otto.

»Das müssen die schlucken«, sagte Clifford. Otto seufzte. Ihm schien es, als sei seit Nells Tod alles Gute geschluckt worden, versunken in einem Meer aus Gier, Opportunismus und Eigennutz. Die Supermächte richteten ihre gräßlichen Waffen aufeinander, das Böse zog am Horizont auf, und die Menschheit spielte und tanzte, als wäre nichts. Sicher, die Nazis marschierten längst nicht mehr durch Europas Hauptstädte: aber die Männer, für die er gearbeitet hatte, entpuppten sich als Verräter oder Schlimmeres. Nun gab es keine Nell mehr und damit auch die Zukunft nicht mehr, für die er so viele Opfer gebracht hatte.

»Vater wirkt ziemlich bedrückt«, sagte Clifford zu Cynthia.

»Das ist er auch«, sagte Cynthia. »Es ist alles nicht einfach.« Sie hatte einen lieben Brief an Helen geschrieben, und Helen hatte ihr zurückgeschrieben, kurz aber freundlich, war auch darauf eingegangen, daß Cynthia ihr Enkelkind verloren hatte: Nell war doch monatelang in Wexington Hall gewesen, in dem Kinderzimmer, das früher einmal Clifford bewohnt hatte. Aber Helen hatte nur von »Verlust« geschrieben, nicht von »Tod«. Cynthia war das ein wenig seltsam vorgekommen, aber sie hatte Clifford gegenüber nichts davon erwähnt, aus Angst, seine Miene könnte sich wieder verdüstern, sein Blick trüben; und er würde wieder in eine Depression versinken. Depression, das wußte Cynthia, ist natürlich Zorn, der nicht zur Kenntnis genommen, nicht zum Ausdruck gebracht wird. Clifford schimpfte auf Helen und hätte doch besser auf Cynthia schimpfen sollen: Otto schimpfte auf Clifford (insgeheim): aber beide, Vater und Sohn, haderten mit dem Schicksal, mit der ganzen Welt. Nells Tod hatte düstere Melancholie mit sich gebracht, die der Sohn besser abschütteln konnte als der Vater. Cynthia begann zur Ablenkung eine aufregende Affäre mit einem Opernsänger, der ausgerechnet aus Kairo stammte, und wartete im übrigen auf bessere Zeiten, die – nach ihrer Erfahrung – auch wieder kommen würden.

Aber das nur am Rande. – Clifford hatte jedenfalls keine Lust, an Nell erinnert zu werden. ZARA hatte die volle Summe gezahlt; warum war Arthur Hockney noch hinter ihm her?

Arthur sagte ihm natürlich nicht, er habe Grund zu der Annahme, daß seine Tochter am Leben war. Er sagte lediglich, ZARA habe erfahren, daß Mr. Blotton, der das Kind begleitet hatte, zum Zeitpunkt des Absturzes möglicherweise nicht selbst an Bord des Flugzeuges gewesen sei, sondern an seiner Stelle einen Vertreter geschickt habe.

»Unwahrscheinlich«, sagte Clifford, »weil ich ihm die zweite Hälfte seines Honorars erst ausbezahlen wollte, wenn er mir das Kind übergab. Und einem anderen hätte ich ganz bestimmt kein Geld gegeben. Das sind dumme Fragen, Mr. Hockney, zu einem schmerzlichen Thema, und Sie haben kein Recht, mir noch einmal damit zu kommen.«

»Hat Mr. Blotton geraucht?« fragte Arthur. Clifford schien überrascht.

»Wie soll ich ein solches Detail behalten haben, Mr. Hockney? Ich bin ein vielbeschäftigter Mann. Sie mögen meinetwegen in der Lage sein, mir eine minutiöse Darstellung der Ereignisse eines Tages vor mehr als zwei Jahren zu geben – aber von mir können Sie das nicht verlangen. Erinnerungen an die Vergangenheit, das ist was für Leute, die in der Gegenwart nichts erleben. Mit anderen Worten: für Leute, die ein fades Leben führen. Guten Tag, Mr. Hockney.«

»Hat er geraucht?«, wiederholte Arthur hartnäckig. »Es ist wichtig.«

»Vielleicht wichtig für Sie. Nicht für mich. Aber doch – Blotton hat geraucht. Er stank wie ein alter Ascheimer. Ich denke, mit dem Tod in der ZOE 05 hat er sich den schleichenden Tod durch Lungenkrebs erspart.«

Und damit war Arthur entlassen. Das also war der Mann, den Helen liebte, der sich einst an sie gekuschelt und sie dann aus dem Bett geworfen hatte. Und doch konnte Arthur ihm nicht nur Abneigung entgegenbringen: Clifford rannte wie ein verwundetes Tier durchs Unterholz, schlug wild um sich und verkündete damit: Achtung, ich komme! Er versuchte gar nicht erst, so zu tun, als wäre er ein netter Kerl. (Ein sehr unenglischer Zug!) Arthur spielte mit dem Gedanken, ein paar hunderttausend Dollar für, sagen wir, einen von Leonardo's neu erstandenen Magrittes anzulegen, nur um Clifford zu überraschen, ihm zu zeigen, mit wem er es zu tun hatte, ließ den Gedanken aber fallen. Es wäre unvernünftig: er würde das Bild aus dem falschen Grund kaufen: er würde keine Freude daran haben: es würde jahrein, jahraus in einer Wohnung in Manhattan hängen (andere Wände, um Bilder dran zu hängen, besaß er nicht), in der er sich kaum jemals aufhielt – nein, es war absurd. Lieber sollte sich sein Riesengehalt samt seiner zehnprozentigen Provision auf alle eingesparten Versicherungsgelder (die mittlerweile Millionenhöhe erreicht hatten) ungestört auf der Bank vermehren.

Lassen Sie mich etwas erklären, Leser. Arthur Hockney war

Waise und fühlte sich entsprechend. Nun mögen Sie einwenden: aber er ist ein erwachsener Mann, kräftig, tüchtig, wohlhabend; warum sollte ihm die Tatsache, daß er keine Eltern mehr hatte, besonders viel anhaben können? Früher oder später sind die meisten von uns Waisen, elternlose Menschen. Aber wegen der besonderen Umstände, unter denen seine Eltern umgekommen waren, glaubte Arthur, er hätte kein Recht zu leben – vielleicht hatte seine Arbeit ja deshalb so viel mit dem Tod zu tun, in seinen dramatischen Spielarten – und hatte ein schlechtes Gewissen, obwohl ich persönlich finde, daß er dafür keinen Grund hatte. Harry und Martha Hockney waren in den zwanziger Jahren aus dem Süden gekommen, um in den Schlachthöfen von Chicago zu arbeiten, hatten sich in den Gewerkschaftskämpfen jener schrecklichen Zeit politisiert, hatten gelernt, auf einer Rednertribüne über Klasse, Rasse und Gewerkschaftsangelegenheiten zu sprechen; Arthur war mehr oder weniger zwischen Bürgerrechtlern aufgewachsen. Mit siebzehn verlor er dann seine Eltern, ganz plötzlich. Ihr Wagen war von der Straße abgekommen – ein Unfall, hieß es, aber die Bürgerrechtler wußten es besser. Arthur hatte sich an diesem Tag mit seinen Eltern gestritten, sich geweigert, mit ihnen zu kommen. Er wollte sich mit einem Mädchen treffen, sagte er. Nun dürfte es sicher jedem schwerfallen, sich von einem solchen Schlag zu erholen, und meiner Ansicht nach hat er das nie ganz getan. Die Bürgerrechtler verstanden seinen Schmerz, versuchten ihn zu trösten, ihm Gutes zu tun; sie zahlten für sein Collegestudium. Ich denke, sie sahen in ihm einen zukünftigen Führer, den Mann, der einmal in Martin Luther Kings Fußstapfen treten würde. Aber Arthur wußte, daß er weder die religiösen noch die politischen Überzeugungen hatte, von denen die Bewegung lebte. Er kam nicht mehr mit auf die Demonstrationen, besuchte die Versammlungen nicht mehr, doch sie setzten ihn nie unter Druck, nahmen ihm seine Entscheidungen nicht übel: wir haben es doch deinen

Eltern zuliebe getan, sagten sie. Denk einfach nicht mehr dran. Aber er konnte nichts vergessen, natürlich nicht. Nun sah er sich selbst als einen Mann ohne Wurzeln, Rasse, Heimat: verwaist im wahrsten Sinne des Wortes. Seine Reisen durch die Welt waren der Versuch, seinem Gewissen zu entrinnen, und manchmal, wenn er auf verstümmelte Leichen starrte und sich seiner eigenen Kraft, Gesundheit und Energie bewußt wurde, glaubte er, jetzt hätte er es geschafft. Eines Tages, dachte er, wenn ich auf eine politische oder soziale Bewegung stoße, mit der ich voll übereinstimmen kann, sollen die mein ganzes Geld bekommen. Bis dahin soll es auf der Bank liegenbleiben und sich fleißig vermehren.

Nun war es für Arthur Hockney also klar, daß Mrs. Blotton gelogen hatte, aus einem ganz bestimmten Grund. Erich Blotton war nämlich vom Himmel gefallen; Erich Blotton lebte. Arthur reiste zurück nach London, zu Helen, um sich nach dem Smaragdanhänger zu erkundigen. Oder vielleicht sollte ich sagen, er reiste zurück nach London, zu Helen, *und* erkundigte sich nach dem Smaragdanhänger (und machte ihr damit neue Hoffnungen). Vielleicht hätte er besser daran getan, statt nach London gleich nach Cherbourg zu reisen; denn als er sich schließlich auf die Suche nach Nell machte, war es schon zu spät – aber, Leser, das ist eben Liebe!

Er besuchte sie in ihrem Haus in Muswell Hill. Sie hatte ihn dorthin eingeladen, in herzlichem Ton. Simon war nicht da. Er war nach Helsinki gefahren, zu einer Gipfelkonferenz. Daß Agnes R. Lich ebenfalls aus Helsinki berichten würde, erwähnte sie nicht. Wozu auch? Es interessierte sie ja selbst nur am Rande: das Wetter war schön; nach einem kühlen Frühjahr war plötzlich der Sommer angebrochen. Als er kam, saß sie im Garten, auf einer Wolldecke, während der kleine Edward, ein hübsches, kräftiges, fröhliches Kind, neue Lauftechniken ausprobierte. Sie trug ein cremefarbenes Wickelkleid aus Baumwolle: ihre Beine waren bloß, ihre hübschen Füße steckten in

Sandalen: ihr glänzendes braunes Haar bauschte sich. Es war kurzgeschnitten und sehr lockig. Doch obwohl sie sich ruhig und freundlich gab, fand er sie angespannt und mager und ihr »Ja, also« zu hektisch, zu nervös.

»Gibt's was Neues? Irgendwelche Neuigkeiten?«

Er fragte sie nach dem Anhänger. Vielleicht ein Smaragd? Hatte Nell so etwas besessen? Es mußte nicht unbedingt ein Smaragd sein – vielleicht sonst ein offensichtlich wertvoller Stein?

»Nell hatte keinen Schmuck besessen«, sagte Helen konsterniert. Aber dann fiel ihr etwas ein, und sie ging nach oben, um in ihrem Schmuckkästchen nachzusehen, und kam weinend zurück – ja, der Anhänger war weg. Er hätte in dem Kästchen liegen müssen. Da lag er aber nicht. Sie hatte ihn gar nicht mehr in der Hand gehabt seither – seither, das hieß seit dem Flugzeugabsturz, aber das brachte sie nicht über die Lippen –, und eigentlich haßte sie das Ding ja – Clifford hatte es zurückhaben wollen, und dabei war es doch ein so liebevolles Geschenk gewesen – ja, absolut möglich, daß Nell es an sich genommen hatte, aber warum? Man hatte ihr erklärt, daß sie nicht an das Kästchen gehen dürfe, da waren Schätze drin – sie brach ab.

»Sie hat mich gefragt – ich weiß es noch genau, es war an dem letzten Morgen, da hat sie mich gefragt, ob sie einen Schatz mitnehmen dürfte in den Kindergarten, zum Vorzeigen – Sie kennen das sicher –, aber ich hatte zu tun –«, und Helen weinte und weinte noch mehr über ihr Versagen als Mutter: nicht einmal an dem Tag, an dem sie Nell verlor, hatte sie sie so in den Kindergarten gebracht, wie es sich gehörte – oder das ganz große, schreckliche Versagen: sie hatte ihr Kind nicht vor Schaden bewahrt. Und vielleicht weinte sie auch, weil sie jetzt Angst bekam: wenn Nell tatsächlich noch am Leben war, was für ein Leben war das dann? Die Angst verdrängte den Kummer: ein Echo anstelle der Totenstille. Und Angst ist so ungefähr das schrecklichste Gefühl für Eltern, wenn's um ihre Kinder geht: aus solcher Angst heraus mögen sich manche bestimmt schon gewünscht haben, ihr Kind wäre nie geboren worden, dann wäre ihnen so etwas erspart geblieben.

Helen weinte. Arthur glaubte, sie würde nie mehr aufhören: über Nell, über ihre eigene Kindheit, über ihre Ehe mit Clifford, über Simon, über die Demütigung, die ihr Agnes R. Lich angetan hatte, über das ganze Leid und Elend: alles kam zum Vorschein an diesem Nachmittag, als Helen weinte und der kleine Edward, ohne die gewohnte Aufmerksamkeit, auf dem Rasen einschlief und beinahe, beinahe von einer Wespe in die Lippe gestochen worden wäre – obwohl das außer Ihnen, Leser, und mir keiner je erfahren wird!

Große Veränderungen

Und Nell? Wo war Nell, als ihre Mutter weinte und ihr kleiner Halbbruder schlief? Ich werd's Ihnen sagen. Sie saß sprachlos und völlig verwirrt im Interview- und Diagnose-Zimmer eines Durchgangsheims für gestörte Kinder am Rande der Sümpfe von Hackney (Bezirk Groß-London): nur etwa zwölf Meilen entfernt. Und wie war sie dahin gekommen?

Der Teufel, so glaubte Marthe (und falls Sie dasselbe glauben, kann ich's Ihnen nicht verdenken), der seine Beute beim ersten Mal verpaßt hatte, war jetzt hinter ihr her. Marthe und die de Troites hatten sicherlich auch ihr möglichstes getan, um ihn im Verlauf dieser Schwarzen Mitternachtsmesse aus den Tiefen der Hölle heraufzuholen. Oder vielleicht war Marthe auch einfach halb verrückt vor Entsetzen, Schuldgefühlen und Kummer, und außerdem war sie lange nicht mehr Auto gefahren und ganz gewiß nicht an den modernen Straßenverkehr gewöhnt, und wie man sich auf einer Route Nationale verhält (auf die sie mittlerweile gelangt war), das wußte sie bestimmt auch nicht.

»Wohin fahren wir? Was ist passiert?«, fragte Nell immer wieder. Sie saß im Nachthemd auf dem Rücksitz. In ihrem Kopf drehte sich alles vor lauter Angst und Schrecken. Es regnete: Scheinwerfer verschwammen vor Marthes wäßrigen alten Augen: ihre gichtigen Hände umklammerten das Lenkrad: sie hielt sich eher am Lenkrad fest, als den Wagen zu lenken, drückte den Fuß fest aufs Gaspedal, aber das nutzte auch nicht viel. Der 2 CV hatte schon bessere Zeiten erlebt, in grauer Vergangenheit. Und wenn schon das Gaspedal kaum funktionierte, waren die Bremsen zum Ausgleich auch nicht besser. Marthes Atem hörte sich an wie Schnarchen, aber daran war Nell gewöhnt.

»Bitte halt an!«, rief Nell flehentlich, »ich hab solche Angst!«, aber Marthe fuhr weiter, und die Räder schluckten Meile um Meile. Und noch immer schlugen in Marthes Erinnerung die Flammen hoch empor, und das wilde Heulen direkt vor Ausbruch des Feuers klang ihr noch immer in den Ohren nach, schien sie zu verfolgen. Vielleicht war es aber auch nur das laute Gehupe der Autofahrer, die auf den hin-und herschwankenden, schlecht beleuchteten 2 CV zu- und daran vorbeifuhren. Wer weiß das schon?

Bald darauf hielt Marthe an. Sie fuhr nicht von der Straße herunter, sie wartete auch nicht, bis ein Parkplatz kam, sie hielt einfach an. Jetzt regnete es heftig, und für die alten Scheibenwischer war das zuviel. Marthe konnte nichts sehen: sie konnte nicht weiterfahren. Sie saß einfach da und weinte: über ihre müden alten schmerzenden Knochen, über ihre entsetzlichen Visionen, über ihre Angst vor dem Höllenfeuer, über das arme Kind auf dem Rücksitz. Nell stieg aus und stellte sich an den Straßenrand. (Ihren Blechteddy trug sie an einer Kette um den Hals. Sie schlief immer damit, und immer hatte die Marquise auf die sanfte Tour versucht, ihr das abzugewöhnen, und immer vergebens.) Das Kind ahnte, daß es Hilfe für die arme weinende Marthe holen mußte, irgendwo, irgendwie, aber es war erst sechs Jahre alt und wußte nicht recht, was es machen sollte. So stand Nell also da und fühlte mit der Hand nach ihrem Teddy, wie immer, wenn sie verloren und verzweifelt war und Trost brauchte.

Die ersten fünf Wagen, die vorbeikamen, sahen den 2 CV rechtzeitig, trotz Regen und Sprühwasser, und fuhren im Bogen darum herum. Das sechste Auto hatte weniger Glück: es waren englische Touristen, die südlich von Cherbourg Urlaub gemacht hatten. Sie waren alle müde; der Vater hatte getrunken. Er glaubte, Brandy würde ihn wachhalten. Das Gegenteil war der Fall. Ganz plötzlich tauchte der 2 CV vor ihnen auf. Zu spät! Krach, peng, Stille! Wrackteile lagen auf der ganzen Straße verstreut. Und wie es bei Katastrophen so zugeht, fuhr diesem Auto noch ein riesiger Tanklaster hinten rein, der viel mehr Tempo draufhatte als er durfte. Er kippte um, er explodierte; Flammen schossen über die Fahrbahn, sprangen auf die Autos aus der Gegenrichtung über. Kaskaden von brennendem Benzin ergossen sich über Wrackteile, Autos, Menschenleiber, rein alles. Es war ein gewaltiger Brand; er machte auf der ganzen Welt Schlagzeilen. Er forderte zehn Todesopfer, darunter auch Marthe, die glücklicherweise zu dem Zeitpunkt schon bewußtlos war, aber doch umkam wie ihr Herr und ihre Herrin; durch das Feuer. Der Teufel – wenn Sie so wollen – hatte sein Werk getan, sein Opfer verfolgt und erwischt, egal wieviele dabei sonst noch ins Jenseits befördert wurden, und konnte sich nun zurückziehen, für eine Weile zur Ruhe begeben.

Und so geschah es, daß man am frühen Morgen die kleine Nell fand, als sie die Straße entlangwanderte. Der Schock hatte sie fast sprachlos gemacht. Sie stammelte nur ein paar Worte auf Englisch; soweit man das feststellen konnte, handelte es sich um eine Art retrograder Amnesie. Die Wrackteile von insgesamt fünf Autos mußten auseinandersortiert werden – drei französische und zwei englische. Wieviel Leute in welchem Wagen gesessen hatten und warum – siebzig Meilen südlich von Cherbourg auf der Touristenstraße – ließ sich nur schwer in Erfahrung bringen. Der Mann vom Britischen Konsulat nahm ganz selbstverständlich an, daß das Mädchen aus einem der englischen Autos stammte. Sie rief nach ihrer Mummy und weinte, die arme Kleine, war aber nicht in der Lage, irgendwelche weiteren Informationen zu geben – weder ihren Namen, noch ihre Adresse. Sie redete wie ein dreijähriges Kind: eine Weile dachte man, sie sei vielleicht geistig zurückgeblieben. Und es meldete sich auch niemand, der nach ihr gesucht hätte.

»Ich bin vom Himmel gefallen«, sagte sie einmal beinahe stolz, als man sie zum x-ten Mal fragte, wo sie herkam und wie sie dahingekommen war, wo sie war, und darauf konnte sich natürlich niemand einen Reim machen. Sie schon, liebe Leser. Nell erzählte keine Märchen: aber sie litt tatsächlich an einer retrograden Amnesie und hatte – glücklicherweise – jede Erinnerung an das Feuer im Château, den Unfall auf der Route Nationale, Marthe und Milord und Milady verloren. Doch nun war sie unter englisch-sprechenden Menschen, und die muttersprachliche Umgebung half ihr dabei, im Geist weiter zurückzugehen und sich an einige Details aus ihren ersten Lebensjahren zu erinnern.

»Ich will zu meiner Tuffin«, sagte sie.

»Tuffin?«

»Tuffin ist meine Katze.« Nun ja, wer sie auch sein mochte, eine Engländerin war sie gewiß.

Und so kam es, daß Nell zurück nach England gebracht wurde (eine Gemeinschaftsaktion von Britischem Konsulat und Kinderschutzbund) und für eine Weile in einem Durchgangsheim untergebracht wurde, das der pädagogischen Aufsicht vom Jugendamt Zentral-London unterstand. Sie war zu einem der verlassenen, ausgestoßenen Kinder geworden, wie unsere chaotische, immer größer werdende Bevölkerung sie allzu häufig hervorbringt. Viele Kinder werden vermißt und nie gefunden, und das ist eine große Tragödie: vielleicht schlimmer als alles andere. Es werden aber auch Kinder gefunden, die anscheinend niemand vermißt. Und was wird aus einem Kind ohne den Schutz der Eltern, ohne Rückhalt der Familie: ganz verloren in der Welt der Armen, der Hilflosen und der Unterdrückten? Wir werden es sehen.

Verbrannte Spur

Bessere Herrschaften, Milord und Milady, aus Cherbourg«, das waren die sieben Worte, die Arthur Hockney an einem heißen Oktobertag ins Büro des Polizeikommissars eben dieser Stadt führten, um in den Akten nach einem solchen Paar zu suchen. Wohlhabend, adlig und bis vor ein paar Jahren kinderlos – oder vielleicht damals neu zugezogen? Aber dem Kommissar wollte niemand Passendes einfallen.

»Die *famille* de Troite kann es ja wohl nicht sein!«, sagte er, fuhr mit dem Finger durch das Wählerverzeichnis und lachte.

»Warum nicht?«, fragte Arthur. »Wenn sie reich sind, wenn sie adlig sind, wie Sie sagen –«

»Aber die sind älter als Methusalem – also nicht gerade die typischen Adoptiveltern«, sagte der Kommissar.

»Trotzdem –«, Arthur war beharrlich.

»Außerdem«, sagte der Kommissar, »sind sie tot.«

»Tot?«

»Das Château ist völlig abgebrannt, erst vor ein paar Wochen. Und dabei kamen Milord und Milady und eine alte Hausgehilfin ums Leben. Die Leute aus der Gegend sagen, das sei Teufelswerk gewesen, der hätte aus klarem Himmel einen Blitz runtergejagt. Aber es war ein langer heißer Sommer, wie Sie wissen: alte Leute sind nachlässig, und diese beiden hatten viel für guten Rotwein übrig. Ich bin ein rationaler Mensch, Monsieur Hockney, und glaube nicht, daß eine Intervention des Satans persönlich die allerwahrscheinlichste Erklärung für das Abbrennen eines halb verfallenen Châteaus und den Tod seiner Bewohner ist.«

Arthur hütete sich zu sagen, daß seiner Erfahrung nach bei sonderbaren Ereignissen die allerwahrscheinlichste Erklärung selten auch die richtige war. Allerdings begab er sich zu der Stelle, wo früher das Château gestanden hatte.

Es war ein eigentümlich düsterer Ort, fand Arthur: er hatte etwas Seltsames, Trauriges an sich, wie man das oft vom Schauplatz einer Tragödie kennt – aber da war noch etwas anderes: ein Gefühl von Bedrohung lag in der Luft: von etwas Bösem, das unvollendet geblieben war. Arthur begann zu zittern. Es war sonderbar. Er kannte dieses Gefühl, hatte es schon früher erlebt – an Orten, wo Terroristen-Bomben explodiert oder Brücken eingestürzt oder Passagierschiffe auf Grund gelaufen waren, wo es viele Menschenleben zu beklagen gab – aber eigentlich nie am Schauplatz einer »einfachen« häuslichen Tragödie ohne größere Reichweite. Arthur blieb ein Weilchen da, stöberte in Staub, Schutt und Asche herum und entdeckte zufällig ein Stück von einer Schleife, leuchtend gelb, wie sie kleine Mädchen gern im Haar tragen.

»So, so!«, sagte Arthur und blieb stehen, um es aufzuheben, und in diesem Moment drang ein Sonnenstrahl durch die düsteren Bäume auf die Lichtung, wo Arthur stand, hell wie ein Lächeln; Sonnenstäubchen tanzten in der Luft: ein Schmetterling flatterte vorbei: Arthur spürte, wie seine Lebensgeister zurückkehrten. Mehr war gar nicht nötig. Jetzt wußte er zweierlei: daß Nell tatsächlich hier gewesen war und daß sie lebte. Die Sonne verschwand; wieder spürte er das Düstere, Beklemmende, das Böse auf der Lauer. Arthur machte kehrt.

Weitere Nachforschungen in Paris und Cherbourg führten

ins Nichts: Nell war wieder verschwunden. Mittlerweile zweifelte er daran, daß sie je gefunden werden würde. Er teilte der Zara mit, sie könnten die Akten schließen; sollte Blotton wieder auftauchen, um sich sein Vermögen zu holen, würde es kaum die Mühe lohnen, das zurückzufordern, was davon noch übrig war. Und falls es nicht schon längst geschehen war, würde Blotton sicher bald seine verdiente Strafe treffen: wenn ihn der Lungenkrebs nicht hinwegraffte, würde zweifellos der eine oder andere seiner Ganovenfreunde dafür sorgen. Er verkehrte wirklich in sehr schlechten Kreisen.

So eine Überraschung

Leser, hassen Sie Überraschungen? Ich schon. Ich möchte immer wissen, was als nächstes kommt; allein der Gedanke an eine Überraschungsparty zum Geburtstag jagt mir Schauer über den Rücken: ich habe garantiert mein ältestes Kleid an und die Haare vor einer Woche zum letzten Mal gewaschen. Clifford bekam zu seinem einundvierzigsten Geburtstag einen Überraschungs-Anruf von Angie Wellbrook, der ihm überhaupt keine Freude machte. Auch für Elise O'Malley war dieser Anruf keine nette Überraschung. Elise, die junge, hübsche, irische Romanschriftstellerin, war Cliffords derzeitige ständige Begleiterin, und sie glaubte wirklich – das dumme Ding! –, sie hätte ihn fest an der Angel. Das heißt, Clifford redete immer wieder davon, wie gern er Kinder hätte, und Elise nahm an, er habe sie als deren Mutter auserkoren – und das konnte nur die Ehe bedeuten! Elise hatte ihre literarische Karriere in Dublin aufgegeben, um bei Clifford zu sein, in Genf.

Clifford erlebte an diesem Tag noch eine weitere Überraschung: er fand ein graues Haar in dem blonden Schopf, der zu dieser Zeit sein Markenzeichen war – heute sind seine Haare ganz und gar weiß, natürlich, aber immer noch dick (und ich finde, er ist heute nicht weniger attraktiv als damals. Aber schließlich werden wir alle älter, Schritt für Schritt: ich will mich da selbst nicht ausnehmen). Die sechziger Jahre gingen zu Ende, die siebziger Jahre begannen: Clifford hatte die vierzig erreicht und überschritten, und er hatte Angst und kämpfte gegen das an, was doch unvermeidlich war: das Älterwerden (und das war natürlich der Grund, weshalb er immer wieder über Kinder sprach. Die Menschen wollen eben ihre Unsterblichkeit: so oder so), und das einzelne graue Haar, drahtig, zäh und abgestorben, machte sich da besonders schlecht. Und dann der Anruf von Angie.

Clifford und Elise lagen im Bett; Clifford streckte einen muskulösen Arm aus, um den Hörer abzunehmen. Seine Arme waren schön braungebrannt, etwas rötlich und dicht behaart. Sehr attraktiv! Sie nur anzuschauen ließ Elise schon erschauern in Wollust und Sündhaftigkeit. Die Sonnenbräune war so trendy und kultiviert: das Haar so urwüchsig männlich! Elise war katholisch: es war eine Ewigkeit her, seit sie das letzte Mal gebeichtet – oder einen Roman geschrieben hatte. Erst vor kurzem hatte sie etwas Neues angefangen – einen Roman über die Liebe – und Clifford die ersten Seiten gezeigt, aber der hatte bloß gelacht und gesagt: »Ach, nein, Elise! Halt dich doch lieber an das, was du kennst.« Und sie hatte das Manuskript auf die Seite gelegt. Elise bestand auf rein weißer Bettwäsche: um sich weniger sündhaft zu fühlen. Und außerdem machten sich ihre leuchtend roten Haare und strahlend blauen Augen besonders gut auf Weiß; ließen sie, fand Elise, irgendwie verwundbar erscheinen und darüber hinaus *wie ein Mädchen zum Heiraten.* Genug von Elise, Leser: Sie können sich ein Bild machen. Sie ist naiv und dämlich zugleich.

Und folgendes hatte Angie zu sagen:

»Liebling, Daddy ist tot. Ja, ich bin ganz durcheinander. Obwohl er ja in letzter Zeit ziemlich senil geworden war. Jetzt bin ich Mehrheitsaktionärin bei Leonardo's.«

»Angie, meine Süße«, sagte Clifford vorsichtig, »das kann so wohl nicht ganz stimmen.«

»Doch, es stimmt, Liebling«, sagte Angie, »weil ich die Anteile vom alten Larry Patt aufgekauft habe – und die von Sylvester Steinberg. Du weißt doch, daß ich die letzten Jahre mit Sylvester zusammen war?«

»Ja, ich hab so was gehört.« Er hatte tatsächlich davon gehört, und es hatte ihn sowohl überrascht als auch erleichtert. Sylvester Steinberg war einer der Kunstkritiker, die durch umsichtige Beeinflussung von Kunstzeitschriften und wissenschaftlicher Studien über diesen und jenen Maler den Kunstmarkt manipulieren. Er operierte größtenteils von New York aus. Solche Leute arbeiten nach einem ganz einfachen Prinzip, aber in aller Stille. Sie kaufen ein Bild von einem unbekannten Maler für, sagen wir, zweihundert Pfund und haben bis Jahresende so einen Wirbel um das Werk dieses speziellen Malers gemacht, mit ihrer Kritik soviel Interesse daran geschaffen, daß jede einzelne Arbeit schon mindestens zweitausend Pfund erzielt. Und fünf Jahre später zwanzigtausend Pfund. Und so weiter. Welch Glück für den Maler, mögen Sie jetzt denken: falsch! Wenn er (seltener: eine Sie) fünfundzwanzig Prozent vom Erstverkaufspreis seiner Bilder abbekommt, hat er Glück gehabt. Und wenn sie danach den Besitzer wechseln, egal wie oft, hat er nichts davon. Das war einer der Gründe, weshalb Helens Vater John Lally einen solchen Dauerzorn auf Clifford Wexford hatte. Ja, selbst Clifford war sich nicht zu schade, den Markt zu manipulieren. Acht bedeutende Lallys waren in die Tresorräume von Leonardo's London zurückgewandert, wo sie auf den Tag warteten, an dem sie ein Vermögen einbringen würden. An Cliffords Wänden in Genf kamen sie nicht gut an – die Schweizer haßten sie, desgleichen die reichen Ausländer mit Dauerwohnsitz in der Schweiz, die in der Galerie erschienen. Sie mochten Namen, die ihnen bekannt waren – von Rembrandt bis Picasso und andere große Meister. Nichts Geringeres und nichts Moderneres.

Zu Cliffords Verteidigung will ich aber gleich sagen, daß

zumindest sein persönlicher Geschmack völlig unabhängig ist vom Geldwert eines Kunstwerks. Er *weiß*, wann ein Bild gut ist: und selbst in der Kunstszene setzen sich letztendlich die Meisterleistungen durch: sie ragen heraus aus dem trüben Schaum der Geschäftemacherei. Und doch wollte John Lally seine Bilder an Wänden sehen, nicht in Banktresoren. Er wollte, daß man sie anschaute. Er hatte längst die Hoffnung aufgegeben, Geld damit zu verdienen. Bitter genug! Wenn sich doch Schöpfergeist und Geld voneinander trennen ließen. Aber das geht nicht – und wenn auch nur aus dem Grunde nicht, weil jeder Künstler, jede Künstlerin, ob er/sie nun Maler/in, Schriftsteller/in, Dichter/in oder Komponist/in ist – jeder, der etwas macht, wo vorher nichts war, damit vielen anderen Arbeit und Profit verschafft. Genau wie der Verbrecher auf seinen Schultern eine ganze Armee von Polizisten, Soziologen, Richtern, Gefängnisdirektoren, Wärtern, Journalisten, Publizisten, Sozialarbeitern, Ministern usw. trägt – allesamt abhängig von seiner Fähigkeit, eine kriminelle Handlung zu begehen –, unterstützt eigentlich auch jeder Akt künstlerischer Schöpfung Herausgeber, Kritiker, Bibliotheken, Galerien, Schauspielhäuser, Konzerthallen, Schauspieler, Drucker, Bilderrahmenmacher, Musiker, Platzanweiserinnen, Putzfrauen, Professoren, Kulturbehörden, die Organisatoren von internationalen Kulturaustauschprogrammen, Museumsdirektoren, Kultusminister usw. – und die Last mag übermäßig schwer erscheinen und der Lohn erstaunlich gering. Dazu kommt die gesellschaftliche Erwartung, daß der Künstler (oder die Künstlerin) für umsonst arbeitet (oder für ein Minimum, um sich über Wasser zu halten und weiterarbeiten zu können), aus reiner Liebe zur Form, Schönheit, Kunst: *Kunst!* – während die Kunstschmarotzer hohe Gehälter verlangen und noch höheren Status – ach, unmöglich, unerträglich! So erschien es jedenfalls John Lally (und mir auch, muß ich zugeben). Aber genug von Kunst und Kommerz. Zurück zu Angie und dem, was in ihrem Leben seither geschehen ist, und zu ihrem Anruf bei Clifford. Nun wußte Clifford selbst am besten, daß Angie eine berechnende und gefährliche Frau war und daß ein Anruf von ihr nur Ärger bedeuten konnte, aber er hatte Langeweile.

»Bist du eigentlich mit Sylvester verheiratet?« fragte Clifford lässig. Elise, im Bett neben ihm, wurde nervös. Leser, das gibt es ja manchmal: Sie hören zufällig ein Telefongespräch mit an und wissen, daß es Ihr Leben verändern wird, aber nicht zum Besseren.

»Clifford, Liebling«, sagte Angie, »du weißt doch, daß ich nie einen anderen als dich heiraten werde.«

»Ich fühle mich geschmeichelt«, sagte Clifford.

»Und dir geht es nicht anders mit mir«, sagte Angie, »oder warum bist du nicht verheiratet?«

»Ich hab nie die richtige Frau getroffen«, sagte er – bemüht, das ganze Gespräch auf einer scherzhaften Ebene zu halten. Es war gar nicht nett, was die arme Elise mitanhören mußte – ja, und als Clifford Elise da so liegen sah, mit ihrer kunstvoll ausgebreiteten roten Haarpracht, unsicher und vorwurfsvoll in einem, da kam in Clifford plötzlich eine unheimliche Gereiztheit hoch: über sich und über Elise. Was tat sie eigentlich in seinem Bett? Wo war Helen? Was war zwischen ihm und Helen damals geschehen, das ihn hier hatte landen lassen? *Sie* hätte jetzt neben ihm im Bett liegen müssen, und zwar in einem richtigen Ehebett.

»Clifford«, sagte Angie, »bist du noch dran?«

»Ja.«

»Das dachte ich auch«, sagte Angie. »Wollen wir uns am Donnerstag im Claridges treffen, zum Mittagessen? Oder vielleicht zum Frühstück? Ich hab dort immer noch die Suite – erinnerst du dich?«

Das tat er. Aber er erinnerte sich auch daran, daß er schlechte Nachrichten, Helen betreffend, eigentlich immer aus Angies

Mund vernommen hatte: gezielte kleine Keile, die die Ehe schließlich kaputt gemacht hatten.

»Und wie geht es Helen? Ganz das Heimchen am Herd, wie ich höre. Naja, sie war schon immer etwas fad.«

»Ich weiß nicht, wie's ihr geht«, sagte Clifford wahrheitsgemäß. »Warum kommst du nicht nach Genf und triffst dich hier mit mir?«

»Weil du bestimmt irgendso ein blödes Mädchen bei dir hast, die nur im Weg wäre«, sagte Angie. Sie trug ein cremefarbenes Seidennegligé, extra für dieses Telefonat. Es hatte siebenhundertneunundneunzig Pfund gekostet, aus Gründen, die vielleicht dem Modehaus bekannt sein dürften, das es entworfen hat. Mir nicht. Aber es schenkte ihr Zuversicht. Ginge es Ihnen nicht genauso? (Mir schon.) Vielleicht waren die siebenhundertneunundneunzig Pfund für eine Millionärin ja gut angelegt.

»Und außerdem«, sagte Angie, »bin ich furchtbar beschäftigt, seit ich all die Anteile bei Leonardo's habe. Vielleicht wird es das Vernünftigste sein, die Zweigstelle Genf zu schließen. Meinst du nicht auch, daß sie allmählich ausgedient hat? Du hast den Markt mit deinen öden alten Meistern überschwemmt: und die Schweiz ist mehr als voll von dem Zeug. Es verliert allmählich schon an Wert. Und, Clifford, wirklich Spaß macht nur die zeitgenössische Kunst. Du solltest mal sehen, was Sylvester so organisiert.«

»Lieber nicht«, sagte er.

Ihr Vater war tot. Irgendwie fand sie, jetzt hätte sie ein Recht auf Spaß, und zu diesem Spaß gehörte es unter anderem, Clifford Ärger zu machen. Am folgenden Donnerstag war Clifford also bei Claridges und Elise, weinend, auf dem Rückweg nach Dublin.

»Nicht, daß ich dich satt hätte, Elise«, sagte Clifford. »Wer könnte eine so entzückende junge Frau wie dich satt haben? Aber die Sache ist irgendwie gelaufen, meinst du nicht auch?«

Der Kreis schließt sich

Diejenigen von Ihnen, die gut aufgepaßt haben, werden gesehen haben, wie Clifford den Frauen in seinem Leben Kummer und Enttäuschung bereitet, im Namen der Liebe – und sollten Sie das Gefühl haben, diese Frauen verdienten nichts Besseres, sicher ist, auch Clifford ist nicht glücklich. Haben Sie ein bißchen Mitgefühl! Clifford, so scheint es, spielt mal wieder eine Art Topfschlagen: aber unter dem Topf, nach dem er tastet, über den er stolpert, auf den er eindrischt, blind, liegt nicht die bunte, hübsche, fröhliche Überraschung, die wir uns alle erhoffen, sondern nur ein Fläschchen ganz gewöhnlicher Tränen. Man nimmt die Augenbinde ab, hat die Überraschung – aber da verbindet man schon dem Nächsten die Augen, dreht ihn im Kreis – und der Harry, den du liebst, liebt jetzt Samantha, und die liebt den Peter, und der liebt wieder Harry; man weiß ja, wie das geht! – und der Nächste dreht sich im Kreise und sucht blind nach dem Tränenfläschchen unter dem Topf.

Clifford sollte sich mit Angie Wellbrook am Donnerstag im Claridges zum Frühstück treffen. Das heißt, sie wollte sich mit ihm dort um neun Uhr dreißig treffen. In den siebziger Jahren waren solche Frühstückstreffen im Hotel große Mode: damit ließ sich anscheinend zeigen, wieviele Geschäfte und wieviele Affären doch alle laufen hatten – obwohl es fast nie zu einem richtigen *Frühstück* kam, und der Kaffee, den die Nachtschicht noch schnell aufbrühen mußte, bevor der Zimmerservice wieder an die Arbeit ging, häufig kalt und alt war. Clifford flog am Mittwochmorgen von Genf nach London und verbrachte Mittwochnachmittag in der Zentrale; in Sitzungen und am Telefon. Die Situation war in etwa so, wie er befürchtet hatte: Angie hatte nun unbestreitbare Macht als Aktionärin und war nicht bereit, den stillen Partner zu spielen; sie wollte mitmischen: erstmal bezweifelte sie Geschmack und Geschick von Leonardo's Direktoren. Wirklich ein Quälgeist! Endlich hatte die Londoner Galerie ein profitables Gleichgewicht zwischen zeitgenössischen Malern und alten Meistern gefunden (und alles, was dazwischen kam, also Impressionisten, Präraffaeliten, Surrealisten und so weiter weitgehend weggelassen). Diese unternehmerische Entscheidung würde Angie nun angreifen, so glaubte man – und nicht einmal zu Unrecht, denn es stimmte, daß der Markt für das neunzehnte Jahrhundert tendenziell lebhafter wurde. Zudem war sie eine Gegnerin dieser enorm renommierten, wenn auch nicht immer profitablen öffentlichen Ausstellungen, die bei Leonardo's inzwischen Tradition waren. Der Vorstand, mit Clifford als Vorsitzendem, glaubte, die dabei entstehenden finanziellen Verluste würden durch die Pflege von Leonardo's Image als unbestreitbar seriöser, quasi-öffentlicher Einrichtung mehr als wettgemacht: es mußte auch in Zukunft Ausstellungen geben.

Am Nachmittag, zur Teestunde, besuchte Clifford Sir Larry Patt, der nun in der verstaubten Pracht des »Albany« lebte. Ja, Sir Larry Patt hatte seine Anteile an Angie verkauft. Weshalb er frage? Sir Larry Patt trank Whisky zu den Gurken-Sandwiches, keinen Tee. Seine Frau Rowena hatte ihn vor einem Jahr verlassen, wegen eines Mannes, der halb so alt war wie er.

»Das tut mir leid«, sagte Clifford.

»Ich war überrascht, und zugleich hat's mir leid getan«, sagte Sir Larry. »Ich dachte, Rowena würde sich auf unser gemeinsames Leben im Ruhestand freuen, aber da hab' ich mich geirrt. Allmählich glaube ich, daß ich sie nie wirklich gekannt habe. Was hielten Sie von ihr?«

»Ich kannte sie nicht sehr gut«, sagte Clifford.

»Mir hat sie aber etwas anderes erzählt«, sagte Sir Larry Patt. »In den Tagen, bevor sie gegangen ist, war sie sehr mitteilsam.« Und da verstand Clifford, warum Sir Larry Patt seine Leonardo's-Anteile an Angie verkauft hatte: um diesem Clifford, der so manchen fröhlichen, übermütigen Nachmittag mit Lady Rowena im Bett verbracht hatte, das Leben so schwer wie möglich zu machen.

Clifford aß seine Gurken-Sandwiches auf und ging. Man lächelte sich an, gab sich die Hand. Eine dralle Blondine in einem leuchtend roten Mantel mit Messingknöpfen und einer Harrods-Einkaufstasche in der Hand kam gerade zur Tür hinein, als Clifford hinausging, und gab Sir Larry ein Küßchen auf sein altes Puttengesicht. Er strahlte. Zu Clifford sagte sie »Hallo« und »Wie geht's«, in reinstem Cockney, und begab sich ins Schlafzimmer. Clifford dachte, daß Sir Larry so vielleicht doch ganz gut gefahren war: Rowena hatte schuld, und Larry fiel auf die Butterseite. Ein sehr beliebtes Ehe-Spiel, wenn zwei sich scheiden lassen wollen. Komischerweise fühlte Clifford sich eher benutzt und mißbraucht als schuldig.

Als nächstes recherchierte Clifford, ob Sylvester Steinberg tatsächlich mit Angie zusammenlebte. Er recherchierte bei Sylvesters Exfreund Gary, der jetzt an der Kunstakademie war.

»Sylvester liebt Bilder mehr als seine Freunde«, sagte Gary sanft und traurig. Aber schließlich war er auch ein sanfter und trauriger Mensch. »Die Welt der Kunst turnt ihn an, nicht die Menschen. Und Angie hat viel mit dieser Welt zu tun, oder? Wenn ein Hirschkäfer einen Andy Warhol an der Wand hätte, dann würde Sylvester den Hirschkäfer lieben.« Diese Aussage, fand Clifford, bestätigte nur seine Befürchtungen: Angie mochte zwar mit Sylvester zusammenleben, doch emotionale oder sexuelle Erfüllung fand sie in dieser Beziehung bestimmt nicht, und deshalb war Clifford vor Angie auch nicht sicher.

Dann ging Clifford heim in sein kleines Haus am Orme Square – eine ausgezeichnete Investition; und jeden Penny wert, auch für das Hausmeisterehepaar, das während seiner jahrelangen Abwesenheit den Haushalt geführt und vor Feuchtigkeit und Einbrechern bewahrt hatte – und fragte sich, was er mit dem Abend anfangen sollte. Gern hätte er eine charmante, schöne Frau zum Essen ausgeführt und sie mit seinem Charme und Aussehen betört und im Laufe des Abends vielleicht näher kennengelernt und hätte dadurch am nächsten Morgen um neun Uhr dreißig bei seinem Treffen mit Angie noch besser dieses »Mach-doch-was-du-willst«-Gefühl zur Verfügung gehabt als jetzt. Er wußte, im Umgang mit Frauen war dies die beste Haltung; sowohl in Herzensdingen als auch in geschäftlichen Angelegenheiten – und je echter das Gefühl dahinter, desto besser. Angie durchschaute Heuchelei.

Clifford ging sein Adreßbuch durch, aber nichts schien ihm zu passen, keine schien ihm richtig. Helens Telefonnummer stand in seinem Terminkalender. Jedes Jahr trug er sie neu ein. Aus den Revolverblättern entnahm er jeweils die neuesten Details von Simon Cornbrooks Affäre mit dem Fräulein Kollegin Agnes R. Lich. Er hatte sich selbst gesagt, daß Helen es nicht besser verdiente. Sollte sie ruhig auch mal in aller Öffentlichkeit gedemütigt werden – er hatte das selbst alles durchmachen müssen, bei der Scheidung. Helen, die durch ihre Unnachgiebigkeit den Tod seines einzigen Kindes herbeigeführt hatte. Arme kleine Nell, mit ihren vertrauensvollen, intelligenten blauen Augen. Obwohl er mittlerweile einsehen konnte, daß er selbst, wenn auch nur zum Teil, dafür mitverantwortlich gewesen war. Mit Sir Larry Patt in einem Boot zu sitzen – moralisch gesehen –, das wollte er nicht. Helen hatte

Nell geliebt und sie nicht nur für sich haben wollen, um ihn zu schikanieren: das konnte er nicht länger leugnen.

Er nahm den Hörer ab. Er ließ es klingeln. Helen war am Apparat, ihre Stimme leise und unverändert.

»Hallo?«

»Hier ist Clifford. Ich dachte gerade, vielleicht hättest du Lust, heut abend mit mir essen zu gehen?«

Es gab eine Pause. In dieser Pause drehte Helen sich um und zog Arthur Hockney zu Rate, aber davon sollte Clifford nichts erfahren.

»Liebend gern«, sagte Helen.

So ein Zufall!

Leser, Sie wissen, daß es im wirklichen Leben immer wieder Zufälle gibt. Ihre Schwester und die Frau Ihres Sohnes haben am selben Tag Geburtstag: nach langer Funkstille bekommen Sie einen Brief von einem Freund, den Sie dann am gleichen Tag zufällig auf der Straße treffen: die Frau Ihres Chefs wurde in dem Haus geboren, in dem Sie jetzt wohnen – na, in der Art eben! Zwar verstößt es gegen die allgemein üblichen Regeln der Schriftstellerei, den Zufall im Roman gezielt einzusetzen, doch ich hoffe, Sie bleiben dran und geben zu, daß genau in dem Moment, wo Clifford anruft, um Helen zum Essen einzuladen, Helen sehr wohl in ein Gespräch mit Arthur Hockney vertieft sein könnte, obwohl sie nur selten Kontakt mit ihm hat, weil genau solche Sachen passieren könnten und ja auch passieren. Meine Geschichte bleibt ziemlich dicht am wirklichen Leben – weshalb sie manchmal weit hergeholt klingen mag; aber sagen Sie selbst – ist die Wirklichkeit denn nicht viel unglaublicher als jeder Film oder Roman? Erzählen denn die Schlagzeilen Ihrer Zeitung nicht jeden Morgen neu von den ungewöhnlichsten und unwahrscheinlichsten Ereignissen? Kommt in Ihrem Leben denn nicht auch immer alles auf einmal? Ewig lange ist einfach nichts passiert, und dann Schlag auf Schlag, aufregend oder schrecklich, wie auch immer? In meiner

Geschichte läuft es jedenfalls so – und Schriftsteller sind auch keine anderen Menschen als Leser.

Nun gut: ein normaler Abend war das für alle Beteiligten nicht! Stellen Sie sich nur einmal die Szene in Helens Haus vor. Es ist sieben Uhr abends. Helen hat den vierjährigen Edward ins Bett gebracht und findet nun endlich Zeit, sich Arthur voll und ganz zu widmen. Er macht Zwischenstation in London; er hat Helen von Heathrow aus angerufen: sie wollte unbedingt, daß er vorbeikommt. Simon ist fort, in Tokio, um über eine politische Tagung zu berichten; auch Agnes R. Lich ist in Tokio. Helen trägt ein cremefarbenes Seidenkleid, sehr schlicht; sie läßt sich auf einem hellgrünen Sofa nieder und sieht wunderschön und so verletzlich aus, daß Arthur Hockney sich ganz plötzlich wie einer von den Verbrechern vorkommt, die zu verfolgen doch seine Lebensaufgabe ist, und versteht, wie jemand in Versuchung kommen kann, einem anderen die Bremsleitung durchzuschneiden, oder Gift in den Drink zu schütten – wenn dieser Jemand Simon Cornbrook heißt. Oder sonst jemand – jeder, der Helen unglücklich macht. Arthur weiß eines nicht: daß Helen nur einmal mit ihren hübschen Fingern schnipsen müßte, um Simon zurückzuholen – wenn Simon sich um Agnes R. Lich kümmert, versucht er damit doch bloß, Helens liebende Aufmerksamkeit wiederzugewinnen – aber sie wird nicht, sie kann nicht mit den Fingern schnipsen! Nicht, solange Nell nicht gefunden ist, solange das Gespenst ihrer Ehe mit Clifford keine Ruhe gefunden hat. Sie wird nicht aufgeben. Und Arthur: trotz all seiner Intuition, seiner lockeren Art, seiner guten und schönen Erfahrungen mit Frauen ist ein naiver, ja unschuldiger Mann, wenn es um Herzensdinge geht oder sogar um Gewissensfragen. Glänzend schwarz ist er und fast zu kräftig, fast zu muskulös für den hellgrünen Stuhl, auf dem er sitzt (Simon hat zarte Knochen – ein Schwergewicht in punkto Intelligenz, ein Leichtgewicht in punkto Körper – und das drückt sich im ganzen Haus aus und eben auch in den Stühlen) und sich anhört, wie Helen sagt: »Ich weiß, ich sollte nicht – ich sollte es noch nicht mal sagen, aber ich spüre nach wie vor, daß Nell am Leben ist. Jedes Jahr an Weihnachten sage ich mir, heute wird sie vier, fünf, sechs, sieben. Ich sage nie: ›Heute wäre sie so-und-so-alt‹, ich sage immer: ›Heute wird sie so-und-so-alt‹. Und warum tu ich das?«

(Das Eastlake Assessment Centre – das Durchgangsheim – hat Nell übrigens einen Geburtstag zugeordnet. Sie haben sich in ihren Berechnungen um sechs Monate vertan. Nell ist groß für ihr Alter, und sie haben ihr einen Geburtstag im Juni gegeben. Sie schätzen Nell auf sechsdreiviertel. Wir wissen, daß sie an diesem Frühlingsabend sechseinviertel ist. Ein ganzes halbes Jahr daneben. Leider muß ich sagen, daß man in diesem Heim mit allen Einstufungen ziemlich daneben liegt: man hat festgestellt, daß unsere Nell, unsere intelligente, hübsche, lebhafte Nell, in geistiger Hinsicht unterdurchschnittlich entwickelt ist – aber das soll im Moment nicht unsere Sorge sein.)

»Nun«, sagt Arthur ganz unbesonnen, »ich vermute auch, daß sie nicht tot ist, aber eine Vermutung ist kein Beweis. Für Sie ist es wichtig, daß Sie Ihr Leben hier und jetzt leben, nicht irgendwann in Zukunft, für den Fall, daß Nell irgendwie zurückkommt.« Aber Helen rührt nur in ihrem Drink und lächelt höflich, zu höflich.

»Akzeptieren Sie zumindest, daß Nell verschwunden ist«, sagt er, »endgültig verschwunden, selbst wenn sie noch am Leben sein sollte.«

»Nein«, sagt Helen in dem Ton, in dem Edward »Mag nicht!« sagt. »Wenn Sie schon vermuten, daß Nell am Leben ist, dann müssen Sie sie eben finden.« Und sie denkt an die neuesten Bilder ihres Vaters, von denen mittlerweile jedes einzelne mehr als hunderttausend Pfund wert ist (Tendenz: steigend), und die er in seinem feuchten Schuppen hinter dem Feuerholz versteckt hält, damit Clifford & Co. sie nicht in die

Finger kriegen. Ihr Vater würde sich bestimmt von ihnen trennen, Nell zuliebe. »Ich zahle, was Sie wollen.«

»Mit Geld hat das überhaupt nichts zu tun«, sagt er gekränkt. »Es gibt bloß nichts mehr, was ich noch tun könnte.«

Diese blasse Engländerin macht sich überhaupt nicht nützlich auf der Welt: dafür sollte er sie eigentlich verurteilen. Wieviele Kinder müssen sterben, jeden Tag und auf der ganzen Welt: obwohl sie geliebt werden oder weil sie nicht geliebt werden: oder müssen hungern, weil ihr Elend dem Staat gleichgültig ist. Helen hatte nichts zu tun: warum konnte sie ihre Zeit nicht darauf verwenden, solchen Kindern zu helfen? Aber nein, sie saß nur rum, dachte über ihr eigenes Elend nach, vergeudete seine Zeit und belog ihren Mann. Dafür sollte er sie eigentlich verachten: es war ihm eine schmerzliche Entdeckung, daß er eine Frau nicht bewundern mußte, um sie lieben zu können. Er nahm es als Beweis für seinen eigenen moralischen Bankrott.

»Es gibt nichts mehr, was ich noch tun könnte«, wiederholt er.

Aber das kann er mit ihr nicht machen. Sie erhebt sich und geht auf ihn zu und ergreift seine Hand und küßt ihn ganz sacht auf die Wange und sagt: »Arthur, bitte!«, und sie hat ihm beim Vornamen genannt, was sie so selten tut, und er weiß, er wird alles für sie tun, selbst seine kostbare Zeit sinn- und zwecklos verschwenden, und nichts wird sich ändern, nur die Zeit wird vergehen.

In dem Moment klingelt das Telefon, und Clifford ist dran. Arthur beobachtet Helen, und jetzt ändert sich tatsächlich etwas: es ist, als würde frische Energie durch ihre Adern schießen: ganz unglaublich. Ihre Augen fangen an zu leuchten, ihre Wangen röten sich, ihre Bewegungen werden lebhaft: ihre Stimme munter.

»Es ist Clifford«, sagt sie, Hand über dem Hörer.

»Was soll ich tun? Er möchte mit mir essen gehen.« Arthur

schüttelt den Kopf. Ihre Liebe zu Clifford ist wie eine schreckliche Droge: je berauschender im Moment, desto giftiger auf lange Sicht.

»Sehr gut«, sagt sie zu Clifford, nimmt nicht die geringste Notiz von Arthurs Rat, natürlich nicht, rennt nur im Haus herum, macht sich fertig – das Kleid hier, dieser Mantel, welches Parfüm, die Schuhe, steht mir das? sieht das gut aus? und bleibt von Zeit zu Zeit stehen und umarmt den armen Arthur – legt wirklich die Arme um ihn: einer seiner schwarzen, muskulösen Arme ist vielleicht viermal so dick wie ihr dünner weißer.

»Wenn Clifford und ich Freunde sein könnten, nur Freunde – das ist alles –«

Aber natürlich ist es nicht das, was sie will, und beide wissen es auch.

»Arthur«, sagt sie, »Sie bleiben doch hier zum Babysitten, ja? Ich hab sonst niemanden. Und ich bin allerspätestens um elf Uhr zurück. Versprochen!«

Schön sein

Leser, Angie Wellbrook hatte den ganzen Tag damit verbracht, sich auf das Geschäftsfrühstück mit Clifford am nächsten Morgen vorzubereiten. Sie ging in Harrods' Frisier- und Schönheitssalon: eine sowohl zeit- als auch kostenaufwendige Sache. Sie triezte etliche Leute, wie man das von ihr gewohnt war. Sie beschuldigte die Kosmetikerin, nichts von ihrer Arbeit zu verstehen, und das Mädchen, das ihr die Beine mit Wachs behandelte, ihr absichtlich weh zu tun. (Es ist fast unmöglich, Tausende von Haaren aus Beinen auszuzupfen, ohne jemanden auch mal weh zu tun, und Angies Beine waren voll dunkler, kräftiger Haare.) Sie triezte Eve, die ihr die Nägel machte und die wohl die beste Maniküre Londons ist, die nie über ungepflegte Hände, abgebrochene Nägel feixt, die immer die Ruhe bewahrt, selbst wenn ihr eine besonders unverschämte, besonders anspruchsvolle Kundin vorwirft, sie habe ihr den Nagel abgebrochen, der bereits eingerissen war. Angie hatte sehr lange Fingernägel, blutrote Krallen sozusagen, wie man sie nur den Frauen zutraut, die keine Kinder haben, oder denen, die andere Frauen haben, die ihnen die Hausarbeit machen. (Obwohl das reines Wunschdenken sein mag: viel wahrscheinlicher ist, daß sie sehr, sehr, sehr harte Nägel haben und immer Handschuhe tragen.)

Angie wollte Kinder. Das heißt, sie wollte Cliffords Kinder. Angie wollte eine Dynastie gründen: und jetzt war sie schon Anfang dreißig, und bisher hatte sich noch gar nichts getan! Kein Wunder, daß sie sich bei Harrods so aufführte, aber die Angestellten konnten den Grund dafür ja nicht wissen – und hätten sie ihn gewußt, wären sie auch nicht unbedingt freundlicher gewesen. Je weniger kleine Angies hier rumspringen, hätten sie sich vielleicht gedacht, desto besser. Im Frisiersalon mußte Phoebe ihr Haar *vier* Mal auskämmen, und noch immer gefiel ihr das Ergebnis nicht – das heißt, Angie wollte ihr Haar voll und duftig (eine absurde Vorstellung bei ihrem reizlosen, geschäftsmäßigen Gesicht), und Philip wollte es schlicht haben, fast streng. Aber Angie setzte ihren Willen durch, und bis es schließlich so weit war, hatte Philips nächste Kundin eine halbe Stunde gewartet. Angie bezahlte auch nichts extra – wie käme sie dazu!

Nun war die Kundin, die wegen Angie warten mußte, niemand anders als Sir Larry Patts neue blonde Freundin Dorothy, die junge Dame also, die Sir Larry in den Monaten nach dem plötzlichen dramatischen Fortgang seiner Frau Rowena getröstet hatte. Ihr Auszug – vielleicht erinnern Sie sich – war von überraschenden Enthüllungen – über diverse Seitensprünge und langwierige Affären, seit ihrer Eheschließung – begleitet gewesen. (Leser, verlassen Sie sich nie auf die Diskretion Ihres Partners/Ihrer Partnerin: wenn es etwas zu enthüllen gibt, wird es früher oder später auch enthüllt werden, mag das auch noch so lange dauern; ob die Leidenschaft dran schuld ist oder die Reue oder die Wut oder sonstwas – ja, selbst die Lust am dramatischen Effekt: eines Tages wird die Wahrheit ausgesprochen. Vielleicht hat man ja Glück, und sie wird nicht geglaubt. Aber ausgesprochen wird sie!) Larry Patt hatte Rowena allerdings geglaubt, als sie ihm von ihrer Affäre mit Clifford erzählte. Und dieses Wissen nahm ihm, denke ich, die Schuldgefühle wegen Dorothy, mit der er sich schon seit

Jahren gelegentlich getroffen hatte, lange bevor Rowena und Clifford über einen eleganten Eßtisch hinweg einander schöne Augen machten.

Dorothy war Schaffnerin bei den Londoner Verkehrsbetrieben gewesen: eins dieser hübschen, lebhaften, energischen jungen Dinger, die älteren Herren auf dem Weg von Chiswick nach Picadilly via Knightsbridge gern die Stufen rauf- und runterhelfen. Mit dem größten Vergnügen hatte Dorothy nun ihre Arbeit aufgegeben, ihren betagten Vater der Obhut ihres Bruders überlassen und war zu Sir Larry ins Albany gezogen und verbrachte ihre Zeit mit shopping und dem hoffnungslosen Versuch, ihre strammen Wadenmuskeln loszuwerden. Sir Larry war vierzig Jahre älter als sie, aber wer rechnete schon so genau nach?

Dorothy war an diesem Tag zuckersüß zu Philip in Harrods' Frisier- und Schönheitssalon, obwohl er sie eine volle halbe Stunde hatte warten lassen. Angie erkannte Dorothy natürlich nicht, als sie aneinander vorbeigingen – woher denn auch? Es war einfach einer der Zufälle im Verlauf dieser Geschichte, von denen Sie, liebe Leser, und ich wissen, die Beteiligten aber nicht. Angie trug einen weißen Nerzmantel. Natürlich nicht denselben wie damals. Den hatte sie verkauft. (Nicht etwa verschenkt an einen alten, frierenden Menschen. Nein. Die Reichen bleiben reich, weil sie gemein sind.) Dorothy jedenfalls hatte eine wirklich hübsche Frisur und war schon nach zwanzig Minuten wieder draußen, und Angie stand immer noch an der Kasse und diskutierte und weigerte sich mittlerweile, überhaupt etwas zu bezahlen, ja drohte sogar, Eve wegen ihrer Nägel auf Schadenersatz zu verklagen – als Dorothy längst bezahlt und den Laden verlassen hatte. Zu Angies Verteidigung muß ich jedoch anführen, daß der Gedanke an das geplante Treffen mit Clifford sie ganz nervös machte. Und daß Angies und Dorothys Wege sich an dieser Stelle kreuzten, soll nur ein weiteres praktisches Beispiel dafür sein, wie eng das Leben jedes einzelnen von uns mit dem Leben anderer verbunden ist. Angie hatte mit Clifford geschlafen, und der mit Rowena, und die mit Sir Larry Patt (nur *geschlafen!*), und der war jetzt mit Dorothy zusammen, die (wenn Sie mich fragen) die netteste von allen war und zumindest wußte, was es hieß, sich den eigenen Lebensunterhalt zu verdienen. Weiß der Himmel, was das Mädchen beim Bäcker, wo Sie immer Ihre Brötchen kaufen, mit Ihnen persönlich zu tun hat. Oder meinetwegen sogar der diesjährige Schützenkönig!

Angie hatte sich an diesem Abend mit dem Kunstkritiker Sylvester, ihrem halbherzigen Liebhaber und Lebensgefährten, zum Essen verabredet, und dachte, was für eine traurige Gestalt er doch war, und fragte sich, warum er nicht einfach aufstand und mit dem hübschen Kellner verschwand, anstatt seine Energie darauf zu verschwenden, ihm möglichst unauffällig hinterherzustarren. Im Bett würde ihr Sylvester ganz bestimmt nicht fehlen. Manchmal sprachen die beiden übers Heiraten – sie kamen gut miteinander aus, hatten dieselben Interessen und Neigungen: der gemeinsame Wohnsitz in verschiedenen Ländern war insofern günstig, als sie dadurch die Hälfte der Versicherungen für ihre privaten Kunstsammlungen sparen konnten; sie tranken gern morgens ihren Orangensaft und schwarzen Kaffee zusammen und regten sich dabei über die neuesten Kunstpreise auf. Er begleitete sie hier, und sie begleitete ihn dort, und so halfen sie einander, den Schein zu wahren. Als Paar bekamen sie doppelt so viele Einladungen wie als Singles, und beide gingen gern aus. Sie luden auch selbst Gäste ein – Mäzene und Gönner, Kritiker und Kenner der Kunstszene – und hatten ihr Vergnügen dabei, aber mehr? Nein. (Nun, Leser, würde *Ihnen* das nicht reichen? Mir schon, glaube ich, wenn ich in solchen Kreisen verkehren würde – vergessen Sie das Mädchen beim Bäcker, vergessen Sie auch den Schützenkönig. Mit wem Sie frühstücken – darauf kommt es an.)

»Du siehst wunderbar aus!«, sagte Sylvester zu Angie, und das wollen wir auch hoffen. Sie hatte schließlich siebenundzwanzig Pfund bei Harrods bezahlt, aber die eigentliche Rechnung, inklusive Strähncheneinfärben, Elektrolyse und einer sensationellen neuen Gesichtsbehandlung, hatte sich auf 147 Pfund belaufen, und 147 Pfund können das Aussehen einer Frau ganz schön verändern, selbst bei den heutigen Preisen. Und wir sprechen von *damals*, vor fünfzehn Jahren! Genau wie Ohrringe aus achtzehn Karat Gold und eine edle rotgoldene Halskette auf teurem schwarzem Kaschmir (ziemlich hochgeschlossen, denn Angie hatte nun mal keine gute Haut). Damit wir uns nicht mißverstehen: mit der Zeit hat Angie gelernt, sich gut anzuziehen – aber nicht, sich auch gut zu benehmen.

Ein Abend im Leben reicher Leute

An diesem Abend gaben Angie und Sylvester vierunddreißig Pfund für ein Essen zu zweit aus. (Über hundert Pfund bei den heutigen Preisen!) Angie hatte guten Appetit: sie gingen in ein ziemlich feines italienisches Restaurant in Soho, wo der Pfeffer für ihre pasta durch eine riesige antike Pfeffermühle gedreht wurde und der Käse wirklich echter, allerbester Parmesan war – weich, wie frischer Parmesan sein sollte –, am selben Tag aus Italien eingeflogen. Außerdem trank unser Paar vorher ziemlich viele Gin-Tonics und zum Essen ziemlich viel guten Rotwein und hinterher sehr, sehr alten Portwein, was sich natürlich in der Rechnung niederschlug.

Am selben Abend (in London) war es Mittag (in Tokio), und Simon und Agnes gingen *sushi* essen, und Agnes wollte unbedingt Champagner und Sake, was Simon dazu ermutigte, ihr endlich zu sagen, er meinte, sie sollten sich besser nicht mehr sehen. Der Klatsch, erklärte er ihr, zermürbe Helen allmählich. Simon sprach so sanft und taktvoll wie möglich, aber läßt sich so etwas überhaupt auf nette Art sagen? Agnes schüttete ihm ein Glas warmen Sake ins Gesicht, und obwohl es nur eine geringe Menge war – die Japaner trinken viel, aber immer ein Schlückchen nach dem anderen – spritzte doch etwas davon auf einen ziemlich edlen Wandbehang hinter seinem Kopf.

»Rasende Reporterin weicht Kollegen ein«, lautete die Schlagzeile in PRIVATE EYE, »– Beziehungen zu Uganda abgebrochen!« Nirgendwo sicher! Nirgendwo ungestört! Nicht einmal, vielleicht gerade nicht, in einem versteckt liegenden Restaurant im Zentrum von Tokio.

Simon fühlte sich verpflichtet, dem Restaurant zumindest einen Teil der Kosten für die Reinigung zu zahlen: die Rechnung belief sich auf fast fünfzig Pfund. Um neun Uhr abends (englische Zeit) rief er bei Helen in Muswell Hill an, aber nicht Helen kam ans Telefon, sondern Arthur Hockney. Arthur erzählte Simon, er würde gerade für Helen babysitten. Arthur erzählte Simon natürlich nicht, daß Helen mit Clifford ausgegangen war, aber Simon wußte es auch so. Mit wem sonst würde Helen sich treffen, ganz spontan, wenn sie dafür ausgerechnet Arthur Hockney als Babysitter bei ihrem geliebten Edward lassen müßte? Angenommen, Edward bekam – wie schon mehrmals geschehen – einen Anfall von Pseudo-Krupp? Helen ging selten aus, weil es jederzeit zu einem Anfall kommen konnte. Und nun auf einmal Arthur Hockney als Babysitter? Simon wußte genau Bescheid über Helens gelegentliche Treffen mit Arthur; über ihre anhaltende Weigerung, Nells Tod zu akzeptieren. Simon betrachtete Arthur als Helens Mitverschwörer und konnte ihn deshalb noch weniger leiden. Keine Stunde später war Simon schon auf dem Rückflug nach London. Seine Ehe mußte wieder auf soliden Grund gestellt werden, und zwar schleunigst.

Clifford ging mit Helen ins Festival Hall Restaurant, einerseits weil er annahm, dort keine Bekannten zu treffen, und andererseits, weil dieses Lokal zwar nicht das allerschickste war, dafür aber den besten Blick auf London bot. Weder Clifford noch Helen redeten anfangs viel. Clifford war nur erstaunt darüber, wie schön sie war – schöner, als er sie in Erinnerung hatte. Allein wie sie ihren Kopf hielt – anmutig, zart, fast schon unterwürfig –, und doch wußte er, wie verbohrt, fast schon tückisch (in seinen Augen) sie sein konnte: er wußte, daß der Anschein von Reinheit und Standhaftigkeit trog. Sie war treulos, nachlässig, seicht. Oder etwa nicht? Und Helen – sie wußte, daß Cliffords Liebenswürdigkeit nur etwas Oberflächliches war, sein Charme ein Trick, eine Falle: daß er ihr heute schöntat, nur um sie morgen zu schikanieren, zu verletzen, zugrunde zu richten. Nells Bild stand zwischen ihnen: das Kind, das sie geliebt, aber nicht genug geliebt hatten, weil diese Liebe von Leid, gekränktem Stolz erdrückt worden war: durch ihre Wut und Enttäuschung hatten sie letztendlich Nell verloren. Wie sollten sie darüber je sprechen können? Und da sie nicht das sagen konnten, was wirklich wichtig war, mußten sie sich mit *small talk* begnügen. Und doch – trotz der etwas bemühten Unterhaltung über neuere Trends und Ereignisse – brach immer wieder etwas anderes durch: vielleicht war es nur die Erinnerung an die phantastischen, vollkommenen Monate, die sie miteinander verbracht hatten, vor vielen Jahren, die sich nicht unterdrücken ließ. Clifford ergriff Helens Hand, als sie gerade ihr Glas heben wollte, und hielt sie fest, und Helen ließ es geschehen.

»Ich möchte über Nell sprechen«, sagte er.

»Ich kann nicht glauben, daß sie tot ist«, sagte Helen. »Ich will nicht über eine tote Nell sprechen. Man hat nie eine Leiche gefunden.«

»Oh Helen«, sagte er, um sie besorgt, »wenn du an diesem Glauben festhalten willst, dann tu das unbedingt. Wenn es das Ganze für dich leichter macht.«

Diese unerwartete Freundlichkeit trieb ihr die Tränen in die Augen.

»Simon will nicht, daß ich daran glaube«, sagte sie.

»Er ist Journalist«, sagte Clifford und verzichtete klugerweise auf die Bezeichnung ›Zwerg‹, »und zum Wesen eines Journalisten gehört es nun mal, alles hieb- und stichfest haben zu wollen. Du bist nicht glücklich mit ihm!«

»Bin ich auch nicht«, sagte Helen und wunderte sich über ihre eigenen Worte.

»Warum bist du dann noch mit ihm zusammen?«

»Wegen Edward. Weil ich glaube, wenn ich Simon verlasse, wird Edward etwas Schreckliches zustoßen.«

Das war ihr Aberglaube: ihre Angst. Auch das verstand er.

»Nein, ihm wird nichts zustoßen«, sagte er. »Daß Nell tot ist, liegt an mir, nicht an dir. Und Simon wird sich besser benehmen als ich: auch das gehört zu seinem Wesen.«

»Das ist wahr«, sagte sie und brachte ein Lächeln zustande. Sie schüttelte den Kopf, als wollte sie einen unsichtbaren Schleier vor Augen und Ohren abschütteln.

»Oh Gott«, sagte sie, »bei dir komme ich mir so lebendig vor! Das Leben strömt in mich aus allen Richtungen. Was soll ich tun?«

»Komm mit zu mir«, sagte er. Und sie kam natürlich mit und dachte überhaupt nicht mehr an Arthur – das heißt, sie dachte vielleicht an ihn, aber im Moment war er ihr völlig egal.

... und der kleinen Nell

An diesem Abend, als Clifford und Helen sich wiederfanden – und das Glück zumindest in Aussicht stand! –, schlitterte Nell schon auf das nächste Chaos zu. Während Helen in ihrer Lachs-Mousse herumstocherte und Clifford an seinen Lammkoteletts, wurde im Eastlake Assessment Centre eine Sitzung abgehalten, um die Zukunft einer kleinen Gruppe von Kindern – darunter auch Nell – zu erörtern. Nun erholte sich die kleine Nell allmählich von ihrem Schock – immerhin hatte sie nicht nur schon wieder Heim und Familie verloren, sondern darüber hinaus noch Tod und grausige Zerstörung mitansehen müssen – und machte sich ganz nett, wirklich! Sie begann, normal zu sprechen, in Englisch, nicht in Französisch, obwohl sie noch immer an einer partiellen Amnesie litt.

Fünf andere kleine Mädchen waren mit ihr in einem Schlafsaal: Cindy, Karen, Rose, Becky und Joan. Sie hatten harte Matratzen (gesund und billig) und nicht genug Decken – was die Heimeltern am Heizungsgeld sparen konnten, wanderte in ihre eigenen Taschen. Rose und Becky waren Bettnässer und bekamen jeden Morgen einen Klaps und mußten ihre Bettlaken selber auswaschen. Cindy verhaspelte sich dauernd beim Sprechen und sagte manchmal Gute Nacht, wenn sie Guten Morgen meinte, und mußte sich in den Papierkorb stellen und schämen, damit sie endlich zur Vernunft kam. Karen und Joan, beide erst sieben, wurden schon als »schwererziehbar« eingestuft, was hieß, daß sie wirklich sehr ungezogen waren, die Bettlaken zerrissen und mit voller Wucht gegen die Türen traten und andere Kinder urplötzlich und grundlos in den Bauch boxten. Nell war sehr darauf bedacht, lieb und leise zu sein und soviel wie möglich zu lächeln. Sie mochte Rose, und die beiden Mädchen waren gute Freundinnen. Sie versuchte auf verschiedene Weise, Rose vom Bettnässen abzubringen; sie nahm Roses Gute-Nacht-Orangensaft (das gelbe, süßliche, künstliche Zeug, nicht den teuren Saft aus Konzentrat), wenn niemand es sah, und trank ihn selbst, und das wirkte. Schon im zarten Alter von sechs Jahren hatte sie begriffen, daß niemand absichtlich herzlos war, daß manche Leute einfach dumm waren und immer nur Geld sparen wollten. Schließlich besaß sie ein elementares Bewußtsein für ihren eigenen Wert: hatten sich ihr Vater und ihre Mutter nicht um sie gestritten, weil jeder sie für sich haben wollte: hatten sich Otto und Cynthia nicht über ihr Bettchen gebeugt, um sie anzulächeln: hatten Milord und Milady de Troite sie nicht als den Quell allen Glücks, aller Jugend und Hoffnung angesehen – solche Erfahrungen lassen sich nicht so leicht ungeschehen machen. Und tatsächlich existierte eine vage Erinnerung an diese Erfahrungen, aber tief im Innersten verborgen. Nell erkannte, daß sie nicht verstanden wurde und deshalb abgewertet – nicht, weil sie nichts wert war! –, und konnte so überleben. Sie neigte den Kopf, aber ihre Augen blieben klar, ihre Haltung aufrecht. Sie wußte, daß sie nicht für immer dableiben würde, und war entschlossen, so oder so das Beste daraus zu machen. Manchmal weinte sie sich nachts in den Schlaf – leise, damit sie nicht gehört wurde und keine Ohrfeige wegen Undankbarkeit bekam –, aber morgens wachte sie fröhlich und lächelnd auf und dachte an Rechenaufgaben und Wörter, die schwer zu buchstabieren waren, oder daran, wie sie Karen helfen oder

Rose ein neues Spiel beibringen oder den gestrengen, rotgeränderten Augen von Annabel Lee, der Heimmutter, entgehen konnte.

Nun waren Annabel Lee und ihr Mann Horace beide starke Raucher, und Nell wurde von Zigarettenrauch immer ziemlich übel, so daß sie schon allein deswegen soviel Abstand wie möglich hielt. Wir wissen, daß diese Reaktion mit ihren Erinnerungen an Erich Blotton zusammenhängt, aber selbst wenn Nell das verstanden hätte, wäre sie noch lange nicht in der Lage gewesen, es auch zu erklären, und Mr. und Mrs. Lee, die vom vielen Rauchen schon ganz grau im Gesicht waren und ständig husteten, verstanden das genauso wenig. Sie fanden, sie hätten eine andere Reaktion auf ihr Verhalten verdient.

»Sie schreckt immer noch zurück, wenn ich bloß in ihre Nähe komme«, sagte Annabel bei der eingangs erwähnten Sitzung. »Ich glaube nicht, daß Pflegeeltern damit klarkommen würden. Und wir wollen ja keinesfalls, daß Ellen Root immer wieder zurückgebracht wird, weil es in keiner Familie klappt.« Ellen Root! Ja, Leser, das ist der Name, unter dem die kleine Eleanor Wexford jetzt geführt wird. Nun, irgendwie mußte sie ja schließlich heißen, dieses Mädchen von nirgendwo. Erinnern Sie sich, wie sie gefunden wurde, mit ihren paar Brocken Englisch, völlig benommen am Rande einer Route Nationale, am Schauplatz von Feuer, Zerstörung und Tod? Man nannte sie Ellen; denn das Wort, das sie immer wieder flüsterte, als sie sich zu ihr hinabbeugten, lautete Helène, und die, die ihr zuhörten, glaubten, das müsse ihr Name sein. Tatsächlich erinnerte sie sich schwach an den Namen ihrer Mutter, sprach ihn nur französisch aus – obwohl Schock und Entsetzen sonst alles Französische aus ihrem Kinderköpfchen gelöscht hatten. So wurde sie eine »Ellen«: und dann »Root« aus »Route Nationale«. Verstanden? Annabel Lee fand, sie hätte sich da etwas ganz Intelligentes ausgedacht, und das hatte sie auch. Annabel war eine heimliche Trinkerin. Niemand wußte davon: ihr

Mann Horace nicht und ganz gewiß nicht die Erziehungsbehörden, die ihnen die Heimleitung übertragen hatten. Woher denn auch? Jedenfalls war »Ellen Root« nicht gerade der tollste Name, und vielleicht war das ja Annabel Lees Absicht gewesen. Sie selbst – eine reizlose, rundliche, fleißige Frau – hatte nicht allzuviel für ungewöhnlich hübsche, charmante, feingliedrige kleine Mädchen übrig. Nur gut, daß davon auch nicht viele in ihrem Heim landeten.

Das Eastlake Centre wurde von Kopfläusen heimgesucht, und noch dazu von einer ganz besonders hartnäckigen Sorte, und aus irgendeinem Grund mußte immer gerade Ellen Roots Kopf geschoren werden, während es bei den anderen Kindern reichte, die Haare gründlich zu waschen und auszukämmen. Nun waren Ellens Haare ja auch besonders dick und lockig – und dazu glänzend, hell und hübsch –, womöglich hatte Annabel ja wirklich besondere Mühe damit. Sie sollten es zu ihren Gunsten einmal annehmen: damit üben Sie sich gleich darin, ein besserer Mensch zu werden.

Auf dieser Sitzung bemerkte irgendwer, daß das Kind bereits ungewöhnlich lange im Durchgangsheim war. Fast ein Jahr. Bestimmt war es an der Zeit, dieses Kind in einer eher familiär strukturierten Einrichtung unterzubringen, selbst wenn eine Pflegefamilie noch nicht zur Debatte stand. Das Eastlake Centre war eine Auffangstation für Kinder in Schwierigkeiten (die sie gemacht hatten oder die ihnen gemacht wurden), aber nicht als Langzeiteinrichtung gedacht.

»Mir ist das nur recht«, sagte Horace. »Aber *wo* wollen Sie Ellen Root unterbringen? Sie ist G. U.« (Leser, damit meinte er »in geistiger Hinsicht unterdurchschnittlich entwickelt«. Zurückgeblieben, könnte man auch sagen. Ein richtiges kleines Dummchen. Unsere Nell!) »Das steht groß und breit in allen ihren Akten. Das einzige Heim, das sie nehmen würde, ist Dunwoody, und das kommt wohl für sie nicht in Frage.« Dunwoody ist ein Heim für geistig Behinderte und Geisteskranke, und obwohl entsprechende IQ-Tests Nell als zurückgeblieben auswiesen, war sie doch zumindest immer still und gutwillig.

»Ich weiß nicht so recht«, sagte Annabel. »Sie läuft schon weg, wenn ich ihr bloß die Haare kämmen will.« Das tat Nell auch – aus Angst, schon wieder geschoren zu werden, aber daran dachte Annabel nicht und wollte auch nicht daran denken. »Und einmal hat unsere süße kleine Ellen Horace gebissen. Weißt du noch, Horace?« Ja, eines Nachts, als Ellen aufgewacht, das heißt von Horace wachgerüttelt worden war, weil es um zwei Uhr morgens Feueralarm gab und das ganze Haus geräumt werden mußte: da wurden Erinnerungen aufgewühlt; sie war entsetzt; sie schlug um sich – ja, sie war nicht zu halten gewesen, sie hatte gebissen. Gebissen! Eine unverzeihliche Sünde in Kinderfürsorgekreisen. »Sie war durcheinander«, sagte Horace.

»Sie ist durcheinander«, sagte Annabel scharf. »Sie hat fast bis auf den Knochen gebissen, wie ein wildes Tier.« Es hatte sich natürlich um blinden Alarm gehandelt: alle waren durcheinander. (Joan hatte sich in der Nacht heimlich aus dem Bett geschlichen und das Glas mit dem roten Hämmerchen eingeschlagen, das so verführerisch – in Augenhöhe eines Kindes! – am Haken hing.) Aber wie leicht bricht in solchen Heimen tatsächlich mal ein Feuer aus! Manche Kinder werden zu Brandstiftern, ohne sich etwas dabei zu denken. Feueralarm wird also immer sehr ernst genommen.

Nun mögen Sie sich fragen, wieso Nell (oder Ellen) bei Intelligenztests so schlecht abschneidet. Das hat einen sehr einfachen Grund. Auf Fragen wie »Scheint nachts die Sonne?«, antwortet Ellen mit einem »Ja« – denn sie denkt daran, wie die Sonne auf der anderen Seite der Erde aufgeht, wenn sie bei uns untergeht –, wo doch die korrekte Antwort für Kinder unter fünf »Nein« lautet. (Und Nell werden Testaufgaben für Vierjährige vorgelegt, da sich ihre sprachlichen Fähigkeiten ja auf diesem Niveau bewegen; immerhin hat sie zweieinhalb Jahre lang überhaupt kein Englisch gesprochen.) Sowas passiert schon mal. Viele Heimkinder werden falsch beurteilt (manchmal ist das Zufall, manchmal liegt's an der Dummheit der Erwachsenen und gelegentlich sogar an ihrer Boshaftigkeit) und landen irgendwo, wo sie überhaupt nicht hingehören.

Und so wurde an diesem Abend beschlossen, Nell noch etwas länger im Eastlake Centre zu behalten und nicht in Pflege zu geben. »Verschiedene Hinweise auf seelische Störungen« wurde in ihrer Akte vermerkt, was zusätzlich zu dem verhängnisvollen »G. U.« ein neues Hindernis für das zukünftige Schicksal und Wohlergehen des Fürsorgezöglings Ellen Root darstellte.

Auf derselben Sitzung wurde eine Resolution eingebracht und verabschiedet, in der einer gewissen Mrs. Erich Blotton Dank für die stattliche Summe (siebenhundertfünfzig Pfund) ausgesprochen wurde, mit der sie das Heim diesmal bedacht hatte. Mrs. Blotton erschien nie persönlich, aber es hieß, daß sie viele Kinderheime in der Gegend mit großzügigen Spenden versah. Man hielt sie für ein bißchen spinnert, was der Freude über ihre Gaben aber keinen Abbruch tat. Außerdem wurde beschlossen, Mrs. Blotton brieflich zu einem Besuch im Eastlake Centre einzuladen.

Leser, Sie kennen ja meine Ansichten über den Zufall. Ich versichere Ihnen, daß genau solche Dinge auch in Wirklichkeit passieren. Mrs. Blotton, unfruchtbar, heiratete Erich Blotton, der sich Kinder mehr als alles andere wünschte. Wenn sie jetzt das Versicherungsgeld vom Absturz der ZOE 05 an Kinderheime verteilt – überrascht Sie das? Die Welt ist gar nicht so riesig – nein, sie ist ganz klein: Kreise in Kreisen, Räder in Rädern –, denken Sie nur an Angie und Dorothy, deren Wege sich bei Harrods kreuzten, ohne daß sie davon wußten! Soweit ich das sehe, begegnen fast alle Leute all den anderen, die in der Geschichte ihres Lebens auch eine Rolle spielen!

Wieder vereint

Es ist vielleicht ganz gut, daß Clifford und Helen von alldem nichts wissen. Sie halten über einen Tisch hinweg Händchen und blicken einander in die Augen. Manchmal kommen wir anscheinend nur auf Kosten anderer zu unserem Glück. Während wir hier in Gefühlen schwelgen, leidet woanders jemand unter unserem Desinteresse.

»Ich bin dir treu gewesen«, bemerkt Clifford, was unter diesen Umständen ganz ungewöhnlich ist.

»Trudi Barefoot?« Helen muß einfach fragen; sie kann nicht anders. Verständlich, oder?

»Wer?« Er macht Spaß. Trudis neuester Film ist gerade angelaufen. Ihr Name hängt an jeder zweiten Litfaßsäule.

»Elise O'Malley?«

»Heilige Jungfrau Maria, wo ist meine Pille?« Unerhört! Clifford ist gnadenlos. Und Elise – so abhängig, so vertrauensvoll.

»Serena Bailey, Sonia Manzi, Gertie Lindhoff, Bente Respigi, Candace Snow –« Sie kennt eine Menge Namen, aber nicht alle.

»Du glaubst doch nicht alles, was in der Zeitung steht«, sagt er, »zumindest will ich das hoffen. Oder was ist mit dem Zwerg und Agnes R. Lich?«

Ach Gott! Er hat nicht aufgepaßt und Simon schon wieder »Zwerg« genannt. Helen nimmt ihre Hand weg.

»Tut mir leid«, sagt er schnell. »Du weißt, ich bin eifersüchtig.«

Das ist schon besser! Helen lächelt. Seit drei Jahren ist Nell jetzt weg. Sie kann ruhig lächeln. Und Clifford läßt ihr die Illusion, wenn es denn eine ist, daß Nell noch lebt, und die Welt wird für sie wieder zu einem Ort, wo alles möglich ist, selbst das Glück.

Leser, nach dem Essen (das nur etwa fünfzehn Pfund kostete, bei den damaligen Preisen; Clifford war ja nie übermäßig spendabel) gingen Clifford und Helen zu seinem Haus am Orme Square und verbrachten dort die Nacht. Die Kosten dieses einen Abends (das heißt, die Restaurantrechnungen für alle drei Paare, inclusive vielleicht noch dem Preis für Angies neue goldbestickte Schuhe) kamen bestimmt auf mehr als siebenhundertfünfzig Pfund – also die Summe, die Mrs. Blotton dem Eastlake Assessment Centre gespendet hatte. Nells Abendessen, Fischstäbchen mit gebackenen Bohnen, danach Obstkuchen, war auf sechs Pence kalkuliert. Die eigentliche Unmoral, wenn es eine gibt, besteht meines Erachtens darin, daß die Begüterten dieser Welt so viel haben und die Habenichtse so wenig.

Die ganze Nacht blieb Arthur Hockney allein, als Babysitter, wurde noch nicht mal anstandshalber angerufen; für den Schmerz dieser Stunden gab es keine Entschädigung. Wenn man einmal von der Nacht absieht, in der seine Eltern ums Leben kamen, und dem Tag, an dem er seinen Förderern erklärte, er habe ihnen die Treue gebrochen, er würde der Bürgerrechtsbewegung doch nicht beitreten, er könne sich nicht festlegen, waren dies die schmerzhaftesten Stunden seines Lebens. Er brauchte keine übersinnlichen Kräfte, um zu wissen, was passiert war. Sie vielleicht?

Leser, falls Sie verheiratet sind, sollten Sie Ihr möglichstes tun, um auch verheiratet zu bleiben. Falls Sie aber unverheiratet sind, möchte ich Ihnen den zynischen Rat geben: sorgen Sie dafür, daß Sie sich nur in jemanden verlieben, den Sie *nicht* mögen, denn womöglich endet das Ganze mit der Scheidung, und eine Sache ist besonders schlimm, wenn Sie sich scheiden lassen oder geschieden werden: Sie müssen sich in Haß üben. Sie müssen lernen, den Menschen zu verachten und zu verabscheuen, den Sie einmal geliebt und bewundert haben, um sich selbst davon zu überzeugen, daß Sie nicht viel verloren haben. Wichser! Schlampe! Der? Die? – Weg mit Schaden! Sich in Haß zu üben, ist sehr schlecht für den Charakter – und schrecklich für die Kinder! Aber wenn Sie diesen Menschen erst gar nicht gemocht hätten, könnten Sie sich viel Mühe und Kummer sparen. Zumindest müssen Sie nicht all Ihre Ansichten über die Welt und die Menschheit ändern. Schwarz könnte schwarz bleiben und weiß weiß.

Clifford und Helen, wieder vereint in dieser Nacht, in dem hübschen kleinen georgianischen Haus am Orme Square, lachend, schwatzend und glücklich, konnten sich kaum noch erinnern, weshalb sie einander so gehaßt hatten. Sie konnte seine Seitensprünge als bloßen Ausdruck von Männlichkeit sehen: seine Schäbigkeit als Besonnenheit: seine Konzentration auf die Arbeit als nur vernünftig; und sie selbst – sie hatte zu jung geheiratet und Clifford nicht das gegeben, was er brauchte.

»Ich hab nur immer versucht, dich eifersüchtig zu machen«, sagte sie zu ihm, und stand dabei so rank und schön unter der Marmordusche, in einer Dampfwolke, die sie – wie ein Weichzeichner vor der Kameralinse – noch verklärter und romantischer erscheinen ließ als je in seinen Träumen – den guten, nicht den schlechten. Und um ehrlich zu sein, hatte er ziemlich häufig von Helen geträumt, selbst in Gegenwart von Elise, Serena, Sonia, Gertie, Bente, Candace – und wem sonst noch.

Clifford seinerseits konnte nun Helens damaligen Seitensprung als ein Symptom ansehen und nicht als Grund für den Zusammenbruch ihrer Ehe. Er hatte sie vernachlässigt; sein Egoismus war schuld.

»Es tut mir leid«, sagte sie, »es tut mir so leid! Ich hab's sofort furchtbar bereut!«

»Du hast nichts getan, was ich nicht auch getan habe«, sagte er und sah, wie ihre Augen kalt vor Eifersucht wurden, aber nur für einen Moment.

»Ich will es nicht hören«, sagte sie. »Ich will es vergessen.«

»Mit Nell, da hab ich mich ganz abscheulich benommen«, sagte er. »Arme Nell.«

»Süße Nell«, sagte sie. Und da konnten die beiden auf einmal über Nell reden, ganz mühelos, und sie zu einem Stück gemeinsamer Vergangenheit werden lassen. Entschuldigungen sind etwas sehr Wichtiges. Weltkriege brechen aus, weil sich keiner dazu durchringen konnte: weil keiner bereit ist zu sagen, du hattest recht, ich hatte unrecht.

So standen sie also sechs Jahre später da, Hand in Hand, nach soviel vergeudeter Zeit, soviel vergeudetem Leben! Und Simon Cornbrook, der mit klopfendem Herzen um fünf Uhr morgens aus Japan zurückgekehrt war, um seine Ehe zu reparieren, fand Helen nicht in ihrem Ehebett. Statt dessen lag Arthur, der Detektiv, auf der Couch und schlief, und oben im Kinderzimmer lag der kleine Edward und schlief ebenfalls und hustete dabei, und es war ein bellender Husten, der sich jeden Moment zu einem wirklich schlimmen Anfall von Pseudo-Krupp auswachsen konnte.

Ausgerissen!

Und was geschah mit der kleinen Nell – vom Schicksal verschlagen, nur weil ihre Eltern keine Verantwortung gezeigt hatten? Ja, sie waren wirklich verantwortungslos – sie hatten einander ja heiraten wollen – warum konnten sie sich dann nicht auch ein bißchen bemühen, einander auszuhalten, als sie Nell bekamen? (Was verheiratete Leute ohne Kinder mit ihrem Leben machen, hat keine großen Auswirkungen; von mir aus kann der eine zum Nord- und der andere zum Südpol fliegen; sie tun nur sich selbst und einander weh, und auch das gibt sich wieder.) Leser: die Nacht, in der Clifford und Helen wieder vereint waren, war auch die Nacht, in der Nell – oder Ellen Root, wie sie jetzt hieß – vom Eastlake Assessment Centre ausriß, fortlief vor dem dummen Horace und seiner strengen, trunksüchtigen Frau Annabel. So sah jedenfalls Nell die beiden: ich will damit nicht sagen, daß sie wirklich so waren.

Nun hatte sich Nell in ihrem kurzen Leben schon an überraschende, schreckliche Ereignisse gewöhnen müssen, doch bislang – abgesehen von dem einen Tag mit Erich Blotton – war sie immer gut versorgt worden, und zwar von ganz besonders netten, feinfühligen und aufgeschlossenen Leuten – mochte die Umgebung auch manchmal etwas merkwürdig sein –, und das Eastlake Assessment Centre mit dem typischen

Geruch nach Kohl, Desinfektionsmittel und menschlicher Verzweiflung und den energischen, strengen und mächtigen Heimleitern konnte sie nur überraschen, nicht aber in die Knie zwingen. Eine weniger traumatische Erfahrung als der Flugzeugabsturz, als der Brand, mit dem der Teufel das Château dem Erdboden gleichgemacht hatte, als die Katastrophe auf der Route Nationale – aber sogar noch unbegreiflicher! Im kahlen, kalten Sanitätsraum von Eastlake zu stehen und den Kopf geschoren zu kriegen! Mitansehen zu müssen, wie die hübschen Locken auf den abgeschabten, grauen Linoleumfußboden fallen! Niemanden zu haben, den sie umarmen konnte, dem sie ihre Geschichte erzählen konnte, niemanden, der ihr was vorsang: nun, so etwas konnte sie aushalten, eine Zeitlang. Aber nicht lieben zu können, nicht geliebt zu werden – wenn das so weiterging, dann war es wirklich ein Unglück – das schlimmste Unglück sogar, das einem kleinen Kind widerfahren kann, und Nell wußte instinktiv, daß sie fort mußte, und zwar schleunigst. Daß es überall besser war als hier! Daß es schöne Dinge und gute Menschen auf der Welt gab, und daß sie die nur finden würde, wenn sie nicht hierblieb.

Es war Ellen Roots siebter Geburtstag – laut Eastlake Assessment Centre. Wir wissen natürlich, daß Nell in Wirklichkeit erst sechseinhalb war. Aber sieben ist das magische Alter, ab dem Kinder offiziell für fähig gehalten werden, allein zur Schule zu gehen – Hauptverkehrsstraßen zu überqueren, den Fremden aus dem Weg zu gehen, die auf der Lauer liegen –, und Nell hörte zu, wie Annabel ihr das alles erklärte, und dachte: wenn ich alt genug bin, allein über die Straße zu gehen, dann bin ich auch alt genug, um von hier fortzugehen und nie, nie mehr zurückzukommen. Außerdem war sie an diesem Tag zum ersten Mal in ihrem Leben in eine Schule geschickt worden. Bislang hatte sie an der Gruppe für »Kleinkinder mit besonderen Bedürfnissen« teilgenommen, die immer dann stattfand, wenn Annabel Lee es für angebracht hielt, sie zusammenzurufen und sich dazu herabließ, die Bastelpappen rauszuholen oder das Planschbecken aufzublasen. Das hatte sie langweilig gefunden, aber die Schule haßte sie. Ein riesiger Ort, eine wilde, laute, lärmende Angelegenheit – Gekreisch und Geschrei und Zwicken und Schimpfworte! Und eine große grauhaarige Frau war auch da, die ihr dauernd das Lesen beibringen und nicht glauben wollte, daß sie schon lesen konnte, und nicht mal zuhörte, als Nell ihr was vorlas; also war Nell stumm geblieben, und die Frau hatte ihr eine Ohrfeige gegeben. Nein, Nell mußte fort!

Als sie von diesem schrecklichen Ort namens Schule zurückkam (die anderen hatten alle ein richtiges Zuhause, zu dem sie gingen, und sie hatte nur das Eastlake Centre, und das kannten alle, und deswegen redete keiner mit ihr), nahm sich Nell einen frisch gewaschenen Kopfkissenbezug aus der Waschküche und wickelte ihre wenigen Besitztümer darin ein. Toilettenbeutel, ein dünnes Handtuch, ein Paar Schuhe (schon zu klein), einen Pullover, eine Stoffpuppe mit gelben Haaren – eine der Anschaffungen von Mrs. Blottons großzügiger Spende – und den einen Gegenstand, der aus ihrer ganzen Vergangenheit noch übrig war: den Blech-Teddy an einer Silberkette – und was hatte sie nicht alles getan, um ihn zu behalten. Sie ging ins Bett, wie sonst auch, hielt sich aber wach – was fast schon der schwierigste Teil des ganzen Unternehmens war –, und als sie die Standuhr neun schlagen hörte, kroch sie aus dem Bett, schlich sich aus dem Schlafsaal und die Treppe hinunter, schloß die schwere Haustür auf und war draußen in der sternenhellen Nacht, in der großen weiten geschäftigen Welt, um ihr Glück zu suchen.

Heiße Verfolgungsjagd

Ausgerissen!« keifte Annabel Lee, als sie von ihrem Mann Horace erfuhr, daß das Bett der kleinen Ellen Root leer und das Kind nirgendwo zu finden war. »Das böse, böse Kind!« Und sie schubste ihre leere Sherryflasche unters Bett, damit ihr Mann sie nicht sah. Es war ein Doppelbett, aber Horace schlief meistens auf einem Feldbett in der Dachkammer, wo er seine Eisenbahn stehen hatte. Es war ein kompliziertes und ganz phantastisches System, elektronisch gesteuert, und die Kinder hätten es wahrscheinlich sehr bewundert, wenn sie hätten hochgehen und es anschauen dürfen. Was sie natürlich nicht durften.

Nun ist »Ausreißen« neben Brandstiftung und Beißen das schlimmste, was ein Kind in einer Anstalt tun kann. Das Kind, das flieht, wird als ungeheuerlich, unvorstellbar undankbar angesehen. Jede Anstalt ist für die, die sie führen, ein angenehmer, freundlicher und ganz vortrefflicher Ort. Wenn das Kind (oder der Gefangene oder der Patient) dem nicht zustimmen kann und sich entsprechend verhält, so ist er nicht nur aufsässig und niederträchtig, sondern bringt alle Beteiligten in schreckliche und unnötige Schwierigkeiten. Die übliche Vorgehensweise sieht daher vor, den Ausreißer mit großem Nachdruck zu verfolgen, ihn zurückzuschaffen und dann für sein Weglaufen streng zu bestrafen, als würde dies dem Undankbaren die Anstalt schließlich doch ans Herz wachsen lassen, so daß er's nicht wieder tut.

»Das wird dich lehren«, schreit die Erwachsenenwelt. Und gleich noch eine Ohrfeige! »Das wird dich lehren, dich hier wohlzufühlen! Das wird dich lehren, uns zu lieben! Das wird dich lehren, dankbar zu sein!«

Annabel Lee setzte die Hunde auf Ellen Roots Fährte. Ja, wirklich. Sie hatte kein Recht dazu: keine Behörde hätte je einem solchen Schritt zugestimmt; aber vergessen Sie nicht, daß Annabel Lee weit mehr als eine halbe Flasche Sherry getrunken hatte, während sie darauf wartete, daß ihr Mann Horace mit dem Eisenbahnspielen aufhörte und womöglich ins Bett kam. (Ein ziemlich großer Teil des Geldes, das Mrs. Blotton dem Eastlake Centre über die Jahre hinweg gespendet hatte, war für die elektrische Eisenbahn ausgegeben worden – und niemand, der sie sah – obwohl fast niemand sie sah –, konnte leugnen, daß sie etwas ganz Besonderes war. So winzig und so ausgeklügelt, mit den Tunneln und Signalanlagen und Bäumen und kleinen Häuschen am Wegesrand, richtig mit Vorhängen und elektrischem Licht, und einige Lokomotiven waren sogar seltene Sammlerstücke – zum Beispiel die legendäre »Santa Fe« – und auf der Rechnung stand immer bloß »Spielzeug«, wer hätte also diese Ausgaben beanstanden können? Niemand.)

»Die Hunde! Die Hunde! Laßt die Hunde los!« schrie Annabel Lee und kletterte mühsam aus dem Bett: eine dicke Person, die widersinnigerweise in einem zarten Seidennachthemd steckte (von dem Horace nie Notiz nahm, obwohl sie es immer wieder darauf anlegte). »Die Polizei können wir nicht rufen, das gäbe nur einen Skandal! Ein Riesentheater und kein Ende, und dann auch noch ihre Kopfläuse; Schande wird sie über uns alle bringen. Wir sollten dem kleinen Fräulein lieber mal einen ordentlichen Schrecken einjagen. Und den wird sie auch kriegen, wirklich und wahrhaftig!«

Ach, Leser, als hätte die arme kleine Nell nicht schon viel zu viele Schrecken erlebt.

Annabel Lee hielt ihre beiden großen, schwarzen, drahtigen Hunde mit den großen Mäulern und den scharfen weißen Zähnen im Zwinger gleich um die Hausecke, direkt vor dem Speiseraum, so daß die Kinder sie sehen konnten, wenn sie zum Essen herunter kamen. Die Hunde würden die Kinder ruhig machen, sagte Annabel Lee. Nein, sie schüchterten die Kinder ein, besonders deshalb, weil Kettle und Kim nie genug zu fressen kriegten und an rasselnden Ketten lagen, gerade lang genug, damit die Tiere ihre triefenden Lefzen gegen das Fenster drücken konnten: riesengroß sahen ihre Zähne aus, blutrot das Zahnfleisch.

»Wenn du damit nicht aufhörst« (über den Flur zu rennen, deine Haar im Kamm zu lassen, deine Socken zu verlieren oder sonst etwas), »dann fressen dich die Hunde!« Disziplin war im Eastlake Centre überhaupt kein Problem.

Wenn Besucher oder jemand von der Heimaufsicht kam, wurden die Hunde in ein Gehege am anderen Ende des Grundstücks gebracht, und dafür kamen Kaninchen in den Zwinger.

»Wie hübsch für die Kinder, daß sie hier Tiere zum Streicheln haben!« sagten die Besucher.

»Und dann so viele Spielsachen! Aber wo *sind* denn die Spielsachen? Kaputt, sagen Sie! Großer Gott! Naja, sie sind halt gestört, nicht wahr, die armen kleinen Dinger. Was für ein Glück, daß sie Sie haben, Mrs. Lee, eine so warmherzige und freundliche und liebevolle Heimmutter. Was für eine Geduld Sie haben müssen! Sie beschämen uns alle!« Und alle sagten das so oft, daß Annabel Lee es direkt schon selber glaubte.

Die meisten von uns glauben natürlich, sie wären gute Menschen. Leser, haben Sie schon mal jemanden getroffen, der dachte, er wäre ein schlechter Mensch? Aber irgendwo müssen sie ja sein, sonst wäre die Welt nicht in dem Zustand, in dem sie ist, und unsere liebe Nell wäre nicht in derselben Nacht, in der ihre Eltern wiedervereint waren – wenn auch zu Arthur Hockneys und Simon Cornbrooks Kummer –, über einen warmen, sommerlichen, mondhellen Pfad am Rande der Hackney-Sümpfe gerannt, verfolgt von zwei geifernden, wilden, schwarzen Hunden, und hinter ihnen, am Steuer des heimeigenen Kleinbusses, mit leuchtenden Scheinwerfern und schriller Hupe, eine betrunkene, ebenso geifernde Annabel Lee.

Leser, ich möchte hier keinesfalls die Dobermänner beleidigen. Gut erzogene, gut behandelte Dobermänner sind ganz edle, verständige, friedliche Geschöpfe. Nur wenn ein Mensch wie Annabel Lee sie aufzieht, werden sie zu Monstern. Ich glaube, wenn die beiden Nell eingeholt hätten, dann hätten sie sie wahrscheinlich auch in Stücke gerissen. Aus wilder Verzweiflung heraus. Sie wollten ja dressiert sein, waren aber scharfgemacht worden und daher voller Haß.

Annabels Mann Horace sah zu, wie die drei abzogen – die jaulenden Hunde, seine kreischende Frau – und überlegte kurz, ob er die Polizei anrufen und Annabels Treiben ein für allemal ein Ende bereiten sollte, entschied sich aber dagegen und kehrte in seine Dachkammer zurück, um auszuprobieren, ob seine neuerworbene und heißgeliebte, aber eher antike Santa Fe-Lok die Royal Scot auf einer Steigung von drei zü eins abhängen konnte. Ich persönlich denke, daß Horace leicht verrückt war. Vielleicht sollte man ihn dafür bedauern, aber ich kann das nicht.

Nell rannte: und wie sie rannte. Sie rannte über Stock und Stein; sie rannte durch Wiesen und Sümpfe: sie rannte der Autobahn entgegen, dem Lärmen und Dröhnen und dem, was ihr wie Sicherheit vorkam. Nun kann ein normaler Mensch wohl kaum ruhig mitansehen, wie ein kleines Kind in höchster Eile auf eine Autobahn zurennt, doch auf Annabel Lee machte das keinen großen Eindruck, genauso wenig wie es sie störte, wenn eine Küchenschabe (davon gab es im Eastlake Centre eine ganze Menge) vom Herdaufsatz in einen Topf mit kochendem Kartoffelwasser fiel – sie war halt so. Wenn das Kind überfahren wurde, hatte es selber schuld: sie, Annabel Lee, hatte alles getan, um die Kleine aufzuhalten; niemand (außer Horace, und der würde nichts sagen) würde je erfahren, was eigentlich passiert war. Vielleicht hätte Ellen Root bei diesem Unfall auf der Route Nationale ums Leben kommen sollen: vielleicht war alles, was sie jetzt noch hatte, eine Art Rest-Leben: die Straßen, diese Menschenfresser der modernen Zeit, würden sie für sich beanspruchen, und sie, Annabel, würde ihr möglichstes tun, um nachzuhelfen. Leser: Annabel Lee war sicher mehr als nur ein bißchen verrückt und ein sehr schlechter Mensch, und sie haßte Nell wider jede Vernunft und jedes Maß und vielleicht nur deshalb, weil das Kind, im Gegensatz zu ihr, heil war und gut. Im Moment war sie natürlich nicht sehr hübsch – dafür hatte Annabel gesorgt. Ihr Kopf war erst vor ein paar Wochen geschoren worden, und nun stand ihr Haar in kurzen blonden Borsten hoch, in denen, so wollte es Annabel scheinen, noch immer Läuse nisteten; sie war besessen in ihrer Feindseligkeit dem Kind gegenüber – und das Eastlake Centre begann, seine Spuren zu hinterlassen: Nells kleines Gesicht war spitz, verkniffen. Sie war gerade noch rechtzeitig ausgerissen.

Und so rannte die unscheinbare, kleine, geschorene Nell in Richtung Autobahn und Tod oder Leben, wie sollte sie das wissen? Und als sie an der Böschung anlangte und stolperte und hinunterrutschte, direkt zur Fahrbahn hinab, da rief Annabel Lee bloß ihre Hunde zurück und blieb noch ein Weilchen in ihrem Land-Rover sitzen und lachte und lenkte dann den Wagen heimwärts.

Nun hatte die kleine Nell Glück, und das hatte sie von ihrem Vater geerbt. Das heißt, abgesehen von dem grundlegenden, dem furchtbaren Pech, ein Kind zu sein, das auf einen völlig falschen Weg geraten ist, waren ihr immer wieder ganz außerordentliche Glückssträhnen beschieden – die Art von Glück, wie es etwa eine Spinne hat, die in eine Badewanne gefallen ist, wenn ein netter Mensch vorbeikommt, der – statt das heiße Wasser aufzudrehen und sie den Abfluß runterzuspülen – artigerweise die Mühe auf sich nimmt, ihr ein Stück Bindfaden hinzuhängen, so daß sie rausklettern kann. Die gute Fee, die sich um Nell kümmerte, kehrte jedenfalls auf ihren Posten zurück (besser spät als nie, würde ich sagen – aber wirklich, so was Nachlässiges!) und hängte dem armen Kind ein Stück Bindfaden in Form eines Lieferwagens hin, der auf einer Parkbucht für Polizeifahrzeuge stand, genau an der Stelle, wo sie über die Böschung geklettert und hinuntergerollt war, der Fahrbahn entgegen. Die Laderampe des Lieferwagens war heruntergelassen: seine Scheinwerfer waren ausgeschaltet: der Fahrer Clive und sein Kumpel Beano arbeiteten gerade daran, beim Schein einer Taschenlampe die Nummernschilder auszuwechseln.

Während sie noch damit beschäftigt waren, fuhr ein zweiter Wagen vor, und Clive und Beano halfen seinem Fahrer, schnell und leise ein großes, schweres Möbelstück von seinem Dachgepäckträger über die Heckrampe in den Lieferwagen zu bugsieren. Dann stieß das andere Auto zurück, bog wieder auf die Autobahn und verschwand.

Nell duckte sich und wartete und kam allmählich wieder zu Atem. Offensichtlich boten sich hier Sicherheit und Rettung. In dem Moment, als Clive und Beano ihr den Rücken zuwandten – sprang sie die Rampe hoch und hinein in den Lieferwagen; hierher würden ihr die Hunde nicht folgen. Clive und Beano erledigten ihre Arbeit, die Rampe ging hoch, Nell blieb unbemerkt, die Türen knallten zu, und Nell und ein kleiner Teil der Beute aus einem der größten Antiquitätendiebstähle aller Zeiten (Leser, es handelt sich um die Plünderung eines unserer elegantesten Landhäuser, Montdragon House) befanden sich auf dem Weg nach Westen. Und Clive und Beano – ein fröhliches, wenn auch verbrecherisches Paar – lachten darüber, wie sie den Dienstparkplatz benutzt und damit die Polizei mit ihren eigenen Waffen geschlagen hatten, und Nell hörte das Lachen und spürte, daß sie wieder unter Freunden war. Im Eastlake Centre hatte es nicht viel zu lachen gegeben.

Nell schlief ein und nichts konnte sie aufwecken, weder das Rattern noch das Rumpeln noch die Stimmen noch das Geruckel, bis plötzlich die Morgensonne hereinströmte, als die Türen sich öffneten und sie auf der Faraway Farm war, im tiefsten, grünsten Herefordshire, wo sie die nächsten sechs Jahre verbringen sollte.

Große Veränderungen

Helen und ich werden wieder heiraten«, sagte Clifford zu Angie Wellbrook beim Frühstück im Claridges am Morgen nach der Nacht mit Helen: er fühlte sich wieder frisch und sauber und stark und meinte, er könnte alles haben. »Und was soll der ganze Unsinn mit den Geschäftsanteilen? Wenn Leonardo's die Genfer Filiale schließt oder keine Ausstellungen mehr macht, dann trete ich einfach zurück, und wo bleibt dann der Spaß für dich? Lehn dich zurück, Angie, und freu dich an den hübschen Profiten, aber misch dich nicht ein!« Angie begann vor Schock zu weinen und ruinierte ihr teures Make-up, und die Tränen tropften auf das Crêpe de Chine (und die Wasserflecken gingen nie mehr raus), und sie sagte: »Geh noch einmal mit mir ins Bett, Clifford. Nur eine Stunde mit mir, und ich verspreche dir, daß ich fortgehe und dich und Leonardo's in Frieden lasse.« Und leider muß ich sagen, daß Clifford – hauptsächlich wohl aus Mitleid, gepaart mit Eigennutz (logisch!) mit ihr in eines der altmodischen, federnden Messingbetten im Claridges ging, *am hellen Morgen*, was ich sehr dekadent und unmoralisch finde. Dann begab er sich zu allen seinen Anwälten, um herauszufinden, wie schnell Helen sich von dem Zwerg (das heißt, von dem talentierten, armen Simon Cornbrook) scheiden lassen konnte.

»Es tut mir leid«, sagte Helen zu ihrem Ehemann Simon. »Aber mit unserer Ehe hat's einfach nicht geklappt, oder? Und immerhin hast du ja Agnes R. Lich, zu der du gehen kannst.«

Aber Simon wollte natürlich nicht Agnes R. Lich. Mit seinen Versuchen, Helen eifersüchtig zu machen, hatte er nichts weiter erreicht, als sich selbst moralisch und juristisch ins Unrecht zu setzen. Ja, sowas passiert dauernd. Der Ehemann/die Ehefrau beichtet eine Affäre in der Hoffnung, daß der Ehepartner sich aufsetzt und Interesse zeigt; erkennt, wie sehr er/sie Gefahr läuft, sie/ihn zu verlieren, wenn das so weitergeht; und dann kommt nichts weiter dabei raus, als daß der Ehepartner mit jemand ganz anderem abschwirrt, mit einem guten Gewissen und dem meisten Geld. Beichten Sie nie, Leser, lassen Sie sich nie erwischen, nicht wenn Sie gern verheiratet sind. Sonst haben Sie am Ende vielleicht überhaupt nichts – keine Ehe mehr und keine/keinen Geliebte/n (er/sie war an Ihnen ja nur interessiert, solange Sie unerreichbar waren, zu jemand anderem gehörten), ein schlechtes Gewissen und höchstwahrscheinlich nicht mal Unterhalt. Vielleicht werden Ihnen sogar die Kinder abgesprochen. Sowas passiert.

Helen war sehr lieb und sagte, natürlich könne Simon auch weiterhin den kleinen Edward sehen; wirklich, es würde kaum einen Unterschied machen: oder? Simon war so häufig weg, auf diese Weise würde er das Kind vielleicht sogar öfter zu sehen kriegen. Orme Square war keine ausgesprochene Kindergegend, das wußte sie auch, aber im Haus gab es genug Platz für ein Kindermädchen (Kindermädchen! Sie, die geschworen hatte, sich immer selbst um Edward zu kümmern: wie konnte sie nur!), und Clifford würde Edward um ihretwillen lieben und wahrscheinlich ein aufmerksamerer Vater werden als Simon das je gewesen war, und er hatte es gewußt, als er sie heiratete, daß sie in Wirklichkeit immer nur Clifford geliebt hatte – Simon sollte nur bitte nicht denken, daß sie irgend etwas bereute, sie hoffte wirklich, daß sie Freunde bleiben würden. Er konnte ja das Haus in Muswell Hill verkaufen und mit Agnes R. Lich woanders hinziehen. Sie paßten wirklich gut zueinander, Simon und Agnes, beide in derselben Branche tätig und irgendwie ja im Geiste verheiratet: sie teilten sich Zeitungsspalten so, wie andere Leute sich ein Ehebett teilten.

»Edward hatte Pseudo-Krupp«, mehr brachte Simon nicht heraus. Irgendwie waren das die einzigen Widerworte, zu denen er sich berechtigt fühlte. »Edward hatte Pseudo-Krupp, und du hast ihn alleingelassen, mit einem schwarzen Detektiv als Babysitter.«

»Soll das eine rassistische Bemerkung sein?« Ihre hübschen Augenbrauen hoben sich.

»Sei nicht so verdammt blöd.« Simon fing fast an zu weinen. »Ich meine doch bloß, daß ein schwarzer Detektiv nicht mit Pseudo-Krupp umgehen kann.«

»Wieso nicht? Weil er schwarz ist? Ich bin sicher, daß er weit besser Bescheid weiß, wie man mit einem kranken Kind umgeht, als Agnes.« Womit sie ganz recht hatte. Aber schließlich verstand kaum jemand weniger von kranken Kindern als Agnes. »Jedenfalls ist es kein richtiger Krupp, nur ein schlimmer, tiefsitzender Husten. Dieses Haus war immer feucht. Die Bäume hätte man zurückschneiden müssen, aber das wolltest du ja nie.«

Agnes wollte Simon heiraten. Für eine Frau ist es nützlich, verheiratet zu sein, besonders mit jemanden, der denselben Beruf ausübt und es dort schon weiter gebracht hat – solange es nicht auf das hinausläuft, was Sie und ich eine traditionelle Ehe nennen würden: wo von der Frau erwartet wird, daheim zu bleiben und den Haushalt zu führen. Das war nun sicherlich nicht die Art Ehe, die Agnes vorschwebte. Sie sah das Ganze eher als eine Berufstätigen-Beziehung an. Beim Frühstück, zum Orangensaft, ein kurzer Vergleich von Notizen;

der Name eines nützlichen Kontakts; Tips zum Umgang mit einem bestimmten Redakteur – alles solide Kletterhaken für guten Halt beim weiteren Aufstieg zum Karriere-Gipfel. In gewisser Hinsicht war es wohl eine ähnliche Verbindung wie die zwischen Angie und Sylvester, aber mit gegenseitigen rechtlichen Verpflichtungen und dem Bett als Dreingabe. Und natürlich würde es ihr nichts ausmachen, wenn Simon Edward sah – sie hatte nicht die Absicht, selbst Kinder zu kriegen; er würde das ganze Generve wohl auch nicht nochmal durchmachen wollen, dieses Angebundensein – ein Journalist mußte frei sein, um an seiner Story dranzubleiben, selbst wenn ihn das bis ans Ende der Welt führte! Nein, er sollte auf jeden Fall Muswell Hill verkaufen und das Geld irgendwo anlegen – und dieser blöden Kuh Helen so wenig wie möglich geben – (Simon, wie kann es deine *Schuld* sein, wenn sie mit Clifford Wexford auf und davon ist? Wovon redest du eigentlich? Die beiden verdienen einander, Herrgottnochmal!) und vom Gehalt eine Dienstwohnung in der Londoner City mieten, am besten möbliert. Schließlich würden sie sich nicht allzu viel darin aufhalten. Ja, Simon. Ich möchte wirklich, daß wir heiraten. Es ist wichtig. Es macht wirklich viel aus. Nach dem ganzen Zeug in den Zeitungen. Der Sache mit dem Sake. Nun bist du wieder frei; ja siehst du denn nicht, wie demütigend es für mich wäre, wenn du mich jetzt nicht heiraten würdest?

Oh Miss A. R. Lich! Die neue Mrs. Cornbrook. Agnes Cornbrook. Ja, mit dem Namen kannst du ohne weiteres für bessere Tageszeitungen arbeiten. Für A. R. Lich war die MAIL ON SUNDAY schon das höchste der Gefühle. Was in gewisser Weise ja auch schon ziemlich hoch ist, beruflich gesehen – sonst hätte Simon sich gar nicht mit ihr abgegeben –, aber Agnes hatte noch Höheres im Sinn. Den INDEPENDENT oder etwas in der Art.

Armer Simon. Seine Augen wurden plötzlich sehr viel schlechter, so daß er eine neue Brille brauchte; er bekam eine

Kiefernhöhlenvereiterung und mußte sich mehrere Zähne ziehen lassen; sein Haaransatz ging um mehr als zwei Zentimeter zurück – und das alles in dem Jahr zwischen seiner Rückkehr aus Tokio und seiner Eheschließung mit Agnes, in dem ihm auch Weib und Kind abhanden gekommen waren. Bei der standesamtlichen Trauung (jeder, der in der Fleet Street-Szene etwas war, kam natürlich, drängelte sich ungebeten und angetrunken in einem Raum, der zu klein für die vielen Leute war, ließ Kameras blitzen und ging dem Standesbeamten ziemlich auf die Nerven) bekam Agnes Simon einmal ganz kurz im grellen, wenig schmeichelhaften Licht einer Neonlampe zu sehen, und da erkannte sie, daß er *alt* war. Was würde sie tun, wenn er plötzlich seinen Schwung verlor und alles hinwarf? Aber da war es schon zu spät. Geschieht ihr ganz recht, meine ich.

Triumph!

Clifford, Helen und Edward lebten froh und zufrieden am Orme Square, bis die Scheidung durch war. »Zusammenleben« hatte mittlerweile »in Sünde leben« abgelöst, und wenige runzelten die Stirn: nur die Mutter des Kindermädchens beklagte sich. Sie hatte geglaubt, ihre Tochter, eine echte »Norland Nanny« (welche Ausbildung! welche Kosten!), würde bestenfalls bei der königlichen Familie und schlimmstenfalls in einem Bankiershaushalt landen – und dann das! Aber das Kindermädchen Anne liebte den kleinen Edward und Edward liebte Anne, was gar nicht schlecht war; denken Sie an das, was ich eingangs über die Kinder von Liebenden gesagt habe: die reinsten Waisenkinder. Edward wurde Simon im Aussehen mit der Zeit immer ähnlicher, worüber Helen und Clifford gar nicht nachdenken wollten – obgleich Anne zum Glück schwor, er würde sehr groß werden, und sie konnte dieses Urteil mit einer kompletten Ausbildung untermauern.

Nachts lagen Clifford und Helen ganz ineinander verschlungen auf ihrem vorehelichen Bett, als fürchteten sie, irgendein Dämon könne kommen und sie voneinander lösen und wieder auseinanderbringen. Aber nur Engel schienen das Bett zu umschweben und sie zu segnen.

Zu der Zeit passierte etwas ganz Außergewöhnliches: eines

Tages, so beginnt die Geschichte, ging Clifford an Roache's Trödelladen in der Camden Passage vorbei. Im Schaufenster stand ein Gemälde eingeklemmt zwischen einem recht hübschen blauweißen Wasserkrug und einem arg kunstvollen Kerzenhalter aus Zinn (war für Sachen man damals für ein paar Pennies kriegte! nein, Pee; die ganze Währung war ja umgestellt worden: Shilling und Pence gab's nicht mehr und auch nicht die silbernen Dreipennystücke, die im Weihnachtspudding steckten). Das Gemälde war ungerahmt, etwa sechzig mal fünfundvierzig groß und so schmutzig, daß man kaum etwas darauf erkennen konnte. Clifford ging in den Laden, feilschte mit dem Inhaber ein Weilchen über den Kerzenhalter und kaufte ihn dann für vier Pfund, doppelt soviel wie Bill Roache – ein alter Eton-Schüler und früherer Steuerberater, der erst mit LSD in Kontakt gekommen und dann in den Antiquitätenhandel gegangen war – sich erhofft hatte. Dann erkundigte er sich beiläufig nach dem Gemälde. Roache kannte alle Tricks, so gut, wie sie nur einer kennen kann, der aus einer Bankiersfamilie stammt; er wurde sofort mißtrauisch.

»Ich weiß nicht, ob ich's verkaufen will«, sagte Roache und zog das Bild ziemlich unsanft aus dem Fenster und wartete darauf, daß sein Kunde hörbar die Luft einzog – ein sicheres Zeichen für einen ganz besonderen Typ von Interessenten. Es blieb aus.

»Ich weiß nicht, ob ich's kaufen will«, sagte Clifford. »Ob es überhaupt jemand kaufen will. Von wem ist es denn? Hat der einen Namen?«

Roache rubbelte über die rechte untere Ecke der Leinwand. Seine Hände waren sowohl sehr gepflegt als auch schmutzig. Ein »V« erschien unter der Dreckkruste, dann ein »I«, dann NCE und dann NT.

»Vincent«, sagte Roache.

»Vincent, von dem hab ich noch nie was gehört«, sagte Clifford, und da er für Roache ein Fremder war, konnte der auch nicht wissen, daß seine Stimme einen Grad höher war als sonst. »Wird ein Amateur sein, denk ich mir. Was ist es, ein Blumenstück? Sehen Sie sich mal diese Linie an – um das Blumenblatt – sehr unausgegoren.«

Nun, wenn Ihnen jemand mit Bestimmtheit erklärt, daß eine Linie unausgegoren ist, dann glauben Sie es auch, selbst als alter Eton-Schüler. »Ich schlag's mal nach«, sagte Roache und griff nach dem »Benozet«, dem Handbuch für den Kunstmarkt.

»Sie verschwenden Ihre Zeit«, sagte Clifford. »Aber sehen Sie ruhig nach. Vincent. Das ist V. Gibt nicht viele V's.«

Roache sah unter »V« nach und fand keinen Vincent.

»Na ja, ich weiß nicht«, sagte Clifford. »Ich müßte es rahmen lassen. Wissen Sie was, ich geb Ihnen zwei Pfünder dafür.« Gefährlich, mehr zu bieten. Roache war sowieso schon mißtrauisch.

»Es ist ganz schön alt«, sagte Roache, »und wie ich schon sagte, ich will's gar nicht verkaufen. Es gefällt mir.«

»Einen Fünfer«, sagte Clifford, »und ich muß verrückt sein.«

Geldscheine wechselten den Besitzer.

»Wo haben Sie das her?«, fragte Clifford, sobald das Bild sein Eigentum war.

»Ich hab einen Dachboden leergeräumt, für eine alte Lady in Blackheath«, sagte Roache. Cliffords Herz machte einen Satz. Die ersten Jahre in England war Vincent van Gogh regelmäßig von Ramsgate nach Blackheath gegangen (ohne sich etwas dabei zu denken).

»Haben Sie noch mehr davon?«, fragte Clifford, aber das war das einzige Bild gewesen, zwischen Haufen von alten Kleidern und Teilen eines Messingbetts. Er hatte die ganze Partie für drei Pfund fünfzig gekauft und bereits dreißig Pfund eingenommen. Mit diesem Verkauf sogar fünfunddreißig. Gar nicht schlecht.

»Es ist doch nichts Besonderes?«, fragte Roache nervös, als Clifford sich zum Gehen wandte. Er fühlte sich komisch: irgend etwas stimmte nicht. Kein Händler läßt gern einen Narren aus sich machen. Das Gesicht zu verlieren ist schlimmer als Geld zu verlieren.

»Nur ein van Gogh«, sagte Clifford, und Roache dachte daran, ihn zu verklagen, tat es aber nicht. Er hatte sich nicht nur Malerei im Wert von 35.000 Pfund durch die Lappen gehen lassen – er konnte auch nichts dagegen tun. Er hatte aus der Unwissenheit der alten Lady einen Riesenprofit geschlagen und Clifford einen Riesenprofit aus seiner. Er hatte der alten Lady nicht noch etwas zugesteckt; er erwartete nicht, daß Clifford ihm etwas zusteckte. Das tat Clifford auch nicht. Heute dürfte das Gemälde natürlich etwa zwölf Millionen Pfund wert sein. Ich bitte Sie!

Das bot Stoff für Schlagzeilen, natürlich, »Star-Galerist macht fantastischen Fund« – »Genie im Müll«, und für viele Kommentare in den besseren Zeitungen. Jeder, der jemand war, wußte alles darüber! Es brachte auch den Antiquitätenhandel in Aufregung. Überall im ganzen Land wurden stapelweise vergessene, verstaubte, alte Bilder hervorgeholt, inspiziert und gereinigt (ja, damals gab es noch Hunderte davon – heute nicht mehr), aber es fand sich kein weiterer VINCENT. Natürlich nicht. Dafür hätte man schon Cliffords Glück gebraucht.

Cliffords Glück! Das war's, worüber Helen und Clifford sich nicht beruhigen konnten: dieser unglaubliche Dusel, dazu die Raffinesse, und dann der Beweis für seine Fähigkeit, das Großartige vom Unbedeutenden zu unterscheiden: Cliffords Finger direkt am Puls der Kunst – und die Macht der Liebe und der Rausch der Lust und das Glück, einander wiedergefunden zu haben, all das vermischte sich zu einem ungeheuren Triumphgefühl. Sie verkauften das Bild nicht – natürlich nicht! –, sie hängten es über den marmornen Kamin, und es leuchtete, es *leuchtete* – keine Sonnenblumen, natürlich, aber Mohn.

Als John Lally davon hörte, sagte er, Clifford würde mit dem Teufel im Bunde stehen. Aber das wußte sowieso jeder, was sollte also der ganze Wirbel?

Helen sprach mit Evelyn, heimlich, denn sie hatte natürlich wieder Hausverbot für Applecore Cottage. Mutter, sagte sie, wenn sich mit *Geld* etwas ausrichten läßt, aber Evelyn sagte nein, das hilft auch nicht. Sie machte einen erschöpften Eindruck. Evelyn liebte den kleinen Edward. Er sieht aus wie John, sagte sie.

Angie rief aus Südafrika an, um Clifford zu seinem Fund zu beglückwünschen. Sie klang, als freute sie sich wirklich für ihn. Er würde sich um die Renaissance der Impressionisten verdient machen müssen. Sie gab ihm zehn Jahre, um den Wert von Vincents *Mohn* auf eine Million zu steigern. Alles darunter wäre eine Schande. Sie hoffte, das Bild paßte zu Helens Gardinen.

Cynthia sagte zu Otto: »Ich denke, unseren Sohn werden wir jetzt auch nicht mehr so oft sehen.«

»Gut«, sagte Otto und fügte hastig hinzu, »jetzt, wo er wieder mit Helen zusammen ist – und glücklich.« Aber in Wahrheit genoß er neuerdings die friedliche Stille seiner Wochenenden, ungestört von Cliffords Geschwätz. Er empfand die ganze Aufregung über das van Gogh-Gemälde als vulgär: van Gogh war arm und verkannt gewesen, bis zum Tode; daß die nachfolgenden Generationen sich von seinem Werk angesprochen fühlten, war eine Sache, daß sie Profit daraus schlugen eine andere.

»Vielleicht bekommen sie noch Kinder«, sagte Cynthia hoffnungsvoll. Sie fühlte sich nicht mehr so jung wie früher. Sie hatte keinen Liebhaber. Es herrschte kein Mangel an jungen Männern; sie ließen sich noch immer leicht bezaubern, leicht verwirren, aber neuerdings spürte sie die Würdelosigkeit der Situation für sich selbst und die anderen. Sie bekam Altersflecken auf den Handrücken. Ach, es war einfach nichts mehr. Doch in das Vakuum, das durch ihren Rückzug entstand, schien das Alter hineinzuströmen. Wenn Clifford und Helen ihr je noch ein Baby anvertrauen würden, dachte sie: diesmal würde sie sich voll darauf einlassen. Nells Leben war so kurz gewesen: hätte sie das nur gewußt, wie anders hätte sie sich verhalten; wieviel weniger hätte sie an Helen auszusetzen gehabt. Sie hatte als Mutter bei Clifford versagt, ihm nicht die Liebe und Unterstützung gegeben, auf die ein Kind Anspruch hat, und Otto natürlich auch nicht. Sie wollte noch eine Chance, mit noch einem Kind. In der Zwischenzeit widmete sie sich Otto; aber als sie die aufregenden Heimlichkeiten aufgab, stieg Otto wieder voll ein. Fremde Männer riefen an, überbrachten Nachrichten, die nicht für ihre Ohren bestimmt waren. Er hatte etwas Geistesabwesendes, Wichtigtuerisches an sich: das Telefon läutete, und keiner nahm ab: je nachdem, wie oft es geläutet hatte – drei, vier oder fünf Mal –, ging Otto drei, vier oder fünf Stunden später aus dem Haus. Nun gut, wenn es ihn jung hielt. Sie glaubte nicht, daß es gefährlich werden konnte. Und in den Wirtschaftsräumen sang Johnny ein Lied und polierte die Schnallen des alten Pferdegeschirrs und schien gar nicht so langsam im Sprechen und Denken wie sonst.

Helen ging aufs College zurück und belegte einen Kurs in Textildesign. Clifford erhob keinen Einspruch. Sie war nicht mehr seine Kindbraut. Ohne es zu wollen, hatte er von Fanny, Elise, Bente und so weiter eine Menge gelernt, am meisten von Fanny. Er dachte ziemlich oft an Fanny. Sie hatte sich gewehrt und verloren, aber er hatte aufmerksamer zugehört, als sie ahnte. Und sie hatte einen guten Geschmack. Er fragte sich, wo sie jetzt wohl arbeitete. Bestimmt hatte sie viele neue Erfahrungen gesammelt und würde Leonardo's recht nützlich sein können.

Clifford schrieb ein tolles Buch über die Impressionisten, das zwanzig Pfund kostete – damals ein unmöglicher Preis für ein Buch, selbst für ein Kunstbuch, aber es wurde ein Bestseller. Harry Blast, der Fernsehkritiker, verurteilte es so vehement wegen Volkstümelei – er würde Clifford nie verzeihen, daß der einen Narren aus ihm gemacht hatte –, und daraufhin gingen alle los und kauften es. Der einzige Platz, wo es sich lohnt, Feinde zu haben, ist der Bildschirm.

Bei Leonardo's lief alles glatt. Angie blieb auf Distanz; eine Rembrandtausstellung brach alle Besucherrekorde. Und dann schnitt die David-Firkin-Retrospektive in der Publikumsgunst sogar noch besser ab als der Rembrandt – und es war ein mutiger Schritt, das erste Mal, daß ein zeitgenössischer Maler in der Großen Halle ausstellte. Leonardo's konnte gar nichts falsch machen, genauso wenig wie Clifford. In seinem neuen Anbau (von der Queen höchstpersönlich eingeweiht) wurde ein kostenloser Beratungsdienst für die Allgemeinheit eingerichtet: dort konnte man Kunstwerke von Experten begutachten und ihren Wert schätzen lassen (sehr zum Ärger von Antiquitätenhändlern, die ihre Profite davonschwimmen sahen, wenn die Leute sich kundig machten). Drei ziemlich schöne frühe georgianische Stadthäuser wurden abgerissen, um Platz für den Anbau zu machen, einen neumodischen, scheußlichen Betonklotz, aber sowas passierte dauernd, und niemand protestierte, zumindest nicht sehr lautstark. Es schien ja mehr als genug altes London rumzustehen. Man konnte soviel abreißen, wie man wollte, ohne daß es einer merkte –

Sobald Helens Scheidung von Simon rechtskräftig war, heirateten Clifford und Helen im Standesamt von Kensington. Es war ein eher stilles Ereignis, aus folgendem Grund: Evelyn war nur eine Woche vor der Feier gestorben.

Ein Opfer

Wie Sie sich vorstellen können, war Helen einigermaßen beklommen zumute, als sie ihren Eltern mitteilte, sie beabsichtige, sich von Simon scheiden zu lassen und Clifford wieder zu heiraten. Die Lallys waren gelegentlich, wenn auch nicht regelmäßig zu Besuch nach Muswell Hill gekommen. John Lally war kein einfacher Gast gewesen; immer wieder ließ er irgendwelche Haßtiraden los, über eine neue Schweinerei der Regierung, über das Big Business oder die von ihm so genannte Kunst-Industrie, die sich alle zu einer gigantischen Verschwörung gegen die Armen, die Schwachen und die kreativen Künstler dieser Welt zusammengetan hatten. Helen war daran gewöhnt. Simon nicht. Im Prinzip hatte John Lally zwar meist recht, aber im Detail nur selten, und Simon sah es als seine Pflicht an, die Tatsachen richtigzustellen, und das nahm ihm sein Schwiegervater dann übel. Und egal, ob Helen erklärte, ihr Mann sei in Wirklichkeit doch ein Gleichgesinnter und kein faschistischer Medien-Mensch, ganz im Gegenteil; und egal, ob die arme Evelyn (die schon ganz dürr und hager aussah) vor Aufregung zitterte und ihn bat, das Thema sein zu lassen, er war einfach nicht zur Ruhe zu bringen. Und Simon genauso wenig.

Und Evelyn hatte die Angewohnheit, den kleinen Edward in seiner Entwicklung mit Nell im selben Alter zu vergleichen, und Simon mochte es nicht, wenn zuviel über Nell geredet wurde, weil es Helen aufregte und weil Edward sowieso ziemlich weit hinter Nell zurückblieb: mit zwei konnte er gerade mal ein paar Worte, während Nell schon ganze Sätze gesprochen hatte – »Ja, Mum«, sagte Helen mehr als einmal, »aber kleine Mädchen lernen eher sprechen als kleine Jungen.« Und einmal erklärte sie: »Jungen entwickeln dafür früher ihre motorischen Fähigkeiten.«

»Was für komische Ausdrücke es heutzutage gibt«, mehr sagte Evelyn nicht dazu. »Motorische Fähigkeiten!« Ach, sie war traurig! »Natürlich hatten John und ich ja nur das eine Kind, und das war ein Mädchen«, setzte sie einmal hinzu, als Helen ihr einen Teller ziemlich guter Champignonsuppe hinstellte – als hätte Helen irgendwie nichts mehr mit ihr zu tun, und weshalb war sie auch kein Junge geworden – und das regte Helen noch mehr auf. Sie grübelte tagelang. Sie fand keine Nähe zu ihrer Mutter, die in der Leidensgeschichte mit ihrem Vater gefangen war. Helen konnte das nicht mitansehen, wollte sich auch nicht mit ihrer eigenen Rolle dabei konfrontieren und war froh, wenn ihre Eltern wieder heimfuhren: sie fühlte sich wie von einer schrecklichen, aber eher rätselhaften Last befreit.

»Warum hatten sie denn nur dich?«, fragte Simon einmal.

»Ich glaub', ich hab als Baby zuviel geschrien«, erwiderte Helen vage. »Da konnte John sich nicht konzentrieren. Ja, ich glaub', das war der Grund.«

Ach ja, der Künstler ist eben so sehr Ungeheuer, wie man ihn sein läßt. Evelyn hatte vier Abtreibungen gehabt und alle bis zum letzten Moment aufgeschoben: in der Hoffnung, John würde sich erweichen lassen. Immer vergebens.

»Von mir aus kannst du so viele Kinder haben, wie du willst«, sagte er, »bloß hab sie bitte nicht in meiner Nähe«, und das klang genauso wie sein: »Wenn's dir nicht paßt, dann geh doch. Ich werd dich nicht davon abhalten«, wenn sie einmal den Mut aufbrachte, sich über irgend etwas zu beschweren.

Evelyn hatte ihn nicht gezwungen, Farbe zu bekennen. Hätte sie's doch getan! Statt dessen wartete und wartete sie vergebens auf die freundlichen Worte von ihm, die ihr den nötigen Mut geben sollten. Wie sinnlos! So kam es, daß sie eigentlich weder dablieb noch fortging. Sie ließ nur all den roten Lebenssaft verströmen, und mit ihm die Söhne, die den Vater vielleicht nur ausgelacht hätten, aus Angst vor dem aufbrausenden Temperament ihres Mannes, vor den Launen ihres Mannes. So daß Helen ganz allein und ohne den Schutz einer Schar von plappernden, eigensinnigen, anstrengenden Geschwistern die Ausbrüche und Ausfälle ihres Vaters mit voller Wucht zu spüren bekam. Und damit nicht genug, Helen hatte im Großen und Ganzen gelernt, wie ihre Mutter darauf zu reagieren: schlecht, mit sanften Worten und Unterwürfigkeit und gelegentlichen Bemühungen, ihn bei Laune zu halten. Und als Helen dann widerfuhr, was solchen Töchtern häufig widerfährt – sie lernte einen Mann mit einem ziemlich ähnlichen Charakter kennen, faszinierte ihn und wurde von ihm fasziniert –, da reagierte sie genau wie ihre Mutter: schlecht.

Natürlich mußte die Ehe mit Clifford zusammenbrechen: sie hatte in ihm keinen richtigen Vater und keinen richtigen Ehemann gehabt, eher einen Ehe-Vater. Und als sich die Last dieses unnatürlichen Arrangements als zu schwer erwies, wandte sie sich natürlich Simon zu, einer Art langverschollenem Bruder, lebenslang verschollen – und warum? Weil sie als Baby zuviel geschrien hatte. Helens Schuld! Alles nur Helens Schuld! Aber wie hätte Simon, der Ehe-Bruder, es auch besser machen sollen? Wie sich Helen, Opfer ihrer eigenen Neurosen, auch drehte und wendete, sie konnte nicht verstehen, warum das Glück sie verlassen hatte – und nun wollte sie es noch einmal mit Clifford versuchen, und vielleicht, nur vielleicht, würde sie es diesmal besser machen. Und dann, als sie

Simon verließ und zu Clifford zurückkehrte, wurde sie wieder einmal aus Applecore Cottage verbannt. Diesmal empfand sie es beinahe als eine Erleichterung. Von Zeit zu Zeit rief sie ihre Mutter an, aus Pflichtgefühl, und traf sich manchmal heimlich mit ihr zum Mittagessen bei Biba und versuchte, das Unglück ihrer Mutter, das ihr eigenes Glück trübte, nicht zu nah an sich herankommen zu lassen.

Als die Scheidung durch war und das Datum für die Hochzeit feststand, telefonierte sie mit ihrer Mutter: »Ich weiß, daß John nicht kommen wird, aber bitte komm du, bitte.«

»Mein Schatz, wenn ich das täte, würde sich dein Vater furchtbar aufregen. Das weißt du doch. Du solltest gar nicht erst fragen. Aber du wirst auch ganz prima ohne mich klarkommen. Und da du mit Clifford seit fast einem Jahr zusammenlebst und schon einmal mit ihm verheiratet warst, ist so 'ne Feier doch auch eher witzlos. Wie gehts dem kleinen Edward? Spricht er schon mehr?«

»Sie kommt nicht, sie kommt nicht«, schluchzte Helen an Cliffords Schulter. »Das ist alles deine Schuld!« Ja, sie wurde schon mutiger.

»Was soll ich denn machen? Ihm seine Bilder zurückgeben?«

»Ja.«

»Damit er sie mit der Gartenschere zerschneidet!« Was er auch tun würde.

»Ach, ich weiß nicht, ich weiß nicht. Warum hab ich denn bloß nicht solche Eltern wie du?«

»Darüber solltest du lieber froh sein«, sagte er. »Weißt du was – geh doch einfach in die Höhle der Lallys. Zwing sie, zu kommen. Alle beide. Ich werde sehr nett sein, das verspreche ich.«

»Ich hab zuviel Angst.«

»Nein, hast du nicht«, sagte er. Und komischerweise hatte er recht.

Also kommt Helen eines Samstagmorgens ins Applecore

Cottage, nervös und aufgeregt, den Kopf voller Gedanken an Clifford, und will nur eines: daß ihre Eltern glücklich über ihr Glück sind. Sie schiebt die Tür auf, läßt Sonnenlicht in das winzige Wohnzimmer, wo Evelyn meistens sitzt und strickt oder Erbsen pult und darauf wartet, daß John aus dem Atelier oder der Garage kommt, und damit rechnet, daß er entweder eine Haßtirade abläßt oder etwa einen Tag lang nicht mit ihr redet, wegen irgendeines Fehlers, irgendeiner Tat, die sie vielleicht schon vor Jahren begangen hat und die ihm eben mal wieder einfällt, während er an seiner Staffelei steht und Schieferweiß oder Meridian oder Ocker anrührt und über das Wesen der Farben nachgrübelt oder ihre Erscheinungsform in lebendigem Fleisch, verwesendem Fleisch, gefrorenem Fleisch, kochendem Fleisch oder was ihn sonst an diesem Tag beschäftigt, und sie Schicht um Schicht aufträgt und sehr wohl weiß, daß es viel besser wäre, wenn er selbst aus sich heraus eine intensive Reaktion erfahren könnte: aber er kann nicht – er muß sie irgendwo stehlen, jetzt wo er nicht mehr jung ist. Jetzt, wo er nur noch selten das Haus verläßt, erfüllt ihn die Paranoia mit neuer Leidenschaft, und wer würde ihm mehr Stoff dafür liefern als Evelyn – und hat nicht Clifford vor langer Zeit einmal etwas dazu bemerkt: daß Evelyn Teil der »Gestalt« sei, in der John Lally als Maler wirkt.

Evelyn hat es gewußt. Nun sitzt sie im Halbdunkel: das Opfer. Es ist nur dunkel im Zimmer, weil sie dort sitzt: neuerdings zieht sie die Schatten magisch an: hinter ihr, im Dunst, warten die Nornen: und als Helen eintritt und Sonnenlicht mitbringt und alles wieder möglich ist, im Guten wie im Schlechten, weil sie mit Clifford zusammensein wird, und Herz, Geist und Seele wieder frei sind – da setzen sie sich in Bewegung. Hier spukt es, denkt Helen. Weshalb ist mir das nie aufgefallen? Die polierten Kupfertöpfe schwanken und schaukeln an ihren Haken, als würde ein starker Wind wehen, aber es geht kein Lüftchen.

»Irgendwas ist passiert», sagt Evelyn. »Du bist anders. Was ist los?«

»Ich will, daß du zu meiner Hochzeit kommst«, sagt Helen. »Und John. Wo ist er?«

»Auf dem Dachboden beim Malen. Wo sonst?«

»Hat er gute Laune?«

»Nein. Ich hab ihm gesagt, du würdest kommen.«

»Woher wußtest du das? Woher in aller Welt konntest du das wissen?«

»Ich hatte so einen Traum, vergangene Nacht« – mehr sagt Evelyn nicht. Sie hält die Hand an ihren Kopf. »Ich hab Kopfschmerzen. Das sind ganz komische Kopfschmerzen. Ich hab geträumt, du würdest Hand in Hand mit Clifford dastehen. Ich hab geträumt, ich wäre gestorben; ich mußte sterben, damit du frei werden konntest.«

»Was meinst du?« Helen ist höchst beunruhigt.

»Du bist zu sehr meine Tochter, nicht genug du selbst. Wenn du mit Clifford glücklich werden willst, mußt du die Tochter deines Vaters sein, nicht meine.«

Wovon redet sie? Helen ist doch gerade erst zur Tür reingekommen. Und dann die schaukelnden Kupfertöpfe, in denen sich seltsame Schatten spiegeln! Will Evelyn etwa sagen, daß sie nichts mehr mit ihr zu tun haben will, wenn Helen Clifford heiratet? Aber Evelyn spricht weiter.

»Ich weiß, daß du mit Clifford zusammensein mußt. Wegen Nell. Wenn Nell zurückkommt.«

Helen bleibt der Mund offen stehen.

»In dem Traum hab ich einen Schatten über dich geworfen. Es war der einzige Schatten im ganzen Bild. Soviel Sonnenlicht überall! Nell ging durch grüne Felder. Sie ist fast sieben, weißt du. Und diese Ähnlichkeit mit dir, als du ein kleines Mädchen warst – außer den Haaren natürlich. Die sind wie Cliffords.«

Helen merkt, daß ihre Mutter unzusammenhängend redet.

Wie sie redet, wie sie im Stuhl zusammensackt – da stimmt irgend etwas nicht. Helen ruft nach ihrem Vater oben im Dachatelier. Niemand stellt sich einfach an die Treppe und ruft hoch – das ist nicht erlaubt. Er malt und darf nicht gestört werden. Vorsicht, Genie bei der Arbeit! Aber der Ton in Helens Stimme scheucht ihn auf, läßt ihn die Treppe hinabrennen.

»Es ist Evelyn –«, sagt Helen.

»Solche Kopfschmerzen«, sagt Evelyn. »Komische Kopfschmerzen. Ein Stück von meinem Kopf ist davon ganz klar geworden und ein anderes Stück ganz verschwommen. Ich rutsch mal lieber rüber und räum den Schatten aus dem Weg. Keine Sorge wegen Nell. Die kommt wieder.«

Sie lächelt ihre Tochter an, scheint blind für ihren Mann zu sein, versucht die Hand zu heben; es geht nicht. Versucht den Kopf zu bewegen; es geht nicht. Und macht ein ganz erstauntes Gesicht und stirbt. Helen erkennt es sofort: nicht weil der Kopf noch tiefer in den Stuhl sinkt als vorher, sondern weil das Licht in ihren Augen verlöscht, als wäre es ausgeschaltet worden. Die Lider klappen nicht einmal herunter. Irgendwann drückt John Lally ihr die Augen zu, obwohl er ja in seinem Leben weiß Gott schon genug tote Augen gemalt hat und an so einen Anblick gewöhnt sein müßte.

Der Doktor sagt, Evelyn habe in den letzten vierundzwanzig Stunden wahrscheinlich zwei Gehirnblutungen gehabt, vielleicht auch drei, und die letzte sei dann tödlich gewesen.

Helen bleibt erstaunlich gefaßt; es kommt ihr so vor, als habe Evelyn mit dem Sterben einfach das getan, was sie sich vorgenommen hatte. Der Körper war dem Willen gefolgt, gehorsam. Sie trauert, aber ihre Trauer ist durchzogen von einem Glücksgefühl, das sie als Evelyns Geschenk ansieht: das Gefühl, ein Leben zu beginnen, nicht zu beschließen: die Vision einer Gegenwart, die Nell miteinschließt. Helen überlegt nicht, sondern erzählt John Lally von Evelyns Traum. Er sagt, das seelische Gleichgewicht seiner Frau sei offenbar schon gestört gewesen – und nebenbei bemerkt, wenn das kein makabrer Scherz sei und Helen tatsächlich Clifford, den Mörder seines Enkelkindes, noch einmal heiraten wolle, dann sei für ihn seine Tochter genauso gestorben wie seine Frau. Nun gut, er war durcheinander. Aber Leser – Sie und ich wissen, daß Evelyn keinen richtigen Traum, sondern eher eine Vision gehabt hatte, eine Vision, wie sie guten Menschen manchmal beim Sterben gewährt wird, und daß sie lange genug am Leben geblieben war, um sie an Helen weiterzureichen – als Entschädigung für die vielen Enttäuschungen, die sie ihrer Tochter bereitet hatte. Leser, es ist fast unmöglich, die eigenen Kinder nicht zu enttäuschen, so oder so. Weil unsere Eltern uns auch enttäuscht haben.

Ich wünschte, ich könnte Ihnen berichten, daß John Lally Gewissensbisse bekam, weil er seine Frau ihr Leben lang schlecht behandelt hatte, aber so war es nicht. Er brachte es fertig, Evelyn – wenn er überhaupt an sie dachte, was nicht oft vorkam – als »dieses dämliche Weib« zu bezeichnen. Nun, eine solche Ehrlichkeit und Unbeirrbarkeit hat ja auch etwas für sich. Nichts ist schlimmer, als einen frischgebackenen Witwer darüber reden zu hören, wie lieb und wundervoll und gut die Verstorbene doch war, wenn man ihn erst kürzlich ganz anders über sie hat reden hören: wütend und voller Bitterkeit. Statt gut von den Toten zu reden, sollten wir uns lieber bemühen, nicht schlecht von den Lebenden zu reden. Die Zeit ist für uns alle doch so kurz.

Eine Beerdigung

Filmemacher lieben Beerdigungen! Wie oft kriegt man sie auf der Leinwand zu sehen: das offene Grab, den öden Friedhof, die Trauernden allein oder in kleinen Grüppchen – und alle sehen sie düster und verfroren aus und ziemlich mürrisch, als sei dies die Szene im Film, die sie am wenigsten leiden können. Man glaubt fast, die Stimme des Regisseurs zu hören – »Okay, Action: nein, Maureen – oder Rue oder Henry oder Wendy oder sonstwer – Schnitt! Herrgott! Zum sechsten Mal – die Erde *werfen*, nicht einfach fallenlassen – jetzt wollen wir das bitte nochmal machen; also, je früher wir das richtig hinkriegen, desto früher können wir alle nach Hause gehen –«, und der Wind bläst den unechten Trauergästen um die Beine: selbst das, heult er, selbst der Tod wird zerkaut, zermahlen und ausgespuckt: im Interesse von Handlung, Profit und Phantasie. Und selbst dann kriegen sie's nur selten richtig hin – die ganze grämliche Verdrossenheit; das schreckliche Geheimnis des Sarges; das grausige Los der sterblichen Überreste: der eine, den wir kannten oder liebten – zunichte gemacht, vergangen, vorbei: die Stimme des Predigers, vom Winde verschluckt, das Gefühl von Sinnlosigkeit – ja, am Grabe versandet alle Lebenslust: wie schnell doch ein Menschenalter vergeht – kein gutes Ende, kein erkennbarer Zweck. Warum sich überhaupt mit dem Leben rumplagen, signalisiert uns das offene Grab, wo der Tod doch alles verschlingt. Wir verlieren sogar unser Gefühl für die Zukunft, unser Wissen, daß mit der Drehung der Erde auch die Wasser steigen und fallen – nein, wie soll der Regisseur das alles einfangen?

Natürlich machen die Kameras nur selten überhaupt den *Versuch*, die Stimmung in der Krematoriumshalle einzufangen. Was gibt es da schon groß zu sehen? Einen mehr als konventionellen Raum, der etwas von einem Vorstadtraum aus dem Jahre 1950 hat; die Plastikblumen, die aufdringliche Musikberieselung, den Allzweckprediger; den Sarg, der auf Rollen hinter Kinovorhängen entschwindet – noch nicht einmal in den Verbrennungsofen, sondern auf einen Sargstapel, zur Aufbewahrung. Und überhaupt – wessen Asche bekommen Sie eigentlich zurück? Ihre? Das glauben Sie! Aber ist das denn so wichtig? Natürlich nicht. Der Prediger leiert seine Ansprache herunter (zwanzig Trauerreden am Tag), bringt die Fakten durcheinander, würdigt den falschen Verstorbenen, verwirrt die Trauergemeinde und tut doch nur sein möglichstes. Das muß reichen. So flink, freundlich und kümmerlich wird die Beseitigung der Toten nun mal abgewickelt; im Tod sind wir alle gewöhnlich. So soll es sein.

Evelyn wurde eingeäschert. John Lally kam nicht. Helen, sagte er, würde sich entscheiden müssen, ob sie ihn dabeihaben wollte oder Clifford. Sie entschied sich für Clifford, denn er hatte ihrer Mutter nie etwas zuleide getan. Im Gegenteil, Clifford hatte Evelyns Haus gegen Feuchtigkeit isolieren, das Dach abdichten und ihr (indirekt) Schweinenacken zukommen lassen, woraus sie so manchesmal ein ausgezeichnetes Stew gemacht hatte. Die Dorfbewohner von Appleby erschienen zahlreich zur Beerdigung: man hatte Evelyn gemocht und bedauert und ihre Loyalität diesem unmöglichen Ehemann gegenüber respektiert. Außerdem hatte es sich herumgesprochen, daß Clifford da sein würde. Clifford Wexford von

Leonardo's, Wunderkind und Publizist: Berühmtheit: mittlerweile hatte er eine eigene Fernsehsendung (einmal pro Monat, in BBC 2) mit dem Titel »Tips und Trends für Kunstfreunde«, und obwohl sich das nur wenige anschauten, wußten doch viele davon. (Es war bestimmt nicht der einzige Grund, weshalb sie kamen – aber das Krematorium war tatsächlich ein gutes Stück vom Dorf entfernt, und die Anzahl der Trauergäste war tatsächlich bemerkenswert.)

Otto und Cynthia Wexford kamen zu Helens Beistand. Von nun an würden sie Helens Eltern sein – jetzt wo ihre Mutter tot war und ihr Vater (nach allem, was man gehört hatte) schlimmer als tot.

Clifford war überraschend versöhnlich gestimmt.

»Als Künstler«, sagte er, »macht er keinen großen Unterschied zwischen Leben und Tod. Davon handeln alle seine Arbeiten.«

»Du meinst, er ist verrückt«, sagte Otto.

»Halbverrückt«, sagte Clifford.

»Arme kleine Helen«, sagte Cynthia. Und dann, mit der plötzlichen Intuition, die aus dem Nirgendwo zu kommen schien und ihre Familie immer wieder verblüffte, setzte sie hinzu: »Ich glaube, jetzt wo ihre Mutter tot ist, wird sie besser mit dir klarkommen.«

»Was heißt hier klarkommen«, sagte Clifford. »Mit mir kann jeder klarkommen. Ich bin der umgänglichste Mensch auf der Welt –«, aber er lachte; zumindest wußte er, daß es nicht stimmte.

»Wie der liebe Gott«, bemerkte seine Mutter. Sie trug zur Beerdigung ein kleines Schwarzes und eine rote Rose am Hut. Helen trug den alten Mantel, den sie an dem Abend getragen hatte, als sie Clifford zum ersten Mal begegnet war. Sie hatte ihn nie weggeworfen. Warum, wußte sie auch nicht mehr so recht, genauso wenig wie sie wußte, warum es ihr angemessen erschien, ihn zur Beerdigung ihrer Mutter zu tragen. Es war ja nicht so, daß Evelyn ihn besonders gemocht hätte. Aber er schien ein Symbol für die Mischung aus Trotz und Liebe zu sein, und das fand sie passend. Sie spürte, daß sie den Segen ihrer Mutter hatte.

Und Otto und Cynthia? Alles was es zu vergeben gab, hatten sie Helen vergeben; all die Scheußlichkeiten bei der Scheidung, den Streit um das Sorgerecht für Nell – und sie, Helen, mußte ihnen damals wie eine böse Hexe vorgekommen sein. Das konnte sie verstehen. Aber dann, nach der Flugzeugkatastrophe, waren sie so erschüttert gewesen, hatten so sehr um Nell getrauert und sich dabei so sehr darüber aufgeregt, welche Rolle Clifford persönlich dabei gespielt hatte, und ebensosehr über seine Absicht, auch weiterhin alle Schuld auf Helen zu schieben, als das schon längst nicht mehr nötig war – kurzum, sie hatten Sympathie für Helen entwickelt. In ihren Augen hatte nun John Lally die Rolle des Ungeheuers übernommen. Ihm könnte man die ganze Scheiße bestens in die Schuhe schieben, wenn Sie mir diesen Ausdruck verzeihen, Leser. Ich muß sagen, ich selbst bin schwer in Versuchung. Irgendwo muß die Scheiße ja hin. Helen liebt Clifford: auch ich bemühe mich sehr, ihn zu lieben. Er liebt sie: das macht es einfacher. Die beiden sind Nells Eltern. Wenn wir Nell lieben, müssen wir unser möglichstes tun, um auch ihre Eltern zu lieben. Wenn wir uns selbst lieben wollen, müssen wir uns mit unserer Mutter und unserem Vater abfinden. Hassen wir einen von beiden oder alle beide, dann hassen wir uns selbst zur Hälfte oder sogar ganz und gar, und das tut uns nicht gut.

Faraway Farm

Nun war Evelyns Vision von der kleinen Nell ja mehr oder weniger richtig. Die Sonne schien, sie hüpfte und sprang auf den grünen Feldern der Faraway Farm herum. »Farm« war zwar die offizielle Bezeichnung, aber Clive und Polly, die Eigentümer, waren eigentlich keine Farmer, sondern Verbrecher, eingewandert aus dem Londoner East End. Die »Farm« war eher ein Versteck für Leute auf der Flucht und Zwischenlager für Wertgegenstände als eine Farm mit Kühen, Milch, Rahm und Apfelbäumen. Sie war auch nicht der sauberste Platz der Welt, und Pollys Vorstellung vom Kochen erschöpfte sich in gebackenen Bohnen auf angebranntem Toast, aber noch lieber hatte sie massenweise Räucherlachs und Champagner oder sonst etwas, das man ohne jeden Aufwand essen und trinken konnte. Dennoch hielt sich Polly im Innersten für ein Landmädel, und obgleich der größte Teil der zwanzig Acres (zirka 20.000 Quadratmeter) brachlag oder als Weideland an die Farmer in der Nachbarschaft verpachtet war, zog sie die schönsten Kletterpflanzen an den Ställen hoch, in denen jetzt Diebesgut untergebracht und später einmal LSD und Kokain hergestellt werden sollten: und wenn sie gut bei Kasse waren, dann fuhr sie zum nächsten Gartencenter, holte blühende Blumen und pflanzte sie aus. Und so als Diebesnest war es ein hübscheres, wenn auch ziemlich überwuchertes Plätzchen als zu den guten alten Farmerszeiten.

Aber Leser, ich glaube, ich habe zu schnell gemacht. Zunächst will ich erzählen, was passierte, als Nell im Lieferwagen entdeckt wurde, bei seiner Ankunft auf der Faraway Farm in den frühen Morgenstunden, und mit seiner Beute aus dem größten Antiquitätenraub des Jahrhunderts (so schrieb jedenfalls die Presse, obwohl eigentlich das Wörtchen »bisher« fehlte: immerhin hatte das Jahrhundert noch fünfundzwanzig Jahre vor sich). Clive und Beano und Polly und Rady hievten einen Chippendale-Bücherschrank heraus – leider nicht sorgsam genug, so daß ein wertvolles Intarsienstück für immer verloren ging – und dann acht sehr hübsche englische Landschaften (die Rembrandts und van Goghs waren zurückgelassen worden – fast unmöglich, einen Abnehmer für gestohlene Meisterwerke dieser Größenordnung zu finden; sie werden zu leicht wiedererkannt) und dann ein Paar massiv silberner Kerzenleuchter (aus der Zeit Jakobs I.) – und da, in einer Ecke, kauerte die dünne kleine, schmuddelige kleine, verschlafene kleine, kahlköpfige Nell.

Sie halfen ihr aus dem Wagen in die Sonne. Aber was sollten sie *jetzt* mit ihr machen? Leser, offen gestanden möchte ich nicht einmal daran denken, was hätte passieren können. Was tut man denn logischerweise mit dem Zeugen eines Verbrechens? Man bringt ihn für immer zum Schweigen.

Aber Nell schaute um sich, sah die frühe Morgensonne, die auf das alte Gemäuer fiel, und die Clematis überall und Pollys weiße Katze, die sich in der Sonne räkelte, und sagte:

»Oh, ist das schön hier!« (und das war es wirklich, Leser, verglichen mit dem Eastlake Centre!) Und Clive und Polly und Beano und Rady, alle lächelten. Und als sie erstmal gelächelt hatten, war Nell schon sicherer.

»Was du brauchst, ist ein Bad«, sagte Polly, und als Nell erstmal gebadet hatte, war sie sogar noch sicherer.

Dann gab es Frühstück für alle (Cornflakes und Rahm von der Nachbarsfarm), und was hätten sie danach noch tun können außer sie dabehalten?

Nell redete von wilden Hunden, vor denen sie weggerannt sei, aber sie glaubten nicht, daß irgend jemand so böse sein konnte, wilde Hunde auf ein Kind loszulassen. Sie sagte, sie hieße Ellen Root, aber der Name gefiel Polly und Rady nicht. Polly sagte, den Namen Nell hätte sie immer gut gefunden, also nannten sie sie Nell. Polly hatte sehr viel für außersinnliche Wahrnehmung übrig: sie las das Schicksal aus Teeblättern, warf das I Ging und sah Geister. Vielleicht hatte sie wirklich mediale Fähigkeiten: auf jeden Fall war es merkwürdig, daß sie ausgerechnet Nell als Namen festsetzte.

Polly war eine junge Frau mit breitem Lachen, blondem Haar und lebhaftem Temperament. Rady war klein und dünn und trübsinnig und träge. Clive war dünn und beweglich und Beano groß und fett. Alle waren unter dreißig. Alle glaubten, mit dem nächsten Coup würden sie ein Vermögen machen und könnten fortgehen, nach Rio de Janeiro oder an einen anderen aufregenden Ort, und dort gemeinsam im Überfluß leben. Aber irgendwie kam es nie dazu: sie blieben auf der Faraway Farm.

Nells Haar wuchs schnell: sie taute auf: ihr kleines Gesicht strahlte vor Glück und Zufriedenheit. Da entdeckten sie, daß Nell hübsch war. Sie nahm einen Bleistift und zeichnete eine Skizze von Pollys Katze, und die war wirklich gut, und ihre neuen Freunde waren stolz auf sie. Nicht umsonst war sie John Lallys Enkelkind. Obwohl sie zum Glück nur sein Talent geerbt hatte und nicht sein schwieriges Wesen.

»Am besten behalten wir sie«, sagte Clive zu Polly. »Tun so, als wär sie unser Kind, schicken sie zur Schule, gehen zum Elternverein, so was in der Art. Damit kriegen wir ein bißchen mehr Kontakt zu den Einheimischen.«

»Ich eine Mutter!«, sagte Polly voller Erstaunen. Dieses

schwache Wesen hatte, was die Psychologen ein »niedriges Selbstwertgefühl« nennen würden. Irgendwie hatte sie nie geglaubt, daß sie es zu einer richtigen Ehe oder einem richtigen Ehemann bringen würde, ganz zu schweigen von einem richtigen Baby. Da stand sie also, achtundzwanzig Jahre alt, und hatte genau das erreicht, was sie vom Leben erwartete. (Achtundzwanzig ist das Alter, in dem wir entdecken, daß unser Selbstbild der Wirklichkeit entspricht – oder zumindest genug Zeit hatten, das eine dem anderen anzugleichen.) Aber dann sagte sie: »Ja, warum nicht? Zumindest brauche ich so keine Schwangerschaft mitzumachen und verlier auch nicht meine Figur«, was schon komisch war, da sie eigentlich keine Figur hatte, die diesen Namen verdiente. Aber junge Frauen, die eine Menge LSD genommen haben oder auch nur ein bißchen – wir sind jetzt mitten in den siebziger Jahren, und LSD ist total *in* –, scheinen tatsächlich Schwierigkeiten zu haben, den Bezug zur Realität nicht zu verlieren. Wenn sie glauben wollen, daß in der Speisekammer was zu essen ist, dann gehen sie auch nicht einkaufen, Realität hin oder her. Und wenn es acht Uhr ist und Schlafenszeit für Nell, wenn die Zeit sich so anstellt, na, dann hat die Uhr eben sieben geschlagen; Polly würde darauf jede Wette eingehen. Ein Kind, das so erzogen wird, hat davon natürlich gewisse Vorteile – ein Lebensgefühl, das durch generelle Fröhlichkeit und Ungezwungenheit geprägt ist –, aber auch Nachteile. Es muß schon in jungen Jahren lernen, irgendwie für sich selbst zu sorgen und für seine Eltern dazu – es muß irgendwie das Geld fürs Essen auftreiben und selbst zum Laden gehen, ganz gleich, wie klein es noch ist: es geht abends allein ins Bett, egal über wieviele Schnaps- oder Koksleichen es klettern muß, mit psychedelischer Musik in den Ohren statt einer Gutenachtgeschichte. Kinder mögen Ordnung, Sicherheit und Routine, und wenn man ihnen das alles nicht bietet, dann sorgen sie häufig selbst dafür. Nell konnte das ziemlich gut.

Von der Dorfschule kamen nicht allzu viele Fragen – nur ein einziger Schüler weniger, und der Schule hätte die Schließung gedroht. Beim Anblick von Nell strahlten also die Augen des Direktors vor Freude. Daß die Geburtsurkunde fehlte, wurde irgendwie übersehen, und die kleine Nell Beachey, Clives und Pollys Kind, kam in die zweite Klasse. Natürlich wurde nie etwas aus Pollys Eintritt in den Elternverein. Irgendwie fehlte es immer an der Zeit: so groß war der Umschlag von Diebesgut auf der Farm – damals, in den siebziger Jahren, als Antiquitäten voll in Mode kamen.

Laß die Finger von den Möbeln,
die soll'n nicht zum Spielen sein,
laß die Großen ruhig flüstern,
dafür bist du noch zu klein.
Laß die Jungs die Mädels küssen,
dreh dich nicht nach ihnen um,
kleine Kinder sind am besten
blind und taub und stumm.

Polly sang dieses Liedchen zur Melodie von »Rote Lippen soll man küssen« und sorgte damit für Nells Unterhaltung und Belehrung, wenn sie sie in der großen weißen Badewanne mit den Löwenpfoten badete; manchmal sang sie es ihr auch abends am Bett vor: einem hohen eisernen Bettgestell mit einer weichen, kaputten Matratze und dünnen, staubigen Dekken, von denen aber immer genug da waren (sie eigneten sich hervorragend dazu, Möbel zu umwickeln, um sie vor Kratzern und neugierigen Blicken zu schützen). Nell beobachtete Polly ganz genau; begann wieder zu vertrauen; lernte neue Regeln. Hier kam das Essen ganz unregelmäßig, niemals zu einer bestimmten Zeit, aber wenn man Hunger hatte, dann holte man sich einfach etwas aus der Speisekammer oder dem Kühlschrank, und man brauchte keine Angst zu haben, deswegen erschreckt, angebrüllt oder gehauen zu werden. Wenn man Strümpfe für die Schule wollte, mußte man sie schon selber suchen – sonst tat es keiner – und sie auch waschen, wenn man sie sauber haben wollte. Nun, das war nicht weiter schlimm: obwohl es unangenehm sein konnte, mit nassen Strümpfen in die Schule zu gehen. Sie wußte, sie konnte immer noch ausreißen, wenn ihr etwas überhaupt nicht paßte. Es hatte einmal geklappt, es konnte wieder klappen.

»Na lächle doch«, bat Polly inständig. »Na los, es ist doch nur Spaß!«, ohne zu ahnen, daß es für Nell schon der reinste Luxus war, nicht zu lächeln. Aber bald mußte sie nicht mehr überredet werden: sie lächelte jeden an, nicht als Überlebensmechanismus, sondern weil ihr danach zumute war, und hüpfte mal hier, mal da herum, wo sie genauso gut hätte gehen können – immer ein gutes Zeichen –, und dachte gar nicht mehr ans Ausreißen. Dies war Zuhause. Sie überlegte, wer ihre richtigen Eltern sein mochten; sie hütete sich nachzufragen. Auf der Faraway Farm wurde man sowieso nicht zu Fragen ermuntert. Man war einfach da – und akzeptierte, was da war. In ihr war viel Traurigkeit: manchmal rührte sie an ihren Erinnerungen, nahm sie sich vor, wie sie sich mit der Zunge die losen Milchzähne vornahm, was einerseits dumm war, weil es weh tat, und andererseits vernünftig, weil sie dadurch lockerer wurden, und je früher sie draußen waren, desto besser; das Apfelessen wurde eine Zeitlang schwieriger, aber die Zähne, die neu durchkamen, waren kräftig, groß und weiß. Da gab es Rose, die ins Bett machte: nach der hatte sie Sehnsucht: wie würde Rose ohne sie zurechtkommen? Da gab es einen Mann und zwei Frauen, alle ganz runzelig, an einem seltsamen, riesigen, düsteren, schattigen Ort: sie erinnerte sich daran, daß sie Toast gemacht hatte, über einem Feuer. Sie hatte auch schon für Polly und Clive Toast gemacht, und manchmal für die Freunde von ihnen, die beim Frühstück immer noch da waren. (Sie sammelte die leeren Weinflaschen zusammen und legte sie auf einen Haufen und sagte ganz ernst: »Dreizehn!« und »Meine Güte!« und brachte alle zum Lachen.) Sie mochte nicht zuviel an das Feuer denken: in ihrer Erinnerung geriet es irgendwann außer Kontrolle und war überall, eine Art krachender, knallender Wand, hinter der drei nette alte Leute verschwanden. Und davor gab es nur eine Art leises Singen, das sie traurig und fröhlich zugleich machte, aber sie wußte, daß es etwas Gutes war: es kam von daher, wo sie hingehörte, und das war weit fort und lange her und für immer verloren: irgendwo glitzerte ein Meer unter ihr, und der Himmel wölbte sich darüber, und ein Wind blies ihr ins Gesicht, und alles war schön. Das Paradies, glaubte sie.

Aber nun gab es die Schule und Lesen, Schreiben, Rechnen, Freunde, Reden und Spielen. Die Wiederentdeckung einer friedlichen, wenn auch ereignisreichen Welt. Anfangs war sie schüchtern, still und brav.

»Was für ein intelligentes kleines Mädchen«, sagte ihre Lehrerin, Miss Payne, zu Polly. »Die macht Ihnen alle Ehre!«, und Polly strahlte. Mit der Zeit wurde Nell natürlich frecher und lebhafter. Aber sie war nie gemein, schloß sich keiner Bande an, quälte niemanden und wurde nicht gequält: sie war die Friedensstifterin, mit der alle befreundet sein wollten. Die Schule machte Spaß und fiel ihr leicht, und sie konnte sehen, daß es voranging. Sie hatte ein kleines Taschenradio – kein billiges, nein: es war von einem Lastwagen runtergefallen, ein Freund von Clive hatte es ihr geschenkt –, und manchmal hörte sie sich die Feuilletonsendungen an und zerbrach sich den Kopf darüber und versuchte rauszukriegen, was in der Welt da draußen vor sich ging: und das war nicht so leicht. Wenn sie genug davon hatte, suchte sie sich ein Programm mit Unterhaltungsmusik und hörte sich Songs an. Auf der Faraway Farm gab es keinen Fernseher: nicht aus Prinzip, sondern weil der Empfang wegen der Berge ringsum so schlecht war: man hätte nur Schnee gesehen. Also las sie viel und erzählte und hüpfte herum und zeichnete und war recht glücklich.

Daß man Clive und Polly so manches durchgehen ließ, hatte mit Nell zu tun. Wenn sie ein so nettes Kind hervorbringen konnten, dann konnten sie auch nicht so schlecht sein. Und Nell war wirklich begabt. Als sie neun war, machte sie bei dem großen Weetabix-Malwettbewerb mit und gewann den ersten Preis in der Gruppe der unter Zehnjährigen.

Aber ich greife schon wieder vor. Wir werden uns damit später noch ausführlich beschäftigen, Leser – doch zunächst einmal wollen wir Nell gesund und munter auf der Faraway Farm lassen, wo sie ganz schön weiterwächst, auch wenn sie nicht jeden Tag eine warme Mahlzeit kriegt.

Furchtbare Nächte

Lassen Sie uns noch einmal zu Arthur Hockney zurückkehren, den wir zuletzt beim Babysitten für Helen erlebt haben – in der Nacht, als sie nicht nach Hause kam. Natürlich hatte Arthur Hockney in seinem Leben schon so manche furchtbare Nacht verbracht. Das ist nun einmal das Los eines Versicherungsdetektivs. In der Antarktis, am Schauplatz eines Flugzeugabsturzes, war er fast erfroren; auf einer winzigen Koralleninsel, wo ein Tanker versenkt worden war, von Haien beinahe zu Tode erschreckt worden; von der Bande, die Shergar gekidnappt hatte, gefoltert worden, bis er fast den Verstand verlor – doch wenn Sie ihn fragen würden, was die schlimmste Nacht in seinem Leben war (ausgenommen die Nacht, in der seine Eltern starben), hätte er ganz einfach gesagt – die Nacht, in der ich als Babysitter bei Helen Cornbrook war und sie nicht nach Hause kam.

Soviel kann unerwiderte Liebe bei einem Mann anrichten! Ob Helen wußte, daß Arthur sie liebte? Wahrscheinlich, auch wenn er es nie gesagt hatte. Die Beziehung zwischen ihnen war geschäftlicher Natur – sie hatte Arthur engagiert, um nach Nell zu suchen; dennoch ist es recht nützlich, wenn die Leute, die für Sie arbeiten, in Sie verliebt sind (es sei denn, es handelt sich hierbei um Ihren Scheidungsanwalt). Sie berechnen weniger und arbeiten angestrengter, obwohl es leider wahr ist, daß sie oft urplötzlich und ohne erkennbaren Grund den Auftrag zurückgeben.

Und dann war's ja auch so überraschend gekommen: in den Jahren, als alle außer ihr und Arthur geglaubt hatten, Nell sei tot, hatte Helen so manches harte und unfreundliche Wort über Clifford gesagt. Wenn Sie die Liebe eines Mannes verloren haben, selbst durch eigenes Verschulden, durch Ihre eigene Untreue, ist es ganz natürlich, daß Sie sich darin üben, ihn zu verachten und zu hassen, um seinen Verlust besser verkraften zu können. Bestimmt ist es der Wunsch, das Gesicht zu wahren und weniger leiden zu müssen, der geschiedene Eheleute im Umgang miteinander so boshaft und gehässig werden läßt – sehr zum Unbehagen und Ärger ihrer Freunde. Und Helen war da keine Ausnahme; und Arthur kannte sich zwar gut aus mit den Eigenarten von Kriminellen, den Herzen von Männern, die für ihren eigenen Profit und Vorteil betrügen, lügen und töten, wußte aber praktisch nichts über das Herz einer Frau. Daß eine Frau, die einen Mann heute noch haßt und beleidigt, ihn nächste Woche schon lieben und bewundern kann. Erstaunlich!

An dem Abend, als Arthur Helen besuchte, um über seine Fortschritte bei der Suche nach Nell zu berichten, und sah, daß ihr zweiter Ehemann Simon nicht da war, und urplötzlich das Telefon läutete und Clifford dran war und Helen zum Essen einlud, da hätte er nicht erwartet, daß sie ja sagte. Er hätte nicht erwartet, daß sie ihn bat, zum Babysitten dazubleiben, geschweige denn, daß er auch noch »ja« sagte.

Er hätte nicht erwartet, daß sie die ganze Nacht wegblieb. Er hätte nicht erwartet, so unglücklich und wütend und eifersüchtig zu sein, als die Stunden verrannen; er hätte nicht erwartet, diese furchtbaren Schmerzen im Brustkorb zu bekommen, die er zuerst für ein Krankheitssymptom hielt, bevor er erkannte, daß sie von einem gebrochenen Herzen herrührten. Er fühlte sich nicht nur erbärmlich, sondern auch noch wie ein Narr. Ja, das war wirklich die schlimmste Nacht seines Lebens. Und als es dann offensichtlich wurde, daß Helen Clifford wieder heiraten würde, tatsächlich den Mann, der ihr soviel Kummer bereitet hatte, wieder heiraten würde, da schwor er sich, den Fall Nell Wexford aus seiner speziellen »Akte für vermißte Kinder« nicht weiter zu verfolgen.

Und doch. Und doch. Vergiß Helen, sagte er sich, vergiß Clifford, vergiß deine eigenen Emotionen – hier gibt es noch immer ein Geheimnis. Und es lag nun einmal in Arthurs Wesen, Geheimnisse aufzuklären. Eines Tages, ganz spontan, suchte er noch einmal Mrs. Blotton auf. Drei Jahre, seit die zwei Millionen Pfund Schadensersatz ausbezahlt worden waren: über vier Jahre seit dem Unfall, bei dem angeblich ihr Mann und die kleine Nell umgekommen waren: lange genug, dachte Arthur Hockney, um Erich Blotton glauben zu lassen, er könne gefahrlos von den Toten auferstehen, wenn das sein Plan gewesen war.

Mrs. Blotton lebte im selben kleinen soliden Haus in derselben Straße (Vorort, viele Bäume, laufende Hausnummer 208) wie vor ihrem unverhofften Geldsegen. Arthur hätte schwören können, daß sie denselben alten Tweedrock, denselben dünnen roten Pullover trug wie bei ihrer ersten Begegnung vor vier Jahren. Sie war so dünn, reizlos und nervös wie damals – er hätte genauso wenig wie damals sagen können, ob ihre Nervosität von Schuldgefühlen herrührte oder von der Tatsache, daß er, Arthur, so schwarz war.

»Sie wieder!», sagte sie, aber sie ließ ihn in ihren sauberen, ärmlichen Vorraum. »Was wollen Sie? Mein Mann ist lange tot. Und selbst wenn er am Leben wäre, wieso sollte er zu mir zurückkehren?«

»Wegen des Geldes«, sagte Arthur.

Sie lachte: ein dünnes kleines Lachen.

»Oh ja«, sagte sie, »wenn man mit Geld irgend jemanden von den Toten auferwecken könnte, dann ganz gewiß Erich

Blotton. Aber es ist nicht viel übrig. Ich sorge dafür. Ich gebe es weg. Kleckerweise, damit es länger hält. Das ist meine Beschäftigung. Dadurch komm ich auch mal aus'm Haus.«

»Sie haben ein gutes Herz«, sagte er.

Das gefiel ihr. Sie machte ihm eine Tasse Tee.

»Ihr Schwarzen!«, sagte sie. »Kommt auf einmal ganz groß raus! Ihr seid ja jetzt überall. Vor meiner Haustür, wohin man schaut. Naja, man kann sich an alles gewöhnen.«

»Danke«, sagte er.

»War nicht persönlich gemeint«, sagte sie.

»Ist es nie«, sagte er, obgleich seine Eltern sich für ihn geschämt hätten: daß er bei einer Beleidigung nur die Zähne zusammenbiß und nichts tat, um die Welt zu verändern oder zu verbessern. In Wahrheit (und das wußte er) war er körperlich ein mutiger Mann, moralisch aber ein Feigling. Man konnte ihn vor einen rasenden Verbrecher stellen, der versuchte, ihm mit einer Axt den Kopf zu spalten, und er funktionierte; stellte man ihn aber auf eine Tribüne und bat ihn, das Wort an eine Versammlung zu richten, dann fing sein Herz an zu rasen, seine Hände zitterten, und die Zunge klebte ihm am Gaumen fest: sich selbst und der guten Sache, für die er eintrat, machte er nichts als Schande. Angesichts von Mrs. Blottons Rassismus, aus Dummheit, Neurosen und Unwissenheit geboren, tat er nichts, um sie eines besseren zu belehren, und schämte sich dafür.

Mrs. Blotton gab indes unaufgefordert von sich, daß sie das Geld an Kinderheime spendete. Schon immer war es ihr zuwider gewesen, womit ihr Mann seinen Lebensunterhalt verdiente, aber was konnte sie tun? Eine Frau war eben loyal ihrem Mann gegenüber. Und trotzdem – Kinder klauen! Meistens für die Väter, weil die Väter das Geld hatten, während die Mütter die Kinder hatten. Wie dem auch sei – damit war nun jedenfalls Schluß. Sie freute sich, einen Besucher dazuhaben: selbst so einen wie Arthur. Sie hatte nicht oft Gelegenheit zu einem Schwatz. Ehrlich gesagt war sie ziemlich einsam. Bloß die Katze. Und von der hatte sie auch nicht viel. Dürres, mageres Ding, immer am Streunen. Sie hätte sich ja gerne eine Perserkatze angeschafft, von einem Teil des Geldes, nur hätten die Nachbarn sie gleich gestohlen und gehäutet und Stew daraus gemacht und das Fell verkauft.

»Und warum gehen Sie nicht weg von hier, nach Südfrankreich, machen sich auch mal ein schönes Leben? Sie sind Millionärin.«

»Sch-sch!« Sie haßte das Wort: sie hatte schreckliche Angst davor, beraubt zu werden. Und wie in aller Welt sollte sie nach Südfrankreich kommen? Was würde sie machen, wenn sie dort ankam? Und mit wem? Sie fand nicht so schnell Anschluß. Nein – besser, sie verhielt sich ruhig und gab das Geld weg. Außerdem wollte sie das Haus nicht unbeaufsichtigt lassen: es würde nur jemand einbrechen und ein schlimmes Durcheinander anrichten. Nachts lag sie wach, dachte an alles, dachte daran, was ihr Mann getan hatte. Natürlich war er tot. Er hat für das Rauchen büßen müssen. Was war Rauchen schon anderes als Selbstmord? Nun, Gott war ihm zuvorgekommen. Und dafür, daß er die kleine Wexford geklaut hatte. Wie war noch ihr Name? Nell? Na, das war eine echte Tragödie. Sie hätte gern ein kleines Mädchen adoptiert, aber wer würde das erlauben? Eine Witwe in mittleren Jahren! Oder es sogar mal als Pflegemutter probieren. Sie würde gern alles wiedergutmachen.

Sie war da auf ein Kind gestoßen, in einem von den Durchgangsheimen: das hatte ihr wirklich gefallen. Ellen Root. Etwa im selben Alter wie die kleine Wexford. Kein großartiger Anblick: sie hatten ihr immer wieder den Kopf geschoren. Sie hatte gefragt, ob sie das Kind mit heimnehmen dürfe, aber sie ließen sie nicht. Die Kleine wäre zurückgeblieben, das sagte man ihr. Aber sie konnte es nicht glauben. Sie wußte, was Französisch war, wenn sie es irgendwo hörte: die hatten keine

Ahnung und dachten, das Kind würde einfach vor sich hinplappern.

»Französisch?«, fragte Arthur. »Sie hat Französisch gesprochen? Wo ist sie jetzt?«

»Sie ist verschwunden«, sagte Mrs. Blotton, und Arthur dachte: »Das ist es! Das ist sie!«, weil ein Kind, das einmal, zweimal verschwindet, auch ein drittes Mal verschwindet; es wird zu einer Art Lebensgewohnheit: einer Tendenz, wenn Sie so wollen. Aber Ellen Root? Aus Eleanor Wexford war Ellen Root geworden? Fast unvorstellbar!

»Für einen Schwarzen«, sagte Mrs. Blotton, »sind Sie gar nicht so übel. Rauchen Sie?«

»Nein«, sagte Arthur.

»Tja«, sagte Mrs. Blotton, versöhnlich, »das ist doch schon was. Es muß wohl auch Leute wie Sie geben, meine ich.«

»Das meine ich auch, Mrs. Blotton.«

Zu seiner Überraschung gab sie ihm die Hand, als er ging, und lächelte, und er erkannte, daß sie einen gewissen Charme hatte. Vielleicht würden seine Eltern doch nicht ganz so schlecht über ihn denken, über seinen Lebensweg. Es war gar nicht unbedingt ihre Vorstellung gewesen, daß er in ihre Fußstapfen treten sollte, sondern seine, erkannte er jetzt – das Produkt seiner Schuldgefühle: daß er lebte und sie so plötzlich und gewaltsam zu Tode gekommen waren. Ihre Mörder hatte er nie vor Gericht bringen können, und doch bestand sein Lebenswerk darin, geschehenes Unrecht wiedergutzumachen. Das war mit Sicherheit genug. Er verließ Nummer 208 mit lebhafterem Schritt und leichterem Herzen und bemerkte auf einmal, daß sogar hier, in dieser düsteren Vorortstraße, die Vögel in den Büschen sangen und Rosenknospen aufbrachen und Katzen auf Fensterbrettern saßen und ihn anstarrten, mit runden, großen, kritischen Augen, aber diesmal schienen sie ihn nicht zu verurteilen, sondern zu akzeptieren.

Der Schuld auf der Spur

Arthur verließ Mrs. Blotton und begab sich unverzüglich zum Eastlake Assessment Centre.

Es handelte sich um einen modernen Flachbau aus Beton und Glas; der Beton hatte unter der Feuchtigkeit und den Wandschmierereien gelitten, das Glas war verdreckt und an mehreren Stellen zerbrochen. Das Heim war nicht so neu, daß es nicht Zeit gehabt hätte, schon wieder zu verfallen, auf diese eigentümlich traurige Weise, wie vernachlässigte moderne Gebäude verfallen: als wollten sie so schnell wie möglich wieder zu dem Rohmaterial werden, aus dem sie dummerweise entstanden sind.

Arthur klopfte an eine Tür, deren Farbe schon halb abgeblättert war. Er konnte keine Kinder spielen hören: kein Lachen. Er fragte sich warum. Mrs. Blotton hatte Ellen Root als das Mädchen mit dem geschorenen Kopf bezeichnet. Wer schor denn heutzutage kleinen Mädchen noch den Kopf?

Irgendwann wurde die Tür geöffnet, und zwar von einer jungen Frau halb chinesischer, halb (wie er später herausfand) walisischer Abstammung. Sie war, dachte Arthur, auffallend hübsch. Ein übergewichtiger Dobermann blieb ihr getreulich auf den Fersen: aus der Tasche ihres grünen Arbeitskittels – der sich sehr gut zu ihren grünen, schräggeschnittenen Augen machte – holte sie Hundekuchen und fütterte das Tier, während sie ihn in Augenschein nahm.

»Wir haben geschlossen«, sagte Sarah Dobey, nicht unempfänglich für Arthurs Reize, »und gerade noch rechtzeitig. Von welcher Stelle kommen Sie? Tierschutzverein, Gesundheitsamt, Kinderschutzbund, Betrugsdezernat oder von Elektro-Hornby? Die waren alle schon mal da.« Arthur erzählte ihr beim Abendessen von seinem Auftrag (manchmal haben sehr hübsche, sehr intelligente, zu gescheite junge Mädchen keinen festen Freund; welcher junge Mann könnte da schon mithalten? Was vonnöten wäre, ist ein älterer, welterfahrener Mann, und die sind so oft verheiratet oder stehen aus anderen Gründen nicht zur Verfügung). Auch der Dobermann kam mit und rollte sich ganz brav unter dem Tisch zusammen und fraß die Reste von Sarahs Gemüsepastete und Arthurs Steak. Sarah war Vegetarierin.

»Ellen Root?«, rief Sarah. »Aber das war doch das Kind, das die ganze Sache ins Rollen gebracht hat!«

»Was denn ins Rollen gebracht?«

»Na, den Skandal! Natürlich haben sie ihn so gut wie möglich vertuscht. Es ist nie was davon in die Zeitung gekommen.«

Und sie erzählte ihm, was passiert war. Sie, Sarah Dobey, hatte als Angestellte beim örtlichen Jugendamt gearbeitet. (Sie war natürlich überqualifiziert mit ihrem Magister in Philosophie, aber wer würde sie als Philosophin einstellen? Eine, die so aussah? So wie sie?) Annabel Lee, die Heimmutter von Eastlake Centre, hatte ein Kind als vermißt gemeldet – vermutlich ausgerissen. Die polizeiliche Suche war ergebnislos verlaufen. Das Jugendamt – aufgeschreckt von Gerüchten, die in letzter Zeit aus dem Eastlake Centre durchsickerten – schickte Sarah in das Heim, als Küchenhilfe, um herauszufinden, was da vor sich ging.

»Den Charakter einer weißen Frau kann man immer daran erkennen«, sagte Sarah, »wie sie mit den Putzfrauen umgeht, besonders wenn die Putzfrauen zu denen gehören, die sie Schwarze, Braune oder Gelbe nennen würde, und ich sage

Ihnen, Annabel Lees Charakter war schlecht, schlecht, schlecht! Vor offiziellen Besuchern konnte sie sich ganz gut verstellen, aber als Küchenhilfe hab ich bald rausgefunden, daß sie die Kinder tyrannisierte und quälte und daß die Hunde eingesperrt waren und nicht genug zu fressen kriegten; und der Heimvater – nun, der konnte sich zwar ziemlich gut im pädagogischen Fachjargon ausdrücken, aber eigentlich war er ein Spielzeugeisenbahn-Fanatiker, der gar nicht wußte, was vor sich ging oder sich nicht dafür interessierte, solange er sein Gehalt einstreichen und seiner Sammelleidenschaft frönen konnte.«

Sie, Sarah Dobey, hatte also ihren Bericht geschrieben und in den Briefkasten geworfen. In derselben Nacht hatte sie das Jaulen der Tiere so aufgeregt, daß sie – ohne viel von Hunden zu verstehen – die Tür vom Gehege aufgemacht hatte. Sofort waren sie herausgerannt, was Sarah nicht erwartet hatte. Dann war Annabel Lee die Treppe heruntergetorkelt, um zu sehen, was da vor sich ging; die Hunde waren an ihr hochgesprungen; aus irgendeinem Grund hatte sie es mit der Angst bekommen und war fortgelaufen, durch die Sümpfe, und die beiden Hunde hinter ihr her – (»Dabei wollten die nur auf einen Spaziergang mitgenommen werden«, sagte Sarah. »Die armen Dinger!«) bis zur Autobahn, wo sie vom nächstbesten Lastwagen angefahren und auf die Überholspur geschleudert worden war. Sie muß sofort tot gewesen sein.

»Ich wünschte, ich könnte traurig darüber sein«, sagte Sarah. »Immerhin war es ja wohl meine Schuld. Ich weiß, ich müßte traurig sein, aber es geht irgendwie nicht. Ich glaube, das kommt von meinem Philosophiestudium. Man gewinnt dadurch eine gewisse Distanz. Aber vielleicht bin ich ja auch therapiebedürftig?«

»Das glaube ich nicht«, sagte er.

Horace Lee hatte sich offenbar mehr darüber aufgeregt, daß er seine elektrische Eisenbahn abbauen mußte – denn das

Heim wurde geschlossen und die Kinder, zu deren großer Erleichterung, auf andere Einrichtungen verteilt – als über den Tod von Annabel Lee oder den Verlust seiner Arbeitsstelle.

»Also Leute gibt's, die gibt's gar nicht«, seufzte Sarah (die manchmal gern salopp daherschwätzte, als eine Art Abwechslung zu ihrer sonstigen gemessenen Ausdrucksweise), und Arthur gab ihr recht. Komisch, dachte er, Sarah hatte etwas von Helen – die hohen Backenknochen, den klaren Ausdruck – nur war es bei Sarah ein Ausdruck von Optimismus, nicht von Pessimismus: sie würde die Lösung in der Tat sehen, nicht in der Unterwerfung.

Sarah war jedenfalls dageblieben, um die Schließung des Heims und daran anschließende Maßnahmen zu überwachen. Für den einen Hund, Kettle, hatte sie ein gutes neues Zuhause gefunden, aber noch nicht für den anderen, Kim genannt, der jetzt unter ihrem Tisch lag. Doch sie kannte sich mit Hunden nicht gut aus und würde das Tier auf Dauer nicht behalten können.

»Vielleicht füttern Sie ihn zu gut«, sagte Arthur vorsichtig und schubste das Tier ganz leicht mit dem Fuß, und Kim sah zu ihm hoch. »Andererseits«, fügte Arthur hinzu, »ist es sicher ganz gut, solche Hunde bei Laune zu halten.« Er hatte so ein Gefühl, daß die Hunde von Eastlake der Gerechtigkeit etwas nachgeholfen hatten. Sowas passiert. Er guckte den Hund mit hochgezogenen Augenbrauen an, und Kim blinzelte zurück und legte seinen Kopf auf Arthurs Schuh.

»Na gut«, sagte Arthur, »dann werd ich die Patenschaft für diesen Hund übernehmen. Er muß ganz neu abgerichtet werden und wieder in Form kommen. Freunde von mir haben einen Zwinger an der walisischen Grenze.«

Und natürlich hatte Sarah dort Verwandte, und irgendwie gab es soviele Kreuz- und Querverbindungen zwischen ihnen, waren soviele Bereiche ihres Lebens auf angenehmste Weise miteinander verknüpft. Was (glaube ich) der Lohn für Arthurs

Standhaftigkeit und Entschlossenheit in bezug auf Nell war – und dafür, daß er eine ganze Nacht als Babysitter bei Edward in Helens Haus ausgeharrt hatte, während andere Männer unter denselben Umständen vielleicht einfach gegangen wären. Gute Taten werden belohnt, früher oder später, wenn auch manchmal auf ungeahnte Weise.

Ellen Root war, wie Sarah herausfand, in der Nacht des großen Mountdragon-Antiquitätenraubes verschwunden. Man wußte, daß die Verbrecher die Autobahn benutzt hatten. Die ganze Sache war schon recht seltsam gewesen: Ellen Root – ein Kind ohne Vorgeschichte, ein Kind, das man aufgelesen hatte, als es eine französische Schnellstraße entlangmarschierte, und nun war sie weg, als hätte es sie nie gegeben.

»Zumindest hatte sie genug Mut und Verstand«, sagte Sarah, »um wegzulaufen! Kein anderes Kind hat das getan. Und weil sie weglief, wurde dann auch das Eastlake Centre geschlossen, und gerade noch rechtzeitig.«

»Und die Polizei konnte sie natürlich nicht finden«, sagte Arthur, »weil die Verbrecher sie fanden! Wenn wir die haben, dann haben wir Nell.« Er spürte, wie ihm das Muster von Nells Schicksal klar wurde; er hatte für so etwas einen siebten Sinn, und wir wissen natürlich, daß er recht hatte. Nell hielt sich mal wieder versteckt, zusammen mit dem gestohlenen Chippendale-Bücherschrank.

Kim streckte sich und leckte ihm die Hand, und Arthur spürte plötzlich und unvermittelt, daß Nell, wo immer sie auch sein mochte, gesund und munter war, und daß der Hund irgendwie mit ihrer weiteren Zukunft verbunden war und mit seiner auch und daß er nichts anderes zu tun brauchte, als Sarah zu lieben und sich um den Hund zu kümmern – und eines Tages, eines Tages, würde das Schicksal Nell zu ihm bringen. Das Leben kann sich ganz plötzlich zum Besseren wenden, Leser: Sie müssen sich nur selbst verzeihen und erlauben, glücklich zu sein.

Kunstgenüsse

»Was in aller Welt ist denn das hier?«, fragte Angie, als sie mit Clifford Leonardo's neu eröffnete *River Gallery* betrat: einen langen, schmalen Raum, hervorragend ausgeleuchtet; was an den Wänden hing, wirkte in Angies Augen wie eine Serie von Krakeleien.

»Kunst von Kindern«, sagte Clifford kurz angebunden. Sie war auf Stippvisite. Er würde demnächst Vater von Zwillingen werden. Helen wanderte fröhlich und schlapp und sorglos, barfuß und mit Riesenbauch in ihrem Haus am Orme Square herum – und erfreulicherweise war das alles sein Werk! Eine Zwillingsschwangerschaft ist gewöhnlich keine einfache Sache, aber Helen war entspannt und zufrieden und ächzte und stöhnte nur manchmal. Er würde im Krankenhaus dabei sein. Selbstverständlich. Wenn man ein Kind verloren hat, dann will man beim nächsten auch nicht eine Sekunde verpassen – selbst wenn es in Form einer doppelten Portion kommt.

»Was in aller Welt«, fragte Angie, »macht Leonardo's mit Kunst von Kindern?«

»Eine Ausstellung«, sagte Clifford. Sie hakte sich bei ihm unter. Der Diamant an ihrem Finger war pflaumengroß. »Die Firma Weetabix organisiert einen Malwettbewerb für Kinder. Sie haben uns gefragt, ob sie in der neuen Galerie ausstellen können: wir haben ja gesagt.«

»Großer Gott!«, sagte sie. »Warum? Was springt dabei für uns raus?«

»Reklame«, sagte er. Er hatte Helen nicht erzählt, daß Angie da war. Er wollte sie nicht aufregen. Er wünschte sich, Angie würde wieder weggehen. Er hatte überhaupt keine Lust, sich in ein Bett im Claridges locken zu lassen. Sie sah extrem sonnenverbrannt und mager aus.

»Furchtbares Gekrakel«, sagte Angie. »Da sieht man mal wieder, daß Kunst von Kindern nicht drollig ist, wie Eltern gern meinen, sondern einfach bloß *schlecht.*«

Sie blieben vor einem hübsch gemachten Bild stehen, das – wie Clifford fand – eine fast ätherische Qualität besaß. Es hatte den ersten Preis in der Gruppe der unter Zehnjährigen gewonnen. Auf dem Bild waren zwei verschwommene Gestalten zu sehen, eingeschlossen in einer Art Muschel oder vielleicht einem Flugzeugheck oder einer Art von himmlischem Fahrstuhl auf dem Weg nach unten: getragen von einer Kette von Tauben in den Händen von Engeln, die aus luftigen Wolken lehnten und freundlich hinabblickten auf ein windstilles Meer.

»So was Komisches aber auch«, sagte Angie. »Wer das gemacht hat, sollte sich mal untersuchen lassen.«

»Ich finde es bezaubernd«, sagte Clifford und suchte nach dem Namen des jungen Künstlers. Eine gewisse Nell Beachey (9) hatte es gemalt. Er mußte an seine eigene Nell denken und preßte die Lippen zusammen. Manchmal überkam ihn immer noch unversehens der Schmerz, aber er machte ihn nicht mehr wütend, sondern traurig. Wie alt Nell jetzt wohl wäre?

»Eher Richtung Lally«, sagte er, »in gewisser Weise. Bloß ist es nicht bösartig, sondern fröhlich.«

»Ich hab keine Ahnung, wovon du redest«, sagte Angie, »und ich hab immer noch die Suite im Claridges. Wollen wir nicht hingehen und eine Flasche Champagner auf das Wohl der Zwillinge trinken?«

Leider muß ich sagen, daß Clifford mitging, allerdings mit überkreuzten Fingern, um sich besser vormachen zu können, es würde ja gar nichts passieren, es sei ja gar nichts passiert. Falsch und nochmals falsch! Angie flog ab, in Siegerlaune. Helen erfuhr nichts davon. Clifford sagte ihr nichts. Eigentlich hatte es ja keinem geschadet. Aber Leser, innerhalb des Weltensystems, des großen Gleichgewichts, wo gute Taten gegen böse aufgewogen werden, da hatte es vielleicht keinen erkennbaren Schaden angerichtet, bloß genutzt hat es ganz sicher auch nichts – oder?

Ruhe und Frieden

Leser, stellen Sie sich einmal ein friedliches Tal vor, an der walisischen Grenze, im Jahre 1977. Stellen Sie sich sanfte Hügel vor, rauschende Bäche, die gewundene A 49 und etwa eine Meile weiter das Dörfchen Ruellyn, in dem es nichts Besonderes zu sehen gibt außer dem uralten Kirchturm, der gelegentlich von Touristen besichtigt wird. Stellen Sie sich die Faraway Farm vor, ganz in der Nähe von Ruellyn, abgelegen, romantisch und halbverfallen und ein adrettes, hübsches, intelligentes, zwölfjähriges Schulmädchen, das jeden Morgen mit dem Schulbus zur Gesamtschule fährt und erst am Abend wieder zurückkommt: das ist natürlich niemand anders als Nell Wexford, und Sie werden sicher gerne hören, daß sie zumindest ein paar Jahre in Ruhe und Frieden verbracht hatte, wenn auch unter Kriminellen. Was man übrigens auch von ihren natürlichen Eltern Clifford und Helen sagen konnte, obwohl nur John Lally und eine Handvoll anderer die Gesellschaft, in der letztere verkehrten, als »kriminell« bezeichnet hätten: das heißt die Kunstszene. Zehn Jahre später – heute, wo die Vergangenheit von der Gegenwart geplündert, die Vision des Künstlers entwertet wird, weil ein paar ganz Gierige nur allzu gut wissen, wie sie sie ausbeuten können, klingt das Wort »kriminell« vielleicht auch nicht mehr so unpassend, so paranoid wie damals.

Zurück zum Thema: zu Ruhe und Frieden und dem Kind. Wie gern würde ich das Wort »Strafe« aus unserer Sprache verbannt sehen! Ich habe noch niemanden kennengelernt, ob Kind oder Erwachsenen, der »bestraft« wurde und sich deshalb gebessert hat. Strafe ist etwas, das die Mächtigen den Machtlosen auferlegen: sie erzeugt Trotz, Groll, Furcht und Haß, aber keine Reue, Besserung oder Einsicht. Strafe macht alles nur noch schlimmer, nicht besser. Sie trägt zur Summe menschlichen Elends bei, statt Leid zu reduzieren. Natürlich dürfen Sie dem Kind, das die Finger in die Steckdose schiebt oder über die Straße rennt, ohne sich umzusehen, auf jeden Fall eine runterhauen – das läßt sich auch gar nicht vermeiden. Es ist auch eher eine Reaktion als eine echte Strafe, und das Kind verzeiht Ihnen sofort dafür – wenn Sie aber ein gut erzogenes Kind haben wollen, dann bedenken Sie bitte, daß ein Stirnrunzeln, ein gequälter Seufzer der Mutter, die sonst immer lächelt, viel mehr vom Kind gefürchtet wird als eine Tracht Prügel und eine Standpauke von der Mutter, die sowieso immer gleich haut.

Ich erwähne das alles, weil es den beiden Verbrechern Clive und Polly hoch anzurechnen ist, daß sie Nell nie bestraften und immer stolz auf sie waren, und genau daran lag es meiner Meinung nach, daß Nell sich unter ihrer Obhut trotz allem so gut entwickeln konnte. In den Augen der Welt waren sie schlecht, wirklich schlecht, aber auf der Skala menschlicher Niedertracht und Grausamkeit ist Hehlerei – Annahme, Unterbringung und Weiterverkauf von Diebesgut – meiner Ansicht nach gar nicht so schlimm. Und Clive und Polly stellten sich dabei auch noch so dumm an: sie ließen zum Beispiel edle Lacktische draußen im Regen stehen, stellten Stühle aus Weichholz in feuchtes Stroh, so daß die Beine anfaulten, oder legten Wandteppiche in die Sonne, bis sie ganz ausgeblichen waren, und vergaßen ziemlich oft, ihr Geld zu verlangen, oder wenn sie welches bekamen, es auch nachzuzählen – und sobald man *den* Ruf erstmal weghat, muß man ganz schön aufpassen! Nell tat, was sie konnte: schon als kleines Kind hatte sie ein Auge für »gute Stücke«, sie konnte es nicht haben, wenn schöne Sachen einfach vergammelten.

»Clive«, sagte sie zum Beispiel, »wollen wir den Tisch nicht mal reinstellen? Sieh doch bloß – die Platte hat von der Sonne lauter Blasen gekriegt. Ich helf dir auch – ich faß auf dieser Seite an und du auf der anderen.«

»Später, Schätzchen«, war seine übliche Antwort, und manchmal fügte er noch hinzu: »Was täten wir bloß ohne dich, Nell?«, und das meinte er auch ganz ernst, aber irgendwie tat er dann doch nichts weiter, als noch einen Zug von seiner Kräuterzigarette (so die »offizielle« Bezeichnung Nell gegenüber, um den Geruch zu erklären) zu nehmen, und rührte sonst keinen Finger, und wenn dann Beano und Rady kamen, um den Tisch zu holen, war er ein welliges, schimmliges, angefaultes Etwas, aber kein solides, stabiles, gut bearbeitetes, leicht verkäufliches (wenn auch gestohlenes) Stück mehr, und es gab Ärger.

Ich verzeihe ihnen nicht den kriminellen Lebenswandel, Leser, damit wir uns nicht mißverstehen! Ich sage lediglich, daß Clive und Polly die kleine Nell in mancher Hinsicht anständig behandelten, nicht in jeder, und daß sie dafür noch auf dieser Erde ihren Lohn erhalten werden. Warten Sie's ab!

»Hippies«, sagten die Dorfbewohner über die fremden, sonderbaren langhaarigen Leute von der Faraway Farm, bei denen ein ständiges Kommen und Gehen herrschte, die nachts noch Besuch empfingen und die säckeweise leere Konservendosen (vorwiegend gebackene Bohnen) und leere Weinflaschen für die allwöchentliche Müllabfuhr an den Straßenrand stellten. Der Fahrer des Müllwagens war ein Onkel der Postamtsvorsteherin, und die wiederum eine Kusine von Miss Barton aus dem Dorfladen, und die Leute von Ruellyn waren nicht auf den Kopf gefallen und wußten ziemlich genau, was da vor sich ging. Aber die Bewohner der Faraway Farm waren hilfsbereite Nachbarn, die schon mal mithalfen, nach einer entlaufenen Kuh zu suchen, und die ihr ungenutztes Land anderen Farmern als Weide überließen, und Polly spielte auf der allwöchentlichen Disco immer Klavier, also sagten sie nichts. Und außerdem gab es ja Nell. Niemand wollte die Polizei anrufen oder sonst etwas Drastisches unternehmen, aus Rücksicht auf Nell. Sie waren stolz auf ihre Nell, die im Weetabix-Malwettbewerb den ersten Preis bei den unter Zehnjährigen gewonnen hatte, und obgleich sie nie wieder ganz an die Spitze vordrang, belegte sie mehrmals einen der obersten Plätze oder wurde zumindest lobend erwähnt.

Miss Barton vom Laden hob ihr die Teilnahmeformulare auf und ließ sich sogar welche von ihrer Schwester schicken, die in der Bibliothek von Cardiff arbeitete.

»Nell«, sagte sie, »hast du schon von dem Aufsatzwettbewerb zum Thema ›Commonwealth‹ für Kinder bis fünfzehn gehört?« oder: »Der ›Junior-Journalist des Jahres‹ wird wieder gesucht« oder: »Wie wär's mit dem großen Malwettbewerb ›Rettet unseren Planeten‹ in der Gruppe unter sechzehn?«, und schien ganz vergessen zu haben, daß Nell erst zwölf war, und Nell machte sich auch gleich dran, so gut sie konnte. Sie lernte schon in jungen Jahren ihre Lektion: daß die hohen Erwartungen anderer Menschen nicht nur eine reine Freude sind, sondern auch eine Last. Es genügt nicht, einmal erfolgreich zu sein; du mußt auch erfolgreich bleiben. So blieb Nell oft bis spätabends in der Schule, umgeben von Nachschlagewerken, und arbeitete konzentriert oder saß schon morgens in aller Frühe am Tisch, in eine Decke gewickelt, und nähte, zeichnete, malte, auch wenn ihre Hände fast zu steif waren, um den Pinsel zu halten. Im Winter war es auf der Faraway Farm nämlich sehr, sehr kalt – es gab zwar eine Öl-Zentralheizung, die schon installiert worden war, bevor Clive und Polly die Farm pachteten, aber wenn sie einmal daran dachten,

Heizöl zu bestellen, konnten sie es sich nicht leisten und umgekehrt.

Nach Ansicht des ganzen Dorfes hatte es Nell nun wahrlich nicht leicht. Von Anfang an suchte sie sich kleine Jobs für die Zeit nach der Schule und die Samstage – schon als Siebenjährige konnte sie ein Unkraut von einer Nutzpflanze unterscheiden und Möhren umsetzen; mit ihren kleinen geschickten Fingern war sie oft besser und flinker als manche Erwachsenen. Sie machte Botengänge und brachte Päckchen zum Postbus, der einmal am Tag vorbeikam, und pflückte Stachelbeeren – eine stachlige Angelegenheit! –, ohne dabei die Zweige abzuknicken, und war im allgemeinen sehr vernünftig und beklagte sich nicht. Später durfte sie natürlich auch babysitten und Kinder hüten, und die Kleinen liebten sie und waren bei ihr immer kreuzbrav. Aber es fiel schon auf, wenn Nell am nächsten Tag in Miss Bartons Laden das Geld nicht für Erdnußflips, Süßigkeiten oder Barbiepuppen ausgab, sondern für Sachen wie Brot, Käse, Eier, Orangen oder Klopapier, die sie dann den Berg hoch zur Faraway Farm schleppte. Etwa einmal pro Monat erschien auch Polly im Laden, mit nettem langen Rock und nettem Lächeln und haufenweise Fünf-Pfund-Scheinen und kaufte praktisch die ganzen Regale leer, aber die kleine Nell mußte sie an Dinge wie Topfkratzer, Möbelpolitur und Geschirrspülmittel erinnern. Im Dorf war man der Meinung, daß Nell und nicht ihre Mutter die Faraway Farm in Schuß hielt, und damit hatten sie recht. Nell hatte schon in jungen Jahren eine weitere Lektion gelernt: wenn deine Umgebung nicht so ist, wie du sie gerne haben möchtest, dann sitz lieber nicht rum und jammere, sondern tu was du kannst, um sie zu verbessern.

Aber daß sie andere Kinder nie zu sich einladen konnte, das war nach wie vor ein Problem. Wollen wir einmal außer acht lassen, daß es in manchen Familien so ist: manche Mütter können das Getrampel, Geschrei und Durcheinander von anderer Leut's Kindern eben nicht ertragen, weil sie ihre eigenen schon so schlimm finden. Aber irgendwie paßte Polly mit ihren offenherzig geschnittenen Blusen und den Laufmaschen in den Strümpfen nicht in diese Kategorie. Es war schon komisch.

»Kann ich nicht mal zu euch rüberkommen?«, fragte Nells beste Freundin Brenda Kildare immer wieder.

»Och, bei uns würd's dir bestimmt nicht gefallen«, sagte Nell.

»Und wieso nicht?«

Worauf Nell nur mit vielen äähs und mmhs antworten konnte, bis sie eines Tages die Lösung fand und sagte: »Bei uns spukt's«, und von da an hatte sie ihre Ruhe.

Es hätte ja auch etwas dran sein können.

Nun wußte Nell mit ihren mittlerweile zwölf Jahren sehr genau, daß Clive und Polly nicht ihre richtigen Eltern waren; andererseits merkte sie, daß die beiden sie liebten, soweit sie dazu in der Lage waren – das heißt, je besser Nell sich darauf verstand, Geld zu verdienen und den Haushalt zu führen und auch den Kontakt zu ihren kriminellen Freunden zu halten, desto dankbarer und abhängiger wurden sie.

»Nell, du bist ein wahres Wunder!« So etwas bekam Nell oft zu hören, wenn sie ihnen wieder so ein delikates Gericht (sagen wir Schweinefleisch mit Nudeln in einer Kümmelsoße) vorsetzte. »Wie wärs mal mit einem echten indischen Reisauflauf zum Frühstück?« Nell las alle Zeitungsrezepte – gezwungenermaßen vor allem die tägliche Spalte »Die preiswerte Mahlzeit«, aber träumen tat sie von den Sonntagsrezepten: Hummer, Wachteleier, Brandy und Sahne satt! (Ich fürchte, sie hatte Cliffords Sinn für Luxus geerbt.) Aber sie war vernünftig: sie gab nie zuviel aus.

»Nur ein Pfund fünfundsiebzig für das ganze Essen«, sagte Nell stolz. Und hinterher vielleicht noch: »Wollten Rady und Beano nicht heut abend kommen?«

»Vielleicht.« Polly und Clive versuchten (wenn auch halbherzig), Nell aus ihren kriminellen Aktivitäten herauszuhalten. Sie wollten ja, daß sie wie jedes »normale« Kind aufwuchs – das muß man ihnen lassen.

»Weil die Polizei heute auf der A 49 eine Radarfalle aufgebaut hat. Die sind im Moment sehr fleißig. Vielleicht sollten wir Beano und Rady Bescheid sagen. Die wollen bestimmt nicht angehalten werden, nur weil sie zu schnell gefahren sind.«

»Ich ruf sie nachher an«, sagte Clive und nahm noch einen Zug von seiner »Kräuterzigarette« und vergaß die ganze Angelegenheit, also rief schließlich Nell selbst bei Rady und Beano an.

»Fahrt schön langsam, wenn ihr herkommt«, sagte sie. »Radarfalle auf der A 49 – auf dem Stück wo vierzig steht und alle siebzig fahren.« (Meilen, natürlich!)

»Danke, Nell«, sagten sie und segneten nochmals den Tag, an dem die kleine Ausreißerin in ihren Lieferwagen geschlüpft und mit ihnen die ganze Strecke bis zur Faraway Farm gebrettert war. Mit einer Radarfalle kann die Polizei nämlich noch viel mehr anstellen, als nur Autofahrer mit einem Hang zur Raserei zu bremsen. Wollen Sie das bitte bedenken, Leser, und ein bißchen netter sein, wenn Sie das nächste Mal erwischt werden.

Vergangenheitsbewältigung

Auch Nell segnete den Tag, an dem sie auf der Faraway Farm angekommen war – als sie mit kurzgeschorenen Haaren, verfroren und verängstigt, aus dem Lieferwagen ins Freie, mitten hinein in die Schönheit der ländlichen Wildnis geklettert und in Pollys chaotische, aber großherzige Obhut geraten war.

Sie plagte sich nicht mehr mit der Frage ab, wessen Kind sie in Wirklichkeit war. Mit acht war sie (wie alle kleinen Mädchen in dem Alter, selbst wenn ihre Geburtsurkunde etwas anderes beweist) überzeugt davon, entweder ein Mitglied der englischen Königsfamilie oder irgendeine andere verlorene Prinzessin zu sein. Mit neun hielt sie das bereits für unwahrscheinlich. Mit zehn war sie zu folgendem Schluß gekommen: wer ihre Eltern auch sein mochten, Clive und Polly waren es jedenfalls nicht. Sie war sich ganz sicher, daß ihre richtigen Eltern nicht in einer Rauchwolke aus Unentschlossenheit, Chaos, ungeleerten Aschenbechern, halbleeren Weingläsern, halbverhungerten Hühnern (die sich gleich wieder der Fuchs holte), unerfüllten Versprechungen und verpaßten Gelegenheiten leben würden. (Nell übernahm natürlich schon bald die Hühnerhaltung. Infolgedessen gab es so manches vorzügliche Frühstück mit Eiern und Biskuitkuchen zum Tee: richtige, echte Biskuitkuchen, aus einem einzigen Gänseei, Mehl, Zucker und ganz ohne Fett.)

Alles, was Nell aus ihrer Vergangenheit zurückbehalten hatte, waren also ein paar Erinnerungen und der Blechteddy an seiner Silberkette. Vor langer Zeit hatte sie ihn einmal aufgeschraubt und den Smaragd ihrer Mutter darin gefunden. Sie hatte ihn auch gleich wieder hineingeschoben, still und heimlich, und an einem sicheren Ort hinter ihrem Kleiderschrank versteckt (wo der Mörtel ganz löchrig war und abbröckelte und wo wahrscheinlich nie jemand zufällig hinfassen würde).

Aus irgendeinem Grund brachte der kleine grüne Edelstein sie fast zum Weinen: er rief vage Erinnerungen wach: an Seidenkleider und eine sanfte Stimme und Lächeln, aber was sollte sie damit anfangen? Und eine Art Schuldgefühl schwang in diesem Echo aus der Vergangenheit mit – der Verdacht, daß der Smaragd ihr eigentlich gar nicht zustand. (Leser, Sie werden sich daran erinnern, daß die dreijährige Nell ihn ohne Erlaubnis genommen hat, um ihn im Kindergarten »vorzuführen«, und zwar an dem Tag, als ihre Serie von Abenteuern begann, und Sie werden gewiß gern hören, daß Nell trotz ihres engen Kontaktes mit Clive und Polly doch noch fähig ist, Gefühle von Schuld und Reue zu empfinden – daß sie also nicht in Gefahr schwebt, selbst kriminell zu werden!)

Als sie zwölf war, lag Nell oft nachts wach, beim Schein des Verandalichts (das natürlich nie jemand ausmachte), und sah zu, wie die Äste der Esche an ihrem Fenster entlang strichen (den Baum hätte man auch längst zurückschneiden müssen), und lauschte den Geräuschen unter sich, dem Jubel und Trubel. Und sie versuchte, sich einen Reim auf die Ereignisse zu machen, an die sie sich erinnern konnte. Sie hatte die Vision von einem Sturm und einem Feuer und einem schrecklichen Krachen und Knirschen von Metall – und machte ihr jedes Feuer nicht tatsächlich Angst, war sie nicht viel vorsichtiger beim Überqueren der A 49 als ihre Freunde? Und eine andere Erinnerung, wie in Nahaufnahme: ein Hund mit geiferndem

Maul, der die Zähne bleckte, scheußliche Zähne – und sie mochte keine Hunde –, und dann schlief sie ein in dem Bewußtsein, daß all das Vergangenheit war, daß die Gegenwart gar nicht übel war; das Gefühl, einen Schutzengel zu haben, sicher zu sein, hatte sie nicht verlassen.

Aber Leser, Unrecht ist Unrecht und Gesetz ist Gesetz, und die Faraway Farm kann nicht ewig zwischen Gut und Böse hin- und herschwanken; und genauso wenig kann Nell so leben, als existiere ihre Vergangenheit nicht – schon bald wird sie die Gegenwart einholen und beeinflussen. Clive und Polly werden die Konsequenzen einer Lebensweise tragen müssen, die wir, glaube ich, nur als »moralische Schlampigkeit« bezeichnen können, und Nell wird weiterziehen müssen. Wie wir und Arthur Hockney wissen, ist das ihr Schicksal, ihre Veranlagung, ihre Bestimmung.

Zwei Querverbindungen

Während sie auf der Faraway Farm lebte, war Nell ihrer Vergangenheit näher, als sie sich das hätte träumen lassen. Als sie elf war, hatten Cliffords Eltern Otto und Cynthia einmal die Dorfkirche von Ruellyn besichtigt; Nell war ihnen auf der Straße begegnet; Cynthia hatte sich nach ihr umgeschaut.

»Was für ein hübsches Kind«, sagte Cynthia zu Otto.

»In dem Alter wäre Nell jetzt auch«, sagte Otto und seufzte, was Cynthia überraschte. Sie sprachen nur noch selten über ihr verlorenes Enkelkind, denn Clifford und Helen hatten jetzt die Zwillinge, Marcus und Max, Max mit zehnminütigem Abstand der Jüngere, und die Gegenwart war so erfüllt, daß sie die Vergangenheit irgendwie aufhob. Auch Nell hatte sich nach Cynthia und Otto umgeschaut und Cynthias reife, elegante Schönheit und Ottos kraft- und würdevolle Erscheinung bewundert und in diesem Moment beschlossen, sich nicht mit Ruellyn zufriedenzugeben, sondern eines Tages hinauszugehen in die immer noch unbekannte, große, weite, geschäftige Welt, um dort ihren Weg zu machen.

Und dann wiederum war Nells Aversion gegen Hunde der Grund, weshalb sie mit dreizehn einen Samstagsjob bei den »Border Kennels« annahm, einem Zwinger, der von den Eltern ihrer besten Freundin Brenda betrieben wurde. Da Sie ja meine

Ansichten über den Zufall kennen, Leser, werden Sie kaum überrascht sein zu hören, daß es eben dieser Zwinger war, zu dem Arthur Hockney und seine Lebensgefährtin Sarah den Hund Kim gebracht hatten, um ihn nach der schlechten und falschen Behandlung durch Annabel Lee ganz neu abrichten zu lassen; und daß sie ihn auch immer hier ließen, wenn sie in Urlaub fuhren. Kim, derselbe Hund, den schlechte Behandlung, Hunger und teuflische Kommandos damals so scharf gemacht hatten, der die arme kleine Nell durch die Sümpfe gehetzt hatte! Nun gab sich Nell einen Ruck und tätschelte ihn, und er lächelte sie an. Es ist wirklich wahr: Dobermänner lächeln, wenn sie gemocht werden wollen. Ich weiß, wer sich auf solche Weise über Tiere äußert, setzt sich dem Vorwurf des Anthropomorphismus aus – der schlechten Angewohnheit, Tieren menschliche Charakteristika zuzuschreiben –, aber ich kann es nur wiederholen: Dobermänner lächeln, wenn ihnen danach zumute ist. Ich habe es selbst zu oft gesehen, um daran zu zweifeln.

Ursache und Wirkung

Eines frühen Morgens – Nell war über Nacht bei Brenda und dem Zwinger geblieben und schlief noch fest in einem fremden Bett – führte die Polizei auf der Faraway Farm eine Razzia durch. Die Vorgeschichte war folgende: mit der Hehlerei war es stetig bergauf gegangen, mit dem Zustand der gestohlenen Ware ebenso stetig bergab: Regen tropfte durch das Scheunendach auf antikes Leder; Enten legten ihre Eier in Zedernholztruhen aus dem 18. Jahrhundert; Motten gingen an die wollenen Schnüre im (angeblich echten) Goldwams von Henry V. Und mit der nicht so feinen Kundschaft gab es immer unfeinere Szenen. Was hätten Clive und Polly auch anderes erwarten können? Also verlagerten sie ihr geschäftliches Schwergewicht auf die Herstellung von LSD im alten Schweinestall und zogen damit schließlich den gesammelten Zorn der Polizei auf sich: es kam zur Razzia im Morgengrauen – und damit war der Schlußstrich unter die Faraway-Farm-Idylle gezogen.

Nell war wieder einmal heimatlos.

Natürlich war sie durcheinander; kein Wunder auch!

Alles Vertraute war plötzlich weg! Clive und Polly – verschwunden aus ihrem Leben: Clive, der sie zur Schule gebracht hatte, als sie noch klein war; Polly, die ihr in der Badewanne was vorgesungen hatte. Ach, es war traurig, und noch dazu so unerwartet! Und doch spürte sie auch so etwas wie Erleichterung. In letzter Zeit hatte Nell ihren Ersatzeltern gegenüber eine Art Abwehr entwickelt – oder war es vielleicht Undankbarkeit, wie sie manchmal dachte? Sie erkannte, daß sie ausgebeutet wurde: daß sie durch ihre harte Arbeit deren Faulheit unterstützte. Daß es unzumutbar war, was von ihr erwartet wurde, auch wenn sie sich selber dafür angeboten hatte. Daß sie doch eigentlich das Kind war und die anderen die Erwachsenen und es nicht fair von ihnen gewesen war, das Ganze einfach umzudrehen. Als Clive und Polly in Polizeigewahrsam genommen wurden und verschwanden, wie durch einen Zaubertrick – aber einen, der ihr allzu bekannt vorkam –, verschwanden mit ihnen auch die komplizierten und verworrenen Gefühle.

Und natürlich war sie in letzter Zeit immer häufiger bei den Kildares gewesen, manchmal auch über Nacht, zum Fernsehen (direkt auf der anderen Seite des Berges war der Empfang besser) oder um im Zwinger zu helfen; sie hatte in Brendas Etagenbett geschlafen, unten (Brenda wollte immer oben liegen) – als hätte sie irgendwie schon gewußt, was auf der Faraway Farm passieren würde, und sich quasi ein zweites Zuhause aufgebaut, für alle Fälle. Ja, nun brauchte sie es wirklich. Sie schluchzte an Mrs. Kildares molliger Schulter: Mr. Kildare gab ihr sein Batist-Taschentuch – er weigerte sich, Papiertaschentücher zu nehmen; seine Nase, sagte er, würde davon wund werden.

»Sie muß zu uns kommen«, sagte Mr. Kildare.

»Und was ist mit dem Jugendamt?«, fragte Mrs. Kildare. »Da gibt's doch bestimmt irgendwelche Formalitäten.«

»Ich würd mich nicht um Formalitäten kümmern«, sagte Mr. Kildare. »Rein formal wär' das nämlich Kinderarbeit, die vier Stunden, die sie hier am Tag macht, und zu Ämtern fällt mir nur eins ein: gar nicht erst neugierig machen. Schlafende Hunde soll man nicht wecken!« Und er lachte. Schlafende

Hunde soll man nicht wecken! Es war Nacht. Draußen im Zwinger winselten sie und knurrten, fiepten und kratzten sich und schnarchten und zuckten im Schlaf: und Nell und Brenda, mit Gummistiefeln und flackernden Taschenlampen, machten ihre nächtliche Runde, um zu kontrollieren, ob auch alles in Ordnung war.

»Mir hat der Gedanke auch nie gefallen, daß Brendas unteres Etagenbett ganz ungenutzt bleiben soll«, sagte Mrs. Kildare, die gern alles ordentlich hatte.

Die Waschmaschine lief Tag und Nacht. Das Essen kam zu festen Zeiten auf den Tisch. Brenda und Nell setzten sich mit frischgewaschenen Händen hin, und auch wenn es meistens Hühnerpastete mit Erbsen aus der Tiefkühltruhe gab oder Hamburger mit Pommes frites und hinterher Götterspeise oder Schokodessert, brauchten sie nur noch die Schularbeiten zu machen, das Hundefutter zusammenzumischen und den Zwinger zu fegen, und dann durften sie eine Stunde lang fernsehen, vor ihrer nächtlichen Kontroll-Runde. Für Nell war es eine Erholungspause: von der Verantwortung und von der Freiheit, in deren Genuß sie vielleicht allzu früh gekommen war.

Niemand in Ruellyn sagte der Polizei etwas von Nell. Laßt das Kind bei den Kildares bleiben, war die einhellige Meinung. Sie wollten ihre Nell nicht verlieren, ihren ganzen Stolz, die einstmalige Siegerin im Weetabix-Malwettbewerb in der Gruppe der unter Zehnjährigen. Die Dorfbewohner umgaben Nell mit Schutz und Sicherheit und einem Band der Sympathie (ich stelle es mir so ähnlich vor wie in der Fernsehwerbung – welche Bank war das noch gleich?). Der Milchmann hatte die Kunde von der frühmorgendlichen Razzia auf der Faraway Farm ins Dorf gebracht. Er war mit seinem Lieferwagen direkt durch den Polizeiring gefahren – na ja, wie hätte er auch ahnen sollen, daß hinter jedem Busch ein Polizist saß? Man hatte ihn durchgewinkt, ziemlich schnell, aber durch den Krach, den er dabei veranstaltete, schien die ganze Aktion aufzufliegen. Er glaubte, gesehen zu haben, wie jemand zur Hintertür herauslief und verschwand, und dieser Jemand war sicher der wirkliche Verbrecher; Polly und Clive waren es bestimmt nicht – die waren noch langsamer, als man im Dorf für möglich gehalten hätte, und bevor sie überhaupt dazu kamen, sich den Schlaf aus den Augen zu reiben, waren sie schon verhaftet und übernahmen die Schuld für alles.

Dan war mit den Neuigkeiten gleich zu Miss Barton in den Laden gekommen, und ein schneller Anruf von ihr bei den Kildares hatte dafür gesorgt, daß Nell blieb, wo sie war.

»Ein Kinderzimmer in der Faraway Farm? Ich glaube, die hatten da mal ihre Nichte zu Besuch, etwa einen Monat lang«, erzählte Miss Barton dem netten Kommissar. »Aber es waren schon ziemlich schlampige Leute. Die werden wohl noch nicht dazu gekommen sein, es umzuräumen.«

»Ziemlich schlampige Leute!« So lautete Ruellyns Urteil über Clive und Polly, die das Weihnachtsfest 1978 getrennt voneinander in U-Haft verbrachten. In Clives Gefängnis gab es zur Feier des Tages *Die Brücke am Kwai* zu sehen. In Pollys Gefängnis hatte sich jemand bei der Bestellung vertan, und so bekamen sie *Mary Poppins* vorgeführt. Aber alle schauten es sich ganz gern an, besonders Polly. Sie war ein netter Mensch, und ich bin froh, daß sie nur zwei Jahre bekam. Clive bekam acht, für die Herstellung und den Vertrieb von illegalen Drogen.

Weihnachten 1978

Erster Weihnachtsfeiertag 1978. Was haben Sie da gemacht, Leser? Rechnen Sie zurück, denken Sie zurück. Bei uns gab es Truthahn, glaube ich – oder war das etwa das Jahr, in dem wir diesen tollen Gänsebraten mit Kartoffelbrei hatten und alles glatt ging – oder ging es schief? Schmerzhaft, so ein Rückblick: und wenn auch nur, weil die Gesichter um den Weihnachtstisch alle so viel jünger waren; aber auch angenehm, weil es für die meisten von uns sicher jedes Jahr eine Geburt, eine Hochzeit, einen einundzwanzigsten Geburtstag in der Familie zu feiern gibt – irgend etwas, woran wir mit Freude zurückdenken. Das will ich jedenfalls hoffen.

Jedenfalls ging Nell an diesem Weihnachtsmorgen durch die ganze »Hundepension« des Zwingers, um all den Hunden, deren Besitzer zum Glück (oder Unglück?) zwar abwesend, aber anhänglich waren, die Weihnachtskarten zu zeigen, die diese Besitzer ihnen geschickt hatten. Brenda ging mit.

»Na, Pip«, sagten sie und gaben ihm zwei Extra-Weihnachts-Schokodroppies, »das ist von Frauchen und Herrchen. Frohe Weihnachten, schreiben sie, und alles Liebe!« Und dann wurde er noch einmal kurz getätschelt, und schon liefen sie weiter, die beiden: zwei hübsche, muntere, lebhafte Mädchen, erfüllt vom Geist der Weihnacht und dem Spaß an einem so absurden

Auftrag. Ein Kunde ist ein Kunde, überall auf der Welt, und sein Wille geschehe, besonders an einem Weihnachtsmorgen.

»Da, Jax! Schau doch mal! Das ist ein Bild von einem Knochen, einem K-N-O-C-H-E-N, und mit einer Weihnachtsschleife drumrum. Nein, Jax, nur anschauen, nicht auffressen! Das war von deinem Frauchen und deinem Herrchen!«

Kim, der Dobermann, hatte keine Karte bekommen. Arthur und Sarah, seine Besitzer, hätten sowas viel zu albern gefunden. Aber sie riefen beim Zwinger an, damit der Hund ihre Stimmen hören konnte. Er stellte die Ohren auf und wedelte mit dem Schwanz, und Nell war sich ganz sicher, daß er lächelte. Kim schien Nell besonders gern zu mögen, aber Nell wußte nie so genau, ob sie Kim auch wirklich traute.

Clifford und Helen verbrachten den Weihnachtstag bei Cliffords Eltern Otto und Cynthia. Sie kamen mit einem Kindermädchen, den Zwillingen Marcus und Max, Edward, mittlerweile acht, und Edwards Vater Simon Cornbrook. Er wußte sonst nicht, wo er an Weihnachten hingehen sollte, und er tat Helen leid. Agnes R. Lich war für eine Reportage nach Reykjavik gereist, das hatte sie zumindest gesagt. Ihre Dienstwohnung war düster und ungemütlich.

»Helen, das ist absurd!«, protestierte Clifford. »Wieso sollten meine Eltern sich mit deinem Ex-Ehemann abgeben müssen?«

»Er ist gar kein richtiger Ex-Ehemann«, sagte Helen. »Er hat doch kaum als Ehemann gezählt.« Armer Simon: während die Welt ihn so ernst nahm – er war jetzt immerhin Leitartikler für den ECONOMIST –, nahmen alle anderen ihn überhaupt nicht ernst! »Ach, es deprimiert mich ja selber, und Edward würde sich so freuen –«

Und Clifford gab nach, obwohl er keineswegs begeistert war. Und leider muß ich Ihnen sagen, Leser, daß Angie Wellbrook (mittlerweile wieder als Kunst-Händlerin in Johannesburg tätig) Clifford anrief, um ihm ein frohes Weihnachtsfest zu wünschen, und wäre es Clifford nicht so sauer aufgestoßen, daß er mit dem Mann am Tisch sitzen mußte, mit dem seine Frau einst das Bett geteilt hatte – mochte er noch so unterhaltsam und kultiviert sein –, dann hätte er sich am Telefon vielleicht ganz kurz gefaßt. Statt dessen klang er durchaus freundlich, und Angie beschloß, schon sehr bald nach England zu fliegen. Cliffords Bedarf an Familienleben war durch die Zwillinge vielleicht mehr als gedeckt, dachte sie (und hatte damit noch nicht einmal so unrecht).

Helens Vater, der Maler John Lally, feierte Weihnachten überhaupt nicht. So wollte er es haben. Er tat so, als gäbe es diesen Tag überhaupt nicht, und er tat es gern. Nun kann ich Ihnen zwar nicht berichten, daß John Lally es bereut hätte, wie er mit seiner Frau zu ihren Lebzeiten umgesprungen war, aber die Wahrheit ist, daß er ohne sie einsam war. Deshalb suchte er sich schnell einen Ersatz. Kaum ein Jahr nach Evelyns Tod war er schon wieder verheiratet: mit Marjorie Fields, einer sehr netten, sachkundigen, ziemlich unscheinbaren Kunststudentin reiferen Alters, die ihn phantastisch fand und auf Trab hielt, und der es überhaupt nichts ausmachte, dieses Jahr kein Weihnachten zu feiern, und wenn er wollte, auch in Zukunft nicht. Sie ließ gerade die Küche umbauen. Sie freute sich für John, als sie an diesem Nachmittag einen Anruf aus Johannesburg entgegennahm: von einer Kunsthändlerin, einer gewissen Angie Wellbrook, die nach England kommen wollte, »um Johns Werk zu diskutieren«.

»Angie Wellbrook?«, sagte John Lally. »Kommt mir bekannt vor ... nein, ich erinnere mich nicht mehr! Wenn sie ihr Geld darauf verschwenden will, rüberzufliegen, obwohl ich ja praktisch diesen Gaunern von Leonardo's gehöre, dann ist es ihre eigene Dummheit. Soll sie ruhig kommen!«

An diesem Weihnachtsnachmittag machten Nell und Brenda einen heimlichen Ausflug zur Faraway Farm und befreiten Nells Blechteddy aus seinem Versteck. Nell schraubte den Kopf ab und holte den Smaragdanhänger heraus und hielt ihn in ihrer geschlossenen Hand.

»Denkt jetzt an mich«, sagte sie laut, »wer ihr auch seid und wo ihr auch seid, genauso wie ich jetzt an euch denke.« Und etwa zur selben Zeit hob Otto nach skandinavischem Brauch sein Glas, um einen Toast auszubringen, und seine Frau und die Gäste standen auf und hoben ihre Gläser.

»Auf unsere verschwundene kleine Nell«, sagte Otto, Nells Großvater. »Ob sie im Himmel ist oder auf Erden. Und möge die Erinnerung an Nell uns allen immer wieder vor Augen führen, wie wichtig es ist, einander zu lieben und zu achten, solange wir einander noch haben.«

Aber es war Weihnachten, eine Zeit, in der es nur natürlich ist, an die Familienmitglieder zu denken, die verschollen oder weit fort sind, und deshalb war es vielleicht wirklich nur ein Zufall.

Angies Rückkehr

Leser, wir hören eine ganze Menge über die biologische Uhr, die in uns tickt ... die gebärfähigen Jahre verrinnen ... eigentlich hören wir sogar viel zu viel über dieses Thema und werden dadurch nur unnötig nervös gemacht. Die Ärzte schütteln den Kopf, wenn wir über dreißig sind und zum erstenmal über eine Schwangerschaft sinnieren – und wenn wir über vierzig sind, scheint das Verlangen, schwanger zu werden, nur noch unvernünftig und abstoßend auf sie zu wirken. Und doch bittet mich mein Arzt zu bedenken, daß die Wissenschaft, die uns die Risiken einer *alten Erstgebärenden* (diejenigen von uns, die zum ersten Mal schwanger und schon über fünfundzwanzig sind) erläutert, dieselbe Wissenschaft ist, die einen Fötus aufgrund des Alters von Mutter oder Vater als defekt diagnostiziert und entfernt. Aber mit meinem Arzt habe ich Glück – seine Mutter war sechsundvierzig bei seiner Geburt, und er wünscht sich bestimmt nicht, er wäre nie geboren, genauso wenig wie seine Eltern. Kürzlich hat er mir von einer Ärztin in Paris erzählt, die – nach etwas hormonellem Herumgespiele – im Alter von sechzig Jahren ein vollkommen normales Baby zur Welt brachte – also Mut, meine Schwestern! Nehmen Sie sich soviel Zeit, wie Sie wollen, um zu entscheiden, *ob* oder *ob nicht.* In dieser (aber nur in dieser) Hinsicht tut mir sogar Angie leid:

sie wollte ein Kind von Clifford, und nun war sie schon um die vierzig und hatte noch immer keins und spürte die Verzweiflung, die all den Frauen vertraut ist, die spüren, daß die Zeit abläuft, die an keine Pariser Ärztin denken und die eigentlich auch kein Baby mit sechzig wollen – nein danke!

Als Helen und Clifford zum zweiten Mal heirateten, fühlte sich Angie ziemlich elend, gab ihrem bläßlichen Begleiter/Liebhaber den Laufpaß und kehrte nach Johannesburg zurück, um dort eine Filiale von Leonardo's aufzubauen; immerhin war sie Mehrheitsaktionärin, und die Direktoren konnten sie wohl kaum davon abhalten, obwohl ihr Geschmack gefürchtet war und man sich sorgte, was sie, eine Frau, dem Image von Leonardo's anhaben konnte. Sie hatte zu den Anteilen bei Leonardo's auch die zehn Goldminen ihres Vaters geerbt und betrieb sie, ohne große Rücksichten auf die Menschenrechte der schwarzen Arbeiter zu nehmen. Sie arbeitete viel, wurde anerkannt, bewundert, aber nicht geliebt. Sie lebte in großem Luxus und war sehr gelangweilt. Wäre sie ein bißchen netter und freundlicher gewesen, hätte sie vielleicht ihre Erfüllung darin gefunden, bedeutende Gemälde aus Europa herüberzuholen, um die großtuerische weiße Kulturszene Südafrikas zu inspirieren und zu bereichern – aber Angie war weder nett noch freundlich. Wenn ihren Galeriebesuchern ein Bild nicht gefiel, verachtete sie sie für ihren Geschmack: gefiel es ihnen aber, verachtete sie das Bild dafür, daß es den Leuten gefiel, die sie verachtete. Ja, gegen sich selbst konnte sie nicht gewinnen. Sie hatte ein heimliches Verhältnis mit ihrem schwarzen afrikanischen Butler, und auch das war fürchterlich: sie verachtete ihn dafür, daß er sie mochte, weil sie selbst nichts Liebenswertes oder auch nur Nettes an sich finden konnte. Je mehr sie ihn verachtete, desto mehr verachtete sie sich selbst und umgekehrt. Nun, das alles wissen wir bereits von Angie, und andere Leute haben auch solche Probleme.

Eines langweiligen Tages – es war Weihnachten –, als die Unterhaltung am Swimmingpool sich nur noch dahinschleppte und Angie sich den Magen schon mit Pfefferminz-Cocktails verdorben hatte und mal wieder so richtig spürte, daß sie nicht mehr die Jüngste war, und ein achtzehnjähriges Mädchen die Unverfrorenheit hatte, Angies Butler direkt zuzuzwinkern, und sie hätte schwören können, daß dieser Bursche auch noch zurückgrinste und dabei seine schneeweißen Zähne entblößte (und hätte sie im alten Rom gelebt, wären an so einem Tag ein paar Sklaven geköpft worden – im alten Süden Amerikas dagegen vielleicht nur ausgepeitscht und von ihren Familien getrennt) – da beschloß Angie, daß es Zeit war, ein paar Leute zu ärgern.

Zunächst einmal würde sie ihre Landsleute aus der Fassung bringen, indem sie ein paar Surrealisten einkaufte. Sie würde nach England reisen und John Lally Cliffords klebrigen Händen entreißen, und wenn sie dabei ein paar Verträge aufdröseln mußte – zu schade! Clifford würde sich auf den Kampf einlassen. Sie glaubte, daß sie ihn ohne große Mühe ins Bett kriegen würde. Wann hatte sie es je Mühe gekostet? Sie brauchte nur genug Gold oder wertvolle Edelsteine zu tragen, und schon kapitulierte er. Sie stellte sich vor, daß Helen mit ihrem süßen Gekicher allmählich auch ihren Reiz verloren hatte. Mittlerweile ganz bestimmt! »Ich hasse dich, Helen«, sagte Angie laut. Helen war passiv und treulos und ging mit Cliffords Liebe ganz nachlässig um – aber sie hatte seine Liebe. Und was noch wichtiger war: sie hatte seine Kinder.

»Haben Sie mich gerufen, Madam?«, fragte der Butler Tom zuvorkommend. Er mochte Angie ziemlich gern. Sie tat ihm leid, dieses kalte Geschöpf, das niemand wollte.

»Hab ich nicht, junger Mann«, sagte sie wütend. »Ich hab genug von dir. Du bist gefeuert!« Und so geschah es. In Johannesburg gibt's sowas nicht, daß ein Schwarzer eine/n Weiße/n wegen ungerechtfertigter Entlassung verklagt. Da hatte er ja noch mal Glück gehabt, sagte seine Mutter – er war erst zweiundzwanzig –, daß nicht noch eine Anzeige wegen Vergewaltigung hinterherkam. So was kam vor.

Und Angie flog nach Heathrow.

Besitz

Otto und Cynthia waren auch nicht mehr so jung wie früher. (Nun, das sind wir alle nicht – aber Sie wissen, was ich meine.) Wexford Hall wurde ihnen allmählich zu groß, zu viel. Junge Leute können über Flure mit Parkettfußböden marschieren, ohne sich etwas dabei zu denken: alte Leute bekommen allmählich das Gefühl, daß die hundert Meter von der Tür bis zum Treppenhaus zuviel für sie sind, und Cynthia trug – wenn sie nicht gerade draußen in ihren grünen Gummistiefeln herumstapfte – natürlich nie etwas anderes als hochhackige Schuhe. (Wie ich Ihnen schon sagte, sie gehörte nie ganz dazu. Die gepflegte Schlampigkeit der englischen Oberschicht ging ihr einfach ab.) Otto hatte einen Bandscheibenvorfall, und man hatte ihm angeraten, weder zu schießen noch zu reiten noch die Glocken der Ortskirche zu läuten, was er (zur eigenen Freud' und anderer Leut's Leid) so oft getan hatte. (»Immer fleißig, Sir Otto! Sie scheinen ja nie müde zu werden«: die Pfarrersfrau.) Sir Otto! Nun ja, ausländische Namen klingen halt einfach nicht so gut zu englischen Adelstiteln. Doch da stand er nun, ein Ritter, und hatte es doch nie darauf angelegt; das sagte er jedenfalls. Wer ist das eigentlich da oben, der unser Verhalten beobachtet und uns dann so komische Belohnungen zukommen läßt? Natürlich hatte er einmal an der Spitze des Britischen Industriellenverbandes gestanden; natürlich war er – großzügigerweise – vom Vorsitz der *Distillers' Company* (Nordeuropa) zurückgetreten, um einem Jüngeren Platz zu machen– oder war es etwa das, wovon keiner sprach? Seine Dienste für das Land, damals im Krieg, oder vielleicht seit dem Krieg? Wahrscheinlich sogar noch in letzter Zeit. Wie dem auch sei, Cynthia war nun jedenfalls Lady Cynthia und gelangte so in die Kundenkartei eines Friseurs im West End, aber ansonsten gab es für sie keinen ersichtlichen Unterschied. Der Titel war nicht erblich. Sie konnte ihre hübsche Nase etwas höher tragen, das war alles.

Eines Tages saßen der frischgebackene Ritter und seine Lady nach dem Mittagessen recht deprimiert am Kamin und starrten die brennenden Holzscheite an: er mußte die Zähne zusammenbeißen, weil er solche Rückenschmerzen hatte, sie wegen der furchtbaren Stiche im Brustkorb; erst kürzlich war sie bei der Jagd gestürzt und hatte sich vier Rippen angebrochen. Heutzutage bandagiert man die Rippen nicht mehr, weil sonst die Knochen der schmerzgeplagten Patienten zu fest zusammenwachsen würden: keine gute Voraussetzung für richtiges tiefes Durchatmen, für ein gesundes, aktives Leben. Wenn sie sich bewegte, spürte sie jedesmal, wie die Rippen aneinanderrieben. Das Telefon klingelte. Es war Angie Wellbrook, eine Kollegin von Clifford: ob die Wexfords sich noch an sie erinnerten? Nein, aber sie waren zu höflich, das zuzugeben. Sie war zufällig ganz in der Nähe: sie lud sich selbst zum Abendessen ein. Otto und Cynthia seufzten und fügten sich drein.

»So ein schönes Haus«, schwärmte Angie. »So englisch, und doch so ganz eigen. Aber ist es nicht ein bißchen groß nur für Sie beide?«

»Hier haben wir gelebt, und hier wollen wir auch sterben«, sagte Otto düster.

»Bitte!« sagte Cynthia, die es überhaupt nicht haben

konnte, wenn das Gespräch aufs Alter oder gar den Tod kam. Wenn man es ignoriert, dachte Cynthia, ist es auch nicht da.

»Die Heizkosten!« lamentierte Angie, die ihrer Lebtag noch keine Heizkostenrechnung studiert hatte, und verleitete die beiden zu der Äußerung, die Kosten seien wirklich unverschämt hoch. Johnny hatte eine ganz tolle französische Zwiebelsuppe gemacht. Es war der Tag, an dem die Dienstboten frei hatten. Manche Künste verlernt man einfach nie. Im Krieg hatten er und Otto eine Zeitlang ein Restaurant in Paris betrieben, eine Sammelstelle für RAF-Besatzungsmitglieder, die über Frankreich abgeschossen und von der Résistance gerettet worden waren, ausgebildete Männer, die daheim gebraucht wurden. Die feinste Zwiebelsuppe von ganz Paris eignete sich gut als Tarnung.

»Und *wofür* halten Sie die Pferde, wenn Sie alle beide nicht reiten können?«

»*Ich* kann reiten«, sagte Cynthia, »und werde damit wieder anfangen, sobald die Rippenbrüche verheilt sind.« Aber sie senkte die Stimme. Vielleicht war es ja wirklich aus damit. Pferde sind so groß. Irgendwie schien der Abstand zwischen ihr und dem Erdboden mit jedem Jahr größer zu werden.

»Die viele frische Luft ist auch gar nicht gut für den Teint«, sagte Angie, und Cynthia, die das sonnengegerbte Gesicht der Jüngeren ohne großes Wohlwollen betrachtete, mußte ihr recht geben. Nahm die denn keine Feuchtigkeitscreme? (Sie wußte ja nicht, was Angie schon alles ausprobiert hatte! Arme Angie! Böse Angie!)

»Die einzige Zeit, wo es hier richtig voll wird, ist an Weihnachten«, sagte Otto, »wenn Clifford und Helen und die drei Kinder zu uns kommen. Es ist geradezu lächerlich, dieses riesige Haus für die eine Woche im Jahr zu behalten.«

»Nein, finde ich nicht«, sagte Cynthia. »Dafür sind Häuser da.« *Clifford, Helen und die drei Kinder.* Das klang so fest, so dauerhaft. Und das, was ich »das Loch in Angies Herzen«

nennen will (und weswegen ich sie »arme Angie« genannt habe), füllte sich plötzlich mit Groll und Erbitterung und Haß. Es hätte Clifford, Angie und die drei Kinder heißen sollen. Sie verfluchte ihre Mutter, ihren Vater, ihr Schicksal. Wenn sie nicht aufbauen konnte, dann würde sie eben zerstören.

»Wir wollen auch gar nicht verkaufen, aber selbst wenn wir wollten, könnten wir nicht«, sagte Cynthia. »An wen denn? Die würden doch nur ein Computerzentrum oder ein Kurhotel daraus machen und die Bäume fällen und meinen schönen Garten plattwalzen, um dort einen Swimming-Pool hinzubauen.«

»Ich würde es kaufen«, sagte Angie und lächelte. »Ich brauche hier ein Zuhause. Ich würde es genauso lassen, wie es ist. Ich finde es einfach herrlich. Ein Teil vom alten England! Und Sie könnten trotzdem alle an Weihnachten kommen – Sie beide, Clifford, Helen und die drei Kinder.«

»Das könnten Sie gar nicht«, sagte Sir Otto schockiert. »Wir würden mindestens eine viertel Million Pfund verlangen müssen.«

»Eine viertel Million!«, sagte Angie staunend. »Es würde mir nicht im Traum einfallen, weniger als das Doppelte dafür zu zahlen. Auf dem freien Markt ist es mindestens eine halbe Million wert. Glauben Sie mir, ich kenne mich aus.«

Cynthia drehte sich zu Otto um.

»Wir könnten uns was ganz Hübsches kaufen, in Knightsbridge«, sagte sie. »Ich bräuchte nie mehr die grünen Gummistiefel anzuziehen.«

»Aber ich dachte, du magst –«

»Nur dir zuliebe, mein Schatz –«

»Aber ich habe doch um deinetwillen –«

Lügen, alles Lügen, aber sie verstanden es immer wieder, einander glücklich zu machen: indem sie genau das machten, was sie wollten, dabei aber so taten, als würden sie es nur für den anderen machen. Selbst ihre Affären hatten nur dazu dienen sollen, ihm zu versichern, daß sie von anderen Männern begehrt wurde und daher begehrenswert war. Zumindest sah sie es gern von dieser Warte aus.

»Eine halbe Million ist vielleicht ein bißchen hoch angesetzt«, sagte Angie.

»Ich finde, eine halbe Million klingt genau richtig«, sagte Otto. »In Anbetracht der Tatsache, daß wir ja zu einer privaten Übereinkunft kommen und Sie daher die Maklergebühren sparen –«

Und daraufhin einigte man sich, und Angie kaufte Wexford Hall. Das würde eine Überraschung werden: für Clifford, Helen und die drei Kinder. Sie war ihnen noch ein paar saftige, ein paar richtig böse Überraschungen schuldig.

Verbesserungen

Angie besuchte John und Marjorie Lally in ihrem Haus in Applecore Cottage. Die beiden kamen ganz gut miteinander aus. Marjorie hatte die Angewohnheit zu lächeln, wenn Evelyn geweint hätte.

»Sei nicht albern, John!«, sagte sie, wenn er sich unmöglich aufführte. »Huch, hast du schlechte Laune!«, rief sie aus, offensichtlich ungerührt, wenn er tobte und wütete. »John, das *kannst* du gar nicht über mich sagen. Du mußt dich wohl selbst damit meinen!« sagte sie, wenn er sie beschimpfte.

Er versuchte auf hunderterlei Art, die Oberhand zu gewinnen, aber er schaffte es nicht. Wenn er nicht mit ihr redete, schien sie davon gar keine Notiz zu nehmen: statt dessen lud sie sich eine Nachbarin zum Kaffeetrinken ein und redete dann eben mit der. Sie plante ihn immer mit ein, aber wenn er nicht erschien oder auch bloß zu spät dran war, ging sie ohne ihn. Sie sprach über ihre Gefühle, nie über seine. Sie warf all die alten abgenutzten Möbel von Evelyn raus und brachte statt dessen ordentlich restaurierte Antiquitäten ins Haus, bei denen keine Griffe fehlten, keine Zierleisten abgebrochen und in eine Schublade geräumt worden waren, damit sie nicht verloren gingen, und dann zwischen dem ganzen Krimskrams unauffindbar wurden. Sie trennte sich von den Kupferpfannen und ließ ein Fenster einbauen, so daß die Sonne direkt ins

Haus scheinen konnte. Sie ließ sich eine Einbauküche maßschneidern: zu einem Preis, der das ganze Dorf erschütterte. Zum Ende der Frühjahrs- und Herbstsaison gab sie ihre alten Kleider weg und kaufte sich neue. Sie erstellte ein Verzeichnis von Johns Werken. Sie verstand, welche Kunstrichtung er gerade verfolgte, und sagte ihm das immer wieder. Sie selbst machte Stickereien – sie stellte ihre Arbeiten sogar im Victoria and Albert Museum aus und erntete beachtliche Anerkennung – in einem unbedeutenden Feld, wie sie immer wieder betonte – obgleich sie nur arbeitete, wenn auch John arbeitete. Wenn nicht, legte sie die Stickerei beiseite, um sich ihrem Mann voll und ganz widmen zu können.

Ach, sie war eine wunderbare Ehefrau. Er verdiente sie nicht; das sagten alle. Wohlgemerkt: sie hatte ihr eigenes Einkommen. Das machte es ihr leichter. Sie brauchte ihn nicht um Geld zu bitten.

Neuerdings ging er nur noch selten in den Pub. Er war gern mit seiner Frau zusammen: er mochte ihr ruhiges Lächeln. Sie lag immer zuerst im Bett und tat, als schliefe sie schon. Wenn er sie weckte, war sie fröhlich und willig. Wenn nicht, schlief sie weiter. Perfekt! Er glaubte, daß seine Arbeit darunter litt. Er hatte begonnen, die Sonne über buntschillerndem Wasser zu malen und Kürbisse auf dem Küchentisch: er verlor das Interesse an Tod und Verwesung. Er fragte sich, ob sie wohl zu alt war, um ein Kind zu kriegen. Sie sagte nein. Sie versuchten es.

Sie brachte John dazu, Helen in London zu treffen, bei einer Ausstellung in der neuen Haymarket Gallery. Ein Treffen mit Clifford stand nicht zur Diskussion, da hörte es bei ihm auf. Helen kam. Er konnte sich kaum noch erinnern, worum es bei dem ganzen Ärger gegangen war. Sie legte ihre Hand in seine, und er ließ es geschehen und spürte eine Art altvertrauter Wärme.

»Ich glaube, ich bin ein bißchen verrückt gewesen«, sagte er.

Es war eine Entschuldigung. Helen nahm sie an. Aber dieser Marjorie, die ja einen recht netten Eindruck machte, hatte sie nur wenig zu sagen. Sie hätte dankbar sein müssen, war's aber nicht.

»Sei froh, daß er sie hat«, sagte Clifford. »Es nimmt dir die Last deiner töchterlichen Verantwortung. Und wart ab, bis du siehst, was für Bilder er jetzt malt.«

Er schickte Johnny los, um die neueren Bilder mit Infrarotlicht zu fotografieren, während in Applecore Cottage alles schlief. Was ihm auffiel, waren keine stilistischen, sondern thematische Veränderungen. Die neuen Bilder, dachte Clifford, waren nicht so gut wie die alten, dafür würden sie sich aber viel leichter verkaufen lassen. Na gut, hier was gewonnen, dort was verloren, und dies könnte der Durchbruch sein, auf den er gewartet hatte. Die Tate Gallery war schon halb entschlossen, einen Lally für achttausend Pfund zu kaufen. Nicht schlecht. Aber das Geschäft war noch nicht gelaufen.

Helen fand heraus, daß Marjorie schwanger war, und weinte und weinte.

»Es ist schrecklich«, sagte sie. »Edward und Max und Marcus werden älter sein als ihre Tante. Das ist abartig.«

»Es könnte ein Junge werden«, sagte Clifford. »Ihr Onkel.«

Daran hatte sie überhaupt nicht gedacht. Sie mußte nur noch mehr weinen. Aber das alles war im Grunde gar nicht wichtig. Sie weinte um die arme Evelyn, die nie gekriegt hatte, was sie wollte, und bis zu ihrem Tode glaubte, es wäre auch unmöglich. Und weil das, was für Evelyn nicht zu kriegen war, Marjorie so leicht zufiel.

Dunkle Wolken

Leser, sobald der Kauf von Wexford Hall unter Dach und Fach war, fuhr Angie nach Applecore Cottage, um John und Marjorie zu besuchen. Es war Sonntag. John war höflich, zivilisiert, nüchtern und rasiert, und Marjorie trug ein Umstandskleid. Es gab Lammkeule und Johannisbeergelee (selbstgemacht von Evelyn: das letzte Glas), und sie unterhielten sich über Clifford Wexford, obwohl Marjorie versuchte, das Thema zu wechseln.

»Natürlich«, sagte Angie, »läßt sich Ihr Vertrag von Leonardo's unmöglich einklagen. Das fällt unter künstlerische Handelsbeschränkungen. Damit könnten wir vor den Europäischen Gerichtshof gehen. Dieser Vertrag hindert Sie effektiv daran, mehr als drei Bilder pro Jahr zu malen, was die Preise für die bereits existierenden Bilder hochtreibt. Aber davon haben nur alle anderen etwas. Der Profit geht an die Galerie, nicht an Sie. Wieviel zahlt Leonardo's Ihnen im Jahr?«

»Zweitausend.«

Angie lachte. »Kümmerlich!«, sagte sie. »Ausbeutung.«

»Natürlich«, sagte John Lally, »male ich viel mehr als drei Bilder pro Jahr. Die anderen kommen bloß nicht auf den Markt.«

»Er hat sie im Fahrradschuppen stehen«, sagte Marjorie.

»Ich würde sie unheimlich gern sehen«, sagte Angie.

John Lally sagte: ein andermal: die Treppe war kaputt: der Weg war matschig: das Licht war schlecht. Angie sagte, sie sei Clifford Wexford auf einer Party begegnet. Er habe erzählt, wie der Maler vor all den Jahren einmal bei ihm und Helen hereingeplatzt war. Wie er John Lally zusammengeschlagen hatte. Clifford war eifersüchtig, sagte Angie, das war es doch eigentlich: er gehörte zu den Männern, die am allerliebsten Künstler wären, es aber nicht bringen. Es überraschte sie, daß John Lally ihn nicht daran gehindert hatte, seine Tochter ein zweites Mal zu heiraten. Einmal war schon schlimm genug.

»Meine Tochter ist sie nicht«, sagte John Lally. »Sie hat meine Frau umgebracht.«

»Also John –«, sagte Marjorie warnend.

»Hör auf mit deinem ›Also John‹«, sagte John Lally, ganz der alte.

»Ganz der alte«, sagte Marjorie. Er riß sich zusammen.

Nach alldem, was mit Nell passiert war, sagte Angie. Damals war Helen nämlich meine Freundin, sagte sie. Zu mir mußte sie kommen, wenn sie das Kind sehen wollte, als Clifford sich so anstellte. Wenn Clifford nicht gewesen wäre, sagte Angie ganz direkt, wäre Nell noch am Leben. Clifford konnte sich praktisch alles leisten, und John Lally saß einfach da und tat nichts dagegen; und dabei ging es nicht nur um John Lally, nein: im Interesse jedes lebenden, atmenden, leidenden, ausgebeuteten Künstlers mußte dem ein Riegel vorgeschoben werden. Ob sie, Angie, nicht mal in den Fahrradschuppen gehen dürfe? Sie, Angie, nahm in ihrer eigenen Galerie nur zehn Prozent Kommission und bot progressive Gewinnbeteiligung von Anfang an, so daß der Künstler zwanzig Prozent des erzielten Profits aus allen Folgeverkäufen erhielt.

John Lally ging mit Angie in den Fahrradschuppen. Betrachten Sie mich als Ihre Freundin, sagte sie. Wir werden Leonardo's durch sämtliche Instanzen schleifen. Die Welt soll sehen, welcher Sorte von Kunstliebhabern dieser Laden gehört. Das werden wir, sagte John Lally, das werden wir!

Marjorie sagte zu John Lally, sie zweifle daran, daß Angie überhaupt jemandes Freundin sein könnte, aber diesmal hörte er ihr nicht zu.

Noch mehr dunkle Wolken

Angie aß mit Simon Cornbrook in Dorchester zu Mittag und erzählte ihm, Clifford hätte eine lockere Affäre mit einer seiner Kolleginnen bei Leonardo's, einer gewissen Fanny. Die Sache liefe schon seit Jahren – seit der Zeit, als Clifford in Genf war. Simon Cornbrook unterließ es, seiner Ex-Frau Helen davon etwas weiterzuerzählen. Er hatte keine Veranlassung, Clifford zu mögen, aber er hatte auch nicht den Wunsch, seine Ex-Frau Helen leiden zu sehen. Es gibt doch wirklich noch ein paar nette Leute auf der Welt.

Angie rief Clifford an und verabredete sich mit ihm zum Frühstück im Claridges.

»Nicht noch einmal!«, sagte Clifford.

»Nur noch einmal«, sagte Angie. »Es besteht gar keine Gefahr. Darüber sind wir doch jetzt hinaus.«

»Du vielleicht«, sagte Clifford. »Ich nicht.«

Zum Frühstück im Claridges erschien Angie in einem weißen Seidenanzug, der (stellvertretend für sie) schimmerte und glänzte, und mit einem ganz raffinierten Kettengürtel drumrum, der ja vielleicht wirklich mit Straß besetzt war – obwohl Clifford sofort der Gedanke kam, es könnten auch Diamanten sein, und zwar keine Industriediamanten. Angesichts eines solchen Gürtels und der Aussicht darauf, ihn aufhaken zu können, fällt es schwer, nein zu sagen, selbst wenn man nur sehen will, wie er glitzernd zu Boden gleitet. Clifford hakte ihn auf.

»Ich weiß nicht, wie du Simon Cornbrook unter deinem Dach haben kannst«, sagte Angie, der Wirbelwind aus Südafrika, in aller Ruhe auf einem der gemütlichen Messingbetten im Claridges.

»Helen sagt, das gehört sich so.«

»Das muß sie ja wohl auch sagen. Wieso sehen ihm die Zwillinge eigentlich so ähnlich?«

Und das war für Angie erst der Anfang.

Ein wirklich furchtbarer Krach

Leser, Angie wurde von Clifford Wexford schwanger. Mit Absicht. Ihr Timing war perfekt. Wie so viele schlechte Menschen hatte sie ein Riesenglück. Der Teufel scheint sich tatsächlich um die Seinen zu kümmern. Angie war zweiundvierzig – kein Alter, um im Handumdrehen schwanger zu werden, aber sozusagen im Aufhaken eines diamantenen Kettengürtels über einem weißen Seidenanzug, in der Hochzeitssuite vom Claridges! Aber schwanger wurde sie, genau nach Plan. (Eins muß man ihr ja lassen, Leser: sie hatte wirklich Nerven! Ließ sich einfach die Hochzeitssuite reservieren. Wie heißt es doch gleich? Frechheit siegt!) Zu ihrem Plan gehörte natürlich nicht nur, ein Kind von Clifford zu kriegen, das sie wollte, weil sie ihn liebte – ja, wirklich und wahrhaftig liebte: schlechte Menschen sind genauso fähig zu lieben wie gute –, sondern auch ihre Schwangerschaft als das Druckmittel einzusetzen, mit dem sie Clifford zur Heirat bewegen wollte, sobald er von Helen geschieden war.

Während der folgenschweren Stunden im Claridges, als Barbara empfangen wurde, brachte Angie Clifford auf die Idee, daß Helens Zwillinge nicht von ihm waren, sondern von Simon Cornbrook. Vier Jahre lang mußte Clifford sich nun schon mit den sehr lebhaften Zwillingen rumplagen, die nach der neuen, liberalen Methode erzogen wurden, in einem Haus, in dem er auch seine anspruchsvollen und wohlhabenden Kunden empfing. Helen zuliebe hatte er vieles in Kauf genommen, aber als der Gedanke erstmal in ihm keimte, konnte er ihn kaum mehr loswerden: die Zwillinge nicht von ihm! Helen hatte ihn schon einmal betrogen – sie würde es auch wieder tun. Und von ihrem Ex-Mann Simon schwanger zu werden, weil er ihr leid tat und weil sie wegen ihres Verhaltens ihm gegenüber solche Schuldgefühle hatte – sowas Dämliches, Unmögliches war Helen zuzutrauen. Und sie ihm, Clifford, dann auch noch unterzuschieben – oh ja, das sah ihr ähnlich.

Clifford ging vom Claridges aus schnurstracks nach Hause. Er ging, möchte ich sagen, mit reinem Gewissen. Er *liebte* Angie nicht, Leser: er mochte sie noch nicht einmal, obwohl irgend etwas in ihm für sie empfänglich war, und so nahm er noch nicht einmal zur Kenntnis, daß er Helen untreu gewesen war – nein, ganz und gar nicht. Er fand seine Frau auf der Terrasse, unter blühenden Hängepflanzen, bei einem Glas Wein im Gespräch mit ihrem Ex-Mann Simon.

Das gab den Ausschlag.

»So«, sagte er zu den beiden, »geht es hier also zu, wenn ich bei der Arbeit bin. Was war ich bloß für ein Idiot! Und du kleine Schlampe« (an Helen gewandt) »schiebst mir deine Blagen unter!« Und so ging es weiter; ein ganzer Haufen von unausgegorenem, überdrehten Gerede darüber, daß Helen nicht nur Simon zum Weihnachtsessen eingeladen hatte, sondern Simon auch noch den Truthahn tranchieren durfte, den er, Clifford, bezahlt hatte. Simon wies zwar darauf hin, daß er an Weihnachten nur gekommen war, weil Helen ihn dazu überredet hatte – dem kleinen Edward zuliebe (Helens und Simons Sohn, ordentlich, anständig und rechtmäßig gezeugt), und daß Clifford ihn praktisch dazu verdonnert hatte, das Fleisch zu zerlegen – vergebens! Oder daß der Zweck ihres heutigen Treffens nur darin bestand, über Edwards schulische

Leistungen zu sprechen. Vergebens! Vergebens auch Helens Versuch, zu erklären und abzustreiten und weinend ihre Unschuld und Liebe zu Clifford zu beteuern!

Und da sagte Simon, was er kürzlich aus Angies Mund vernommen hatte: daß Clifford schon seit Jahren eine Affäre mit Fanny hatte – und dann so eine Szene! Und es stimmte ja auch: das heißt, Clifford hatte die ganze Sache eigentlich nie richtig als *Affäre* oder gar *Beziehung* angesehen: Fanny war einfach eine Person, mit der er gern ins Bett ging, wenn sie beide noch spät im Büro waren und sich nicht entscheiden konnten, ob etwas ein Original oder eine Fälschung war, und Sex den Kopf wieder freimachte – und wenn die arme Fanny immer noch hoffnungslos in ihn, Clifford, verliebt war, dann ließ sie es sich jedenfalls nicht mehr anmerken. (Vielleicht haßte sie ihn aber auch, Leser: wie viele Frauen den Mann, den sie zu lieben glauben und an den sie durch Nähe und Abhängigkeit gebunden sind, in Wirklichkeit hassen. Bestimmt hätte sie ihre Fingernägel nur zu gerne einmal in die weiche Haut von Cliffords breitem Rücken gekrallt, aber das konnte sie nicht machen. Verheiratete Männer dürfen nicht zerkratzt werden.)

»Wenn das so ist«, sagte Clifford, »dann nur, weil meine Frau mich dazu getrieben hat. Hör sich das einer an, dieses Jammern und Schreien.« Und von diesen Worten bekam Helen wieder einen klaren Kopf. Sie hörte einfach auf zu weinen und ihre Unschuld zu beteuern.

»Du benimmst dich jetzt nur so unmöglich«, sagte sie zu Clifford, »weil du Schuldgefühle hast.« Womit sie natürlich recht hatte. »Und darüber hinaus ist es unverzeihlich, wie du dich aufführst. Ich werd mich von dir scheiden lassen, wegen Unzumutbarkeit. Schluß, aus, basta.«

»Dann verlaß auch mein Haus«, sagte Clifford. Er war auf einmal ganz kalt. Er haßte sie dafür, daß sie das Unverzeihliche getan und etwas gesagt hatte, was ihm wirklich Angst machte. Scheidung! *Und* vor einem Zeugen, was das ganze noch wirklicher machte: umso mehr, als der Zeuge Simon war.

Und wissen Sie, was Helen tat? Sie brachte den Mut auf, sich gegen Clifford zu stellen und zu sagen: »Nein, du gehst!« Und die Kraft ihres gerechten Zorns war so groß, daß er genau das tat. *Er* kapitulierte, Leser. *Er* ging. Wie oft hat eine unglücklich verheiratete Frau das Gefühl, das Haus gehöre nur ihrem Mann, und wenn sie sich von ihm trennt, dann muß sie alles zurücklassen, was sie besitzt – und dabei gehört es doch eigentlich *beiden*: wenn schon einer zu gehen hat, dann ja vielleicht *er.* Und wenn sie das so sagt, laut und deutlich, und er der Schuldige ist, dann wird er auch gehen.

Clifford hatte natürlich vor, nur etwa ein bis zwei Wochen wegzubleiben, um Helen eine Lektion zu erteilen. Damit sie erkannte, wie sehr sie ihn liebte. Damit sie ihn anflehen würde, zu ihr zurückzukehren, und ihn um Verzeihung bitten für vergangene Missetaten. Damit sie wieder glücklich sein würden, ihre Liebe reingewaschen, intensiver, wahrer. Damit er nie wieder mit Fanny schlafen oder Angie auch nur wiedersehen mußte –

Aber Leser, es kam ganz anders. Pech für ihn!

Wieder allein

Clifford zog aus seinem und Helens Haus in die luxuriöse Wohnung in Mayfair, die Leonardo's für wichtige Kunden bereithielt – Kunden, die beim Anblick eines echten Rembrandt, der unerwarteterweise auf den Markt gekommen ist, nichts weiter sagen als: »Der gefällt mir; den nehme ich!« Aber er war Luxus gewöhnt und fand darin keinen Ausgleich für das fehlende Familienleben. Er vermißte nicht nur seine Frau, sondern erstaunlicherweise auch die schrecklichen Zwillinge. Er merkte, daß es überhaupt nichts ausmachte, ob an seinen Handdrucktapeten Fettflecken waren oder er nicht in Ruhe den »Figaro« anhören konnte, weil die Kinder etwas von ihm wollten; die Antwort hieß, ganz normale abwaschbare Tapeten anzuschaffen und sich Opernmusik (leise!) anzuhören, wenn sie im Bett waren, so wie alle anderen Leute. Clifford glaubte nicht wirklich, nicht ernsthaft, daß die Zwillinge von Simon und nicht von ihm waren: er erkannte, daß er sich entschlossen hatte, es vorübergehend zu glauben, weil er sich schuldig fühlte, eifersüchtig war und das auch wußte. Außerdem hatte er gar nicht vorgehabt, Helen so aus der Fassung zu bringen. Und ganz plötzlich erkannte er: wenn er Helen wirklich und wahrhaftig liebte, dann würde er es sich abgewöhnen müssen, Frauen zu verführen, um sie später ganz brutal sitzenzulassen. Denn wie er sich zu seiner Schande eingestehen mußte, lief sein Verhalten jedesmal darauf hinaus.

Das alles erkannte er, denn sechs quälende Wochen lang wartete er darauf, daß Helen anrief und sich entschuldigte und den ersten Schritt machte, aber sie wollte und wollte sich nicht melden; und er war solche Zurückweisung nicht gewöhnt und beinahe am Boden zerstört. Er hatte Zeit nachzudenken: seit er erwachsen war, hatte er immer soviel zu tun gehabt, daß er fast nie zum Nachdenken gekommen war. Selbst im Urlaub hatte er nie nichts getan – er hatte neue Kontakte geknüpft, sich auf den richtigen Skipisten sehen lassen, in der richtigen Villa; und wenn es partout nichts zu tun gab, sorgte er zumindest dafür, daß er bei seiner Rückkehr so braungebrannt wie kein anderer war. Verrückt! Eitel! Hohl! Das alles erkannte er jetzt. Er liebte Helen, er liebte sein Zuhause, seine Kinder. Das war es doch, was wirklich zählte! (Menschen können sich tatsächlich ändern, Leser!)

»Nein«, sagte Helen. »Nein. Ich meine es ernst. Ich will die Scheidung, Clifford. Genug ist genug.« Sie war eisern. Sie wollte ihn nicht einmal sehen: über gemeinsame Freunde hörte er, daß sie es satt hatte, passiv, geduldig, allzu weiblich – genaugenommen also masochistisch zu sein. Und schlimmer noch, Cliffords Eltern, Otto und Cynthia, die unerklärlicherweise ihr wirklich schönes Haus verkauft hatten und nun versuchten, sich in einer dieser kleinen Wohnungen einzuleben, die angeblich speziell für ältere Paare entworfen sind, und dabei mindestens um zehn Jahre gealtert waren, schienen auf Helens Seite zu stehen.

»Du bist selbstsüchtig, eigensinnig, egozentrisch und skrupellos«, sagte seine Mutter – seine eigene Mutter! – zu ihm. Wohlgemerkt, sie fühlte sich zu der Zeit selbst ziemlich elend. In ihrer Chelsea-Wohnung brauchte sie bloß drei Schritte zu tun, und schon stand sie vor irgendeiner Wand. Sie kam sich richtiggehend alt vor. Sie sehnte sich danach, wieder in ihrem eigenen, geräumigen, großzügigen Haus zu sein, das nun – welcher Teufel hatte sie damals bloß geritten – an Angie verkauft war. Was nützte ihnen das ganze Geld auf der Bank? Obwohl Sir Otto ja einen recht glücklichen Eindruck machte: er unternahm regelmäßige, äußerst diskrete Ausflüge ins Verteidigungsministerium und kleine Reisen in die Vereinigten Staaten, in Begleitung von Johnny; wenn sie allerdings in seinem Paß nachsah – dem einzigen, von dem sie wußte –, fand sie dort überhaupt keine Einreise- und Ausreisestempel.

Inzwischen war Angie schon fleißig dabei, das, was eigentlich Cliffords Familiensitz war, in ein »auswärtiges« Auktionshaus umzuwandeln. Ottoline, so der Name des Unternehmens, würde sich auf seltene und kostbare Kunstobjekte spezialisieren. Die Bäume waren gefällt worden, der Garten plattgewalzt, und im alten Gewächshaus befand sich jetzt ein beheizter Swimming-Pool. Ottoline war Konkurrenz für Leonardo's – was Leonardo's nicht gut bekam. Sotheby's, Christie's und Leonardo's hatten jahrzehntelang alles fest in der Hand gehabt, was an Kunstauktionen lief (und sich untereinander eigentlich immer geeinigt) – und nun drängten sich Außenseiter hinein. Was sich Angie bloß dabei denken mochte? Sie war doch immer noch im Vorstand von Leonardo's! Sie beschmutzte ihr eigenes Nest. Auch Cliffords Nest. Seinen Familiensitz. Wie sentimental Clifford auf einmal wurde –

Leser, Sie und ich wissen genau, was sich Angie dabei dachte. Sie errichtete eine Dornenhecke um Clifford. Sie würde später wiederkommen und ihn retten. Im Laufe eines Tages, als Clifford an seinem Tiefpunkt angelangt war, sagte sie ihm dreierlei. Sie hatte ihn nach Oxford mitgenommen; die beiden ruderten den Fluß hinab. So etwas konnte er gut: er war immer noch sportlich, muskulös und attraktiv, und Angie saß mit dem Rücken zur Sonne und trug einen großen Schlapphut und sah diesmal gar nicht so übel aus.

»Natürlich ist John Lallys Vertrag mit dir nach europäischem Recht gar nicht wirksam. Jeder Künstler hat das Recht, zu malen wann und wie es ihm paßt – die vertraglichen Beschränkungen sind rechtswidrig. Er geht damit vor den Europäischen Gerichtshof. Ja, das hab ich ihm geraten. Er wird zu mir kommen, unter Ottolines Dach, wenn er sich Leonardo's vom Halse geschafft hat.« Leser, John Lallys Bilder waren mittlerweile nicht mehr Zehntausende wert, sondern Hunderttausende. (Ja, soviel läßt sich durch geschickte, professionelle Manipulation des Marktes für einen Maler ausrichten.) Wenn John Lally jetzt seine Bilder (egal wieviel) für Ottoline malte, würde das Geld, das Leonardo's in den »mageren« Jahren (nach Leonardo's Auffassung) erwirtschaftet hatte, in den fetten Jahren Ottoline und damit Angie zufließen. Glauben Sie bloß nicht, daß John Lally viel davon sehen würde – entgegen Angies Versprechungen. »Progressive Gewinnbeteiligung von Anfang an« bezog sich nur auf die neuen Bilder – nicht auf das, was bereits gemalt war. Aber daran hatte er nicht gedacht. Daran hatte er auch nicht denken sollen. Er hatte eine ganze Menge Rioja zu seiner Lammkeule mit Evelyns Johannisbeergelee getrunken. Angie hatte natürlich fast gar nichts getrunken.

Sie sagte auch: »Clifford, ich bin schwanger. Ich kriege ein Kind von dir!« Er wagte nicht, eine Abtreibung vorzuschlagen: selbst der alte Clifford wäre vielleicht vorsichtig gewesen, so stahlhart glitzerte es in Angies Augen. Und der neue Clifford, der konnte sich nicht mit dem Gedanken anfreunden, ein Leben, ein *Leben* zu zerstören. Er war weich geworden, unerklärlicherweise, ja direkt nett. Leser, wenn er doch nur nicht so gierig gewesen wäre: wenn Gold und Geld es ihm doch nur nicht so angetan hätten: wenn Cynthia ihn doch nur mehr geliebt und ihm alles gegeben hätte, was er brauchte – wenn doch nur! Es nutzt ja doch nichts, dieses ewige Wenn-doch-nur. (Aber dafür ist es manchmal ganz interessant.)

Und dann sagte Angie noch: »Wenn wir beide unsere Imperien vereinen würden, Clifford, dann könnten wir die Welt regieren.« (Die Welt der Kunst, wird sie wohl damit gemeint haben. Das hoffe ich wenigstens.)

»Wie meinst du das, Angie? Unsere Imperien vereinen?«

»Heirate mich, Clifford.«

»Angie, ich bin mit Helen verheiratet.«

»Schön dumm«, sagte Angie und erzählte Clifford von Helens (angeblicher) Affäre mit Arthur Hockney, dem schwarzen Detektiv aus New York, den Helen in jener ersten schrecklichen Zeit engagiert hatte, um nach der verschwundenen kleinen Nell zu suchen. Leser, wie Sie und ich wissen, war Arthur zwar viele Jahre lang hoffnungslos in Helen verliebt, aber es hatte sich nie etwas zwischen ihnen abgespielt, nie, und jetzt war er glücklich mit seiner Sarah und hatte es sogar mit ihrer Hilfe geschafft, wieder eine Tribüne zu besteigen und auf einer Veranstaltung zugunsten von schwarzen Künstlern in Winnipeg eine Rede zu halten, und Angie wußte das alles, aber Angie gehörte nun mal nicht zu denen, die sich durch die Wahrheit von dem abbringen lassen, was sie wollen.

»Ich glaube dir nicht!«, sagte Clifford.

»Sie hat mir die ganze Geschichte erzählt«, sagte Angie, »als sie mal ziemlich betrunken war. Manche Frauen sind halt so, wenn sie zuviel getrunken haben: indiskret. Und Helen ist häufig nicht ganz nüchtern. Also nehme ich an, daß ganz London davon weiß. Wenn sie's schon mir erzählt, wird sie's wohl jedem erzählen.«

Und es stimmte wohl auch, daß Helen manchmal zuviel trank und daß Clifford das an ihr nicht ausstehen konnte, und daher war Angies Versuch, böses Blut zu machen, an dieser Stelle besonders erfolgreich. Helen gehörte zu den wenigen Unglücklichen (oder Glücklichen, wenn Sie so wollen), bei denen ein Teelöffel Wein dieselbe Wirkung zeitigt wie bei anderen ein ganzes Wasserglas mit Gin. Und Sie wissen ja, wie

Cocktailparties und Vernissagen sind – da werden Tabletts voller Gläser herumgereicht, und bei dem ganzen Lärm und der Aufregung und dem Vergnügen, sich toll anzuziehen und hinreißend auszusehen – was bei Helen zweifellos der Fall war: sie war mit jedem Kind schöner, nicht dicker geworden – verirrte sich ihre Hand manchmal und griff zum Wein, statt zum Orangensaft – ach, Sie wissen ja selbst, wie das ist.

Jedenfalls waren noch keine drei Monate herum, als Clifford mit Angies Hilfe seine Trauer unterdrückt und in Wut und Trotz verwandelt hatte und die Scheidung lief.

Große Erwartungen

Angie erwartete, daß Clifford sie heiratete, und machte das auch deutlich. Er meinte ja selbst, daß er sollte – jetzt, wo er Helen verloren hatte, war es wohl relativ egal, was er tat, und Leonardo's war wichtig und die Arbeit traurigerweise das einzige, womit er im Leben Erfolg hatte. Selbst seine eigene Mutter war gegen ihn. (Mit anderen Worten: Clifford war wirklich ganz unten.) Er konnte also auch Angie heiraten. Nun sind das natürlich nicht die Voraussetzungen, unter denen Leute wie Sie und ich eine Ehe schließen würden, aber Angie war da anders. Die Reichen *sind* anders. Sie rechnen damit, das zu kriegen, was sie wollen, und meistens kriegen sie's auch. Stolz spielt dabei irgendwie keine Rolle. Ich möchte nicht sagen, daß sie deshalb glücklicher sind – die Reichen scheinen es nur fertigzubringen, gar nicht erst richtig unglücklich zu werden.

Und außerdem war Angies Baby unterwegs, und da er Nell, seinen Augapfel, verloren hatte, verstand Clifford wie nur wenige Männer, welchen Segen ein Kind, überhaupt ein Kind für seine Eltern bedeutet.

»Ich denk darüber nach«, sagte Clifford.

Eine solche Ehe würde Clifford natürlich viele materielle Vorteile bieten, ließ Angie ihn wissen. Wenn er Angie Wellbrook zu einer Angie Wexford machte, würde Ottoline mit

Leonardo's fusionieren und Angie gegen John Lally vorgehen (wieder einmal), um seine Bilder-Produktion zu beschränken und dadurch die Preise auf dem Lally-Markt zu maximieren, womit allen gedient wäre (außer natürlich dem Künstler). In den Kolonien (wie sie ihre Heimat gern nannte) würde sie auch keinen Staub mehr aufwirbeln; statt dessen würde sich die Johannesburger Galerie auch in Zukunft ganz aktiv um die alten Meister kümmern, die im kultivierten Europa immer unpopulärer wurden: zum Ausgleich sollte sie dann eine Ottoline-Zweigstelle in Australien aufmachen dürfen (der Unterschied zwischen beiden Häusern bestand ja nur noch im Namen). Und Clifford konnte die Zwillinge so oft besuchen, wie er wollte, und sie sogar mitbringen, solange er Helen nicht sah.

»Soll Simon sie doch besuchen«, sagte Clifford. »Er ist der Vater«, und erhob Gegenklage und gewann den Scheidungsprozeß.

Helen weinte und weinte, und niemand konnte sie trösten, obwohl es viele versuchten. Das hatte sie nicht gewollt, nein, ganz und gar nicht.

Und sie fuhr heim nach Applecore Cottage, um noch mehr zu weinen; diesmal hatte sie drei Kinder dabei.

»Ich hab's dir ja gleich gesagt«, bemerkte John Lally, aber nur einmal.

»Sag das nicht zu ihr«, sagte Marjorie, und da ließ er es bleiben. Das Haus war zu klein für die vielen Leute, und Marjorie war auch noch schwanger. Er verzog sich in den Holzschuppen.

»Ich bin so eine große Last«, sagte Helen. »Es tut mir leid.«

»Du bist herzlich willkommen«, sagte Marjorie. »Natürlich kann ich nie den Platz deiner Mutter einnehmen; natürlich ist das mit dem Baby schlimm für dich –«

»Nein, nein«, sagte Helen, und das war es plötzlich auch nicht mehr. Sie fand es unmöglich, diese Marjorie nicht zu mögen, die ihren Vater so glücklich machte. Seit neuestem bemalte er Möbel in seiner Freizeit. Auf ganz gewöhnlichen Küchenstühlen blühten Blumen, flatterten Vögel.

»Was soll ich jetzt bloß machen?«, fragte Helen. »Mein Leben ist ein einziger großer Schlamassel.« Und wieder hüpfte ein Rotkehlchen – die wievielte Vogelgeneration seit damals? – im Garten umher und brachte sie zum Lächeln. Sie konnte sich ihrem Schmerz nicht ganz hingeben; sie hatte jetzt Kinder, an die sie denken mußte.

»Das kommt, weil du dich auf andere Leute verläßt«, sagte Marjorie. »Du wirst lernen müssen, dich auf dich selbst zu verlassen.«

»Ich bin zu alt, um mich zu ändern«, sagte Helen, und sie sah aus wie achtzehn. Marjorie lachte, und Marcus, Max und Edward drängelten in die Küche und wollten etwas zu essen haben. Es waren teure Kinder. Sie waren an Orangensaft gewöhnt; die Generationen vor ihnen hatten noch Wasser getrunken. Aber Sie wissen ja selbst, wie das heutzutage mit den Kindern ist.

»Ich hasse die Vorstellung, Clifford um Geld bitten zu müssen«, sagte Helen. »Es ist wie in alten Zeiten. Das kann ich nicht ertragen.«

»Dann verdien selber welches«, sagte Marjorie energisch. »Du hast doch alle Voraussetzungen dafür.« Und als Helen so darüber nachdachte, mußte sie Marjorie recht geben.

Verheiratet mit Angie

Als die Scheidung endlich rechtskräftig und die kleine Barbara schon auf der Welt war, sagte Angie zu Clifford: »Weißt du was, wir heiraten am 25. Dezember.«

»Nein«, sagte Clifford.

»Warum nicht?«

»Weil das Nells Geburtstag war«, sagte er.

»Wer ist Nell?«, fragte Angie, die das im Moment echt vergessen hatte, und da hätte Clifford sie fast überhaupt nicht geheiratet, egal was war. Angie hatte sich in letzter Zeit natürlich nur von ihrer besten Seite gezeigt, aber dennoch in einem Zeitraum von drei Monaten ebensoviele Hausangestellte verschlissen. Clifford erkannte, daß, was man ihr, wenn man gutwillig war, als »temperamentvoll« und »direkt« durchgehen lassen konnte, in Wirklichkeit vorsätzlich und taktlos war. Angie war so launisch wie Helen lieb war – aber andererseits würde sie ihn wahrscheinlich nicht mit anderen Männern betrügen, oder? Geschweige denn frühere Ehemänner zum Weihnachtsessen einladen; geschweige denn nachlässig werden und zu Verabredungen mit ihm immer zu spät kommen. Nein. Die Wellbrook/Wexford-Ehe war eine äußerst passende Verbindung, und dazu kamen zehn Goldminen und eine große Anzahl sehr wertvoller Gemälde aus der Wellbrook-Sammlung – und bald hatte Clifford seine Zweifel überwunden.

Aber zumindest wurde die Hochzeit nicht an Weihnachten gefeiert. Sie fand am ersten Samstag im Januar statt, und das war ein sehr feuchter, windiger Tag, und Angies Lockenpracht wurde ziemlich durcheinander gewirbelt, und ihre Nase war so rot, daß es direkt auffiel, und Sie und ich wissen, Leser, daß Angie jede Hilfe von Schönheitssalons braucht, die sie kriegen kann. Der Wind-und-Wetter-Look machte sich an ihr gar nicht gut, genauso wenig wie das weiße Kleid, das sie ja unbedingt hatte tragen wollen. Es war so ein unvorteilhaftes bläuliches Weiß, nicht das gelbliche Weiß, das den meisten Frauen steht; außerdem waren zu viele Rüschen dran. Viele Bräute sind an ihrem Hochzeitstag modisch gesehen von allen guten Geistern verlassen, und Angie war da keine Ausnahme. Geld hilft eben auch nicht überall. Neben ihr mußte Clifford an Helens zarte, zerbrechliche Schönheit denken und hätte es beinahe nicht fertiggebracht »Ja, ich will« zu sagen. Aber Angie gab ihm einen kleinen Stubs. Er sagte ja. Damit war das erledigt.

Clifford und Angie lebten zeitweise in Belgravia (in einem prachtvollen, hochherrschaftlichen Haus, das Angie gepachtet hatte, mit übergroßen Räumen, die für Gemälde gerade richtig waren, für Menschen aber viel zu ungemütlich) und manchmal in Manhattan (in einem Penthouse mit Blick auf den Central Park und so einbruchsicher, daß man schon zehn Minuten brauchte, um reinzukommen). Wechselnde »Norland Nannies« übernahmen vollständig die Betreuung der kleinen Barbara.

Barbara blieb in ihrem riesigen Kinderzimmer in Belgravia, wenn ihre Eltern nach New York fuhren. Angie sagte, New York sei für Kinder nicht sicher genug, aber Clifford wußte, sie wollte das Kind einfach nicht um sich haben. Die Schwangerschaft hatte ihren Zweck erfüllt: das lebende Kind war nicht mehr gefragt. Clifford kümmerte sich um Barbara so gut er konnte – aber er hatte viel zu tun; die Zeit reichte nie. Sie war ein stilles, braves kleines Mädchen, das zu still, zu brav blieb. Wexfords neue Freunde waren schick, in den mittleren Jahren und langweilig. Angie hatte keine Zeit für Schriftsteller, Künstler oder andere Exzentriker. Und deshalb wurde Clifford von Langeweile und Depressionen geplagt – geschieht ihm ganz recht! Vielleicht lag es also an Cliffords schlechter seelischer Verfassung, daß er im vierten Jahr seiner Ehe mit Angie bei seinen Geschäften für Leonardo's New York so hart am Rande der Legalität operierte.

Kind und Mutter

Es war das Jahr, in dem Nell, die sich ganz gut eingelebt hatte bei den Kildares und ihren »Border Kennels«, die Mittlere Reife Prüfung machte. Kunst, Geschichte, Geographie, Englisch, Mathematik, Physik, Handarbeit, Sozialkunde, Französisch. »Du sprichst beinahe wie eine Einheimische!«, bemerkte ihr Lehrer. Sie und ich, Leser, kennen den Grund dafür, obwohl Nell selbst ihn vergessen hatte. In den letzten Jahren hatte sie kaum noch an die Zeit vor ihrer Ankunft in Ruellyn gedacht; sie war jetzt in ein Alter gekommen, wo sie gern in der Gegenwart lebte und die Vergangenheit Vergangenheit und die Zukunft Zukunft sein ließ.

Sie interessierte sich für einen Jungen namens Dai Evans, den ihr Interesse so einschüchterte, daß er kaum damit umgehen konnte. Sie war eigentlich zu attraktiv, zu aufregend für ein normales Klassenzimmer mit ihrem dicken, lockigen, blonden Haar (das häufige Scheren damals im Kinderheim hatte ihren Haaren sehr gut getan; sagt jedenfalls mein Friseur), der geraden Nase, den vollen Lippen, den lebhaften, strahlenden Augen und dem langsamen, schönen, weiblichen Lächeln.

Und was war mit ihrem Halbbruder Edward und ihren Zwillingsbrüdern Max und Marcus? Leser, wer sagte noch gleich, die Kinder von Liebenden könnten fast Waisen sein?

Helen, der das Schicksal und Angie wieder einmal Clifford genommen hatten, ihre einzige, unsterbliche, ewige Liebe, widmete sich ganz ihren Kindern, und das tat ihnen gut. Edward war jetzt zwölf, und die Zwillinge Max und Marcus acht. Drei Jungen! Und dann hatte Nell auch noch eine Halbschwester: Cliffords und Angies Tochter Barbara. Am Tag von Barbaras Geburt hatte Helen tatsächlich geglaubt, sie müsse sterben vor Schmerz, Trauer und Eifersucht, so schrecklich intensiv waren diese Gefühle. Eigentlich sollte überhaupt niemand ein Baby hassen, ganz besonders kein so artiges Baby wie Barbara, und Helen wußte das auch, konnte es aber nicht ändern. Es ging nicht. Das Baby hatte ihr den Mann weggenommen, ihren Kindern den Vater. Jetzt waren sie allein. Sie versuchte, Marjorie zu erklären, was sie empfand.

»Ich gebe dem Baby die Schuld für alles, was passiert ist«, sagte Helen.

»Das ist ziemlich unvernünftig«, sagte Marjorie, eine äußerst vernünftige Person. Ihr Baby hieß Julian; noch ein Junge in der Familie. Helens kleiner Halbbruder, Nells Onkel. Komisch!

»Und warum ausgerechnet ein Mädchen?« wollte Helen wissen. »Das ist nicht fair. Sie muß mit dem Teufel im Bunde sein.«

»Aber du hattest auch ein Mädchen«, sagte Marjorie. »Nell.«

Einen Moment lang haßte Helen ihre Stiefmutter dafür, daß sie es gewagt hatte, den Namen ihres Kindes auszusprechen; aber nur einen Moment lang.

»Ich bin so durcheinander in meinem Zorn«, sagte sie schließlich, »daß ich gar nicht recht weiß, wo ich damit hin soll.« Sie hatte sich wieder im Royal College immatrikuliert und einen Auffrischungskurs in Mode- und Textildesign belegt. An manchen Tagen ging es ihr dadurch besser, an manchen schlechter – als hätte sie ein großes Stück Leben vergeudet. Irgend jemand mußte Schuld daran haben.

An diesem Abend holte sie die Mappe hervor, in der sie die vergilbten, eingerissenen Baby- und Kinderfotos von Nell aufbewahrte, und betrachtete sie eingehend, und wieder überkam sie das Gefühl: »Nell *ist nicht* tot. Sie ist am Leben. Sie ist genauso am Leben wie Barbara.« Und dann fiel ihr Arthur Hockney ein. Sie fragte sich, was wohl aus ihm geworden war. Sie fand seine Büronummer in einem alten Notizbuch; sie rief ihn an. Man sagte ihr, er habe die Firma verlassen. Er war jetzt eine Art Sozialarbeiter: er leitete eine Beratungsstelle für unterprivilegierte Kinder in Harlem. Aber sie gaben ihr seine neue Telefonnummer.

Übrigens fiel Nell in der Matheprüfung durch, ich glaube sogar mit Absicht, ihrer besten Freundin Brenda zuliebe. Brenda fiel nämlich insgesamt durch. Auf jeden Fall hatte Nell sich am Prüfungstag ganz bewußt nicht ihr Silberkettchen mit dem Teddybären umgehängt, dieses alte Blechding mit dem Edelstein darin, das sie sonst immer als Glücksbringer trug.

Selbständig

Helen hatte sich tatsächlich verändert. Leser, sie hatte ja jung geheiratet; sie hatte sehr wenig Zeit gehabt, ihren Charakter auszubilden oder auch nur herauszufinden, was sie mochte und was nicht. Ihr Vater war ein starrsinniger, launischer Mann gewesen, ihre Mutter eine Frau, die sich ausnützen ließ; schon als Kind hatte Helen die schwere Kunst zu schlichten gelernt, hatte gelernt, wie sie als kleiner Pufferstaat zwischen zwei großen, einander feindlich gesonnenen Blöcken überleben konnte, selbst wenn der labile Frieden nur auf ihre, Helens, Kosten ging. Dann, in der Ehe mit Clifford, waren es wohl oder übel seine Ansichten gewesen, die sie übernommen hatte; er hatte sie von einem (mehr oder weniger) naiven Mädchen in eine erfahrene und gescheite Frau verwandelt, die eine Weinkarte lesen und einen echten Biedermeiersekretär mühelos von einem nachgemachten unterscheiden konnte, die aber keine Wahl hatte, sondern mögen mußte, was er mochte, und verachten, was er verachtete. Dann, als Simon Cliffords Platz im Ehebett einnahm, hatte sie die politischen Ansichten ihres neuen Ehemannes übernommen – seinen freundlichen, vernünftigen, weltoffenen Zynismus. Frauen haben ja die Fähigkeit, den häuslichen Frieden durch bloße *Zustimmung* zu erhalten – aber das tut ihnen natürlich auf Dauer nicht gut. Sie schlafen verwirrt ein und wachen verwirrt auf und bekommen Depressionen.

Aber wenn die drei Jungen ihr jetzt Fragen stellten, mußte

Helen ihnen Antworten geben, die nicht von John Lally, Clifford Wexford oder Simon Cornbrook stammten, sondern von ihr selbst; Fragen, die sogar sehr interessant waren und sie beinahe (aber doch nur beinahe) für ihre Trauer, Einsamkeit und Verlassenheit entschädigten. Clifford (oder steckte Angie dahinter? In Angie hatte Clifford seine Meisterin gefunden!) verkehrte nur noch per Anwalt mit ihr und ließ sie um jeden Unterhaltsscheck betteln und streiten. Es war erniedrigend. Doch sie erkannte auch, wo ihre Fehler lagen. Sie besaß Talent, aber sie hatte nie etwas damit angefangen. Sie hatte die Veranwortung für ihre Existenz an andere abgegeben und sich dann darüber beklagt. Sie hatte sich als Ehefrau, Geliebte und Mutter versucht und fand, das sei genug. Aber sie war noch nicht einmal eine gute Mutter gewesen – hatte sie nicht Nell verloren? Sie war keine gute Ehefrau gewesen – hatte sie nicht ihren Mann verloren? Alles was sie konnte, alles was sie gelernt hatte – und erst jetzt, wo ihr Status, Einladungen und schicke Freunde entzogen worden waren, erkannte sie, daß all das nur Cliffords Ehefrau gegolten hatte – war, um Geld zu bitten, und selbst das konnte sie noch nicht mal besonders gut.

Doch jetzt war sie entschlossen, sich von Clifford frei zu machen. Sie hatte einen Auffrischungskurs belegt. Sie setzte sich mit alten Bekannten in Verbindung; sie nahm einen Kredit auf und verpfändete dafür den einzigen frühen John Lally, den sie besaß, eine Skizze von einer ertrunkenen Katze, die er ihr zum achtzehnten Geburtstag geschenkt hatte.

»Sieht aus wie deine Mutter nach dem Einkaufen an einem nassen Tag«, hatte er dazu gesagt, im Scherz (ha! ha!). Helen hatte die Zeichnung immer ganz hinten im Schrank aufbewahrt. Sie haßte das Ding, aber mit Gefühlen läßt sich keine Hypothek bezahlen, kein Geschäft eröffnen. Sie hatte die Zeichnung hervorgeholt, zur Bank gebracht und sie als Sicherheit hinterlegt. Und da war sie nun: ein brandneuer Designer-Stern am Londoner Modehimmel – »House of Lally«. Ihr

Vater war wütend: sie brachte den Namen der Familie in Mißkredit. Helen lachte bloß. Wann war ihr Vater schon einmal nicht wütend gewesen? Und außerdem fehlte seiner Wut neuerdings der Biß. Er war dabei gesehen worden – und nicht nur einmal! –, wie er in Applecore Cottage dem kleinen Julian das Fläschchen gab. Marjorie hatte Probleme mit dem Stillen – das sagte sie jedenfalls. Helen war der Überzeugung, daß sie diese Ausrede benutzte, um John Lally enger an seinen kleinen Sohn zu binden. Und das stimmte auch.

Natürlich wollte Simon Helen wieder heiraten. Sie lachte und sagte: »Genug davon!« Ein paar Knoten mußten einfach aufgebunden werden, sich nicht noch weiter verheddern. Und Leser, interessanterweise veränderte sich mit ihrem Leben auch der Typ von Schönheit, den sie verkörperte. Sie schien nicht mehr zerbrechlich und ein bißchen traurig – jetzt strahlte sie vor Energie. Als Clifford eines Tages seine frühere Frau in einer Fernsehsendung sah, geriet er ziemlich außer Fassung. Was war bloß mit ihr passiert? Warum grämte sie sich nicht zu Tode darüber, daß er sie verlassen hatte? Angie sagte, das sei doch nur eine oberflächliche Veränderung; unter dem neuen Glanz sei Helen ganz die alte hilflose, hoffnungslose, ziellose und verantwortungslose Tochter eines Bilderrahmenmachers, die sie immer gewesen war und machte den Fernseher aus.

Es tat Clifford gut, Angie zuzustimmen, aber als der nächste Scheck, den er Helen zusandte (natürlich drei Wochen zu spät), zurückkam, da wunderte er sich. Er spielte schon mit dem Gedanken, sie zu besuchen, aber er wußte, wenn er persönlich bei Helen erschien, würde er damit nur die Zwillinge durcheinanderbringen – er hatte seine Vaterschaft ja so entschieden bestritten. Also tat er nichts; nur kehrte jetzt Helen wieder in seine Träume zurück, und manchmal auch die kleine Nell, so wie sie gewesen war, als er sie zum letzten Mal gesehen hatte. Wohin Angie ihm nicht folgen konnte, dahin ging er mit seiner richtigen Frau und seiner verlorenen Tochter.

Wiedersehen mit Arthur

Das war der Stand der Dinge, als Helen wieder Kontakt mit Arthur Hockney aufnahm. Er kam zu Besuch mit seiner jungen Frau Sarah und brachte auch den Hund Kim mit, ein gepflegtes, sanftmütiges Tier, das man ohne Bedenken in jedes Wohnzimmer lassen konnte. Arthur kam mit gemischten Gefühlen. Er erinnerte sich noch genau an den Schmerz, den Helen ihm zugefügt hatte, als sie in jener Nacht nicht nach Hause gekommen war. Warum sollte er das alles wiederaufleben lassen? Aber als er Helen sah, erkannte er zweierlei: daß sie sich verändert hatte und daß er sie nicht mehr liebte. Er liebte Sarah: sie war eben doch keine zweite Wahl. Es war eine wunderbare Erkenntnis.

»Ich kann Nells Geist nicht ruhen lassen«, sagte Helen. »Und das ist die Wahrheit. Falls es ihr Geist ist und nicht die wirkliche, lebende, lebendige Nell. Arthur, bitte, versuchen Sie es noch einmal!«

»Ich bin kein Detektiv mehr«, erklärte er ihr. »Ich bin wegen einer Konferenz über Rassenfragen hier.« Auch er war aufs College zurückgegangen, hatte sein vor Jahren abgebrochenes Jurastudium beendet.

Aber er machte noch einen Versuch. Er fuhr bei Mrs. Blottons kleinem Reihenhaus vorbei und stellte fest, daß sie dort nicht mehr wohnte, und sah im Fenster ein Pappschild mit der

Aufschrift »Mrs. M. Haskins, Hellseherin«. Mrs. Haskins war fünfzig und korpulent, mit Hängebacken, einer tiefen Stimme und großen, müden, wunderschönen Augen. Mrs. Blotton war fortgegangen, sagte sie, an einen Ort, wohin Arthur nicht folgen konnte.

»Wohin?«

»Zur anderen Seite des Lebens«, sagte Mrs. Haskins. »Ins Licht des Jenseits.« Die arme Frau, eine Nichtraucherin, war an Lungenkrebs gestorben – eine Folge des Passivrauchens. »Ihr Mann war ein starker Raucher, und sie hat den Qualm viele Jahre lang inhalieren müssen.«

»Das tut mir leid«, sagte Arthur.

»Der Tod ist ein Grund zur Freude, nicht zur Trauer«, sagte Mrs. Haskins und bot Arthur an, ihm die Zukunft zu lesen. Arthur akzeptierte. Er glaubte nicht oder nicht ganz an Hellseherei. Er wußte ja, daß er manchmal anscheinend mehr wußte, als sich rational erklären ließ; und wenn es bei ihm so war, warum nicht auch bei anderen? Man möchte doch manchmal auch gern wissen, was in Zukunft passiert.

Mrs. Haskins ergriff seine großen schwarzen Hände und starrte kurze Zeit darauf und schob sie dann weg. »Das machen Sie am besten selber«, sagte sie, und er verstand, was sie meinte, oder verstand es zumindest teilweise. Ein schwarzer Anwalt und Ex-Detektiv, ein zäher Bursche aus New York, würde sich immer eher auf seine eigene Routine, sein Können verlassen als darauf, daß praktischerweise jemand anderes für ihn durch Backsteinmauern sah. Er wollte sich verabschieden.

»Sie wird ihren eigenen Weg nach Hause finden«, bemerkte Mrs. Haskins urplötzlich, als sie ihn zur Tür brachte. Sie hatte Plattfüße, und die Krampfadern unter den Laufmaschen ihrer hellen Stützstrümpfe sahen aus wie dicke bläuliche Perlenschnüre, aber ihre Augen leuchteten.

»Wer? Von wem sprechen Sie?«

»Die, nach der Sie suchen. Das verlorene Kind. Sie hat die

Kraft, ja. Eine alte Seele. Eine der Großen.« Und das war alles, was Mary Haskins sagte. Mehr als genug, werden diejenigen von uns denken, die abergläubisch sind.

Arthur fuhr noch einmal zu Helen und erklärte ihr, daß Nells Spur endgültig kalt war: daß sie in der Gegenwart leben mußte und nicht in der Vergangenheit. Er war froh, die Rolle des Detektivs los zu sein. Die Arbeit hatte ihn angegriffen; er war in zu engen Kontakt mit Dingen geraten, um die man einen großen Bogen machen sollte. Auch er fürchtete um seine Seele: er wollte im Hier und Jetzt leben, und nicht immer wieder am Rand der Vergangenheit, der Gegenwart, nicht immer zu viel ahnen, zu wenig wissen.

»Wie Sie sich verändert haben!«, sagte Helen. Sie wußte gar nicht genau inwiefern oder warum. Aber sie fühlte sich wohler in seiner Gesellschaft. Sie mochte Sarah. Sie freute sich darüber, daß er glücklich war.

»Daran ist das Baby schuld!«, sagte Sarah. »Er ist zur Ruhe gekommen.« Und obwohl es wahr ist, daß Babies in ihren Vätern fast ebenso sehr wie in ihren Müttern den Wunsch nach Frieden und einer sicheren Zukunft wachrufen, glaube ich persönlich, daß der eine Tag bei Mrs. Blotton, als Arthur mit sich selbst ins reine kam, ihn so verändert hatte. Mrs. Blotton hat in ihrem Leben trotz allem viel Gutes getan und verdient, daß wir uns ihrer erinnern. Möge sie in Frieden ruhen.

Sommer im Zwinger

Es war das Jahr von Nells Mittlerer Reife und Mr. und Mrs. Kildare fuhren den August über weg. Sie machten Urlaub in Griechenland. Sie überließen Nell und Brenda die Verantwortung für den Zwinger. Der Sommer ist die Hauptsaison für Hundepensionen. Sie wissen ja, wie das speziell in England ist – die Leute wollen ins Ausland fahren und können ihre Hunde nicht mitnehmen – oder können sie jedenfalls nicht einfach so ins Land zurückbringen, wegen der Tollwutgefahr. Und die Kildares hatten gerade auch noch eine staatlich anerkannte Quarantänestation aufgemacht: hier konnten sie ein Dutzend Hunde unterbringen und sie die vorgeschriebenen acht Monate lang in Isolation halten. Das bedeutete einen Haufen Extraarbeit – und Extrageld –, denn die Tiere brauchten nicht nur Futter und Auslauf, nein: man mußte auch mit ihnen reden, sie aufheitern, damit sie nicht in Apathie verfielen, das heißt ihr Futter nicht anrührten und abmagerten oder träge, fett und traurig wurden – denn das bedeutete großen Ärger mit den Besitzern. Die Kildares waren jedenfalls glücklich, da mal rauszukommen.

Nell und Brenda waren natürlich weniger glücklich; sie mußten ja dableiben. Brenda war noch nie in ihrem Leben im Ausland gewesen und wollte so gern, und Nell wußte ja nicht mehr, daß sie schon in Frankreich gelebt hatte. Nell mit sechzehn – in keinem anderen Zwinger gab's so eine Hundepflegerin! Brenda war ganz hübsch – obwohl sie ums Kinn herum ziemliche Akne hatte –, aber im Vergleich zu Nell wirkte sie direkt unscheinbar. Sie war zu mollig, daran lag's; sie hatte kleine Augen und dicke Backen. Wie unfair das Leben doch ist!

»Glaubst du, wir können ihnen vertrauen?«, fragte Mrs. Kildare.

»Aber natürlich«, sagte Mr. Kildare, der an blauen Himmel und heiße Strände ohne Hunde dachte.

Die Kildares mochten Hunde lieber als Menschen und sagten das auch oft, und aus für sie unerklärlichen Gründen regten sie Brenda mit solchen Reden auf, brachten sie in Verlegenheit. Andererseits fanden sie nichts dabei, den Betrieb aus der Hand zu geben, so oft sie konnten. Sie waren auch an Ostern weggefahren, als die Mädchen sich auf ihre Prüfungen vorbereiteten. Vielleicht lag darin der Grund für Brendas schlechtes Abschneiden.

»Angenommen, es geht was schief«, sagte Mrs. Kildare. Aber Mr. Kildare dachte bei sich, eher könnte etwas schiefgehen, wenn sie daheimblieben. Es fiel ihm schwer, Nell nicht anzustarren: wie gern hätte er sie berührt, sie dazu gebracht, ihn anders anzulächeln als alle anderen. Vielleicht wäre es auch nicht mehr so, wenn er zurückkam. Er hoffte es. Er machte sich nichts vor. Gut, er war zweiundvierzig. Sie war sechzehn. Ein Altersunterschied von sechsundzwanzig Jahren. Nun ja, es gab Schlimmeres. Sie war keine geborene Hundepflegerin wie seine Frau oder Brenda, aber sie stellte sich ganz gut an. Vielleicht konnten er und sie gemeinsam neu anfangen – genaugenommen war sie ja nur ein Kind von der Straße. Sie hatte keine Familie. Sie würde dankbar sein – »Ich wüßte zu gern, woran du gerade denkst«, sagte Mrs. Kildare, und Mr. Kildare schämte sich. Aber wie soll ein Mann nicht denken, was er denkt?

Natürlich ging etwas schief. Zwei sechzehnjährige Mädchen können sich eben nicht um dreißig Hunde, um Besucher und Anmeldungen kümmern und sich auch noch Ned (18) und Rusty (16) vom Leibe halten – zwei Brüder von einer Nachbarsfarm, die bei ihnen fernsehen wollten, weil in ihrem eigenen Haus der Empfang so schlecht war.

»Und was noch?«, fragte Nell.

»Das ist alles«, schworen sie. War es natürlich nicht.

Nachdem sie ein bißchen rumgemacht hatten, schickten die Mädchen sie nach Hause. Das war am Mittwochabend.

»Ich hasse Jungen«, sagte Brenda. »Ich finde Hunde echt besser.«

»Ich nicht«, sagte Nell. Aber sie machte sich Sorgen wegen ihres Busens. Sie dachte, er wäre riesig. Was er natürlich nicht war. Aber Ned hatte ihr unbedingt die Bluse aufknöpfen wollen. Warum ihre und nicht Brendas? Und sie dachte, sie würde nach Hundefutter riechen. Was sie natürlich nicht tat. Aber sie war sechzehn. Sie wissen ja, wie man da ist.

Am Donnerstagmorgen rührten zwei Hunde ihr Futter nicht an. Am Donnerstagabend befanden sich schon acht Tiere im Hungerstreik. Am Freitag abend fraß keiner der dreißig noch einen Happen. Dabei schien ihnen gar nicht so viel zu fehlen. Sie schnauften bloß und lagen herum und glotzten Nell und Brenda mit vorwurfsvollen Augen an und fraßen nicht. Die Hunde, die seit Donnerstag nicht mehr gefressen hatten, fingen plötzlich an zu niesen.

Am Samstagmorgen niesten sämtliche Hunde, und Nell und Brenda holten den Tierarzt. Er diagnostizierte eine Virusinfektion – möglicherweise aus der Nahrung –, inspizierte die Spülküche, wo sie das Futter zusammenmischten, fand nichts zu beanstanden, gab jedem Hund eine Spritze (ein Antibiotikum, nur zur Sicherheit), ließ eine Rechnung über neunzig Pfund da und sagte, er würde am Dienstag wiederkommen. Bis dahin müßte es eigentlich vorbei sein, egal was es war.

Er schien sich darüber zu wundern, daß Brenda und Nell allein mit den Hunden waren.

»Wir können das«, sagten sie. »Das haben wir schon öfter gemacht.«

»Hm«, sagte er und dann zu Nell: »Wie alt bist du?«

»Sechzehn«, sagte sie. Er sah sie von oben bis unten an. Sie war so etwas nicht gewöhnt. »Du siehst aber älter aus«, sagte er.

Nell beschloß, eine Diät zu machen. Drei Tage lang aß sie nichts, keinen Bissen. Die Hunde übrigens auch nicht.

»Es liegt am Futter«, sagte Nell am Montagabend. Die Hunde schauten nicht mehr vorwurfsvoll – nein, sie heulten und jaulten und waren ganz aufgeregt. »Es muß am Futter liegen. Die Hunde haben Hunger, sonst würden sie sich nicht so aufführen.«

»Das kann nicht sein«, sagte Brenda. »Es ist aus demselben Sack wie vor 'ner Woche, und damals haben sie noch gefressen.« (Die Hunde bekamen eine Art Hunde-Müsli, das mit heißem Wasser zu einem Brei verrührt wurde und durchdringend stank.)

»Ich weiß einfach, daß es am Futter liegt«, sagte Nell und rührte sich etwas an, um es selbst zu probieren.

»Das kannst du nicht machen!«, schrie Brenda.

»Ich spuck's halt wieder aus«, sagte Nell. Ja, sie war mutig. Sie führte den Löffel mit Brei an ihre Lippen; sie zog eine Grimasse: sie nieste. Genau in diesem Moment erschien Ned in der Küchentür, mit einem heulenden Rusty am Schlawittchen.

»Wißt ihr, was er angestellt hat?«, fragte Ned. »Er hat Niespulver besorgt und in euer Hundefutter gekippt. Ich hab ihn hergebracht, damit er euch selber sagt, daß es ihm leid tut.«

»Tut mir leid«, sagte Rusty. »Bloß tut's mir gar nicht leid. Was glaubt ihr überhaupt, wer ihr seid –«, und er trat seinen Bruder mit dem Schuh gegen die Wade und flitzte weg. Brenda half Ned wieder auf die Beine, und Nell machte einen frischen Sack Hundeflocken auf und rührte das Futter mit Wasser an. Die Hunde waren dankbar und fraßen alles auf. Der Tierarzt kam am Dienstag und ließ ihnen noch eine Rechnung da (diesmal über fünfundzwanzig Pfund, für den »Hausbesuch«) und entschuldigte sich überhaupt nicht. Als die Kildares zurückkamen, waren sie stinkwütend. Niemand, der Tiere hält und damit sein Geld verdient, hat gern den Tierarzt im Haus. Und leider muß ich sagen, daß Mr. Kildares Gefühle für Nell absolut unverändert waren.

»Du bist dünn geworden«, sagte er und sah sie von oben bis unten an.

»Dann ja wohl noch nicht dünn genug«, lautete Nells stumme Antwort, und von nun an hatte Mrs. Kildare große Mühe, sie überhaupt noch zum Essen zu bewegen. Sie wissen, wie Mädchen in dem Alter sind. Das einzig Gute, was aus diesem Vorfall resultierte, war die Freundschaft zwischen Brenda und Ned, und obwohl Nell von da an häufiger allein blieb (Rusty war ganz offensichtlich ein hoffnungsloser Fall), freute sie sich für Brenda. Nell hatte ein paar hübsche Hundebilder gezeichnet, und Kildares nahmen diese Zeichnungen für ihre neue Broschüre und ließen Weihnachtskarten davon drucken, die sie dann verkauften. Nell bekam natürlich kein Geld dafür. Immerhin gaben sie ihr zu essen und Kleider und ein Dach überm Kopf. Und beim Abitur würden sie ihr auch helfen. Sie kamen sich unheimlich großzügig vor.

Wer vom Teufel spricht

Leser, ich wünschte, ich könnte Ihnen erzählen, daß Angie glücklich war: jetzt, wo sie hatte, was sie wollte – das heißt Clifford. Aber Sie wissen ja, wie das ist – Reisen ist schöner als Ankommen. Angie war kein bißchen glücklich. Sie litt an Langeweile und innerer Unruhe, und sie hatte zuviel Geld und zuviel Zeit, und obgleich sie es wohl gar nicht so richtig mitbekam, daß Clifford sie nicht liebte, wird sie darunter auch irgendwie gelitten haben (hätte ich jedenfalls, Leser, und Sie wahrscheinlich auch). Falls beziehungsweise wenn sie die kleine Barbara sah, fühlte sie sich genervt und irritiert von ihrer Tochter – wie es ja manchen Müttern geht, die den täglichen Umgang mit ihren Kindern nicht haben. Aber Angie versuchte, so gut sie konnte, die Leere in ihrem Leben auszufüllen. Das heißt, sie geriet an eine Gruppe von Popmusikern mit weiß geschminkten Gesichtern, mit schwarzen Lederklamotten und mit dem Namen *Satan's Enterprise*, die in Wirklichkeit zwar eher sanfte und schüchterne Jungs waren, aus Reklamegründen aber mit schwarzer Magie und Kokain herumspielten. Manche Leute sagten, Marco, der Leadsänger, sei ihr Liebhaber gewesen, obwohl ich das nicht unbedingt glaube und Clifford wohl auch nicht, nachdem er ihn mal getroffen hatte.

Aber wer widerliche Zauberformeln ersinnt und so tut, als

könne er in verlassenen Kapellen mit irgendwelchem grausigen Hokuspokus ein paar Dämonen herbeirufen, und sei es nur zum Vergnügen, um des Geldes oder der Fotos willen, die am nächsten Tag in der Zeitung erscheinen – der beschwört damit vielleicht Geister, die er wirklich nicht mehr los wird. Unangenehme Dinge passieren; es mag sogar zum Skandal kommen.

Und von dem einen will ich Ihnen erzählen:

Clifford und Angie wurden zur Premiere des Films DER EXORZIST erwartet. Clifford erschien allein, ohne Angie an seiner Seite. Die Reporter witterten eine Story. Sie hatten die Angewohnheit, Clifford überallhin zu verfolgen, in der Hoffnung, ihn mit der falschen Person am richtigen Ort (oder umgekehrt) zu erwischen, und manchmal erwischten sie ihn auch, und dann belagerten sie Angie, hofften, sie würde sich einmal ahnungslos zeigen oder schockiert, aber natürlich hatten sie damit nie Glück. Sie war grob und barsch und knallte ihnen die Tür vor der Nase zu: einmal hatte sie einen Teekessel voll kochenden Wassers aus Barbaras Schlafzimmerfenster auf ein paar Journalisten geschüttet.

»Die Presse zu verärgern, das bringt doch gar nichts», sagte Clifford. »Die wollen sich dann bloß rächen.«

»Kochendes Öl wäre noch besser gewesen«, erwiderte sie. »Wasser verliert so schnell die Hitze. Und ärger du mich nicht, dann ärgere ich auch keine Presseheinis.«

Es war so gar nicht Angies Art, eine Premiere zu versäumen: auf den Film DER EXORZIST hatte sie sich sehr gefreut. Sie hatte schon von grünem Erbrochenen gehört und von Hälsen, die sich ganz im Kreis drehten. Am Nachmittag, als sie live in einer Fernsehshow aufgetreten war, einer Sendung zum Thema Gesichtspflege, hatte sie das auch gesagt. In derselben Sendung hatte sie gesagt, sie würde ihr Gesicht nur mit Wasser und Seife waschen und anschließend etwas Gesichtscreme drauftupfen. Lügen! Schlimmer als Helen in den ersten Jahren. Helen log überhaupt nicht mehr. Es war unter ihrer Würde.

Meiner Ansicht nach lügen verheiratete Frauen weitaus mehr als die Ledigen oder Geschiedenen. Fragen Sie eine verheiratete Frau, wieviel ein Stück Braten gekostet hat, und sie zieht von vornherein ein Drittel ab. Fragen Sie eine Ledige, und Sie bekommen eine ehrliche Antwort. Aber das ist ein anderes Thema. Cynthia sah übrigens Angie in dieser Sendung und sagte zu Otto: »Also, ich hab's doch gewußt, daß sie keine Feuchtigkeitscreme nimmt. Sie ist aber auch schön dumm!« Sie sahen Angie so wenig wie möglich, weil es ihnen so naheging, was aus Wexford Hall wurde, obgleich Otto nichts weiter sagte als: »Naja, sie hat für das Haus das Zweifache von dem bezahlt, was nötig gewesen wäre. Und seinen Zweck hat es ja erfüllt. Wie hätte ich wissen sollen, daß sie mal zur Familie gehört?«

Jedenfalls verursachte Angies Nichterscheinen einigen Wirbel; der leere Sitz (so teuer!) neben Clifford deutete auf eine häusliche Katastrophe hin. Clifford selbst schien weiß vor Wut zu sein; statt seines üblichen »Kein Kommentar« sagte er: »Was meine Frau macht, ist ihre Angelegenheit.«

Man wußte bereits, daß Angie die Fernsehstudios in Begleitung von Marco (»Satan's Enterprise«) verlassen hatte. Eine Gruppe von Reportern begab sich nun zu den Royal Mews in Kensington, wo die Gruppe wohnte und die ganze Nachbarschaft in Atem hielt, und kam gerade noch rechtzeitig, um zu sehen, wie Angie – unbekleidet und bewußtlos – aus dem Haus zum bereits wartenden Krankenwagen getragen wurde. Die Nachbarn sprachen von Drogen und Orgien.

Die Wiederbelebungsmaßnahmen erfolgten im St. George's Hospital (es ist seit langem geschlossen: dieses prachtvolle Gebäude an einer der vielen Ecken von Hyde Park Corner: es wird nach wie vor nicht wieder in Betrieb genommen – irgendwelche Umbauprobleme, wie es heißt); man pumpte Angie ziemlich unsanft den Magen aus. Clifford sagte nach der Vorstellung nichts weiter, als daß er den Film scheußlich gefunden habe und daß er seine Frau nicht im Krankenhaus besuchen werde. Was er auch nicht tat.

Ja, und die Presseleute fanden das natürlich toll, weil sie Angie nicht leiden konnten. Clifford hatte recht gehabt. Sie rächten sich. Sie trafen Angie da, wo's wirklich weh tat. Barbaras beste Freundin war eine kleine Prinzessin, mit der sie im Kindergarten denselben Kleiderhaken benutzte. Barbara ging zum Mittagessen in einen königlichen Haushalt: die Prinzessin kam zum Tee zu Barbara – und bei solchen Gelegenheiten lauerte Angie garantiert vor der Haustür auf die Presse und schenkte ihnen ein mütterliches Lächeln, wenn die beiden Mädchen sich begrüßten und umarmten. Jetzt hieß es:

»Drogenskandal um kleine Prinzessin«

»Königlicher Kindergarten unter Drogenverdacht«

»Kleine Prinzessin zu Besuch in Rauschgifthöhle« und so weiter. Und obwohl sich der Zeitungswirbel auch wieder legte, kam die kleine Prinzessin nicht mehr zum Tee, für Barbara gab es keine gemeinsamen Fotos, keine gemeinsame Tanzstunde mehr und keine weiteren Einladungen von der königlichen Familie.

Clifford lachte und sagte: »Das hast du dir selber eingebrockt«, und Angie stampfte mit dem Fuß auf und sagte: »Du hast mich dazu getrieben.« Barbara grämte sich und wurde noch stiller. Sie hatte eine Freundin verloren.

Und irgendwie war Angie von da an die ganze Freude verleidet. Nirgendwo schien es voranzugehen. Clifford war deprimiert (es war ja auch deprimierend, wie sehr sein Talent und sein Elan von Angies ungeheurem Reichtum in den Schatten gestellt wurden): er schien keinen Schwung mehr zu haben: er war nicht der Fang, den sie sich erhofft hatte. Das war ihr einmal sogar herausgerutscht; sie hatte diese unbedachte Äußerung auch gleich bereut.

Zur Strafe ließ er sie nicht mehr in sein Bett. Selbst wenn sie sich den größten Diamanten der Welt in den Bauchnabel gesteckt hätte – es wäre ihm egal gewesen. Angie verschwand für einen Monat in eine Schönheitsfarm in Kalifornien und ließ sich dort das Gesicht liften und die Haut abschälen in der Hoffnung, hinterher besser auszusehen und damit vielleicht auch ihre Eheprobleme zu lösen – aber irgendwie ging etwas schief. Sie bekam einen Ausschlag: lauter Beulen und Risse; ihre Haut sah schlimmer aus als je zuvor.

»Das geschieht dir recht«, sagte Clifford, als sie zurückkam. Egal wieviel von Max Factors ERACER (das billigste Peeling, aber das beste!) sie sich ins Gesicht schmierte, es half alles nichts. Sie setzte sich riesige Sonnenbrillen auf und trug nur noch Rollkragenpullover, und wenn Barbara sie sah, fing sie an zu schreien.

»Sie hat vergessen, wer du bist«, sagte Clifford. »Die Glückliche!« Kein Mann sieht es gern, wenn seine Frau für einen Monat verschwindet, selbst wenn er seine Frau nicht leiden kann.

Die arme Angie (ja, sie war wirklich arm dran!) fand, daß sie Mitgefühl und Unterstützung verdiente, aber Clifford sah sie nur kühl an, so als hätte sie auf der ganzen Linie versagt. Sie fragte sich sogar ein paarmal, ob sie nicht glücklicher wäre, wenn sie ihr ganzes Geld verschenken würde, aber dann fiel ihr immer wieder ein, was ihr Vater einmal gesagt hatte: »Du hast eben das eine Problem, Angie: du bist nicht liebenswert, und so bist du schon geboren worden.« Und in diesem Falle war es natürlich am günstigsten, so reich wie möglich zu sein.

Sie rief Marco an, was sie seit dem ganzen blöden Theater um die vermeintliche Überdosis nicht getan hatte. Nun hatte er seither ja auch nicht bei ihr angerufen, aber daran war sie gewöhnt. Sie waren zu viert gewesen, drei Männer und sie: so was machte sie normalerweise nicht mit. Schlagzeuger, Baßgitarre, Marco der Sänger – und sie war der Engel. Der Schwarze Engel. Sie hatten Angie über und über mit schwarzer Schuhcreme eingerieben. Die Bettlaken in der

Klinik waren auch ganz schwarz geworden. Die Krankenschwestern hatten das so gar nicht komisch gefunden, daß sie erst recht lachen mußte. In Kalifornien hatten sie ihr erklärt, die Chemikalienrückstände von der Schuhcreme hätten die oberen Hautschichten gereizt, aber mit dem Argument wollten sie sich nur um den Schadensersatz drücken. Da kannten sie Angie aber schlecht!

»Hallo«, sagte Marco.

»Hallo«, sagte Angie. »Du kennst doch noch die Kapelle, die wir für das Video gemietet haben?«

Marco erinnerte sich. Sie hatten einen Song aufgenommen, der »Satan's Tits« hieß und es bis zur Nummer vierundzwanzig in der Hitparade gebracht hatte, hauptsächlich wegen des dazugehörigen Videos: es war ein Mini-Drama und spielte in einer nicht mehr benutzten, aber immer noch geweihten Kapelle, die zu einem halbzerfallenen Herrensitz gehörte. Der Eigentümer, den man in Monte Carlo angerufen und um Erlaubnis für die Benutzung der Kapelle gebeten hatte, war ziemlich betrunken gewesen und hatte nur gesagt: »Machen Sie, was Sie wollen. Darin spukt es sowieso.« Und ein gewisser Father McCrombie, der allein in dem einzigen bewohnbaren Flügel des Hauses lebte, hatte ihnen die Kapelle aufgeschlossen. Er war der Verwalter. Sie hatten seine dicken alten Hände auf jungfräulichem Fleisch gefilmt. Abstauber!

»Was ist damit?«, fragte Marco.

»Ich will sie kaufen«, sagte Angie. »Ich geh ins Filmgeschäft.«

»Ach ja«, sagte Marco. »Und was willst du als nächstes machen?«

»Ach halt den Mund«, sagte Angie, »und sag mir, wie der Priester hieß, der da auch immer rumhing. Ich hab's vergessen.«

»Du schluckst zuviel Zeug«, sagte Marco. »Das macht dir dein ganzes Gedächtnis kaputt. Und wo wir schon beim Thema sind, Angie, auf diesen ganzen Kindergartenscheiß hätten wir sehr gut verzichten können. Unser Image ist im

Arsch, dank unserer lieben Angie. Deshalb sind wir bloß auf Platz vierundzwanzig gekommen. Er heißt Father McCrombie, und er ist ein Ex-Priester, kein Priester, und es hat nichts als Ärger gegeben, seit wir dieses Scheiß-Video gemacht haben. Also sei vorsichtig! Und für die Zukunft: ruf uns nicht an, wir rufen dich an!«

Wer will denn überhaupt was von euch? dachte Angie, als sie auflegte. Kleine Jungs mit Akne. Drei von denen brachten kaum soviel wie ein Clifford. Und wo war Clifford?

Zur selben Zeit schnupperte Father McCrombie in die feuchte Luft um die Kapelle und roch, daß etwas Aufregendes in dieser Luft lag und direkt auf ihn zuwehte. Für sowas hatte er eine Nase. Er rieb seine dicken, zittrigen Wurstfinger aneinander und wartete. Father McCrombie war einst ein guter Mann gewesen, und ein guter Mensch, der schlecht geworden ist, so einer ist viel verderbter als jeder gewöhnliche Mensch, den die Sünde gestreift und versengt hat.

Ich will Ihnen etwas über Father McCrombie erzählen. Er begann sein Leben als intelligenter Junge mit einem frommen Herzen aus einem guten protestantischen schottischen Elternhaus. Sein Vater war Bauunternehmer. Er selbst trat in die RAF ein: er war Pilot bei der Schlacht um England: er wurde mit dem DFC ausgezeichnet: er half, sein Land zu retten: allein am großen stillen Himmel, wenn er auf das Dröhnen und Krachen der Schlacht wartete, redete er mit Gott. Er redete auch mit dem jungen Lord Sebastian Lamptonborough (die Not hatte vieles verändert: die Sitten des Landes waren richtig demokratisch geworden: Adlige und Bürger schwatzten miteinander), der zwar tapfer, aber nicht gut war. Nach der Entlassung trat Michael McCrombie in den geistlichen Stand: er sah sich nach einer Frau um (ein Geistlicher braucht eine Ehefrau), fand aber heraus, daß er von Natur aus zölibatär war, und trat schon bald zur Katholischen Kirche über und kam zu einer Gemeinde in Nordirland. Damals trank und rauchte er nicht: er betete andächtig und ernsthaft zu Gott, hielt die päpstlichen Gesetze ein und forderte seine Schäflein auf, es ihm nachzutun: er wurde geachtet und geliebt. Aber Father McCrombie hatte einen schwachen Punkt. Er war, um es deutlich zu sagen, ein Snob. Er hielt viel von Titeln; er verehrte den Reichtum; er genoß die Gesellschaft der Berühmten; er glaubte, ein kultivierter Mann würde leichter ins himmlische Königreich gelangen als ein Rabauke. Das entsprach nicht Jesus' Ansichten. Nun halten Sie Snobismus vielleicht bloß für eine Charakterschwäche. Ich halte ihn für eine Todsünde. Es ist der Neid. Er arbeitet von innen heraus, zerstört das Gute. Er verdarb jedenfalls Father McCrombie. Als Lord Sebastian Lamptonborough, Sproß einer der wohlhabenden vornehmen katholischen Familien, die über Jahrhunderte hinweg mit Kardinälen auf du und du standen und die ihre unauflöslichen Ehen im päpstlichen Handumdrehen annulliert kriegen konnten, ihm einen Brief schrieb und ihn bat, hinfort bei den Lamptonboroughs als Geistlicher zu dienen, ihnen die Beichte abzunehmen, Fürbitte bei ihrem Gott zu tun, da sagte Father McCrombie auf der Stelle ja. Er ließ seine Gemeinde mit Glaubenskrisen, Schwangerschaften und Kommunionsunterricht allein und machte sich auf den Weg nach England, zu einer entzückenden Kapelle, edlem Bordeauxwein, schönen Damen und trunksüchtigen Lords mit drastischen Gewohnheiten.

Christabel Lamptonborough, eine blasse und wunderschöne Achtzehnjährige, lag auf den Knien vor ihm und beichtete von den Sehnsüchten ihres Herzens und ihres Leibes. Father McCrombie rang um ihre Seele: nie hörte er ihr Gekicher beim Hinausgehen, und wenn er es hörte, verschloß er die Ohren davor. Er zündete lange weiße Kerzen in der Kapelle an und betete für ihre unsterbliche Seele, und einmal glaubte er, unser Herr zu sein: er stand im Licht, das durch die gotischen Fenster hereinfiel, groß und hoch oben, und sein dünner

Körper im wallenden Talar wuchs bis zum Himmel empor – oder hatte Christabel ihm etwas in den Meßwein getan? Michael McCrombie war gutaussehend, und er war verboten, dachte Christabel. Sie wollte ihn haben. Sie kriegte, was sie wollte. Kurz darauf fiel sie vom Pferd und brach sich das Kreuz. Er hatte ihre Seele auf dem Gewissen: von seiner eigenen ganz zu schweigen. Doch er quälte sich wenigstens. Und Sebastian nahm Lysergsäure: er wollte Father McCrombie als den guten Freund haben, der ihn auf seinem Trip zum Himmel (oder zur Hölle) begleitete und sanft und sicher in die Welt der gewöhnlichen Wahrnehmung zurückbrachte. Aber Father McCrombie war längst kein guter Mensch mehr. Nun ist LSD ja auch wirklich ein komisches Zeug. Es hat hauptsächlich betäubende und lähmende Wirkung und löscht etliche Gehirnzellen, aber es kann auch Leute in ihr Gegenteil verwandeln, ohne sie dabei aus ihrem gewohnten Umfeld herauszureißen. Ich habe gesehen, wie es Kritiker zu Dichtern, Beamte zu Antragstellern, Steuerfahnder zu Steuerberatern, Polizisten zu Verbrechern, Bankdirektoren zu Schuldnern gemacht hat – und umgekehrt. Der eine schlechte Trip verwandelte Sebastian von einem Mann, der sich um die Vergangenheit und um sein Erbe kümmerte, in einen Mann, der das alles verachtete. Wenn ein Ziegel vom Dach des Hauses Lamptonborough geweht wurde – jetzt nahm er keine Notiz mehr davon. Ein Ziegel fiel in den Wintergarten – er merkte es nicht. Treppenstufen bröckelten ab; Türen fielen aus den Angeln.

»Reißt doch alles nieder«, sagte er. »Baut 'ne Wohnsiedlung hin!«

Christabel starb, als Sebastian auf Trip Nummer siebzehn war. Father McCrombie – der schon längst aus seinem geistlichen Amt entlassen und exkommuniziert worden wäre, hätte der mit den Nachforschungen beauftragte Kardinal nicht auf dem Weg zur Berichterstattung einen Herzanfall erlitten und wäre die Angelegenheit nicht in den Akten des Erzbischofs verlorengegangen – war überwältigt von Schuldgefühlen, Kummer und dem Wissen, daß seine Gebete sie wohl nicht aus dem Fegefeuer holen würden; er begann, selbst LSD zu nehmen. Danach behauptete Sebastian, ein Geist spuke im Haus herum: er glaubte natürlich, es sei Christabel, aber ich glaube, es war der gute Geist von Father McCrombie. Nun lebte Sebastian in Monte Carlo und verspielte, was von seinem Erbe noch übrig war, und das Haus verfiel, und Father McCrombie trank und entzündete schwarze Kerzen in der Kapelle, wo er einst weiße entzündet hatte. Und als eine Popgruppe erschien, um ein Video namens »Satan's Tits« zu machen, da war er nicht im geringsten überrascht.

Er würde einfach warten und sehen, was als nächstes passierte.

Und wo war eigentlich Clifford?

Eine neue Welt

Leser, während Father McCrombie weiter versumpft und verkommt und in seinem Spukhaus wartet und Angie Ränke schmiedet, wollen wir uns einmal ansehen, wie sich unsere anderen Mitwirkenden in der neuen Welt der achtziger Jahre zurechtfinden. Das funkelnde Kaleidoskop der Kunstszene hat sich ein- oder zweimal im Kreise gedreht und ist dann, verführerisch glitzernd, aber knirschend (Sie wissen doch, wie das klingt, wenn Glas zermalmt) zum Stehen gekommen, und zwar diesmal an einem Punkt, der für John Lally nur von Vorteil war. Er war bereits halbwegs etabliert (dank Clifford), wurde regelmäßig in den Kunstzeitschriften erwähnt; auf einmal waren seine riesigen Gemälde (Clifford hatte recht: ändere die »Gestalt«, und du änderst die Bilder: die Ehe mit Marjorie hatte in ihm etwas freigesetzt, seine Maßstäbe verschoben) außerordentlich begehrt. Ihre Sujets entsprachen dem Zeitgeist (was nicht unbedingt ein Kompliment ist). Halb abstrakt, halb surrealistisch wie sie waren, eigneten sie sich ganz besonders für wohlhabende, unkundige Käufer; da sie – grob gesprochen – künstlerisch und planvoll aussahen, ließen sie auf das kulturelle Niveau ihres Besitzers schließen und gaben ihm etwas, worüber er beim Dinner reden konnte. Und neuerdings gab es überall genug von diesen wohlhabenden, unkundigen Käufern, die unbedingt ihr Geld loswerden wollten, weil es sonst sowieso das Finanzamt bekam, und die verzweifelt seriöse Fachleute suchten, um sich kundig zu machen.

Clifford gelang es, zum künstlerischen Berater für ein paar von den neuen, imposanten privaten Galerien zu avancieren, die jetzt überall in Europa und den Vereinigten Staaten aus dem Boden schossen (betrieben von Förderern der Schönen Künste – das Big Business im Hintergrund) und darüber hinaus für eine Menge kunstsammelnder Multimillionäre. Und die alle rissen sich nun um »anerkannte« Gemälde, mit denen sie ihre Architekten-designten Wände vollhängten. »Anerkannte« Gemälde, das heißt Bilder, die ihren Wert nicht verlieren würden. Clifford war es, der über das »anerkannt« zu entscheiden hatte und dabei zwischen den Verpflichtungen gegen sich selbst, seinen Kunden und Leonardo's hin- und herjonglierte. Leonardo's machte, wie alle staatlich geförderten Galerien in Europa, schlechte Zeiten durch. Getty, um nur einen Namen zu nennen, konnte jeden Konkurrenten überbieten, selbst die staatlichen. Und überall schienen die Regierungen größeres Interesse daran zu haben, ihr Geld in die Rüstung zu stecken als in die Kunst.

Aber John Lally ging es auf einmal ziemlich gut. Er konnte so hohe Preise für jede neue Leinwand verlangen, die er mit Farbe bedeckte, daß er sich nicht mehr darum scherte, was aus den alten Bildern wurde. Wenn er sie jetzt ansah, verabscheute er sie fast. Soviel Angst, Düsterkeit, Unheil – wo war das alles bloß hergekommen? Er brauchte sich nicht mehr über die Ungerechtigkeit eines Systems aufzuregen, das von profitablem Weiterverkauf der Bilder lebte, dabei aber die Rechte und Interessen des Künstlers ignorierte. Jetzt, wo schon der ursprüngliche Preis so hoch war, konnte er ihn ohne große Schwierigkeiten als »einmalige Abfindung« akzeptieren. Wenn Ottoline und Leonardo's sich als ein und dieselbe Organisation entpuppten, was machte das schon? Seine Bilder waren jetzt so großformatig, daß er sowieso kaum mehr als zwei Stück pro Jahr malen konnte, ganz bestimmt keine drei. Nicht aus Gier hatte er Geld haben wollen, sondern um frei zu sein von finanziellen Sorgen; damit er sich soviel Schieferweiß kaufen konnte, wie er brauchte und noch mehr. Jetzt konnte er malen, wann und was er wollte – war er denn nicht finanziell abgesichert, sogar reich?

Wenn John Lally nicht mehr so recht wußte, was er malen wollte, dann verbarg er die Wahrheit vor sich selbst. Er malte, was sich verkaufte – nun, das war vielleicht Zufall oder war es das, was er immer gewollt hatte? Wer könnte das sagen? Soviel können Geld, Komfort, eine glückliche Ehe und ein kleiner Sohn bei einem Mann ausrichten.

Er ließ sich ein großes, selbstentworfenes Atelier am Rand seines Grundstücks bauen; über die Einwände der Nachbarn setzte er sich hinweg. Das war sein Vergnügen und ihre Strafe. Es war ein sehr hohes Gebäude und mußte es sein, um die neuen Leinwände darin unterzubringen. Zunächst hatte es Schwierigkeiten mit der Baugenehmigung gegeben; als John Lally dem Rathaus aber eins seiner Bilder vermachte (ein frühes), lösten sich die Probleme in Wohlgefallen auf.

Und Helen? Ich wünschte, ich könnte Ihnen berichten, daß sie zumindest glücklich und zufrieden war. Sie hätte es sein sollen; sie hätte es verdient. Schließlich war sie ihren Schürzenjäger von Ehemann los und unabhängig und erfolgreich. Sie hatte die Scheidung verschmerzt oder glaubte es zumindest, im Laufe der Jahre, als Clifford und Angie schon lange verheiratet waren. Und waren nicht alle der Meinung, daß Clifford diesmal ganz eindeutig die Schuld trug, egal was das Gesetz sagte, und sie selbst schuldlos war? Und waren die Zwillinge ihrem Vater nicht wie aus dem Gesicht geschnitten, egal was Clifford dazu sagte? Hatte sie nicht drei Kinder, die sie in Trab hielten (als hätte man sie noch in Trab halten müssen) und ihr Haus nachts mit ruhigen, friedlichen Atemzügen erfüllten? Hatte sie nicht haufenweise Freunde und Verehrer? Hatte sich die Welt um sie herum nicht geändert, so daß eine Frau allein nicht mehr bedauert, sondern (zumindest von manchen) beneidet wurde?

Und was das »House of Lally« betraf – das war ein Senkrechtstarter!

Der Jungadel (ganz zu schweigen von jeder, die jemand war) fand ihre Entwürfe einfach toll. Lally-Kleidung war etwas Besonderes: in Farbe, Glanz, Stoffqualität und Schnitt. Sie war aufregend, aber nie protzig, und dezent statt vulgär wie so manches teure Modell. Die Modeentdeckung des Jahrzehnts, wie die Presse schrieb. Sobald irgendwo das Lally-Design an der Stange hing, drängten sich die Kunden, und das gute Stück ging in Minutenschnelle weg, egal wie teuer und exklusiv es war. Selbst John Lally mußte zugeben (wenn auch widerwillig), daß die Stoffe ordentlich und die Entwürfe passabel waren – trotzdem lehnte er die Sorte Leute ab, die sowas kaufte. Noch immer hatte er keine Zeit für reiche Müßiggänger, was auch ganz vernünftig von ihm war, wenn Sie an jemanden wie Angie denken. Obwohl Angies Probleme (oder unsere Probleme mit ihr) vielleicht daher rühren, daß sie eben keine richtige Müßiggängerin war. Hätte sie die Hände in den Schoß gelegt und ihren Reichtum und ihren Butler genossen und nicht andauernd überall rumschnüffeln und mitmischen müssen –

Doch niemand konnte Helen oder Clifford Müßiggang vorwerfen. Leonardo's Probleme hielten Clifford auf Trab – jedenfalls dann, wenn seine sonstigen Kunden ihm die Zeit ließen, sich diesen Problemen zuzuwenden.

Bewegte Zeiten

Und Nell – na raten Sie mal, wer eines Tages vorbeikommt, um Nell zu besuchen – Polly! Polly hat ziemlich abgespeckt. Polly sieht ganz schick aus in ihrem blauen Kostüm. Sie hat Make-up im Gesicht und einen Bubikopf. Sie sieht aus wie eine erfolgreiche Geschäftsfrau und ist es auch. Der Psychotherapeut, der sie im Knast betreute, hat ihr Leben verändert (sagt Polly). Clive wird auch bald rauskommen, aber Polly wartet nicht auf ihn. Polly ist runter von Drogen und leitet jetzt eine Kur- und Schönheitsklinik in der Nähe von London.

»Hier kannst du nicht bleiben«, sagt Polly und sieht sich ein bißchen im Kildareschen Haushalt um. Drinnen ist es düster; draußen die Drahtgehege, die hochaufragenden Waliser Berge: das ständige Jaulen und Heulen und Bellen: es riecht nach Hund und Desinfektionsmittel.

»Mir gefällt's hier eigentlich«, sagt Nell. »Die sind unheimlich nett zu mir gewesen.«

»Hm«, sagt Polly und sät bei Nell die ersten Zweifel, und die werden schon bald aufgehen.

»Was ist mit Jungs?« fragt Polly. Ja, das ist die Frage, auf die es ankommt.

»Da gibt es einen, der heißt Dai Evans«, sagt Nell und wird rot. Nun wissen wir ja, daß sich Dai Evans von Nell fernhält;

er ist ein netter Junge und weiß, was für ihn in Frage kommt, und das ist mehr als Nell weiß. Ein Mädchen, das in den Waliser Bergen lebt und sich aufs Abitur vorbereitet und im Zwinger mithilft, an der muß wohl die Teenager-Kultur vorbeirauschen, die kann einfach kein Gefühl für ihre eigene Attraktivität kriegen. Aber manchmal trifft er sich auf einen Kaffee mit ihr in dem kleinen Café hinter dem Fish'n'Chips-Imbiß von Ruellyn, und das freut sie so sehr, das hält bei ihr eine Woche lang vor.

»Das ist nett«, sagt Polly, und dem kann ich mich nur anschließen.

Nell ist verliebt und probiert das Gefühl in ihrem Kopf aus, ganz unbefangen – es ist für Nell eine fast theoretische Angelegenheit: Schmerz und Freude sind vermischt; Sex gehört noch nicht zu dieser Gleichung. Sie wimmelt andere Jungs ab, ganz instinktiv.

»Zeichnest du noch?« fragt Polly.

»Ich interessier mich mehr für Stoffe«, sagt Nell – und das bringt ihren Zeichenlehrer schier zur Verzweiflung. Abitur im Fach Kunst, das ist schon etwas Komisches – wenn man seine eigenen Sachen macht, seinen eigenen Geschmack entwickelt, hat man damit noch lange nicht bestanden. »Weißt du, da gibt es eine bestimmte Sorte von Baumflechten mit hübsch geriffelten Rändern, und aus denen läßt sich so ein wunderschönes Gelb machen, das kannst du dir nicht vorstellen!«

»Ich hoffe, du hast keinen Ärger mit ihm?« fragt Polly und spielt damit auf Mr. Kildare an, den sie noch nie hat leiden können.

»Ärger? Was meinst du damit?«, fragt Nell, und tatsächlich muß man Mr. Kildare zugute halten, daß er es geschafft hat, seine Gefühle für Nell zu beherrschen. Vielleicht wartet er aber auch nur ab, bis die Gewinne aus dem Zwingergeschäft die 100 000-Pfund-Grenze übersteigen; dann kann er es sich nämlich leisten, das Stück Land zu kaufen, auf das er schon ein

Auge geworfen hat; dann kann er die Hundepflege sein lassen und auf Pferde umsatteln. Pferde bringen mehr Geld. Er denkt daran, noch einmal ganz von vorn anzufangen, und mit einer, die besser zu ihm paßt als seine Frau. Eigentlich sind sie ja nur wegen Brenda zusammengeblieben – so sieht er jedenfalls die Sache –, obwohl er zu Mrs. Kildare noch nie etwas derartiges gesagt hat. Aber das ist eine andere Geschichte, Leser, und eine ziemlich traurige dazu.

»Gar nichts«, sagt Polly, die über diese Antwort froh ist. »Ich denke oft an dich, Nell«, sagt sie. Sie hat ein gutes und sentimentales Herz. Nell möchte noch einmal die Geschichte hören, wie sie zur Faraway Farm kam, und merkt sich jedes Wort. Vielleicht liegt hier irgendwo der Schlüssel zu ihrer Herkunft – aber nichts!

»Polly«, sagt Nell, »tust du mir einen Gefallen?«

»Was denn?«, sagt Polly.

»Ich hab keine Geburtsurkunde und keinen Impfpaß und gar nichts«, sagt Nell. »Ich brauche einen Paß. Falls ich mal woanders hin will. Nicht daß ich sowas vorhätte, natürlich nicht.« – Wie könnte sie jemals Dai Evans verlassen; diesen Lockenkopf, diese braunen Jungenaugen nicht mehr wiedersehen? Aber nur für den Notfall –

»Nichts leichter als das«, sagt Polly, und sie gehen zusammen zur Post von Ruellyn, wo es einen Fotoautomaten gibt, und da machen sie zwei Bilder von Nell, und die Postamtsvorsteherin unterschreibt auf der Rückseite, und sechs Wochen später kommt mit der Post ein Paß für Nell. Es bringt eben doch was, wenn man an gewissen Stellen Freunde sitzen hat.

Wissen Sie, Leser, es war vielleicht ganz gut, daß Dai Evans nicht so auf Nell reagierte, wie sie sich das wünschte. (Er mochte sie rein menschlich sehr gern – wer hätte das nicht getan? –, aber er sollte sich in Zukunft sehr viel mehr für sein eigenes Geschlecht interessieren.) So viele Mädchen – und oft die nettesten und lebendigsten – verlieben sich zu jung; heiraten zu jung und haben anschließend zehn Jahre lang das Problem, wieder auf den richtigen Weg zurückzufinden – und dabei dürfen sie die Kinder nicht vergessen, und eine Scheidung ist immer scheußlich, und sie sind nicht so ausgebildet und ausgestattet, wie sie sein sollten: wie oft wird so ein ganzes Leben vergeudet. Und für die jungen Männer ist das ja schließlich auch nicht schön.

Böse Wünsche, böse Gedanken

Angie hatte also Langeweile und schlechte Laune. Eines Tages war es besonders schlimm, und zwar wegen Harry Blast, der sie in seine »Kunst Heute«-Sendung in BBC 2 gelockt und dann als eine der reichen Dilettantinnen dargestellt hatte, die ein bißchen in der Kunstszene mitmischen – zum Schaden der echten Künstler; und außerdem hatte er sie so gemein ausleuchten lassen, daß man sämtliche Hautunreinheiten in ihrem Gesicht sehen konnte.

»Mitmischen! Der wird sich noch wundern, wo ich überall mitmische!« sagte sie und meinte damit die schwarzmagischen Künste. Sie ließ Father McCrombie, der jetzt in ihren Diensten stand und für die Satanskapelle verantwortlich war, eine schwarze Kerze anzünden und einen Fluch über Harry Blasts (mittlerweile nur noch recht spärlich behaartes) Haupt beschwören.

Angie leitete eine Firma, »Lolly Locations«, die Dekorationen, Häuser und Grundstücke an Film und Fernsehen vermietete. Die Satanskapelle war sehr gefragt. Das Gelände, auf dem sie stand, war nicht weit von den Elstree Studios entfernt, aber schön ruhig; der Wald dahinter richtig gespenstisch. Zudem waren alle erforderlichen Leitungen innen wie außen fest installiert, daher gab es hier ausgesprochen wenig Beleuchtungsprobleme. Angie war geschäftstüchtig. Father McCrombie hielt Fledermäuse in einem Käfig, die bei Bedarf herausgelassen und später wieder eingefangen werden konnten: alles hinter einem feinen, fast unsichtbaren Netz. Er hielt auch ein paar Falken, die als Adler durchgehen konnten. Er war vielseitig begabt. Er selbst war ein begehrter Komparse – er hatte ein breites, zerfurchtes, dekadentes Gesicht, das – richtig ausgeleuchtet – direkt teuflisch aussah, und rote Kontaktlinsen, die er sich einsetzte (gegen eine Extragebühr), um diesen Eindruck noch zu verstärken. Angie gestattete ihm, in dem kleinen Requisitenhäuschen neben der Kapelle zu wohnen, und er bekam von ihr genug Geld, um sich Alkohol, Knaben und die langen Priestergewänder leisten zu können, die er so sehr liebte. Er war ihr dankbar, begann sich aber genau wie sie zu langweilen. Er trank viel und war vielleicht weniger präzise in seinen Beschwörungsritualen bei Kerzenlicht, als sie das gern gesehen hätte.

Über Harry Blasts Haupt braute sich jedenfalls kein Unheil zusammen. Die Dilettantinnensendung war äußerst erfolgreich, und die »Kunst Heute«-Folge wurde sogar wiederholt – in der Hauptsendezeit. Aber woanders schien sich etwas zusammenzubrauen – da nämlich, wo Angies wahrer, tiefer Kummer und Groll lag.

Aber was wissen wir schon? War es einer von Father McCrombies Zaubersprüchen, der Cliffords raffiniertes Geschäftsgebaren in pure Unehrlichkeit umschlagen ließ? Oder war es bloß der Druck der Gegebenheiten, die unsicheren Antworten eines unglücklichen Mannes; etwas, das früher oder später einfach passieren mußte? Wer unglücklich ist, verliert tatsächlich sein Urteilsvermögen.

Folgendes war geschehen: als Homer McLinsky, der junge Pressezar, sich nach einem mittelmäßigen Seurat erkundigte, der durch Leonardo's Hände ging, sagte ihm Clifford, er habe bereits ein Angebot über 250 000 Dollar, während das Angebot in Wirklichkeit 25 000 Dollar gelautet hatte. »Was ist schon eine Null?« dachte Clifford. Das war in Leonardo's New Yorker Büro, wo man leicht einmal auf den Gedanken kommt: »Was ist schon eine Null?« McLinsky sah Clifford ein bißchen komisch an und gab ihm die Gelegenheit, sich zu korrigieren, aber das tat Clifford nicht. Der alte Clifford hätte den Blick bemerkt und entsprechend gehandelt. Der neue Clifford – dank Father McCrombies schwarzen, brennenden, dahinschmelzenden Rache-Kerzen in der Satan's Enterprise-Kapelle? – bemerkte einfach nichts.

Nun hatte Angie Father McCrombie ja nie erzählt, was insgeheim in ihrem Herzen vorging, aber irgendwie fand er einen Zugang und wußte bald mehr darüber als Angie selbst. Arme Angie! Niemand Nettes hatte jemals versucht, Zugang zu ihrem Herzen zu kriegen, und jetzt blieb dies dem schrecklichen, rotgesichtigen, rotbärtigen, glotzäugigen, gelegentlich rotäugigen, teuflischen Father McCrombie überlassen, und sie war dumm genug, ihn nicht daran zu hindern. Die Welt hatte Angie enttäuscht, ebenso sehr wie Angie die Welt enttäuscht hatte: es beruhte auf Gegenseitigkeit.

Father McCrombie zündete schwarze Kerzen für Helen an. Er schrieb ihren Namen auf einen Fetzen Papier, den er um das Wachs wickelte und mit einem Tropfen McCrombie-Spucke festklebte. Daraufhin (darauf hin?) litt Helen an einem schlimmen Anfall von Schlaflosigkeit und wirklich gräßlichen, mörderischen, zwanghaften Gedanken. Und sie drehten sich immer wieder im Kreise herum. Da gab es ängstliche, sorgenvolle, unruhige Gedanken wie – wenn sie doch nur Nell finden könnte, dann würde Clifford zu ihr zurückkehren. Dann gab es düstere, bedrohliche, verhängnisvolle Gedanken wie zum Beispiel – Cliffords Verlust sei ihre Strafe dafür, daß sie Nell verloren hatte. (»Cliffords Verlust« schien auf einmal wieder Thema zu sein.) Und dann waren da die schrecklichen Gedanken, die mörderische Wut, der Haß, der sich auf die kleine Barbara konzentrierte: beim bloßen Gedanken an das

Kind ihrer Rivalin (ihrer Rivalin? Was sollte das denn?) kam ihr die Galle hoch. Morgens erwachte sie mit einem bitteren Geschmack im Mund. Und weiter drehten sich die Gedanken aus dem Halbschlaf, immer im Kreis herum, den ganzen Tag. Wenn Barbara doch nur sterben würde, dann würde Clifford zu ihr zurückkehren. Ja, so würde es gehen! Und im Geiste plante sie den Tod des Kindes: durch Feuer, Autounfall, wilde Hunde – entsetzlich! Sie wußte, es war ekelhaft, aber sie konnte nicht aufhören. (Interessant, nicht wahr, diese Neigung, die wir ja alle haben, unsere Wut, unseren Haß vom eigentlichen Objekt auf einen unschuldigen Zuschauer abzulenken. Als könnte uns das schützen, unsere Flüche davon abhalten, auf uns zurückzufallen, denn diese Angewohnheit haben Flüche nun mal!)

Heilung

Helen kam mit den Kindern für ein Wochenende nach Applecore Cottage. Ihrem Vater wäre es schon längst nicht mehr im Traum eingefallen, ihr wegen diesem oder jenem sein Haus zu verbieten. Und jetzt, wo sie seine Zuneigung und Zustimmung hatte (naja, mehr oder weniger), konnte sie nicht mehr verstehen, wieso es ihr in der Vergangenheit offenbar nichts ausgemacht hatte, darauf verzichten zu müssen. Mittlerweile gab es ein Gästehaus; der Apfelbaum im Garten war gefällt worden, um Platz dafür zu schaffen. Fort war der Zweig, auf dem das Rotkehlchen einst gesessen und ihr Trost zugezwitschert hatte. Was hatte es in der Zukunft gesehen? Weltlichen Erfolg, weltlichen Trost? (Wie Sie sehen, war Helen wirklich sehr traurig!)

Gut, das Gästehaus (ein Anbau) war gemütlich und mit Zentralheizung. Die Kinder hatten ihren eigenen Fernseher. (Einst hatte John Lally kein Fernsehen in seinem Haus geduldet.) Die Betten waren neu, die Matratzen angenehm hart, und die Kissen waren (wie sie beim Aufschütteln feststellte) mit Gänsedaunen gefüllt. Und Evelyn, deren Leib zu Lebzeiten im Schlaf auf einer kaputten Matratze, deren Kopf auf einem verklumpten Kissen geruht hatte – was hätte Evelyn für einen solchen Luxus nicht alles gegeben! Ja, Marjorie verstand es, Gutes aus ihrem Mann herauszuholen; wie sehr hatte sie ihn verändert und an sich gebunden! Helen konnte nur darüber staunen, aber sie spürte keinen Groll mehr, keine Eifersucht. Der kleine Julian, Marjories Sohn und ihr Halbbruder, sah ein bißchen fade aus, ein bißchen zu normal – so als wären seine Eltern vielleicht doch nicht so außergewöhnlich. Ihre eigenen Söhne wirkten daneben lebhaft, verletzlich und aufgeweckt. Aber sie spielten Kricket miteinander, recht vergnügt, genau da, wo einmal Evelyns Gemüsegarten gewesen war. Marjorie hatte Gras darüber wachsen lassen.

»Vater sieht gut aus«, sagte Helen zu Marjorie. Sie hatte Kopfschmerzen. Sie waren in der neuen Einbauküche. Die Wände zwischen Stall und Vorratskammer, zwischen Vorratskammer und Küche waren herausgeschlagen worden. Nichts Fremdartiges bewegte sich mehr im Halbdunkel, nirgendwo spiegelten sich mehr Schatten. Alles war hell und klar und vernünftig.

»Ich hab dafür gesorgt, daß er keinen selbstgemachten Wein mehr trinkt«, sagte Marjorie. »Ich denke, daß eine Menge seiner früheren Probleme daher rührten.«

»Und wie hast du das angestellt?«

»Ich hab den ganzen Rest weggeschüttet.«

Arme Evelyn! Jahr für Jahr, im Interesse von Ökonomie und Ökologie, mit Brennesseln, Hagebutten, Meerettich: rupfen, zupfen, graben, entstielen, durchsieben, stampfen, sieden, brauen, einfüllen, filtern, zumachen, aufheben – und alles weggeschüttet! Helen warf Marjorie einen haßerfüllten Blick zu. Sie wollte es gar nicht, konnte aber nichts dagegen tun. Die Kopfschmerzen wurden immer schlimmer. Sie legte den Kopf in die Hände.

»Was ist denn los? Irgendwas stimmt doch nicht, oder? Du bist so blaß.« Ihre Stiefmutter (diesen Ausdruck hatte sie bislang noch nie für Marjorie gebraucht) war lieb und besorgt. Helen brach in Tränen aus.

»In meinem Kopf spuken Gedanken herum«, sagte sie schließlich, »die da nichts zu suchen haben.«

Marjorie wußte Rat, wie immer. Wenn es irgendwo ein Problem gab, dann konnte man es auch lösen. Das war ihre Ansicht. Sie empfahl einen gewissen Dr. Myling, den sie selbst schon aufgesucht hatte. Er war Psychiater, gehörte aber zur holistischen Richtung.

»Zur was?«

»Eigentlich ist es gar nicht so wichtig, wie sich das nennt«, sagte Marjorie. »Wenn du mich fragst, sind diese neuen Heiler sowas wie Priester, nur unter anderem Namen.«

»Aber ich bin nicht religiös«, sagte Helen, »jedenfalls nicht besonders religiös.«

Sie erinnerte sich daran, daß sie eine Zeitlang oft zu Gott gebetet hatte, obwohl sie als Kind natürlich nie in die Kirche gegangen war. Sie hatte geglaubt, die Welt sei gut; sie hatte die Andacht gebraucht, gewollt. Aber irgend etwas war passiert, vor langer Zeit, das dem ein Ende gemacht hatte. Und was war das nochmal gewesen? Ach ja, Nells Tod. Na also, jetzt war es draußen. Endlich hatte sie es akzeptiert. Aber der Schatten über ihr verflüchtigte sich nicht, wie doch alle prophezeit hatten, sondern wurde noch dunkler. Das Dunkel begann, sie – fast schon körperlich – niederzudrücken, als wolle es sie in den Staub zwingen, ja zu Staub machen.

»Für einen, der daran glaubt, kann Gesundbeten für die Seele wahrscheinlich genauso funktionieren wie für den Körper, aber ich glaube nun mal nicht daran. Ich wünschte, es wäre anders.«

Doch schon der Wunsch allein reichte aus, um Dr. Mylings Adresse aufzuschreiben und Marjorie einen Termin für sie vereinbaren zu lassen. Obwohl Marjorie meinte, es sei besser, selbst anzurufen – aus eigenem Entschluß hinzugehen, sich nicht drängen zu lassen, das Verlangen nach körperlicher und seelischer Gesundheit zu verspüren, nicht bloß den Wunsch, dem anderen einen Gefallen zu tun.

»Manchmal«, sagte Marjorie, »ist die Heilung eben nicht

allein in einem selbst – man braucht ein anderes menschliches Wesen, das einen an der Hand nimmt.«

»So wie Leute, die auf einen LSD-Trip gehen«, sagte Marjorie, »einen Freund brauchen, der mit ihnen geht.«

Schon komisch, daß sie diesen Vergleich wählte. Es war ein Thema, von dem sie allerdings wenig Ahnung hatte. Father McCrombie – Sie werden sich erinnern – hatte Lord Sebastian einmal auf einem solchen Trip begleitet und unterwegs sein altes Selbst verloren, so wie manche Leute ihr Gepäck zwischen Singapur und Paris verlieren.

Dr. Myling hatte seine Praxis in der Wimpole Street, wo er sich mit ein paar anderen Ärzten ein häßliches, ruhiges, imposantes Wartezimmer teilte. Den knackenden Wirbelsäulen, den knarrenden Gelenken der anderen Patienten nach zu urteilen, praktizierten hier vorwiegend Orthopäden. Ruhe – Knack! Knirsch! – Ruhe. Helen war plötzlich nach Lachen zumute. Sie hatte schon lange nicht mehr gelacht, und dies war weder der richtige Zeitpunkt noch der richtige Ort dafür. Selbst ihre fröhlichen Momente empfand sie als bedrückend. Dr. Myling war ein junger Mann. Er war vielleicht gerade dreißig. Er hatte den markanten Unterkiefer, die zurückhaltende Attraktivität, die sich an Ärzten so besonders gut macht. Als sie ihre Symptome beschrieben hatte – nutzlose, schlimme, mörderische Gedanken, das Verlangen über Dinge zu lachen, die nicht komisch waren –, glaubte sie, jetzt würde er sie nach ihrer Kindheit fragen oder ihr Tabletten verschreiben oder davon ausgehen, daß sie früh in die Wechseljahre kam, und ihr eine Hormonbehandlung vorschlagen.

»Haben Sie Mordgedanken?«, gehört zu den Standardfragen Ihres Arztes, wenn er vermutet, daß Ihr hormonelles Gleichgewicht durch Östrogenmangel gestört ist. Statt dessen fragte er sie, ob ihr jemand Böses wünschte.

»Ich wüßte nicht wer«, sagte sie erstaunt, »und wenn es so wäre, was könnte ich überhaupt dagegen tun?«

Er dachte nach, stellte ihr ein paar kurze Fragen über die Vergangenheit und Applecore Cottage und empfahl ihr dann, zu ihrer Mutter zu beten. Das überraschte sie so sehr, daß sie wieder lachen mußte. Sie glaube nicht, sagte sie, daß ihre Mutter – ob tot oder lebendig – überhaupt irgendwem Einhalt gebieten konnte. Es lag einfach nicht in ihrem Wesen.

»Lassen Sie sich überraschen«, sagte er. »Die Menschen ändern sich.« (Was er damit wohl meinte?) »Kommen Sie in zwei Wochen wieder, und falls es nicht funktioniert hat, versuchen wir's mit Tabletten. Aber nur dann.«

Also versuchte Helen es mit Beten, und Leser, ob es nun Evelyns Geist war, der Father McCrombies billige und widerliche Namenskerzen ausblies, oder ob sich Helens von Natur aus gute und gesunde Seele wieder durchsetzte – jedenfalls verschwanden auf einmal die nächtlichen Schreckgespenster, und Helen konnte wieder tief und fest schlafen; sie bezahlte Dr. Mylings Rechnung (fünfundvierzig Pfund) und ließ es damit gut sein.

Clifford hatte niemanden, zu dem er beten konnte, niemanden, der sich für ihn einsetzte, und er wäre sowieso zu stolz und rational gewesen, um sich überhaupt an einen solchen Menschen zu wenden, egal ob tot oder lebendig, und deshalb bekam er immer mehr Ärger, nicht weniger.

Unruhe

Unsere Nell in Schwierigkeiten? Undenkbar. Aber selbst die nettesten Leute scheinen in ihrer Jugend eine Phase von etwa zwei, drei Jahren durchzumachen, in der sie finster blicken und höhnisch lachen und ständig kränkeln und schmutzig und generell undankbar sind und es ganz offensichtlich genießen, anderen Leuten auf die Nerven zu gehen. Wir Älteren, Reiferen können da auch nichts anderes tun als die Zähne zusammenbeißen, die Phase aussitzen und darauf warten, daß die guten und freundlichen Geister zurückkehren und wieder in unsere Kinder einziehen. Nell hatte ihre schlimme Zeit zwischen siebzehn und neunzehn.

Vielleicht konnte sie es jetzt endlich wagen, sich auch einmal schlecht zu benehmen – jetzt, wo ihre Zukunft so sicher erschien? In ihren Kinderjahren war sie so oft hin- und hergerissen worden, als hätten sich die gute und die böse Fee gleichzeitig über ihre Wiege gebeugt und Nell für sich beansprucht. Clifford hatte getobt und Helen geweint; vom Himmel war sie ausgespuckt worden, Milord und Milady hatten den Teufel beschworen. Sie hatte die Katastrophe auf der Route Nationale erlebt; das jähe Ende der kriminellen Idylle auf der Faraway Farm – und obgleich jedes Unglück durch positive Ereignisse ausgeglichen wurde, ging doch keines spurlos an Nell vorbei;

Schmerzen und Leid nisteten sich in Nells Herzen ein und forderten irgendwann ihren Tribut – denn genau das war es: die Vergangenheit klagte ihr Recht von der Gegenwart ein.

An ihrem sechzehnten Geburtstag war noch alles in Ordnung. Sie war ein nettes, intelligentes, lebhaftes, liebenswertes Mädchen, die ihre Prüfungen bestand, den Kildares, ihrer Quasi-Familie, half (tatsächlich arbeitete sie als unbezahlte Tierpflegerin, aber sie beklagte sich nie) und versuchte, bei Dai Evans zu landen. Dann kam Polly zu Besuch. Als sie siebzehn wurde, hatte sie sich ihr dickes, lockiges Haar bis fast auf den Schädel abgeschnitten und schwarz gefärbt: sie war magersüchtig: die Ansichten ihres Kunstlehrers über gute und schlechte Malerei kränkten sie so sehr, daß sie den Leistungskurs Kunst ganz aufgab. Sie überführte ihren Geschichtslehrer der Geschichtsklitterung und weigerte sich daraufhin, an seinem Unterricht teilzunehmen. Damit fiel auch der Leistungskurs Geschichte weg; blieb also nur noch Französisch, doch da sie sich entschlossen hatte, Racine moralisch anzugreifen, würde es mit Französisch wohl auch bald ein Ende haben. Und Dai Evans war zur Navy gegangen; was sollte sie da überhaupt noch in der Schule; eine Frage, die sich auch Mrs. Kildare stellte an dem Tag, als Nell Schule hatte, aber einfach nicht hinging.

»Weiß der Himmel, was du überhaupt noch in der Schule sollst«, sagte Mrs. Kildare, nachdem sie sich Nells Schilderung des Schulärgers im allgemeinen und der Verbohrtheit ihrer Lehrer im besonderen angehört hatte. Mrs. Kildare war überarbeitet. Die Quarantäne-Station war vergrößert worden und die Geschäfte liefen gut, aber bei den traditionell niedrigen Löhnen und der abgeschiedenen Lage des Zwingers war es immer schwer, geeignetes Personal zu finden. Sie kochte Hundefutter in ihrer richtigen Küche: die Kochplatten in der Spülküche reichten längst nicht mehr. Ein scheußlicher Gestank, aber sie waren ja alle daran gewöhnt.

»Weiß ich auch nicht«, sagte Nell, ausnahmsweise ohne ein Widerwort.

»In diesem Fall«, sagte Mrs. Kildare, »solltest du zum Ende des Schuljahrs abgehen und deinen Unterhalt zur Abwechslung mal selbst verdienen.« Und nur weil Mrs. Kildare (wie wir wissen) gerade eine schwere Zeit durchmachte, rutschte ihr dieses »zur Abwechslung mal« raus. Das sollte ihr noch leid tun.

Nell ging noch am selben Tag von der Schule ab, zum großen Kummer und Ärger ihrer Lehrer und Freunde, und begann, ganztags im Zwinger zu arbeiten.

Was passiert war, Leser, und was eigentlich nur ich und Sie wissen sollten, ist folgendes: Mr. Kildare, neunundvierzig Jahre alt, hatte Angst davor, fünfzig zu werden; er sah eine Zukunft vor sich, in der nichts geschehen würde, höchstens vielleicht eine Änderung in den Quarantänegesetzen; und er war nicht mehr bloß scharf auf Nell, nein – er hatte sich in sie verliebt. So was passiert. Arme Mrs. Kildare! Fleischeslust läßt sich tarnen: Liebe nicht. Hände zittern, Gesichter erbleichen, Stimmen beben. Mrs. Kildare hatte so ihren Verdacht. Ihre Laune wurde davon nicht besser, und das bekam auch Nell zu spüren.

Arme Mrs. Kildare – arme Nell! Es gab niemanden, dem sie sich anvertrauen konnte. Wie hätte sie mit Mrs. Kildare über das reden sollen, was da vor sich ging! Oder mit Brenda oder mit irgendeiner ihrer Schulfreundinnen (denn wie leicht konnte es Brenda hintenrum zu Ohren kommen)? Wenn sie sich die Haare abschnippelte, dann doch nur, um sich unattraktiv zu machen. Aber das half nichts. Wenn sie nicht mehr zur Schule ging, dann doch nur, um sich dümmer zu machen. Das half auch nichts. Sie erreichte damit bloß, daß niemand diesen Schritt guthieß außer Mr. Kildare. Bei der Fütterung kam er jetzt immer auf sie zu – ihre Hände rochen gräßlich nach dem Zeug, aber selbst das stieß ihn nicht ab – und verschlang sie mit seinen riesigen braunen Augen und flehte sie an, mit ihm durchzubrennen.

»Warum bist du so herzlos?« fragte er sie.

»Ich bin doch gar nicht herzlos, Mr. Kildare.«

»Sag Bob zu mir! Sei nicht so unpersönlich. Nach allem, was ich für dich getan habe – ja, bist du mir denn gar nicht dankbar?«

»Ich bin auch Mrs. Kildare dankbar.«

»Wenn wir es ihr richtig erklären, wird sie's schon verstehen.«

»Was erklären, Mr. Kildare?«

»Unsere Liebe, Nell, ich hab meine Frau nie geliebt. Wir haben uns bloß arrangiert. Wegen Brenda sind wir zusammengeblieben. Und jetzt bist du gekommen. Ich glaube, Gott hat dich gesandt –«

»Nicht *unsere* Liebe, Mr. Kildare. Ihre. Und bitte, bitte erzählen Sie mir nichts davon; es ist nicht fair.«

Aber er tat es, immer wieder: seine Hände kamen näher, waren nicht mehr so leicht wegzuschieben. Und Brenda begann, sie komisch anzusehen. Ach, es war unerträglich! Eines Nachts packte Nell ihre Sachen, hängte sich den Blechteddy, ihren Glücksbringer, um den Hals, holte ihre Ersparnisse (63,70 Pfund) aus der Sparbüchse und nahm den nächsten Zug nach London. Mrs. Kildare würde sich aufregen, aber was hätte sie sonst tun sollen?

Der Rauch von Father McCrombies schwarzen Kerzen zog über Kildares Haus, schlängelte sich um die Bäume, wehte durch den Zwinger, machte die Hunde unruhig, brachte sie zum Winseln. Jedenfalls winselten sie.

»Was ist in letzter Zeit nur los mit denen?« fragte Mrs. Kildare. »Ich denke, sie vermissen Nell«, sagte Mr. Kildare. Seit Nell fort war, verzog sich der Rauch aus seinem Kopf: sein Geist wurde klar: er konnte sich kaum noch daran erinnern, wohin sich seine Gedanken, seine Hände verirrt hatten.

Natürlich liebte er seine Frau, wie er sie immer geliebt hatte.

»Das fing an, bevor sie abgehauen ist«, sagte Mrs. Kildare. »Denen geht's doch schon wieder besser. Bloß mir nicht«, sie weinte ein bißchen. Nell fehlte ihr – und nicht nur, weil sie jetzt doppelt so schwer arbeiten mußte – raus um fünf, ins Bett um zwölf, wenn der letzte aufgeregte, heimwehkranke, heulende Hund besänftigt und zur Ruhe gebracht worden war (und manchmal, bei Vollmond oder klarem Himmel, sogar noch später); nein, sie hatte Nell fast so sehr geliebt wie Brenda, obwohl sie in letzter Zeit doch ziemlich schwierig gewesen war.

Nur Brenda sagte nichts dazu. Sie wußte auch gar nicht, was sie sagen sollte. Nell war ihre beste Freundin, und sie hatte gesehen, wie ihr Vater Nell anschaute, und jetzt war Nell weg, und sie wußte nicht, ob sie darüber froh oder traurig sein sollte. Sie wurde picklig und pummelig und fade, wie man das oft bei Mädchen sieht, die sich in der Spätpubertät zuviel um Tiere kümmern. Das Böse verzieht sich nie vollständig: es hinterläßt Rückstände, wie eine Art Fettfilm, der sich auf Hoffnung und Fröhlichkeit legt. »Tiere mag ich am liebsten«, sagte sie, wie sie das früher von ihren Eltern gehört hatte. »Die sind viel netter als Menschen.« Aber sie war bereit, sich mit Ned zu verloben. Lieber Farmersfrau als Tochter im Hundezwinger; denn mit Nell schien auch der Sonnenschein verschwunden zu sein: Brenda sah ihr Zuhause jetzt so, wie es in Wirklichkeit war: matschig, laut, düster, trostlos: und genau wie Nell wollte sie da raus.

Angie hatte natürlich keine Ahnung, daß Nell am Leben war. Hätte sie es gewußt, sie hätte Father McCrombie zweifellos angewiesen, auch für sie eine schwarze Kerze zu entzünden. So aber konnte der Priester der Dunkelheit ihre bösen Wünsche nur in eine allgemeine Richtung lenken, und deshalb erreichten sie zwar Mr. Kildares Herz, Nells aber nicht. Tatsächlich entwickelte sich für Nell daraufhin alles sehr positiv.

Oder war das wieder Evelyns Tun; Evelyn, die vom Himmel herabsah und die Kerzen so schnell auspustete, wie Father McCrombie sie anzündete?

Nun gut, darüber ließe sich endlos spekulieren. Männer in den mittleren Jahren verlieben sich in junge Frauen, ohne daß dunkle Kräfte mit im Spiel sein müssen. Weiß Gott – vielleicht sollten wir sagen, daß Mr. Kildare halt ein alter Wüstling war. Aber ich weiß nicht – sollten wir sowas wirklich über Brendas Vater sagen? Es klingt so herzlos.

Aufeinander zu!

Wie dem auch sei, etwa zu der Zeit, als Helen ihre nächtlichen Schreckgespenster los wurde und der gefährliche Homer McLinsky Clifford diesen komischen Blick zuwarf (ja, Clifford hatte keinen Beschützer: warum hätte Evelyn auch nur einen Gedanken an den Mann verschwenden sollen, der ihrer Tochter soviel Ärger gemacht hatte), erschien Nell in den Werkstätten des »House of Lally« hinter den Rundfunkstudios im Londoner West End. Sie war ein schwarzhaariges, zu dünnes, knochiges Waliser Punk-Mädchen mit rauhen Händen und ohne regulären Schulabschluß, von einer Ausbildung auf der Kunstakademie ganz zu schweigen.

»Ich will einen Job», sagte sie zu Hector McLaren, Helens Geschäftsführer. Er war ein stämmiger blonder Mann mit Boxerschultern und Wurstfingern, die mit großem Geschick und Feingefühl durch Stoffe wühlten, die wußten, welches Muster Gewinn, welches Verlust versprach. Was besonders gut war, weil sich Helen von Schönheit leicht hinreißen ließ und dann abstürzte und aufhörte, praktisch zu denken.

»Da sind Sie nicht die einzige«, sagte er. Er hatte viel zu tun. Jede Woche erschien ein Dutzend Mädchen bei ihm, auf gut Glück, und es war immer dasselbe: sie hatten vom »House of Lally« gelesen oder die Kleider auf adliger Haut gesehen, bei irgendeinem königlichen Spektakel, und wollten dabei sein. Alle wurden fortgeschickt, automatisch, aber freundlich. Das »House of Lally« nahm zehn Lehrlinge im Jahr auf und gab ihnen eine gute Ausbildung. Zweitausend bewarben sich, zehn wurden genommen.

»Ich bin nicht wie die anderen«, sagte sie, als sei das offensichtlich, und lächelte, und er entdeckte, daß sie schön und intelligent war und ihm einen Gefallen erwies, nicht er ihr.

»Dann will ich mal einen Blick in Ihre Mappe werfen«, sagte er und wußte gar nicht so recht warum, und den Anruf aus Rio nahm jemand anders entgegen.

Schon bevor er die Mappe öffnete, die hübschen weißen Bänder aufzog, wußte er, daß er gleich etwas Aufregendes sehen würde. Er hatte schon Tausende solcher Mappen aufgemacht. Mit der Zeit bekam man ein Gefühl dafür; die Freude der Entdeckung ließ sich nicht mehr zügeln, ergriff einen schon Augenblicke zu früh. Er hatte recht gehabt. Was für eine Mappe! Herrlich gemusterte Stoffe aus Naturfasern, mit Pflanzensäften gefärbt, aber perfekt appretiert. Was hatte sie sich da alles ausgedacht! Wilde, leuchtende Stickereien, kunstvoll ausgeführt. Sie mochte Farben: vielleicht waren sie etwas zu kräftig, zu knallig – aber was er normalerweise in solchen Mappen sah, war so vorsichtig, so brav. Und dann Stapel von Modezeichnungen – ungeübt, amateurhaft, aber mit solcher Sicherheit in der Linienführung – fast schon mit blinder Überzeugung. Eine Handvoll waren direkt brauchbar, ein paar sogar mehr als brauchbar.

»Hm«, sagte er vorsichtig. »Wann haben Sie das alles gemacht?«

»Ich hab immer im Unterricht gezeichnet«, sagte sie. »Die Schule wird doch mit der Zeit langweilig.« (Lange Nächte und schwere Zeiten im Zwinger, Leser. Sie kriegte vor allem zu wenig Schlaf.)

Sie war sehr jung. Er stellte ihr ein paar persönliche Fragen.

Er hielt ihre Antworten für Lügen, also versuchte er es anders.

»Wieso das ›House of Lally‹?«, fragte er. »Wieso nicht Yves St. Laurent? Muir?«

»Ich mag die Klamotten«, sagte sie bloß. »Ich mag die Farben.« Sie trug Jeans und ein weißes Hemd. Sehr vernünftig. Wenn Sie sich keine guten Sachen leisten können, lassen Sie's bleiben. Tragen Sie, was Ihnen steht. Er stellte sie ein.

»Die Arbeit ist schwer, und die Bezahlung ist schlecht«, warnte er. »Sie werden auch den Fußboden fegen müssen.«

»Sowas bin ich gewöhnt«, sagte sie und sagte nicht, was ihr als nächstes in den Sinn kam: daß diese Art Arbeit zumindest bei Vollmond nicht schwerer und länger wurde. Und dann dachte sie, daß sie für ihr Alter vielleicht sogar eine Menge Erfahrung mitbrachte. Der Gedanke machte sie froh und traurig zugleich, und sie sehnte sich nach einem Menschen, mit dem sie darüber reden konnte; aber hier gab es natürlich keinen, und dann überkam sie das Gefühl von wirbelnder Freude, von Triumph. »Trotz allem – ich hab's geschafft, ich hab einen Job, ich hab sogar den richtigen Job, ich bin genau da, wo ich sein will«, und auch darüber konnte sie mit niemandem reden. Also lächelte sie Hector McLaren einfach nochmal an, und der dachte, wo hab ich bloß dieses Lächeln schon mal gesehen, halb glücklich, halb tragisch, aber er stellte keine Verbindung her. Hinterher fragte er sich natürlich: Was hab ich da bloß getan? Warum hab ich das getan? Wir haben sowieso schon zuviel Personal. Manchmal hatte Helen auf ihn dieselbe Wirkung: auf ganz außergewöhnliche Weise setzte sie sich über all seine wohlbegründeten Einwände hinweg. Er kam zu dem Schluß, daß er einfach zu anfällig für Frauen war. (Nur für Lally-Frauen, Leser, für andere nicht.)

Und so kam es, daß Nell für ihre Mutter arbeitete. Nun, es heißt doch, gleich und gleich gesellt sich gern, also war das gar nicht so überraschend. Etwas von John Lallys Talent lag beiden im Blut, Mutter und Tochter.

Geliebt!

Am Mittwoch machte sich Nell auf den Weg nach London, am Donnerstag wurde sie von Hector McLaren eingestellt, am Montag begann sie mit der Arbeit. Sie wohnte in einem kleinen Hotel in Maida Vale – das Zimmer war umsonst, als Gegenleistung für zwei Stunden Putzen von sechs bis acht Uhr morgens, sechs Tage pro Woche. Sie ging zu Fuß zur Arbeit: sie fegte den Fußboden und durfte auch ein paar Säume mit der Hand nähen; den Zuschneiderinnen sah sie genau auf die Finger. Abends ging sie in die Disco und geriet in schlechte Gesellschaft. Nun, so schlecht auch wieder nicht: nur eben mit bunten Haaren und komischen Sicherheitsnadeln in Ohrläppchen und Nase; freundlich, passiv und – für Nell – ungefährlich. Ihre neuen Freunde stellten keine Ansprüche an sie, weder intellektuell noch emotional. Sie hüpften oder hingen in der Gegend rum und rauchten Marihuana. Nell tat es ihnen nach: sie erinnerte sich daran, wie das Zeug Clive und Polly beruhigt und aufgeheitert hatte, vergaß aber, wie sie durch ihre eigene Trägheit schließlich zu Fall gekommen waren. Sie kam müde zur Arbeit, aber sie war daran gewöhnt, müde zu sein.

An einem Freitagnachmittag kam Helen Lally höchstpersönlich in die Werkstätten. Alle Köpfe drehte sich in ihre Richtung. Sie trug ein cremefarbenes Kostüm und die Haare hochgesteckt. Sie ging ins Büro und sprach hinter der Glasscheibe ein Weilchen mit Hector McLaren. Dann kam sie heraus und ging schnurstracks auf Nells Arbeitsplatz zu, nahm die Jacke in die Hand, an der Nell gerade arbeitete, und begutachtete sie genau und schien gutzuheißen, was sie sah, obgleich Nell wußte, daß der Saum nicht hundertprozentig gerade war. Sie war darüber eingeschlafen und hatte sich nicht die Mühe gemacht, die eine Stelle nochmal aufzutrennen.

»Sie heißen also Nell«, sagte sie. »Mr. McLaren hält große Stücke auf Sie. Nell ist so ein hübscher Name, der hat mir schon immer gefallen.«

»Danke«, sagte Nell, freute sich und wurde rot. Sie gab sich alle Mühe, hart und cool auszusehen, aber ohne viel Erfolg. Helen hatte den Eindruck, das Mädchen sei jünger, dünner und wahrscheinlich weiter weg von Zuhause, als ihr guttat. Später, im Büro, sprach sie Hector noch einmal auf diese Nell an, sah dabei durch die Glasscheibe hin zu dem dunklen, kurzgeschorenen Kopf, der sich tief über die Arbeit beugte.

»Sie ist zu jung«, sagte Helen. »Das ist eine große Verantwortung. Sieht dir eigentlich gar nicht ähnlich, Hector, so jemanden einzustellen, und außerdem sind ihre Nähte schief und krumm, und wir haben schon zuviel Personal.«

»Nicht, wenn wir den Auftrag aus Brasilien kriegen«, sagte er. »Dann kommen wir nämlich ganz schön unter Druck.« Und in diesem Moment klingelte das Telefon: es war Rio mit der Auftragsbestätigung. Normalerweise gab sich das »House of Lally« mit so etwas gar nicht ab: eine komplette Garderobe für eine unglaublich reiche und modebewußte junge Frau, frisch verheiratet, die eine Vorliebe für rote Rosen hatte – vielleicht steckte auch ihr Mann dahinter –, und eine solche Blume sollte entweder unauffällig oder als Blickfang (wie genau, blieb dem »House of Lally« überlassen), entweder als dezente Stickerei oder als knallige Applikation auf jedem einzelnen Kleidungsstück erscheinen, vom Hüftgürtel bis zum Wintermantel.

»Warum haben wir den Auftrag bloß angenommen«, jammerte Helen. »Es ist so *vulgär.*«

»Weil es ein gutes Geschäft ist«, sagte Hector energisch. »Und ob es vulgär ist oder nicht, hängt nur davon ab, wie es gemacht wird.«

»Aber ich muß die *ganze* Zeit daneben stehen« – und dann, in eher fröhlichem Ton: »Ja, eine Rose ist das, was man daraus macht.«

Und so ist es ja auch! Hector dachte an Nells Mappe, und Nell wurde von ihrer Arbeit abgezogen und damit beauftragt, eine Art Muster-Rose zu sticken: von der scharlachroten Knospe bis zur blutroten Phantasieblüte, und das hielt sie nun endlos wach. Eine Woche später saß sie bereits im Dachatelier von Helens Haus in St. Johns Wood und nähte Rosen, auf Teufel komm raus, auf Stoffe in jedem Farbton, jedem Material und suchte mit sicherem Instinkt immer das richtige Garn heraus.

»Du meine Güte«, sagte Helen zu ihr, »was täte ich bloß ohne dich!« und zu Hector: »Ich brauche ihr kaum etwas zu sagen: sie scheint zu wissen, was und wie ich denke. Und es macht richtig Spaß, ein Mädchen im Haus zu haben – ich bin viel zu sehr an Jungs gewöhnt.«

»Solange du nicht anfängst, sie wie deine Tochter zu behandeln!« sagte Hector. »Sie ist eine Angestellte. Verzieh sie nicht.«

Hector war der Ansicht, daß Helen ihre Söhne verzog; sie verwöhnte, ihnen viele Freiheiten gewährte, zuviel Geld für sie ausgab. Und er mag ja auch recht gehabt haben – aber sie waren eine glückliche Familie, und pädagogische Weisheiten wie »gar nicht erst einreißen lassen« sind auch nicht immer angebracht. Wir sollten's uns gutgehen lassen, solange wir's uns leisten können, das wird so manche Mutter denken, wenn der Vater ihrer Kinder fort ist.

»Nell«, sagte Helen eines Tages, als Nell bereits eine Woche mit ihrer Rosen-Gala zugange war. »Wo wohnst du eigentlich?«

»In einem besetzten Haus«, sagte Nell und sah Helens besorgte Miene und fügte – typisch Nell – gleich etwas Beruhigendes hinzu: »Es ist ganz okay. Da gibt es Strom und Wasser. Vorher bin ich putzen gegangen für die Miete, aber das besetzte Haus kommt billiger.«

Und sie lächelte, und Helen dachte, wo hab ich dieses Lächeln schon gesehen? (Bei Clifford natürlich, aber sie gab sich Mühe, nicht an Clifford zu denken.) Wenn ich eine Tochter hätte, dachte Helen, dann sollte sie genau so sein. Direkt, lieb, für alles offen. Ich würde mir allerdings wünschen, daß sie nicht gerade in einem besetzten Haus wohnt. Ich würde mir wünschen, daß sie nicht so verwahrlost aussieht, nicht so dünn, daß sich mal jemand so richtig um sie kümmert. Hectors Rat – papperlapapp! Sie setzte die Unterhaltung fort.

»Die meisten von unseren Mädchen leben zuhause«, sagte sie.

»Das müssen sie auch«, bemerkte Nell, »bei den niedrigen Löhnen, die Sie zahlen.« Und sie lächelte, um ihren Worten den Stachel zu nehmen. »Aber ich habe kein Zuhause. Kein richtiges Zuhause. Nie gehabt.«

Wenn Helen zugehört hätte, dann hätte sie sich vielleicht genauer nach Nells Vergangenheit erkundigt, aber sie grübelte immer noch über das nach, was in ihren Ohren wie ein Vorwurf klang. Ob sie die Mädchen in der Werkstatt vielleicht wirklich unterbezahlte? Sie zahlte das Branchenübliche: war es genug? Sie grübelte natürlich, weil sie im Innersten wußte, daß es längst nicht genug war. Das »House of Lally« profitierte auch in dieser Hinsicht von seinem guten Namen – wenn die Leute Schlange stehen für das Privileg, bei Ihnen arbeiten zu dürfen, dann brauchen Sie ihnen auch nur sehr wenig zu bezahlen. Und das, Leser, war wieder mal ein Fall von natürlicher Gerechtigkeit. Hätte Helen keine Schuldgefühle gehabt, dann wäre sie auch nicht so aufgewühlt worden, nicht ins Grübeln gekommen – und hätte ihre Tochter viel früher in die Arme schließen können. So aber mußte sie noch warten.

Sie wollte das Thema mit Hector besprechen.

»Hast du einen Freund?« fragte sie, und Nell wurde rot.

»Gewissermaßen ja«, sagte Nell und dachte an Dai, der ihr einmal geschrieben hatte, »und nein« – denn wenn sie es sich recht überlegte, empfand sie für ihn nicht mehr das gleiche wie früher. Die Entfernung hatte die Leidenschaft abkühlen lassen – ein Umstand, den sich zumindest in der Vergangenheit zweifellos viele Eltern zunutze machten: sie nahmen ihre Töchter auf lange Auslandsreisen mit und hofften, die Mädchen könnten dadurch ihre unpassende, hoffnungslose Liebe vergessen. Aber Nell sah auch, daß ihre Liebe (ihre theoretische Liebe) zu Dai sie aus allen möglichen Schwierigkeiten raushielt.

»Nein danke«, konnte sie zu den Jungen sagen, die sie bedrängten. »Nimm's nicht persönlich. Aber ich habe schon meine wahre große Liebe gefunden –«, und die Jungen beugten sich (wenn auch widerwillig) vor dieser geheimnisvollen Passion, und wenn nicht – dann machten sie vielleicht Bekanntschaft mit einem von Nells erstaunlich schnellen walisischen Dorfjugend-Schwingern (unters Kinn oder noch tiefer). Während sie ihr siegreiches Lächeln lächelte. Was für ein Mädchen! Helen, die nur einen Bruchteil von all dem wußte, sah ihre Tochter verblüfft und beeindruckt an und erkannte sie immer noch nicht.

»Nell«, sagte Helen, »wenn ich dir eine ordentliche Unterkunft anzubieten hätte, würdest du dort hinziehen?«

»Wovon sollte ich die bezahlen?«

»Das ›House of Lally‹ würde dafür aufkommen. Laß das meine Sorge sein.«

»Das könnte ich nicht machen«, sagte Nell. »Es wäre blöd für die anderen Mädchen. Warum sollte ich was kriegen, was die nicht kriegen?« Und so geschah es, daß Helen Hector nach langem Hin und Her dazu brachte, die Löhne der Mädchen in den Werkstätten um volle fünfundzwanzig Prozent anzuheben, was nichts anderes hieß, als daß die Kleiderpreise um fünf Prozent steigen mußten. Der Markt schien die Preiserhöhung ungerührt zu schlucken. Also schlugen sie gleich noch einmal fünf Prozent drauf, und Nell erklärte sich bereit, aus dem besetzten Haus auszuziehen – sie war sogar herzlich froh, da rauszukommen. Mit ihren Freunden ging es bergab – ein paar waren schon bei Heroin gelandet. Das Problem mit den Drogen – und wie gut erinnerte Nell sich wieder an die alten Faraway Farm-Zeiten – fängt doch schon da an, wo sie Gespräche unmöglich machen. Du willst dich mit deinen Junkie-Freunden mal ernsthaft unterhalten, ihnen was aus deinem Leben erzählen? Vergiß es. Nell zog bei Hector und seiner Frau ein: das Essen war gut, heißes Wasser gab's genug, im Dachzimmer stand eine Heizung. Nell sparte für eine Staffelei und begann, an den Wochenenden zu malen. Morgens erwachte sie mit dem angenehmen Gefühl, das junge Leute haben, wenn alles glatt geht, wenn sich neue Perspektiven eröffnen, richtige Entscheidungen fallen: daß sie alles haben können, alles.

»Weißt du was«, sagte Helen an dem folgenschweren Tag, als Nell sich an die achtzigste Rose machte (und keine zwei waren gleich; mittlerweile verwendete sie bis zu zwanzig verschiedene Rottöne für eine einzige Rose und versuchte sich an einer Art 3-D-Effekt, wodurch die winzigen, üppigen Knospen wirklich aufzubrechen schienen) – »wenn du versprichst, daß du's dir nicht zu Kopfe steigen läßt, dann wollen wir's mit dir mal als Mannequin probieren.«

»Ja, gut«, sagte Nell und versuchte, nicht erfreut auszusehen.

»Wann wirst du achtzehn?«

»Im Juni«, sagte Nell.

»Ich hatte eine Tochter, die hieß auch Nell«, sagte Helen.

»Das wußte ich nicht«, sagte Nell.

»Sie ist gewissermaßen verlorengegangen, vor langer Zeit«, sagte Helen.

»Tut mir leid«, sagte Nell. Was soll man auch sagen? Helen ging nicht ins Detail, und Nell fragte nicht nach.

»Kommende Weihnachten wäre sie achtzehn geworden. Am 25. Dezember.«

»Mir tun immer die Leute leid, die an Weihnachten Geburtstag haben«, sagte Nell. »Alle Geschenke auf einmal! Ich bin ein richtiges Hochsommer-Kind. Wollen Sie mich wirklich als Mannequin?«

»Du hast das Gesicht und die Figur dafür.«

»Aber Mannequins, die gibt's doch wie Sand am Meer«, sagte Nell. »Hübsch sein, das kann doch jeder. Da steckt keine richtige Leistung drin.« Und Helen dachte, wer war das noch, der immer solche Sachen sagt? Nells Vater natürlich, aber wie hätte sie darauf kommen sollen?

»Ich wär lieber Modezeichnerin«, sagte Nell, »dafür braucht man nämlich echtes Talent.«

»Und Zeit«, sagte Helen, »und Erfahrung und Übung.«

Nell schien zu verstehen, was sie meinte. Sie lächelte.

»Ich werde Mannequin, wenn ich meine Haare so lassen kann«, sagte Nell. Sie waren kurz, schwarz, stachelig und nach oben gebürstet.

»Das paßt wohl kaum zum ›House of Lally‹-Image«, sagte Helen. Aber sie ahnte, daß es leichter sein würde, das »House of Lally«-Image zu ändern als Nells Haltung, und Nell setzte sich durch. Dann kamen die Jungen herein – Edward, Max und Marcus – und wurden ihr vorgestellt, aber da Nell nur zu den Angestellten gehörte, nahmen sie nicht groß Notiz von ihr. Sie wollten nur, daß ihre Mutter endlich in die Küche ging, um ihnen das Abendessen zu machen, und da Helen die Tochter ihrer Mutter war, ging sie auch gleich mit. Und plötzlich fühlte Nell sich richtig einsam, als hätte jemand die

Deckenlampe ausgeknipst und sie im Dunkeln sitzenlassen. Sie machte die Rose fertig und rief am selben Abend noch Mrs. Kildare an, nur um zu sagen, daß sie gesund und munter war und einen Job hatte und Mrs. Kildare sich keine Sorgen zu machen brauchte, und viele, viele Grüße an Brenda, und – ach ja, und einen schönen Gruß an Mr. Kildare. Und dann ging sie los und schrieb sich in einer Abendschule ein: Leistungskurs in Kunst, Geschichte und Französisch. Sie war wieder auf ihrem Weg.

Ungeliebt!

Nun, Leser, wollen wir noch einmal auf Angies Hautprobleme zurückkommen? Sie war doch auf dieser Schönheitsfarm gewesen, hatte sich das Gesicht liften und die Haut abschälen lassen, und irgendwas ging schief, und hinterher waren die Beulen und Risse und Pickel schlimmer als vorher. Sie hatte keine große Lust, die Klinik zu verklagen: die Publicity würde für sie mörderisch sein. Die Klinik behauptete zwar nach wie vor, ihre Behandlung sei nicht schuld an dem Malheur (das sei rein psychologischen Ursprungs), erklärte sich aber im Verlauf der Korrespondenz bereit, für die Kosten einer psychotherapeutischen Behandlung aufzukommen, und Angie akzeptierte. Sie ging zu einem gewissen Dr. Myling, der diese neue holistische Richtung vertrat. Er sei jung und gutaussehend, hatte sie gehört. Er war es auch.

»Was, glauben *Sie*, fehlt Ihnen?« fragte er.

»Ich bin unglücklich«, hörte sie sich sagen. Das überraschte sie selbst.

»Wieso?« fragte er. Er hatte strahlende blaue Augen. Genau wie Father McCrombie konnte er in ihr Herz sehen, aber er war gut.

»Mein Mann liebt mich nicht«, sagte sie.

»Und warum nicht?«

»Weil ich nicht liebenswert bin.« Die Worte schockierten sie, aber es waren ihre eigenen Worte.

»Gehen Sie und versuchen Sie, liebenswert zu sein«, sagte er. »Wenn ihre Haut in zwei Wochen immer noch so schlimm ist, versuchen wir's mit Tabletten. Aber nur dann.«

Angie ging und versuchte, liebenswert zu sein: als erstes rief sie Father McCrombie an und sagte, sie wolle die Kapelle verkaufen und benötige seine Dienste nicht mehr. Sie fühlte sich allmählich schon selbst wie verhext von der ganzen Sache. Manchmal, nachts, wenn Clifford (wie gewöhnlich) nicht da war, hörte sie ihren Vater lachen.

»Die Kapelle zu verkaufen wäre vielleicht unklug«, sagte Father McCrombie und zündete eine neue schwarze Kerze an. »Heilige Jungfrau Maria! Ganz unklug!« Father McCrombie war, wie wir wissen, in Edinburgh geboren, hatte aber lange in Nordirland gelebt und den Dialekt erlernt, und alles Irische, auch die Flüche und Verwünschungen, kam bei den Leuten gut an. Daher hatte er es kultiviert. Manchmal spielte er nicht des Teufels Schüler, sondern den liebenswerten Spitzbuben; manchmal glaubte er sogar, sein guter Geist sei zurückgekehrt und seine Seele gehöre wieder ihm selbst.

»Sie können mir keine Angst einjagen«, sagte Angie, obwohl es nicht stimmte. Statt also ihren Privatsekretär zu beauftragen, die verschiedenen Makler anzurufen und ihnen Verkaufsorders zu geben, machte sich Angie höchstpersönlich auf den Weg zu deren Büros. Sie wollte es selbst tun: sie wollte tapfer sein: sie war es nicht gewöhnt, Angst zu haben. Sie wollte die Angst besiegen, sie richtig auskosten und dann ausspucken. Ich finde, sie war sehr mutig. (Wie schon gesagt, wir sollten uns bemühen, gut von den Lebenden zu reden – von den Toten ganz zu schweigen.)

Es war ein regennasser Tag. Die Sichtverhältnisse waren schlecht. Angie stand an der Kreuzung Primrose Hill Road und Regents Park Road, etwa da, wo der Hexenmeister Aleister Crowley gelebt hatte, und überlegte, in welche Richtung sie gehen sollte. Hupen schrillten, Lichter rasten ihr entgegen. Sie verstand überhaupt nichts mehr. Lärm und Licht schienen zusammenzuwachsen, in der Luft – eine Sekunde lang herrschte erhabenes Schweigen, und dann kam ein Schlag von oben, der sie zerquetschte und ihr Lebenslicht und ihre Seele auslöschte. Vielleicht lautet ja diese Lektion, daß die Schlechten nicht versuchen sollen, gut zu werden – es könnte tödlich für sie ausgehen.

»Drogensüchtige Millionärin bei Horror-Unfall getötet«, schrieb ein Journalist, der versuchte, sich seine Schadenfreude nicht anmerken zu lassen. Ein LKW, der Ölfarbe geladen hatte, war plötzlich ausgebrochen, ein Stück über die Primrose Hill Road geschleudert, gegen einen Bordstein geknallt, hatte sich überschlagen, war durch die Luft gesaust und direkt auf Angie gelandet. »Armes reiches Mädchen zerquetscht – Ehemann wg. Kunstskandal vor New Yorker Gericht« hieß es in einer anderen Zeitung.

»Die Welt ist wesentlich besser dran ohne sie«, sagte John Lally, trotz allem, was Ottoline für ihn getan hatte, und ich fürchte, daß nur wenige anderer Meinung waren. Bloß die kleine Barbara, die weinte.

Angie, liebe Angie, ich weiß nicht, was schief gegangen ist, was dich so böse und traurig gemacht hat, warum du nur so wenig Gutes hast tun können. Sollten wir deiner Mutter die Schuld dafür geben, da sie dich ja nie geliebt hat? Nun, Cliffords Mutter Cynthia hat Clifford auch nicht geliebt, und das hat ihm garantiert nicht gut getan, aber trotzdem ist er irgendwie liebenswert. (Sehen Sie sich nur Helen an: oder die Autorin, die ihn dauernd entschuldigt. Er hat zumindest einige Selbsterkenntnis und eine gewisse Ehrlichkeit in seinem Egoismus, vor allen Dingen aber die Fähigkeit, sich selbst zu ändern.) Wir machen es uns zu einfach, wenn wir den Müttern die Schuld an allem Übel in der Welt geben. Alles wäre in

Ordnung, sagen wir uns, wenn bloß die *Mütter* das täten, was sie tun sollen – ganz, total, vollkommen und ausschließlich zu lieben. Aber Mütter sind auch nur Menschen. Auch in der Liebe tun sie ihr möglichstes, doch das Zeugnis, das die Kinder ihnen ausstellen, lautet immer: »Könnte besser sein, wenn sie sich mehr Mühe geben würde.« Sollte man vielleicht den Vätern die Schuld geben? Wir wissen, daß Angies Vater Angie nicht liebenswert fand. Wurde sie etwa dadurch nicht liebenswert? Ich glaube nicht. Helens Vater John Lally war auch ziemlich unmöglich, aber Helen war niemals *gemein.* In ihrer Jugend war sie unzuverlässig und verantwortungslos, gar keine Frage, als reife Frau aber das Gegenteil. Wäre Angie ein netterer Mensch gewesen, wenn sie arm geboren wäre und sich ihren Lebensunterhalt selbst hätte verdienen müssen? Ich glaube nicht. Generell macht Armut Leute gemeiner und nicht netter. (Obwohl die Reichen oft unerträglich *gemein* sind – wie oft hat unsereins, der mühsam seinen paar Kröten hinterherjagt, nicht schon geseufzt: »Die sind doch nur *deshalb* so reich, weil sie so gemein sind.«)

Angie, was könnte ich Gutes über dich sagen? Nicht viel. Du bist die Frau, die Cliffords und Helens Ehe zerstört hat, dir war Nells Schicksal egal, du hast Kosmetikerinnen zum Weinen gebracht, du hast Leute nach Lust und Laune entlassen, du hast deinen Reichtum und deine Macht dazu verwandt, zu betrügen und zu intrigieren, nicht aber, um unsere Welt ein bißchen schöner zu machen.

Und doch! Wäre Angie nicht gewesen, würde Nell nicht leben. Sie wäre dem gräßlichen Schnipp-Schnapp von Dr. Runcorns chirurgischen Instrumenten zum Opfer gefallen. Angies Motive waren nicht gut – aber es ist immer noch besser, etwas Gutes aus den falschen Gründen zu tun, als überhaupt nichts Gutes zu tun. Und jetzt, wo wir uns ihre Vergangenheit angesehen und dort zumindest etwas Gutes gefunden haben, sollten wir sie ruhen lassen, in Frieden, und uns daran machen, die

Trümmer aufzulesen, die Angie überall in ihrem Leben verstreut hat, und sie zusammenzusetzen, so gut wir können.

Wir alle leben mit Mythen, selbst wenn es nur der Mythos vom Glück ist, das an der nächsten Ecke wartet. Warum auch nicht? Aber wie fest sind die Mythen unserer Gesellschaft in unserem Denken verwurzelt – beispielsweise, daß die meisten Menschen in einem ordentlichen Familienverband leben: Vater geht zur Arbeit, Mutter bleibt zuhause und hütet die Kinder – wo unsere eigenen Augen, unser eigenes Leben uns doch Beweise genug bieten, daß die Wahrheit weit davon entfernt ist. Und wie schlecht verkraften wir die Wahrheit! Doch wir sind stärker als wir glauben. Lassen Sie ab von den Mythen, die Ihnen bloß schaden. DieWelt wird davon schon nicht untergehen. Wir sind alle ein Fleisch, eine Familie. Wir sind alle derselbe Mensch mit tausend Millionen Gesichtern. In jedem von uns steckt Angie, Mr. Blotton und selbst Father McCrombie: wir müssen lernen, sie aufzunehmen, sie in unser Selbstbild zu integrieren: wir sollten den Bösewicht nicht davonjagen, sondern hereinbitten. So werden wir selbst ganz. Angie, Freundin, ruhe in Frieden.

Schicksalswende

Sie wissen doch, wie das ist – jahrelang passiert gar nichts und dann alles auf einmal! Mit Angies Tod, so schien es, wurde ein ganzes Fadengewirr plötzlich aufgezurrt: alles bewegte, verschob, veränderte sich – und aufhalten ließ sich dieser Prozeß bestimmt nicht, doch wie er verlaufen würde, hing ganz davon ab, wie und wo, in guter oder böser Absicht, die Fäden der letzten zehn Jahre ausgelegt worden waren.

Nun hatte ja Father McCrombie, der Ex-Priester, als Gegenleistung für ein Bett zum Schlafen (eine Schaumstoffmatratze in dem Requisitenhäuschen), eine Flasche Brandy (oder auch zwei) pro Nacht und ein äußerst niedriges Honorar (Angie war so gemein, wie das nur die reich Geborenen sein können – aber Sie kennen ja meine Ansicht darüber) nicht nur regelmäßig schwarze Kerzen angezündet (wenn er es nicht gerade vergaß), sondern auch allwöchentlich eine ziemlich feierliche Schwarze Messe in der Satan's Enterprise-Kapelle gehalten. (Angie wußte nichts davon. Halb gläubig, halb ungläubig, wie sie dem ganzen Unsinn gegenüberstand, hätte sie nur gelacht.) Um die Wahrheit zu sagen: Auch Father McCrombie glaubte neuerdings nur noch halb daran, nahm aber gutes Geld von denen, die erschienen und die Sache ganz ernst nahmen. Doch schlechte Wünsche tun niemals gut: als Angie aus heiterem

Himmel bei Father McCrombie angerufen hatte, um ihm mitzuteilen, daß sie die Kapelle verkaufen (und ihn so seines Einkommens berauben) würde, und Father McCrombie daraufhin seine große schwarze Kerze angezündet und den Zorn des Teufels herabbeschworen hatte – war Angie da nicht im selben Moment plattgequetscht worden, wie eine Fliege mit der Fliegenklatsche? Das war genug, um einem Heiligen Angst einzujagen, ganz zu schweigen von einem bösen Expriester, den man aus dem geistlichen Amt vertrieben und exkommuniziert hatte und dessen Geist durch psychedelische Drogen zerrüttet war.

Was genug ist, ist genug, fand Father McCrombie. Er blies seine Kerzen aus, sagte ein schnelles und halb ernst gemeintes »Ave Maria«, entbot dem Geist von Christabel ein letztes Adieu, schloß die Kapelle und stapfte hinaus in die Welt, um sein Glück auf andere Weise zu versuchen.

Ja, und bei den Freunden, die Father McCrombie hatte, und bei seinen geschäftlichen Beziehungen mit Angie war es kein Wunder, daß er auf der Suche nach einer halb anständigen Arbeit schon bald auf Erich Blotton stieß, der mittlerweile den unschuldigen Namen Peter Piper führte: Peter Piper von der »Piper Art Security Limited«, einer Firma, die den Transport von nationalen Kunstschätzen bewachte und beaufsichtigte und sie gegen Diebstahl (incl. Erpressung/Lösegeldforderung), Wasserschäden, Feuer, Vertauschung und andere Widrigkeiten versicherte.

Erinnern Sie sich noch an Erich Blotton? Den kettenrauchenden, kinderklauenden Rechtsanwalt, der gemeinsam mit Nell dem ZOE 05-Inferno entgangen war? Dieser Erich Blotton hatte sich aufgrund eines kurzen Gesprächs mit Clifford viele Jahre zuvor, das heißt noch in Kidnapping-Zeiten, dazu entschlossen, ins Kunstgeschäft einzusteigen. Dort lagen ganz offensichtlich Geld, Macht und Prestige – ganz zu schweigen von schnellen Profiten mit krummen Dingern.

Die »Piper Art Security« war in einem ziemlich kleinen, engen, verqualmten Büro in der Burlington Arcade untergebracht, direkt über einer Strickwaren-Boutique. Die Boutique-Besitzerin beschwerte sich darüber, daß der Zigarettengestank bis in ihren Lagerraum zog, aber was sollte sie machen? Peter Piper würde bestimmt nicht mit dem Rauchen aufhören. Es war, wie er ziemlich ehrlich zugab, sein einziges Vergnügen im Leben.

Erich Blotton war kein glücklicher Mensch. Er vermißte seine Frau, die zwei Millionen Pfund an Kinderhilfsorganisationen verschenkt und genau eine Woche vor dem Zeitpunkt gestorben war, ab dem er es für sicher erachtet hatte, gut getarnt nach England einzureisen und sie da rauszuholen.

»Komm lieber bald zurück, Erich«, hatte sie einmal am Telefon zu ihm gesagt. »Weil ich bis dahin jeden Tag Geld ausgeb, jeden Tag!« Männer waren bei ihr vorbeigekommen; die hatten nach ihm gesucht, sagte sie. Große, gefährliche, schwarze Männer. Das konnten nur Killer sein, dachte er, Männer, die es auf ihn abgesehen hatten. Zuviele Leute waren hinter ihm her. Trauernde und wütende Eltern, hatte er erkennen müssen, gaben schlechte Feinde ab – sie waren gefährlicher als die Polizei oder ehemalige Komplizen. Also ging er nicht zur Beerdigung seiner Frau. Er legte sich einen neuen Namen zu, einen neuen Beruf, einen neuen Lebensplan. Er glaubte, er wäre in Sicherheit. Aber es war so eine furchtbare Schufterei: er trauerte um die Vergangenheit.

Father McCrombie suchte Peter Piper auf und sprach: »Heilige Jungfrau Maria! Wie wär's, wenn ein Mann wie ich bei einem Mann wie Ihnen mitmachen würde? Ich hab meine Talente, Sie haben Ihre.«

Peter Piper war kein starker Mann. Er rauchte hundert Zigaretten pro Tag und war infolgedessen ständig am Husten, Keuchen und Zittern. Er hatte Durchblutungsstörungen im rechten Bein. Leinwände sind groß und schwer. Father

McCrombie war auch groß und schwer und furchterregend dazu mit seinem roten Haar, rotem Bart und den komischen rollenden roten Augen. So jemanden um sich zu haben war sicher nicht schlecht. Dachte jedenfalls Peter Piper. Vielleicht hatte Father McCrombie ja hypnotisierende Augen?

»Keine schlechte Idee«, sagte Peter Piper.

Sie sprachen kurz über Angie Wellbrooks Tod. »Piper Art Security« bekam viele Aufträge von Ottoline.

»Tragisch!« sagte Peter Piper. »Die arme Frau!«

»Die arme Frau«, sagte Father McCrombie und bekreuzigte sich.

Möge Gott ihrer Seele gnädig sein.

Jetzt fehlte nur noch der Blitz vom Himmel.

»Natürlich«, sagte Peter Piper, »ist ihr Tod auch ein schwerer Schlag für die ›Piper Art Security‹«, und Father McCrombie sah es als seine Pflicht und Schuldigkeit an, der neuen Firma beizustehen, so gut er konnte. Und damit wollen wir uns fürs erste von den beiden verabschieden, die natürlich sofort begannen, etwas Neues auszuhecken, zumindest diesmal aber ohne die Hilfe widerlicher kosmischer Kräfte. Obgleich Father McCrombie in die Luft schnupperte. Sie roch, fand er, verheißungsvoll. Sie roch verheißungsvoll nach Aufregung und Unheil. Etwas von der Atmosphäre der Satans-Kapelle schien mit ihm zu wandern: dagegen war er ziemlich machtlos.

Peter Piper sagte: »Riechen Sie irgendwas?« und schnupperte selbst, aber er rauchte so viel, daß er einen Geruch nicht vom anderen unterscheiden konnte, einen Hamburger mit Zwiebeln nicht von der Spur des Teufels, also ließ er es sein und zündete sich eine neue Zigarette an, und unten im Erdgeschoß griff Pat Christie von der Strickwaren-Boutique nach dem Telefonhörer und verhandelte über die Auflösung ihres Pachtvertrages. Irgendwie paßte ihr der ganze Laden nicht mehr.

Großer Umschwung

In dem Moment, als Father McCrombie seine letzte Kerze ausblies, saß Clifford auf der Anklagebank einer Strafkammer im Staate New York. McLinsky hatte einen ungewöhnlichen Schritt unternommen: er war mit einem Bericht über Leonardo's (New York) Geschäftspraktiken zur Polizei gegangen. Nun herrschte vielleicht allgemein die Ansicht, daß die Engländer, die sich zu schnell, zu rücksichtslos in der New Yorker Kunstszene breitmachten, auch mal eine Lektion verdient hatten. Und vielleicht war auch McLinskys Entrüstung echt, ließ sich seine puritanische Herkunft eben doch nicht verleugnen – jedenfalls saß nun Clifford auf der Anklagebank; er mußte mit einem Verfahren wegen Betrugs und arglistiger Täuschung rechnen.

Es wimmelte von Reportern und Kameras. Das war der Stoff, aus dem die internationalen Schlagzeilen sind. Leonardo's, diese hehre Institution, so beleidigt, so angegriffen – Clifford, Millionen von Fernsehzuschauern in aller Welt bekannt – und die Sache ließ sich gar nicht gut an. Leonardo's Anwälte, ein ganzes Bataillon, waren grau im Gesicht. Die Richter blickten finster. Man kann eben nicht ungestraft mit Nullen um sich werfen, selbst nicht im Gespräch, in Kreisen, wo ein Gespräch auch ein Geschäft ist, und dann waren die Gespräche ja auf Band aufgenommen worden – auf Band aufgenommen? –, die Rechtsanwälte von Leonardo's wurden weiß im Gesicht.

Pfff! Pfff! Pfff! Die Kerzen in der Satans-Kapelle gingen aus. Cliffords Geist wurde klar – oder war das bloß ein Zufall? Was genug ist, ist genug. Er war kein Verbrecher. Er stand auf.

»Hohes Gericht«, sagte er. »Wenn ich das Wort an Sie richten dürfte –« Wie gewählt und geschliffen er doch sprach. Das Gericht beschloß, ihn reden zu lassen.

»Wenn Sie es so wollen«, sagte Richter Tooley. Und Clifford sprach. Er sprach eine ganze Stunde lang, und bei keinem der Zuhörer ließ die Aufmerksamkeit nach. Er sprach im Brustton der Überzeugung; er benutzte John Lallys alte Argumente, an die er sich sehr genau erinnerte, aber ohne den Beigeschmack von Paranoia. Es war alles sehr überzeugend. Die Wahrheit eben.

Er erzählte den dort versammelten, ernsthaften Zuhörern von den beschämenden Zuständen in der Kunstszene. Vom großen Geld, das damit – nicht immer auf feine Art – gemacht wird: von riesigen Reichtümern, die auf dem Rücken von ein paar darbenden Künstlern erworben oder verspielt werden. Aber so war es schon immer gewesen. War van Gogh nicht verlassen und verarmt gestorben, genau wie Rembrandt? Doch nun war ein weiteres Element hinzugekommen – Milliardengelder und alles, was daran hängt. Er sprach über die seltsamen gesellschaftlichen Ränge innerhalb der Kunstszene, die dubiosen Praktiken der Auktionshäuser, die Kartelle, die die Preise kontrollieren; die unverschämt hohen Kommissionen: die Vertragsbrüche, die Unwissenheit von Experten: die Klasse der gewissenlosen Händler, die zwischen dem Künstler und denen stehen, die sein Werk einfach nur genießen wollen, den Kauf und Verkauf von Kritiken und Kritikern, von Namen, die zu Unrecht aufgebaut und andere, die grausam zerstört werden – und alles im Namen des Profits.

»Eine Null zuviel?«, fragte er. »Sie brauchen ein *Tonband,* um herauszufinden, ob ich eine Null zuviel genannt habe? Aber es stimmt ja. Das ist das Klima, in dem ich arbeite, und der ehrenwerte McLinsky weiß das auch ganz genau – oder er ist ein Dummkopf. Und als solcher möchte er hier doch sicher nicht erscheinen.« Die Kerzen gingen aus, und Clifford war wieder in Form, nicht mehr geduckt, sondern aufgebracht, leidenschaftlich, charmant und auf seine Art sogar ehrlich.

Die Richter und die Jury klatschten ihm Beifall, die Kameras blitzten, und Clifford verließ das Gericht als freier Mann und als Held und ging an diesem Abend mit einer coolen, intelligenten, kraushaarigen jungen Frau namens Honesty ins Bett und sehnte sich wie üblich nach Helens Weichheit. Ob sie überhaupt noch so weich war? Vielleicht hatte der Erfolg sie abgehärtet? Wie sollte er das wissen?

Das Telefon klingelte. Angie? Sie hatte ein besonderes Talent dafür, ihn in solchen Momenten zu stören. »Geh nicht ran«, sagte Honesty, aber Clifford hörte nicht auf sie. Er streckte einen bleichen, haarigen Arm aus: und so vernahm er die Nachricht von Angies Tod. Er flog mit der ersten Maschine nach England zurück: zu Barbara, und (Leser, wenn Ihnen Angie auch nur ein bißchen leid tut, müssen Sie jetzt sagen: leider) auch zu Helen. Er wartete nicht einmal bis nach der Beerdigung.

Helen und Clifford

Clifford«, sagte Helen, »du spinnst!« Sie saß in ihrem hübschen kleinen Salon – blaßgrüne moirierte Seidenstoffe auf hellem Holz – mit einem weißen Telefon in der Hand. Sie trug ein weiches cremefarbenes Kleid, das um den Ausschnitt herum mit winzigen gelblichen Blumen bestickt war; ihr lockiges braunes Haar fiel ihr übers Gesicht. Beim Klang von Cliffords Stimme war sie bleich geworden; aber sie ließ nicht zu, daß ihre Stimme zitterte. Sie wußte, daß Nell sie beobachtete – Nell, die keine Rosen mehr stickte (der Auftrag war längst abgeschlossen), aber immer noch im Haushalt zugange war, die sich so nützlich machte: sie kommandierte die Jungen herum, befahl ihnen, das Geschirr abzuwaschen, ihre Zimmer aufzuräumen, für ihre Mutter ans Telefon zu gehen, und die lachten oder stöhnten bloß und machten, was sie sagte. Nell wurde akzeptiert. Auch Helen mußte lachen, wenn sie ihr zusah. Das ist meine Tochter, dachte sie: die Tochter, die ich nie hatte. Und Nell – als sie an diesem Abend Helen mit Clifford telefonieren sah, da dachte sie, noch nie hätte sie eine so schöne Frau gesehen – eine Frau, die dafür geschaffen war, das Leben und die Herzen der Männer in Unruhe zu versetzen. »Wenn ich doch nur so sein könnte«, dachte Nell. »Wenn sie doch nur meine Mutter wäre.« Und dann dachte sie: »Nein, so kann ich nie werden, ich bin viel zu eigensinnig und grob, und ich bin ganz froh drum. Ich will nicht für einen Mann leben. Neben ihm, okay, aber nicht wegen ihm.«

Seit Helen sich um sie kümmerte – darauf bestand, daß sie ausreichend aß und schlief und Ziel und Sinn in ihr Leben brachte –, war aus Nell eine richtige Schönheit geworden, obwohl sie das selbst kaum mitbekam – was so typisch für Mädchen ist, die keinen Vater haben. Sie war im »House of Lally« zum Top-Mannequin avanciert und trug ihr Haar – immer noch kurz, schwarz, stachlig und grotesk – als eine Art Markenzeichen; es gab dem originellen, aber doch auch seriösen Lally-Label etwas leicht Frivoles. Es bestand ja immer die Gefahr – und Helen war sich dessen wohl bewußt –, daß sich die Kleidung nach dem Geldbeutel und nicht nach dem Geschmack ausrichtete, so für andere Altersgruppen und Käuferschichten attraktiv und damit vielleicht ein bißchen spießig wurde. Nell hielt das Lally-Image jung. Sie glaubte, ihr Erfolg sei nur auf Glück zurückzuführen. Auch das ist typisch für Mädchen ohne Vater.

»Clifford«, sagte Helen leichthin, »wir waren schon zweimal miteinander verheiratet. Dreimal wäre zweimal zuviel. Und den Zwillingen würde es gar nicht gefallen.«

»Wenn du sagst, daß die Zwillinge von mir sind, will ich's auch akzeptieren«, sagte Clifford, und mit dieser Quasi-Entschuldigung war er schon über seinen eigenen Schatten gesprungen, aber noch nicht weit genug, fand Helen. »Ist ja auch nicht so wichtig.«

»Für die beiden schon«, sagte sie.

»Darüber reden wir noch«, sagte er. »Du bist doch frei, oder?«

Seine Stimme war laut und energisch. Nell konnte jedes Wort verstehen.

»Das bin ich«, sagte Helen, »und das bleibe ich, weil ich es so haben will.«

»Wir müssen ernsthaft miteinander reden«, sagte Clifford. »Ich komme vorbei.«

»Das wirst du nicht tun«, sagte Helen. »Clifford, ich habe jahrelang auf diesen Anruf gewartet, aber jetzt kommt er zu spät. Ich hab gerade etwas Neues angefangen.«

Und sie legte auf.

»Das stimmt doch nicht, oder?« fragte Nell beunruhigt. Und dann: »Tut mir leid, das war ein privates Gespräch. Ich hätte nicht zuhören sollen.«

»Das ließ sich doch gar nicht vermeiden«, sagte Helen. »Und außerdem gehörst du zur Familie.« (Nells Herz tat einen Freudensprung.) »Natürlich gibt es niemanden. Er soll mir bloß nicht nochmal wehtun«, sagte sie und fing an zu weinen. Das gefiel Nell überhaupt nicht. Sie kannte Helen nur ruhig, fröhlich und verantwortungsbewußt – genau so, wie sich Helen ihren Kindern gegenüber darzustellen versuchte: als ordentliche Mutter.

»Wenn's weh tut, weißt du wenigstens, daß du lebendig bist«, sagte Nell und kam sich albern vor, aber etwas anderes fiel ihr nicht ein.

»Na, dann bin ich lebendig«, sagte Helen. »Sogar sehr lebendig.«

»Ich an deiner Stelle«, sagte Nell, »würde ihn zurückrufen.«

Aber das tat Helen nicht.

Doch die nächsten paar Entwürfe für die neue Kollektion wollten Helen einfach nicht richtig gelingen (ja, sowas tut die Liebe manchen Frauen an: sie untergräbt ihre Kreativität. Bei anderen Frauen passiert natürlich das genaue Gegenteil: die blühen und gedeihen – arbeitsmäßig gesehen), und Nell, der die Skizzen zur weiteren Ausführung gegeben wurden, mußte fast alles nochmal ganz neu machen. Entwerfen – das war das Richtige für sie! Nells Augen funkelten. Hier lag ihr wahrer Ehrgeiz. Als Mannequin arbeiten, dazu gehörte nichts – das hieß nur, Kleider anziehen, sich vor die Kamera stellen, hierhin oder dorthin drehen – aber das! Ach, das hier war echte Leistung!

Jeden Tag rief Clifford Helen an; jeden Tag weigerte sie sich, mit ihm zu sprechen. Helen fragte Nell ganz zittrig: »Was soll ich denn bloß machen?«

»Er scheint dich wirklich zu lieben«, sagte Nell vorsichtig.

»Bis die Nächste vorbeikommt«, sagte Helen naserümpfend.

»Er ist unheimlich reich«, sagte Nell, die einen Sinn fürs Praktische hatte.

»*Ihre* Millionen«, sagte Helen. (Arme, tote, unbeweinte Angie!) »Er ist einfach ein widerlicher Kerl. Und um das Kind würde ich mich nie kümmern. Ich weiß, das würde er von mir erwarten. Er wird sowieso nur was von mir wollen, weil sie eine Mutter braucht, und er denkt, dazu wäre ich gut genug. Ich kann mich nicht mal an ihren Namen erinnern.«

»Sie heißt Barbara«, sagte Nell laut und deutlich. Helen mußte einfach wissen, wer das war, weil es alle wußten. Die Kleine kam immer wieder einmal in die Zeitung – seit ihrer Verbannung vom Königlichen Kindergarten, die mittlerweile auch wieder aufgehoben war. Barbara besuchte die Prinzessin wieder im Schloß. »Schloß tröstet mutterlose Kleine«, hieß es in einer Zeitung. »Erlaubt Wochenendbesuch.« (Das konnte nur Clifford miteinschließen; in der feinen Gesellschaft galt er als rehabilitiert. Große Neuigkeiten – und wenn ein Mann in hoher gesellschaftlicher Stellung wegen Mordes und noch schlimmerer Verbrechen vor dem Kadi steht, ist es nicht der Rede wert. Aber das war in einem anderen Land.)

»Ich *könnte* einfach nicht«, sagte Helen. »Ich würde dem Kind nur was Schreckliches antun. Das weiß ich genau.«

»Aber warum?«

»Das weiß ich nicht.« Helen fühlte sich hoffnungslos und hilflos: alles war zu spät. Ein dünner Schleier von Father McCrombies schwarzem Kerzenrauch hing immer noch in der Luft. Solches Zeug wird man einfach schwer los.

»Aber liebst du ihn?«, fragte Nell eindringlich.

»Ach, was bist du naiv«, jammerte Helen. »Natürlich *liebe* ich ihn.«

»Dann heirate ihn«, sagte Nell. So soll es kommen, dachte Nell, obwohl sie nicht wußte warum. Clifford – den Nell nur vom Gesicht her aus der Zeitung und von der lauten energischen Stimme am Telefon kannte – Clifford wieder zu heiraten schien auf den ersten Blick das letzte zu sein, was Helen tun sollte. Aber Nell hatte es gesagt, und pfff! – zog fast der ganze Rauch zum Fenster hinaus.

»Ich laß es mir durch den Kopf gehen«, sagte Helen.

Clifford hatte natürlich nicht die Absicht, sich hinhalten oder abspeisen zu lassen. Auch nach ihrem Gespräch mit Nell weigerte sich Helen, ihn zu sehen, also dachte er sich aus, wie er sie überlisten konnte.

Läuterung

Und so kam es, Leser, daß Leonardo's (New York) eine Ausstellung zum Thema »Designer als Künstler« vorbereitete und daß dem englischen »House of Lally« darin eine große Rolle zugedacht war. Und so kam es, daß Clifford seinen Frieden mit John Lally machte, indem er ihm schließlich doch die Leinwände zurückbrachte, die so lange in Leonardo's Tresorräumen geschmort hatten. Er überraschte John Lally und Marjorie in ihrem hübschen Garten – vielmehr dem, was davon noch übrig war – mit den Worten: »Fünf von Ihren Leinwänden liegen bei mir im Wagen. Nehmen Sie sie bitte an sich. Es sind Ihre«, und damit machte er John Lally zum Millionär, nicht bloß zum Hunderttausender, denn seine frühen Arbeiten erfreuten sich gerade ungeheurer Popularität, das heißt Wertsteigerung. (Obwohl sie auch jetzt noch keinen optischen *Genuß* darstellten.) Mochte Clifford sich eine solche Geste jetzt auch ohne weiteres leisten können – Angies ganzer Reichtum gehörte nun ihm! – mochte er damit auch Helen für sich einnehmen wollen – egal! Ich glaube, er tat es, weil er es für gut und richtig hielt. Es war ein Akt natürlicher Gerechtigkeit – das konnte Clifford jetzt sehen. Ob er sich bei seiner Rede vor dem New Yorker Gericht vielleicht selbst bekehrt hat? Ich will es hoffen.

John und Marjorie entluden den Wagen und schleppten die Leinwände ins Atelier. Clifford half ihnen.

»Düstere alte Bilder«, sagte Marjorie. »Da mußt du ja in komischer Verfassung gewesen sein. Ich wette, Evelyn war froh, als sie aus dem Haus kamen!« (Menschen, die ein glückliches Leben führen, haben einfach keine Ahnung, was es heißt, unglücklich zu sein.)

Weder John noch Clifford erwiderten etwas darauf.

»Zu schade, daß Sie und Helen nicht zusammenkommen können«, sagte John Lally zu Clifford. Es war seine Art der Entschuldigung. »Ihre Jungs können einem ganz schön zu schaffen machen.«

»Ich bin kein besonders guter Vater«, sagte Clifford. Obwohl er sich Mühe gab, große Mühe mit Barbara, die die Nachricht vom Tod ihrer Mutter mit überraschendem Gleichmut aufnahm. Sie klammerte sich nur ein bißchen fester an ihr Kindermädchen und sagte, vielleicht könnte dafür das Kindermädchen dableiben und sie müßte zu Weihnachten nicht schon wieder ein neues kriegen.

»Wir können uns alle ändern«, sagte John Lally und hob einen Kricketball auf und warf ihn dem kleinen Julian zu, der ziemlich einsam mit Torstäben und Schlagholz herumhantierte. Julian sah ihn erstaunt und dankbar an.

»Das scheint mir auch«, bemerkte Clifford.

Vergebung

Als Helen erfuhr, was sich bei ihrem Vater zugetragen hatte, rief sie Clifford an. Damit hatte er gerechnet.

»Clifford«, sagte sie. »Ich möchte mich bei dir dafür bedanken. Aber was machen wir mit mir? Ich kann nicht schlafen, ich finde keine Ruhe, und ich kann nicht arbeiten. Ich möchte mit dir zusammensein, aber das kann ich genauso wenig.«

»Es ist Barbara, die dich davon abhält, oder?« sagte er mit der überraschend klaren Sensibilität, die er neuerdings entwickelt hatte. »Und du hast recht: wenn du mich nimmst, mußt du auch sie nehmen. Sie hat nur mich auf der Welt. Aber komm wenigstens vorbei, damit du sie mal kennenlernst.«

Und das tat Helen auch, und als sie Barbara zum ersten Mal leibhaftig sah – blaß und traurig, in einem dieser braven, altmodischen, häßlichen Kleidchen, auf die selbst die nettesten älteren, hervorragend ausgebildeten Kindermädchen auch heutzutage noch solchen Wert zu legen scheinen –, da spürte sie eine solche Welle von Mitleid für das Kind in sich aufsteigen, daß Wut und Haß ein für allemal herausgeschwemmt wurden. Sie erkannte, daß Barbara ein Mensch für sich war, die Hauptperson in ihrem eigenen Drama, aber kein Überbleibsel von Angie und auch nicht Cliffords Ersatz für die Tochter, die sie vor langer Zeit verloren hatten. Denn genau davor hatte sie sich ja gefürchtet: Nell am Ende doch zu verraten, indem sie Barbara akzeptierte.

Leser, den Glücklichen fällt alles zu: Glück kann selbst Tote wiedererwecken. Es ist unser eigener – vielleicht unerkannter – Groll, Neid, Haß, der uns unglücklich macht und sein läßt. Und doch sind diese Gefühle hier, in unserem Kopf, nicht außer Reichweite. Sie sind unser: wir können sie rauswerfen, wenn wir nur wollen. Helen vergab Barbara und damit sich selbst.

»Ja, Clifford«, sagte Helen, »natürlich will ich dich heiraten, komme was da wolle!«

»Arme Angie«, sagte Clifford daraufhin. »Vieles davon war meine Schuld. So oder so – ich hab vieles getan, wofür ich mich schämen muß.« Das konnte er sagen, weil er glücklich war, und er war glücklich, weil er es sagen und glauben konnte. So kamen die beiden wieder zusammen.

Drama

Und so stand in diesem Jahr, am 24. Dezember, ein Privatflugzeug auf dem Rollfeld vom Flughafen Heathrow; der Pilot wartete auf Starterlaubnis und eine für schneefrei erklärte Startbahn; Clifford und Helen saßen nebeneinander und hielten sich bei der Hand. Barbara, durch den Gang von ihnen getrennt, streckte einen Arm aus, um Helens andere Hand festzuhalten. Sie hatte eine Mutter gefunden: sie durfte ihr Kindermädchen behalten. Ihr ernstes Gesicht wurde schon ein bißchen fröhlicher und lebhafter. Dahinter saß die junge Nell Kildare, das Top-Mannequin vom »House of Lally«, mit den kurzgeschorenen schwarzen, herausfordernd abstehenden Haaren. Sie waren auf dem Weg zu einem Weihnachtsfest in Manhattan und der Eröffnung der »Mode als Kunst«-Ausstellung in der großen neuen modernen Galerie mit Blick auf den Central Park. Nell haßte das Fliegen. Sie trug ihren Teddybären um den Hals: den Glücksbringer.

Edward, Max und Marcus waren unter der Aufsicht von ein paar unerschütterlichen Kindermädchen vorausgeschickt worden, nach Disneyland, wo sie eine Woche bleiben sollten, bevor sie zu Helen und Clifford nach New York kamen. Die Idee stammte von Nell. Helen war an den Lärm und die Energie ihrer Söhne gewöhnt; sie verdiente etwas Ruhe. Clifford war, wie Nell sehen konnte, nicht so sehr daran gewöhnt. Er sollte sich sacht einleben dürfen. Er erinnerte sie an jemanden, sie wußte nur nicht an wen. Er machte sie schüchtern, und an dieses Gefühl war nun sie nicht gewöhnt. Es überraschte sie. Sie ging ihm aus dem Weg. Immer wieder erinnerte sie sich daran, daß sie nur eine Angestellte war, kein Familienmitglied. Sie durfte die anderen nicht zu sehr ins Herz schließen. Wie Sie wissen, Leser, war es ja ihre Erfahrung, daß die Menschen, die man liebt, plötzlich verschwinden: daß die guten Zeiten plötzlich aufhören. Noch schlimmer: daß man selbst daran schuld hat: daß wer liebt, auch zerstört, durch Feuer und anderes Unheil. Ach, sie war vorsichtig!

Barbara war gefragt worden, ob sie mit den Jungs vorausfliegen wollte. »Nein, nein«, hatte sie geheult und ihren Kopf in Nells Bauch gedrückt. »Die sind so gemein! Ich will nicht!« Sie begann, auf sich selbst aufzupassen, und machte sich schon sehr gut.

Auch John Lally war im Flugzeug, mit seiner Frau Marjorie. Immerhin war er Leonardo's Star-Maler, und heutzutage sollte ein Künstler nicht mehr allzuviel Zurückhaltung üben. (Die Zeiten sind vorbei, wo man sich im Feld versteckte, um möglichst unauffällig Sonnenblumen zu malen.) Marjorie trug einen Patchworkschal über ihrem Kleid: den hatte sie selber gemacht. Ein paar Flicken stammten aus den Überresten des alten blauen gerippten Kleides, das Helens Mutter Evelyn so oft, sehr oft getragen hatte – spare in der Zeit, so hast du in der Not! Sie und ich wissen das, Leser. Sonst hat es keiner gemerkt, nicht einmal Helen. Der kleine Julian wurde von Cynthia versorgt. Sie und Otto waren aus der großartigen Wohnung ausgezogen und hatten jetzt ein kleines Haus in Hampstead, wo ein kleines Kind immer willkommen war. Oh, auch Cynthia hatte sich geändert. Sie war so stolz auf Clifford gewesen, an jenem Tag in New York, nach der anstrengenden Flugreise. Ihre Familie war in Scharen aufgekreuzt: Cynthia konnte ihnen die alten Geschichten nicht länger vorhalten. Die Zeit hatte sie eines Besseren belehrt – Otto, geboren in Kopenhagen, einst ein bescheidener kleiner Bauunternehmer aus ärmlichen Verhältnissen, heute noch immer geheimnisvoll in seiner Würde, wohlhabend, geachtet, geehrt von seinem Land, ihnen mehr als ebenbürtig. Wie schön, wenn man auf sein Leben zurückschauen kann und weiß, daß man recht gehabt hat.

Helen trug übrigens ein neues Kleid aus einem schweren Seidenstoff, den John Lally tatsächlich selbst entworfen hatte. Das Muster bestand aus winzigen goldenen Löwen und noch kleineren weißen Lämmern, und die Lämmer wurden von den Löwen nicht verschlungen, sondern lagen friedlich bei ihnen. Auf den Entwurf für das Kleid hatte übrigens Nell maßgeblichen Einfluß gehabt: es war zu der Zeit entstanden, als Helen solche Zustände wegen Clifford bekommen hatte. Im Flugzeug befanden sich acht Lally-Gemälde, die für eine Ausstellung bei Leonardo's (New York) bestimmt waren: vier von den alten, wilden, verzweifelten Bildern, vier von den neueren, versöhnlicheren. Im allgemeinen landeten die frühen Lallys jetzt in Galerien, die späteren an Privatwänden.

Clifford hatte Nell ein nettes, freundliches, keineswegs lüsternes Lächeln geschenkt, als sie an Bord gekommen war. Er wußte, wie gern Helen sie mochte. Er würde damit problemlos klarkommen. Sie war ein hübsches, intelligentes, vergnügtes Mädchen, das sich gut einfügte. Obwohl er nicht so genau wußte, was er von ihrem Haar halten sollte. Wissen Sie, manchmal frage ich mich, ob ich recht daran tue, Angie so vieles zu verzeihen. Vielleicht war sie sogar noch schlechter als ich dachte: vielleicht war es auf der Flucht vor Angie, daß Clifford in so viele Arme fiel (die er beim Fallen auch noch schrammte und verletzte). Und doch heißt das nichts anderes, als daß Angie ein Aspekt von Clifford war, denn vor wem fliehen wir jemals, wenn nicht vor uns selbst? Und trotzdem scheint es, daß sie sterben mußte, bevor Clifford frei war, er selbst zu werden; und daß dieser neue Clifford viel netter war, als man sich hätte träumen lassen. So mancher Fluch war zurückgenommen worden.

Und wer anders als Arthur Hockney und Sarah und ihr Baby Angela – eine kleine Schönheit mit olivfarbener Haut und dunklen Augen – saßen noch weiter hinten im Flugzeug? Die nutzten die Gelegenheit, umsonst in die Staaten zu fliegen, um Weihnachten bei Arthurs Familie zu verbringen und das neue Baby vorzuführen. Es gab genügend Platz im Flugzeug: Clifford hatte es ihnen auf Helens Wunsch hin gerne angeboten. Wenn diese Leute Freunde von Helen waren, dann waren sie auch seine Freunde. Es gab da eine schwache Erinnerung an eine unangenehme Begegnung mit Arthur vor ziemlich langer Zeit, dachte Clifford, aber er mochte sein Gedächtnis nicht strapazieren. Kim war in den Border Kennels untergebracht, die ja leider den Besitzer gewechselt hatten. Brenda hatte ihren Ned geheiratet; ihre Pickel war sie übrigens fast los. Wie es aussah, würde aber ihre Mutter eine Weile bei ihnen leben, bis sie wieder auf die Beine kam.

Und noch weiter hinten im Flugzeug – genauer gesagt in der allerletzten Reihe, Peter Pipers Lieblingsplatz – saßen zwei Vertreter der »Piper Art Security Limited«: Peter Piper persönlich und Father McCrombie. Alle beide waren etwas beunruhigt über Arthur Hockneys Anwesenheit im Flugzeug.

»Mit dem hatte ich nicht gerechnet«, sagte Peter Piper. »Der ist ja mindestens einsneunzig groß.« Er zündete sich eine neue Zigarette an, mit Händen, die mehr denn je zitterten. Kein Wunder: von den Ereignissen dieses Tages hing doch auch eine ganze Menge ab.

Und dann, Leser, passierte folgendes: Sobald das Flugzeug den Umkehrgrenzpunkt überflogen hatte, marschierte Father McCrombie ganz lässig durch den Gang ins Cockpit, und niemand wäre es eingefallen, ihn aufzuhalten oder auch nur darüber nachzudenken, und als er wieder rauskam, trieb er den

Piloten mit vorgehaltener Waffe den Gang entlang. Die Passagiere brauchten einige Zeit, um überhaupt zu kapieren, was da vor sich ging – es schien einfach zu unglaublich. Nur Barbara reagierte schnell: sie ließ sich sofort in Helens Schoß fallen und versteckte ihren Kopf. Und jetzt stand plötzlich auch Peter Piper hinten im Flugzeug auf. Auch er hielt eine Pistole in der Hand: es war eine gefährliche, schwarze, tödlich aussehende Luger.

»Hinsetzen«, sagte er zu Arthur, der aufgesprungen war. Arthur setzte sich wieder.

»Und wer steuert jetzt das Flugzeug?« rief Marjorie.

»Es ist auf Autopilot«, sagte Arthur. »Das geht schon, eine Zeitlang. Bleiben Sie ganz ruhig.«

»Halt du bloß den Mund«, sagte Peter Piper, und Arthur zuckte die Achseln und war still. Verbrecher zu ernst zu nehmen zahlt sich nie aus. Andererseits ist es das beste, sie nicht zu provozieren, weil sie nervös sind und schlimme Sachen passieren können. Außerdem sind sie meistens auch dumm: das macht es so schwierig, vorherzusagen, was sie tun werden. Man kann nicht einfach etwas annehmen; man muß schon genauer darüber nachdenken.

Jetzt wurde der Pilot gewaltsam auf den Platz gesetzt, den die kleine Barbara freigemacht hatte. Er wurde nicht gleich erschossen, also waren die beiden Verbrecher offenbar doch nicht von der übelsten Sorte. Man konnte mit ihnen verhandeln. Arthur tätschelte Sarahs Knie. »Mach dir keine Sorgen«, sagte er, aber das tat sie natürlich doch. Jetzt nahm Peter Piper die Überwachung der Passagiere in die Hand; Father McCrombie kehrte unterdessen zum Cockpit zurück und änderte den Kurs in Richtung auf ein kleines Küstenstädtchen etwas nördlich von New York, wo er Freunde und nützliche Bekannte hatte. Die ganze Sache hatte etwas von einem Traum an sich. Niemand schrie (nicht einmal Marjorie), niemand brüllte (nicht einmal John Lally). Es schien, als wären sie vom wirklichen Leben in einen Film geraten, ohne es auch nur zu merken. Arthur hielt den Mund und wartete. Peter Piper sprach.

Dies sei kein Kidnapping, sagte er, nichts mit Lösegeld. Es sei bloß ein bewaffneter Raubüberfall; er wollte die Lally-Bilder; und er würde sie auch kriegen.

Clifford fing an zu lachen. »Dazu kann ich nur sagen«, sagte er, »daß ich hoffe, Sie haben sich einen neuen Markt aufgetan und verlassen sich nicht auf das bestehende System. Die Leute, die gestohlene Gemälde kaufen, wollen nur die Alten Meister, französische Impressionisten und gelegentlich auch mal einen Präraffaeliten. Postsurrealismus können Sie vergessen. Zeitgenössische Engländer? Sie machen wohl Witze. Auch die Leute, die mit Kunstdiebstahl zu tun haben, sollten zumindest etwas von Kunst verstehen! Wie, sagten Sie, war doch gleich noch Ihr Name?«

Arthur hoffte, daß Clifford nicht zu weit gegangen war. Peter Piper wurde immer blasser. Nun ist es ja nie angenehm, wegen der eigenen Unwissenheit in aller Öffentlichkeit bloßgestellt zu werden, und ganz besonders kränkend, wenn derjenige, der Sie bloßstellt, eigentlich Ihr Opfer ist und entsprechend verängstigt sein sollte.

Seine Ausdrucksweise war schrecklich. Ich möchte Ihnen nichts davon widergeben, Leser. Er belegte Clifford mit den häßlichsten Schimpfnamen unter dem Höllenmond, und das Flugzeug ruckelte und wackelte bei jeder Turbulenz und auch zwischendurch. Pipers Pistole schien plötzlich das geringste Problem zu sein. Es war einige Zeit her, daß Father McCrombie zum letzten Mal selbst geflogen war, und er mußte eine Menge Brandy trinken, um seine Nerven zu beruhigen. Er erinnerte sich daran, wie er in seiner Jugend, als Pilot in der Schlacht von England, mit Gott geredet und wie Gott ihm geantwortet hatte. Nun, in betrunkenem Kopf, wandte er sich noch einmal an seinen Schöpfer und kämpfte gegen das Flugzeug an, und es ruckelte und schwankte so heftig, als säße der Teufel persönlich in den Luftströmen, durch die es flog. Peter Piper nahm keine Notiz davon; er fuhr damit fort, Clifford der verschiedensten Verbrechen zu bezichtigen: Verschwörung, Diebstahl, Verführung und Kindesentführung, und benutzte dafür die deutlichsten und schockierendsten Worte.

»Erich Blotton!« unterbrach ihn Clifford. »Sie sind Erich Blotton!« Jetzt starrte er auf Pipers zitternde, nikotinverfärbte Finger. Wie hätte er die je vergessen sollen?

Woraufhin Helen und Arthur losschreien wollten: Doch wenn Sie Erich Blotton sind, wo ist dann unsere Nell? Aber sie brachten kein Wort heraus, weil Erich sich aufplusterte und vor Wut schäumte und seine Finger schon wieder am Abzug lagen, und bei John Lally brach der alte John Lally durch, und er fing an zu rasen und zu brüllen, die Bilder seien es noch nicht einmal wert, gestohlen zu werden, und Marjorie versuchte, ihn zu beruhigen, als wäre sie Evelyn, und Erich riß Helen die Halskette ab und warf sie wutschnaubend weg, weil sie bloß aus Plastik war (Mode*gag*? Das soll ein *Gag* sein?) und verlangte, daß alle ihm ihre Geldbeutel gaben (schließlich mußte er ja irgend etwas nehmen, wenn er sich nicht total blamieren wollte) und fand darin auch nicht viel, bloß Kreditkarten, und das Flugzeug ruckelte, und Blotton schlug dem Piloten mit dem Pistolenknauf eins über den Schädel, und der sackte bewußtlos zusammen – oder simulierte er bloß? –, weil er eine Katastrophe prophezeit hatte, falls er nicht sofort an seine Instrumente zurückkehren durfte; und das Baby Angela fing an zu schreien, und Barbara und Clifford versuchten, Helen zu trösten, und Arthur Hockney wartete immer noch auf den rechten Zeitpunkt (oder war er gelähmt – hatte er alles vergessen, was er konnte, hatte er mit den Schuldgefühlen auch gleich seinen Mut verloren?); und Sarah mußte sich übergeben und spuckte Erich Blotton direkt auf die Schuhe – das hätte alles sehr komisch sein können, wenn es nicht so schrecklich gewesen wäre. Und Nell? Nell hatte in den Jahren auf der Faraway Farm genügend Verbrecher gesehen. Sie wußte, wann einer bloß große Töne spuckte; sie wußte, daß der Pilot nur simulierte und daß jetzt eher ein Unfall drohte als irgendein vorsätzlich herbeigeführtes Unheil.

»Moment mal bitte«, sagte sie zu Erich Blotton. »Beruhigen Sie sich. Zumindest habe ich etwas Wertvolles, das ich Ihnen geben kann.« Sie holte ihren Teddybär unter dem Pullover hervor und schraubte langsam und bedächtig den Kopf ab; ihre Bewegungen waren präzise und sicher; alle verstummten und sahen ihr zu. Nell holte den kleinen Edelstein heraus und händigte ihn Erich aus. Es tat ihr in der Seele weh, ihren Schatz wegzugeben, aber sie wußte, was in einer solchen Notlage erforderlich war.

»Es ist ein echter Smaragd«, sagte sie, »und außerdem ein Glücksbringer, aber Sie können ihn haben. Mir scheint, Sie brauchen ihn jetzt.« Helen sah den Edelstein in Nells Hand, sah dann Nell an, und Clifford und Arthur taten dasselbe, und allen dreien wurde im selben Moment klar, was das bedeutete –

»Das ist meiner«, sagte Helen. »Ich hab ihn sofort wiedererkannt. Er war ein Geschenk von Clifford. Du bist Nell. Unsere Nell. Cliffords und meine Nell! Aber natürlich! Wie sollte es auch anders sein?« Und im selben Moment fing der Pilot Arthurs Blick auf und nickte, und Arthur stürzte sich auf Erich Blotton, der – wie die meisten Verbrecher – ein ganz hoffnungsloser Fall war. Er ließ sich ganz einfach entwaffnen und auf einen Sitz verfrachten. Dann ging Arthur mit dem Piloten zum Cockpit und holte den jämmerlichen McCrombie heraus. McCrombie war gar nicht so unglücklich, an der Steuerung abgelöst zu werden. Je länger er mit Gott geredet hatte, desto hartnäckiger hatte Gott geschwiegen, desto schlimmer hatte sich das Flugzeug benommen, was Sie, Leser, bestimmt nicht wundert.

»Heilige Jungfrau Maria«, sagte er und dann: »Ich sollte tot sein – das wäre besser!«, aber da wäre ich mir an seiner Stelle nicht so sicher. Und als das Flugzeug heil (und mit nur ein paar Minuten Verspätung) auf dem Kennedy Airport gelandet war, um Blotton und McCrombie der bereits wartenden Polizei zu übergeben, da hatten Clifford und Helen ihre kleine Nell wiedergefunden und sie ihre Eltern. Und keiner der drei war enttäuscht.

»So, unsere Schwester ist das«, sagten Edward, Max und Marcus, noch ganz erfüllt von ihren Erlebnissen in Disneyland, aber sie schienen nicht im geringsten überrascht zu sein. »Und was gibt's zum Abendessen?«

»Unsere Enkelin«, rief Otto. »Sie muß unbedingt etwas mit ihren Haaren machen!« Doch war es ihm anzumerken, wie sehr er sich freute. Und Cynthia hüpfte herum und schien zwanzig Jahre jünger zu sein. Fast hätte sie sich mit dem Mann einer Freundin zu einem Rendezvous getroffen, aber sie bremste sich gerade noch rechtzeitig.

»Warum hört sie nicht mit diesem Modegemurkse auf«, sagte John Lally laut und deutlich, »und malt statt dessen 'n paar anständige Bilder«, was seine Art war, sie zu akzeptieren.

Und Nell erkannte etwas sehr Wichtiges: es war also doch nicht so gefährlich, andere Menschen zu lieben, wie sie immer geglaubt hatte. Und daraufhin verliebte sie sich in einen unmöglichen jungen Kunststudenten, der auf einem Motorrad in der Gegend herumbrauste und meinte, alle Leute sollten blaue Uniformen aus chinesischer Baumwolle tragen. Es war nicht für die Ewigkeit und war auch nicht dafür gedacht, aber es war ein Anfang. Schon beim Händchenhalten fühlte sie sich weniger cool und energisch, dafür weicher und verletzlicher, mehr wie ihre Mutter.

Und was für Geschichten Nell ihren Eltern zu erzählen hatte – vom Eastlake Centre (und der schrecklichen Annabel), dem wolkenreichen Paradies auf der Faraway Farm und den verwirrenden Erlebnissen bei Kildares. Clifford und Helen waren vorsichtiger mit dem, was sie erzählten – und das werden Sie, Leser, sicher gut verstehen. Sie wollten einander nicht weh tun und Nell auch nicht. Und außerdem wird unsere Vergangenheit mit den Jahren auch immer weniger aufregend.

Und doch: welches Glück für sie, diese zweite Chance zu bekommen: und wie wenig (mögen Sie jetzt denken) haben sie es verdient. Unsere Kinder wollen geliebt und beschützt werden. Sie taugen nicht als Schachfiguren in traurigen Paar-Dramen. Und hätte Helen Clifford wieder nehmen sollen oder lieber nicht? Da werden Sie Ihre eigene Meinung haben. Ich selbst bin mir gar nicht so sicher. Und so ist es ja auch nicht, daß Helen auf Ratschläge hören würde. Sie liebte ihn, wie sie ihn immer geliebt hatte, und damit basta. Das Beste, was wir tun können, ist ihnen zu wünschen, daß sie von nun an alle glücklich sein werden, bis an ihr Lebensende, und ich denke, daß sie genauso gute Chancen dazu haben wir wir alle.

Die Autorin

Fay Weldon, geboren in England, aufgewachsen in Neuseeland, hat in Schottland Psychologie und Ökonomie studiert. Sie gehört zu den bekanntesten englischen Schriftstellerinnen, ihre Romane sind in viele Sprachen übersetzt. Ihr Roman *Die Teufelin* wurde mit großem Erfolg als Fernsehserie verfilmt. Fay Weldon, verheiratet, vier Kinder, lebt in London und Somerset.